浙江文献集成

主　编　刘正伟　薛玉琴
本卷主编　饶鼎新　夏燕勤

夏丏尊全集

第五卷　教科书（国文百八课）

浙江大学出版社
ZHEJIANG UNIVERSITY PRESS

上海著作界同人合影（三排左六为夏丏尊）（1931）

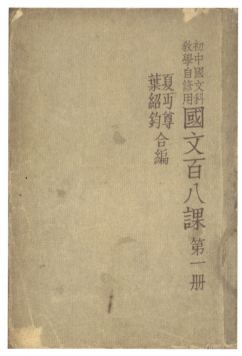

与叶绍钧合编的《国文百八课》由开明书店陆续出版（1935）

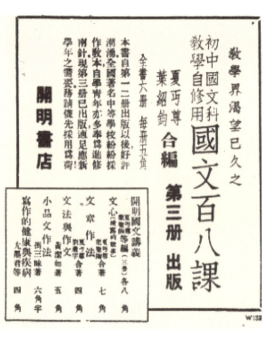

《中学生》杂志刊登《国文百八课》广告（1935）

元旦书怀（1936）

与叶绍钧合编的《关于〈国文百八课〉》发表于《申报·读书俱乐部》（1936）

抗战时期在寓所悬挂丰子恺画作《几人相忆在江楼》

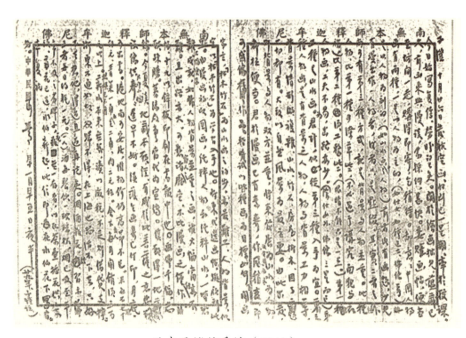

致丰子恺信手迹（1940）

与家人合影（20世纪40年代）

# 本卷说明

　　本卷收录夏丏尊与叶绍钧合编的《国文百八课》(共四册),由开明书店出版,出版时间分别为 1935 年 6 月、1935 年 9 月、1936 年 8 月、1938 年 9 月。

# 编辑大意

本书依教育部初级中学国文科课程标准编辑,供初级中学国文科教学及有志自修者之用。

本书用分课的混合编制法,共六册。每册十八课,供一学期的教学。

在学校教育上,国文科向和其他科学对列,不被认为一种科学,因此国文科至今还缺乏客观具体的科学性。本书编辑旨趣最重要的一点就是想给与国文科以科学性,一扫从来玄妙笼统的观念。

从来教学国文,往往只把选文讲读,不问每小时、每周的教学目标何在。本书每课为一单元,有一定的目标,内含文话、文选、文法或修辞、习问四项,各项打成一片。文话以一般文章理法为题材,按程配置;次选列古今文章两篇为范例;再次列文法或修辞,就文选中取例,一方面仍求保持其固有的系统;最后附列习问,根据着文选,对于本课的文话、文法或修辞提举复习考验的事项。

古今论文之作及关于文艺上主义、派别的论著向占国文教材的一部分,本书虽也采取纯文艺作品,但论文之作及文艺理论概不收录。一则因每课已有自具系统的特编的文话,不必再依赖此种零星材料;二则编者在经验上深信片段的论文之作及文艺理论对于初中程度的青年并非必要,甚且足以诱致一知半解的恶果。

本书选文力求各体匀称,不偏于某一种类、某一作家。内容方面亦务取旨趣纯正有益于青年的身心修养的。惟运用上注重于形式,对于文章体制、文句格式、写作技术、鉴赏方法等,讨究不厌详细。

本书每课所列文选,以文话为中心,并不一定取同类的文章,使活用的范围更广。

应用文为中学国文教学上的一个重要纲目,坊间现行国文课本大都不曾列入。本书从第一册起即分别编入此项材料,和普通文同样处置。

本书选文不附注释。一般所谓注释只着眼于难字、典故和人地名。其实,何者应注释,何者不应注释,因用书的人而不同,定不出明确的标准。本书所收选文都是极常见的传诵之作,不附注释,教学时当也不致有何困难。编者又以为对于每一篇选文,教学上所当注意的方面正多,关于难字、典故、人地名有现成的辞书可以利用,比较上还是最容易解决的一方面,很可以把这余地留给教学者的。

本书关于教材和教法虽已大体拟定,实际教学时尚有待于教师的补充、阐发。如各项例证的扩充,章句的实际吟味,临时材料的提出,参考文篇的指示,练习的多方运用等,都希望教师善为处理。

本书编辑上所依据的只是编者往日教学的经验和个人的信念,如在实际教学上发觉有不合不妥的地方,尚望不吝指教。

# 总　目

# 国文百八课

## 第一册

夏丏尊、叶绍钧合编,《国文百八课》(第一册),
开明书店,民国廿四年六月初版

# 目　录

# 第一课

## 文话一　文章面面观

　　文章是记载世间事物、事理抒述作者意思、情感的东西。每一篇文章有着内容与形式的两方面。某篇文章记载着甚么事物、事理或抒述着甚么意思、情感,那事物是甚么样子,事理是否真确,意思是否正当,情感是否真挚,又,那些事物、事理或意思、情感对于世间有甚么关系,对于我们有甚么益处:诸如此类是内容上的探究。同是记载事物、事理或抒述意思、情感,在文章上有多少方式,怎样说起,怎样接说下去,甚么地方说得简单,甚么地方说得繁复,到末了又怎样收场,以及怎样用辞,怎样造句,怎样分段落,怎样定题目,加标点:诸如此类是形式上的探究。

　　每读一篇文章该作内容的与形式的两种探究。文章的内容包括世间一切,它的来源是实际的生活经验,不但在文章上。至于文章的形式纯是语言、文字的普通法式,除日常的言语以外,最便利的探究材料就是所读的文章。

　　中学里国文科的目的,说起来很多,可是最重要的目的只有两个,就是阅读的学习和写作的学习。这两种学习,彼此的关系很密切,都非从形式的探究着手不可。

　　从古到今,文章不知有多少,读也读不尽这许多。取少数的文章来精读,学得文章学上的一切,这才是经济的办法。你读一篇文章的时候,除内容的领受以外,有许多形式上的项目应当留意;对于各个项目能够逐一留意到,结果就会得到文章学的各部门的知识。

一、这篇文章属于那一类?和那一篇性质相似或互异?这类文章有甚么特性和共通式样?(文章的体制)

二、文章里用着的辞类,有否你所未见的或和你所知道的某辞大同小异的?(语汇的搜集)

三、文章里辞和辞或句和句的结合方式有否特别的地方?你能否一一辨认,并且说出所以然的缘故?(文法)

四、文章里对于某一个意思用着怎样的说法?那种说法有甚么效力,和别种说法又有甚么不同?(修辞)

五、文章里有甚么好的部分?好在那一点?有甚么坏的部分?坏在那一点?(鉴赏与批评)

六、这篇文章和别人所写的同类的东西有甚么不同?你读了起甚么感觉?(风格)

七、从开端到结尾有甚么脉络可寻?有否前后相关联的部分?那一部分是主干?那些部分是旁枝?(章法布局)

别的项目当然还有,以上所举的是最重要的几个,每个项目代表文章的探究的一个方面。能从多方面切实留意,才会得到文章上的真实知识,有益于阅读和写作。


# 文选一　读书与求学

### 孙伏园


四十岁以上的人每把求学叫做读书;这读书也就是四十岁以下的人所称的求学。四十岁以上的人一说到求学,即刻会引起他那囊萤映雪、窗下十年的读书生活,所以他以为书中自有黄金屋,书中自有颜如玉,读书以外无求学,要求学惟有读书。而四十岁以下的人,在他们年幼的时候,新教育已经发现了曙光,知道求学不必限于读书,于是轻轻易易的,把年长者认为读书这件事,用求学两个字来代替了。

拿小学校来讲,校内功课共有七八种,国文只占七八种中之一种;国文之中,造句也,缀字也,默写也,问答也,而读书又只占四五种中之一种。中学大学也如此,有试验室,有运动场,有植物园,有音乐会,有各种交际,种种分子凑合而成为所谓求学,读书更是其中的小部分了。

有的前辈先生说:学生只准读书,不准做别的事。试设身处地一想,青年学子要不要怒发冲冠,直骂他为昏庸老朽?因为青年一听见他这句话,立刻就要想到,"然则我们踢一脚球,走一趟校园,拿一支试验管,也犯罪了,这还成什么世界!"其实呢,前辈先生口中的所谓读书,有一大部分也无非是求学,不过在他们壮年的时代,读书以外的求学确是少有罢了。

这两个字的关系并不很小。因为专心读书,第一,得不到活的知识。凡书上所有,虽假也以为真,反之则虽真也以为假,这是读死书的先生们的普通毛病。第二,身体一定不能健康。所谓求学,是游戏与工作间隔着做的。在游戏的时候,虽然似把所学渐渐的忘去,其实则是渐渐的刻深,凡是学习以后继以游戏的,则其所学必能格外纯熟。因所学纯熟而得到精神上的慰安,因精神上的慰安又影响于身体上的健康。所以专心读书的人决不会有健康的身体的。第三,专心读书的人一定不能在团体中生活。

这第三层最重要。学生到学校里去,不是去读书的,是去求学的,换句话说,就是去学做人的。人是社会的动物,学做人便是学习社会的生活,就是团体的生活。团体生活的要素,如秩序,如提案,如监察等等,都是非常切要的学问。团体生活要保持平安,第一须遵守秩序。章程法律虽然都是纸片,但潜伏着有莫大的势力,这势力本是团体中的各分子所给与的,却依然管束着团体中的各分子。所以各分子如果有扰乱团体安宁的事实,团体一定会有制止的实权,使秩序永远保持。但是各分子中如有真正不满意于团体进行的方向而想设法改良的,也不是没有方法,这方法就是提案。提案希望大多数的通过,所以有宣传,有各种运动,使大多数人对于现状感着不满,而对于新提案表示同情,于是而有不费一兵一卒而得着的人群的进步。这就是提案的功效。提案既经通过而尚有不奉行的,乃至被发见有违反议决案的行动的,于是有团体中的任何分子负着监察的责任。这种事例,讲起来非常简单,但孔孟之书里是不载的,前几年的教科书里也未必载,一直要到最近的三民教科书里也许会有。但有什么相干呢?这全在于实地的练习。如果在学校生活时深知球场规则的,出来决不会在各种会场里捣乱,也不至于因一时的私利而起干戈的冲突。十几年来,中华民国的扰攘不出二途,即文人争国会、武人抢地盘是。从前在北京时,朋友间闲扯谈,有人研究这现象的原因在什么地方。我毫不迟疑的答复他,说这是因为国会议员与督军们都没有踢过球的缘故。这句话是顽皮的,意思却是庄重的。那时候的国会议员与督军们都是旧教育制度下出身,的确一辈子只把读书当做求学,没有受过一毫好好的游戏教育、运动教育和团体生活的教育。

于今十余年了,情形还是没有十分大变。这次中央全体会议如果开得成,那自然是一天大喜;万一开不成,如果有人来问我,我还是毫不客气的答复他,这是因为中央委员都没有踢过球的缘故。

叫人读书的人现在还是遍地皆是呵!

书是前人经验的帐簿,查阅起来当然可以得到许多东西的,但是前人有的爱上帐,有的爱把帐目记在肚角里,死的时候替他殉了葬。即使前人经验全在书里面,他的一点也只是浅陋的,我们要依着他走过的途径,在实验室里,在运动场里,在博物园里,在实际社会里,一步一步的向前进行。

研究呀,向着学问的大海,书籍只是海边上的一只破船,对于你的造船也许是有参考的用途的,但你却莫规行矩步的照着它仿造,因为这只是前人失败的陈迹,你再也没有模仿的必要了。

再过五十年,我相信,即使是白发老翁,也只有劝人好学,万不会再有人劝人读书了罢。

# 文选二　差不多先生传

胡　适

你知道中国最有名的人是谁？提起此人，人人皆晓，处处闻名，他姓差，名不多，是各省各县各村人氏。你一定见过他，一定听过别人谈起他。差不多先生的名字天天挂在大家的口头，因为他是中国全国人的代表。

差不多先生的相貌和你和我都差不多。他有一双眼睛，但看的不很清楚；有两只耳朵，但听的不很分明；有鼻子和嘴，但他对于气味和口味都不很讲究；他的脑子也不小，但他的记性却不很精明，他的思想也不很细密。

他常常说，"凡事只要差不多，就好了。何必太精明呢？"

他小的时候，他妈叫他去买红糖，他买了白糖回来，他妈骂他，他摇摇头道，"红糖白糖不是差不多吗？"

他在学堂的时候，先生问他，"直隶省的西边是那一省？"他说是陕西。先生说，"错了。是山西，不是陕西。"他说，"陕西同山西不是差不多吗？"

后来他在一个钱铺里做伙计；他也会写，也会算，只是总不会精细；十字常常写成千字，千字常常写成十字。掌柜的生气了，常常骂他，他只笑嘻嘻地赔小心道，"千字比十字只多一小撇，不是差不多吗？"

有一天，他为了一件要紧的事，要搭火车到上海去。他从从容容地走到火车站，迟了两分钟，火车已开走了。他白瞪着眼，望着远远的火车上的煤烟，摇摇头道，"只好明天再走了。今天走同明天走，也还差不多，可是火车公司未免太认真了。八点三十分开，同八点三十二分开，不是差不多吗？"他一面说，一面慢慢地走回家，心里总不很明白为什么火车不肯等他两分钟。

有一天，他忽然得一急病，赶快叫家人去请东街的汪先生。那家人急急忙忙地跑去，一时寻不着东街汪大夫，却把西街的牛医王大夫请来了。差不多先生病在床上，知道寻错了人；但病急了，身上痛苦，心里焦急，等不得了，心里想道，"好在王大夫同汪大夫也差不多，让他试试看罢。"于是这位牛医王大夫走近床前，用医牛的法子给差不多先生治病。不上一点钟，差不多先生就一命呜呼了。

差不多先生差不多要死的时候，一口气断断续续地说道，"活人同死人也差……差……差……不多……凡事只要……差……差……不多……就……好了……何……何……必……太……太认真呢？"他说完了这句格言，方才绝气了。

他死后，大家都很称赞差不多先生样样事情看得破，想得通，大家都说他一生不肯认真，不肯算账，不肯计较，真是一位有德行的人；于是大家给他取个死后的法号，叫他做圆通大师。

他的名誉越传越远，越久越大。无数无数人都学他的榜样。于是人人都成了一个差不多先生。——然而中国从此就成了一个懒人国了。

# 文法一　字和词

一篇文章是用许多单字连缀成功的，用一个个的方块的单字结合而成一篇文章，这里面就有许多条件。一个单字本身往往意义不定，要和别的字拼合起来摆在句子当中看，才会明白。例如一个"会"字，一个"的"字，单独写在这里意义就不确定，要和别的字拼合，放到句子当中去，才显出它们的一定的意义来。

会 ┌ 文人争国会。
　　┤ 这次中央全体会议如果开得成。
　　└ 专心读书的人决不会有健康的身体的。

的 ┌ 的确一辈子只把读书当做求学。
　　│ 差不多先生的相貌和你和我都差不多。
　　│ 他有一双眼睛，但看的不很清楚。
　　└ 我毫不迟疑的答复他。

单字列入句中的时候，成了句的成分，有的仍保存着独立的资格，有的却不然，和别的字互相拼合，另成一个意义了。这种句的成分文法上叫做词。

文章是由句结成的，句是由词结成的，词可以是一个单字，也可以是几个单字，一个单字并不一定就是一个词。有十个单字的文句，并不一定就有十个词。

文法所讨论的是词与句的法则，字和词的区别是先得分辨清楚的。

# 习问　一

1. 文选一与文选二的主要意思是甚么？这两篇文章中那几句是最要紧的话？

2. 试辨认下面各词的意味。

事实　事例　事情

管束　制止　监察

扰乱　捣乱　冲突　扰攘

3. 下面各文句，如果换一个说法，就成怎样的话？

有的爱把帐目记在肚角里，死的时候替他殉了葬。

新教育已经发现了曙光。

差不多先生的名字天天挂在大家的口头。

4. 文选一、文选二里面，你觉得那几句最好？为甚么？

5. 把下列各单字，单用或和别的字拼合起来，造成种种的句子，使它们的意义确定。

算　　头　　分　　学　　安

# 第二课

## 文话二　文言体和语体〔一〕

现在我国的文章有文言体和语体两种。小学里读的都是语体文,一到中学校,就要兼读文言体的文章了。

文章本是代替言语的东西,凡是文章,应该就是言语,不过不用声音说出来而用文字写出来罢了;言语以外决不会另有文章。所谓文言,其实就是古代的言语。

言语是会变迁的。古代的人依了当时的言语写成文章,留传下来,后代的人依样模仿,不管言语的变迁不变迁;于是言语自言语,文章自文章,明明是后代人,写文章的时候偏不依当时的言语,定要依古人的言语才算合式。因而就有了文言体。这情形各国从前也曾有过,不但我国如此。

我国现在行用语体文了,但年数还不长久,从前传下来的书籍都是用文言文写的,社会上有一部分的文章也还沿用着文言体。所以,我们自己尽可以不再写文言体的文章,但为了要阅读一般书籍和其他用文言体写的文章仍非知道文言体不可。

文言体和语体的划分,越到近代越严密,这显然和科举的考试制度有关。古人所写的文章时时流露着当时言语的分子,近代的文章,只要是与科举考试无关的,也常常可以在文言里看出言语的成分来。文言、语体混合的文章，自古就很多。

举一个例说，曲剧里的词曲大都是文言体，而说白却大都是语体，白话的"白"字就是从这里来的。这显然是文言体和语体混合的明证。此外如演义体的小说，如宋元以来的语录，如寻常家书等类的文章，里边都保存着许多言语的原样子。

这文言体和语体的混合可以看作从文言体改革到语体的桥梁。

# 文选三　孙策太史慈神亭之战

### 三国演义

孙策……带领朱治、吕范、旧将程普、黄盖、韩当等……起兵……攻击刘繇。……刘繇……闻孙策兵至，急聚众将商议。部将张英曰，"某领一军屯于牛渚，纵有百万之兵亦不能近。"言未毕，帐下一人高叫曰，"某愿为前部先锋！"众视之，乃东莱黄县人太史慈也。……繇曰，"你年尚轻，未可为大将，只在吾左右听命。"太史慈不喜而退。

张英领兵至牛渚，积粮十万于邸阁。孙策引兵到，张英出迎，两军会于牛渚滩上。孙策出马，张英大骂，黄盖便出与张英战。不数合，忽然张英军中大乱，报说寨中有人放火。张英急回军。孙策引军前来，乘势掩杀。张英弃了牛渚，望深山而逃。……策……收得牛渚邸阁粮食军器，降卒四千余人，遂进兵神亭。却说张英败回见刘繇，繇怒，欲斩之。谋士笮融、薛礼劝免，使屯兵零陵城拒敌。

繇自领兵于神亭岭南下营。孙策于岭北下营。策问土人曰，"近山有汉光武庙否？"土人曰，"有庙在岭上。"策曰，"吾夜梦光武召我相见，当往祈之。"长史张昭曰，"不可！岭南乃刘繇寨，倘有伏兵，奈何！"策曰，"神人佑我，吾何惧焉！"遂披挂绰枪上马，引程普、黄盖、韩当、蒋钦、周泰等共十三骑，出寨上岭，到庙焚香。下马参拜毕，策向前跪祝曰，"若孙策能于江东立业，复兴故父之基，即当重修庙宇，四时祭祀。"祝毕，出庙上马。回顾众将曰，"吾欲过岭，探看刘繇寨栅。"诸将皆以为不可。策不从,遂同上岭南望。村林皆有伏路小军,飞报刘繇。繇曰,"此必是孙策诱敌计,不可追之。"太史慈踊跃曰,"此时不捉孙策,更待何时!"遂不候刘繇将令,竟自披挂上马,绰枪出营。大叫曰,"有胆气者都跟我来!"诸将不动,惟有一小将曰,"太史慈真猛将也,吾可助之!"拍马同行。众将皆笑。

却说孙策看了半晌,方始回马。正行过岭,只听得岭上叫"孙策休走!"策回头视之,见两匹马飞下岭来。策将十三骑一齐摆开,策横枪立马于岭下待之。太史慈高叫曰,"那个是孙策?"策曰,"你是何人?"答曰,"我便是东莱太史慈也,特来捉孙策。"策笑曰,"只我便是。你两个一齐到,并我一个,我不惧你。我若怕你,非孙伯符也。"慈曰,"你便众人都来,我亦不怕。"纵马横枪,直取孙策。策挺枪来迎,两马相交。战五十合,不分胜负。程普等暗暗称奇。慈见孙策枪法无半点儿现差漏,乃佯输诈败,引孙策赶来。慈却不由旧路上岭,竟转过山背后。策赶到大喝曰,"走的不算好汉!"慈心中自忖,这厮有十二从人,我只一个,便活捉了他,也吃众人夺去,再引一程,教这厮没寻处方好下手。于是且战且走。策那里肯舍,一直赶到平川之地。慈兜回马再战,又到五十合。策一枪搠去,慈闪过,挟住枪。慈也一枪搠去,策亦闪过,挟住枪。两个用力只一拖,都滚下马来。马不知走的那里去了,两个弃了枪,揪住厮打。战袍扯得粉碎。策手快,掣了太史慈背上的短戟。慈亦掣了策头上的兜鍪。策把戟来刺慈,慈把兜鍪遮架。忽然喊声后起,乃刘繇应军到来,约有千余。策正慌急,程普等十二骑亦冲到。策与慈方才放手,慈于军中讨了一匹马,取了枪,上马复来。孙策的马却是程普收得,策亦取枪上马。刘繇一千余军和程普等十二骑混战,逶迤杀到神亭岭下。喊声起处,周瑜领军来到。刘繇自引大军杀下岭来。时近黄昏,风雨暴至,两下各自收军。

次日,孙策引军到刘繇营前,刘繇引军出迎。两阵圆处,孙策把枪挑太史慈的小戟于阵前,令军士大叫曰,"太史慈若不是走的快,已被刺死了。"太史慈亦将孙策兜鍪挑于阵前,也令军士大叫曰,"孙策头已在此!"两军呐喊,这边夸胜,那边道强。太史慈出马,要与孙策决个胜负。策遂欲出,程普曰,"不须主公劳力,某自擒之。"程普出到阵前,太史慈曰,"你非我之敌手,只教孙策出马来。"程普大怒,挺枪直取太史慈。两马相交,战到三十合,刘繇急鸣金收军。太史慈曰,"我正要捉拿贼将,何故收军?"刘繇曰,"人报周瑜领军袭取曲阿,有庐江松滋人陈武字子烈接应周瑜入去。吾家基业已失,不可久留。速往秣陵会薛礼、笮融军马急来接应!"太史慈跟着刘繇退军。

# 文选四　语录八则

凡人才学,便须知着力处;既学,便须知得力处。　　　　程　灏

今之为学者如登山麓,方其迤逦,莫不阔步;及到峻处便止。须是要刚决果敢以进。　　　　程　颐

人昏昧不知有此心,便如人困睡不知有此身。人虽困睡,得人唤觉,则此身自在。心亦如此,方其昏蔽,得人警觉,则此心便在这里。

朱　熹

今人略有些气焰者,多只是附物,元非自立也。若某则不识一字,亦须还我堂堂地做个人。　　　　陆九渊

刘君亮要在山中静坐。先生曰,"汝若以厌外物之心去求静,是反养成一个骄惰之气了。汝若不厌外物,复于静处涵养,却好。"　　王守仁

问,"修辞立其诚是修辞了又着立诚,还是修辞立其诚?"曰,"一事苟则事事皆苟。先圣说此话,非是修饰言辞,要人说好;只要欲体当自家之诚意。辞语才不精择,即心里潦草可知。"　　　　陈　埴

不要因一两事过失,便放倒不顾;亦不可以一二事合理,便自足。古人许人改过,戒人自足。　　　　尤时熙

天地间真滋味,惟静者能尝得出;天地间真机括,惟静者能看得透;天地间真情景,惟静者能题得破。作热闹人,说孟浪话,岂无一得;皆偶合也。　　　　吕　坤

# 文法二　词的种类〔一〕

许多单字连缀成句以后,单字的意义确定了,有的独立成一个词,有的和别的单字合起来成一个词。词才是句的成分。与其说句是用单字合成的,不如说句是用词合成的来得妥当。

词有下面的几种。

一、名词　这是事物的名称,不论有形无形,凡是我们所能用五官接触、用心忆念的东西,都用名词来表出。如

　　书　球　生活　知识　火车　糖　胡适　中华民国　差不多
先生　三国演义

等列入句中作事物的名称用的,都是名词。

二、代名词　这是用来代替名词的。事物原各有名称,但有时事物摆在前面,指示一下就够了,不必用本名;或者已见于前,也无须再用本名。这等时候都可用代名词来代替。如

　　你　汝　吾　我　他　之　她　它　这个　那个　这里　那
里　彼　此

等在句中代替事物的本名的,都是代名词。

三、动词　这是用来表示事物的动作的。如

　　知　战　买　望　生　死　答复　批评　试试　摇摇

等在句中表示事物的动作的,都是动词。事物的动作有两种性质,一是动作的影响及不到别的事物的,叫自动;一是动作的影响及到别的事物的,叫他动。因此,动词也有自动和他动的区别。如

　　张英领兵至牛渚,积粮十万于邸阁。孙策引兵到,张英出迎,两
军会于牛渚滩上。

在这里面,"至""到""出迎""会"所表示的是不影响别的事物的动作,都属于自动词。"领""引"影响到"兵","积"影响到"粮",都属于他动词。他动词下常带事物的名称,叫被动词。

又有一种动词，本身并无动作的意味，但在句里面却是担任动词的职务的，文法上通常叫做同动词。语体的"是"字，文言的"为"字，就常有用作同动词的时候。如

他是中国全国人的代表。

这句话是顽皮的。

十寸为一尺，十尺为一丈。

上面所举的三种词在句的构成上最为重要，有了这三种词，简单的句就可以造成了。例如

叠怒。（名词一、自动词一）

孙策出马。（名词二、他动词一）

众视之。（名词一、代名词一、他动词一）

那个是孙策？（代名词一、名词一、同动词一）

# 习问 二

1.文选三、文选四里面混合着语体和文言二体。那些是语体的分子？那些是文言的分子？

2.就下列文字中指出名词、代名词和动词来。

中华民国的扰攘不出二途，即文人争国会、武人抢地盘是。从前在北京时，朋友间闲扯谈，有人研究这现象的原因在什么地方。我毫不迟疑的答复他，说这是因为国会议员与督军们都没有踢过球的缘故。

3.辨认下面各文句中所含的动词，指出自动、他动和同动的分别来。

孙策引兵到。

张英军中大乱。

今之为学者如登山麓。

你知道中国最有名的人是谁？

4.下文中如有代名词，一一将本名指出。

策曰，"吾夜梦光武召我相见，当往祈之。"

帐下一人高叫曰,"某愿为前部先锋!"众视之,乃东莱黄县人太史慈也。……繇曰,"你年尚轻,未可为大将,只在吾左右听命。"太史慈不喜而退。

刘君亮要在山中静坐。先生曰,"汝若以厌外物之心去求静,是反养成一个骄惰之气了。"

# 第三课

## 文话三　文言体和语体（二）

　　假如这里有两篇写同一事情的文章，一篇是用语体写的，一篇是用文言体写的，把这两篇文章一句句一字字地对照了看，就容易看出语体和文言体的区别来。

　　语体和文言体的区别在那里？不消说在词的用法和句子的构造上。从文言体到语体，词的用法的变迁有下面的几条路径。

　　一、由简单而繁复　　有许多一个字的词，文言体里常常单独用的，语体里却要配上一个字成为两个字的词才用。例如"衣"字，在文言体里可以单用；语体里就要加上一个字，成为"衣服""衣裳"或"衣着"才明白。一个"道"字，在文言体里常常单用的，有时作"道德"解，有时作"道理"解，又有时作"道路"解；语体里就不能这样含胡，道德是"道德"，道理是"道理"，道路是"道路"，要分得清清楚楚。语体用字比文言体繁多些，字所表达的意义比文言体明确些。

　　二、由繁复而简单　　有一些字，在文言体里原有好几种解释，一到了语体里，解释就比较简单起来。例如一个"修"字有许多解释，其中有一个是"高长"；可是语体里只在"修理""修饰"等意思上用到"修"字，"高长"的一部分意思是被除去了。又如"戾"字的解释，有一个是"到"和"及"的意思；语体里的"戾"字，这个解释也没有了。可见同样一个字，在解释上，语体比较文言体简单些。还有，文言体里的代名词是很繁复的，在语体里却很简单。语体里只是一个"我"字，在文言体里就有"吾""我""余""予"等字；语体里只是一个"你"字，在文言体里就有"尔""汝""子""若""而""乃"这许多；文言体里的"是""此""斯""兹"一串的指示代名词，在语体里只须用一个"这个"或"这"就够了。可见在词的范围上，语体比文言体也简单得多。

三、由古语到今语 文言体里所用的词有许多是语体里绝对不用的，这由于古今言语的根本两样。例如文言体里的"曰"，语体里叫做"说"了；文言体里的"矣"，语体里改用"了"了。此外，文言体里还有一类的词，如作小马解的"驹"，作小牛解的"犊"，在语体里决不会用到，因为我们日常言语上早已不用这两个词，而爽脆地说"小马""小牛"了。

句的构造的不同，当然有许多方式，最显著的是成分的颠倒。"有这个"在文言体是"有之"，"不曾有这个"却是"未之有也"；"你回上海"是"子归上海"，"你回那里去"却是"子安归"。这种成分颠倒的例子是常见的，都和代名词的用法有关系。

# 文选五　希伯来开辟神话(一)

起初，上帝创造天地。地是空虚混沌；渊面黑暗；上帝的灵运行在水面上。

上帝说，要有光，就有了光。上帝看光是好的，就把光暗分开了。上帝称光为昼，称暗为夜；有晚上，有早晨，这是头一日。

上帝说，诸水之间要有空气，将水分为上下。上帝就造出空气，将空气以下的水，空气以上的水分开了；事就这样成了。上帝称空气为天；有晚上，有早晨，是第二日。

上帝说，天下的水要聚在一处，使旱地露出来；事就这样成了。上帝称旱地为地，称水的聚处为海；上帝看着是好的。上帝说，地要发生青草，和结种子的菜蔬，并结果子的树木，各从其类，果子都包着核；事就这样成了。于是地发生了青草，和结种子的菜蔬，各从其类，并结果子的树木各从其类,果子都包着核;上帝看着是好的;有晚上,有早晨,是第三日。

上帝说,天上要有光体,可以分昼夜,作记号,定节令、日子、年岁;并要发光在天空,普照在地上;事就这样成了。于是上帝造了两个大光,大的管昼,小的管夜;又造众星。就把这些光摆列在天空,普照在地上,管理昼夜,分别明暗;上帝看着是好的;有晚上,有早晨,是第四日。

上帝说,水要多多滋生有生命的物;要有雀鸟飞在地面以上、天空之中。上帝就造出大鱼,和水中所滋生各样有生命的动物,各从其类;又造出各样飞鸟,各从其类;上帝看着是好的。上帝就赐福给这一切,说,滋生繁多,充满海中的水;雀鸟也要多生在地上。有晚上,有早晨,是第五日。

上帝说,地要生出活物来,各从其类;牲畜、昆虫、野兽各从其类;事就这样成了。于是上帝造出野兽,各从其类;牲畜各从其类;地上一切昆虫各从其类;上帝看着是好的。上帝说,我们要照着我们的形像、按着我们的样式造人,使他们管理海里的鱼、空中的鸟、地上的牲畜,和全地,并地上所爬的一切昆虫。上帝就照着自己的形像造人,乃是照着他的形像造男造女。上帝就赐福给他们;又对他们说,要生养众多,遍满地面,治理这地;也要管理海里的鱼、空中的鸟,和地上各样行动的活物。上帝说,看哪,我将遍地上一切结种子的菜蔬,和一切树上所结有核的果子,全赐给你们作食物。至于地上的走兽,和空中的飞鸟,并各样爬在地上有生命的物,我将青草赐给他们做食物;事就这样成了。上帝看着一切所造的都甚好;有晚上,有早晨,是第六日。

天地万物都造齐了。到第七日,上帝造物的工已经完毕,就在第七日歇了他一切的工,安息了。上帝赐福给第七日,定为圣日,因为在这日上帝歇了他一切创造的工,就安息了。

## 文选六　希伯来开辟神话(二)

元始,上帝创造天地。地乃虚旷混沌;渊际晦冥;上帝之神煦育乎水面。

上帝曰,宜有光,即有光。上帝视光为善,遂判光暗。谓光为昼,谓暗为夜;有夕有朝,是乃一日。

上帝曰,水中宜有穹苍,使水判乎上下。遂作穹苍,以分穹苍上下之水;有如此也。上帝谓穹苍为天;有夕有朝,是乃二日。

上帝曰,天下诸水,宜汇一区,俾见大陆;有如此也。谓大陆为地,谓汇水为海;上帝视之为善。上帝曰,地宜生草,及结实之蔬、结果之树,果怀其核,各从其类;有如此也。地遂生草,及结实之蔬、结果之树,果怀其核,各从其类;上帝视之为善;有夕有朝,是乃三日。

上帝曰,穹苍宜有辉光,以分昼夜,以为兆象,以定四时、年、日;光丽于天,照临于地;有如此也。上帝造二巨光,大者司昼,小者司夜;亦造星辰。置之穹苍,照临于地,以司昼夜,以分明晦;上帝视之为善;有夕有朝,是乃四日。

上帝曰,水宜滋生生物;鸟飞地上,戾乎穹苍。遂造巨鱼,暨水中所滋生之动物,各从其类;又造羽族,各从其类;上帝视之为善。祝之曰,生育众多,鳞介充牣于海;禽鸟繁衍于地。有夕有朝,是乃五日。

上帝曰,地宜产生生物,各从其类;牲畜、昆虫、走兽,各从其类;有如此也。遂造走兽、牲畜、地上昆虫,皆各从其类;上帝视之为善。上帝曰,宜造人,其形其象肖我侪,以治海鱼、飞鸟、牲畜,及动于地上之昆虫,并治全地。遂造人,维肖乎己,象上帝形,造男亦造女。上帝祝之曰,生育众多,遍满于地,而治理之;以统辖海鱼、飞鸟,与地上动物。又曰,遍地结实之菜蔬、怀核之果树,我予汝以为食。至地上走兽、空中飞鸟,暨动于地上之生物,我赐之青草以为食;有如此也。上帝视凡所造者尽善;有夕有朝,是乃六日。

天地万物既成。七日,上帝造物工竣,乃憩息。盖是日上帝毕其工而安息,遂锡嘏此日,别之为圣。

# 文法三　词的种类（二）

有了名词、代名词和动词三种,已可造简单的句子了。但句子有简单的，也有复杂的。复杂的句子，除了名词、代名词、动词以外，还得兼用别种词。

四、形容词　这是限制事物的。我们见到一条狗，为了要和别的狗分别起见，单说一个"狗"字不够，常加"大""小"或"黑""白"等字上去，叫做"大狗""小狗"或"黑狗""白狗"。这些加上去的就是形容词。此外如

　　　　高　低　远　近　深　浅　好　坏　黄　红

等凡是在句中用来限制事物、表出事物的性态的，都是形容词。

五、副词　这是限制事物的动作和性态的。事物的动作和性态有种种的不同，例如说"天晴"，有"将晴""久晴"等分别，说"山高"有"很高""还高"等差异。这些加上去的"将""久""很""还"等就是副词。此外如

　　　　更　又　非常　十分　快快　慢慢　已经　才

等凡是在句中用来限制事物的动作和性态的，都是副词。

六、介词　这是介绍别的词来限制事物或事物的动作、性态的。有后介词、前介词两种。摆在被介绍的词的后面的叫做后介词；摆在被介绍的词的前面的叫做前介词。

后介词介绍别的词来限制事物，它和所介绍的词连在一起，等于一个形容词。有"的""之"两个，语体文常用"的"，文言文常用"之"。例如：

　　他小的时候，他妈叫他去买红糖。

　　你非我之敌手。

前介词介绍别的词来限制事物的动作或性态，它和所介绍的词连在一起，等于一个副词。最普通的如"把""为""以""到""在""自""至""为""比""于""与""和"等都是。例如：

　　若孙策能于江东立业。

　　他在一个钱铺里做伙计。

　　心里总不很明白为什么火车不肯等他两分钟。

凡是在句中介绍别的词来限制事物或事物的动作、性态的，都是介词。

七、接续词　这是用来连接词和词或句和句的。两个词或两句有关系的句子接合在一处的时候，用接续词来连接。例如：

　　策与慈方才罢手。

他有鼻子和嘴,但他对于气味和口味都不很讲究。

"与"字把"策""慈"二词连接起来,"和"字把"鼻子""嘴"二词"气味""口味"二词连接起来;这是词的接续词;"但"字把"他有鼻子和嘴""他对于气味和口味都不很讲究"二句连接起来,这是句的接续词。凡用来连接词或句的都是接续词。

八、助词　这是用来传达各种句语的语气的,常摆在一句句子的末尾。如:

我便是东莱太史慈也。

好在王大夫同汪大夫也差不多,让他试试看罢。

陕西同山西不是差不多吗?

这里"也""罢""吗"三字所传达的语气,各不相同。凡是用来传达语气的词,都是助词。

九、感叹词　这是用来表出情感的,常独立地摆在一句句子的前面。如:

哼,你敢怎样?

唉,事情不好了。

"哼""唉"都独立摆在句子的前面,各表出一种情感。凡是这样的词,都是感叹词。

词的种类不出上面所举九种,普通叫做九品词。有了这九种词,任何复杂的句子都可以构造了。

# 习问 三

1.有许多一个字的词,文言体里常单独使用,语体里却要配上一个字成为两个字的词。试把文选五、文选六对照,举出几个例来。

2.文言体里所用的代名词和语体里所用的不同。试就文选五、文选六把代名词一一分别摘出,加以比较,作一个记录。

3.文选六是用文言体写成的,其中有没有语体里已用不着的词或句法？如有，试一一举出。

4.就九种词每一种说出三个例来。再把这些例分别应用在句子里，造成二十七句句子。

5.从文选五第一段把动词一一指出，并且分辨出自动词、他动词和同动词来。

# 第四课

## 文话四　作者意见的有无

凡是文章,都是从作者的笔下写出来的,作者在自己的经验范围以内,对于一事、一物或一理、一情有话要告诉大家,这才写出文章来代替言语。这样说来,文章里所写的当然都是作者的话了。

可是实际上,我们的说话之中,有许多话是自己说的,有许多话并不是自己说的。例如说"昨晚十二时光景,东街一家木作店起火,延烧了许多房子,到天明才熄。据某人说,损失合计在五万元以上。"又如说"我家有一幅新罗山人的画,画着几株垂柳,柳岸近处泊着一只渔船,一个老渔夫曲着身子睡在船梢,神情安闲得很。"火烧的话是关于事的,一幅画的话是关于物的,这许多话,其实都只是一种报告,只要事、物是真确的,无论叫任何人来说都可得同样的结果。把这些写入文章里,表面上好像句句是作者在说话,但是作者只担任了据实报告的职务,并不曾说出甚么属于自己的东西来。

假如说"昨晚十二时光景,东街一家木作店起火,延烧了许多房子,到天明才熄。据某人说,损失合计在五万元以上。本城消防设备不完全,真可担忧,我们应该大家起来妥筹保障安全的方法才好。""我家有一幅新罗山人的画,画着几株垂柳,柳岸近处泊着一只渔船,一个老渔夫曲着身子睡在船梢,神情安闲得很。近来有许多人都赞美西洋画,我却喜欢这样的中国画，中国画的价值全在诗趣，西洋画在诗趣上和中国画差得很远很远。"这里面就有作者自己的东西了。作者对于火烧，对于画，在报告以外还发表意见，这意见才是真正的作者的话，叫另一个人来说，未必就是这样。因为事物是同一的，而对于事物的意见人人可以不同的缘故。

在有些文章里，作者从开始到完结只是报告，自己不加意见，不说一句话。有些文章里，作者在报告以外还附加着意见，说着几句话。我们读文章的时候，要留心那些是作者的报告，那些是作者的意见，以及作者在文章里究竟有他自己的意见没有。

# 文选七　广州脱险记

## 宋庆龄

中山先生与我刚由桂林回来，因为此时中山先生正调大军北伐，在前线指挥战事。陈炯明乘虚率军潜入省城，复纵步队肆意抢掠，恫吓良民，断绝交通，扰乱秩序。中山闻信，乃不得不亟由前敌返驾。

我们到了广州以后，中山先生即令陈军退回原防，陈虽屡次答应，却不见兵队开调。这时，陈在名义上是退隐惠州，口口声声仍是服从政府，与我们也时常往来。在叛变之前一星期，陈尚来电，庆贺我军在前线的连次胜利。因为陈素来的地位军力，皆由我党所畀与，且与我党提携合作多年，所以毫不怀疑他有异志。

这时陈军毫无纪律，肆意抢掠，愈觉不堪。然此时城中听陈指挥之步队达二万五千名，而我党大军皆开赴前敌，留驻后方只五百名，所以不能用武力解决，而且若诉之武力，酿成巷战，更必殃及居民。六月八日，中山先生乃召集新闻记者，思以舆论势力迫陈军退回东江剿匪。

六月十五之夜二时，我正在酣梦中，忽被中山先生喊醒，并催速起整装同他逃出。他刚得一电话，谓陈军将来攻本宅，须即刻逃入战舰，由舰上可以指挥，剿平叛变。我求他先走，因为同行反使他行动不便，而且我觉得个人不至有何危险。经再三婉求，他始允先行，但是先令五十名卫队全数留守府中，然后只身逃出。

他走了半小时以后，大约早晨两时半，忽有枪声四起，向本宅射击。我们所住的是前龙济光所筑私寓，位居一半山上，有一条桥梁式的过道，长一里许，蜿蜒由街道及住屋之上经过，直通观音山总统府。叛军占据山上，由高临下，左右夹击，向我们住宅发射，喊着"打死孙文！打死孙文！"我们的小卫队暂不反击，因为四围漆黑，看不出敌兵。我只看见黑夜里卫队蹲伏的影子。

黎明时，卫队开始用来福枪及机关枪与敌人对射。敌方却瞄准野炮向宅中射来，有一炮弹击毁我的澡房。卫队伤亡已有三分之一，但是其余的人仍英勇作战，毫不畏缩。有一位侍仆爬到高处，挺身而战，一连击毙不知多少敌人。到了八点，我们的军火几乎用完，卫队停止回击，只留几盒子弹，候着最后的决战。

此时情势，勾留也没有意义了。队长劝我下山，为惟一安全之计。其余卫兵也劝我逃出，而且答应要留在后方防止敌人的追击。……听说这五十名卫兵竟无一人幸免于难。

同我走的有二位卫兵及姚副官长。我们四人手里带一点零碎，在地上循着那桥梁式的过道爬行。这条过道，正有枪火扫射，我们四面只听见流弹在空中飞鸣，有一二回正由我鬓边经过。我们受两旁夹板的掩护，匍匐而进到了夹板已被击毁之处，没有掩护，只好挺身飞奔过去，跟着就是一阵哗剥的枪声。在经过这样一段之后，姚副官长忽然高叫一声倒地，血流如注。一看，有一粒子弹穿过他的两腿，而伤中一条大血管。两位卫兵把他抬起走，经过似乎几个钟头，我们才走完这过道，而入总统府的后院。半小时后，我们看见火光一闪，那条过道的一段整个轰毁，交通遂断绝。这总统府四围也是炮火，而更不便的，就是因为邻近都是民屋，所以内里的兵士不能向外回击。

我们把姚副官长抬进一屋，而把他的伤痕随便绑起来。我不敢看他剧痛之苦，但是他反安慰我说："将来总有我们胜利的一天。"

自从八时至下午四时，我们无异葬身于炮火连天的地狱里。流弹不停的四射，有一次在我离一房间几分钟后，房顶中弹，整个陷下。这时我准备随时就要中弹毙命。到四时，向守中立的魏邦平师长派一军官来议条件。卫兵提出的第一条件就是保我平安出险，但是那位军官说他不能担保我的安全，因为袭击的不是他的军队，而且连他们自己的官长都不能约束。正在说话之间，前面两层铁大门打开了。敌兵一轰进来。我们的兵士子弹已竭，只好将枪放下。我四围只见这些敌兵拿着手枪刺刀飞奔而来。登时就把我们手里的一些包裹抢去，用刺刀刺开，大家便拼命的乱抢东西。我们乘这机会逃开，正奔入两队对冲的人丛里，一队是逃出的士卒，又一队是由大门继续闯来抢掠的乱兵。幸而我头戴着姚副官长的草帽，身上又披上中山先生的雨衣，由那混乱的人群里得脱险而出。

出大门后，又是一阵炮火，左边正来着一阵乱兵，要去抢财政部及海关监督处。前后左右，都是乱兵在追击。他们一面进，我们一面穿东走西曲折的在巷里逃。我再也走不动了，凭两位卫兵一人抓住一边肩膀掺着走。我打算恐怕熬不过了，请他们把我枪毙。……四围横列着的都是死尸，有的是党员，有的是居民，胸部刺开，断腿失臂的横陈街上的血涡中。在这时我看见一极奇异的景象，就是两人在街房相对蹲着，我们奔过时，看见他们眼睛不动，才知道他们已死了，也许是同为一流弹所击毙的。

正走之时，忽有一队兵由小巷奔出，向我们一头射击。同行的人耳语叫大家伏在地上装死。那些乱兵居然跑过去，到别处去抢掠了。我们爬起又跑，卫兵劝我不要看路旁的死尸，怕我要昏倒。过了将半小时，追击的枪声渐少，我们跑到一座村屋，把那闩上的门推开躲入。屋中的老主人要赶我们出来，因为恐怕受累。正在此时我昏倒下去。醒回来时，两位卫兵正在给我浇冷水，把扇扇我。其一卫兵便偷出门外去观动静，而这刹那间，忽有一阵枪声，屋内的卫兵赶紧把门关闭，同时轻轻报告我外边的卫兵已中弹而也许殒命了。

枪声沉寂之后，我改装为一村妪，而剩余的一卫兵扮作贩夫，离开这村屋。过了一两条街，我拾起一只菜篮及几根菜，就拿着走。也不知走了多少路，经过触目惊心的街上，我们才到了一位同志的家中，就在这家过夜。这间屋于早间已被陈炯明的军队搜查过,因为有嫌疑,但是我再也无力前进,就此歇足。那夜通宵闻见炮声,……再后才欣然听见战舰开火的声音,使我知道中山先生已安全无恙了。……第二天,我仍旧改装为村妪,逃到沙面,在沙面由一位铁工同志替我找一小汽船。我与卫兵才到岭南大学,住友人家。

在河上,我们看见几船满载着抢掠品及少女,被陈炯明的军队运往他处。后来听说有两位相貌与我相似的妇人被捕监禁。我离开广州真巧,因为那天下午,我所借宿的友人家又被搜查。那天晚上,我终于在舰上见到中山先生,真如死别重逢。后来我仍旧改装由香港搭轮来沪。

# 文选八　我的新生活观

## 蔡元培

什么叫旧生活? 是枯燥的,是退化的。什么叫新生活? 是丰富的,是进步的。

旧生活的人,是一部份不作工又不求学的,终日把吃着嫖赌作消遣。物质上一点也没有生产;精神上也一点没有长进。又一部份是整日作苦工,没有机会求学。身体上疲乏得了不得,所作的工是事倍功半;精神上得过且过。岂不全是枯燥的么? 不作工的人,体力是逐渐衰退了;不求学的人,心力又逐渐委靡了;一代传一代,更衰退,更委靡,岂不全是退化的么?

新生活是每一个人每日有一定的工作,又有一定的时候求学。所以制品日日增加。还不是丰富的么? 工是愈练愈熟的,熟了出产必能加多;而且"熟能生巧",就能增出新工作来。学是有一部份讲现在作工的道理;懂了这个道理,工作必能改良。又有一部份讲别种工作的道理;懂了那种道理,又可以改良别种的工。从简单的工改到复杂的工;从容易的工改到繁杂的工;从出产较少的工改到出产较多的工。而且有一种学问虽然与工作没有直接的关系,但是学了以后,眼光一日一日的远大起来，心地一日一日的平和起来，生活上无形中增进许多幸福。这还不是进步的吗？

要是有一个人肯日日作工，日日求学，便是一个新生活的人。有一个团体，里面的人都是日日作工，日日求学，便是一个新生活的团体。全世界的人都是日日作工，日日求学，那就是新生活的世界了。

# 修辞法一　求不坏

关于文章的学问，文法以外还有修辞学。文法所讨论的是词和句的接合法式，修辞学所讨论的是一般的言语的调整和运用方式。对于一节文章，看其中词和词、句和句的接合有没有毛病，是文法上的事；看其中用语是否适合、完密、有力，是否能充分表出内容，是修辞上的事。

修辞上所讨论的有两方面，一是怎样使文章不坏，二是怎样使文章更加好。前者叫做消极的修辞，后者叫做积极的修辞。

消极的修辞是修辞的第一步工夫。一切文章的毛病，除了文法上的缺点外，几乎都可用消极的修辞工夫来医治的。有四个原则：

一、要意义明确　就是要用意义分明的言语，放在文章中毫不会含混，使看的人不致误解。例如"人格"一词，道德上、法律上解释大异，"力"的一词，通俗的解释和物理学上不同，如果漫然使用，就不对了。又如说"无文学素养的人不能作好的小说的批评"，这话也有毛病，因为可以作"无文学素养的人不能批评好的小说"解，也可以作"无文学素养的人不能作好的小说批评"解。标点符号的使用，言语的选择，句子的构造，得当与否，都和明确不明确有关系。

二、要伦次通顺　伦次就是事物的秩序。依了事物本来的秩序来说述，是最正当的办法。例如说"食物被咀嚼、咽下、消化"是通顺的，说"食物被消化、咀嚼、咽下"就不通顺了。又，一件事与别件事之间要有关联，如果突兀地连接在一处，就会使人不明白。例如说"今天在学校里听到公共卫生的讲话。但愿我国的公共卫生能逐渐进步起来"。这是通顺的。倘若说"今天在学校里听到公共卫生的讲话。中国和日本的外交不知已怎样了"。这就不通顺了。依了事物本来的秩序,兼顾到事物与事物的关系,留意地说述,非不得已,勿把这秩序和关系弄乱。

三、要词句平匀　用词造句,要没有怪僻的毛病,非不得已,勿用外国语、古代语、学术语和生硬的句法。对普通朋友问起他的父亲,说"你的 father 好吗?"不妥当;在普通文章中,把"你来做甚么"写作"你来恁地",把"人间多不如意的事"写作"人间多主观客观矛盾的事实",把"今天早上邻家死了一个小孩"故意用颠倒句调写作"邻家死了一个小孩,今天早上",也不妥当。用词造句应力避这种缺点。以地域说,该取本地的;以时代说,该取现代的;以性质说,该取普通的。

四、要安排稳密　就是要前后调和,词句之间没有冲突、重复和疏漏的毛病。第一是用语的周到。同是身体的容积的增加,在健康时叫做"肥胖",因病而起的就叫做"肿胀";同是事物的数目,在牛马叫做"头",在笔就叫做"支"或"管",在纸就叫做"张"或"枚",在桃子就叫做"个",不照式说,就前后不调和了。第二是前后的照应。说"麻雀是动物""麻雀是禽"都可以,若说"麻雀是禽兽"就有冲突了。王羲之《兰亭序》中有"虽无丝竹管弦之盛"一语,后人就批评他"丝竹"和"管弦"重复,可省去其一。反过来说,把重要的词漏掉了也不行。例如替一个自幼就相识的朋友写传记,说"×君××人,父名××,业农,自幼和我相识",这就好像朋友的父亲和作者自幼相识了。"自幼和我相识"之上,应补上"×君"二字才妥当。凡是在词句之间可以指得出缺点的文章,都是不合稳密的原则的。

以上四个原则,看似容易,要养成遵守的习惯却须随时用工夫。

# 习问 四

1. 文选七和文选八,作者说话的态度有甚么分别可说?
2. 从文选一到文选六,那几篇和文选七性质相近,那几篇和文选八性质相近？

　　3.有些文章里面夹杂着作者的报告和作者的意见两种成分。试以文选一、文选二为例，分别指摘出来。

　　4.下面一段文章是把文选二第二段的文句故意改造过的。问（一）那几处不合修辞上的原则？（二）那几处是照改也无妨的？试对照原文仔细玩味分辨。

　　差不多先生的相貌和你我也差不多。他有双眼睛，但看的不很分明；有两只耳朵，但听的不很讲究；有一只鼻子和一只嘴，但他对于气味都不很清楚；他的脑子也不小，但他的记性却不很细密，思想也不很精明。

　　5.标点符号可以增加文章的明确性。文选一第一段里面有许多地方该加引用符号" "，试补加。

# 第五课

## 文话五　文章的分类

　　文章究竟有多少种类,中外古今说法不一。最基本的分类法把文章分为两种。一种是作者自己不说话的文章;一种是作者自己说话的文章。前者普通叫做记叙文;后者普通叫做论说文。

　　记叙文的目的在把事物的形状或变化写出来传给大家看,叫大家看了文章,犹如亲身经验到的一样。作者用不着表示意见,只须站在旁观的地位,把那事物的形状或变化的所有情形报告明白就好了。

　　论说文是作者对于事物的评论或对于事理的说明,目的在叫大家信服、理解。作者在报告事物的情形以外,还要附带说述自己的意见。

　　如果再分得细些,从这两种里把"记"和"叙"、"说"和"论"分开,就成四种:

　　一、记述文——记事物的形状、光景。

　　二、叙述文——叙事物的变化、经过。

　　三、说明文——说明事物或事理。

　　四、议论文——评论事物,发表主张。

　　这种分类都不过是大概的说法,指明文章有这几种性质而已。实际上一篇普通的文章往往含有两种以上的性质,或者在记述之外兼有叙述、说明的分子,或者在叙述之外兼有记述、议论的分子,全篇纯是一种性质的文章不能说没有,可是很少见。例如我们听了演说,提起笔来写道,"演说台上摆着一张小桌子,桌子上摊着雪白的布,左边陈设个花瓶,满插着草花,右边是水壶和杯子。讲演者×××先生年纪在五十左右,中等身材,眉毛浓浓的,看去似乎是一个饱经世故的人。"这是写事物的形状和光景的,属于记述文。接着说,"他先在黑板上写了'中国青年的责任'几个字,就开口演说,从世界大势讲到中国目前的危机,又讲到别国国难时的青年界以及中国青年界的现状,末了归结到青年与国家的关系。……"这是叙事物的变动的,属于叙述文。再接下去,如果说,"这场演说很警策,论到我国青年界的现状这一段尤其痛切,我听了非常感动。……"这是议论文。如果再说一点所以感动的理由,那就是说明文了。

　　每篇文章的性质虽然难得全体一致,但各部分究竟逃不出上面所讲的四种或两种的范围。那一种成分较多,就属于那一种。我们平常所谓记述文或叙述文,就是记叙成分较多的文章,所谓说明文或议论文,就是论说成分较多的文章。

# 文选九　小雨点

陈衡哲

　　小雨点的家在一个紫山上面的云里。有一天,他正同他的哥哥姊姊在屋子里游玩,忽然外面来了一阵风,把他卷到了屋外去。

　　小雨点着了急,伸直了喉咙叫道:"风伯伯,快点放了我呀!"

　　风伯伯一些也不睬,只管吹着他,向地下卷去。小雨点吓得闭了眼睛,连气也不敢出。后来他觉得风伯伯去了,才慢慢的把眼睛睁开,向四面看了一看,只见自己正挂在一个红胸鸟的翅膀上呢! 那个红胸鸟此时正扑着他的翅膀,好像要飞上天去的光景。小雨点不禁拍手叫道:"好了,好了,他就要把我带回我的家去了。"

　　谁知道那个红胸鸟把他的翅膀扑得太利害了,竟把小雨点掀了下来。

　　小雨点看见自己跌在一个草叶上面,他便爬了起来,两只手掩了眼睛,呜呜咽咽的哭起来了。他正哭着,忽听见有一个声音叫着他说道:"小雨点,小雨点,不要哭了,到我这里来罢。"

　　小雨点依着那声音的来处看去,只见有一个泥沼在那里叫他去哩。他心里喜欢,便从那个草叶上面一交滚了下来,向着那泥沼跑去。他跑到了那里,把那泥沼看了一看,不觉掩着鼻子说道:"好齷龊呵!"

　　泥沼把手放在他的嘴上说道:"听呀!"

　　此时小雨点忽听见有流水的声,自远渐渐的近了来。泥沼便对小雨点说:"这是涧水哥哥,他到河伯伯那里去,现在凑巧走过这里。我们何不也同他一路去呢?"

　　于是小雨点跟了泥沼,去会见了涧水哥哥,一同到河伯伯哪里去。

　　小雨点见了河伯伯,觉得自己很小,便问他道:"河伯伯,我为什么这样小?"

　　河伯伯笑着答道:"好孩子,这不打紧,我小的时候也和你一样。"

　　小雨点又说道:"大河伯伯,你现在到那里去?"

　　泥沼和涧水哥哥也同声说道:"不错,不错,大河伯伯,你现在到那里去?"

　　河伯伯道:"我到海公公那里去,就永远住在他那里了。"

　　小雨点和泥沼和涧水哥哥都同声说道:"好伯伯,你能告诉我们,海公公是怎么一个样子吗?"

　　河伯伯道:"海公公吗? 他是再要慈爱没有的了。他见了什么东西,都要请他去住在他的家里。"

　　小雨点道:"他也请像我一样的小雨点吗?"

　　河伯伯道:"只要你愿意,他一定请你的。你可知道他小的时候也是一个小雨点吗?"

　　他们四个一路上有谈有笑,倒也很快活。隔了两天,居然到了海公公的宫里去。只见海公公掀着雪白的胡子,笑着迎了出来。他见了小雨点,十分喜欢,问了他好多的话。小雨点心里也觉得快活,那天竟没有想到家里。可是到了第二天又想回去了。他便拉着海公公的胡子说:"海公公，你肯送我回家去吗？"

海公公说："好孩子，你若回去，也没有什么不可以。但你须要耐心些才是。"

海公公的房子是一个又大又深的宫。小雨点在他的底下住了两天。到了第三天，他正一人哭着，想回家去，忽听见海公公在屋面上叫他。小雨点跟着那声音升了上去。只见白云紫山，可不是他的家吗？他见了喜得手舞足蹈的说道："看呀，看呀！海公公，那不是我的家吗？"

海公公摩着他的头说道："好孩子，我是留不住你的了，只好让你回去罢。"

小雨点也很不忍心离开这样慈爱的海公公。不过他要回家的心太利害了，所以只得含着眼泪，辞别了海公公，向天上升去。

说也希奇，此刻小雨点只觉得他的身子一刻大似一刻。不一会，他已升得很高。他心里喜欢，说道："今晚我一定可以到家了，好不快活呵！"

到了下午，他升到了一个高山的顶上，觉得有些疲倦。他向下一看，只见有一朵小小的青莲花，睡在一堆泥土的旁边。他便对自己说："我今天升得也够了，不如休息一刻再说罢。"

说了这个，他便向着那青莲花进行。忽然他身子又缩小起来。他着了慌，再睁眼仔细一看，阿呀！他不在那朵花瓣上又在那里呢？他此时不觉又哭起来了。

他正哭着，忽听见那青莲花叫着他的名字，说道："小雨点，不要哭了，请你快来救救我的命罢。"

小雨点听了很希奇，不由得止了哭，把那青莲花细细的看了一看，只见她清秀之中显出十分干枯苍白。青莲花此时又接着说道："我差不多要死了，请你救救我的命罢。"

小雨点听了，心里很不忍，便答道："极愿极愿！但是我可不知道应该怎样的救你。"

青莲花道："听着呵！我为的是欠少了一点水，所以差不多要死。你若愿意救我的命，你须让我把你吸到我的液管里去。"

小雨点吓了一大跳，竟回答不出话来。

青莲花道："小雨点，不要害怕，你将来终究要回家去的，不过现在冒一冒险罢了。你愿意吗？"

小雨点听了，心里安了些。把青莲花看了一看，不由得又疼又爱。他想了一想，便壮着胆说道："青莲花，我为了你的缘故，现在情愿冒这个险了。"

青莲花十分感激，果真的把小雨点吸到了她的液管里去。不到一会，她那干枯苍白的皮肤忽然变为美丽丰满。她在风中颤着，向四处瞧望。忽见有个小女儿走过她的身旁。她便把她身上的香味送到那女孩的鼻子里，说道："女孩子，看我好不美丽。为什么不把我戴在你的发上呢？"

那女孩子果真把她折了，戴在她自己的发上。

但是到了晚上，那女孩子忽然又不喜欢这个青莲花了。她便把她从发里取了下来，丢在他爹爹的园里。

青莲花知道她这次真要死了。她又想到了温柔的小雨点，心里很痛苦，不由得叫道："小雨点，小雨点！"

小雨点本来没有死，不过睡着罢了。此刻听了青莲花的声音，便醒了过来，说道："我在什么地方呢？"

青莲花答道："你在我的液管里。"

小雨点听到这里，才慢慢的把往事记了起来。他叹着气说道："青莲花，你自己又在那里？"

青莲花便把她的经历一一的告诉了小雨点。她又说道："小雨点，现在我可真的要死了。"

小雨点着了急，说道："青莲花，青莲花！快快的不要死，我愿意再让你把我吸到液管里去。"

青莲花叹了一口气，说道："痴孩子，现在是没用的了。况且你已经在我的液管里，我又怎样能再吸你呢？但是，小雨点，你不必失望，因为我明年春间仍要复活的。你若想念我，应该重来看看我呵！再会了。"

小雨点哭着叫道："青莲花，青莲花！快快不要死呀！"

但是青莲花已经不听见他了。小雨点一面哭着,一面看去,好不希奇:他那里在什么青莲花的液管里,他不是明明在一个死池旁边的草上吗? 他把死池看了一看,央着说道:"泥沼哥哥……"

死池恶狠狠的说道:"我不是泥沼,我是死池。"

小雨点便道:"死池哥哥,你能把我送到海公公家里去吗?"

死池哼着鼻子,说道:"我从来没有听见过这个地方。"

小雨点听了,知道没望了,不由得又哭了起来。他哭得好不伤心,死池听了,也有些不忍,便问道:"你要到海公公家去做什么?"

小雨点答道:"我要他送我回家去。"

死池皱着眉毛,想了一想,说道:"你可知道,你不必到海公公家,也可以回家去的吗?"

小雨点听了,快活得跳了起来,说道:"死池哥哥,你的话真吗? 你肯告诉我,怎样的回家去呢?"

死池道:"你且等着,待太阳公公来了,便知道了。"

小雨点不敢再问,只得睡在草上,静待了一夜。明朝太阳公公来了,果然的把小雨点送回了家去。小雨点见了他的哥哥姊姊,自然喜欢得说不出话来。他又把他在地上的经历一一的告诉了他们。后来他还约了他们,要在明年春间,同他们到地上去看那复活的青莲花哩。

# 文选十　工作与人生

### 王光祈

什么是工作?

为什么要工作?

工作的定义就是:

"以自己的劳力作成有益于人的事业。"

劳力二字,是包含用体力的,或是用脑力的。用体力的如农夫、木匠等等;用脑力的如教育家、著作家等等。

要用自己的劳力。如利用他人的劳力，那不算工作，如资本家是。有益的事业包含必需、普遍诸意义；凡可以使人类物质上、精神上得满足的快慰的，都叫做有益的事业，如农夫劳动结果所得的米面，著作家劳动结果所得的出版物是。其余非人类必需的，或是不能普遍的，便不叫做"有益"。

有益于人的"人"字包含他人及自己。自己为人群里头一分子；人群既得了利益，自己也包含在内。

关于为什么要工作的问题，据我所知道的，有三种学说：

（一）报恩主义　我们人类所以要工作的缘故，就是因为我们所消费的都是别人所给与的。既然别人有恩于我，我们自然应该报答。从前奴隶对于主人，与现在无识的劳动者对于资本家，皆是此种感想。

（二）偿债主义　我们所以必要从事工作的缘故，因为我们所消费的都是与别人交易得来的。非如报恩主义专凭良心上、道德上应该报答的问题；乃是实际上有无相通、公平交易的问题。

以上两种主义，其主论根据虽然不同，而根本上的错误则是一样。因为他们都承认世界上"施恩者""债权者"之存在，所以才生出这种"报""偿"的关系。这种"施恩者""债权者"观念发生的原因，是错把一种"该做或不该做的"事情当作"可以做可以不做的"事情。譬如父母对于儿女是应该扶养教育的。在报恩主义，则以为这种扶养教育的行为是"可以做可以不做的"。如父母尽了他的分内该做的责任，便为一种大恩；如父母不尽他的分内该做的责任，亦觉无大过错。又如生产机关生产物本应属之公有，而不应随意独占。在偿债主义则以所有权为前提，而谓偿贷关系是一种任意行为，"可以贷可以不贷的"。总之，以上两个主义都错把别人分内应该做的事情视为恩，视为债。我以为父子之间各做所当做，爱其所爱，无所谓报恩；社会之中各尽所能，各取所需，无所谓偿债。将来世界大同，老弱残废皆由社会扶养，若责以报恩偿债，我恐怕这些人永无"报""债"的日子了。

以上两个主义既不能解决"为什么要工作"这个问题，遂产生第三个主义，就是

（三）共同生活主义　吾人不能脱离社会而生存；一衣一食，一坐一卧，所有一生的需要，皆取自社会。社会之所以能存在，能进步，又全赖人类继续不断的劳动。古语说的好："一夫不耕，或受之饥；一女不织，或受之寒。"故吾人最大之职分，即是为共同生活而工作，以创造未来之世界。

# 文法四　句和短语

　　两个以上的词拼合起来，完成一个意义，说来写来成功一句有意义的话的，叫做句。例如：

　　　　人来。

　　　　鸟啄木。

　　　　太阳是恒星。

这些是句。句的内容无非就了一种事物说它怎样或是甚么。"人来"是就了"人"而说他"来"，"鸟啄木"是就了"鸟"而说它"啄木"，"太阳是恒星"是就了"太阳"而说它"是恒星"。句的构成上，第一个条件要有一种事物（如"人""鸟""太阳"），第二个条件要就了这一种事物说它怎样或是甚么（如"来""啄木""是恒星"）。这里面表示事物的部分叫做主语，表示怎样或是甚么的部分叫做述语。凡是完全的句，都含有主语和述语两个部分。

　　两个以上的词联合起来，不完成一个意义，说来写来不成功一句有意义的话的，不算是句，有的仍是词，有的叫做短语。例如：

　　　　来人

　　　　啄木鸟

　　　　太阳星

只在"人""鸟""星"上加了一种限制，就是加了一个形容词而已，结果只成就一种内容比较复杂的名词，所以仍是词。

　　另有一种含着介词的叫做短语。例如：

啄木之鸟称啄木鸟。

啄木鸟是啄木的。

啄木鸟在树上啄害虫。

这里面"啄木之鸟""啄木的"含有后介词"之"和"的","在树上"含有前介词"在",意义都不完成,都叫做短语。这些短语,因性质不同,分为三种。

一、名词短语　用后介词"之"或"的"把上下两种词接合起来的叫做名词短语,其性质等于名词。例如:

啄木之鸟

未来的人

恒星中的太阳

二、形容词短语　后介词"之"或"的"上面有词下面不带词的叫做形容词短语,其性质等于形容词。例如:

啄木之

未来的

恒星中的

三、副词短语　前介词和它所介绍的词合起来叫做副词短语。例如:

人从故乡来。

啄木鸟在树上啄害虫。

太阳于早晨出来。

这里面的"从故乡""在树上""于早晨"都是副词短语。

短语和句的分别全在意义的完成与否,不在字数的多少,短语之中有字数很多内容很复杂的。例如:

这是读死书的先生们的普通毛病。(名词短语)

于是而有不费一兵一卒而得着的人群的进步。(形容词短语)

以上两个主义都错把别人分内应该做的事情视为恩,视为债。

(副词短语)

# 习问 五

1.把前面读过的十篇文章分成记叙文和论说文两大类。

2.记述和叙述有甚么分别？试从文选中各举出几句做个例子。

3.说明和议论有甚么分别？试从文选中各举出几句做个例子。

4.把下面的各句分成主语、述语两部分。

中山先生与我刚由桂林回来。

陈炯明乘虚率军潜入省城。

中山闻信。

我们四人手里带一点零碎。

卫兵提出的第一条件就是保我平安出险。

青莲花便把她的经历一一的告诉了小雨点。

5.把文选八里的短语一一摘出来，并说明那些是名词短语，那些是形容词短语，那些是副词短语。

# 第六课

## 文话六　应用文

文章的种类,除了上面所讲过的分为四种(或两种)以外,如果用另外的标准,又可以分为普通文和应用文两种。

除了学生在学校里练习的写作以外,凡是文章,都是作者感到有写出的必要才写成的。作者对于一种事物或事理觉得有话要向大家说,而且觉得非说不可,这才提起笔来写文章。在这意义上,可以说一切文章都是应用的,世间断不会有毫无目的漫然写文章的作者。

可是另有一种文章是专门应付生活上当前的事务的,写作的情形和普通的文章不同。作者写普通的文章,或者想报告自己的经验,或者想抒述自己的心情,或者想发表自己的意见,原都是有用的,不过究竟要写或不写全是作者的自由,作者面前并没有事务来逼迫着他,使他非应付不可。

我们实际生活上,为了事务的逼迫而写作文章的时候很多,文人以外的一般人,毕生写作的差不多全是应付事务的文章。我们有事情要向不在眼前的朋友接洽,就得写书信;向别人赁房屋或田地,就得写租契;和别人有法律交涉,就得做状子;和别人合作一桩事业,就得订议约或合同;此外如官吏的批公文,草法规,工商界的写单据,做广告,都是应付当前事务的工作,并非自己有意要写文章,然而不得不写。这种文章特别叫做应用文。对于应用文而言,其余的文章都叫做普通文。

应用文的目的在应付实际事务,有的属于交际方面,有的属于社会约束方面,和我们的实际生活关系很密切,所以都有一定的型式。我们写普通文,不论是记述文、叙述文或是说明文、议论文,都可自由说话,不受刻板的型式的限制;惟有写应用文不能不遵守型式,否则就不合式。普通文以一般的读者为对手,内容比较广泛,所以写作起来比较自由。应用文的对手往往是特定的某一个人或若干人,而内容又多牵涉到实际生活上的事务,写作起来须顾虑到社交上、法律上、经济上的种种关系,所以限制就严密了。

# 文选十一　中学法

### 国民政府公布〔二一,一二,二四〕

第一条　中学应遵照《中华民国教育宗旨及其实施方针》,继续小学之基础训练,以发展青年身心,培养健全国民,并为研究高深学术及从事各种职业之预备。

第二条　中学分初级中学、高级中学。修业年限各三年。

初级中学、高级中学得混合设立之。

第三条　中学由省或直隶于行政院之市设立之。但按照地方情形有设立中学校需要而无妨碍小学教育之设施者,得由县、市设立之。

私人或团体亦得设立中学。

第四条　中学由省、市或县设立者,为省立、市立或县立。中学由两县以上合设者,为某某县联立中学。由私人或团体设立者,为私立中学。

第五条　中学之设立、变更及停办,由省或直隶于行政院之市设立者,应由省、市教育行政机关呈请教育部备案。其余呈由省、市教育行政机关核准转呈教育部备案。

第六条　中学之教育科目及课程标准,由教育部定之。

中学应视地方需要,分别设置职业科目。

第七条　中学教科图书,应采用教育部编辑或审定者。

第八条　中学设校长一人,综理校务。省立中学,由教育厅提出合格人员经省政府委员会议通过后任用之。直隶于行政院之市市立中学,由市教育行政机关选荐合格人员呈请市政府核准任用之。县、市立中学,由县、市政府选荐合格人员呈请教育厅核准任用。除应担任本校教课外,不得兼任他职。

前项中学校长之任用,均应由省、市教育行政机关按期汇案呈请教育部备案。

私立中学校长,由校董会遴选合格人员聘任之,并应呈请主管教育行政机关备案。

第九条　中学教员,由校长聘任之。应为专任。但有特别情形者,得聘请兼任教员,其人数不得超过教员总数四分之一。中学职员,由校长任用之。均应呈请主管教育行政机关备案。

第十条　中学校长、教员之任用规程,由教育部定之。

第十一条　高级中学入学资格,须曾在公立或已立案之私立初级中学毕业。其在初级中学毕业生人数过少之地方,得招收具有同等学力者,但不得超过录取总额五分之一。初级中学入学资格,须曾在公立或已立案之私立小学毕业或具有同等学力者。均应经入学试验及格。

第十二条　初级或高级中学学生修业期满,成绩及格,由学校给予毕业证书。

第十三条　中学规程由教育部定之。

第十四条　本法自公布日施行。

# 文选十二　中国国民党之政纲

甲　对外政策

一　一切不平等条约,如外人租借地、领事裁判权、外人管理关税权、以及外人在中国境内行使一切政治的权力侵害中国主权者,皆当取销。重订双方平等互尊主权之条约。

二 凡自愿放弃一切特权之国家及愿废止破坏中国主权之条约者，中国皆将认为最惠国。

三 中国与列强所订其他条约有损中国之利益者，须重新审定。务以不害双方主权为原则。

四 中国所借外债，当在使中国政治上、实业上不受损失之范围内保证并偿还之。

五 庚子赔款当完全划作教育经费。

六 中国境内不负责任之政府，如贿选窃僭之北京政府，其所借外债，非以增进人民之幸福，乃为维持军阀之地位，俾得行使贿买侵吞盗用。此等债款，中国人民不负偿还之责任。

七 召集各省职业团体（银行家商会等）、社会团体（教育机关等）组织会议，筹备偿还外债之方法，以求脱离因困顿于债务而陷于国际的半殖民地之地位。

乙 对内政策

一 关于中央及地方之权限，采均权主义。凡事务有全国一致之性质者，划归中央；有因地制宜之性质者，划归地方。不偏于中央集权制或地方分权制。

二 各省人民得自定宪法，自举省长。但省宪不得与国宪相抵触。省长一方面为本省自治之监督，一方面受中央指挥以处理国家行政事务。

三 确定县为自治单位。自治之县，其人民有直接选举及罢免官吏之权，有直接创制及复决法律之权。

土地之税收，地价之增益，公地之生产，山林川泽之息，矿产水力之利，皆为地方政府之所有。用以经营地方人民之事业，及应扶幼、养老、济贫、救灾、卫生等各种公共之需要。

各县之天然富源及大规模之工商事业，本县资力不能发展兴办者，国家当加以协助。其所获纯利，国家与地方均之。

各县对于国家之负担，当以县岁入百分之几为国家之收入，其限度不得少于百分之十,不得超过于百分之五十。

四 实行普通选举权。废除以资产为标准之阶级选举。

五 严订各种考试制度,以救选举制度之穷。

六 确定人民有集会、结社、言论、出版、居住、信仰之完全自由权。

七 将现时募兵制度渐改为征兵制度,同时注意改善下级军官及兵士之经济状况,并增进其法律地位。施行军队中之农业教育及职业教育。严定军官之资格。改革任免军官之方法。

八 严定田赋地税之法定额。禁止一切额外征收,如厘金等类,当一切废绝之。

九 清查户口。整理耕地。调正粮食之产销,以谋民食之均足。

十 改良农村组织。增进农人生产。

十一 制定劳工法。改良劳动者之生产状况。保障劳工团体,并扶助其发展。

十二 于法律上、经济上、教育上、社会上,确认男女平等之原则,助进女权之发展。

十三 励行教育普及。以全力发展儿童本位之教育。整理学制系统。增高教育经费,并保障其独立。

十四 由国家规定"土地法"、"土地使用法"、"土地征收法"及"地价税法"。私人所有土地,由地主估价,呈报政府。国家就价征税,并于必要时得依报价收买之。

十五 企业之有独占的性质者,及为私人之力所不能办者,如铁道、航路等,当由国家经营管理之。

以上所举细目,皆吾人所认为党纲之最小限度,目前救济中国之第一步方法。


# 文法五　句的主要成分和附加成分

句是就了一种事物而说述它"怎样"或"是甚么"的。表示事物的部分叫做主语，表示怎样或是甚么的部分叫做述语。主语是表示事物的，用名词或代名词来做。述语是表示那事物的怎样或是甚么的，表示怎样的时候用动词或形容词来做，表示是甚么的时候用名词或代名词来做。

最简单的句子，其中所用的词不出名词、代名词、动词和形容词（或形容词短语）四类。句的构成样式有下面的几种：

人来。（用名词"人"做主语，自动词"来"做述语。）

身体好。（用名词"身体"做主语，用形容词"好"做述语。）

猫捕鼠。（用名词"猫"做主语，他动词"捕"带被动词"鼠"做述语。）

我是学生。（用代名词"我"做主语，同动词"是"带名词"学生"做述语。）

桃花是红的。（用名词"桃花"做主语，同动词"是"带形容词短语"红的"做述语。）

上面五个是句的基本构造的式样，形体虽然简单，可是句的主要成分已完全无缺了。普通所见的较复杂的句，只是在主要成分上再添些附加成分而已。句的附加成分有下面几种。

一、形容词或形容词短语　可附加于句中各个名词上。例如：

老人来。

你的身体好。

黑猫捕小鼠。

我是中学生。

普通的桃花是红的。

二、副词或副词短语　可附加于句中各个动词或形容词上。例如：

人从故乡来。

身体很好。

猫在夜间捕鼠。

我也是学生。

桃花在颜色上是红的。

三、助词　可附加于句末。例如：

　　人来了。

　　身体好吗？

　　猫捕鼠哩。

　　我是学生呢。

　　桃花是红的呀。

四、感叹词　可附加于句的头上。例如：

　　啊，人来。

　　呀，身体好？

　　哦，猫捕鼠！

　　呃，我是学生。

　　喏，桃花是红的。

一句句子普通含有两种成分，一种是主要成分，一种是附加成分。一句极简单的句子如"人来"，如果在各部分附加别的成分上去，可造成极复杂的句子。例如：

　　呀，你和我昨天在张三家里见过的那个会说笑话的老人正从弄口慢慢地向我们这里来了。

翻过来说，一句较复杂的句子，如果把它的附加部分删去，就成为只剩主要部分的句子。例如：

　　小雨点的家在一个紫山上面的云里。

　　他正同他的哥哥姊姊在屋子里游玩。

删去附加成分，就是：

　　家在云里。

　　他游玩。

# 习问 六

1.文选十一和文选十二，写作的目的和其他文章有甚么不同？以甚么人为读者？

2.自文选一至文选十，各篇文章写作的目的是甚么？各以甚么人为读者？

3.文选十一、十二里面，有记述、叙述的成分吗？如果没有，为甚么？

4.试就下列各句，指出主要成分和附加成分来。

各省人民得自定宪法。

海公公的房子是一个又大又深的宫。

卫队开始用来福枪及机关枪与敌人对射。

中学应遵照《中华民国教育宗旨及其实施方针》，继续小学之基础训练。

5.试就下列各句，加添相当的附加部分，造成长句。

张三是孩子。

电报来。

学生读书。

山高。

# 第七课

## 文话七　书信的体式

应用文中最普通的是书信,别种应用文也许有人可以不写,至于书信,几乎任何人非写不可,有人说,"现代的厨子,书信来往比古代的大臣要多。"在现代生活中,我们差不多每天要写书信,书信的繁忙是现代生活的特征之一。

书信的目的在接洽事务,写书信给别人,情形和登门访问面谈要事一样。因此,登门访问时的谈话态度,就可适用于书信。

书信的构造通常可分为三部分:第一部分叫做"前文",内容是寻常的招呼和寒暄;第二部分是事务,这是书信的最主要的部分;第三部分仍是寒暄和招呼,叫做"后文"。

这三部分的组织是很自然的。我们写书信给别人,目的原为接洽事务,但是不能开端就突然提出事务,事务接洽完毕以后,也不能突然截止,不再讲些别的话。这只要看访问时的谈话情形就可以明白。假如我们想向朋友借书,到他家里去找他谈话,见到的时候,决不能突然说"把×书借给我";如果是彼此好久不曾看见了,自然会说"××兄,久不见了,你好!"如果是昨天才见过的,就会说"××兄,昨天你就回来的吗?"或"你昨天又到那里去? 和你同走的是谁?"如果是新入大学的,就会说"××兄,听说你已入××大学了,功课忙吗?"这些话就相当于前文。以后才谈到借书的事情上去。那位朋友答应借书了,我们也不会拿了书就走，总得说几句话。"今天来吵你，对不起"，"这本书我借去，过几天亲自来奉还"，"那末我把书拿去了，再会"，这就是"后文"了。

前文与后文的繁简，因对手的亲疏而不同。从前的书信，往往有前文、后文很郑重累坠，看了一张八行信笺还不知信中的要事是甚么的；近来却流行简单的了。但无论如何简单，一封书信中，三部分的组织是仍旧存在的。

# 文选十三　谈动

朱光潜

朋友：

从屡次来信看，你的心境近来似乎很不宁静。烦恼究竟是一种暮气，是一种病态，你还是一个十八九岁的青年，就这样颓唐沮丧，我实在替你担忧。

一般人欢喜谈玄。你说烦恼，他便从《哲学辞典》里拖出"厌世主义""悲观哲学"等等堂哉皇哉的字样来叙你的病由。我不知道你感觉如何？我自己从前仿佛也尝过烦恼的况味，我只觉得忧来无方，不但人莫之知，连我自己也莫名其妙，那里有所谓哲学与人生观！我也些微领过哲学家的教训：在心气和平时，我景仰希腊廊下派哲学者，相信人生当皈依自然，不当存有嗔喜贪恋；我景仰托尔斯泰，相信人生之美在宥与爱；我景仰白朗宁，相信世间有丑才能有美，不完全乃真完全；然而外感偶来，心波立涌，拿天大的哲学也抵挡不住。这固然是由于缺乏修养，但是青年们有几个修养到"不动心"的地步呢？从前长辈们往往拿"应该不应该"的大道理向我说法。他们说，像我这样一个青年应该活泼泼的，不应该暮气沈沈的，应该努力做学问，不应该把自己的忧乐放在心头。谢谢罢，请留着这副"应该"的方剂，将来患烦恼的人还多呢！

朋友，我们都不过是自然的奴隶。要征服自然，只得服从自然。违反自然，烦恼才乘虚而入。要排解烦闷，也须得使你的自然冲动有机会发泄。人生来好动,好发展,好创造。能动,能发展,能创造,便是顺从自然,便能享受快乐。不动,不发展,不创造,便是摧残生机,便不免感觉烦恼。这种事实在流行语中就可以见出,我们感觉快乐时说"舒畅",不感觉快乐时说"抑郁"。这两个字样可以用作形容词,也可以用作动词。用作形容词时,它们描写快或不快的状态;用作动词时,我们可以说它们说明快或不快的原因。你感觉烦恼,因为你的生机被抑郁;你要想快乐,须得使你的生机能舒畅,能宣泄。流行语中又有"闲愁"的字样,闲人大半易于发愁,就因为闲时生机静止而不舒畅。青年人比老年人易于发愁些,因为青年人的生机比较强旺。小孩子们的生机也很强旺,然而不知道愁苦,因为他们时时刻刻的游戏,所以他们的生机不至于被抑郁。小孩子们偶尔不很乐意,便放声大哭,哭过了气就消去。成人们感觉烦恼时也还要拘礼节,哪能由你放声大哭?吃黄连苦在心头,所以愈觉其苦。歌德少时因失恋而想自杀,幸而他的文机动了,埋头两礼拜著成一部《维特之烦恼》,书成了,他的气也泄了,自杀的念头也打消了。你发愁时并不一定要著书,你就读几篇哀歌,听一幕悲剧,借酒浇愁,也可以大畅胸怀。从前我很疑惑何以剧情愈悲而读之愈觉其快意,近来才悟得这个泄与郁的道理。

总之,愁生于郁,解愁的方法在泄;郁由于静止,求泄的方法在动。从前儒家讲心性的话,从近代心理学眼光看,都很粗疏,只有孟子的"尽性"一个主张,含义非常深广。一切道德学说都不免肤浅,如果不从"尽性"的基点出发。如果把"尽性"两字懂得透澈,我以为生活目的在此,生活方法也就在此。人性固然是复杂的,可是人是动物,基本性不外乎动。从动的中间我们可以寻出无限快慰。这个道理我可以拿两件小事来印证:从前我住在家里,自己的书房总欢喜自己打扫。每看到书籍零乱,灰尘满地,你亲自去洒扫一过,霎时间混浊的世界变成明窗净几,此时悠然就坐,游目骋怀,乃觉有不可言喻的快慰。再比方你自己是欢喜打网球的,当你起劲打球时,你还记得天地间有所谓烦恼么?

你大约记得晋人陶士行的故事。他在官舍没有事做,便去搬砖,晨间把一百块砖由斋里搬到斋外,暮间把一百块砖由斋外搬到斋里。人问其故,他说,"吾方致力中原,过尔优逸,恐不堪事。"他又尝对人说,"大禹圣人,乃惜寸阴,至于众人,当惜分阴。"其实惜阴何必定要搬砖,不过他老先生还很苦壮,藉这个玩艺儿多活动活动,免得抑郁无聊罢了。

　　朋友,闲愁最苦！愁来愁去,人生还是那么样一个人生,世界也还是那么样一个世界。假如把自己看得伟大,你对于烦恼当有"不屑"的看待;假如把自己看得渺小,你对于烦恼当有"不值得"的看待;我劝你多打网球,多弹钢琴,多栽花,多搬砖弄瓦。假如你不欢喜这些玩艺儿,你就谈谈笑笑,跑跑跳跳,也是好的。就在此祝你

　　谈谈笑笑,

　　跑跑跳跳！

你的朋友,光潜。

# 文选十四　致俞平伯书

## 周作人

### 一

平伯兄:

　　来函读悉。嘱写楹联,甚感困难,唯既不能免,不如早点交卷,(此考试时成绩不佳者之心理,今未免效颦。)附上乞察阅。实在不成字,容将来学好后再为换写耳。(晚间所写,恐墨太淡。)匆匆。

十月十七日夜,作人。

　　再,所用纸亦算是旧纸,而颇粗,恐非书画用者,不过于不佞已甚好,且裱后看去亦尚不恶。又及。

## 二

平伯兄：

前寄一函至园,想已达览。久不见绍原,又未得来信,于昨日便道去一访,云卧病未晤,不知系何病,独卧旅邸,颇觉可念。兄在城时不知有暇能去一访问否? 并乞去后以其近状见示为感。匆匆即颂雪佳。

二月八日,作人。

## 三

平伯兄：

印了这么一种信纸,奉送一匣,乞察收。此像在会稽妙相寺,为南朝少见的石像之一,又曾手拓其铭,故制此以存纪念,亦并略有乡曲之见焉,可一笑。匆匆。

十一月二十一日,作人。

# 文法六　句的种类

句的种类可由两方面来分别。

(甲)从性质上分类,可得四种:

一、直说句　这是对于某事物直捷地说述的句子,在文章、谈话中占着大多数。其中又分叙述的和说明的二种。前者是说述事物"怎样"的,后者是说述事物"是甚么"的。例如:

　　我也些微领过哲学家的教训。(叙述)

　　烦恼究竟是一种暮气。(说明)

二、疑问句　这是带疑问口气的句子,句末常加疑问符号"?"。其中又分询问的和反问的二种。前者是真因了不明白而发问的,后者是明白了而故意发问的。例如:

河伯伯，我为什么这样小？（询问）

海公公，那不是我的家吗？（反问）

三、命令句　这是表示希望或命令之意的句子。例如：

风伯伯，快点放了我呀！（希望）

小雨点，不要哭了。（命令）

四、感叹句　这是带了喜、怒、哀、乐等感情说述的句子，句首常有感叹词，句末加感叹符号"！"。例如：

呀，我要死了！

哦，这里风景真好！

以上四种句式，全体又可有肯定和否定的分别。说述事物"怎样""是甚么"的是肯定句，说述事物不"怎样"不"是甚么"的是否定句。例如：

烦恼究竟是一种暮气。（肯定）

海公公，那不是我的家吗？（否定）

（乙）从形体上分类，可得二种：

一、单句　这是以一个事物为主语，以一个动词、形容词、同动词（或附带被动词、补足语等）为述语的句子。例如：

你的心境近来似乎很不宁静。

一般人欢喜谈玄。

二、复句　这是主语或述语不止一个，分解起来，可成几句的句子。其中有许多种式样。

（1）主语不止一个的。例如：

土地之税收，地价之增益，公地之生产，山林川泽之息，矿产水力之利，皆为地方政府之所有。（主语五个，述语只是"为地方政府之所有"一个，改为单句，可得五句。）

（2）述语不止一个的。例如：

他在官舍没有事做，便去搬砖，晨间把一百块砖由斋里搬到斋外，暮间把一百块砖由斋外搬到斋里。（述语四个，主语只"他"一个，改为单句，可得四句。）

（3）句中含有别的句的。例如：

　　你知道中国最有名的人是谁？（"中国最有名的人是谁"是句，这里作着"知道"的被动词。）

（4）用接续词把两句接成一句的。这类句子，式样甚多。例如：

　　价廉而物美。（"价廉""物美"都是句，用"而"字接续着。）

　　你来或者我去。（"你来""我去"都是句，用"或者"接续着。）

　　与其你来，毋宁我去。（用"与其""毋宁"把"你来""我去"两句接续着。）

# 习问 七

1.书信文和普通文不同的是那几点？

2.就文选十三、十四分出前文、要事、后文三个部分来。

3.试依下列条件造句。

一、肯定的叙述句

二、否定的说明句

三、肯定的询问句

四、否定的反问句

五、肯定的命令句

六、否定的希望句

七、表示怒意的肯定的感叹句

八、表示悲哀的否定的感叹句

4.把下列各复句改造成只有一个主语和述语的单句。

此像在会稽妙相寺，为南朝少见的石像之一。

风伯伯一些也不睬，只管吹着他，向地下卷去。

衣、食、住是人生缺少不来的。

5.下列各句中如含有单句，试摘出来。

他……心里总不很明白为什么火车不肯等他两分钟。

我景仰托尔斯泰，相信人生之美在宥与爱。

新生活是每一个人每日有一定的工作。

# 第八课

## 文话八　书信和礼仪

凡是文章，都假想有读者的，写作的态度和方法因读者的不同而变换。说话也是这样，同是一场演说，对中学生讲和对社会大众讲，内容尽可不变，可是用辞的深浅、引例的难易以及口吻、神情等等都该不一样才对。

书信的读者是限定的特殊的个人，作者自己和这个人的关系，写作的时候须加以注意。写给老朋友的信和写给未曾见面的陌生人的信应该不同，写给长辈的信和写给并辈或下辈的信也应该不同。言语上的一切交际礼仪，在书信中差不多完全适用。

从一方面说，书信比言语更要注意礼仪。因为我们当面对人说话的时候，除了声音以外，还有举动、神情、态度等等帮助。学生拿了书本对先生说，"给我解答一个问题！"这明明是命令口气，但那学生如果是鞠着躬用着请求的态度说的，先生听了决不会动气。在书信里就不然了，书信是用文字写成的，除了文字以外没有举动、神情、态度等等帮助，一不小心就失了礼仪，使读者不快。所以"给我解答这个问题"这一句话，在书信里非改作"请给我解答这个问题"不可。历来书信多用敬语，原因就在这上面。

书信里的称呼向来是很复杂的。称对手的有"仁兄大人"、"阁下"、

"足下"、"执事"、"台端"、"左右"等等,自称的有"愚弟"、"鄙人"、"不佞"等等。现在改得简单了,除彼此有特殊称呼的(如母舅和外甥、表兄和表弟、叔叔伯伯和侄等)以外,一般的尊称是"先生",知友称"兄",自称是"鄙人"或"弟"。"我"字向来是不常用的,现在不妨用了。"你"字有"你"、"您"两个,称同辈以上该用"您",称同辈以下不妨用"你"。

书信通常用请安问好作结,署名下常用"顿首"、"敬启"、"拜启"、"敬上"等字样。这种敬语,在最初也许是表示真实的情意的,流传下来,成了习惯,就是一种礼仪的虚伪了。在可能的范围内,这等地方应该力求简单合理。

书信在文章以外,还有许多事项应该注意,如书写的行款、信笺的折法、信封的写法以及邮票的粘贴方位等等都是。这些事项大概可以依从一般的习惯,而且与文章本身无关,所以这里不多说了。

# 文选十五　与郭意城书

彭玉麟

意城仁兄大人阁下:

春间星沙快晤,畅聆尘论,深慰离悰! 旋于岳阳楼下,奉到手教;辱蒙绮注殷拳,感铭何如!

命题哲嗣子静世兄《读书秋树图》,携于行箧,抵鄱湖坐风,草草题就;不足言诗,塞责而已。维时鳞鸿乏便,致稽裁答。展转奔驰,携到浙省;晤艺农观察,始询悉令嗣已弃书入仕,分发此间,——初不知也,以为犹在家园肄业,故前题专以读书秋斋为言也;歉甚! 昨世兄来见殷勤,诚君家千里骥,欣羡无已! 弟奔波江上,旧恙频发,年朽一年,颓唐老我! 无益江防,徒取罪戾,惶愧何如! 月之十五,在苏垣拜折,销去今年差事。于月之廿一,抵西湖退省庵庐。惟期海波不扬,可以在此处湖山度岁;否则随时出江,行踪莫定。倭奴专使入都,诸事狡诈,索取兵费,出于非常,迄今尚未定议;恐是缓我以待其谋也。然纵归和局,不过目前苟安,未可为恃。和事可百年不背，而兵事不可一日不防。自强之道，是所望于疆吏作三年蓄艾之计；万万不可幸和而松江海之防也！狂悖之言，不才无忌，谅我兄有心人，当为然耳！所幸大江南北，年岁大熟，民心甚安。湖湘不卜何似？内里大工告停，实天下苍生之幸。目睹时事，深用杞忧；不才亦可谓多事而不自安分矣。遥想起居安善，即事多欣，当如私颂！昨在焦山，以海防事小住一月。僧人好事，代刻梅花一石。兹拓两幅，外延陵季子《圣书十字碑》一幅，伴函。忽忽手此，尚请台安！欲言不尽。

　　筠翁想已入都矣。

弟麟顿首。　九月廿八日。

# 文选十六　与子书

## 左宗棠

孝威孝宽知之：

　　我于廿八日开船，是夜泊三汊矶，廿九日泊湘阴县城外，三十日即过湖抵岳州。南风甚正，舟行甚速，可毋念也。

　　我此次北行，非其素志，尔等虽小，当亦略知一二。世局如何，家事如何，均不必为尔等言之；惟时刻难忘者，尔等近年读书无甚进境，气质毫未变化，恐日复一日，将求为寻常子弟而不可得，空负我一片期望之心耳。夜间思及，辄不成眠，今复为尔等言之。尔等能领受与否，则我不能强之，然固不能已于言也。

　　读书要目到，口到，心到。尔读书不看清字画偏旁，不辨明句读，不记清首尾，是目不到也。喉舌唇牙齿五音并不清晰伶俐，朦胧含糊，听不明白，或多几字，或少几字，只图混过，就是口不到也。经传精义奥旨，初学固不能通，至于大略粗解，原易明白，稍肯用心体会，一字求一字下落，一句求一句道理，一事求一事原委，虚字审其神气，实字测其义理，自然渐有所悟。一时思索不得，即请先生解说；一时尚未融释，即将上下文或别章别部义理相近者反复推寻，务期了然于心，了然于口，始可放手。总要将此心运在字里行间,时复思绎,乃为心到。

今尔等读书总是混过日子,身在案前,耳目不知用到何处,心中胡思乱想,全无收敛归著之时,悠悠忽忽,日复一日,好似读书是答应人家工夫,是欺哄人家掩饰人家耳目的勾当!昨日所不知不能者,今日仍是不知不能;去年所不知不能者,今年仍是不知不能!

孝威今年十五,孝宽今年十四,转眼就长大成人矣。从前所知所能者究竟能比乡村子弟之佳者否?试自忖之。

读书作人,先要立志。想古来圣贤豪杰是我者般年纪时是何气象?是何学问?是何才干?我现在那一件可以比他?想父母命我读书,延师训课,是何志愿?是何意思?我那一件可以对父母?看同时一辈人,父母常背后夸赞者,是何好样?斥詈者,是何坏样?好样要学,坏样断不可学。心中要想个明白,立定主意,念念要学好,事事要学好;自己坏样,一概猛省猛改,断不许少有回护,断不可因循苟且,务期与古时圣贤豪杰少小时志气一般,方可慰父母之心,免被他人耻笑。

志患不立,尤患不坚;偶然听一段好话,听一件好事,亦知歆动羡慕,当时亦说我要与他一样;不过几日几时,此念就不知如何销歇去了!此是尔志不坚,还由不能立志之故;如果一心向上,有何事业不能做成?

陶桓公有云:"大禹惜寸阴,吾辈当惜分阴。"古人用心之勤如此。韩文公云:"业精于勤而荒于嬉。"凡事皆然,不仅读书;而读书更要勤苦。何也?百工技艺及医学农学均是一件事,道理尚易通晓;至吾儒读书,天地民物莫非己任,宇宙古今事理均须融澈于心,然后施为有本。

人生读书之日最是难得。尔等有成与否,就在此数年上见分晓。若仍如从前悠忽过日,再数年依然故我,还能冒读书名色,充读书人否?思之!思之!

孝威气质轻浮,心思不能沈下;年逾成童,而童心未化,视听言动,无非一种轻扬浮躁之气;屡经谕责,毫不知改。孝宽气质昏惰,外蠢内傲,又贪嬉戏,毫无一点好处;开卷便昏昏欲睡,全不提醒振作;一至偷闲玩耍,便觉分外精神;年已十四,而诗文不知何物,字画又丑劣不堪;见人好处,不知自愧;真不知将来作何等人物!我在家时常训督,未见悛改;今我出门，想起尔等顽钝不成材料光景，心中片刻不能放下。尔等如有人心，想尔父此段苦心，亦知自愧自恨，求痛改前非以慰我否？

亲朋中子弟佳者颇少，我不在家，尔等在塾读书，不必应酬交接，"外受傅训，入奉母仪"可也。

读书用功最要专一无间断。今年以我北行之故，亲朋子侄来家送我，先生又以送考耽误工课，闻二月初三四始能上馆，所谓"一年之计在于春"者又去月余矣。若夏秋有科考，则忙忙碌碌，又过一年，如何是好！

今特谕尔：

　　自二月初一日起，将每日工课，按月各写一小本寄京一次，便我查阅；如先生是日未在馆，亦即注明，使我知之。

　　屋前街道，屋后菜园，不准擅出行走；如奉母命出外，亦须速出速归。出必告，反必面，断不可任意往来！

　　同学之友，如果诚实发愤，无妄言妄动，固宜引为同类；倘或不然，则同斋割席，勿与亲昵为要！

　　家中书籍，勿轻易借人，恐有损失；如必须借看者，每借去，则黏一条于书架，注明某日某人借去某书，以便随时向取。

　　　　　　　　　　　　　　　　　　　　　　　庚申正月三十日。

# 修辞法二　求更好

消极修辞的原则是（一）意义明确，（二）伦次通顺，（三）词句平匀，（四）安排稳密四种。这些原则如能遵守，写作、谈话就可以没有坏处了。这是第一步工夫。

这个以外我们还有第二步工夫该做。我们不但要使写作、谈话不坏，还要使它更好，更合情境，更对于读者有效。这便是积极修辞了。

凡是一篇值得读的文章，当然是不违背消极修辞的原则的，然而细看起来，其中还有着种种积极修辞的手法。消极修辞和积极修辞的努力常常并存着。我们读文章的时候，该随处留意。现在为便利计，把文选二《差不多先生传》做例,来说个大概。

一、这篇文章用疑问句开头,"你知道中国最有名的人是谁?"如果用"差不多先生姓差,名不多"开头也是可以的,而作者却不然,把自己知道的事情故意来问读者。

二、文章中用着许多的"差不多",如"差不多先生的相貌和你和我都差不多","凡事只要差不多,就好了","红糖白糖不是差不多吗"之类都是。

三、文句中叠用着都多同调子的成分。如"你一定见过他,一定听过别人谈起他","他也会写,也会算","大家都很称赞差不多先生样样事情看得破,想得通","大家都说他一生不肯认真,不肯算账,不肯计较"之类都是。

四、文章中用着许多对称的句子,如"人人皆晓,处处闻名","他有一双眼睛,但看的不很清楚;有两只耳朵,但听的不很分明……""十字常写成千字,千字常常写成十字","身上苦痛,心里焦急"之类都是。

五、文章中用着许多重复的句子,如"不是差不多吗?"一句重复至四次,"凡事只要差不多,就好了",一句重复两次,他如"有一天"亦重复地用着。

六、文章中于句调重复之中又故意加着变化,如"他有一双眼睛,但看的不很清楚;有两只耳朵,但听的不很分明",接下去是"有鼻子和嘴,但他对于气味和口味都不很讲究",再接下去是"他的脑子也不小,但他的记性却不很精明,他的思想也不很细密"之类就是。

七、文章中用着特种的言语,如"差不多先生就一命呜呼了",不说"死"而说"一命呜呼"之类就是。

诸如此类,并不是偶然的,也不能用消极修辞的原则来说明,这些都是积极修辞的方式。这些方式,对于这篇文章,有着许多帮助的地方。

积极修辞的方式很多,只是要用得适当才会发生效力。任何一种修辞方式,如果胡乱使用,就会和消极修辞的四个原则相抵触,不但不能使写作、谈话更好,反要弄得更坏。例如把"死"说做"一命呜呼",在文选二里是发生效力的,但是,用在别种文章或谈话里,就不一定得当了。

# 习问 八

1.试把文选十六末节"今特谕尔"下一段做材料,改造成一封给朋友的书信。

2.把文选十五中所用的敬语及谦辞改成近时的通用语。

3.把文选十三改换语气,造成一封弟弟给哥哥的书信。

4.从文选十六中,寻出具备下列条件的文句来。

一、故意发问的

二、文句中叠用着许多同调子的成分的

三、句与句相对称的

5.下列加·号各语,如果照普通说法,该是甚么话?

维时鳞鸿乏便。

诚君家千里骥。

惟期海波不扬。

是所望于疆吏作三年蓄艾之计。

# 第九课

## 文话九　书信和诸文体

书信以应付当前的事务为目的,这所谓事务,范围很广。我们向书店买书是事务,得写信;接受朋友的要求,解释书上的疑难也是事务,也得写信。到了某处,向父母报告行程是事务,得写信;把某处的地方情形、名胜大概和自己近来的感想报告给要好朋友知道,也是事务,也得写信。事务因各人的生活情形而不同。主妇的柴米琐屑和学者的研究讨论,同样是事务。事务的种类五花八门,书信的内容也就非常丰富了。

普通文章的种类,有记述、叙述、说明、议论四种(或记叙、论说二种),书信中各种都有。普通文是以一般人为读者的,指不出读者是谁;如果读者是一定的人(一人或二人以上)的时候,普通文也就成了书信了。

书信和普通文的区别,只在体式上,并不在内容上。书信可以是记述文,也可以是叙述文,也可以是说明文或议论文。书信如果是写某一件东西或某地方的风景的,就是记述文;如果是述某一件事情的经过的,就是叙述文;如果是说述某种理由或是自己对于某事的主张的,就是说明文或议论文。

有些书信只要把书信特有的头尾部分除掉,就是普通的文章,或是游记、地方调查记,或是学问上的说明,或是关于人生及国家大事的议论。古今流传的名文，有许多本是书信，经后人删去头尾，或节取其中的一部分，就成普通文的形式。纯文艺作品如小说之类，用书信体写成的也很多。这就足见书信文范围的广泛和运用的便利了。

书信在应用文中是最基本的一种，也是内容最丰富的一种，它在应用文中和普通文最接近，而且包含着普通文的各种类。所以，书信是值得重视值得好好学习的。

# 文选十七　寄小读者通讯七

## 冰　心

亲爱的小朋友：

八月十七的下午，约克逊号邮船无数的窗眼里，飞出五色飘扬的纸带，远远的抛到岸上，任凭送别的人牵住的时候，我的心是如何的飞扬而凄恻！

痴绝的无数的送别者，在最远的江岸仅仅牵着这终于断绝的纸条儿，放这庞然大物，载着最重的离愁，飘然西去！

船上生活是如何的清新而活泼，除了三餐外，只是随意游嬉散步。海上的头三日，我竟完全回到小孩子的境地中去了，套圈子，抛沙袋，乐此不疲，过后又绝然不玩了。后来自己回想很奇怪，无他，海唤起了我童年的回忆。海波声中，童心和游伴都跳跃到我脑中来，我十分的恨这次舟中没有几个小孩子，使我童心来复的三天中，有无猜畅好的游戏！

我自少住在海滨，却没有看见过海平如镜，这次出了吴淞口，一天的航程，一望无际尽是粼粼的微波，凉风习习，舟如在冰上行。到过了高丽界，海水竟似湖光，蓝极绿极，凝成一片。斜阳的金光，长蛇般自天边直接到栏边人立处。上自穹苍，下至船前的水，自浅红至于深翠，幻成几十色，一层层，一片片的漾了开来，……小朋友，恨我不能画，文字竟是世界上最无用的东西，写不出这空灵的妙景！

八月十八夜，正是双星渡河之夕，晚餐后独倚栏旁，凉风吹衣，银河一片星光,照到深黑的海上。远远听得楼栏下人声笑语,忽然感到家乡渐远。繁星闪烁着,海波吟啸着,凝立悄然,只有惆怅。

十九日黄昏,已近神户,两岸青山,不时的有渔舟往来。日本的小山多半是扁圆的,大家说笑,便道是"馒头山"。这馒头沿途点缀,直到夜里,远望灯光灿然,已抵神户,船徐徐停住,便有许多人上岸去。我因太晚,只自己又到最高层上,初次看见这般璀璨的世界,天上微月的光和星光,岸上的灯光,无声相映,不时的还有一串光明从山上横飞过,想是火车周行。……舟中寂然,今夜没有海潮音,静极心绪忽起:"倘若此时母亲也在这里……"我极清晰的忆起北京来;小朋友,恕我,不能往下再写了。

冰心 八,二十,一九二三,神户。

朝阳下转过一碧无际的草坡,穿过深林,已觉得湖上风来,湖波不是昨夜欲睡如醉的样子了。——悄然的坐在湖岸上,伸开纸,拿起笔,抬起头来,四围红叶中,四面水声里,我要开始写信给我久违的小朋友。小朋友猜我的心情是怎样的呢?

水面闪烁着点点的银光,对岸意大利花园里亭亭层列的松树,都证明我已在万里外。小朋友,到此已逾一月了,便是在日本也未曾寄过一字,说是对不起呢,我又不愿!

我平时写作,喜在人静的时候,船上却处处是公共的地方,舱面阑边,人人可以来到。海景极好,心胸却难得清平。我只能在晨间绝早,船面无人时,随意写几个字,堆积至今,总不能整理,也不愿草草整理,便迟延到了今日。我是尊重小朋友的,想小朋友也能尊重原谅我!

许多话不知从那里说起,而一声声打击湖岸微波,一层层的没上杂立的湖石,直到我藏膝的毡边来,似乎要求我将她介绍给我的小朋友。小朋友,我真不知如何的形容介绍她!她现在横在我的眼前,湖上的明月和落日,湖上的浓阴和微雨,我都见过了,真是仪态万方。小朋友,我的亲爱的人都不在这里,便只有她——海的女儿,能慰安我了。Lake Waban 谐音会意,我便唤她做"慰冰"。每日黄昏的游泛,舟轻如羽,水柔如不胜桨。岸上四围的橘叶,绿的,红的,黄的,白的,一丛一丛的倒影到水中来,覆盖了半湖秋水,夕阳下极其艳冶,极其柔媚。将落的金光,到了树梢,散在湖面。我在湖上光雾中,低低的嘱咐他,带我的爱和慰安,一夜和他到远东去。

小朋友！海上半月,湖上也过半月了,若问我爱那一个更甚,这却难说。——海好像我的母亲,湖是我的朋友,我和海亲近的在童年,和湖亲近是现在。海是深阔无际,不着一字,她的爱是神秘而伟大的,我对她的爱是归心低首的。湖是红叶绿枝,有许多衬托,她的爱是温和妩媚的,我对她的爱是清淡相照的。这也许太抽象,然而我没有别的话来形容了！

小朋友,两月之别,你们自己写了多少,母亲怀中的乐趣,可以说来让我听听么？——这便算是沿途书信的小序,此后仍将那写好的信,按序寄上,日月和地方,都因其旧,"弱游"的我,如何自太平洋东岸的上海绕到大西洋东岸的波司顿来,这些信中说得很清楚,请在那里看罢！

不知这几百个字,何时方达到你们那里,世界真是太大了！

冰心　十,十四,一九二三,慰冰湖畔,威尔斯利。

# 文选十八　范县署中寄弟墨

郑　燮

十月二十六日得家书,知新置田获秋稼五百斛,甚喜。而今而后,堪为农夫以没世矣。要须制碓,制磨,制筛罗簸箕,制大小扫帚,制升斗斛;家中妇女率诸婢妾,皆令习舂揄蹂簸之事,便是一种靠田园长子孙气象。天寒冰冻时,穷亲戚朋友到门,先泡一大碗炒米送手中,佐以酱姜一小碟,最是暖老温贫之具。暇日咽碎米饼,煮糊涂粥,双手捧碗,缩颈而啜之,霜晨雪早,得此周身俱暖。嗟乎！嗟乎！吾其长为农夫以没世乎！

我想天地间第一等人,只有农夫;而士为四民之末。农夫上者种地百亩,其次七八十亩,其次五六十亩,皆苦其身,勤其力,耕种收获,以养天下之人。使天下无农夫,举世皆饿死矣。吾辈读书人,入则孝,出则弟,守先待后,得志泽加于民,不得志修身见于世,所以又高于农夫一等。今则不然:一捧书本,便想中举,中进士,作官,如何攫取金钱,造大房屋,置多田产。起初走错了路头,后来越做越坏,总没有个好结果,其不能发达者,乡里作恶,小头锐面,更不可当。夫束修自好者,岂无其人? 经济自期,抗怀千古者,亦所在多有。而好人为坏人所累,遂令我辈开不得口。一开口,人便笑曰:"汝辈书生,总是会说,他日居官,便不如此说了。"所以忍气吞声,只得捱人笑骂。工人制器利用,贾人搬有运无,皆有便民之处;而士独于民大不便,无怪乎居四民之末也! ——且求居四民之末而亦不可得也。

愚兄平生最重农夫。新招佃地人,必须待之以礼。彼称我为主人,我称彼为客户;主客原是对待之义,我何贵而彼何贱乎? 要礼貌他! 要怜悯他! 有所借贷,要周全他! 不能偿还,要宽让他! 尝笑唐人七夕诗,咏牛郎织女,皆作会别可怜之语,殊失命名本旨:织女,衣之源也;牵牛,食之本也:在天星为最贵。天顾重之,而人反不重乎? 其务本勤民,星象昭昭可鉴矣。吾邑妇人不能织绸织布,然而主中馈,习针线,犹不失为勤谨;近日颇有听鼓儿词,以斗叶为戏者,风俗荡轶,亟宜戒之。

吾家业地虽有三百亩,总是典产,不可久恃。将来须买田二百亩。予兄弟二人,各得百亩足矣,亦古者一夫受田百亩之义也。若再求多,便是占人产业,莫大罪过。天下无田无业者多矣;我独何人! 贪求无厌,穷民将何所措手足乎? 或曰:"世上连阡越陌数百顷有余者,子将奈何?"应之曰:"他自做他家事,我自做我家事。世道盛则一德遵王,风俗偷则不同为恶,亦板桥之家法也。"

哥哥字。

# 文法七　句的成分的省略

句由主语、述语二部分构成,复杂的句,还在各部分添加着附加成分。凡是一句句子,主语和述语是必得具备的。

可是在实际上,我们的谈话或写作中,尽有许多省略的办法。例如我们对火车站卖票员说"上海三等"，就等于说"我买往上海去的三等车票"，毫不致发生误会。当朋友询问你父亲的健康的时候，你回答说"很好"，等于说"我父亲的身体很好"，也决不会叫别人不明白。可见在条件允许的时候或地方，一句句子并不要全部都说出，有些部分是不妨省略的。

文法上省略的句式很多。这里先举几种最普通的。

一、对话的省略　当两人对面谈话，或通信用文字来替代谈话的时候，句子常常有省略的。例如：

〔我〕印了这么一种信纸，奉送〔兄〕一匣，〔我〕乞〔兄〕察收。

太史慈高叫曰，"那个是孙策？"……策笑曰，"只我便是〔孙策〕。……"

二、自述的省略　自己讲述自己的行动或情形时，往往省略"我""吾"等主语。例如：

八月十八夜，正是双星渡河之夕，〔我〕晚餐后独倚栏旁，……〔我〕远远听得楼栏下人声笑语，〔我〕忽然感到家乡渐远。……〔我〕凝立悄然，〔我〕只有惆怅。

〔国民党〕实行普通选举权。〔国民党〕废除以资产为标准之阶级选举。

三、承前的省略　一个主语有许多述语时，只须第一句有主语，第二句以下的主语常省略。例如：

他在官舍没有事做，〔他〕便去搬砖，〔他〕晨间把一百块砖由斋里搬到斋外，〔他〕暮间把一百块砖由斋外搬到斋里。

我们都不过是自然的奴隶。〔我们〕要征服自然，〔我们〕只得服从自然。

四、说理的省略　一句句子，如果它的内容是说理的，常省略主语，因为这道理谁都适用，任何人做主语都可以的缘故。例如：

〔人〕不要因一两事过失，便放倒不顾；〔人〕亦不可以一二事合理，便自足。

〔人〕偶然听一段好话，听一件好事，亦知歆动羡慕，当时亦说我要与他一样;不过几日几时,此念就不知如何销歇去了!

# 习问 九

1.试把文选十七删去书信口气,改成一篇记游写景的文章。

2.试把文选十六删改成一篇鼓励自己的论说文。

3.下列各文句中如有省略的成分,试补入。

孝威气质轻浮,心思不能沈下;年逾成童,而童心未化。

前寄一函至园,想已达览。久不见绍原,又未得来信。

"你那一天到这里来?""明天。"

"明天谁到这里来?""我。"

"你欢喜运动吗?""欢喜。"

4.下列各文句是经过省略的。其中省略得有对有不对,试辨别出来,且把理由说明。

假如你不欢喜这些玩艺儿,〔你〕就谈谈笑笑,跑跑跳跳,也是好的。就在此祝〔你〕谈谈笑笑,跑跑跳跳!

小雨点的家在一个紫山上面的云里。有一天,〔他〕正同他的哥哥姊姊在屋子里游玩。

# 第十课

## 文话十　记述和叙述

作者自己不表示意见的文章叫做记叙文。再细加分析，可得记述文与叙述文两种。

我们对于外界事物有两种看法，一是从它的光景着眼，一是从它的变化着眼。对于某种事物，说述它的形状怎样，光景怎样，是记述；说述它的变迁怎样，经过情形怎样，是叙述。前者是空间的，静的；后者是时间的，动的。用比喻来说，记述文是寻常的照片，叙述文是活动的电影。寻常照片所表示的是事物一时的光景，电影所表示的是事物在许多时候中的经过情形。

我们写一个人，如果写他的面貌怎样，穿的是甚么衣服，正在做甚么事，周围有着甚么东西，诸如此类，都关于那个人的一时的光景，是记述；如果写他幼年怎样，求学时代怎样，学校毕业以后先做甚么事，后来改做甚么事，诸如此类，都关于那个人的一生或某期间的变化，是叙述。我们写一处地方，如果写当时所见到的风景，是记述；如果把那地方历来的状况详细说述，古时叫甚么名称，曾经出过多少名人，在某次变乱中遭到怎样的破坏，经过怎样的改革，才成现在的样子，这就是叙述了。

前面曾以普通照片比记述，以活动电影比叙述。我们倘若不把那长长的活动电影片放到放映机上去，看起来就是许多张普通的照片。从此说来,叙述其实是许多记述的连续。我们出去游玩,经过某山某水,一一写记,就成一篇游记。这游记从全篇说,是写出游的经过情形的,是叙述;若把其中写某山或某水的一段抽出来说,是写某山或某水的一时的光景的,就是记述了。

　　记述和叙述的分别原是很明白的,这两种成分常常混合在一篇文章里,纯粹记述或纯粹叙述的文章,实际上并不多见。我们把记述分子较多的叫做记述文,叙述分子较多的叫做叙述文。有些人为简便计,不分记述、叙述,就概括地叫做记叙文。

# 文选十九　三弦

沈尹默

中午时候,
火一样的太阳,
没法去遮拦,
让他直晒在长街上。
静悄悄少人行路,
只有悠悠风来,
吹动路旁杨树。
谁家破大门里,
半院子绿茸茸细草,
都浮着闪闪的金光。
旁边有一段低低的土墙,
挡住了个弹三弦的人,
却不能隔断那三弦鼓荡的声浪。
门外坐着一个穿破衣裳的老年人,
双手抱着头,
他一声不响。

# 文选二十　一个小农家的暮

刘半农

她在灶下煮饭，
新砍的山柴
必必剥剥的响。
灶门里嫣红的火光，
闪着她嫣红的脸，
闪红了她青布的衣裳。

他含着个十年的烟斗，
慢慢的从田里回来，
屋角里挂上了锄头，
便坐在稻床上，
调弄着只亲人的狗。
他还踱到栏里去，
看一看他的牛；
回头向她说，
"怎样了——
我们新酿的酒？"

门对面青山的顶上，
松树的尖头，
已露出半轮的月亮。

孩子们在场上，
看着月，
还数着天上的星：
"一，二，三，四——"

"五，八，六，两——"

他们数，
他们唱：
"地上人多心不平，
天上星多月不亮。"

# 文法八　主语的几种样式

主语在句子里是表示事物的。表示事物的词是名词和代名词，做主语的似乎只是名词和代名词了。可是实际上并不这么简单，主语可有好几种样式。

一、名词或代名词　这是最简单的样式，一个名词或代名词都可以做主语。例如：

文字竟是世界上最无用的东西。
他自做他家事，我自做我家事。

二、经过限制的名词或代名词　这是名词或代名词上面带有附加语的，附加语虽有种种不同，总之对于原来的名词或代名词是形容词性质的。例如：

凉风吹衣。
吾辈读书人入则孝，出则弟。
新砍的山柴必必剥剥的响。
一年之计在于春。

三、形容词短语　形容词短语原是用来限制事物的，有时因为所限制的事物非常普通明显，就省去事物的名称，只留一个形容词短语拿来使用；这种形容词短语的性质就和名词一样，当然可作主语。例如：

掌柜的生气了。
走的不算好汉！

形容词短语的样式，语体是"××的"，文言是"××之"。语体的"××

的"可以直接当名词用,文言的"××之"却不可以。文言在这时候,常把末尾的"之"字换做"者"字。例如:

　　亲朋中子弟佳者颇少。

　　天下无田无业者多矣。

四、动词或形容词　动词、形容词也可以做主语,这时候,动词、形容词就等于名词了。例如:

　　愁生于郁。

　　〔好似〕读书是答应人家工夫,是欺哄人家掩饰人家耳目的勾当!

　　烦忙是近代生活的特征。

五、引用句　这是用整个的句子来做主语的,常加引用符号""。例如:

　　"凡事只要差不多就好了"是差不多先生说的话。

　　"一年之计在于春"是一句名言。

# 习问　十

1.文选十九和文选二十,如果用摄影片来比,那一篇像普通照片,那一篇像电影?

2.从文选十七里摘出记述文几句和叙述文几句。

3.从读过的文章中找例句,或自己造句,每句要合乎下列条件之一。

一、主语是名词的

二、主语是代名词的

三、主语是经过限制的名词的

四、主语是形容词短语的

五、主语是动词的

六、主语是形容词的

七、主语是引用句的

4.从读过的文章中寻出若干有"者"字的句子来,并指出那几句里的"者"字可以和"的"字相通。

5.文选二十第四段末句"五,八,六,两",作者故意把数目的次序颠倒着。这手法在这首诗里有甚么效果?

# 第十一课

## 文话十一 记述的顺序

记述文是写事物的光景的，事物在空间的一切形状，就是记述文的材料。事物的材料原都摆在我们面前，并不隐藏，可是我们要收得事物的材料，却非注意观察不可。自然界的事物森罗万象，互相混和着，我们要写某事物，先得把某事物从森罗万象中提出来看；又，一件事物，内容性质无限，方面也很多，我们要写这件事物，须把它的纠纷错杂的状况归纳起来，分作几部分来表出。这些都是观察的工夫。

记述文可以说是作者对于某事物观察的结果。观察的顺序就是记述的顺序。

事物在空间，有许多是并无统属的位次，我们随便从那一方看起从那一方说起都可以的。例如我们记春日的风景，说"桃红柳绿"，记山水的特色，说"山高月小"，前者先说桃后说柳，后者先说山后说月；如果倒过来说"柳绿桃红"，"月小山高"，也没有甚么不妥当。这因为桃和柳，山和月，在空间是平列的，其间并无统属的关系。

有许多事物是有统属关系的，我们观察的时候要从全体看起，顺次再看各部分，否则就看不明白，说不清楚。例如我们要写述一间房子，必须先写房子的名称、方位、形状等等，然后顺次写客室的陈设、卧室的布置、或厨房中的状况；要写述一株植物，必须先提出那植物的名称和全体的大概,高多少,看去像甚么,然后再写干、枝、叶、花、果等等。如果写房子的时候,先写客室的陈设,写植物的时候,先写叶子的形状,或者东说一句,西说一句,毫无秩序,别人就不会明白了。

记述文里所写的是事物的光景,要想把事物的光景明白传出,有两个最重要的条件。一个是着眼在位次,把事物所包含的千头万绪的事项,依照了自然的顺序,分别述说。写植物的时候,把关于干、枝、叶、花、果的许多事项,各集在一处说,说花的地方不说干,说果的地方不说叶。一个是着眼在特点,把事物的重要的某部分详细述说,此外没甚特色的部分就只简略地带过。写房子的时候,如果那房子是学者的住宅,就应该注重书斋的记述,其余如各客室、厨房之类不妨从略,因为这些处所并不是特色所在的缘故。在保持事物的自然顺序的范围以内,尽量删除那些无关特色的分子,事物的特色才能格外显出。

顺序不乱,特色明显的,才是好的记述文。

# 文选二十一　卢参

## 朱自清

卢参在瑞士中部,卢参湖的西北角上。出了车站,一眼就看见那汪汪的湖水和屏风般立着的青山,真有一股爽气扑到人的脸上。与湖连着的是劳思河,穿过卢参的中间。河上低低的一座古水塔,从前当作灯塔用;这儿称灯塔为"卢采那",有人猜"卢参"这名字就是由此而出。这座塔低得有意思;依傍着一架曲了又曲的旧木桥,倒配了对儿。这架桥带屋顶,像是廊子;分两截,近塔的一截低而窄,那一截却突然高阔起来,仿佛彼此不相干,可是看来还只有一架桥。不远儿另是一架木桥,叫龛桥,因上有神龛得名,曲曲的,也古。许多对柱子支着桥顶,顶底下每一根横梁上两面各钉着一大幅三角形的木板画,总名"死神的跳舞"。每一幅配搭的人物和死神跳舞的姿态都不相同,意在表现社会上各种人的死法。画笔大约并不算顶好,但这样上百幅的死的图画,看了也就够劲儿。过了河往里去,可以看见城墙的遗迹。墙依山而筑,蜿蜒如蛇;现在却只见一段一段的嵌在住屋之间。但九座望楼还好好的,和水塔一样都是多角锥形;多年的风吹日晒雨淋,颜色是黯淡得很了。

　　冰河公园也在山上。古代有一个时期北半球全埋在冰雪里,瑞士自然在内。阿尔卑斯山上积雪老是不化,越堆越多。在底下的渐渐地结成冰,最底下的一层渐渐地滑下来,顺着山势,往谷里流去。这就是冰河。冰河移动的时候,遇着夏季,便大量地溶化。这样溶化下来的一股大水,力量无穷;石头上一个小缝儿,在一个夏天里,可以让冲成深深的大潭。这个叫磨穴。有时大石块被带进潭里去,出不来,便只在那儿跟着水转。初起有棱角,将潭壁上磨了许多道儿;日子多了,棱角慢慢光了,就成了一个大圆球,还是转着。这个叫磨石。冰河公园便以这类遗迹得名。大大小小的石潭,大大小小的石球,现在是安静了;但那粗糙的样子还能教你想见多少万年前大自然的气力。可是奇怪,这些不言不语的顽石居然背着多少万年的历史,比我们人类还老得多多;要没人卓古证今地说,谁相信?这样讲,古诗人慨叹"磊磊涧中石",似乎也很有些道理在里头了。这些遗迹本来一半埋在乱石堆里,一半埋在草地里,直到一八七二年秋天才偶然间被发现。还发现了两种化石:一种上是些蚌壳。足见阿尔卑斯脚下这一块土原来是滔滔的大海。另一种上是片棕叶,又足见此地本有热带的大森林。这两期都在冰河期前,日子虽然更杳茫,光景却还能在眼前描画得出,但我们人类与那种大自然一比,却未免太微细了。

　　立矶山在卢参之西,乘轮船去大约要一点钟。去时是个阴天,雨意很浓。四围陡峭的青山的影子冷冷地沈在水里。湖面儿光光的,像大理石一样。上岸的地方叫威兹老,山脚下一座小小的村落,疏疏散散遮遮掩掩的人家,静透了。上山坐火车,只一辆,走得可真慢,虽不像蜗牛,却像牛之至。一边是山,太近了,不好看。一边是湖,是湖上的山;从上面往下看,山像一片一片儿插着,湖也像只有一薄片儿。有时窗外一座大崖石来了,便什么都不见;有时一片树木来了,只好从枝叶的缝儿里张一下。山上和山下一样,静透了,常常听到牛铃儿叮儿当的。牛带着铃儿,为的是跑到那儿都好找。这些牛真有些"不知汉魏",有一回居然挡住了火车;开车的还有山上的人帮着,吆喝了半天,才将它们哄走。但是谁也没有着急,只微微一笑就算了。山高五千九百零五英尺,顶上一块不大的平场。据说在那儿可以看见周围九百里的湖山,至少可以看见九个湖和无数的山峰。可是我们的运气坏,上山后云便越浓起来;到了山顶,什么都裹在云里,几乎连我们自己也在内。在不分远近的白茫茫里闷坐了一点钟,下山的车才来了。

# 文选二十二　核舟记

### 魏学洢

明有奇巧人曰王叔远,能以径寸之木,为宫室、器皿、人物以至鸟、兽、木、石,罔不因势象形,各具情态。尝贻余核舟一,盖"大苏泛赤壁"云。

舟首尾长约八分有奇,高可二黍许。中轩敞者为舱,箬篷覆之。旁开小窗,左右各四,共八扇。启窗而观,雕栏相望焉。闭之,则右刻"山高月小,水落石出",左刻"清风徐来,水波不兴",石青糁之。

船头坐三人,中峨冠而多髯者为东坡,佛印居右,鲁直居左。苏黄共阅一手卷。东坡右手执卷端,左手抚鲁直背;鲁直左手执卷末,右手指卷,如有所语。东坡现右足,鲁直现左足,各微侧。其两膝相比者,各隐卷底衣褶中。佛印绝类弥勒,袒胸露乳,矫首昂视,神情与苏黄不属。卧右膝,诎右臂支船,而竖其左膝。左臂挂念珠倚之,珠可历历数也。

舟尾横卧一楫。楫左右舟子各一人。居右者椎髻仰面,左手倚一衡木,右手攀右趾,若啸呼状。居左者右手执蒲葵扇,左手抚炉,炉上有壶。其人视端容寂,若听茶声然。

其船背稍夷,则题名其上,文曰"天启壬戌秋日,虞山王毅叔远甫刻",细若蚊足,钩画了了,其色墨。又用篆章一,文曰"初平山人",其色丹。

通计一舟:为人五;为窗八;为箬篷,为楫,为炉,为壶,为手卷,为念珠各一；对联、题名并篆文，为字共三十有四；而计其长，曾不盈寸。盖简桃核修狭者为之。嘻，技亦灵怪矣哉！

# 文法九　述语的几种样式

述语是就了某事物说述它"怎样"或"是甚么"的，样式比主语还要复杂。

如果把普通句子删去附加部分，只留下骨干，就可以看到句的述语有下面几种基本的样式。

一、形容词　这是说述事物（主语）的静态的，是述语中最简单的一种。例如：

　　山高月小。

　　〔地上〕人多心〔不〕平。

二、自动词　这是说述事物的动态的，用一个自动词做述语，也是最简单的样式。例如：

　　水落石出。

　　〔清〕风〔徐〕来。

　　水波〔不〕兴。

三、自动词带补足语　有些自动词不能完全说述事物的"怎样"，这叫做不完全自动词。不完全自动词下面须再加别的成分上去才明白。例如：

　　〔霎时间〕混浊的世界变成明窗净几。

　　我〔只〕觉得忧来无方。

这里面"变成""觉得"都是自动词，可是和主语连起来，如说"混浊的世界变成"，"我觉得"，意义都不完全。所以更得用"明窗净几""忧来无方"来补足。这加上去的部分叫做补足语。

四、他动词带被动词　他动词所表示的动作是影响别的事物的，所以下面必然带一个名词或代名词做被动词。例如：

她〔在灶下〕煮饭。

孩子们〔在场上〕看〔着〕月。

五、他动词带了被动词再带补足语　他动词有带着被动词而意义仍不完全的,这叫做不完全他动词。不完全他动词下面带了被动词,须再加补足语上去才明白。例如:

我〔便〕唤她做"慰冰"。

这儿称灯塔为"卢采那"。

他妈叫他去买红糖。

大家〔都很〕称赞差不多先生样样事情看得破。

这里他动词"唤""称""叫""称赞"带了被动词"她""灯塔""他""差不多先生",意义仍不明白,下面加上去的都是补足语。

六、同动词带补足语　同动词如"为""是"等,本没有动作的意味,做述语的时候当然要带补足语。例如:

士为四民之末。

〔大大小小的〕石球〔现在〕是安静〔了〕。

〔日本的〕小山〔多半〕是扁圆的。

文言常把述语里的同动词省略,有时在句末用助词"也"字来作结。例如:

内里大工告停,实〔为〕天下苍生之幸。

织女,衣之源也;牵牛,食之本也 。——织女为衣之源;牵牛为食之本。

# 习问 十一

1.试把文选二十二每段加上小标题,标明某段所写的是那一个项目。

2.记述复杂的事物,须从全体看起,顺次再看各部分。文选二十一、二十二里面,写事物全体的是那一些句子?

3.文选二十一、二十二里面,含有不是记述文的成分吗? 如有,试指出来。这些记述以外的成分,在文中有甚么效用?

4.从读过的文章中找例句,或自己造句,每句要合乎下列条件之一。

一、述语是形容词的

二、述语是自动词的

三、述语是自动词带补足语的

四、述语是他动词带被动词的

五、述语是他动词带被动词又带补足语的

六、述语是同动词带补足语的

七、述语是省略同动词只留补足语的

八、述语是省略同动词而句末用"也"字的

5.文选二十一和二十二,当你阅读的时候,在文章的情味上,觉得有不同吗? 试随便说说。

# 第十二课

## 文话十二　叙述的顺序

　　叙述文所写的是事物的变化。同样写事物,记述文所写的是事物的光景、状态,叙述文所写的是事物的变迁、经过。如果用水来比喻,记述文是止水,叙述文是流水。

　　变化、变迁、经过都是关于时间的事,所以时间是叙述文的重要原素。我们叙一个人,说他幼年怎样,长大以后怎样,甚么时候死去,叙一件事,说那事怎样开始,后来怎样,结局怎样,都离不开时间,离开了时间就无法叙述。

　　叙述文是事物在某时间中的经过的记录,时间的顺序,可以说,就是叙述的顺序。我们写一天所做的事,必得从早晨写起,顺次写到午前、午后,再写到临睡为止;写旅行的情形,比得从起程写起,甚么时候起程,先到甚么地方,见到甚么,次到甚么地方,遇到甚么事情,最后从甚么地方回来。如果不依时间的顺序,只是颠颠倒倒地写,那就很不自然了。

　　普通的叙述文,依照时间的顺序来写,大致不会发生错误。时间这东西是无始无终,连续不断的,如果严密地说起来,任何一件细小的事情都和永远的过去、永远的将来有关。所以我们叙述一件事情,须用剪裁的工夫,从无限的时间中,切取与那件事情最有关系的一段,从那件事情开始的时候写起,写到那件事情完毕的时候为止。那前前后后的无大关系的时间,都可以不必放在眼里。

对于切取来的一段时间的各部分,也不必平等看待。我们叙述事物的变化、经过,目的在乎把特点传出。写一天所做的事,不必刻板地从刷牙齿、吃早饭写起直到就眠为止,只要把那天特有的事件叙述明白就够了。写一个人的生活,不必刻板地从他出生、上学写起直到后来生病、死去为止,只要把那人一生最有特色的几点叙述明白就够了。无关特色的材料越少,特色越能显露出来。这情形和记述文一样,不过记述文是空间的,叙述文是时间的罢了。

# 文选二十三　武训传略

蒋维乔

武七者,山东堂邑人也。三岁丧父,家贫,行乞以度日,饮食必先其母,人称曰孝丐。六岁后丧母,孑然一身,昼行乞,夜绩麻,得一钱,即存之。渐积至万余缗,自以孤贫,目不识丁,慨然欲创建义学。人劝之娶,执不可,曰:"吾兴学之念,未或一日忘也。"先在堂邑柳林集购置地亩,建造学舍;远近闻其义,咸助之。延师课读,束修必丰,礼意尤极周挚,入学之日,武先拜塾师,次遍拜诸生,具盛馔飨师,而请邑绅为之主,自立门外,屏营以待。宴罢,则入啜其余,自以乞人,不敢与师抗礼也。一日,师昼寝,武见之,则长跽床前;久之,师醒,见武,惊起,自是不敢昼寝。学生有辍业嬉戏者,亦长跽以哀之,学生相戒不敢怠。邑令闻而义之,呼至署,与语不答,与之食,弗食而去。其所设义学,始于柳林,次及馆陶、临清,凡四所。光绪二十二年四月,病殁于临,年五十有九。武七为人,形貌寝陋,身肥短,头蓄发一握,蓄左则去右,蓄右则去左,蠢蠢然若狂愚;然其行乞三十余年,未尝妄费一钱,甘一领,积铢累寸,惟以兴学为事。以一乞人而教化及三州县,何其盛也。既遂其兴学之志,而行乞宿破庙如故,不肯娶妻育子,图一己之乐。非所谓奇节瑰行,得于天者独厚欤?武七之事,山东官吏及地方人士所撰奏章、文牍及传记言之已详;余择其尤雅驯者著于篇。其人生前无名字,地方有司以其热心训诲,从而名之曰"训",至今山东人士皆称武训矣。

# 文选二十四　五四事件

### 周予同

……"五四事件"发生于"五四",而不发生于"五三""五五",这是值得一说的史实。

一九一五年(民四),日本乘欧战方酣,列强无暇东顾的时候,用最后通牒,向我国提出廿一条,要求满蒙山东及其他权利,强迫签字。到了一九一九年(民八),欧战已终,各国派使在巴黎开和平会议。当时日本又有强迫中国代表追认廿一条的行动,外交形势十分严重。那时青年学生们天天受报纸的激刺,非常愤激,颇想有所表示,但苦于没有领导的人物与表示的方式。

四月末旬,上述的秘密团体的学生们已略有活动,打算做一次示威运动。五月三日的晚上,曾开了一次会议,议决用猛烈的方法惩警从前签字廿一条的当事者曹汝霖、陆宗舆、章宗祥。当时有一位同盟会老同志曾秘密的将章宗祥的照片交给他们;——因为曹陆的像片在大栅栏等处的照相馆时常看见;而章则任驻日公使,面貌不甚熟悉。——并且设法去弄手枪,但结果没有成功。他们议决带铁器、小罐火油及火柴等去,预备毁物放火。又恐怕这严重的议决案被同学泄露,于是将预备在"五七"举行的时期提前到次一天。(五七是日本提出最后通牒的国耻纪念日)。

这消息当时异常秘密,除极少数学生外,大部分同学都是茫然的。第二天(五四)早晨,分头向各校学生会接洽,约期下午一时在天安门集合,表面上只说向政府请愿。

那天下午,北京的大学专门各校学生二三千人整队向天安门出发。那天不是星期日,各校学生因爱国的情感的激动而踊跃参加的,固然居多数,但借此机会往窑子、戏院、公寓一溜的也确不少。

在天安门集合以后,议决向政府请愿,并游行示威。这次运动,有队伍,有指挥,有旗帜,有口号。在匆促的时间内,居然有这样的组织,不能不视为群众运动行动上的进步。当时本只有请政府惩办曹陆章的旗帜与口号。在事前,这许多群众是不料要闯进赵家楼曹氏的住宅而去殴打章氏的。向政府请愿后,一部分学生已开始零星散去;但参与前一晚秘密会议的学生们乘群众感情紧张的时候,主张到曹氏的住宅前面示威。这一个严重的议案居然第一步得到成功。赵家楼的胡同并不阔大,只容得四人一行;曹氏住宅门口也只有一个警察。当时群众热烈地叫着口号蜂拥到赵家楼,曹氏仆役见人数过多,立刻关闭大门。于是又有人利用这关门的刺激主张闯进去。曹氏住宅大门的左首有一个仆役卧房的小窗,有某君用拳头打碎玻璃,从小窗中爬进,将大门洞开,于是群众一哄而入。

当日曹章陆三人确在那边会议或谈话,听说事前已有人通知,要他们注意预防;但他们或者以为学生的把戏无足重视,所以并没有防备。到了学生大队闯进以后,他们开始逃避,曹陆二人传说由后门溜走,但章氏不知如何竟在住宅附近一个小店内被学生们发见,因被殴辱。当时章氏始终不开口,并且有一位日本人样的遮护着他。学生们对于章氏面貌不熟悉,疑为日人,恐引起交涉,曾自相劝阻;但有人将章氏像片与本人对照,觉得并没错误,于是又加殴击。据说当时屡殴屡止达半小时以上,后恐伤及生命,才始中止。至于那一部分闯进曹宅的,先割断电话;次搜索文件,无所得;于是将房间中的帷帐拉下作为引火物。当时最滑稽的,是某君当感情奋张之余,用拳头打停在天井中的汽车的玻璃,将自己的手弄得流血。在这样纷乱情形的时光,与曹宅比连的某家女眷(事后或说就是曹氏眷属)用好言劝慰学生,说曹氏家属早已避去,你们倘若在此放火,将殃及他们。那时学生们暴动的情绪已渐过去,居然听从,逐渐散走。没有半小时之久,救火车与警察、宪兵已大队赶到,于是开始逮捕,计曹氏住宅内与街道上穿制服的学生被逮的凡数十人。事变以后,一部分学生,更其是法政专门学校学生,颇有怨言,说不应该趁着血气做这不合法的暴动,而不知这本是在预料中的计划呢!……

# 修辞法三　积极修辞的原则(一)

积极修辞的目的在使文章或谈话更好,——更合情境,更对于读者有效。同是一句话,有各种各样的说法,例如"他是好人",可以说作"像他这样的人才算好","好啊,他的为人!""他不是好人吗?""像他这样的人还可以说不好吗?""他的为人和古时××(好人)一样"。又如"门前有小河",可以说作"门临小河","小河在门前流着","开门可见小河","小河横在门前"。这许多说法里面,那一种最好?应该取那一种?这完全要看情境(读者、作者的心情,周围的事情,全文的旨趣以及上下文的关系等等)如何,不能一概断定。

积极修辞的方式很多,归纳起来,也有几个原则。

一、调和　这是说要整齐、相应、谐和、自然。原来人的天性是喜欢整齐、相应、谐和、自然的。文章、谈话合乎这些条件,读者、听者当然快悦,否则必定觉得格格不相入。就句子讲,要读去顺口,听去悦耳,上句与下句接合得毫不勉强。就全篇讲,要各段有秩序,全体能统一,书信像个书信,论说文像个论说文。就用语讲,要和思想内容相应,如果是用譬喻的,所用的譬喻该与所说的事有关联,如果是引用成语的,那成语须不晦僻,而且要摆在适当的位置。总之,文章、谈话是以读者、听者为对手的,对于对手的喜欢整齐、相应、谐和、自然的天性加以尊重,从一字一句到一段一篇,随处都顾到,不使对手起不调和的感想,这是积极修辞的最基本的原则。

二、具体　这是说要把空漠难解的无形的事情用具体的方法来表达。我们应付事物有两种机关,一是五官,一是心意。五官的对象是事物的具体的部分,心意的对象是事物的抽象的部分。抽象的话也许使对手难解,也许使对手不感趣味,所以常常要把它改成具体的话来表达。"不守约束"有时改说"食言","生活困难"有时改说"没有饭吃","受人轻视"有时改说"看人家的面孔",这些都是把抽象的话改成具体的话来表达的例子。此外,如说一种事理,用许多例来证明,说一件东西,用譬喻来表示,都可以说是应用这个原则的。

三、增义　这是说要用有关系的材料附加在所说的话里面,使所说的话意义更丰富。例如把"上有老年的父母"说作"上有风烛残年的父母",把"国事危急"说作"国事危急如累卵","风烛""累卵"都是附加上去的材料。因了"风烛""累卵",使对手想像到一种光景,可以增加许多本来没有的意义。又如说"人贵自立"这句话意思已经很明白了,如果把"芝草无根,醴泉无源"等成语附加上去,就会觉得意义更丰富起来。本来不必说及的材料,加说了可以增加意义的时候,也不妨附加进去,使所说的话意义丰富。

# 习问 十二

1.文选二十三、二十四里面,有时间不相连续的部分吗?作者对于这种部分,用着怎样的叙述方法?

2.文选二十三、二十四里面,有不是叙述性质的文句吗?如有,试举出来。

3.下列各文句在那一部分用着积极修辞的方法?

这些牛真有些"不知汉魏"。

山像一片一片儿插着。

中午时候,火一样的太阳,没法去遮拦。

予兄弟二人,各得百亩足矣,亦古者一夫受田百亩之义也。

韩文公云:"业精于勤而荒于嬉。"凡事皆然,不仅读书;而读书更要勤苦。

4.下列各文句里加·号的部分,如果用普通的说法,该是怎样的话?

孝威今年十五,孝宽今年十四,转眼就长大成人矣。

今则不然:一捧书本便想中举,中进士。

好人为坏人所累,遂令我辈开不得口。

当时群众热烈地叫着口号蜂拥到赵家楼。

自以孤贫,目不识丁,慨然欲创建义学。

# 第十三课

## 文话十三　记叙的题材

记述和叙述都是以事物为题材的,一个人每天看到的就很多,听到或想到的更是不计其数,这许多事物是否都是记叙的题材? 换句话说,选取题材该凭甚么做标准?

文章本和言语一样,写文章给人看,等于对别人谈话。我们对别人谈话,如果老是说一些对手早已知道的东西或事情,那就毫无意义,听的人一定会厌倦起来。对久住在南京的人说中山陵的工程怎样,气象怎样,对同级的学友说学校里上课的情形怎样,都是没有意义的事。

平凡的人人皆知的事物,不能做记叙的题材,实际上,作者也决不会毫无意义地把任何平凡的事物来写成文章的。作者有兴致写某种事物,必然因为那事物值得写给大家看,能使读者感到新奇的意味的缘故。

事物的新奇的意味,可分两方面来说。一是事物本身的不平凡,如远地的景物、风俗,奇巧的制作,国家的大事故,英雄、名人的事迹,复杂的故事等等,这些当然值得写。一是事物本身原是平凡的,但是作者对于这平凡的事物却发见了一种新的意味,这也值得写。从来记叙文的题材,大概不外这两种。其实,除应用文以外,一切文章的题材也就是这两种。

本身不平凡的事物,实际不常有,普通人在一生中未必常能碰到。

我们日常所经验的无非平凡的事物而已。可是,平凡的事物含有无限的方面或内容,如果能好好观察,细细体会,随时可以发掘到新的意味,这新的意味就是文章的题材。从来会写文章的人,可以说,大概是能从平凡的事物里发见新的意味的人。陈旧的男女"恋爱",人人皆知的"花"和"月",不知被多少文人利用过,写成了多少的好文章。

新的意味是记叙文的题材的生命。事物的新的意味,要观察、体会才能发见。所以观察、体会的修练,是作记叙文的基本工夫。

# 文选二十五　落花生

## 落华生

我们屋后有半亩隙地。母亲说:"让他荒芜着怪可惜,既然你们那么爱吃花生,就辟来做花生园罢。"我们几姊弟和几个小丫头都很喜欢——买种的买种,动土的动土,灌园的灌园;过不了几个月,居然有收获了。

妈妈说:"今晚我们可以做一个收获节,也请你们爹爹来尝尝我们的新花生,如何?"我们都答应了。母亲把花生做成好几样的食品,还吩咐这节期要在园里的茅亭举行。

那晚上的天色不大好,可是爹爹也到来,实在很难得。爹爹说:"你们爱吃花生么?"

我们都争着答应:"爱!"

"谁能把花生的好处说出来?"

姊姊说:"花生的气味很美。"

哥哥说:"花生可以制油。"

我说:"无论何等人都可以用贱价买来吃;都喜欢吃他。这就是他的好处。"

爹爹说:"花生的用处固然很多;但有一样很可贵的。这小小的豆不像那好看的苹果、桃子、石榴,把他们的果实悬在枝上,鲜红嫩绿的颜色,令人一望而发生羡慕的心。他只把果子埋在地底,等到成熟,才容人把他挖出来。你们偶然看见一棵花生瑟缩地长在地上,不能立刻辨出他有没有果实,非得等到你接触他才能知道。"

我们都说:"是的。"母亲也点点头。爹爹接下去说:"所以你们要像花生,因为他是有用的,不是伟大、好看的东西。"我说:"那么,人要做有用的人,不要做伟大、体面的人了。"爹爹说:"这是我对于你们的希望。"

我们谈到夜阑才散,所有花生食品虽然没有了,然而父亲的话现在还印在我心版上。

# 文选二十六　梧桐

### 李　渔

梧桐一树,是草木中一部编年史也;举世习焉不察,予特表而出之。

花木种自何年,为寿几何岁,询之主人,主人不知,询之花木,花木不答;谓之忘年交则可,予以知时达务则不可也。梧桐不然,有节可纪;生一年,纪一年。树有树之年,人即纪人之年;树小而人与之小,树大而人随之大。观树即所以观身。《易》曰:"观我生进退。"欲观我生,此其资也。

予垂髫种此,即于树上刻诗以纪念,每岁一节,即刻一诗,惜为兵燹所坏,不克有终。犹记十五岁刻桐诗云:

> 小时种梧桐,桐叶小于艾,
> 簪头刻小诗,字瘦皮不坏。
> 刹那十五年,桐大字亦大;
> 桐字已如许,人大复何怪!
> 还将感叹词,刻向前诗外。
> 新字日相催,旧字不相待;
> 顾此新旧痕,而为悠忽戒。

此予婴年著作,因说梧桐,偶尔记及,不则竟忘之矣。即此一事,便受梧桐之益。然则编年之说,岂欺人语乎!

# 文法十　句的成分的排列

一句完整的句子,有主语、述语两部分。主语是事物,述语是事物的"怎样"或"是甚么"。主语在前,述语在后。这是最基本的样式。我们说话的时候,总是心里先浮起一种事物,然后就了这事物说它"怎样"或"是甚么"。句的成分如此排列,原是很自然的。

可是排列的样式并不是只此一种。我们可以说"我要吃饭",也可以说"饭,我要吃"。前者就"我"说,后者就"饭"说,所说的意义虽同,心理上所注重的方面却不同。又如说"两个客人到我的家里来了",如果就"我的家里"着想,应该说"我的家里来了两个客人"才是。

主语在前,述语在后,虽是最正常的排列,但实际上我们谈话、写作的时候,因了心情上所注重的方面不同,常把这排列颠倒变更。心情上注重某部分,就把它特别提在前面,然后再补足成句。这种句式很多,最普通的是下面的几种。

一、述语中被动词提前　这里面又有好几种样式。(甲)被动词提前,原来的他动词下面有了空位的。(乙)被动词提前,原来的他动词下面补上一个代名词的(文言用"之",语体用"他"或"它")。(丙)被动词前有介词"把""将"等字的(这只见于语体)。(丁)变原文为被动文的。例如:

茶我喝,酒我不喝。　　　　　(甲)

这种人你不必睬他。　　　　　(乙)

笑骂由他笑骂,好官我自为之。(乙)

张三把酒喝完了。　　　　　　(丙)

李四将张三痛骂。　　　　　　(丙)

鼠为猫所捕。　　　　　　　　(丁)

鼠见捕于猫。　　　　　　　　(丁)

鼠给猫捉住。　　　　　　　　(丁)

二、述语中动词提前　动词提到主语之前,以自动词为多,他动词因须带被动词,不容易造成提前的样式。例如:

　　某家昨夜来二客。

　　街上死了一个人。

　　前进同志们!

三、述语中形容词提前　这常见于感叹的句子。例如:

　　好啊,这里的风景!

　　多闷呀,今天的天气!

四、述语中副词短语提前　述语中的副词短语,原是当作副词限制述语(动词或形容词)的,也常有提前的用法。副词短语由前介词、名词合成,提前的时候往往略去前介词,只留名词。这种名词往往是表示时地的。例如:

　　〔在〕屋子里坐着许多人。　　(地)

　　〔在〕前面走过一排兵。　　(地)

　　〔于〕昨天我去买东西。　　(时)

　　〔于〕明天我们再会。　　(时)

以上所举各例,都是句的成分的排列样式。同一件事,可以因了心情的不同,造成各种样式的句。那主语在前的句式只是其中之一罢了。

# 习问 十三

1.文选二十五、二十六,在那一点上是有新意味的?

2.试把从前读过的记叙文,一一说明所以值得写作的理由。

3.下列各句,如果除去了"把"字"将"字,成分的排列将有怎样的变动?

谁能把花生的好处说出来?

他只把果子埋在地底。

于是将房间中帷帐拉下作为引火物。

从小窗中爬进,将大门洞开。

4.试把"把"字或"将"字用入下列各句去。

他们议决带铁器、小罐火油及火柴等去。

先割断电话;次搜索文件。

5.试把下列各句中的"之"字除去,改成另一种的句式。

初级中学、高级中学得混合设立之。

中学之教育科目及课程标准,由教育部定之。

6.下列各文句中,如有提前的成分,试指出。

那天下午,北京的大学专门各校学生二三千人整队向天安门出发。

武七之事,山东官吏及地方人士所撰奏章、文牍及传记言之已详。

船头坐三人。

舟尾横卧一楫。

# 第十四课

## 文话十四　材料的判别和取舍

记叙文的题材是作者认为有新的意味的事物,关于那事物的一切事项,当然都是文章的材料了。一件事物的事项,可以多至无限。所以,材料不愁没有,问题只在怎样判别,怎样取舍。

作者对于某事物自以为发见了某种新的意味了,要写成文章告诉大家,这所谓新的意味,大概可归纳为三种性质:一是某种新的知识,二是某种新的情味,三是某种新的教训。一篇文章之中有时可兼有两种以上的性质。总而言之,记叙文所给与读者的,无非是知识、情味、教训三种东西。如果把记述文和叙述文分开来说,那末记述文所给与读者的普通只有知识、情味两种,不能给与教训。叙述文却三种都有。

材料的判别和取舍,完全要看文章本身的意味如何。文章本身的意味就是决定材料的标准。同是写"月",天文学书里所取的材料和诗歌里所取的材料不同。天文学书里的"月"是知识的,它怎样生成,经过甚么变化,直径若干,形状怎样,光度怎样,怎样绕着地球运转,运转的速度若干等等是适当的材料。诗歌里的"月"是情味的,或者说它如"弓",如"蛾眉",或者把它当做人,"把酒问月",说它在那里"窥人",或者把它的"圆缺"来作离合悲欢的譬喻,所取的完全是和天文学书里不同的材料。同是写岳飞,《宋史》和《精忠传》以及《少年丛书》,材料的性质及轻重也各各不同。《宋史》里写岳飞以历史的知识为主,教训、情味次之;《精忠传》里写岳飞以情味为主,教训、知识次之;《少年丛书》里写岳飞以教训为主,知识、情味次之。意味不同,材料的判别取舍也就不一样。知识上重要的材料,在教训或情味上也许并不重要,或竟是无用的东西;教训或情味上重要的材料,在知识上也许是不正确的或非科学的东西。

依了文章的意味,从题材所包含的事项里选取一群适宜的材料,这是第一步。第二步就得把意味再来分析,同是知识,方面有许多种,同是情味或教训,性质也并不单纯。要辨别得清清楚楚,然后从选好的一群材料里,精选出适切的材料来运用。材料本身有大有小,但写入文章里去,大的并非就是重要的,小的并非就是不重要的。仅只荆棘中的"铜驼"可以表出国家的灭亡,仅只镜中的"白发"可以表出衰老的光景。任何微小的事项,只要运用得适合,就会成为很重要的材料。

# 文选二十七　欧游心影录楔子

## 梁启超

民国八年双十节之次日,我们从意大利经过瑞士,回到巴黎附近白鲁威的寓庐。回想自六月六日离开法国以来,足足四个多月,坐了几千里的铁路,游了二十几个名城,除伦敦外,却没有一处住过一来复以上。真是走马看花,疲于奔命。如今却有点动极思静了。

白鲁威离巴黎二十分钟火车,是巴黎人避暑之地。我们的寓庐,小小几间朴实楼房,倒有个很大的院落,杂花满树,楚楚可人。当夏令时,想是风味绝佳,可惜我不曾享受;到得我来时,那天地肃杀之气,已是到处弥满。院子里那些秋海棠、野菊,不用说,早已萎黄凋谢,连那十几株百年合抱的大苦栗树,也抵不过霜威风力,一片片的黄叶,蝉联飘堕,层层堆叠,差不多把我们院子变成黄沙荒碛。还有些树上的叶,虽然还赖在那里挣他残命,却都带一种沉忧凄凉之色,向风中战抖抖的作响,诉说他魂惊望绝。到后来索性连枝带梗滚掉下来,像也知道该让出自己所占的位置，教后来的好别谋再造。

欧北气候本来森郁，加以今年早寒，当旧历重阳前后，已有穷冬闭藏景象，总是阴霾霾的欲雨不雨，间日还要涌起濛濛黄雾。那太阳有时从层云叠雾中瑟瑟缩缩闪出光线来，像要告诉世人，说他还在那里。但我们正想要去亲炙他一番，他却已躲得无踪无影了。

我们住的这避暑别墅本来就不是预备过冬之用，一切构造，都不合现在的时宜。所以住在里头的人，对于气候的激变感受不便，自然是更多且更早了。

欧战以来，此地黑煤的稀罕，就像黄金一样，便有钱也买不着。我们靠着取暖的两种宝贝，就是那半干不湿的木柴，和那煤气厂里蒸取过煤气的煤渣。那湿柴煨也再煨不燃，吱吱的响，像背地埋怨，说道："你要我中用，还该先下一番工夫。这样生吞活剥起来，可是不行的。"那煤渣在那里无精打彩的干炙，却一阵一阵的爆出碎屑来，像是恶狠狠的说道："我的精髓早已榨干了，你还要相煎太急吗？"

我们想着现在刚是故国秋高气爽的时候，已经一寒至此；将来还有三四个月的严冬，不知如何过活。因此连衣服也不敢多添，好预备他日不时之用。只是靠些室内室外运动，鼓起本身原有的势力，来抵抗外界的冱寒。

我们同住的三五个人，就把白鲁威当作一个深山道院，巴黎是绝迹不去的，客人是一个不见的。镇日坐在一间开方丈把的屋子里头，傍着一个不生不灭的火炉，围着一张亦圆亦方的桌子，各人埋头埋脑做各自的功课。这便是我们这一冬的单调生活趣味，和上半年恰恰成个反比例了。我的功课中有一件，便是整理这部游记。

读者莫见笑，我这部游记落笔以前，我要仿从前八股家做策冒的样子，先将我这一年来欧游的一般观察和一般感想写出个概略来。

# 文选二十八　项脊轩志

## 归有光

项脊轩,旧南阁子也。室仅方丈,可容一人居。百年老屋,尘泥渗漉,雨泽下注。每移案,顾视无可置者。又北向,不能得日;日过午已昏。余稍为修葺,使不上漏。前辟四窗,垣墙周庭,以当南日;日影反照,室始洞然。又杂植兰桂竹木于庭,旧时栏楯,亦遂增胜。借书满架,偃仰啸歌,冥然兀坐,万籁有声。而庭阶寂寂,小鸟时来啄食,人至不去。三五之夜,明月半墙,桂影斑驳,风移影动,珊珊可爱。然余居于此,多可喜,亦多可悲:

先是,庭中通南北为一。迨诸父异爨,内外多置小门墙,往往而是。东犬西吠;客逾庖而宴,鸡栖于厅。庭中始为篱,已为墙,凡再变矣。家有老妪,尝居于此。妪,先大母婢也,乳二世,先妣抚之甚厚。室西连于中闺,先妣尝一至。妪每谓余曰:"某所,而母立于兹。"妪又曰:"汝姊在吾怀,呱呱而泣。娘以指叩门扉曰:'儿寒乎?欲食乎?'吾从板外相为应答。"语未毕,余泣,妪亦泣。

余自束发读书轩中。一日大母过余曰:"吾儿,久不见若影,何竟日默默在此,大类女郎也?"比去,以手阖门,自语曰:"吾家读书久不效,儿之成则可待乎?"顷之,持一象笏至,曰:"此吾祖太常公宣德间执此以朝,他日汝当用之。"瞻顾遗迹,如在昨日,令人长号不自禁。

轩东故尝为厨。人往,从轩前过;余扃牖而居,久之,能以足音辨人。轩凡四遭火,得不焚,殆有神护者。

项脊生曰:"蜀清守丹穴,利甲天下,其后秦皇帝筑女怀清台。刘玄德与曹操争天下,诸葛孔明起陇中。方二人之昧昧于一隅也,世何足以知之?余区区处败屋中,方扬眉瞬目,谓有奇景。人知之者,其谓与坎井之蛙何异。"

余既为此志,后五年,余妻来归,时至轩中从余问古事,或凭几学书。

吾妻归宁，述诸小妹语曰："闻姊家有阁子，且何谓阁子也?"其后六年，吾妻死，室坏不修。其后二年，余久卧病无聊，乃使人复葺南阁子，其制稍异于前。然自后余多在外，不常居。庭有枇杷树，吾妻死之年所手植也，今已亭亭如盖矣。

# 文法十一　叙述句和说明句

依句的性质分类，有直说句、疑问句、命令句、感叹句四种，其中以直说句为最多见。直说句又有叙述的和说明的两种区别。就事物说述它"怎样"的是叙述句，说述它"是甚么"（或不是甚么）的是说明句。这是前面已经说过了的。

叙述句所说述的是事物的现成情形。我们见了猫在捕鼠，就说"猫捕鼠"，见了桃花的红色，就说"桃红"，事物的情形"怎样"就说"怎样"。这是叙述句。

说明句所说述的并非事物的现成情形，乃是我们对于事物的判别和解释。例如说"猫是会捕鼠的"，"桃花是红的"，不管眼前有没有"猫"或"桃花"，我们随时都可以这样说。这是说明句。

叙述句说述事物"怎样"，有动态和静态两种。表动态的述语用动词，如"猫捕鼠"的"捕"，表静态的述语用形容词，如"桃红"的"红"。表动态时，动作大抵由主语发出；表静态时，形容词必表示主语的光景。例如：

> 水落。石出。（"落""出"的动作由主语"水""石"发出）
> 山高。月小。（"高""小"表示主语"山""月"的光景）

说明句的述语大概用同动词，如"是""为"等。这同动词并非主语所发出的动作，乃是说话的人要判别解释主语所表示的事物时所不得不用的关系词。同动词下面所带的补足语是名词、名词短语、形容词、形容词短语（语体中以"的"作结的）或句。例如：

> 梧桐一树，是草木中一部编年史也。

这就是他的好处。

船上生活是如何的清新而活泼。

他是有用的。

我的功课中有一件,便是整理这部游记。

有许多叙述句因了成分提前,变更排列的样式,可以转成说明句;反之,有许多说明句亦可转成叙述句。例如:

人来。　（叙述句）

来的是人。　（说明句）

你吃花生。　（叙述句）

吃花生的是你。　（说明句）

花生是你吃的。　（说明句）

你吃的是花生。　（说明句）

革命军于十月十日在武昌起义。　（叙述句）

十月十日是革命军在武昌起义的日子。　（说明句）

武昌是十月十日革命军起义的地方。　（说明句）

十月十日在武昌起义的是革命军。　（说明句）

革命军在武昌起义是十月十日。　（说明句）

说明句述语中的同动词"是"或"为"时被略去,文言中的"为"字被略去的更多见,有时于句末用"也"字。例如:

此〔为〕吾祖太常公宣德间执此以朝。

此〔为〕予婴年著作。

项脊轩〔为〕旧南阁子也。

妪〔为〕先大母婢也。

# 习问 十四

1. 文选二十七、二十八所想给与读者的是知识,是情味,还是教训?

2. 文选二十七里面,那些材料用得最有力?

3.试把文选二十八里面的各材料摘出来,依了时间先后,排成一个细目。

4.把下列各文句分成叙述句和说明句两类。

我们同住的三五个人,就把白鲁威当作一个深山道院。

巴黎是绝迹不去的。

客人是一个不见的。

镇日坐在一间开方丈把的屋子里头。

各人埋头埋脑做各自的功课。

这便是我们这一冬的单调生活趣味。

5.试把下列文句改成说明句。

刘玄德与曹操争天下。

汝姊在吾怀,呱呱而泣。

6.试把下列文句改成叙述句。

我们靠着取暖的两种宝贝,就是那半干不湿的木柴,和那煤气厂里炰取过煤气的煤渣。

此予婴年著作。

# 第十五课

## 文话十五  叙述的快慢

　　叙述文所写的是事物的变化、经过,一件事物先怎样,后来怎样,结果怎样,这里面有着一种流动。事物的变化、经过,是事物本身在时间上的流动,把这流动写记出来,就是叙述文。所以流动是叙述文的特性。

　　事物本身的流动有快有慢,原来不是等速度进行的。写入文章里面,因为要使事件的特色显出,就得把不必要的材料删去,在流动上更分出人为的快慢来。文章里叙述一件事物,往往各部分详略不同,只把力量用在最重要的一段经过上,其余的各段,有的只是一笔表过,但求保存着原因、结果的关系就算,有的竟全然略掉。假如用三千字来写一个人的传记,尽可以费去二千字以上的篇幅写他一生中的某一天,其余长长的几十年,只用几百字来点缀。用五千字来写一篇旅行记,假定所经过的地方有五处,也不必每处平均化一千字,对于重要的地方应该不惜篇幅,详细叙述,不重要的地方,不妨竭力减省字数。同样叙述事物的一段经过,详细地写,流动就慢了,简略地写,流动就快了。

　　快的叙述,便于报告事件进行的梗概,慢的叙述,便于表现事件进行时的状况。例如写一个人的病死,说"某人因用功过度,久患肺病,医药无效,于×日午后死在××病院里",这是快的叙述。如果把其中的一段——假定是临死的一段来详写,病人苦痛的光景,家人绝望的神情,医生和看护妇的忙碌，以及那时候特有的病室里的空气，诸如此类，一一写述无遗，这就是慢的叙述。我们从前者只得到事件的梗概，知道某人死的原因、时间和地点，从后者可以知道死时的实际状况；前者是抽象的，概念的，后者是具体的，特性的。

快的叙述和慢的叙述各有用处，不能说那一种好，那一种不好。一篇叙述文里头，甚么地方该快，甚么地方该慢，这要看文章本身的意味如何而定。总而言之，占中心的重要的部分该慢，不重要的部分该快。快慢就是详略，把不重要的部分略写，重要的部分详写，都是为了想显出特色的缘故。

# 文选二十九　王冕的少年时代

## 儒林外史

元朝末年出了一个嵚崎磊落的人。这人姓王名冕，在浙江绍兴府诸暨县乡村里住。七岁上亡了父亲，他母亲做些针黹供给他到村学堂里读书。看看三个年头，王冕已是十岁了，母亲唤他到面前，说道，"儿啊，不是我有心要耽误你。只因你父亲亡后，我一个寡妇人家，年岁不好，柴米又贵；这几件旧衣服和些旧家伙当的当了，卖的卖了；只靠着我做些针线生活寻来的钱，如何供得起你读书？如今没奈何，把你雇在隔壁人家放牛，每月可得几钱银子，你又有现成饭吃。只在明天就要去了。"王冕道，"娘说的是。我在学堂里坐着，心里也闷，不如往他家放牛，倒快活些。假如我要读书，依旧可带几本去读。"当夜商议定了，第二日，母亲同他到间壁秦家。秦老留着吃了早饭，牵了一头水牛来，交与王冕，指着门外道，"就在我这大门过去两箭之地，便是七泖湖。湖边一带绿草，各家的牛都在那里打睡。又有几十棵合抱的垂杨树，十分阴凉。牛要渴了，就在湖边饮水。小哥，你只在这一带顽耍，不要远去。我老汉每日两餐小菜饭是不少你的，早上还折两个钱与你买点心吃。只是凡事勤谨些。休嫌怠慢。"他母亲谢了扰回去。王冕送出门来，母亲替他理理衣服，嘱咐道，"你在此须要小心，休惹人说不是。早出晚归，免我悬望。"说罢，含泪去了。

王冕自此在秦家放牛，每日黄昏回家，跟着母亲歇宿。或遇秦家煮些腌鱼腊肉给他吃，他便拿块荷叶包了，来家孝敬母亲。每日点心钱也不用掉，聚到一两个月，偷空走到村学堂里，见那闯学堂的书客，就买几本旧书。逐日把牛栓了，坐在柳阴树下看书。

弹指过了数年，王冕看书，心下也着实明白了。那日正是黄梅时候，天气烦燥，王冕放牛倦了，在绿草地上坐着。须臾，浓云密布，一阵大雨过了，那黑云边上镶着白云，渐渐散去，透出一派日光来，照耀得满湖通红。湖边上山，青一块，紫一块，绿一块。树枝上都像水洗过一番的，尤其绿的可爱。湖里有十来枝荷花，苞子上清水滴滴，荷叶上水珠滚来滚去。王冕看了一回，心里想道，"古人说'人在画图中'，其实不错。可惜我这里没有一个画工，把这荷花画他几枝，也觉有趣。"又心里想，"天下那有学不会的事？我何不自画几枝？"

……自此聚的钱不买书了。天天向城里买些胭脂、铅粉、纸、笔之类，学画荷花。初时画得不好，画到三个月之后，那荷花精神颜色无一不像，只多着一张纸，就像是湖里长的，又像才从湖里摘下来贴在纸上的。乡间人见画得好，也有拿钱来买的。王冕得了钱，买些好东西去孝养母亲。一传两，两传三，诸暨一县都晓得他是一个画没骨花卉的名笔，争着来买。到了十七八岁，不在秦家了，每日画几笔画，读古人的诗文渐渐不愁衣食。母亲心里欢喜。

# 文选三十　马伶传

## 侯方域

马伶者，金陵梨园部也。金陵为明之留都，社稷百官皆在；而又当太平盛时，人易为乐。其士女之问桃叶渡、游雨花台者，趾相错也。梨园以技鸣者，无虑数十辈；而其最著者二，曰兴化部，曰华林部。

一日，新安贾合两部为大会，遍征金陵之贵客文人，与夫妖姬静女，莫不毕集。列兴化于东肆，华林于西肆。两肆皆奏《鸣凤》所谓椒山先生者。迨半奏，引商刻羽，抗坠疾徐，并称善也。当两相国论河套，而西肆之为严嵩相国者曰李伶，东肆则马伶。坐客乃西顾而叹，或大呼命酒，或移更近之，首不复东。未几，更进，则东肆不复能终曲。询其故，盖马伶耻出李伶下，已易衣遁矣。

马伶者，金陵之善歌者也，既去，而兴化部又不肯辄以易之，乃竟辍其技不奏。而华林部独著。

去后且三年，而马伶归，遍告其故侣，请于新安贾曰，"今日幸为开宴，招前日宾客，愿与华林部更奏《鸣凤》，奉一日欢。"

既奏，已而论河套，马伶复为严嵩相国以出。李伶忽失声，匍匐称弟子。兴化部是日遂凌出华林部远甚。

其夜，华林部过马伶曰，"子，天下之善技也，然无以易李伶。李伶之为严相国，至矣；子又安从授之而掩其上哉？"

马伶曰，"固然，天下无以易李伶，李伶又不肯授我。我闻今相国昆山顾秉谦者，严相国俦也。我走京师，求为其门卒三年。日侍昆山相国于朝房，察其举止，聆其语言，久乃得之。此吾之所为师也。"

华林部相与罗拜而去。

马伶名锦，字云将，其先西域人，当时犹称马回回云。


# 修辞法四　积极修辞的原则（二）

积极修辞的原则，前面曾提出过（一）调和、（二）具体、（三）增义三种。凡事有正面有反面，上面这三种可以说是正面的原则，现在再来说反面的原则。

四、奇警　这是跟调和相反的。调和的原则所指示的是叫我们尊重对手的心理，写作、谈话须顾虑到整齐、相应、谐和、自然，不使对手起不调和的感想。欢喜调和虽为一般人的常情，但平凡无奇的说法，有时也会令人厌倦。奇警就是排除这厌倦的方法。调和的说法是常情的,合理的,奇警的说法虽出乎常情之外,却并非不合理。例如对于毁谤,说"人有毁谤应该声辩"是调和的说法,说"止谤莫如缄默"就是奇警的说法。奇警的说法初看去似乎不合理,如果加以说明,也觉得很有理由,并不矛盾。我们平日谈话上、写作上,很多这样的例子,如"吃亏就是便宜","当局者迷,旁观者清"之类都是。此外如文章中句调的突变,段落的分得不寻常,也是奇警的一种样式。

五、朦胧　这是具体的反面。具体的原则叫我们把抽象的事情说得有声有色,使人明白易解。可是有些时候,过于说明白了是反使人不愉快的,须说得朦胧些才好。例如:聪明的医生对患肺病的人不说"你患的是肺结核",只说"你的肺不甚健康",交际社会上把"撒粪"改说"出恭",称"便所"为"盥洗室"之类都是。

六、减义　这是增义的反面。增义的原则叫我们在所说的话以外再附加些别的材料上去,使所说的话意义更丰富。减义是故意把应说的话不完全说尽,或竟不说,让对手用自己的想像去补足。在有些情境中,减义的说法比增义更见得意义丰富。例如一件事情弄糟了,如果说起原因、理由来,应有许多话可说,可是我们在这时候却简单地说"事情弄到如此地步,还说甚么!"这不说比说意义更丰富。此外如对一个愚人说"你真聪明",骂无用的人为"宝贝"之类,都是应用这原则的说法。

以上六种原则,三种是正的,三种是反的。所有一切积极修辞的方式,都可用这六种原则来说明。

# 习问 十五

1.就文选二十九、三十里举出下列各种部分来。

一、叙述一日间的事件的

二、叙述长期间连续的事件的

2.文选二十九、三十里,遇到事件不相衔接的地方,作者用甚么话来弥补？试一一指出来。

3.试就从前读过的叙述文,每篇寻出一个写得最详细的部分来。

4.下列各文句的说法,合乎积极修辞原则的那一种(或那几种)?

中华民国的扰攘不出二途,即文人争国会、武人抢地盘是。……这是因为国会议员与督军们都没有踢过球的缘故。

其士女之问桃叶渡、游雨花台者,趾相错也。

将来须买田二百亩。予兄弟二人,各得百亩足矣,亦古者一夫受田百亩之义也。

中午时候,火一样的太阳没法去遮拦。

湖面儿光光的,像大理石一样。

舟中寂然,今夜没有海潮音,静极心绪忽起:"倘若此时母亲也在这里……"我极清晰的忆起北京来;小朋友,恕我,不能往下再写了。

海好像我的母亲,湖是我的朋友。

# 第十六课

## 文话十六　叙述的倒错

　　叙述文所写的是事物在某时间中的经过、变化。时间有自然的先后顺序,例如一九三四年之后是一九三五年,过了五月,才到六月,无法叫它错乱。事物的经过、变化也依着时间的顺序。所以依照了时间的先后叙述事物,是最自然最普通的方式。

　　可是,我们在谈话或写作里叙述一件事的时候,时间倒错的事情是常有的。例如说"同学××君死了,三天前我到医院里去看他,他还能躺在床上看书呢。他一向很用功,不喜欢运动,去年冬天,因为感冒引起了长期的咳嗽,今年春天就吐起血来。据说,他在十二岁那一年曾有过吐血的毛病的,这次是复发。在家里养了几个月仍旧不见复原,不得已进医院去,结果还是无救。"这一段叙述里面,就有好几处先后倒错的地方,但是我们看了也并不觉得不合理,可见叙述文里把时间倒错是可能的。从来文言文当叙述倒错的时候,常用"初""先是"等辞来表示,在近代小说里,倒错的例子更多了。

　　叙述可以倒错,但倒错的说法究竟是变格,遇必要时才可以用,胡乱的倒错,那是徒乱秩序,毫无效果的。我们叙述一件事,为要使事件的特色显出,必须淘汰无关紧要的闲话。倒错的叙述,无非是淘汰闲文、显出特色的一种方法。一件事情的经过、变化本来有时间的顺序,但是时间这东西是一直连续下来的，而事件的原因也许起在很早的时候，我们写作、谈话时只把其中最重要的一段来叙述，在这一段以前的事项，如果有必要，也非追叙不可。这就用得着倒错的说法了。还有，事件的进行往往有着好几个方面的。儿子在学校寄宿舍里的灯下写家信的时候，母亲正在家里替儿子缝寒衣。要把这情形叙述清楚，就得两面分写。如果说"母亲接到儿子的信的时候，早已把寒衣缝好寄出了。她一个月前自己上城去买了材料来，足足化了三个半夜的工夫才缝成，尺寸还是儿子暑假回来的时候依了校服量定的。"这也是倒错的说法。复杂的事件，关涉的方面很多，往往须分头叙述；因为要减少闲文，不妨把一方面作主，其余的方面作宾，运用着适当的倒错法。

# 文选三十一　从孩子得到的启示

丰子恺

晚上喝了三杯老酒，不想看书，也不想睡觉，捉一个四岁的孩子华瞻来骑在膝上，同他寻开心。我随口问：

"你最欢喜甚么事？"

他仰起头一想，率然地回答：

"逃难。"

我倒有点奇怪："逃难"两字的意义，在他不会懂得，为甚么偏偏选择它？倘然懂得，更不应该欢喜了。我就设法探问他：

"你晓得逃难就是甚么？"

"就是爸爸、妈妈、宝姊姊、软软……娘姨，大家坐汽车，去看大轮船。"

啊！原来他的"逃难"的观念是这样的！他所见的"逃难"，是"逃难"的这一面！这真是最可欢喜的事！

一个月以前，上海还属孙传芳的时代，国民革命军将到上海的消息日紧一日，素不看报的我，这时候也定一份《时事新报》，每天早晨看一遍。有一天,我正在看前一天的旧报,等候当天的新报的时候,忽然上海方面枪炮声起了。大家惊惶失色,立刻约了邻人,扶老携幼地逃到附近的妇孺救济会里去躲避。其实倘然此地果真进了战线,或到了败兵,妇孺救济会也是不能救济的。不过当时张皇失措,有人提议这办法,大家就假定它为安全地带,逃了进去。那里面地方很大,有花园、假山、小川、亭台、曲栏、长廊、白鸽,孩子们一进去,登临盘桓,快乐得如入新天地了。忽然兵车在墙外轰过,上海方面的机关枪声、炮声愈响愈近又愈密了。大家坐定之后,听听,想想,方才觉得这里也不是安全地带,当初不过是自骗自罢了。有决断的人先出来雇汽车往租界。每走出一批人,留在里面的人增一次恐慌。我们结合邻人来商议,也决定出来雇汽车,逃到杨树浦的沪江大学。于是立刻把小孩子们从假山中、栏干内捉出来,装进汽车里,飞奔杨树浦了。

次日,我同一邻人步行到故居来探听情形的时候,青天白日的旗子已经招展在晨风中,人人都面有喜色,似乎从此可庆承平了。我们就雇汽车去迎回避难的眷属,重开我们的窗户,恢复我们的生活。从此“逃难”两字就变成家人谈话的资料了。

这是“逃难”。这是多么惊慌、紧张而忧患的一种经历!然而人物一无损丧,只是一次虚惊。过后回想,这回好似全家的人突发地出门游览两天。我想假如我是预言者,晓得这是虚惊,我在逃难的时候将何等有趣!素来难得全家出游的机会,素来少有坐汽车、游览、参观的机会。那一天不论时,不论钱,浪漫地,豪爽地,痛快地举行这游历,实在是人生难得的快事。只有小孩子真个感得这快味!他们逃难回来以后,常常拿香烟盒子来叠作栏干、小桥、汽车、轮船、帆船,常常问我关于轮船、帆船的事;墙壁上及门上又常常有色粉笔画的轮船、帆船、亭子、石桥的壁画出现。可见这“逃难”在他们脑中有难忘的欢喜的印象。所以今晚我无端地问华瞻最欢喜甚么事,他就立刻选定这“逃难”。原来他所见的,是“逃难”的这一面。

不止这一端:我们所打算、计较、争夺的洋钱,在他们看来个个是白银的浮雕的胸章;仆仆奔走的行人,血汗涔涔的劳动者,在他们看来个个是无目的地在游嬉,在演剧;一切建设,一切现象,在他们看来都是大自然的点缀、装饰。

唉! 我今晚受了这孩子的启示了。他能撤去世间事物的因果关系的网,看见事物的本身的真相。他是创造者,能赋给生命于一切的事物。他们是"艺术"的国土的主人。唉,我要从他学习!

# 文选三十二　杨修之死

## 三国演义

操屯兵日久,欲要进兵,又被马超拒守,欲收兵回,又恐被蜀兵耻笑,心中犹豫不决。适庖官进鸡汤,操见碗中有鸡肋,因而有感于怀。正沈吟间,夏侯惇入帐,禀请夜间口号。操随口曰:"鸡肋,鸡肋。"惇传令众官,都称"鸡肋"。

行军主簿杨修见传"鸡肋"二字,便教随行军士,各收拾行装,准备归程。有人报知夏侯惇,惇大惊,遂请杨修至营中问曰:"公何收拾行装?"修曰:"以今夜号令,便知魏王不日将退兵归也。鸡肋者,食之无肉,弃之有味。今进不能胜,退恐人笑,在此无益,不如早归。来日,魏王必班师矣。故先收拾行装,免得临时慌乱。"夏侯惇曰:"公真知魏王肺腑也!"遂也收拾行装。于是寨中诸将无不准备归计。

当夜曹操心乱,不能稳睡,遂手提钢斧,绕寨私行,只见夏侯惇寨内军士各准备行装,操大惊,急回帐召惇问其故。惇曰:"主簿杨德祖先知大王欲归之意。"操唤杨修问之,修以鸡肋之意对。操大怒曰:"汝怎敢造言乱我军心!"喝刀斧手推出斩之,将首级号令于辕门外。

原来杨修为人,恃才放旷,数犯曹操之忌。操尝造花园一所,造成,操往观之,不置褒贬,只取笔于门上书一"活"字而去。人皆不晓其意。修曰:"门内添'活'字,乃'阔'字也,丞相嫌园门阔耳。"于是再筑墙围,改造停当,又请操观之。操大喜,问曰:"谁知吾意?"左右曰:"杨修也。"操虽称美,心甚忌之。

又一日,塞北送酥一盒至,操自写"一合酥"三字于盒上,置之案头。修入见之,竟取匙与众分食讫。曹操问其故。修答曰:"盒上明书'一人一口酥',岂敢违丞相之命乎?"操虽喜而笑,心恶之。

操恐人暗中谋害己身,常吩咐左右:"吾梦中好杀人,凡吾睡者,汝等切勿近前。"一日,昼寝帐中,落被于地。一近侍慌取覆盖。操跃起拔剑斩之,复上床睡,半晌而起,佯惊问:"何人杀吾近侍?"众以实对。操痛哭,命厚葬之。人皆以为操果梦中杀人,惟修知其意,临葬时指而叹曰:"丞相非在梦中,君乃在梦中耳。"操闻而愈恶之。

操第三子曹植爱修之才,常邀修谈论,终夜不息。操与众商议,欲立植为世子。曹丕知之,寄请朝歌长吴质入内府商议,因恐有人知觉,乃用大簏藏吴质于中,只说是绢匹在内,载入府中。修知其事,径来告操。操令人于丕府门司察之。丕慌,告吴质。质曰:"无忧也,明日用大簏装绢,再入以惑之。"丕如其言,以大簏载绢入。使者搜看簏中,果绢也,回报曹操。操因疑修潜害曹丕,愈恶之。

操欲试曹丕、曹植之才干。一日,令各出邺城门,却密使人吩咐门吏,令勿放出。曹丕先至,门吏阻之,丕只得退回。植闻之,问计于修。杨修曰:"君奉王命而出,如阻当者,竟斩之可也。"植然其言。及至门,门吏阻住。植叱曰:"吾奉王命,谁敢阻当!"立斩之。于是曹操以植为能。后有人告操曰:"此乃杨修之所教也。"操大怒,因此亦不喜植。

修又尝为曹植作《答教》十余条,但操有问,植即依条答之。操每以军国之事问植,植对答如流,操心中甚疑。后曹丕暗买植左右,偷《答教》来告操。操见了,大怒曰:"匹夫安敢欺我耶!"此时已有杀修之心,今乃借惑乱军心之罪杀之。

# 文法十二  单句的分解(一)

我们在阅读时,对于文句要想瞭解它的意义,在写作时,要想使所造的文句明白无误,都须从句的分解上用功夫。一句句子由主语、述语两种成分构成,主语和述语又可带附加成分。所谓句的分解,就是把一句句子分出主语、述语和附加成分来。

句子写入文章里去,因了前后文及其他种种的关系,情形很是复杂,有的成分的位置变了样,有的省略了某一部分,有的失去了独立的性质。那个是主语,那个是述语,那些是附加部分,往往不容易立刻分别出来。所以句的分解在文法研究上是很困难的工作,也是很重要的工作。

现在先从单句的分解入手。一切复杂的句的分解,都以单句的分解为基础。分解的方法是:先认出主语和述语,把握住句子的最简单的骨干,然后把附加部分一一隶属于各部。

例一　主簿杨德祖先知大王欲归之意。

这里面"杨德祖"是主语,"知"是述语的他动词,"意"是"知"的"被动词",句的骨干只是"杨德祖知意"。其余都是附加部分。分解结果如下:

例二　素不看报的我,这时候也定一份《时事新报》。

这里面"我"是主语,"定"是述语的他动词,"《时事新报》"是"定"的被动词,句的骨干只是"我定《时事新报》"。其余都是附加部分。分解结果如下:

例三　青天白日的旗子已经招展在晨风中。

这里面"旗子"是主语，"招展"是述语的自动词，句的骨干只是"旗子招展"。其余都是附加部分。分解结果如下：

例四　这是多么惊慌、紧张而忧患的一种经历！

这里面"这"是主语，"是"是述语的同动词，"经历"是补足语，句的骨干只是"这是经历"。其余都是附加部分。分解结果如下：

例五 花生的气味很美。

这里面"气味"是主语,"美"是述语的形容词,句的骨干只是"气味美"。其余都是附加部分。分解结果如下:

```
    ┌花
  ┌ │生
主│气│的
语│味└
  └ ┌很
  述│美
  语└
```

# 习问 十六

1.文选三十一、三十二里面,那一部分是倒错的叙述?

2.从前读过的文章中,有倒错叙述的例子吗? 如有,试举出来。

3.试把文选三十二改成一篇依时间顺序叙述的文章。

4.试分解下列各句。

他所见的"逃难",是"逃难"的这一面!

我今晚受了这孩子的启示了。

操第三子曹植爱修之才。

欧北气候本来森郁。

我们住的这避暑别墅本来就不是预备过冬之用。

新砍的山柴必必剥剥的响。

痴绝的无数的送别者，在最远的江岸仅仅牵着这终于断绝的纸条儿。

# 第十七课

## 文话十七　过去的现在化

　　记述文是看了事物的光景写记的,所写的是作者对于事物的观察、经验,是一时的,现在的。叙述文所写的是事物在某期间的经过、变化,这经过、变化大抵是既往的事情,是连续的,过去的。

　　文章和说话,依照普通的习惯,都须表明时间,过去的用过去的说法,现在的用现在的说法。例如"十二点钟早已敲过了"是过去的说法,"十二点钟正敲着"是现在的说法。叙述文里所说的事都是过去的,照理每句话都该用过去的说法才对。可是实际不是这样,作者所叙述的明明是几年前几十年前几百年前的事,而所用的却是现在的说法,作者和所叙述的事件,仿佛在同一时代似的。例如《水浒》里叙述武松打虎说:"……武松走了一程,酒力发作,焦热起来,一只手提着哨棒,一只手把胸膛前袒开,踉踉跄跄,直奔过乱林来;见一块光挞挞大青石,把那哨棒倚在一边,放翻身体,却待要睡;只见发起一阵狂风,那一阵风过了,只听得乱树背后扑地一声响,跳出一只吊睛白额大虫来。武松见了,叫声'啊呀',从青石上翻将下来,……"作者施耐庵和武松并不在同一时代,可是他叙述武松的行动,宛如亲眼看见一样,用的大概是现在的说法。对于过去的事用现在的笔法来写,不但小说如此,史传也如此,这叫做过去的现在化。

叙述文所以要把过去现在化,不但为了想省去每句的"已""曾""了"等过去字眼,避免重复,实在还有一个很重要的理由。我们写作文章,原是假想有读者,以读者为对象的。叙述文的目的无非要把事物的经过、变化传述给读者知道。人差不多有一种天性,对于过去的决定了的事件,不大感到兴味,对于亲眼看见的事件,常会注意它的进展,以浓厚的兴味去看它的结果如何。把过去现在化,可以使读者忘却所叙述的是几十年几百年几千年以前的事件,而当作现在的事件来追求它的结果,这增加兴味不少。人又有一种自负的心理,凡事喜欢自己占有地位,不愿一味受他人指示。作者如果将自己熟知的过去事件,这样那样如此如彼地向读者絮说,使读者只居听受的地位,并无自己参与的机会,就有损读者的自负心了。旧小说里作者把明明晓得的结果故意不说出来,每回用"未知以后如何,且听下回分解"来结束,是熟悉读者的心理的。过去的事件用现在的笔法叙述,读者读去的时候,就好像和作者同在看一件事的进展,事件的结果的发见,好像不只是由于作者的提示,读者自己也曾有发见的劳力在内。这样,读者的兴味就能增进了。

任何文章,都豫想有读者,一切所谓文章的法则,目的无非是便利读者,过去的现在化只是其中的一种而已。

## 文选三十三　景阳冈

水　浒

武松在路上行了几日,来到阳谷县地面。此去离县治还远。当日晌午时分,走得肚中饥渴;望见前面有一个酒店,挑着一面招旗在门前,上头写着五个字道,"三碗不过冈"。武松入到里面坐下,把哨棒倚了,叫道,"主人家!快把酒来吃。"只见店主人把三只碗,一双箸,一碟熟菜,放在武松面前,满满筛一碗酒来。武松拿起碗一饮而尽,叫道,"这酒好生有气力。主人家,有饱肚的,买些吃酒。"酒家道,"只有熟牛肉。"武松道,"好的切二三斤来吃酒。"店家去里面切出二斤熟牛肉,做一大盘子,将来放在武松面前，随即再筛一碗酒。武松吃了道，"好酒！"又筛下一碗。恰好吃了三碗酒，再也不来筛。武松敲着桌子叫道，"主人家，怎的不来筛酒？"酒家道，"客官要肉便添来。"武松道，"我也要酒，也再切些肉来。"酒家道，"肉便切来添与客官吃，酒却不添了。"武松道，"却又作怪。"便问主人家道，"你如何不肯卖酒与我吃？"酒家道，"客官，你须见我门前招旗上面明明写道'三碗不过冈'。"武松道，"怎地唤做'三碗不过冈'？"酒家道，"俺家酒虽是村酒，却比老酒的滋味；但凡客人来我店中吃了三碗的，便醉了，过不得前面的山冈去，因此唤做'三碗不过冈'。若是过往客人到此，只吃三碗，更不再问。"武松笑道，"原来恁地；我却吃了三碗，如何不醉？"酒家道，"我这酒叫做'透瓶香'，又唤做'出门倒'；初入口时，醇酽好吃，少刻时便倒。"武松道，"休要胡说，没地不还你钱，再筛三碗来我吃。"……前后共吃了十八碗。……手提哨棒便走。酒家赶出来叫道，"客官那里去？"武松立住了问道，"叫我做甚么？我又不少你酒钱，唤我怎地？"酒家道，"如今前面景阳冈上，有只吊睛白额大虫，晚了出来伤人，坏了二三十条大汉性命。官司如今杖限猎户擒捉发落。冈子路口都有榜文，可教往来客人，结伙成队，于巳、午、未三个时辰过冈；其余寅、卯、申、酉、戌、亥六个时辰，不许过冈。更兼单身客人，务要等伴结伙而过。这早晚正是未末申初时分，我见你走都不问人，枉送了自家性命；不如就我此间歇了，等明日慢慢凑得二三十人，一齐好过冈子。"武松听了笑道，"我是清河县人氏，这条景阳冈上，少也走过了一二十遭；几时见说有大虫。你休说这般话来吓我。便有大虫，我也不怕。"酒家道，"我是好意救你；你不信时，进来看官司榜文。"武松道，"便真个有虎，老爷也不怕。你留我在家里歇，莫不半夜三更要谋我财，害我性命，却把大虫唬吓我。"酒家道，"你看么！我是一片好心，反做恶意，倒落得你恁地；你不信我时，请尊便自行。"一面说，一面摇着头，自进店里去了。

武松提了哨棒，大着步，自过景阳冈来。约行了四五十里路，来到冈子下，见一大树，刮去了皮，一片白，上写两行字。武松也颇识几字，抬头看时，上面写道，"近因景阳冈大虫伤人，但有过往客商，可于巳、午、未三个时辰结伙成队过冈；请勿自误。"武松看了笑道，"这是酒家诡计，惊吓那等客人,便去那厮家里宿歇。我却怕甚么?"横拖着哨棒便上冈子来。那时已有申牌时分,这轮红日厌厌地相傍下山。武松乘着酒兴,只管走上冈子来。走不到半里多路,见一个败落的山神庙。行到庙前,见这庙门上贴着一张印信榜文;武松住了脚读时,上面写道,"阳谷县示:为景阳冈上新有一只大虫,伤害人命,见今杖限各乡里正并猎户人等行捕未获。如有过往客商人等,可于巳、午、未三个时辰结伴过冈;其余时分,及单身客人,不许过关,恐被伤害性命:各宜知悉。政和年,月,日。"武松读了印信榜文,方知端的有虎。欲待转身再回酒店里来,寻思道,"我回去时,须吃他耻笑,不是好汉,难以转去。"存想了一回,说道,"怕甚么!且只顾上去看怎地。"武松正走,看看酒涌上来,便把毡笠儿掀在脊梁上,将哨棒绾在肋下,一步步上那冈子来。回头看那日色时,渐渐地坠下去了。此时正是十月间,天气日短夜长,容易得晚。武松自言自语道,"那得甚么大虫!人自怕了,不敢上山。"

武松走了一程,酒力发作,焦热起来。一只手提着哨棒,一只手把胸膛前袒开,踉踉跄跄,直奔过乱树林来;见一块光挞挞大青石,把那哨棒倚在一边,放翻身体,却待要睡;只见发起一阵狂风,那一阵风过了,只听得乱树背后扑地一声响,跳出一只吊睛白额大虫来。武松见了,叫声"啊呀!"从青石上翻将下来,便拿那条哨棒在手里,闪在青石边。那大虫又饥又渴,把两只爪在地下略按一按,和身望上一扑,从半空里撺将下来。武松被那一惊,酒都做冷汗出了。说时迟,那时快,武松见大虫扑来,只一闪,闪在大虫背后。那大虫背后看人最难,便把前爪搭在地下,把腰胯一掀,掀将起来。武松只一闪,闪在一旁。大虫见掀他不着,吼一声,却似半天里起个霹雳,震得那山冈也动,把这铁棒也似虎尾倒竖起来,只一剪。武松却又闪在一边。——原来那大虫拿人,只是一扑,一掀,一剪;三般捉不着时,气性先是没了一半。——那大虫又剪不着,再吼了一声,一兜兜将回来。武松见那大虫复翻身回来,双手轮起哨棒,尽平生气力,只一棒,从半空劈将下来。只听得一声响,簌簌地将那树连枝带叶劈脸打将下来;定睛看时,一棒打不着大虫,原来打急了,正打在枯树上,把那条哨棒折做两截,只拿得一半在手里。那大虫咆哮性发起来,翻身又只一扑扑将来。武松又只一跳，却退了十步远，那大虫却好把两只前爪搭在武松面前。武松将半截丢在一边，两只手就势把大虫顶花皮胳搭地揪住，一按按将下来。那只大虫急要挣扎，被武松尽气力捺定，那里肯放半点儿松宽。武松把只脚望大虫面门上眼睛里只顾乱踢。那大虫咆哮起来，把身底下爬起两堆黄泥，做了一个土坑。武松把那大虫嘴直按下黄泥坑里去，那大虫吃武松奈何得没了些气力。武松把左手紧紧地揪住顶花皮，偷出右手来，提起铁锤般大小拳头，尽平生之力只顾打；打到五七十拳，那大虫眼里、口里、鼻子里、耳朵里都迸出鲜血来，更动弹不得，只剩口里兀自气喘。武松放了手，来松树边寻那打折的哨棒，拿在手里，只怕大虫不死，把棒橛又打了一回，眼见气都没了，方才丢了棒。寻思道，"我就地拖得这死大虫下冈子去。"就血泊里双手来提起，那里提得动；原来使尽了气力，手脚都苏软了。武松再来青石上坐了半歇，寻思道，"天色看看黑了，倘或又跳出一只大虫来时，却怎地斗得他过？且挣扎下冈子去，明早却去理会。"就石头边寻了毡笠儿，转过乱树林边，一步步捱下冈子来。

# 文选三十四　愚公移山

## 列　子

太形王屋二山，方七百里，高万仞，本在冀州之南、河阳之北。北山愚公者，年且九十，面山而居，惩山北之塞，出入之迂也，聚室而谋曰，"吾与汝曹毕力平险，指通豫南，达于汉阴，可乎？"杂然相许。

其妻献疑曰，"以君之力，曾不能损魁父之丘，如太形王屋何！且焉置土石？"杂曰，"投诸渤海之尾、隐土之北。"遂率子孙荷担者三夫，叩石垦壤，箕畚运于渤海之尾。邻人京城氏之孀妻有遗男，始龀，跳往助之；寒暑易节，始一反焉。

河曲智叟笑而止之曰，"甚矣汝之不惠！以残年余力，曾不能毁山之一毛，其如土石何！"北山愚公长息曰，"汝心之固，固不可彻；曾不若孀妻弱子。虽我之死,有子存焉;子又生孙,孙又生子,子又有子,子又有孙,子子孙孙,无穷匮也;而山不加增,何苦而不平?"河曲智叟无以应。

操蛇之神闻之,惧其不已也,告之于帝。帝感其诚,命夸蛾氏二子负二山,一厝朔东,一厝雍南。自此冀之南、汉之阴无陇断焉。

# 文法十三　单句的分解(二)

在前面,已把单句的分解法用例说明过了。那些例句都是比较完整的。但是我们在文章里所碰到的文句未必都这么完整,有缺略了一部分的,也有穿着变装的衣裳的,一时很不容易把各成分辨认出来。这种文句,在分解的时候,有几点应该注意。

一、主语的省略　主语省略的条件,前面已说过了(参照文法七)。遇到主语被省略的文句,分解时须先补足主语。例如:

> 武松走了一程,〔武松〕酒力发作,〔武松〕焦热起来,〔武松〕一只手提着哨棒,〔武松〕一只手把胸膛前袒开……
>
> 武松……道,"主人家,〔你〕怎的不来筛酒?"

二、主语的虚缺　有些文句根本就没有主语。如述语的动词是"有"字的时候,主语虚缺着的文句很不少。例如:

> 近山有汉光武庙否?
>
> 明有奇巧人曰王叔远。

这里"近山"和"明"占据着句子的顶位,容易被认作主语,其实只是副词短语"在近山""在明朝"的省略,只是一种用地方、时间来限制动词"有"字的附加成分,并非主语。这些文句的主语是甚么,那是说不出的。只能说没有主语了。(注意,述语动词是"有"字的时候,并非一概没有主语,如在"人有理性""我有我的事务"之类的文句中,"人""我"都是主语。)

三、成分的倒错　主语在前,述语在后,是最普通的句式,但有些文句,成分的排列并不守这格律。我们在分解的时候,要先将成分的位置变更,改成最普通的句式才好。例如:

　　　　甚矣汝之不惠！

　　　　我老汉每日两餐小菜饭是不少你的。

第一例是以形容词"甚"为述语的感叹词，主语是"汝之不惠"，应先改成"汝之不惠甚矣"，然后再行分解。第二例如果改为普通的句式是"我老汉不少你每日两餐小菜饭"，那是叙述句，现在把"每日两餐小菜饭"提前，就成说明句了。在说明句里面，述语的动词是"是"字，主语因了看法不同，可以是"每日两餐小菜饭"，也可以是"我老汉"。如下：

　　　　（甲）每日两餐小菜饭是我老汉不少你的〔东西〕。

　　　　（乙）我老汉是不少你每日两餐小菜饭的〔人〕。

把（甲）式的"我老汉"提前到句首，把（乙）式的"每日两餐小菜饭"提前到"我老汉"之下，都就成了本来的句式。所以依（甲）式，主语是"每日两餐小菜饭"，依（乙）式，主语是"我老汉"。分解时须认定一种。

　　句的分解，在文法学习上是重要的工作，值得随时随地留意。句的成分、位置有种种的变装，第一步该着眼于述语，尤其是动词。除了以形容词为述语的句子，述语都是用动词来做的。在叙述句，述语动词所表示的就是主语所发出的动作；在说明句，述语动词（普通都用同动词）是说明主语的关系词。述语动词一经发见，主语不难认识，其他的部分也容易分别看出了。

# 习问 十七

　　1.任何叙述文，在会话部分，差不多全是现在化的。为甚么？

　　2.叙述文中会话以外的部分，有的用过去说法，有的用现在说法。试就读过的文章中，各举出几处作例。

　　3.叙述文中的时间，往往并不连续，作者用现在法写述的时候，在时间更变的地方，用那一类的话来表明？

　　4.分解句子的时候，何以应先着眼于述语的动词？

5.试分解下列各句。

天下那有学不会的事？

湖里有十来枝荷花。

邻人京城氏之孀妻有遗男。

这条景阳冈上，少也走过了一二十遭。

武松把只脚望大虫面门上眼睛里只顾乱踢。

那大虫眼里、口里、鼻子里、耳朵里都迸出鲜血来。

# 第十八课

## 文话十八　观点的一致与移动

　　事物有许多部分或方面，一件东西，可以从各部分各方面来记述。例如记述某处风景，所要写的有山、水、树、田野、村落等等，先写甚么，后写甚么，有先后的推移；同是写山，有形势、地位、冈、麓等等，先写甚么，后写甚么，也有先后的推移。一件事情，可以从各方面来叙述。例如叙述甲乙二人打架，说"甲向乙讨债，乙说没有钱，还不出，甲骂乙不守信义，乙也还骂，于是两个人就打拢来了。"这段叙述里，第一句就甲方面说，第二句就乙方面说，第三句再就甲方面说，第四句再就乙方面说，这也是一种推移。所谓推移，换句话说，就是作者观点的移动。作者的眼睛和心意，好比照相机的镜头，是可以任意转动，更换方向的。

　　作者的观点，在可能范围内，须叫它一致。如果移动得太利害，那末，在复杂的记述或叙述里面，就会头绪纷乱，弄不清楚。我们记述某地方的风景，如果一句说山，一句说树，一句说水，下面又是一句山，一句树，一句水，结果山、树、水的事项非常零乱，读去就弄不清头绪了。应该把关于山、树、水的事项各并在一起记述，使观点的移动减少。叙述一件事情，如果那事情像甲乙二人打架的样子，是很单简的，那末东说一句西说一句也许不要紧，但是比较复杂的事件就不能这样了。应该选定一方面为主，将观点放在这方面，随时把其余的方面穿插进去。

记述文是写述光景的,光景都在作者眼前,要使头绪清楚,只有把同类的事项归并了来写,使每段的观点得以统一。叙述文是写述经过、变化的,性质比较复杂,同样一件事往往可以用几个观点来写。例如上面的甲乙二人打架的事件,把观点放在甲的方面或者乙的方面都可以叙述的。

"甲向乙讨债,听见乙说'没有钱,还不出',就骂他'不守信义',因为乙也还骂,结果和乙打拢来了。"(观点放在甲的方面)

"乙对向他讨债的甲说'没有钱,还不出',被甲骂说'不守信义',就也还骂,结果和甲打拢来了。"(观点放在乙的方面)

在复杂的叙述文里,一定要把观点放在一方面,强求一致,对于事件的表现也许不方便。例如一个人的心理上的变化经过,在别方面是无法表现的。观点原可以移动,但不要无意义地移动。

# 文选三十五　几种赠品

## 叶绍钧

两个月前,接到厦门寄来一封信。拆开来看,是不相识的广洽和尚写的;附带赠我一张弘一法师最近的相片。信上说我曾经写过那篇《两法师》,一定乐于得到弘一法师的相片。猜知人家欢喜甚么,就教人家享有那种欢喜,遥远的阻隔不管,彼此还没有相识也不管:这种情谊是很可感的。我立刻写信回答广洽和尚;说是谢,太浮俗了,我表示了永远感激的意思。

相片是六寸头,并非"艺术照相";布局也平常,跟身旁放着茶几、茶几上供着花盆茶盅的那些相片差不多。寺院的石墙作为背景,正受阳光,显得很亮;靠左一个石库门,门开着,画面就有了乌黑的长方形。地上铺着石板,平,干净。近墙种一棵树,比石库门高一点,平行脉叶很阔大,不知道是甚么;根旁用低低的石阑围成四方形,阑内透出些兰草似的东西。一张半桌放在树的前面,铺着桌布;陈设的是两叠经典,一个装着画佛的镜框子,以及一个花瓶,瓶里插着菊科的小花。这真所谓一副拍照的架子;依弘一法师的艺术眼光看来,也许会嫌得太呆板了;然而他对不论甚么都欢喜满足,人家给他这样布置了,请他坐下来的时候,他大概连连地说"好的,好的"吧。他端坐在半桌的左边;披着袈裟,折痕很明显;右手露出在袖外,拈着佛珠;脚上还是穿行脚僧的那种布缕纽成的鞋。他现在不留胡须了,嘴略微右歪,眼睛细小,两条眉毛距离得很远;比较前几年,他显得老了,可是他的微笑里透露出更多的慈祥。相片上题着十个字,"甲戌九月居晋水兰若造",是他的亲笔;照相师给印在前方垂下来的桌布上,颇难看。然而,他看见了的时候,大概还是连连地说"好的,好的"吧。

收到照片以后不多几天,弘一法师托人带来两个瓷碟子,送给丏尊先生跟我。郑重地封裹着,一张纸里面又是一张纸;纸面写上嘱咐的话,请带来的人不要重压。贴着碟子有个字条子:"泉州土产瓷碟二个,绘画美丽,堪与和兰瓷媲美,以奉丏尊圣陶二居士清赏。一音。"书法极随便,不像他写经语佛号的那些字幅的谨严,然而没有一笔败笔,通体秀美可爱。

瓷碟子的直径大约三寸。土质并不怎样好,涂上了釉,白里泛一点青;跟上海缸甏店里出卖的便宜的碗碟差不多。中心画着折枝;三簇叶子像竹叶,另外几簇却又像蔷薇叶;花三朵,都只有阔大的五六瓣,说不来像甚么;一只鸟把半朵花掩没了,全身轮廓作半月形,翅膀跟脚都没有画。叶子着的淡绿;花跟鸟头,淡朱;鸟身跟鸟眼是几乎辨不清的淡黄。从笔姿跟着色看,很像小学生的美术科的成绩。和兰瓷是怎样的,我没有见过;只觉得这碟子比较那些金边的画着工细的山水人物的可爱。可爱在那里,贪省力的回答自然只消"古拙"二字;要说得精到一点,恐怕还有旁的道理呢。

前面说起照片,现在再来记述一张照片。贺昌群先生游罗华山,寄给我一张十二寸的放大片。前几年他在上海,亲手照的相我见过好些,这一张该是他的"得意之作"了。

这一张是直幅,左边峭壁,右边白云,把画面斜分作两半。一条栈道从左下角伸出来,那是在山壁上凿成的仅能通过一个人的窄路;靠右歪斜地立着木阑干,有几个人扶着木阑干向上走去。路一转往左,就只见深黑的一道裂缝;直到将近左上角,给略微突出的石壁遮没了。后面的石壁有三四处极大的凹陷,都作深黑,使人想那些也许是古怪的洞穴。所有的石壁完全赤裸裸的,只后面的石壁的上部挺立着一丛柏树:枝条横生,疏疏落落地点缀着细叶,类似"国画"的笔法。右边半幅白云,微微显出浓淡;右上角还有两搭极淡的山顶,这就不嫌寂寞,勾引人悠远的想像。——这里叫做长空栈,是华山有名的险峻处所。

最近接到金叶女士封寄的两颗红豆。附信的大意说:家乡寄来一些红豆,同学看见了,一抢而光。这两颗还是她偷偷地藏起来的,因为好玩,就寄来给我。又说,过一些时,更要变得鲜红呢。从小读"红豆生南国"的诗,就知道红豆这个名称,可是没有见过实物。现在金叶女士教我长些见识,自然欢喜。

红豆作扁荷包形,跟大豆、蚕豆绝不相像。皮朱红色,光泽;每面有不规则形的几搭,略微显得淡些。一条洁白的脐生在荷包开口的部分,像小孩子的指甲。红豆向来被称为树,而有这生在荚内的果实,大概是紫藤一般的藤本。豆粒很坚硬,听说可以久藏。如果拿来镶戒指,倒是别有意趣的。

这里记述了近来得到的几种赠品。比较起名画跟古董来,这些东西尤其可贵,因为这些东西浸渍着深厚的情谊。

# 文选三十六　荆元

## 儒林外史

话说万历二十三年,那南京的名士都已渐渐销磨尽了。……那知市井中间,又出了几个奇人。……一个是做裁缝的。这人姓荆名元,五十多岁,在三山街开一个成衣铺,每日替人家做了生活,余下工夫,就弹琴写字,也极喜欢做诗。朋友和他相与的,问他道,"你今既要做雅人,为什么还要你的贵行？何不同些学校中人相与相与？"他道，"我也不是要做雅人，也只为性情相近，故此时常学学。至于我们这个贱行，是祖父遗留下来的；难道读书识字，做了裁缝，就玷污了不成？况且那些学校中的朋友，他们另有一番见识，怎肯和我们相与？而今每日寻得六七分银子，吃饱了肚，要弹琴，要写字，诸事都由得我，又不贪图人的富贵，又不伺候人的颜色，天不收，地不管，倒不快活？"朋友们听了他这一番话，也就不和他亲热。

一日，荆元吃过了饭，思量没事，一径踱到清凉山来，这清凉山是城西极幽静的所在。他有一个老朋友，姓于，住在山背后。

那于老者也不读书，也不做生意，养了五个儿子，最长的四十余岁，小儿子也有二十多岁。老者督率着五个儿子灌园。那园却有二三十亩大，中间空隙之地，种了许多花卉，堆着几块石头。老者就在那旁边盖了几间茅草房，手植的几树梧桐，长到三四十围大。老者看着儿子灌了园，也就到茅斋生起火来，煨好了茶，吃着，看那园中的新绿。

这日，荆元步了进来，于老者迎着道，"好些儿不见老哥来，生意忙的紧？"荆元道，"正是；今日才打发清楚些，特来看看老爹。"于老者道，"恰好烹了一壶现成茶，请用一杯。"斟了茶送过来。荆元接了，坐着吃道，"这茶色、香、味都好，老爹却在那里取来的这样好水？"于老者道，"我们城西，不比你城南，到处井泉，都是吃得的。"荆元道，"古人动说桃源避世。我想起来，那里要什么桃源。只如老爹这样清闲自在，住在这样城市山林的所在，就是现在的活神仙了。"于老者道，"只是我老拙，一样事也不会做，怎的如老哥会弹一曲琴，也觉得消遣些。近来想是益发弹得好了？可好几时请教一回？"荆元道，"这也容易。老爹不嫌污耳，明日我携琴来请教。"说了一会，辞别回去。

次日，荆元自己抱了琴，来到园内。于老者已焚了一炉好香，在那里等候。彼此见了，又谈了几句话。于老者替荆元把琴安放在石凳上。荆元席地坐下。于老者坐在旁边听。荆元慢慢和了弦，弹起来，铿铿锵锵，声震林木；那些鸟雀闻之，都栖息枝间默听。弹了一会，忽作变徵之音，凄清宛转。于老者听到深微之处，不觉凄然泪下。自此他两人常常往来,当下也就别过了。

# 修辞法五　情境

我们已知道修辞学上几种的原则了。修辞的目的,消极地是求文章不坏,积极地是求文章更好。文章的好和坏,有甚么标准呢?关于这问题,说法不一,最明白扼要的是"六甚么说"。所谓"六甚么"就是:

一、甚么人(作者自己)对

二、甚么人(读者)在

三、甚么地方(地)

四、甚么时候(时)用

五、甚么方法(修辞)说

六、甚么(题材)

任何文章,都可用这六项条件来做评判的标准,合乎这六项条件的就是好的文章,否则就是坏的文章。这六项条件原是就文章全体各方面说的,修辞上所要注意的,就是第五项的"用甚么方法说"。所谓修辞,无非想使说法合乎其他各项条件而已。

说话处处要顾虑到作者自己、读者、地、时、题材,这许多条件可以用"情境"两个字来包括。一切修辞上的原则或方式都要运用得和情境适合。例如:写书信时须认清作者自己和读者的关系。给现在的本国人看的文章不必用古代语或外国语。写算学上的文章的时候,十、百、千、万等的数字不能随意乱用,但在普通文章中,却不妨说"千山万水""百年大计""九死一生"等类不正确的话。因了作者自己的感情或别的条件,同是风吹的声音,有时该说"萧萧",有时该说"飘飘",同是一天的光阴,有时会说"度日如年",有时会说"白日苦短"。一句话应该怎么说,都要看情境如何而后决定。

情境两字,包含很广,不但作者、读者、时、地、题材是情境,就是文章本身的全篇体裁以及上下文的关系等等,对于文章的一部分或一句也是情境。如果所写的是诗歌,那就各部分都须遵守诗歌的格式;所写的是对话,那就各部分都须用对话的说法;所写的是一条一条的章程,那就各部分都须一条一条地写去。至于每一句文句该怎样构造,也须看上下文的关系而后决定。例如说"省立中学校长由教育厅任命之,国立大学校长由教育部任命之",如果改说做"教育厅任命省立中学校长,国立大学校长由教育部任命之",这在文法上原无毛病可指,意义也没有改变,可是读去听去就觉得不统一。这是从统一方面说的。反之,文句的构造,有时还要有变化。例如《愚公移山》里说"虽我之死,有子存焉;子又生孙,孙又生子,子又有子,子又有孙,子子孙孙,无穷匮也。"这里面有些句子格式相同,有些又不相同,这就是变化了。严密地说起来,即使用一个字,也须顾到上下文的关系,"了"字"的"字,有时重叠用在句子里面可使文章好,有时又应该避去重复。

修辞的方式很多,一切方式都以适合情境为条件。修辞的目的不在故意把言语、文章雕饰得美丽奇巧,只在使言语、文章适合情境。

# 习问 十八

1.试就文选三十三武松打虎一段(武松见大虫扑来……方才丢了棒)指出观点的变动来。

(一)观点在武松方面的,(二)观点在大虫方面的。

2.试依下列条件改造文句。

小雨点着了急,伸直了喉咙叫道:"风伯伯,快点放了我呀!"风伯伯一些也不睬,只管吹着他,向地下卷去。——(一)把观点全放在小雨点方面,(二)把观点全放在风伯伯方面。

次日,荆元自己抱了琴,来到园内。于老者已焚了一炉好香,在那里等候。彼此见了,又谈了几句话。——(一)把观点全放在荆元方面,(二)把观点全放在于老者方面。

3.文选三十五里记着四种东西,试就其中任何一种按了记述部分的原文说出作者观点移动的情形来。

4.试就下列各文句指出统一和变化的部分来。

前面说起照片,现在再来记述一张照片。贺昌群先生游罢华山,寄给我一张十二寸的放大片。

湖边上山,青一块,紫一块,绿一块。树枝上都像水洗过一番的,尤其绿的可爱。湖里有十来枝荷花,苞子上清水滴滴,荷叶上水珠子滚来滚去。

# 国文百八课

## 第二册

夏丏尊、叶绍钧合编,《国文百八课》(第二册),
开明书店,民国廿四年九月初版

# 目　录

# 第一课

## 文话一　日记

日记是把每天自己的见闻、行事或感想等来写述的东西,性质属于叙述文。凡是文章,都豫想有读者;日记是不豫备给他人看的(名人所写的日记后来虽被人印出来给大家阅读,但这并非作者当时的本意),所谓读者就是作者自己。因为除自己外没有读者,所以写述非常自由,用不着顾忌甚么;于是日记就成为赤裸裸的自传。

日记写作的目的,第一是备查检。某人关于某件事曾于某日来信,自己曾于某日怎样答复他,某日曾下过大雨,某一件东西从何处购得,价若干,钱是从那里来的,诸如此类的事,只要写上日记,一查便可明白。第二是助修养。我们读历史,可以得到鉴戒,日记是自己的历史,赤裸裸地记着自己的行事,随时检阅,当然可以发觉自己的缺点所在。

日记除了上面所讲的两种功用以外,还可以做练习写作的基础。"多作"原是学习写作的条件之一,日记是每天写的,最适合于这个条件。又,日记除自己以外不豫想有读者,写作非常自由;所写的又都是本身的经验,容易写得正确明瞭。所以一般人都认记日记是学习写作的切实的手段。

日记的材料是个人每天的见闻、行事或感想。我们日常的生活,普通平板单调的居多,如果一一照样写记,不特不胜其烦,也毫无趣味。日记是叙述文,该用叙述文的选材方法,并且要简洁地写。我们写日记,大概只在临睡前或次日清晨的几分钟,时间有限,写作的方法自不得力求简洁;把认为值得记入的几件事扼要写记,把平板的例定的事件一律舍去。否则不但会把该记的要事反而漏掉,还会叫你不能保持每天记日记的好习惯。

日记有许多种类。商人的商用日记,医生的诊断日记,主妇的家政日记,和普通的所谓日记目标大异;前者实用分子较重,近乎应用文,后者实用分子较轻,近乎普通文。普通的日记包括事务、感想、趣味等复杂的成分。因了作者的种类,所轻重又有不同;学生的日记中事务分子较少,文人的日记中趣味分子较多,就是一个例子。

## 文选一　苦雨斋之一周

周作人

**七月二十三日**

阴。上午,得半农赠所编《中国俗曲总目》稿一部二册。写《日本近代史》序文了,即寄与季谷。午,往石驸马大街应菊农伏园之招,来者佛西振铎及刘林黎诸君,下午三时回家。耀辰来谈,六时后去。晚,慧修来。

**二十四日**

晴。上午,估人来,买花木食器一副。古女士来访。下午,得上海寄来旧书二部。重校阅讲演稿了。夜大雨。

**二十五日**

晴。上午,往福寿堂,刘天华君开吊,送礼,又联云:《广陵散》绝于今日,王长史不得永年。往北大二院访川岛,午回家。下午,以讲演稿送还邓君,定名曰《中国新文学的源流》。改订《焚椒录》。吴文祺君以平伯介绍来访。金源来谈。夜,大风雨。

### 二十六日

阴雨。上午,写信九通,下午,写讲演稿小引了,即寄去。奚女士来访,为致函李明。晚,写《看云集》序文未了。

### 二十七日

晴。上午,写《看云集》序了,寄与开明。任仿樵君来谈,还《珂雪斋集》一部。下午,往访尹默、叔平,又往看耀辰,五时回家。得上海寄来旧书二部。

### 二十八日

阴。上午,启无来,幼渔肇洛先后来,下午去。得半农赠《朝鲜民间故事》一册,其女小蕙所译,前曾为作序。嗣群来,以右文社影印《六子》二函见赠。平伯来。傍晚大雷雨,积水没阶。十时顷,启无、平伯、嗣群共雇汽车回去,斋前水犹未退,由车夫负之出门。

### 二十九日

雨,后晴。上午,阅石户谷勉所著《北支那之药草》。下午,抄所译儿童剧,予儿童书局,成二篇。

# 文选二　求阙斋日记

## 曾国藩

### 十八日(同治元年九月)

早饭后,清理文件。旋见客,立见者十余次,坐见者两次。写沅弟信一件,左季高信一件。午刻,万篪轩来,久坐。中饭后,阅本日文件。至幕府畅谈。旋又将本日文件阅毕。写对联七副。夜,写杨厚庵信一件。核改咨札信稿。二更,入内室。阅梅伯言诗文集。三更,睡。五更,醒,展转不能成寐。盖寸心为金陵、宁国之贼忧悸者十分之八,而因僚属不和、恩怨愤懑者亦十之二三。实则处大乱之世,余所遇之僚属尚不十分傲慢无礼;而鄙怀忿恚若此,甚矣余之隘也!余天性褊激,痛自刻责惩治者有年,而有触即发,仍不可遏;殆将终身不改矣,愧悚何已!是日接沅弟十四日信,尚属平安。

### 廿二日(同上)

早饭后,清理文件。旋围棋一局,见客三次。写沅弟信一件,添少泉信一页。写竹庄信一件。唐中丞、李申夫先后来,久谈。中饭后,至幕府一叙。接吴竹庄信,知十八日水陆于金陵关大获胜仗,夺贼炮船、马匹。为之欣慰。阅本日文件。核二日批札各稿。夜,改信稿四件。将各处芜湖图一对,本日所收吴竹庄、周方倬报仗之禀,地名俱不可寻。与幕府诸人畅谈。二更三点,入内室。温古文论著类,读《原毁》、《伯夷颂》、《获麟解》、《龙》、《杂说》诸首,岸然想见古人独立千古确乎不拔之象。本日与昨日皆未接金陵沅弟来信,心为悬悬,行坐不安。三更,睡,颇能成寐。五更后,展转忧灼,莫知天意竟复何如。

### 初二日(同治元年十月)

早饭后,清理文件。旋见客三次。围棋一局。立见客又七次。写沅甫弟信一件。改信稿三件。中饭后,至幕府一叙。见客一次。阅本日文件。出城至盐河,看黄南坡所铸大炮,解金陵者,共五尊,内万三千斤者一尊,万斤者二尊,六千斤者二尊。又至韩正国船上一看,悯其志盛而殉难也。申刻,归。因两日不接沅弟信,彷皇忧灼,若无所措,摆列棋势以自遣。傍晚接沅弟廿三、廿六、七日三信。为之稍慰。夜,核批札各稿,倦甚。是日未刻习字一纸,久不摹帖,手又生疏矣。

# 文法一　名词的种类

名词的分类,因了标准的不同,可以有各种的分法。下面的几类是从性质上分的。

一、普通名词　这就是普通事物的名称。其中又有物类名词和物质名词两种。凡是表示有个体可分的事物的,叫做物类名词。如

　　　　人　　书　　汽车

等就是。凡是表示物的质料的,叫做物质名词。如

　　　　水　　纸　　金　　米　　空气

等就是。

物类名词所表示的是有个体可分的事物,可以用数字来计算,故得直接加数字。如

　　　　三人　　四书　　五汽车

又得于数字以外加带量词。如

　　　　三个人　　四本书　　五部汽车

这里的"个""本""部"等是计算事物数量的单位,叫做量词。每种事物各有特定的量词,如人以"个"计,书以"本"计,汽车以"部"计,不能混用。量词共有两种:一种是事物的个别的单位,如上面的"个""本""部"就是;一种是度量衡上的单位,如"尺""寸""斤""两"等就是。

物质名词是表示物的质料的,质料混整而无个体可分,不能直接加数字,加数字时必须带量词。如说

　　　　五水　　三纸　　七金　　九米　　四空气

等是不成话的;必须说

　　　　五杯水　　三张纸　　七两金　　九斗米　　四立方寸空气

才可以。文章里也有"一水之隔""价值百金"等的说法,但意思是"一江之隔""价值百元",并非真个说"水"和"金"。

二、专名词　这是专表示某一种特殊事物的名称,凡人名、地名、朝

代名、书篇名都属于这一类。这类名词常在字旁加标号以示分别,人名、地名、朝代名用"＿＿",书名用"～～～"。如

曾国藩　　同治　　上海　　中国　　看云集　　伯夷颂

专名词是表示某一种特殊事物的,这事物只可有一,不能有二,在性质上不能加数字。

三、抽象名词　普通名词和专名词所表示的事物都是有形体的,这几种名词可以说是具体名词。名词之中尚有表示没有形体的事物的,叫做抽象名词。这类名词大半由动词、形容词转成。如

善　　恶　　知识　　信用　　运动

等就是。

抽象名词所表示的事物是没有形体的,当然也不能加数字。我们说话、写作的时候虽也有在抽象名词上加着数字的,但只是在说明种类、范围和程度,并非真在说明数量。如

还有些树上的叶……都带一种沉忧凄凉之色。(种类)

来到冈子下,见一大树,刮去了皮,一片白。(范围)

武松……那里肯放半点儿松宽。(程度)

上面几种名词之中,可加数字的只有普通名词一种。专名词和抽象名词都不能加数字;加数字时,本来的性质已转变,等于普通名词了。如

南京面积约等于两个上海。══南京面积约等于两个上海样的地方。(专名词作普通名词用)

每日行一善。══每日行一件善事。(抽象名词作普通名词用)

# 习问　一

1.日记和从前读过的各体文章,有甚么不同点可说?

2.文选二里,每天所记的颇有平板的部分,是不是作者的疏忽,还是别有理由?

3.试把名词的种类列出一个系统表。

4.试加标号于下列文句中的专名词。

孟子的学说载在孟子七篇里。

这部西湖志是去年游西湖的时候买来的。

5.说出下列各名词的量词来。

牛　桌子　铜元　布　鱼　船　煤　笔　刀　画　眼镜　鞋子　诗

6.辨别下列各文句中加·号的名词的性质。

三个臭皮匠比得一个诸葛亮

曾国藩湖南湘乡人。

一粥一饭当思来处不易。

家有两老一小

扶老携幼

# 第二课

## 文话二　游记

　　和日记最相近的是游记,有许多游记就是用日记体写成的。游记有两种:一种只记某一名迹或某一园林、寺观,题材比较简单;一种记某一地方、山岳或都市,题材比较阔大。普通所谓游记指前者,旅行记则指后者。

　　游记之中,含有两种成分,就是作者自己的行动和所游境地的光景。游记和日记不同,是豫想有读者的文章。读者所想知道的是所游境地的光景,不是作者自己的行动。所以,关于作者自己的行动须写得简略,而关于所游境地的光景须写得详细。如"星期日没有事","几点钟出发","经过甚么地方,碰到朋友某君,邀他同去","这日天气很好"之类的话,如果和正文没甚么关系,都该省去。

　　可是从别一方面说,写作者自己的行动是动的,是叙述;写所游境地的光景是静的,是记述。游记在性质上属于叙述文,目的在藉文字"引人入胜",生命全在流动的一点上。死板地去写记所游境地的光景,结果会使流动随时停止,减少趣味。最好的方法是将作者的行动和所游境地的光景合在一处写;这就是说,写作者行动的时候要和境地的光景有关联,写境地的光景的时候也要和作者的行动有关联。从前读过的文章中,属于游记一类的有朱自清氏的《卢参》(第一册文选二十一),冰心氏的《寄小读者通讯七》（第一册文选十七），有几处也近于游记。现在从这两篇文章各举一处作例。

　　卢参在瑞士中部，卢参湖的西北角上。出了车站，一眼就看见那汪汪的湖水和屏风般立着的青山，真有一般爽气扑到人的脸上。

　　……出了吴淞口，一天的航程，一望无际尽是粼粼的微波，凉风习习，舟如在冰上行。到过了高丽界，海水竟似湖光，蓝极绿极，凝成一片。斜阳的金光，长蛇般自天边直接到栏边人立处。上自穹苍，下至船前的水，自浅红至于深翠，幻成几十色，一层层，一片片的漾了开来。

这里面写所游境地的光景，都是从作者眼中看到或是心上感得的，这就是把作者的行动和境地的光景打成一片了。所以读去很觉生动，并不嫌静止呆板。

　　游记是记述和叙述两种成分揉合的文章，一切记述和叙述的法则，如写述的顺序、要点的把捉等等，都可应用。说明及议论，如非必要，可以不必加入。（《卢参》中关于冰河有许多说明，这恐怕一般读者不知道冰河的情形，所以特加解释，对于读者可以说是必要的。）最要紧的是作者的行动和境地的光景的融合以及流动的持续。

# 文选三　谒孙中山先生故居

耘　愚

　　孙中山先生的故居在现在的中国——或者竟是世界——差不多已成数一数二的名胜了。凡是到过广东的人，没有不想去瞻仰瞻仰的。我最近恰巧因事到了先生所生长的广东中山县，当然不肯放过这个机会。

　　先生的故居是在中山县属的翠亨村。看这"翠亨"两字的名称，已经觉得是很幽美而又很康庄。村临岐关汽车道旁，全村约五六十户，屋子的大门都是坐西向东，独有中山先生一家在村的南端，门是西向的。

　　说起这个村子的形胜，确有点特别气象。村的前面，是一片浓绿葱茏的田禾；后面和右边是一带很整齐茂盛的树林；左边有山，他的高峰名叫犁头尖；后面再远些更有五桂山的连峰；右边也有山，两两相对，如互拱揖，远远望去，一层一层的峰峦，都现出和平颜色，令人感觉到无限愉快；右边临汽车路旁，有小溪一条，溪水平浅，其上荫以老树。

中山先生的故居是一座旧西式的楼房，游人到了岐关汽车路的翠亨站，一下车，便已映入眼帘。

小小楼房，连着三间，正面上下，均有骑廊，形色朴素，毫无文饰。前面辟出一个小小庭园，有短短的墙围住。庭园内清洁无尘，左边有酸子树一株，依墙而立，高与檐齐，这是先生的尊人所手植的。右边有井一眼，是楼房建后凿的。据说当楼房未建时，这眼井的地位是在旧祖屋的房内，曾放着一张床，中山先生便是在这床上出世的。宅门开在西面短墙当中，门外直对一个园林，林木皆是松柏之属，独有一株老榕树，伸条成荫，状极奇特。树林之下，设有石凳十余条。到此一坐，心神澄清，虽在骄阳肆虐之际，也不觉着他的炎威了。

这座屋子的年龄现在已有三十九岁了，大致在前清光绪年间盖的。当时由先生手制图样，商得堂上同意，建筑起来。屋内正面有悬置先人影像的祀堂，两边墙上有先生给子侄题的字。楼上房内先生旧时所用的床帐箱笼，仍旧陈列着。壁上悬有先生二十岁的一张小影，神采英秀，奕奕动人。室内无人，据说只有中山先生一位老姊住着。

我们到先生故居时，是十九年八月七日，同行者尚有两位。恰巧这一天先生的老姊不在家，往澳门去了。所幸招待我们的有一个陆华禧先生，我们从他的口中，居然听到关于先生幼年的轶事。这位陆先生也是这个村子里的人，小中山先生六岁。中山先生奔走革命，他都是随着出生入死的。先生幼年常常和他在一块儿游戏，所以他知道先生的轶事独多。

我们和陆先生谈话的地点，最初是在屋子内，继而出门到树林下，后来又同到宅前车站小溪边，他说：

"老先生盖了这个屋子以后，因为革命，四方奔走的缘故，在屋子里住的时候很少；可是这个屋子和村子，四十年中被专制政府的官吏兵丁来蹂躏,已不知多少次了。

"这一个村子的人,随同先生革命,因而丧失生命的,已经有六个人。

"先生初年的时候,生性很刚烈,好打报不平,看见村子里孩子们有什么争吵,他总是帮助被欺侮的人,动手打那欺侮人的人。

"他幼时常常叫我找些小砂子,帮他制火药,用小砂子和着硝矿,加布裹成一包。他说,这是最好不过的地雷。我当时比他小,又佩服他,自然愿意听他的指挥。可是有一天竟然闯出乱子来了,他把一包叫'地雷'的火药放在一家当押店门口烧放起来,轰隆一声,惊得店内的人乱奔乱跳。

"他小时候读书很聪明,读过便不忘记,但是他绝不愿意在书房内久久坐着,出了书房,便去做各种游戏的工作。他欢喜种树,也欢喜修路,现在村子里的树有不少是他幼年栽的。

"这个涧沟(指车站路边的小溪而言)是他老先生小时游泳的地方,这个把戏,我也时常和他一块儿做的。他还好爬树,这几棵树(指溪上树而言)是他老先生常常攀登的。"

这位陆先生身体很肥胖,性情很和善诚恳,谈时娓娓不倦,并且自称所说的是普通官话。

我们是上午十时到翠亨的,离翠亨已经十二时半了。登车以后,还是常常回首望那形色朴素的旧西式洋房,和那现出和平颜色的山峰。

# 文选四　游黄山记

袁　枚

癸卯四月二日,余游白岳毕,遂浴黄山之汤泉。泉甘且洌,在悬崖之下。夕宿慈光寺。

次早,僧告曰:"从此山径仄险,虽兜笼不能容。公步行良苦。幸有土人惯负客者号'海马',可用也。"引五六壮佼者来,俱手数丈布。余自笑,赢老乃复作褓襁儿耶?初犹自强,至惫甚,乃缚跨其背。于是且负且步各半。行至云巢，路绝矣；蹑木梯而上。万峰刺天，慈光寺已落釜底。是夕至文殊院，宿焉。天雨，寒甚，端午犹披重裘，拥火。云走入夺舍，顷刻混沌，两人坐，辨声而已。散后，步至立雪台。有古松根生于东，身仆于西，头向于南，穿入石中，裂出石外。石似活，似中空，故能伏匿其中而与之相化；又似畏天不敢上，长大十围，高无二尺也。他松类是者多不可胜记。晚，云气更清，诸峰如儿孙俯伏。黄山有前后海之名，左右视两海并见。

次日，从台左折而下。过百步云梯，路又绝矣。忽见一石如大鳌张其口。不得已走入鱼口中，穿腹，出背，别是一天。登丹台，上光明顶，与莲花、天都二峰为三鼎足，高相峙。天风撼人不可立。幸松针铺地二尺厚，甚软，可坐。晚至狮林寺宿焉。趁日未落，登始信峰。峰有三，远望两峰夹峙，逼视之，尚有一峰隐身落后。峰高日险，下临无底之溪。余立其巅，垂趾二分在外。僧惧，挽之。余笑谓"坠亦无妨。"问，"何也？"曰："溪无底则人坠当亦无底，飘飘然知泊何所；纵有底亦须许久方到，尽可须臾求活。惜未挈长绳缒精铁量之，果若干尺耳。"僧大笑。

次日，登大小清凉台。台下峰如笔，如矢，如笋，如竹林，如刀、戟，如船上桅，又如天帝戏将武库兵仗布散地上。食顷，有白练绕树。僧喜告曰："此云铺海也！"初濛濛然，镕银散绵，良久，浑成一片，青山群露角尖，类大盘凝脂中有笋脯蛊现状。俄而离散，则万峰簇簇，仍还原形。余坐松顶苦日炙，忽有片云起为荫遮。方知云有高下，迥非一族。薄暮，往西海门观落日。草高于人，路又绝矣。唤数十夫芟夷之而后行。东峰屏列，西峰插地怒起，中间鹘突数十峰，类天台琼台。红日将坠，一峰以首承之，似吞似捧。余不能冠，被风掀落；不能袜，被水沃透；不敢杖，动陷软沙；不敢仰，虑石崩压。左顾右睨，前探后瞩，恨不能化千亿身逐峰皆到。当"海马"负时，捷若猱猿冲突急走。千万山亦学人奔，状如潮涌；俯视深坑，怪峰在脚底相待，倘一失足，不堪置想。然事已至此，惴栗无益；若禁缓之，自觉无勇；不得已托孤寄命，凭渠所往，觉此身便已羽化。《淮南子》有胆为云之说，信然。

初九日，从天柱峰后转下，过白沙矼，至云谷，家人以肩舆相迎。计步行五十余里；入山凡七日。

# 文法二　名词的构成

名词的分类如果把语音的多少来做标准，又可有下面的几种。

一、单字名词　这是用一个字就是一个语音构成的名词。如

　　　人　马　车　天　地　仁　义　水　风

等都是。是名词中最简单的一种。

二、双字名词　这是用两个字就是两个语音构成的名词。其中又可分（一）双字同义的、（二）双字相对的、（三）双字叠用的、（四）附量词成双字的、（五）另加一字成双字的几种。如

　　　世界　机会　园林　名胜　图样（双字同义的）

　　　生死　是非　黑白　往来　老幼（双字相对的）

　　　处处　家家　哥哥　妹妹　馍馍（双字叠用的）

　　　船只　马匹　银两　纸张　枪支（附量词成双字的）

　　　阿三　老四　画儿　鞋子　舌头（另加一字成双字的）

文言中的名词，虽然单字、双字的都有，但愈是古文，单字名词愈多；双字名词亦只用双字同义的、双字相对的和附量词成双字的三种；至于双字叠用的和加一字成双字的名词，差不多不大用。语体中的名词，单字的用得较少，双字的用得较多；至于双字叠用的和另加一字成双字的名词，更是常见的了。

另加一字成双字的名词，所加的字在前的有"阿""老"二字，在后的有"儿""子""头"三字。其中"头"字的用途最广：本来是名词的，固然可以加上"头"字，合成双字名词；本来不是名词的形容词或动词，一经加上"头"字，也就成为名词了。例如：

　　　石头　锄头　骨头　年头（用于名词）

　　　呆头　老头　前头　上头（用于形容词）

　　　想头　话头　当头　吃头（用于动词）

三、多字名词　这是用三个以上的字就是三个以上的语音构成的名词。以人名、地名、书名及外国语的译语为多。例如：

孙中山　曾国藩　（人名）

慈光寺　清凉台　（地名）

看云集　焚椒录　（书名）

德力风　哀的美敦　（外国语释语）

名词的字数或音数，因了别种成分的附加，原可没有一定。如"灯"是单字名词，"电灯"或"走马灯"便不是单字名词了。以上所谓字数、音数是就了不可分割的名词说的。单字名词固然不能再分割；双字以上的名词如果勉强分割，就会失却原意，如

死生　名胜　想头　是非

分割了就不成话，还有是无法分割的，如

秋千　玫瑰　蜘蛛　玻璃

以上所说的名词的构成方式，是以字数的多少为标准的。名词的种类，如果就它的结合方式讲，又可分作单纯名词和复合名词。前面所举的名词都是单纯名词；此外还有一种复合名词。复合名词由名词和动词或形容词构成的居多。如

花插　鞋拔　笔套　（名词和动词构成的）

橘红　蛋白　花红　（名词和形容词构成的）

# 习问 二

1.从文选三、四里举出下列三种文句来。

一、记作者的行动的

二、记境地的光景的

三、作者的行动和境地的光景揉合在一处的

2.文选三里有陆华禧先生的谈话，文选四里有作者和寺僧的对话，这些会话插在文章中是否闲文，有什么效用？

3.试把语音的多少作标准,将名词的构成方法列一个表。

4.语体文中用名词多取双字的,为甚么?

5.试加适当的字于下列各单字名词,使成双字同义或相对的名词。

民 国 力 饮 衣 幸 正 笔 器 货 乐 亡 祸 房 耻

6."老"常和"阿"通用,"儿"常和"子"通用,试从口语或书本上举例证明。

# 第三课

## 文话三　随笔

日记和游记都是生活的记述：日记以时日为纲领，游记以地域为纲领，范围都比较有一定。文章中还有写述随时随地的片段的生活的，叫做随笔，或者叫做小品。

随笔的题材，甚么都可以做。读书的心得，新奇的见闻，对于事物的感想或意见，生活上所感到的情味等等，无论怎样零碎琐屑，都是随笔的题材。随笔的用途极其广阔，可以叙事，可以抒情，可以状物写境，可以发表议论。至于体式更不拘一格，长短也随意。真是一种极便利自由的文章。

随笔和别的文章的不同：（一）形式上在不必拘泥全篇的结构。一般的文章大概是有结构的，如传记须把人物的各方面按照时间先后大体叙述，游记须把游览的程序和游览的地方顺次写记，随笔却可以只写小小的一片段，不一定要涉及全体。（二）题材上在发端于实际生活。随笔中尽可发抒各种关于政治社会的大意见、关于宇宙人生的大道理，但往往并不像定了题目凭空立说，而只从自己实生活上出发。例如我们因了自己的生活，也许写一则随笔说到运动的好处，但并不是《运动有益论》，或者说到光阴逝去的迅速，但并不是《惜阴说》。

随笔自古就有人写作，古代传下来的随笔很不少，有的记读书的心得,有的记随时的见闻。近来尤其流行。自科举制度废了以后,文章已不以应试为目标,除了有系统的学术文、有韵律的诗歌、有结构的小说或剧本、有定式的应用文以外,一般人所写的差不多都是随笔一类的东西。

绘画里有一种叫做速写,把当前的景物用简略的笔法很快速地描写个大概或其一部分。画家常以这种练习为创作大幅的准备。随笔是文章上的速写;独立地看来,固然自成一体,但同时又可做写作长篇的基本练习。一般人要练习写作,每苦没有可写的材料;随笔是从日常生活出发的东西,只要能在生活方面留心去体察、玩味,就决不至于愁没有材料。所以写随笔和写日记一样,是练习写作的好方法。

一切文章都需要有新鲜味,尤其是随笔。随笔所关涉的是日常生活,日常生活大概是板定的,平凡的,如果写的人自己不感到兴趣,写了出来,也决不会使读者感到兴趣。好的随笔所着眼的常是一向被自己或一般人所忽略的方面。平凡的生活中不知蕴藏着多少新鲜的东西,等待我们自己去发掘。学写随笔的第一步功夫,就是体察、玩味自己的生活,在自己的生活上作种种的发掘。

# 文选五　朋友

## 巴　金

这一次的旅行使我更明瞭一个名词的意义,这名词就是朋友。

七八天以前我曾对一个初次见面的朋友说:"在朋友们的面前我只感到惭愧。他们待我太好了,我简直没有方法可以报答他们。"这并不是谦逊的客气话,这是真的事实。说过这些话,我第二天就离开了那朋友,并不知道以后还有没有机会和他再见。但是他所给我的那一点温暖至今还使我的心在颤动。

我的生命大概不会是久长的罢。然而在那短促的过去的回顾中却有一盏明灯,照彻了我的灵魂的黑暗,使我的生存有一点光彩,这明灯就是友情。我应该感谢它,因为靠了它我才能够活到现在;而且把家庭所给我的阴影扫除掉的也正是它。

世间有不少的人为了家庭弃绝朋友,至少也会得在家庭和朋友之间划一个界限,把家庭看得比朋友重过许多倍。这似乎是很自然的事情。我也曾亲眼看见,一些人结了婚过后就离开朋友离开事业,使得一个粗暴的年青朋友竟然发生一个奇怪的思想,说要杀掉一个友人之妻以警戒其余的女人。当他对我们发表这样的主张时,大家都非笑他。但是我后来知道一件事实:这朋友因为这个缘故便逃避了两个女性的追逐。

朋友是暂时的,家庭是永久的:在好些人的行动里我发见了这个信条。这个信条在我实在是不能够了解的。对于我,要是没有朋友,我现在会变成什么样的东西,我自己也不知道。也许我也会讨一个老婆,生几个小孩,整日价做着发财的梦……

然而朋友们把我救了。他们给了我家庭所不能够给的东西。他们的友爱,他们的帮助,他们的鼓励,几次把我从深渊的沿边挽救回来。他们对于我常常显露了大量的慷慨。

我的生活曾是悲苦的,黑暗的。然而朋友们把多量的同情、多量的爱、多量的眼泪都分给了我,这些东西都是生存所必需的。这些不要报答的慷慨的施与,使我的生活里也有了温暖,有了幸福。我默默地接受了他们。也并不曾说过一句感激的话,我也没有做过一件报答的行为。但是朋友们却不把自私的形容词加到我的身上。对于我,他们太大量了。

这一次我走了许多新的地方。看见许多的朋友。我的生活是忙碌的:忙着看,忙着听,忙着说,忙着走。但是我不曾感受到一点困难,朋友给我预备好了一切,使我不会缺乏什么。我每走到一个新地方,我就像回到了我的在上海的被日军毁掉了的旧居。而那许多真挚的笑脸却是在上海所不常看见的。

每一个朋友,不管他自己的生活是怎样困苦简单,也要慷慨地分些东西给我,虽然明明知道我不能够给他一点报答。有些朋友,甚至他们的名字我以前还不知道,他们却也关心到我的健康,处处打听我的病况,直到他们看见了我的被日光晒黑了的脸和手膀,他们才放心微笑了。这种情形确实值得人流泪呵。

有人相信我不写文章就不能够生活。两个月以前一个同情我的上海朋友寄稿到《广州民国日报》的副刊，说了许多关于我的生活的话。他也说我一天不写文章第二天就没有饭吃。这是不确实的。这次旅行就给我证明出来，即使我不写一个字，朋友们也不肯让我冻馁。世间还有许多大量的人，他们并不把自己个人和家庭看得异常重要，超过了一切的。靠了他们我才能够生活到现在，而且靠了他们我还要生活下去。

朋友们给我的东西是太多太多了。我将怎样报答他们呢？但是我知道他们是不需要报答的。

我近来在居友的书里读到了这样的话："消费乃是生命的条件……世间有一种不能与生存分开的大量，要是没有了它，我们就会死，就会内部地干枯起来。我们必须开花。道德、无私心就是人生之花。"

在我的眼前开放着这么多的人生的花朵了。我的生命要到什么时候开花？难道我已经是"内部地干枯"了么？

一个朋友说过："我若是灯，我就要用我的光明来照彻黑暗。"

我不配做一盏明灯。那么让我做一块木柴罢。我愿意把我从太阳里受到的热放散出来，我愿意把自己烧得粉身碎骨来给这人间添一些温暖。

# 文选六　风筝

### 鲁　迅

北京的冬季，地上还有积雪，灰黑色的秃树枝丫叉于晴朗的天空中，而远处有一二风筝浮动，在我是一种惊异和悲哀。

故乡的风筝时节，是春二月，倘听到沙沙的风轮声，仰头便能看见一个淡墨色的蟹风筝或嫩蓝色的蜈蚣风筝。还有寂寞的瓦片风筝，没有风轮，又放得很低，伶仃地显出憔悴可怜模样。但此时地上的杨柳已经发芽，早的山桃也多吐蕾，和孩子们的天上的点缀相照应，打成一片春日的温和。我现在在那里呢？四面都还是严冬的肃杀，而久经诀别的故乡的久经逝去的春天却就在这天空中荡漾了。

但我是向来不爱放风筝的，不但不爱，并且嫌恶他，因为我以为这是没出息孩子所做的玩艺。和我相反的是我的小兄弟，他那时大概十岁内外罢，多病，瘦得不堪，然而最喜欢风筝，自己买不起，我又不许放，他只得张着小嘴，呆看着空中出神，有时至于小半日。远处的蟹风筝突然落下来了，他惊呼；两个瓦片风筝的缠绕解开了，他高兴得跳跃。他的这些，在我看来都是笑柄，可鄙的。

有一天，我忽然想起，似乎多日不很看见他了，但记得曾见他在后园拾枯竹。我恍然大悟似的，便跑向少有人去的一间堆积杂物的小屋去，推开门，果然就在尘封的什物堆中发见了他。他向着大方凳，坐在小凳上；便很惊惶地站了起来，失了色瑟缩着。大方凳旁靠着一个胡蝶风筝的竹骨，还没有糊上纸，凳上是一对做眼睛用的小风轮，正用红纸条装饰着，将要完工了。我在破获秘密的满足中，又很愤怒他的瞒了我的眼睛，这样苦心孤诣地来偷做没出息孩子的玩艺。我即刻伸手折断了胡蝶的一支翅骨，又将风轮掷在地下，踏扁了。论长幼，论力气，他是都敌不过我的，我当然得到完全的胜利，于是傲然走出，留他绝望地站在小屋里。后来他怎样，我不知道，也没有留心。

然而我的惩罚终于轮到了。在我们离别得很久之后，我已经是中年。我不幸偶而看了一本外国的讲论儿童的书，才知道游戏是儿童最正当的行为，玩具是儿童的天使。于是二十年来毫不忆及的幼小时候对于精神的虐杀的这一幕，忽地在眼前展开，而我的心也仿佛同时变了铅块，很重很重的堕下去了。

但心又不竟堕下去而至于断绝，也只是很重很重地堕着，堕着。

我也知道补过的方法的：送他风筝，赞成他放，劝他放，我和他一同放。我们嚷着，跑着，笑着。——然而他其时已经和我一样，早已有了胡子了。

我也知道还有一个补过的方法的：去讨他的宽恕，等他说，"我可是毫不怪你呵。"那么，我的心一定就轻松了，这确是一个可行的方法。有一回,我们会面的时候是脸上都已添刻了许多"生"的辛苦的条纹,而我的心很沈重。我们渐渐谈起儿时的旧事来,我便叙述到这一节,自说少年时代的胡涂。"我可是毫不怪你呵。"我想,他要说了,我即刻便受了宽恕,我的心从此也宽松了罢。

"有过这样的事么?"他惊异地笑着说,就像旁听着别人的故事一样。他什么也不记得了。

全然忘却,毫无怨恨,又有什么宽恕之可言呢? 无怨的恕,说谎罢了。

我还能希求什么呢? 我的心只得沈重着。

现在,故乡的春天又在这异地的空中了,既给我久经逝去的儿时的回忆,而一并也带着无可把握的悲哀。我倒不如躲到肃杀的严冬中去罢,——但是,四面又明明是严冬,正给我非常的寒威和冷气。

# 文法三  名词语

文句中有些部分不止一个名词,或本来不是名词,可是在句中却担任着一个名词的职务,性质等于一个名词。这叫做名词语。

名词语有好几种式样。

一、在原来的名词上加着限制的    名词上所加的限制不论如何繁复,和原来的名词合起来,仍是一个名词的资格。这限制名词的词不论原来是甚么性质,对于被限制的名词,都是形容词。其中有的直接加到名词上面去,有的带后介词"之"或"的"。有后介词"之""的"的叫做名词短语。例如:

> 店家去里面切出二斤熟牛肉。
> 远处的蟹风筝突然落下来了。
> 久经诀别的故乡的久经逝去的春天却就在这天空中荡漾了。
> 于是二十年来毫不忆及的幼小时候对于精神的虐杀的这一幕,忽地在眼前展开。

语体中用后介词"的"的名词短语,有时可以把原名词略去,性质上仍等于一个名词,例如:

> 主人家,有饱肚的〔东西〕,买些吃酒。
>
> 这几件旧衣服和些旧家伙当的〔东西〕当了,卖的〔东西〕卖了。
>
> 乡间人见画得好,也有拿钱来买的〔人〕。

二、他动词带被动词　形容词和动词作名词用,属于抽象名词,如"善恶""运动"等,前面已说过了(参照文法一)。这里专举他动词带了被动词作名词用的。例如:

> 前辈先生口中的所谓读书,有一大部分也无非是求学。
>
> 近日颇有听鼓儿词,以斗叶为戏者。
>
> 我是向来不爱放风筝的。

三、整个的文句　整个的文句可以当做一个名词,用在句子里。这情形常见于复句。例如:

> 只见店主人把三只碗,一双箸,一碟熟菜,放在武松面前。
>
> 我不幸偶而看了一本外国的讲论儿童的书,才知道游戏是儿童最正当的行为,玩具是儿童的天使。
>
> 古人说"人在画图中",其实不错。

名词语在文章中有各种式样,上面所举的只是最普通的几种。这种名词语要当它作一个名词看待,文句才易解释。

# 习问　三

1.从前读过的文章中,那几篇是随笔? 那几篇不是随笔? 为甚么?

2.文选五、六,在那一点上有着新鲜味? 在那一点上关联着当前的生活? 从前读过的各篇随笔呢?

3.试就读过的文章中找寻例句,或自己造句,其中须含有下列各种名词语。

一、在原来的名词上加着限制的

二、他动词带被动词的

三、整个的文句

4.试就下列一段文章中,指出各种名词语来。

有一天,我忽然想起,似乎多日不很看见他了,但记得曾见他在后园拾枯竹。我恍然大悟似的,便跑向少有人去的一间堆积杂物的小屋去,推开门,果然就在尘封的什物堆中发见了他。他向着大方凳,坐在小凳上;便很惊惶地站了起来,失了色瑟缩着。大方凳旁靠着一个胡蝶风筝的竹骨,还没有糊上纸,凳上是一对做眼睛用的小风轮,正用红纸条装饰着,将要完工了。我在破获秘密的满足中,又很愤怒他的瞒了我的眼睛,这样苦心孤诣地来偷做没出息孩子的玩艺。我即刻伸手折断了胡蝶的一支翅骨,又将风轮掷在地下,踏匾了。论长幼,论力气,他是都敌不过我的,我当然得到完全的胜利,于是傲然走出,留他绝望地站在小屋里。后来他怎样,我不知道,也没有留心。

# 第四课

## 文话四　直接经验和间接经验

　　我们记述一件东西或叙述一件事情,所依据的是我们的经验。如果对于那所要记述的东西、所要叙述的事情不曾经验过,就无从记述、叙述。照此说来,没有到过某地方的人就不能记述某地方的境况,没有参与过某次战争的人就不能叙述某次战争的情形。

　　可是,我们的经验有两种,一种是亲自经历得来的,一种是从书本上或旁人口头上得来的;普通所谓“见闻”,就把这两种都包括在内。前者叫做直接经验;后者叫做间接经验。直接经验当然最确实可靠,只是范围较狭;间接经验方面很广,只是有时不十分确实可靠,须仔细加以辨别。

　　记述文是可以专用直接经验做依据的。至于叙述文,除叙述自己的事情以外,就非取间接经验不可。记述文所写的是事物的一时的光景,可以亲自去经历。叙述文所写的是一件事情的经过,有些事情经过很长久,我们无法完全接触到,有些事情的发生和经过远在我们未出世以前,当然更无从去直接经验了。所以间接经验不但可以作文章的材料,而且在一般的文章中,间接经验实在占着大部分。有许多文章,作者所写的就全部是间接经验。

　　间接经验原非作者亲身的经历,可是作者把它写入文章中去的时候，普通常和直接经验同样处置，也像写自己的经历一般写去，仿佛一切都是亲眼见过的样子。小说不必说了，连传记也往往这样。这并不全是作者的卖弄乖巧，实在是有理由的。第一，作者写一件事情或叙一个人物，经验的来处不一，就书本说，有从甲书得来的，有从乙书得来的，就人物说，有从甲的口头上得来的，有从乙的口头得来的；若一一要声明来源，不但不胜其烦，并且必须添出许多闲话，割断了文章的联络。第二，普通读者所希望得到的乃是某一事件、某一人物的整个经过，并不要想知道琐屑的证据；世间尽有注重证据、出处的文章（如年谱及考证文等），但普通的文章是不在此例的。

一篇文章中，作者往往把间接经验和直接经验混合了写，或把间接经验当作直接经验来写。我们读文章的时候，要加以分辨，看出那些是作者的间接经验，那些是作者的直接经验。

# 文选七　金字塔

## 沈德鸿

泰西各国，开化最早者必推埃及。其古代之建筑，如金字塔，实最大之石室也。是为埃及古王之墓，距开罗城（Cairo）五英里许，塔皆四方形，基础之大，有至十三英亩者，渐上渐削，形如峻坂，至顶平处，仅大如桌面矣。石色黑，巨如柜，略成阶级，可拾之而升，远望颇如天生成者，不见有斧斫之痕也。人立其下望之，杳乎不见其巅；远在一里外望之，始见全形。塔立于旷野，平沙无垠，周二三百里。

塔之中部，约离地十三级之处，有隧道焉，狭而长，匍匐始可入，数十步后，豁然开朗。有大殿两间，以花岗石构成，石经磨治，光滑如镜，虽岁月已久，而斗榫处绝无罅隙，俨若新成。此则五千余年前之建筑，而埃及王丘不四（Cheaps）与其后之夜台也。观此而知埃及古时建筑之术已臻其极，规模宏大，艺术精妙，迥非今日所能及。观其石壁接榫处之密切无缝，数千年而不变，足征其技之神矣。殿中故有珍宝夥多，然早经发掘，靡有遗矣。杜甫诗云:"昨日玉鱼蒙葬地,早时金椀出人间",诵之能弗为之索然! 然以五千余年之古冢,至今尚存,不致夷为平地,则建筑之坚有以致之,非偶然也。殿中尚有花岗石棺一具,棺开,帝后之木乃伊亦早散失。

埃及载籍,有记金字塔之建筑工程者,言造塔之时,役人夫十万余,历时二十稔。希腊大历史家希洛道脱(Herodotus)则谓工人所食之蒜葱等物已值金二兆许之多,则他可知已。又言未造塔时,搜集木石,特辟大道以运之,开路工程六十余年。全塔所用之石计有二兆余方,大者每方重至六十余吨。好事者曾约计其石数,而谓以之劈为四寸厚之石板,可筑一广二尺之石道,以绕地球一周。

# 文选八　龙潭之役

徐鹤林

只要我澎湃的脑海中还漂着一叶记忆孤舟,我永忘不了姓过的无线电报队队长所缕述的龙潭作战的经过。

姓过的无线电报队队长说:

"只要我两爿负责的嘴唇还没有被邪恶世风吹变成两块岩石,我永远要把龙潭之役所遇到的、所见到的报告于同志们之前,好教同志们知道战争真是万不得已的事!

那天半夜时分,我们被铁甲车运到一个离龙潭车站不远的小车站里。在这小车站四围,尽是暗黑的原野与阴沈的夜气。我们自家的步队接接连连的从车站走过。他们走进车站的时候,还是荷着枪挺着胸走的,但一出车站,便偻着腰躯进行了。他们真守纪律,一点语声也没有,一点步声也没有,一点枪械相轧声也没有!

远处响着疏朗的步枪声,惊破阴沈的空气。我那十六个电报生当中,有几个在默默叹息。我心里知道他们怯弱的灵魂一定被这种残酷的紧张的杀气骇痴了! 我生恐耽误大事,我柔声促他们动作。

东方刚才微明的时节，附近处也发现枪声了；不久，枪声由疏而急了。天呀！激烈的战争快要开场，人类和平的证券统统在战神面前扯碎了！

我哩，我的躯体守候着发电机，我的耳官伺候着接电铃，我的眼睛管理着电报生。我当心够了！敌人尽一夜的时间，从十二圩地方，整团整旅整师的偷渡过来；渡过来后，立刻占据了几个车站，立刻占据了重要山头，立刻挖断路轨，立刻割断电线。所以联络沪宁两端的步队的责任，便完完全全由我们做无线电报工作的同志担负了；我既然是这一大队的队长，我的责任自然更重了。同伴们看得清清楚楚的，只要接电铃一响，我便倏的跳了过来，于是上海步队动员的报告，镇江步队包抄的报告，统统从我手中拍出来，然后由电报生或是传令兵飞送到指挥官手上去。或者，我们的指挥官飞送来一纸手令，我便立刻蹲身在发电机跟前，运用我熟练的指头，将手令译成电码，拍报给另一位指挥官了。我呀，我才忙碌够哩！

挨到中午时分，大屠杀终于开始了！旷野仿佛活动起来，刺丛间、篱簇边、邱陵下、田塍上，都显得有模糊的黑影带着蓬腾的灰尘追逐着、躲藏着。而喇叭的呼唤声、炮弹的炸裂声、官长的发令声、士兵的呐喊声、马的奔驰声、车的运转声，声声从闷人的热风中传达过来。尤其骇人的，要算迫击炮的鸣声了，凌诸声而上，旷野远谷都生了回响，江涛湖波都起了共鸣！

我从没有见到这样好的战场，极可以使彼此任性杀人！并且也没有见到过这样好的天气，这样热、这样美的八月底的初秋天气，火一般的阳光晒得战士们的血越沸腾了！

我无时无刻不当心着我的职务，但我只要抽得出一分钟的余闲，我便架起巨大的望远镜，登在站屋的半壁上面，躲在红色铁皮保护之下，窥视那炮烟如云雾一般弥漫的战场。

这便是我一瞥所得的：三四十个佩三色带的兵士，提着长枪，偻着身躯，分头向一个峰顶奋勇进攻。我正感着莫大的慰安与莫大的痛快的时节，我突然看见峰顶树丛间透出几道红的闪光，于是这些上山的勇士，便仿佛纸人遇着疾风似的,统统翻身倒坠下来。我一点不撒谎,虽然距离有十多里路之远,但他们饮弹时的喊叫,两只膀子的乱舞,鲜血的喷射,我至今还相信,我是听清楚、看清楚的。战栗几乎使我从屋壁上面跌下来。我深悔自己站在安妥的地位,看别人、让别人在那边死!

其后,我还看见一排一排的勇士,冒着弹雨,继续冲上这个弹烟如雾的峰顶。我不忍多看这疯狂的戕杀,我不愿再看这肉喂炮的游戏,我只好一面垂头做我分内的工作,一面带着低声的祈祷,祝勇士们胜利。

忽然,事势越紧张起来了:只看见羊群一般的队伍,拥拥挤挤地填补到前线上去,指挥官洒着满面的汗汁,赶在后头,连声狂喊:

——前进! 前进!

——冲锋! 冲锋!

——杀啊! 杀啊!

我们立刻懂得我们自家的阵线已濒险境了! 我重复攀登屋壁,重复捧起望远镜眺望:原来我们自家的战队已在密集的弹雨之下前进,已在横飞的炮弹之前狂奔。敌人的炮队已分据在几个邱陵上,红焰焰的一切炮口都已明明白白地朝我们放来。许多炮弹落在同一地方,使我们的队伍成一血窟;后来的炮弹落在血窟上,使破裂的肢体横舞空中。前冲的队伍倒身死下,后排的兵士即奋勇补上。团长们、师长们只是匍匐着、前进着、挥赶着、狂喊着……我心目中最伟大的人物,算来只有这些大无畏的革命的战士们了!

但是趋势已成,所以,末了,我们的阵线移退数十米突!

昏夜时分,炮火方始缓和下来。A军长、C指挥、W师长,都带着满身的泥污奔进我的车站里,一奔进来,我这个电报机旁边就立刻变成小小的军事会议厅。大家都承认今天阵线的摇移,是步队欠联络的坏影响。大家更慨叹牺牲的巨大,为最近战争所未有。说时,恰巧海军拍来一个动员助战的报告,于是大家又复相信消灭敌人只是明天一天的工夫了。

大家一面倾听着继续的炮声,一面咀嚼粗硬的面条。指挥官们一忽儿奔出去巡一巡防线,一忽儿又奔进来谈一谈明日应决的战略。领到睡觉命令的弟兄们散卧在车站内外硬的地面上,久战的疲劳弄得他们梦中也起喘息。全个黑夜,除了料理我的职务之外,我却统在凝想中挨度过来;我凝想到那遗弃在肉堆中的重伤者痛苦辗转的幻影,我凝想到那交锋时中弹者与世喊别的惨声,我凝想到那炽热的铅弹溶流入血管时的真实痛味,……及至我凝想到大杀人的悲剧就要在太阳跟前重复演现的时节,我的热泪便情不自禁地从我又重又疲的眼皮之下滚出来了。

第二天,那遍体伤痕的黑暗刚刚如同醉人似的蹒蹒跚跚地向西天跑去,那五彩斑烂的光线刚刚从东边辉耀上来的时节,一声尖锐的喇叭声就又把战士们引到可怕的炮火中了。炮弹的炸裂声仍然与远谷共鸣着,烟火尘土仍然如浓雾一般的蓬腾着,革命的战队仍然前仆后继的进攻着,敌人仍然如恶兽一般的抵抗着……

这天,我们的战局得了新的发展:军舰曳在十二圩附近,截住敌人的后路,二架飞机回旋在空中助战着,铁甲车掩护着自家战队冲了几次真真令敌人胆寒的锋。虽然有架飞机的翅膀中了敌炮,连忙带着颠荡的样子飞奔回来,然而敌兵死在飞机炸弹下的也就够偿我们昨天攻山的损失了。虽然铁甲车冲锋时也受了几颗猛烈的炮弹,破伤处翻出它褐色的内脏,然而阵线竟得跟它进展不少。而且,我们这边所有的步队同镇江那边所有的步队都已切切实实布成一个厚而有力的大圈线,我们的飞机、我们的炸弹、我们的炮火就如同神鬼组织成经纬网,那怕敌兵生翼,也免不了做被捉的竹鸡哩!

第三天、第四天的战争,我们完全取包抄的阵势,敌兵冲突到东边,我们就围击到东边,敌兵盘踞了西边,我们就会剿到西边。……不过,我得仔细补充几句:敌人确确实实是带了莫大的野心、顽蛮的勇气、充分的军实与周密的准备来的。当敌人炮队所占据的某个峰顶被我们勇敢的战士用整排整连的肉躯阻挡住它炮口的毒焰而达到冲上峰顶的目的、并且将敌队包围的时节,敌人遂照例扬起白巾来了;及至我们的勇士上前缴械的时候,敌人竟突然举枪扫射起来,上山的勇士们统死在这个毒计下,而这个毒计就立刻传遍我们的军中。其后,缴械时的严厉,甚至于胜利之早日收得,统可以说是这个毒计激发我们的。

　　四日四夜的疲劳一步逼紧一步地压迫住我,我的两只眼球都充满血液了,我的脊骨发冷发热了,我变成一个暴怒异常的凶徒了! A军长劝我躺下休息,我只是摇头。电报生偷靠在站壁上瞌睡,我大骂他是糊涂虫;传令兵不把电纸握在手掌心,我高声咒他该死;……所有潜伏在我骨头里头的粗犷的性情,简直统统泄露了! 诸位想想:战争竟使一个和蔼的人变成一只野蛮的猩猩,战争是不可呕的吗?

　　从第五天中午起,敌人的队伍已经零零落落地被我们分头围困了。到这时节,敌人才懂得所有横冲直撞的抵抗,简直同举起拳头敲铁门一样无益;于是我们的战队吹起战胜的喇叭,一批一批地动手收械了。我喉咙里几乎想喊了起来,并且神经里也有一种责任完毕的快感,而我亦委实不能再支持这无了期似的工作了,就一头倒在荒废的站长室里的地板上睡觉起来;我理应同副队长握握手,向电报机道声晚安的,我都忘记了!

　　我不知道我的睡眠经过多少时候,我只知道我一醒来我就向墨黑黑的战场奔去,一奔到战场上,我就自问:我应该为战胜而笑呢,还是应该为这许多尸首而哭?那第一枪响起时所惊散的乌鸦都回来在肉堆上啄跃,苍蝇们都带起它们的家小兴高采烈地来饱餐美味的人肉。邱陵下、田塍上、篱簇边、砖石间,都堆叠着许许多多缺手少足、破头烂额的尸体;这许多尸体薰炙在高度的暑气中,蒸发出一种不可耐的恶臭。打倒的树木、烧焦的墙头、毁坏的茅舍、偃卧着的张开黑口的各种大炮,在苦恼的热阳下跳跃着一种吃人的黑影。尸堆中,我发现到:有余气未断,两唇在颤动着的;有负伤太重,仅能呻吟,连匍匐的力量都没有的;有失去一手,尚能在血窟中挣扎着弄得血淋满身的……卫生队抬着帆布床,忙来忙去,便是专为收拾这些半死者的;掩埋队荷着掘土机件,跑东跑西,就是专为埋葬所有尸首的。我看到卫生队士、掩埋队士的脚踝上都染满血污,手臂上也是血污,衣裤上也是血污呢!

　　同志们! 我回想龙潭的经过,就觉得完完全全同昨天的遭遇一样,所以我缕述起来,也就不觉这么唠唠叨叨哩。而今我的热泪又复淌出来,我望革命早日成功! 我祝和平早日实现!……"

# 修辞法一　譬喻〔一〕

说述一件事物的情形，用别的事物来比拟，这是我们常用的一种积极修辞法，叫做譬喻。如

> 塔皆四方形，……渐上渐削，形如峻坂，至顶平处，仅大如桌面矣。石色黑，巨如柜，略成阶级，可拾之而升，远望颇如天生成者。
>
> 于是这些上山的勇士，便仿佛纸人遇着疾风似的，统统翻身倒坠下来。
>
> 火一般的阳光晒得战士们的血越沸腾了！
>
> 我回想龙潭的经过，就觉得完完全全同昨天的遭遇一样。

就上面几个例看，文句中有三个部分。一是所说的事物，如"形如峻坂"中的"形"，二是取譬的另一事物，如"峻坂"，三是表示譬喻的关系语，即"如"。表示譬喻的关系语，文言于"如"以外，还有"似""犹""若"等字，语体则有"般""像""仿佛""如同""像……似的""好比……一样"等等。

譬喻的效用，第一是帮助理解，"形如峻坂"，"大如桌面"，都是利用读者所常见的事物来说述本事物的，就是想教读者从既知的东西类推到未知的东西。第二是增加文章的趣味。"火一般的阳光"，"这些上山的勇士便仿佛纸人遇着疾风似的统统翻身倒坠下来"，这是用"火"来烘托"阳光"，用"纸人遇着疾风"来描绘"勇士倒坠下来"的光景的。读者因了"火"这一语可以增加对于"阳光"的趣味，因了"纸人遇着疾风"这一语可以增加对于"勇士倒坠下来"的趣味。

用譬喻有几个条件。第一须新鲜，久经惯用的譬喻，如甚么"光阴如箭""人生如朝露"之类，在初用的作者原是好譬喻，我们再来用时就不能动人了。第二须妥适，把大的东西去比过小的东西，如说"香炉像火山似地喷着烟"，把小的东西去比过大的东西，如说"战场上的呐喊声如蚊叫一般，"都是不妥适的譬喻法。此外如把难解晦涩的术语用在譬喻里，须经说明才能使读者明白，也就失了譬喻的功用，不合乎妥适的条件。第

三须选用本质不同的事物,用本质相同的事物作譬喻,如说"火车的汽笛像轮船的汽笛似地叫着",就等于不用譬喻。又,彼此相类属的事物,如"狗"对于"动物","风水"对于"迷信",只能作为例证,不能用为譬喻。

用譬喻的文句通常有"如""像"等关系语,前面已经提及。但也有不用这些关系语,而把所说的事物和作为譬喻的事物各造成一句,彼此连在一处的。这种情形,在格言和俚谚里常常可以见到。例如:

刀在石上磨,人在事上磨。(譬喻在前)

养儿防老,积谷防饥。(譬喻在后)

譬喻有好几种。像上面所说的格式,是所说的事物和作为譬喻的事物明白显露着的,叫做明喻。和明喻相对,有隐喻和借喻二种。

# 习问 四

1. 从文选七里(假定作者是亲眼见过金字塔的)指出那些是作者的直接经验,那些是作者的间接经验。

2. 从前读过的文章中,那些是全部用间接经验写的? 那些是全部用直接经验写的? 试各举出一例。

3. 从积极修辞的诸原则看来,明喻是属于那几种原则的修辞法?

4. 试从日常语言上、读过的文章上,找出几个用明喻法的例子来。

5. 下列各文句都用着明喻,其中有可取的,有不足取的,试一一辨别。对于不足取的,试说出理由来。

其船背稍夷,则题名其上,文曰"天启壬戌秋日,虞山王毅叔远甫刻",细若蚊足。

斜阳的金光,长蛇般自天边直接到栏边人立处。

他的上排牙齿像下排牙齿一样白。

她生得面如桃花腰如杨柳。

疾病大概要发寒热,如同发疟疾一样。

# 第五课

## 文话五　间接经验的证明

间接经验可以和直接经验同等看待写入文章去，但作者为取得读者的信用起见，也有时说明来历，证明他所说的事件是真实的。

原来，间接经验只能知道事件的轮廓，事件的微细部分是无法知道的。例如甲因事入了牢狱，后来死在牢狱里，这是可凭间接经验知道的。可是甲在牢狱里，某一天心中想些甚么，乙去探问他时，他见了乙心里觉得怎样，其时乙又觉得怎样……这一些，凭了间接经验，究竟无法知道。又如写战争，甲乙两军于某日在甚么地方打仗，甲胜乙败，或者甲败乙胜，死了多少人，这是可由间接经验知道的。至于战场上实际光景怎样，参战的某一个兵士作战的经过怎样，当时他心里愤怒或者恐怖到何等程度……凭了间接经验，也无法知道。这还是就作者同时代的事件说的。那发生在作者未出世以前的事件，当然更渺茫了。

间接经验无法明瞭事件的微细部分，是很明白的。而作者在叙述文中为要传出真相，使读者领会，往往非凭了想像把事件的微细部分一并写述不可。本来无法明瞭的事，怎能写述呢？作者对于这一点，通常有两种办法。一是不顾一切，老老实实把间接经验当作自己的直接经验来写。二是在文章中表明经验的由来，说他所叙述的依据着某人的话或某书的记载，有时或仅在文章末尾加一"云"字（这常见于文言文），表示他的话有所依据，并非自己假造。这"云"字在语言是"据说"的意思，非常活动，不必明说这经验从何人或何书得来，总之表示有依据罢了。

在叙述文里，这两种方法都可用。就大体说，注重在趣味的文章如小说，本来应有依据的文章如历史，多用前一法，把间接经验当作直接经验来写述，不加证明——证明了反会减少趣味或价值。至于述奇异的故事，叙可惊可愕的轶闻，恐事件太不寻常，未易取信，就用后一法，把经验的来源说明，使读者相信确有其事。

## 文选九　左忠毅公逸事

### 方　苞

先君子尝言乡先辈左忠毅公视学京畿，一日风雪严寒，从数骑出微行，入古寺。庑下一生伏案卧，文方成草。公阅毕，即解貂覆生，为掩户。叩之寺僧，则史公可法也。及试，吏呼名至史公，公瞿然注视；呈卷即面署第一。召入使拜夫人，曰："吾诸儿碌碌，他日继吾志事，惟此生耳。"

及左公下厂狱，史朝夕狱门外；逆阉防伺甚严，虽家仆不得近。久之，闻左公被炮烙，旦夕且死，持五十金涕泣谋于禁卒。卒感焉；一日，使史更敝衣，草屦，背筐，手长镵，为除不洁者，引入，微指左公处。则席地倚墙而坐，面额焦烂不可辨，左膝以下筋骨尽脱矣。史前跪，抱公膝而呜咽。公辨其声，而目不可开，乃奋臂以指拨眦，目光如炬。怒曰："庸奴！此何地也，而汝来前？国家之事糜烂至此，老夫已矣，汝复轻身而昧大义，天下事谁可支拄者？不速去，无俟奸人构陷，吾今即扑杀汝！"因摸地上刑械作投击势。史噤不敢发声，趋而出。后常流涕述其事以语人，曰："吾师肺肝皆铁石所铸造也！"

崇祯末，流贼张献忠出没蕲黄潜桐间，史公以凤庐道奉檄守御。每有警，辄数月不就寝，使将士更休，而自坐幄幕外；择健卒十人，令二人蹲踞而背倚之，漏鼓移则番代。每寒夜起立，振衣裳，甲上冰霜迸落，铿然有声。或劝以少休。公曰："吾上恐负朝廷，下恐愧吾师也。"

史公治兵,往来桐城,必躬造左公第,候太公、太母起居,拜夫人于堂上。

余宗老涂山,左公甥也,与先君子善,谓狱中语乃亲得之于史公云。

# 文选十　书叶机

## 龚自珍

鄞人叶机者,可谓异材者也。

嘉庆六年,举行辛酉科乡试。机以廪贡生治试具,凡竹篮、泥炉、油纸之属悉备。忽得巡抚檄曰,贡生某毋与试。机大诧。

初,蔡牵、朱渍两盗为海巨痛,所至劫掠户口以百数,岁必再三至。海滨诸将怵息,俟其去,或扬帆施枪炮空中送之。寇反追,衄不以闻。故为患且十年。巡抚者,仪征阮公也,素闻机名,知沿海人信官不如信机,又知海寇畏乡勇胜畏官兵,又知乡勇非机不能将。

八月,寇定海,将犯鄞。机得檄,号于众曰:"我一贫贡生,吮墨,执三寸管,将试于有司;售则试京师,不售则归耳。今中丞过听,檄我将乡里与海寇战,毋乃哈乎?虽然,不可已。愿诸君助我!"

众曰:"盍请银于文官?""不可!""盍借炮于武官?""不可!""事亟矣,何以助君?"

叶君乃揎臂大呼,且誓曰:"用官库中一枚钱,借官营中一秤火药而成功者,非男子也!"飞书募健足至行省,假所知豪士万金,假县中豪士万金。遂浓墨署一纸曰:"少年失乡曲欢致冻饿者,有拳力绝人者,渔于海者,父、子、兄、弟有曾戕于寇者,与无此数端而愿从我者,皆画诺!"夜半,赍纸者反,城中、村中画诺者三千人。天明,簿旐帜若干,火器若干,粮若干,机曰:"乌用众,以九舟出,余听命。"

是日也,潮大至,神风发于海上。一枪之发抵巨炮,一橹之势抵艅艎。杀贼四百余人。

九月,又败之于岸。十月,又逐之于海中。明年正月,又逐之于岛。

浙半壁平。

出军时，樯中有红心蓝边旐，机之旐也。自署曰"代山"，其村名也。朱渍舰中或争轧诅神，必曰"遇代山旐"。

阮公闻于朝，奉旨以知县用。今为江南知县，为龚自珍道其事。

# 修辞法二　譬喻（二）

比明喻更进一步的叫做隐喻。明喻看得出所说的事物（甲）和譬喻的事物（乙）两部分，隐喻却把两部分结在一起，不再分开。明喻的句式是"甲如同乙"，隐喻的句式是"甲就是乙"。例如：

　　研究呀，向着学问的大海书籍只是海边上的一只破船。

如果用明喻的格式来说，应该是"学问的广阔无限像大海一样"，"书籍对于学问，其藐小好比海边上的一只破船"，这里却直接说作"学问的大海""书籍只是海边上的一只破船"了。这种说法很多。如：

　　日本的小山多半是扁圆的，大家说笑，便道是"馒头山"。

　　斜阳的金光，长蛇般自天边直接到栏边人立处。

　　只要我澎湃的脑海中还漂着一叶记忆孤舟。

　　原来我们自家的战队已在密集的弹雨之下前进。

　　蔡牵、朱渍两盗为海巨痈。

我们日常的用语中，如"瀑布""金言""蜜月"等都是属于隐喻的。

比隐喻更进一步的叫做借喻。隐喻虽把"甲""乙"联在一起，还看得出有"甲"和"乙"，借喻却把"甲"省去而只留剩"乙"，简直用譬喻的事物直接代替所说的事物了。例如：

　　你不要戴了颜色眼镜看人。

　　他想吃天鹅肉哩。

第一例是说"你对人不要有成见"，第二例是说"他在作非分之想"，可是在句中却把本来要说的话省去不说，而用别的话来代替。这是譬喻中最经济的一种方式，也是比较最难用的一种方式。

借喻不但可用在一句文句里,也可用在全篇文章里。文章有全篇是借喻的,这情形在寓言或讽刺文里最为常见。像《愚公移山》、《差不多先生传》就是。《愚公移山》表面上虽是写愚公移山的故事,本意却在劝人不要怕困难;《差不多先生传》是在借了差不多先生的故事讽刺我国一般人马马虎虎的恶习性(作者在文章末尾也曾自己点明)。就性质说,全篇文章是一个借喻。

明喻、隐喻、借喻三者之中,明喻最详,隐喻较简,借喻更简。明喻的几个原则,在隐喻、借喻里也完全适用。

# 习问 五

1. 文选七、八、九、十里面,那些部分是间接经验的证明。

2. 试从从前读过的文章中举出把间接经验当作直接经验写作的例来。

3. 积极修辞的诸原则里面,和隐喻、借喻有关系的是那几种?

4. 下列各文句都用着譬喻法,试逐一辨明那些譬喻所属的种类。

目光如炬。

吾师肺肝皆铁石所铸造也!

登大小清凉台。台下峰如笔,如矢,如笋,如竹林,如刀、戟,如船上桅,又如天帝戏将武库兵仗布散地上。

蹑木梯而上。万峰刺天,慈光寺已落釜底。

木已成舟。

夏虫不可语冰。

5. 试把下面文句中的譬喻改成明喻。

人家求我三春雨,我求人家六月霜。

会办事的胸有成竹。

忠告是良药。

# 第六课

## 文话六　第一人称的立脚点

作者可有三种立脚点：（一）第一人称的立脚点；（二）第二人称的立脚点；（三）第三人称的立脚点。

以第一人称为立脚点的文章，作者是从"我"出发的，作者处处把自己露出在文章里。日记、自叙传等写自己的情形的文章固然是从第一人称的立脚点写作的，别的种类的文章也可有第一人称的写法。写别人的情形，只要那情形是自己经验过的，不论直接或间接经验，都可从第一人称的立脚点来写。实际上这类的文章是很多的。

从第一人称的立脚点写述，最适宜的不消说是写自己的情形的文章。别人的情形，有许多地方——如心理方面——用第一人称去写，是很难表达的。例如：我们要写一个朋友的病况，如果用"朋友某君病了，我今天去望他……"一类的笔调写去，那位朋友患的甚么病，病况大概怎样等等当然是写得出的，至于那位朋友所受到的痛苦，只能从他的呻吟、谈话、神情等看得出的方面作想像猜测的记叙，说些"我看他苦闷得很利害"，"他握住了我的手，好像见了亲人似的"一类的话而已。真能表达出那位朋友的痛苦的，可以说只有他自己。他从第一人称的立脚点，写出自己病中的状况来，才会毫无隔膜，直捷痛快。因此，小说中为想求描写深切起见，作者常有故意代了小说的主人公用第一人称来写述的事。那时文章中的所谓"我"并非作者自己,是很明白的。

从第一人称的立脚点写文章,全体都须统一,不可把立脚点更动。最该注意的是人和地方的称呼。人和地方的称呼是因了说话的人的立脚点而不同的。例如:张三称张一叫"大哥",不叫"张一",可是在李四口里说起来,和张一对面的时候,叫"你"或"张一兄",不在一处的时候,叫"张一"或"他"了。同是一个地方,因了说话的人立脚点不同,可以叫"这里",也可以叫"那里"。在普通的文章中,用第一人称写的时候,"我"就是作者自己,对于人和地方的称呼都该和作者的地位一致到底,不得有一点混乱。混乱了就会失却统一,令人不懂。

用第一人称写文章,情形好比一个人用独白的态度讲话,独白可长可短,所以这类文章里面尽可有很长的东西。

# 文选十一　养蚕

丰子恺

我回忆儿时,有三件不能忘却的事。第一件是养蚕。

那是我五六岁时,我祖母在日的事。我祖母是一个豪爽而善于享乐的人。不但良辰佳节不肯轻轻放过,就是养蚕,也每年大规模地举行。其实,我长大后才晓得,祖母的养蚕并非专为图利;叶贵的年头常要蚀本,然而她欢喜这暮春的点缀,故每年大规模地举行。我所欢喜的,最初是蚕落地铺。那时我们的三开间的厅上,地上统是蚕,架着经纬的跳板,以便通行及饲叶。蒋五伯挑了担到地里去采叶,我与诸姊跟了去,去吃桑葚。蚕落地铺的时候,桑葚已很紫而甜了,比杨梅好吃得多。我们吃饱之后,又用一张大叶做一只碗,采了一碗桑葚,跟了蒋五伯回来。蒋五伯饲蚕,我就以走跳板为戏乐,常常失足翻落地铺里,压死许多蚕宝宝,祖母忙喊蒋五伯抱我起来,不许我再走。然而这满屋的跳板,像棋盘街一样,又很低,走起来一点不怕,真是有趣,这真是一年一度的难得的乐事! 所以虽然祖母禁止,我总是每天要去走。

蚕上山之后,全家静静守护,那时不许小孩子们噪了,我暂时感到沈闷。然过了几天要采茧,做丝,热闹的空气又浓起来了。我们每年照例请牛桥头七娘娘来做丝。蒋五伯每天买枇杷和软糕来给采茧、做丝、烧火的人吃。大家似乎以为现在是辛苦而有希望的时候,应该享受这点心,都不客气地取食。我也无功受禄地天天吃多量的枇杷与软糕,这又是乐事。

七娘娘做丝休息的时候,捧了水烟筒,伸出她左手上的短少半段的小指给我看,对我说:做丝的时候,丝车后面是万万不可走近去的,她的小指便是小时候不留心被丝车轴棒轧脱的。她又说:"小团团不可走近丝车后面去,只管坐在我身旁,吃枇杷,吃软糕。还有做丝做出来的蚕蛹,叫妈妈油炒一炒,真好吃哩!"然而我始终不要吃蚕蛹,大概是我爸爸和诸姊都不要吃的原故。我所乐的,只是那时候家里的非常的空气。日常固定不动的堂窗、长台、八仙椅子都并叠起,而变成不常见的丝车、匾、缸,又不断地公然地可以吃小食。

丝做好后,蒋五伯口中唱着"要吃枇杷,来年蚕罢",收拾丝车,恢复一切陈设,我感到一种兴尽的寂寥。然而对于这种变换,倒也觉得新奇而有趣。

现在我回忆这儿时的事,真是常常使我神往!祖母、蒋五伯、七娘娘和诸姊,都像童话里的人物了。且在我看来,他们当时的剧的主人公便是我。何等甜美的回忆!只是这剧的题材,现在我仔细想想觉得不好:养蚕做丝,在生计上原是幸福的,然其本身是数万的生灵的杀虐!所谓饲蚕,是养犯人;所谓缫丝,是施炮烙!原来当时这种欢乐与幸福的背景是生灵的虐杀!早知如此,我决计不要吃他们的桑葚和软糕了。近来读《西青散记》,看到里面有两句仙人的诗句:"自织藕丝衫子嫩,可怜辛苦赦春蚕。"安得人间也发明织藕丝的丝车,而尽赦天下的春蚕的性命!

我七岁上祖母死了,我家不复养蚕。不久父亲与诸姊弟相继死亡,家道衰落了,我的幸福的儿时也过去了。因此这件回忆,一面使我永远神往,一面又使我永远忏悔。

# 文选十二　我与小说

胡　适

当我九岁时,有一天我在四叔家东边小屋里玩耍。这小屋前面是我们的学堂,后边有一间卧房,有客来便住在这里。这一天没有课,我偶然走进那卧室里去,偶然看见桌子下一只美孚煤油板箱里的废纸堆中露出一本破书。我偶然检起了这本书,两头都被老鼠咬坏了,书面已扯破了。但这一本破书忽然为我开辟了一个新天地,忽然在我的儿童生活史上打开一个新鲜的世界!

这本破书原来是一本小字木版的《第五才子》,我记得很清楚,开始便是"李逵打死殷天锡"一回。我在戏台上早已认得李逵是谁了,便站在那只美孚破板箱边,把这本《水浒传》残本一口气看完了。不看尚可,看了之后,我的心里很不好过:这一本的前面是些什么? 后面是些什么? 这两个问题,我都不能回答,却最急要一个回答。

我拿了这本书去寻我的五叔,因为他最会"说笑话"("说笑话"就是"讲故事",小说书叫做"笑话书"),应该有这种笑话书。不料五叔竟没有这书,他叫我去寻守焕哥。守焕哥说,"我没有《第五才子》,我替你去借一部;我家中有部《第一才子》,你先拿去看,好吧?"《第一才子》便是《三国演义》,他很郑重的捧出来,我很高兴的捧回去。

后来我居然得着《水浒传》全部。《三国演义》也看完了。从此以后,我到处去借小说看。五叔、守焕哥都帮了我不少的忙。三姊夫(周绍瑾)在上海乡间周浦开店,他吸鸦片烟,最爱看小说书,带了不少回家乡;他每到我家来,总带些《正德皇帝下江南》、《七剑十三侠》一类的书来送给我。这是我自己收藏小说的起点。我的大哥(嗣稼)最不长进,也是吸鸦片烟的,但鸦片烟灯是和小说书常作伴的,——五叔、守焕哥、三姊夫都是吸鸦片烟的——所以他也有一些小说书。大嫂认得一些字,嫁妆里带来了好几种弹词小说,如《双珠凤》之类。这些书不久都成了我的藏书的一部分。

三哥在家乡时多;他同二哥都进过梅溪书院,都做过南洋公学的师范生,旧学都有根柢,故三哥看小说很有选择。我在他书架上只寻得三部小说:一部《红楼梦》,一部《儒林外史》,一部《聊斋志异》。二哥有一次回家,带了一部新译出的《经国美谈》,讲的是希腊的爱国志士的故事,是日本人做的。这是我读外国小说的第一步。

帮助我借小说最出力的是族叔近仁,就是民国十二年和顾颉刚先生讨论古史的胡堇人。他比我大几岁,已"开笔"做文章了,十几岁就考取了秀才。我同他不同学堂,但常常相见,成了最要好的朋友。他天才很高,也肯用功,读书比我多,家中也颇有藏书。他看过的小说,常借给我看。我借到的小说,也常借给他看。我们两人各有一个小手折,把看过的小说都记在上面,时时交换比较,看谁看的书多。这两个折子后来都不见了,但我记得离开家乡时,我的折子上好像已有三十多部小说了。

这里所谓"小说",包括弹词、传奇以及笔记小说在内。《双珠凤》在内,《琵琶记》也在内;《聊斋》、《夜雨秋灯录》、《夜谭随录》、《兰苕馆外史》、《寄园寄所寄》、《虞初新志》等等也在内。从《薛仁贵征东》、《薛丁山征西》、《五虎平西》、《粉妆楼》一类最无意义的小说,到《红楼梦》和《儒林外史》一类的第一流作品,这里面的程度已是天悬地隔了。我到离开家乡时,还不能了解《红楼梦》和《儒林外史》的好处。但这一大类都是白话小说,我在不知不觉之中得了不少的白话散文的训练,在十几年后于我很有用处。

看小说还有一桩绝大的好处,就是帮助我把文字弄通顺了。那时候正是废八股时文的时代,科举制度本身也动摇了。二哥、三哥在上海受了时代思潮的影响,所以不要我"开笔"做八股文,也不要我学做策论、经义。他们只要先生给我讲书,教我读书。但学堂里念的书,越到后来,越不好懂了。《诗经》起初还好懂,读到《大雅》,就难懂了;读到《周颂》,更不可懂了。《书经》有几篇,如《五子之歌》,我读的很起劲;但《盘庚》三篇,我总读不熟。我在学堂九年,只有《盘庚》害我挨了一次打。后来隔了十多年,我才知道《尚书》有今文和古文二大类,向来学者都说古文诸篇是假的，今文是真的；《盘庚》属于今文一类，应该是真的。但我研究《盘庚》用的代名词最杂乱不成条理，故我总疑心这三篇书是后人假造的。有时候，我自己想，我的怀疑《盘庚》，也许暗中含有报那一个"作瘤栗"的仇恨意味罢？

《周颂》、《尚书》、《周易》等书都是不能帮助我作通顺文字的。但小说书却给了我绝大的帮助。从《三国演义》读到《聊斋志异》和《虞初新志》，这一跳虽然跳得太远，但因为书中的故事实在有趣味，所以我能细细读下去。石印本的《聊斋志异》有圈点，所以更容易读。到我十二三岁时，已经对本家姊妹们讲说《聊斋》故事了。那时候，四叔的女儿巧菊，禹臣先生的妹子广菊、多菊，祝封叔的女儿杏仙，和本家侄女翠蘋、定娇等，都在十五六岁之间；她们常常邀我去，请我讲故事。我们平常请五叔讲故事时，忙着替他点火，装旱烟，替他捶背。现在轮到我受人巴结了。我不用人装烟捶背，她们听我说完故事，总去泡炒米，或做蛋炒饭来请我吃。她们绣花做鞋，我讲《凤仙》、《莲香》、《张鸿渐》、《江城》。这样的讲书，逼我把古文的故事翻译成绩溪土话，使我更了解古文的文理。所以我到十四岁来上海开始作古文时，就能做很像样的文字了。

# 文法四　代名词的种类

代名词有三种，如下。

一、人称代名词　这是代人的名称的。又可分为三种。（一）第一人称，发言者用来自称，语体中如"我"就是。（二）第二人称，发言者用来称对手的听者，语体中如"你"就是。（三）第三人称，发言者用来称对手的听者以外的人，语体中如"他"或"她"就是。

在语体中，人称代名词很简单，只"我""你""他"或"她"（"她"有人用"伊"）几个，复数的时候，加一个"们"字，叫"我们""你们""他们"或"她们"就是了。至于文言中的人称代名词，那就比较复杂。现在把最普通的举出在下面：

| 吾 我 予 余 | （第一人称） |
| 尔 汝 子 而 若 乃 | （第二人称） |
| 彼 渠 其 之 | （第三人称） |

这许多字，在句中各种用法并不完全，有不能作主语的，有不能作被动词的。复数的时候加"等""曹""辈"等字，如"吾等""汝曹""彼辈"；但也有加不上去的。

二、指示代名词　这是指示事物和方位的代名词，语体中用的有下面这些：

| 这个 这 那个 那 牠（或它） | （指事物） |
| 这里 那里 | （指方位） |

这里面"这个""这""这里"所指较近，"那个""那""那里"所指较远，"牠"或"它"是用来泛指一般事物的。

文言中的指示代名词有下面几个：

　　　　此 是 斯 兹 彼 其 之

"此""是""斯""兹""彼""其"指示事物，也指示方位；"此""是""斯""兹"所指较近，"彼""其"所指较远。"之"字只指事物，和语体中的"牠"或"它"颇相像。

指示代名词在谈话上原用以指示当前的事物和方位，在文章中常有指示上文的用法。例如：

　　二哥有一次回家，带了一部新译出的《经国美谈》，讲的是希腊的爱国志士的故事，是日本人做的。这是我读外国小说的第一步。

　　小时种梧桐，桐叶小于艾，簪头刻小诗，字瘦皮不坏。刹那十五年，桐大字亦大；桐字已如许，人大复何怪！还将感叹词，刻向前诗外。新字日相催，旧字不相待；顾此新旧痕，而为悠忽戒。此予婴年著作，因说梧桐，偶尔记及。

三、疑问代名词　这是用来替代疑问的事物的，有关于人的、事物的、方位的三种。语体中所用的疑问代名词如下：

| 谁 那个 | （代人） |
| 甚么 | （代事物） |

　　那里　　　　　（代方位）

这里面"那个""那里"和指示代名词的"那个""那里"读法不同而写法全同，容易含混，有些人写作"哪个""哪里"以表示区别。

　　文言中的疑问代名词常用的有下面几个：

　　　　谁　孰　何　奚　安　恶　曷　胡　焉

这许多字中，"谁"专用来代人；"孰"有时代人，有时代人以外的事物。其余几个只用来代事物或方位。

# 习问 六

　　1.从前读过的文章中，那几篇是从第一人称的立脚点写成的？试举出来。

　　2.用第一人称的立脚点比别的写法有甚么便利的地方？试说出来，再引例证明。

　　3.试把代名词的种类列成一个系统表。

　　4."他"字从来不分男女，不分人和别的事物，一律通用。近来已有"他""她""牠"（或"它"）的分用习惯。试依新习惯把下列各文句的"他"字分别改换。

　　可惜我这里没有一个画工，把这荷花画他几枝，也觉有趣。

　　将落的金光，到了树梢，散在湖面。我在湖上光雾中，低低的嘱咐他带我的爱和慰安，一夜和他到远东去。

　　王冕的母亲无力培植王冕读书了。有一天，他唤王冕到面前，商议叫王冕替间壁人家去放牛。王冕依了他的话，就做牧童去了。

　　5.指示代名词在文章中常用来指上文，问下列文句中用·标明的代名词所指的是上文的那一部分？

　　我说："那么，人要做有用的人，不要做伟大、体面的人了。"爹爹说："这是我对于你们的希望。"

　　我们想着现在刚是故国秋高气爽的时侯，已经一寒至此；将来还有三四个月的严冬,不知如何过活。因此连衣服也不敢多添。

殿中故有珍宝甚夥,然早经发掘,靡有遗矣。杜甫诗云:"昨日玉鱼蒙葬地,早时金椀出人间",诵之能弗为之索然!

# 第七课

## 文话七　第二人称的立脚点

　　第一人称的文章好比独白，第二人称的文章好比对话。用第二人称的立脚点写文章，是从"你"（或"君""兄""先生"等尊称）出发的，这所谓"你"就是读者。

　　这类文章最普通的是书信，其他为特定的对手写的文章像祭文、训辞、祝辞等也属于这一类。第一人称的文章，不论写到如何长，通体可以用同一立脚点，从头到尾由"我"出发，不必更动。第二人称的文章是对话式的，不能只就对手说，有时非更换立脚点不可，因为听者不能和说者或其他的人没有关系。所以第二人称的文章不如别的立脚点的文章的能够统一，长篇文章全体用第二人称写的很少见。又，在表达的程度上，第二人称的文章亦颇有不便利的地方。对手的心理情形只好作表面的叙述，无法澈底表达。

　　第二人称的文章虽非书信，但总得取书信的态度。故应用范围不如别的文章之广。可是近来却常有人应用，甚至应用到小说方面去。这可认为书信文范围的扩充。近来有一些文章，本来应该用第一人称或第三人称写的，却故意改成第二人称的写法，随处点出"你"字。例如在对一般人讲卫生的文章里，说"快乐可以使你的健康增进，烦恼可以损害你的健康"，在叙述某山情形的文章里，说"山上夏期还有积雪，你到最高峰去,六月里也要着绵衣"。这里面的所谓"你",并不专指某一人而是指一般的人,连"我"也在内。如果把"人"或"我""我们"代入,也没有甚么不可以。

我们在古来的诗歌、格言里,常碰到"君不见……"或"劝君……"等的笔调,这也是第二人称的说法,那里面的所谓"君",往往也是泛指一般"人"的。可是普通文章里并不常见这情形。近来作者的故意在文章中用"你",实受着西洋文的影响。西洋文中常有这样的写法。

文章原是以读者为对象的,不拘任何人,当他和文章接触的时候,就是作者的对手了。因此,作者对读者不妨称"你"。这比较泛称"人"来得亲切,用在劝诱文、说明文中很适当。

# 文选十三　苏打水

## 科学丛谈

你若走路到又热又乏的时候,你必定要到路旁的冷食店家,坐下来喊一声"拿一瓶苏打水(或汽水)来"。这似乎是应当的事,其实你想起来,正是一件滑稽的事。因为你所买来喝的,正是你最要丢掉的东西。你从杯子里喝下去的,就是你每次喘息吐出的东西。

因为苏打水并不含有苏打。这是法律所允许的冒牌之一种,因为习惯如此,不能禁止的。像这类的冒牌商品是很多的。

苏打水是用焙用碱做的,把一种酸液加到碱上,使它发放所需的气体。后来用石灰代碱,因为石灰价贱,而结果是一样的。但是一般喜喝汽水的,岂不要把世界石灰的山石都要吃尽了吗?因此现在常在碱水泉上收集这个气体,或在啤酒发酵的缸面,或从煤料燃烧之处,收藏起来。

你若要明白苏打水的成分,你只消把桌上的杯子,喝过一口之后,细细观察。你便看见这苏打水分成二种不同的东西,一是液体,一是气体。那液体就是清水,你只须慢慢的喝,就知道了。另外一种是重质的气体,从水底结成细泡上升,而集合于杯子空出的上部。这个气体是看不见的，但是你可以证明它不是空气，只须把火柴燃着了，插入玻璃杯的上部空处，你就见火柴的火，在未遇着水之前，便自熄灭了。那个气体是很重的，所以你能够从杯子里喝它，它有一些刺舌的味道。它又稍带一点酸味，化学家叫它做弱酸。炭酸是它的术名，它离了水之后，便是炭二养，也称做炭养气或炭酸气。

所以你所喝的苏打水，就在你的眼前分解为水和炭养气两种东西了。而更奇的，凡是生物都能化解出这两件东西，也在你的眼前，不过你不看见罢了。

各种植物，从酵菌到松柏，各种动物，从蚊蝇到人类，都是继续在那里变成水和炭养气，而以气体的状态发放出去。

你正在思索这些事的时候，你杯中的苏打水也慢慢挥发成气了。你自己也是这样，也变成同一的原质。你可以就在席上证明它。你把吸水的麦杆，用手巾揩干，吹气到冷玻璃杯上，就结成露珠状的水滴，这就是你化解出来的东西。

为什么这个炭酸气要从水中逃出呢？因为水中的气已过了水所能吸收的量。关于这一件事，有两个定律。一个定律说，温度愈高，溶解于水中的气体愈少。在冰冷的时候，一杯水可以容纳两杯的炭酸气，但是在平常的温度，只能容纳一杯。因为苏打水是热的，所以它一定要放出一半的气体。

第二个定律说，压力愈大，溶解于定量水中的炭酸气也愈多。在平常情形下，一杯水可以溶解一杯气，若使压力增到四倍，那杯水便能容纳四杯气。苏打水之所以这样受人欢迎的，是因为你虽喝了一杯水，实在喝了五杯的流质。譬如你出五分大洋买一杯苏打水，你喝进去的有五杯流质——只消一分大洋一杯。因此渴乏的人觉得很满意，以为喝进去的过于他饮量了。

那幽囚在瓶内的气，一遇瓶盖揭去压力减轻，便从瓶内逃出，看它在瓶内奋力逃逸的情形，很是有趣。那溶解于水面的气能够直接逃到空气里，但在水底的没有这般容易。那很小的单个气泡黏着杯的边上的底下的,欲从水中升到水面,力量太弱。因此各个气泡互相结合,几个小泡合成一个大泡。这个大泡又把附近的小泡吸引上去。你可以看见有几个小泡,俨然保守它们的独立,然在相吸之时,虽有薄膜的相隔,终究把它们的界限破坏了。它们结成了联盟,向上奔驰,而渐渐增大。气泡在水中上升时所以加大的缘故有二:一是压力渐减,如气球之在空气中,又一是水中的气逃入泡中比直接逃出水面为易。

# 文选十四　我所知道的康桥

### 徐志摩

这河身的两岸都是四季常青最葱翠的草坪。从校友居的楼上望去,对岸草场上,不论早晚,永远有数十匹黄牛与白马,胫蹄没在恣蔓的草丛中,从容的在咬嚼,星星的黄花在风中动荡,应和着它们尾鬃的扫拂。桥的两端有斜倚的垂柳与槲荫护住。水是澈底的清澄,深不足四尺,匀匀的长着长条的水草。这岸边的草坪又是我的爱宠,在清朝,在傍晚,我常去这天然的织锦上坐地,有时读书,有时看水,有时仰卧着看天空的行云,有时反仆着搂抱大地的温软。

但河上的风流还不止两岸的秀丽。你得买船去玩。船不止一种:有普通的双桨划船,有轻快的薄皮舟(Canoe),有最别致的长形撑篙船(Punt)。最末的一种是别处不常有的:约莫有二丈长,三尺宽,你站直在船梢上用长竿撑着走的。这撑是一种技术。我手脚太蠢,始终不曾学会。你初起手尝试时,容易把船身横住在河中,东颠西撞的狼狈。英国人是不轻易开口笑人的,但是小心他们不出声的皱眉!也不知有多少次河中本来优闲的秩序叫我这莽撞的外行给搅乱了。我真的始终不曾学会;每回我不服输跑去租船再试的时候,有一个白胡子的船家往往带讥讽的对我说:"先生,这撑船费劲,天热累人,还是拿个薄皮舟溜溜吧!"我那里肯听话,长篙子一点就把船撑了开去,结果还是把河身一段段的腰斩了去!

你站在桥上去看人家撑，那多不费劲，多美！尤其在礼拜天有几个专家的女郎，穿一身缟素衣服，裙裾在风前悠悠的飘着，戴一顶宽边的薄纱帽，帽影在水草间颤动，你看她们出桥洞时的姿态，捻起一根竟像没有分量的长竿，只轻轻的，不经心的往波心里一点，身子微微的一蹲，这船身便波的转出了桥影，翠条鱼似的向前滑了去。她们那敏捷，那闲暇，那轻盈，真是值得歌咏的。

在初夏阳光渐暖时你去买一支小船，划去桥边荫下躺着念你的书或是做你的梦，槐花香在水面上飘浮，鱼群的唼喋声在你的耳边挑逗。或是在初秋的黄昏，近着新月的寒光，望上流僻静处远去。爱热闹的少年们携着他们的女友，在船沿上支着双双的东洋彩纸灯，带着话匣子，船心里用软垫铺着，也开向无人迹处去享他们的野福——谁不爱听那水底翻的音乐在静定的河上描写梦意与春光！

住惯城市的人不易知道季候的变迁。看见叶子掉知道是秋，看见叶子绿知道是春；天冷了装炉子，天热了拆炉子，脱下棉袍，换上夹袍，脱下夹袍，穿上单袍：不过如此罢了。天上星斗的消息，地上泥土里的消息，空中风吹的消息，都不关我们的事。忙着哪，这样那样事情多着，谁耐烦管星星的移转，花草的消长，风云的变幻？同时我们抱怨我们的生活，苦痛，烦闷，拘束，枯燥，谁肯承认做人是快乐？谁不多少间咒诅人生？

但不满意的生活大都是由于自取的。我是一个生命的信仰者，我信生活决不是我们大多数人仅仅从自身经验推得的那样暗惨。我们的病根是在"忘本"。人是自然的产儿，就比枝头的花与鸟是自然的产儿；但我们不幸是文明人，入世深似一天，离自然远似一天。离开了泥土的花草，离开了水的鱼，能快活吗？能生存吗？从大自然，我们取得我们的生命；从大自然，我们应分取得我们继续的滋养。那一株婆娑的大木没有盘错的根柢深入在无尽藏的地里？我们是永远不能独立的。有幸福是永远不离母亲抚育的孩子，有健康是永远接近自然的人们。不必一定与鹿豕游，不必一定回"洞府"去；为医治我们当前生活的枯窘，只要"不完全遗忘自然"一张轻淡的药方我们的病象就有缓和的希望。在青草里打几个滚，到海水里洗几次浴，到高处去看几次朝霞与晚照——你肩背上的负担就会轻松了去的。

这是极肤浅的道理，当然。但我要没有过过康桥的日子，我就不会有这样的自信。我这一辈子就只那一春，说也可怜，算是不曾虚度。就只那一春，我的生活是自然的，是真愉快的！（虽则碰巧那也是我最感受人生痛苦的时期）。我那时有的是闲暇，有的是自由，有的是绝对单独的机会。说也奇怪，竟像是第一次，我辨认了星月的光明，草的青，花的香，流水的殷勤。我能忘记那初春的睥睨吗？曾经有多少个清晨我独自冒着冷去薄霜铺地的林子里闲步——为听鸟语，为盼朝阳，为寻泥土里渐次苏醒的花草，为体会最微细最神妙的春信。阿，那是新来的画眉在那边啁不尽的青枝上试它的新声！阿，这是第一朵小雪球花挣出了半冻的地面！阿，这不是新来的潮润沾上了寂寞的柳条？

静极了，这朝来水溶溶的大道，只远处牛奶车的铃声，点缀这周遭的沈默。顺着这大道走去，走到尽头，再转入林子里的小径，往烟雾浓密处走去，头顶是交枝的榆荫，透露着漠楞楞的曙色；再往前走去，走尽这林子，当前是平坦的原野，望见了村舍，初青的麦田，更远三两个馒形的小山掩住了一条通道。天边是雾茫茫的，尖尖的黑影是近村的教寺。听，那晓钟和缓的清音。这一带是此邦中部的平原，地形像是海里的轻波，默沈沈的起伏；山岭是望不见的，有的是常青的草原与沃腴的田壤。登那土阜上望去，康桥只是一带茂林，拥戴着几处娉婷的尖阁。妩媚的康河也望不见踪迹，你只能循着那锦带似的林木想像那一流清浅。村舍与树林是这地盘上的棋子，有村舍处有佳荫，有佳荫处有村舍。这早起是看炊烟的时辰：朝雾渐渐的升起，揭开了这灰苍苍的天幕，（最好是微霞后的光景）远近的炊烟，成丝的，成缕的，成卷的，轻快的，迟重的，浓灰的，淡青的，惨白的，在静定的朝气里渐渐的上腾，渐渐的不见，仿佛是朝来人们的祈祷，参差的羼入了天听。朝阳是难得见的，这初春的天气。但它来时是起早人莫大的愉快。顷刻间这田野添深了颜色，一层轻纱似的金粉糁上了这草，这树，这通道，这庄舍。顷刻间这周遭弥漫了清晨富丽的温柔。顷刻间你的心怀也分润了白天诞生的光荣。"春！"这胜利的晴空仿佛在你的耳边私语。"春！"你那快活的灵魂也仿佛在那里回响。

伺候着河上的风光,这春来一天有一天的消息。关心石上的苔痕,关心败草里的花鲜,关心这水流的缓急,关心水草的滋长,关心天上的云霞,关心新来的鸟语。怯怜怜的小雪球是探春信的小使。铃兰与香草是欢喜的初声。窈窕的莲馨,玲珑的石水仙,爱热闹的克罗克斯,耐辛苦的蒲公英与雏菊——这时候春光已是缦烂在人间,更不烦殷勤问讯。

瑰丽的春光。这是你野游的时期。可爱的路政,这里不比中国,那一处不是坦荡荡的大道? 徒步是一个愉快,但骑自转车是一个更大的愉快。在康桥骑车是普遍的技术;妇人,稚子,老翁,一致享受这双轮舞而快乐。(在康桥听说自转车是不怕人偷的,就为人人都自己有车,没人要偷)。任你选一个方向,任你上一条通道,顺着这带草味的和风,放轮远去,保管你这半天的逍遥是你性灵的补剂。这道上有的是清荫与美草,随地都可以供你休憩。你如爱花,这里多的是锦绣似的草原。你如爱鸟,这里多的是巧啭的鸣禽。你如爱儿童,这乡间到处是可亲的稚子。你如爱人情,这里多的是不嫌远客的乡人,你到处可以"挂单"借宿,有酪浆与嫩薯供你饱餐,有夺目的果鲜恣你尝新。你如爱酒,这乡间每"望"都为你储有上好的新酿,黑啤如太浓,苹果酒姜酒都是供你解渴润肺的。……带一卷书,走十里路,选一块清静地,看天,听鸟,读书,倦了时,和身在草绵绵处寻梦去——你能想像更适情更适性的消遣吗?

陆放翁有一联诗句:"传呼快马迎新月,却上轻舆趁晚凉";这是做地方官的风流。我在康桥时虽没马骑,没轿子坐,却也有我的风流:我常常在夕阳西晒时骑了车迎着天边扁大的日头直追。日头是追不到的,我没有夸父的荒诞,但晚景的温存却被我这样偷尝了不少。有三两幅画图似的经验至今还是栩栩的留着。只说看夕阳,我们平常只知道登山或是临海,但实际只须辽阔的天际,平地上的晚霞有时也是一样的神奇。有一次我赶到一个地方,手把着一家村庄的篱笆,隔着一大田的麦浪,看西天的变幻。有一次是正冲着一条宽广的大道,过来一大群羊,放草归来的,偌大的太阳在它们后背放射着万缕的金辉,天上却是乌青青的,只剩这不可逼视的威光中的一条大路,一群生物! 我心头顿时感着神异性的压迫,我真的跪下了,对着这冉冉渐翳的金光。再有一次是更不可忘的奇景,那是临着一大片望不到头的草原,满开着艳红的罂粟,在青草里亭亭的像是万盏的金灯,阳光从褐色云里斜着过来,幻成一种异样紫色,透明似的不可逼视,刹那间在我迷眩了的视觉中,这草田变成了……不说也罢,说来你们也是不信的!

一别二年多了,康桥,谁知我这思乡的隐忧? 也不想别的,我只要那晚钟撼动的黄昏,没遮拦的田野,独自斜倚在软草里,看第一个大星在天边出现!

# 文法五　该注意的几个文言代名词（一）

代名词有文言用的和语体用的两种。文言用的代名词,在文法四里已经把最普通的指出了一些。还有一些文言用的代名词,不但和语体所用的字面不同,在用法上也有特殊的地方,值得注意。现在分述如下:

一、"所" "所"字作代名词用时和"之"字意义相同。不过"之"字常用在动词或前介词之后,而"所"字常用在动词或前介词之前。例如:

> 每岁一节,即刻一诗,惜为兵燹所坏,不克有终。══每岁一节,即刻一诗,惜为兵燹坏之不克有终。

> 观树即所以观身。══观树即以之观身。

上二例中"所"字是指示事物"诗"和"观树"的,这时"诗"和"观树"做着"所"字的先行语。"所"字所指示的事物,有时会在"所"字之后。例如:

> 实则处大乱之世,余所遇之僚属尚不十分傲慢无礼。

> 将各处芜湖图一对,本日所收吴竹庄、周方倬报仗之禀,地名俱不可寻。

上二例中"所"字指示的是在后的"僚属"和"禀"。"所"字所指示的事物在"所"字之后,因为本身很明显了,有不说明事物的本名而只泛用一个"者"字来包括的。例如:

> 上帝视凡所造者尽善。

> 昨日所不知不能者今日仍是不知不能。

"所"字下加动词再加名词或"者"字,等于一个名词语。如"所遇之僚属","所造者"都是名词资格。这名词语有时可不用名词或"者"字,只用"所"字和动词来构成。例如:

> 蔡牵、朱渍为海巨痛,所至劫掠户口以百数。

> 土地之税收,地价之增益,……皆为地方政府之所有。

"所"字原为文言代名词,语体中也常用到,用法大致相同,下面带"者"的时候,改用"的"字就是了。

二、"诸"　这也是和"之"同一系的代名词,只用在文言中。有"之于""之乎"两个意义,"之于"和"之乎"合起来念得快,声音就和"诸"差不多。可以说是一种音变的结果。例如:

> 投诸渤海之尾、隐土之北。══投之于渤海之尾,隐土之北。

> 汤放桀,武王伐纣,有诸? ══汤放桀,武王伐纣,有之乎?《孟子·梁惠王》

"诸"字可作"之于"解,也可作"之乎"解,作"之乎"用的多在上古的文章里,作"之于"用的在近代文章中仍常常见到。

"之于"二字连在一处的时候,有时常把"于"字略去,单留一个"之"字。例如:

> 花木种自何年,为寿几何岁,询之〔于〕主人,主人不知,询之〔于〕花木,花木不答。

在这种文句中,有"之"字的地方都可代入"诸"字。


# 习问 七


　　1.文选十三、十四,都用着第二人称的立脚点,是否全篇都统一?那一篇比较统一?

　　2.试把文选十三改成书信格式,把文选十四改成第一人称的文章。

　　3."所"字和动词拼合起来,成名词语,有几种式样?试一一举例。

4.试把"诸"字代替下列各文句的某几个字。

操蛇之神闻之,惧其不已也,告之于帝。

九月,又败之于岸。十月,又逐之于海中。明年正月,又逐之于岛。

叩之〔于〕寺僧,则史公可法也。

余宗老涂山,左公甥也,与先君子善,谓狱中语乃亲得之于史公云。

# 第八课

## 文话八　第三人称的立脚点

第一人称的立脚点便于写出自己，第二人称的立脚点便于告语特定的对手，都要受到种种的限制。比较自由的是第三人称的立脚点。第三人称的文章是从"他"或那人的真姓名出发的，普通以用真姓名的占多数。如"武松在路上行了几日，来到阳谷县地面。……""这人姓王名冕，在浙江绍兴府诸暨县乡村里住。……"都是用第三人称的立脚点写的文章。

用第三人称的立脚点写文章，作者可取的有两种态度：一是客观的态度，一是全知的态度。

客观的态度是知道甚么写甚么，看到甚么写甚么，作者对于所叙述的人物或事件不说任何想像揣测的话。这适宜于事实的叙述，我们平常所写作的叙述文，都属于这一类。在这种态度之下，一切以作者的直接经验为基础，作者的叙述中如有非直接经验的事项（即间接经验），须说明来历，否则就不相应了。

全知的态度是作者除写一些亲见亲闻的事物以外，更凭着想像和揣测立言，表示他无所不知。在这种态度之下，作者好似全知全能的神，从天上注视下界，一切人物的内心秘密，他无不知道。他不但能知道某一方面的人物的内心秘密，还能同时知道某方面的人物的各种情形。这常应用于小说、历史、传记等。小说一方面写男主人公在外面干甚么或想甚么,接着就写女主人公这时候正在家里干甚么或想甚么,历史中叙两军战争的情况,传记中记一个人与他人对话的口吻,这等地方作者如果不取全知的态度,是无法自圆其说的。尤其是在叙述复杂的心理的文章中,作者必须取这态度,才能不受拘束。

用第三人称的立脚点写文章,因为有全知的态度可取,所以非常便利。但须注意,全知的态度适宜于离开作者自己较远的叙述。如果叙述一件目前的事情或一个眼前的人物,漫然地用全知的态度来写,就会到处发生不合理的地方,倒不如取客观的态度的好。

除创作小说外,作者虽用全知的态度叙述事情或人物,但大体须有依据。历史、传记都如此:作者从种种方面收得了间接经验,把它综合起来,然后用全知的态度来写成文章,并非一味由自己虚构的。

# 文选十五　古代英雄的石像

## 叶绍钧

因为纪念一位古代的英雄,大家请雕刻家给这位英雄雕一个石像。

雕刻家答应下来,先去翻看有关于这位英雄的历史,想像他的状貌,更想像他的性情和志概。雕刻家的意思,随随便便雕一个石像不如不雕,要雕就得把这位英雄活活地雕出来,让看见石像的人认识这位英雄,明白这位英雄,因而更崇敬这位英雄。

成功往往跟在专心的背后。雕刻家一壁参考,一壁想像,心里头石像的模型渐渐完成了。他决定石像的姿态应该怎样,面目应该怎样,小到一个小指应该怎样,细到一丝头发应该怎样。惟有依照这决定的雕出来,才是有活气的这位英雄本身,不只是死的石像。

雕刻家到山中采了一块大石,就动手工作。他心里有完成的模型在,望到那块大石,什么地方要留着,什么地方要凿去,都清楚明白。铁凿一下一下地凿,刀子一刀一刀地刻,大的石块小的石块纷纷离开,掉在地上。像神仙显现一样，起初模糊，后来明晰，这位英雄的像终于站在雕刻家面前了。一丝也不多，一毫也不少，正同雕刻家心里想定的模型一样。

这石像抬起了头，眼睛直望远方，表示他的志概远大无穷。嘴张开着，好像在那里喊"啊！"左臂圈向里，坚实有力，仿佛围抱着在他手下的群众。右手握拳，伸向前方，筋骨突露像老树干，意思是谁敢侵犯他一丝一毫的，来受领这家伙——拳头！

市的中心有一片旷场，大家就把这新雕成的石像立在旷场的中心。石像的基台是用石块砌成，就是雕刻家雕像时凿下来的大大小小的石块。这是一种新的美术建筑法，雕刻家说比较用整块的方石垫在底下好得多。基台非常高，人从市外跑来，第一望见的就是这石像，犹如跑进巴黎第一望见那铁塔。

雕刻家从此成了名。他能够给古代英雄雕一个石像，满大家的意。

为了石像成功曾开一个盛大的纪念会。市民在石像下行礼，欢呼，唱歌，跳舞，还喝干了几千坛的酒，拉破了几百身的衣裳，跌伤了好些人的膝盖额角。从这一天起，大家心里有这位英雄，眼里有这位英雄，作一切的事好像比从前特别出劲，特别有意思。无论谁从石像下经过，总是停步，恭恭敬敬鞠躬，然后再走去。

骄傲，若非圣人或愚人就难得免。那块被雕成英雄像的石头既不是圣人，又不是愚人，只不过一块石头罢了，见人家这样崇敬他，当然遏不住他的骄傲。

"看我多荣耀！我有特殊的地位，高高地超出一切。所有的市民在下面向我鞠躬行礼。我知道他们中间没有一颗心是虚伪的。这种荣耀最难得，没有一个神圣仙佛能够比得上！……"

他这话不是向浮游的白云说，白云无心，不能懂他的话；也不是向摇摆的丛林说，丛林絮语，没空听他的话。他这话是向垫在他下面的伙伴大大小小的石块说的。骄傲的架子要在伙伴面前摆，也是世间的老规矩。但是他依然抬起了头，眼睛直望远方并不略微低头凑近他的伙伴，这就见得他的骄傲太过了分。他竟不屑再近他的伙伴，再看他的伙伴；

咽住在他喉间没有说出的一句话当然是"你们,垫在我下面的,算得什么呢!"

"喂,在上面的朋友,你给什么东西迷住心了? 你忘记了从前!"在基台一角的一块小石慢吞吞地说,宛如唤醒醉人,每个字音都发来清楚,着实。

"怎么样?"上面那石头觉得出乎意料,但不肯放弃傲慢的声气。

"从前你不是同我们混和在一起的么? 也没有你,也没有我们,我们是一整块。"

"不错,从前我们是一整块。但是,经雕刻家的手,我们分开了。铁凿一下一下地凿,刀子一刀一刀地刻,你们纷纷掉下了。独有我,成为光荣尊贵,受全体市民崇敬的雕像。我处现在这特殊地位正是应当的。你们在我下面垫底作基台,也适合你们的身分。难道你们同我平等么? 如果你们同我平等,先得叫地和天平等!"

"嘻!"另一小石块忍不住出声笑了。

"笑什么? 没有礼貌的东西!"

"你不但忘记了从前,也忘记了现在!"

"现在又怎么样?"

"现在你其实并没同我们分开。我们还是一整块,不过改了个样式。你看,从你的头顶到我们最下层,不是胶黏在一起么? 并且,因为改成现在的样式,你的地位很不安稳。你立足在我们身上,只要我们抛开你,你就不得高高地……"

"除开你们,世间就没有石块了么?"

"再不用寻别的石块了。那时候你一交跌下来就没有了你! 碎作千块万块,同我们毫没分别。"

"没有礼貌的东西! 休得瞎说威吓人家!"上面那石头动了怒,又想自家的尊严不可损失,故而大声呵喝,像对着罪犯奴隶。

"他不相信,"砌成基台的全数石块一齐开口,"马上试给他看! 我们就此抛开他吧!"

上面那石头惊得忘记了动怒,也忘记了自家的尊严,只提高声音央求道,"慢!慢!彼此是朋友,混和在一起胶黏在一起的朋友,何必作难!我相信你们的话全是真的,你们切莫抛开我!"

"哈!哈!你相信了?"

"相信了,完全相信。"

危险算是过去了。骄傲像隔年的草根,寒冬方过,又透露一丝的芽。上面那石头故意把语声发得软和点,商量一般说道,"我总觉得我比你们高贵些,因为我代表一位英雄,他在历史上是很有名的。"

一块小石带笑带讽说,"历史全靠得住么?几千年以前的人,独个儿在那里想的心思,写历史的人都会知道,都会写下来。你看历史能不能全信?"

另一块石头接着说,"尤其是英雄,也许是个庸人,也许是个坏东西,给写历史的人高兴这么一写,就变成英雄了;反正谁也不能倒过年代来对证。更有趣的,并没有这个人,明明是空虚,也会成为英雄。哪吒,孙行者,武二郎武松,不都是英雄么?这些虽说是小说里的人物,然而确已生存在人们的心里,这就小说和历史相差不了多少。"

"我所代表的那位英雄不见得是空虚吧?"上面那石头有点心寒,竭力想安慰自己,"看市民这样纪念他,崇敬他,应该是历史上真实的英雄。"

"那里说得定呢!"六七块石头同声接应。

一块伶俐的小石又加上一句道,"市民最大的本领就是纪念空虚,崇敬空虚!"

上面那石头十二分不安,喃喃地独语道,"那末我上当了!那个雕刻家叫我代表了空虚,却把我高高矗起,算是给我光荣尊贵的地位。我起初不明白,还以为足以骄傲。我上当了!"

砌成基台的许多石块也喃喃地说道,"我们又何尝不上当!一辈子堆叠在空虚的底下,有什么意思!"

大家不再开口,各自想心思。

半夜里,石像忽然倒跌下来,像游泳家从高处跳入水中。离地高,跌得重,碎作千块万块,不再存石像的一丝踪影。同时基台也解散,坍到地上,依旧是大大小小的石块。

明天朝晨,市民豫备经过石像下恭恭敬敬鞠躬,却见旷场中心堆满乱石块,石像不知那里去了。大家呆呆相看,说不出一句话;身体里好像被抽去一半的精神,做事就觉懒懒地没有意思。

雕刻家来到乱石块旁边大哭一场,算是哀吊他生平最伟大的成绩。并且宣告说,他从此不会雕刻了。的确,他以后不曾雕过一件小东西。

乱石块堆在旷场中心很讨厌,有人提议用来筑市外往北去的道路,大家都赞成。新路筑成之后,市民由此往各处去更觉方便,不免高兴,又举行庆祝的盛会。

晴美的阳光照在新路上,每一石块露出一个笑脸。他们轮替地赞美自己道:

"我们真个平等!"

"我们毫不空虚!"

"我们集合在一块,铺成真实的路,让人们行走!"

# 文选十六　西门豹治邺

### 史　记

魏文侯时,西门豹为邺令。豹往到邺,会长老,问之民所疾苦。长老曰,"苦为河伯娶妇,以故贫。"

豹问其故。对曰,"邺三老、廷掾常岁赋敛百姓,收取其钱,得数百万;用其二三十万为河伯娶妇;与祝巫共分其余钱持归。当其时,巫行视人家女好者,云'是当为河伯妇';即娉取洗沐之,为治新缯绮縠衣。闲居斋戒,为治斋宫河上,张缇绛帷,女居其中。为具牛酒、饭食,行十余日,共粉饰之。如嫁女床席,令女居其上;浮之河中。始浮;行数十里,乃没。

"其人家有好女者,恐大巫祝为河伯取之,以故多持女远逃亡。以故城中益空无人,又困贫:所从来久远矣。民人俗语曰,'即不为河伯娶妇,水来漂没,溺其人民'云。"

西门豹曰，"至为河伯娶妇时，愿三老、巫祝、父老送女河上，幸来告语之！吾亦往送女。"皆曰，"诺。"

至其时，西门豹往会之河上。三老、官属、豪长者、里父老皆会。人民往观之者三二千人。其巫，老女子也，已年七十。从弟子女十人所，皆衣缯单衣，立大巫后。

西门豹曰，"呼河伯妇来，视其好丑！"即将女出帷中，来至前。豹视之，顾谓三老、巫祝、父老曰，"是女子不好。烦大巫妪为入报河伯：得更求好女，后日送之！"即使吏卒共抱大巫妪投之河中。

有顷，曰，"巫妪何久也？弟子趣之！"复以弟子一人投河中。有顷，曰，"弟子何久也？复使一人趣之！"复投一弟子河中。凡投三弟子。

西门豹曰，"巫妪弟子，是女子也，不能白事。烦三老为入白之！"复投三老河中。西门豹簪笔磬折，向河立待良久。长老、吏、傍观者皆惊恐。

西门豹顾曰，"巫妪、三老不来还，奈之何？"欲复使廷掾与豪长者一人入趣之。皆叩头；叩头且破，额血流地，色如死灰。西门豹曰，"诺！且留！待之须臾！"

须臾，豹曰，"廷掾起矣！状河伯留客之久，若皆罢去，归矣！"邺吏民大惊恐；从是以后，不敢复言为河伯娶妇。

西门豹即发民凿十二渠，引河水灌民田；田皆溉。当其时，民治渠少烦苦，不欲也。豹曰，"民可以乐成，不可与虑始。今父老子弟虽患苦我，然百岁后期令父老子孙思我言！"至今皆得水利，民人以给足富。

十二渠经绝驰道。到汉之立，而长吏以为十二渠桥绝驰道，相比近，不可；欲合渠水，且至驰道，合三渠为一桥。邺民人父老不肯听长吏，以为西门君所为也，贤君之法式不可更也。长吏终听置之。

# 文法六 该注意的几个文言代名词〔二〕

三、"焉" "焉"字有两种用法：一是作助词用的，一是作代名词用的。助词的"焉"本身无意义,只用来表达传述的语气。这里只说代名词的"焉"。

代名词的"焉"也有两种用法:一是疑问代名词,一是指示代名词。"焉"字作疑问代名词用的时候,只等于疑问副词;作指示代名词用的时候,解作"于此"或"于彼"。例如:

> 以君之力,曾不能损魁父之丘,如太形王屋何!且焉置土石?
>
> 是夕至文殊院,宿焉。

第一例的"焉"是疑问副词;第二例的"焉"是指示代名词,解作"于此",所指示的是上文"文殊院"。

指示代名词的"焉",性质有一部分和"之"相通,因而亦可和"所"相通。在有些文句里,"焉""之""所"三字可互相代用。例如:

> 空山无人,禽兽居焉。══空山无人,禽兽居之。══空山无人,禽兽所居。

四、"其" "其"字在文言中是用在名词之上限制名词,表示事物的所属的,和后介词"之"字相通。后介词"之"字常和别的名词结合,构成形容词短语;"其"字的用途就直接等于这形容词短语。例如:

> 史前跪,抱公膝而呜咽。公辨其声,〔══史之声〕而目不可开。
>
> 邺三老、廷掾常岁赋敛百姓,收取其钱,〔══百姓之钱〕得数百万。

上二例中"其"字所指示的是"史"和"百姓",表示"声"属于"史","钱"属于"百姓"。"其"对于下面的名词"声"、"钱",都有限制的效力,等于一个形容词。

"其"字有形容的性质,故在"其"字下面的虽本非名词,亦成名词性质的东西,合起来成为名词语。例如:

> 初,蔡牵、朱渍为海巨痈,所至劫掠户口以百数,……海滨诸将恹息,俟其去或扬帆施枪炮于空中送之。
>
> 又至韩正国船上一看,悯其志盛而殉难也。

这里"其去"、"其志盛而殉难"都是名词语。

五、"者"　"者"字用以代名词短语下半截后介词"之"字以下的一部分,可以指人,也可以指一般事物。语体中用后介词"的"字造成的名词短语,有时省去"的"字以下的名词,只留"的"字。(参照第一册文法八)"者"字恰和这样的"的"字相似。例如:

> 少年失乡曲欢致冻饿者,〔之人〕有拳力绝人者,〔之人〕渔于海者,〔之人〕父、子、兄、弟有曾戕于寇者,〔之人〕与无此数端而愿从我者,〔之人〕皆画诺!

> 出城至盐河,看黄南坡所铸大炮,解金陵者,〔之大炮〕共五尊,内万三千斤者〔之大炮〕一尊,万斤者〔之大炮〕二尊,六千斤者〔之大炮〕二尊。

上例各"者"字用语体的"的"字代入,亦都可通。

"者"字又有一种用法,放在说明句的主语之下,好像把主语特别提出,再来说明的样子。这种"者"字当然不能用语体的"的"字来解释。例如:

> 巡抚者,仪征阮公也。
> 马伶者,金陵梨园部也。
> 武七者,山东堂邑人也。

这种文句往往有主语用了"者"字,述语再带一个普通的"者"字的。例如:

> 鄞人叶机者,可谓异材者〔之人〕也。
> 马伶者,金陵之善歌者〔之人〕也。

# 习问 八

1. 文选十五、十六都是第三人称立脚点的文章,所取的是全知的态度呢,还是客观的态度?

2. 从前读过的文章,那几篇是以第三人称为立脚点的? 有用客观的态度写的没有？

3.文选十五,作者借了石像的故事告诉我们甚么?

4.试辨别下列各文句的"焉"字,那些是助词,那些是代名词。

旁开小窗,左右各四,共八扇。启窗而观,雕栏相望焉。

虽我之死,有子存焉。

自此冀之南、汉之阴无陇断焉。

5.下列各文句中"其"字所指示的是甚么? 试一一说出来。

长老曰,"苦为河伯娶妇,以故贫。"豹问其故。

张缇绛帷,女居其中。

西门豹曰,"至为河伯娶妇时,……幸来告语之! ……"皆曰,"诺。"至其时,西门豹往会之河上。

呼河伯妇来,视其好丑!

6."者"字和语体的"的"字有时可以相通。下列各文句中的"的"字,那几个可换做"者"字?

他欢喜种树,……现在村子里的树有不少是他幼年栽的。

这一个村子的人,随同先生革命,因而丧失生命的,已经有六个人。

你们,垫在我下面的,算得什么呢!

# 第九课

## 文话九 叙述的场面

记述文和叙述文都要有一定的观点，观点在某程度内宜一致，必要时不妨移动。这是前面已说过了的。（参照第一册文话十八）记述文所写的是事物的一时的光景，一件事物现出在作者的眼前，作者对于那事物的各部分，虽顺次移动自己的观点一一写记，时间上、空间上都可相差不远。至于叙述文是写事物的变化、经过的，一种东西或一件事情的变化、经过，往往牵涉到很多的方面，关系到很久的时日，在时间上、空间上都不像记述文那样简单。

在叙述文中，一段连续的时间和一个特定的空间为一个场面。这一个场面犹之戏剧里的一幕。时间、空间有变动了，就要另换场面。遇到复杂的事情，须要叙述的方面越多，场面也自然越要更换得多。

但所谓叙述，并非完全是事件的依样抄录。对于一件事情的经过，倘若一一要把各方面的情形分头改换了场面来写，遇到复杂的事情，那就不胜其烦了。这时候须用剪裁的工夫，选定几个主要的场面，其余的零星事项，如果不是必要的就舍去，如果是必要的就串插在别的场面里，不叫它独占一个场面。戏剧中有所谓独幕剧的，只是一个场面，靠着剧中人的说话和表演，能把过去种种复杂的经过情形表达明白，效力和把全体事件演出一样。足见场面是可以因了剪裁的技巧而减少的。叙述一件事情,各关系方面的情形往往须交代明白,原不必一定要像作独幕剧的样子,把场面限到一个。但必须用剪裁的工夫,把场面严密选择,省去那些不必要的场面。选择场面的标准有二:一要看事件的全经过中,那些是主要部分;二要看有关系的人物中,那几个是主要人物。把场面配在事件的主要部分和主要人物上,就不致大错了。

文章中遇到改换场面的时候,必须交代清楚,否则就难叫读者明了。戏剧中换场面的时候,是用闭幕的办法的。文章中换场面的表示法有两种:一是分段另写;一是用一句话来点明,如"武松在路上行了几日,来到阳谷县地面","王冕自此在秦家放牛"之类。前者常用以表示大段落,犹之戏剧中闭幕分隔,是近来流行的方法。后者常用以表示小段落,从前的人写文章,连写下去,不分段落,这方法尤常见。

# 文选十七　十五娘

沈定一

一

菜子黄,

百花香,

软软的春风吹得锄头技痒,

把隔年的稻根泥,一块块翻过来晒太阳,

不问晴和雨,

箬帽蓑衣大家有分忙。

偏是他,闲得两只手没处放!

二

"看了几分蚕,

赊了几担桑。

我只顾得自己个人忙。

有的是田、地和山、荡。

他都要忙,也哪里许他忙?

坐吃山空总是没个好下场,

昨天听人说:'哪里的地方招垦荒。'"

### 三

五十高兴极了,

三脚两步,慌慌张张:

"喂,十五娘,

我们底人家做成了;

我要张罗著出门去,你替我相帮!"

就在这霎时间,欢喜和悲伤,在他俩底心窝中横冲直撞。

### 四

一夜没睡,

补缀了些破衣裳,

一针一欢喜,

一线一悲伤,

密密地从针里穿过,线里引出,

默默地祝他:"归时不再穿这衣裳;

更不要丢掉这衣裳!"

### 五

此刻都不曾哭,

怎么他俩底眼泡皮都像胡桃样。

一张破席卷了半床旧被胎,

跳上埠船,像煞没介事儿一样。

他抬起头来,伊便低下头去,

像是全世界都固结了,难形容他俩的状况。

他恨不得说一声"不去",

船儿已过村梢头,只听见船头水响。

### 六

一个邮夫东问西问"十五娘"。

伊接到信却一字不识，

仿佛蚂蚁爬在热锅上。

"测字先生，你替我详详！

这不是我家'五……'他来的信么？"

测字先生很郑重地说：

"你要给我铜版一双，他平安到了一个地方！"

七

"信该到了？

茧该摘了？

桑叶债该还了？

伊该不哭了？"

四周围异地风光，

包围著他一个人底凝想。——

就是要不想，也只是想这个"不想"。

八

月光照著纺车响，

门前河水微风漾，

一缕情丝依著棉纱不断的纺。

邻家嫂嫂太多情，

说道："十五娘，你也太辛苦了，

明朝再做何妨。"

伊便停住了摇车，但是这从来不断过的情丝，

一直牵伊到枕上，梦中，还是乌乌接著纺。

不过从接信后的十五娘，

只是勤奋，只是快慰，只是默默地想。

九

本来两想合一想，

料不到勇猛的五十一朝陷落在环境底铁蒺藜上。

工作乏了他也？——不是，

瘟疫染了他也？——不是，

掘地底机器，居然也妒嫉他来，

把勇猛的五十榨成了肉酱，

无意识的工作中正在凝想底人儿，这样收场。

但只是粉碎了他底身躯，倒完成了他和伊相合的一个爱底想。

十

才了蚕桑，

卖掉了茧来纺纱织布做衣裳，

一件又一件，单的夹的棉，

堆满了一床，压满了一箱，

伊单估著堆头也觉得心花放。

"五十啊！

你再迟回来几年，每天得试新衣裳，

为什么从那一回后再不见邮差问'十五娘'？"

十一

明月照著冻河水，尖风刺着小屋霜，

满抱著希望的独眠人睡在合欢床上，

有时笑醒，有时哭醒，有经验的梦也不问来的地方。

破瓦棱里透进一路月光。

照著伊那甜蜜蜜的梦，同时也照著一片膏腴垦殖场。

# 文选十八　赤壁之战

资治通鉴

　　初，鲁肃闻刘表卒，言于孙权曰："荆州与国邻接，江山险固，沃野万里，士民殷富。若据而有之，此帝王之资也。今刘表新亡，二子不协，军中诸将，各有彼此。刘备天下枭雄，与操有隙，寄寓于表，表恶其能而不能用也。若备与彼协心，上下齐同，则宜抚安，与结盟好。如有离违，宜

别图之，以济大事。肃请得奉命吊表二子，并慰劳其军中用事者。及说
备使抚表众，同心一意，共治曹操，备必喜而从命。如其克谐，天下可定
也。今不速往，恐为操所先。"权即遣肃行。到夏口，闻操已向荆州，晨夜
兼道。比至南郡，而琮已降，备南走。肃径迎之，与备会于当阳长坂。肃
宣权旨，论天下事势，致殷勤之意。且问备曰："豫州今欲何至？"备曰：
"与苍梧太守吴巨有旧，欲往投之。"肃曰："孙讨虏聪明仁惠，敬贤礼士；
江表英豪，咸归附之；已据有六郡，兵精粮多，足以立事。今为君计，莫若
遣腹心自结于东，以共济世业。而欲投吴巨，巨是凡人，偏在远郡，行将
为人所并，岂足托乎？"备甚悦。肃又谓诸葛亮曰："我，子瑜友也。"即共
定交。子瑜者，亮兄瑾也，避乱江东，为孙权长史。备用肃计，进住鄂县
之樊口。

　　曹操自江陵将顺江东下。诸葛亮谓刘备曰："事急矣，请奉命求救于
孙将军。"遂与鲁肃俱诣孙权。亮见权于柴桑，说权曰："海内大乱，将军
起兵江东，刘豫州收众汉南，与曹操共争天下。今操芟夷大难，略已平
矣。遂破荆州，威震四海。英雄无用武之地，故豫州遁逃至此，愿将军量
力而处之。若能以吴越之众，与中国抗衡，不如早与之绝。若不能，何不
按兵束甲，北面而事之。今将军外托服从之名，而内怀犹豫之计，事急而
不断，祸至无日矣。"权曰："苟如君言，刘豫州何不遂事之乎？"亮曰："田
横，齐之壮士耳；犹守义不辱。况刘豫州王室之胄，英才盖世，众士慕仰，
若水之归海。若事之不济，此乃天也，安能复为之下乎？"权勃然曰："吾
不能举全吴之地，十万之众，受制于人。吾计决矣，非刘豫州莫可以当曹
操者。然豫州新败之后，安能抗此难乎？"亮曰："豫州军虽败于长坂，今
战士还者及关羽水军精甲万人，刘琦合江夏战士亦不下万人。曹操之
众，远来疲敝，闻追豫州，轻骑一日一夜行三百余里。此所谓'强弩之末，
势不能穿鲁缟'者也。故兵法忌之，曰'必蹶上将军'。且北方之人，不习
水战；又荆州之民附操者，逼兵势耳，非心服也。今将军诚能命猛将，统
兵数万，与豫州协规同力，破操军必矣。操军破，必北还。如此，则荆吴
之势强，鼎足之形成矣。成败之机，在于今日。"权大悦，与其群下谋之。

　　是时曹操遗权书曰："近者奉辞伐罪，旌麾南指，刘琮束手。今治水

军八十万众，方与将军会猎于吴。"权以示臣下，莫不响震失色。长史张昭等曰："曹公，豺虎也；挟天子以征四方，动以朝廷为辞。今日拒之，事更不顺。且将军大势可以拒操者，长江也，今操得荆州，奄有其地。刘表治水军，蒙冲斗舰，乃以千数。操悉浮以沿江，兼有步兵，水陆俱下。此为长江之险已与我共之矣，而势力众寡又不可论。愚谓大计不如迎之。"鲁肃独不言。权起更衣，肃追于宇下。权知其意，执肃手曰："卿欲何言？"肃曰："向察众人之议，专欲误将军，不足与图大事。今肃可迎操耳，如将军不可也。何以言之？今肃迎操，操当以肃还付乡党，品其名位，犹不失下曹从事；乘犊车，从吏卒，交游士林，累官故不失州郡也。将军迎操，欲安所归乎？愿早定大计，莫用众人之议也。"权叹息曰："诸人持议，甚失孤望。今卿廓开大计，正与孤同。"时周瑜受使至番阳，肃劝权召瑜还。瑜至，谓权曰："操虽托名汉相，其实汉贼也。将军以神武雄才，兼仗父兄之烈，割据江东，地方数千里，兵精足用，英雄乐业，当横行天下，为汉家除残去秽。况操自送死，而可迎之邪？请为将军筹之：今北土未平，马超韩遂尚在关西，为操后患。而操舍鞍马，仗舟楫，与吴越争衡。今又盛寒，马无稿草，驱中国士众，远涉江湖之间，不习水土，必生疾病：此数者，用兵之患也，而操皆冒行之。将军禽操，宜在今日。瑜请得精兵数万人，进住夏口，保为将军破之。"权曰："老贼欲废汉自立久矣，徒忌二袁吕布刘表与孤耳。今数雄已灭，惟孤尚存，孤与老贼，势不两立。君言当击，甚与孤合，此天以君授孤也。"因拔刀斫前奏案，曰："诸将吏敢复有言当迎操者，与此案同！"乃罢会。是夜，瑜复见权曰："诸人徒见操书言水步八十万，而各恐慑，不复料其虚实，便开此议，甚无谓也。今以实校之：彼所将中国人不过十五六万，且已久疲。所得表众，亦极七八万耳，尚怀狐疑。夫以疲病之卒，御狐疑之众，众数虽多，甚未足畏。瑜得精兵五万，自足制之，愿将军勿虑！"权抚其背曰："公瑾，卿言至此，甚合孤心。子布元表诸人，各顾妻子，挟持私虑，深失所望。独卿与子敬，与孤同耳，此天以卿二人赞孤也。五万兵难卒合，已选三万人，船粮战具俱办。卿与子敬程公，便在前发；孤当续发人众，多载资粮，为卿后援。卿能办之者诚决，邂逅不如意，便还就孤，孤当与孟德决之。"遂以周瑜程普为左右督,将兵与备并力逆操;以鲁肃为赞军校尉,助画方略。

刘备在樊口,日遣逻吏于水次侯望权军。吏望见瑜船,驰往白备。备遣人慰劳之。瑜曰:"有军任,不可得委署,倘能屈威,诚副其所望。"备乃乘单舸往见瑜曰:"今拒曹公,深为得计。战卒有几?"瑜曰:"三万人。"备曰:"恨少。"瑜曰:"此自足用,豫州但观瑜破之。"备欲呼鲁肃等共会语。瑜曰:"受命不得妄委署,若欲见子敬,可别过之。"备深愧喜。

进与操遇于赤壁。时操军众已有疾疫,初一交战,操军不利,引次江北。瑜等在南岸。瑜部将黄盖曰:"今寇众我寡,难于持久。操军方连船舰,首尾相接,可烧而走也。"乃取蒙冲斗舰十艘,载燥荻枯柴,灌油其中,裹以帷幕,上建旌旗,豫备走舸,系于其尾。先以书遗操,诈云欲降。时东南风急,盖以十舰最著前,中江举帆,余船以次俱进。操军吏士皆出营立观,指言盖降。去北军二里余,同时发火,火烈风猛,船往如箭,烧尽北船,延及岸上营落。顷之,烟炎张天,人马烧溺死者甚众。瑜等率轻锐继其后,雷鼓大震,北军大坏。操引军从华容道步走,遇泥泞,道不通,天又大风,悉使羸兵负草填之,骑乃得过。羸兵为人马所蹈藉,陷泥中死者甚众。刘备周瑜水陆并进,追操至南郡。时操军兼以饥疫,死者大半。操乃留征南将军曹仁,横野将军徐晃守江陵,折冲将军乐进守襄阳,引军北还。

# 文法七　名词代名词在句中的用途

名词(及名词语)、代名词在文句的构成上有好几种用途,这用途在文法上叫做格(或叫做位)。

一、用作主语　名词、代名词可以用作一句的主语,叫做主格。例如:

　　五十高兴极了。
　　鲁肃闻刘表卒。
　　他抬起头来,伊便低下头去。

此帝王之资也。

二、用作述语的被动词　文句的述语如果用他动词来做的时候，下面必带名词或代名词。这名词或代名词叫做被动词，或叫做目的格。例如：

每一石块露出一个笑脸。

你们切莫抛开我。

肃宣权旨，论天下事执，致殷勤之意。

红日将坠，一峰以首承之。

三、用作补足语　文句的述语如用同动词来做的时候，就须用名词或代名词来做补足语。同动词以外的动词，如果作用不完全，也得用名词或代名词作补足语。（参照第一册文法九）这作补足语用的名词、代名词叫做补足格。例如：

《第一才子》便是《三国演义》。

他们当时的剧的主人公便是我。

这些书不久都成了我的藏书的一部分。

其人生前无名字，地方有司以其热心训诲，从而名之曰"训"。

这儿称灯塔为"卢采那"。

四、用作别的名词的限制语　文句里各部分所用的名词，都可用名词或代名词来加以限制，有的直加，有的带后介词"之""的"。这对于别的名词加限制的用法，叫做修饰格。例如：

拿一瓶苏打水（或汽水）来。

我们的病根是在"忘本"。

他这话不是向浮游的白云说，白云无心，不能懂他的话。

肃又谓诸葛亮曰："我，子瑜友也。"即共定交。子瑜者，亮兄瑾也，避乱江东，为孙权长史。备用肃计，进住鄂县之樊口。

五、用作前介词的关系语　文句里如含有前介词，下面常带名词或代名词。前介词和名词、代名词所合成的是副词短语，性质等于一个副词。名词、代名词用作前介词的关系语的时候，叫做副格。例如：

为什么从那一回后再不见邮差问"十五娘"？

满抱着希望的独眠入睡在合欢床上。

今为君计,莫若遣腹心自结于东。

若能以吴越之众与中国抗衡,不如早与之绝。

名词、代名词在文句里虽有各种各样的用法,但归纳起来,其实只不过上面所讲的五种。

# 习问 九

1. 文选十七有几个场面可分?

2. 文选十八遇到换场面的时候,除分段外,有几处用一句话指明?那几句话是指明换场面的?

3. 下面一段文章,形式上只是一个场面,如果要把它分为几个场面,那一部分是可以分出的?

其夜,华林部过马伶曰,“子,天下之善技也,然无以易李伶。李伶之为严相国,至矣;子又安从授之而掩其上哉?”马伶曰,“固然,天下无以易李伶,李伶又不肯授我。我闻今相国昆山顾秉谦者,严相国俦也。我走京师,求为其门卒三年。日侍昆山相国于朝房,察其举止,聆其语言,久乃得之。此吾之所为师也。”华林部相与罗拜而去。

4. 名词、代名词在句中的用途共有五种,试用下列的名词、代名词各造五个例句,且逐一说出甚么格来。

国家　我　书籍　这个　房屋　他

# 第十课

## 文话十　事物与心情

以前曾经说过,在有些文章里,作者从开始到完结只是报告,自己不加意见,不说一句话;在另外一些文章里,作者除报告以外还附加着意见,说着几句话。前者就是记叙文;后者就是论说文。

照这样说,好像记叙文完全是照抄客观的事物,作者自己没有一点主观的东西在里头了。其实并不然。试取同一题材教两个作者去记叙,依理说,大家都是照抄,写成的文章应该彼此相同。但是实验的结果却往往彼此互异——学校里逢到作文课,几十个同学写同一题材的记叙文,写成之后彼此调看,竟难看到完全相同的两篇:这不是大家都有的经验吗?为甚么会彼此互异?第一,记叙的顺序不同,写成的文章就互异了。第二,对于材料的取舍,各人未必一致,因此,写成的文章就互异了。第三,对于同一材料,各人又有各人的看法,看法不一样,写成的文章也就互异了。以上第一项是属于技术方面的事;第二、第三两项都源于作者的心情,心情是所谓主观方面的东西。客观的事物呈现在作者的面前,作者把主观的心情照射上去,然后写述出来:这虽不是发表甚么意见,却也和呆板地照抄不同。正惟如此,所以两个作者记叙同一的题材,写成的文章总是彼此互异的。

如果用照相的事情来比况,这个道理将更见明白。照相,通常都认为照抄客观事物的一种手段。但是,对于同一的事物,几个照相家可以照成各不相同的相片。甲把焦点放在事物的这一部分;乙把焦点放在事物的那一部分;丙呢,把光线弄得柔和一点,他以为这样才能显出那事物的神情;丁却把光线弄得非常强烈,他以为非如此不足以显出那事物的精彩。冲洗出来的结果,四张相片各不相同,那是不消说的。所要说的是四个照相家定焦点、采光线为甚么会不同。这就由于他们心情不同的缘故;说得详细一点,就是他们主观的心情不同,所以对于客观的事物所感到的意趣也不同,他们各凭自己的意趣来照相,成绩自然互异了。被认为照抄客观事物的照相尚且如此,记叙文常和心情有关也就可想而知。

生性缜密的人常欢喜写事物的优美的部分;生性阔大的人常欢喜写事物的壮伟的部分;一个闲适的人听了烦嚣的蝉声也会说它寂静;一个忧愁的人看了娇艳的春花也会感得凄凉。事物还是客观的事物,一经主观的心情照射上去,所现出来的就花样繁多了。

通常的记叙文记叙事物,大多印上了作者的心情,不过程度有深浅罢了。惟有教科书、章程、契据等等的文章,才可以说只叙述事物而无所谓作者的心情。这因为这类文章有限定的范围,无论由谁来写,所写的总是这一套东西,作者的心情是参杂不进去的。

# 文选十九　初夏的庭院

## 徐蔚南

这几日,天气怪不好,阴雨已三天了,到今朝还没有放晴。早上无声无息地下了一场细雨,大约不过二十分钟就停止的;但过了一小时许,瓦楞上滴沥滴沥地响,原来又是一阵急雨来了。这样时小时大的雨若断若续的落到了晚上。夜间恐怕仍是如此呢?

我们在公司里走不出去,简直如小鸟一般被关在笼子里了,心上虽然并没有什么忧虑,但总觉得闷闷地很是无聊。本来使人乏味的帐簿上的买客、日期、数目一类的统计，现在尤其令人疲倦。

但是今天离端午节只有十六天，我们不得不努力算清帐目。幸而在事务室里，我坐的一个位置恰巧在窗边，我打了一会儿算盘之后，可以任意向窗外望望。

窗外有两株梧桐，三星期前，树上的叶子是还没有银元大的疏疏朗朗的几许红叶，如今已是密丛丛一树肥大的绿叶了。玻璃窗上也映出一层暗绿色来。假使在盛暑烈日如火的时候，我坐的一个位置真是清凉仙境呢！梧桐两旁各有一行冬青树，感谢园丁贪懒没有来修剪，已长得很高了。深绿色的叶子经了几番冷雨洗濯，更显出翡翠一般鲜艳的色彩来。梧桐底对面，有五六株南天竹，瘦弱的枝干负着瘦弱的绿叶，很伶仃地在颤动。天竹底旁边还有一颗枇杷树。有树却很壮丽的，叶肥枝硬，傲然站立在那边；虽然没有梧桐那样的高大，但颇有睥睨一切的气概。在这小小的园子里，除了树木，本还种着几株玫瑰，不过玫瑰花久已开过了，如今只剩得几个花萼带着几丝憔悴的花须罢了。从前落在泥上的一层鲜红的花瓣都烂在泥里了。沿着院子中间的荷花缸底四周，倒还有几株杂草生着菜花一般的小黄花。雨止时，有二三小粉蝶时时在这几朵黄花上来回飞舞。麻雀也时时飞到花边来啄取什么似地跳来跳去，有时跳到冬青树下，隐藏过了身体，然后吱喳吱喳地叫。荷花缸里除去铜钱大的浮萍外，新近长出了三张嫩绿的荷叶。叶上有两颗混圆的光亮的雨珠在滚动，有如女孩子底一双眼睛一般活泼。小雨点落到缸中的水面打出无数的圆涡，雨止了，水面又平静了。

我这样仔仔细细地观察了一会儿院子里的景物，便又回头去二百五十加三千四百地拨动算盘珠；算了一会又疲乏了，再去望望那个院子。如此，一刻儿向窗外眺望，一刻儿打算盘，那一厚本的出纳簿居然被我一点不错地弄清楚了。

# 文选二十　秋夜

### 鲁　迅

在我的后园，可以看见墙外有两株树。一株是枣树，还有一株也是枣树。

这上面的夜的天空，奇怪而高，我生平没有见过这样的奇怪而高的天空。他仿佛要离开人间而去，使人们仰面不再看见。然而现在却非常之蓝闪闪地眨着数十个星星的眼，冷眼。他的口角上现出微笑，似乎自以为大有深意，而将繁霜洒在我的园里的野花草上。

我不知道那些花草真叫什么名字，人们叫他们什么名字。我记得有一种开过极细小的粉红花，现在还开着，但是更极细小了，她在冷的夜气中，瑟缩地做梦，梦见春的到来，梦见秋的到来，梦见瘦的诗人将眼泪擦在她最末的花瓣上，告诉她秋虽然来，冬虽然来，而此后接着还是春，胡蝶乱飞，蜜蜂都唱起春词来了。她于是一笑，虽然颜色冻得红惨惨地，仍然瑟缩着。

枣树，他们简直落尽了叶子。先前，还有一两个孩子来打他们别人打剩的枣子，现在是一个也不剩了，连叶子也落尽了。他知道小粉红花的梦，秋后要有春；他也知道落叶的梦，春后还是秋。他简直落尽叶子，单剩干子，然而脱了当初满树是果实和叶子时候的弧形，欠伸得很舒服。但是，有几枝还低亚着，护定他从打枣的竿梢所得的皮伤，而最直最长的几枝，却已默默地铁似的直刺着奇怪而高的天空，使天空闪闪地鬼眨眼；直刺着天空中圆满的月亮，使月亮窘得发白。

鬼眨眼的天空越加非常之蓝，不安了，仿佛想离去人间，避开枣树，只将月亮剩下。然而月亮也暗暗地躲到东边去了。而一无所有的干子，却仍然默默地铁似的直刺着奇怪而高的天空，一意要制他的死命，不管他各式各样地眨着许多蛊惑的眼睛。

哇的一声，夜游的恶鸟飞过了。

我忽而听到夜半的笑声,吃吃地,似乎不愿意惊动睡着的人,然而四围的空气都应和着笑。夜半,没有别的人,我即刻听出这声音就在我嘴里,我也即刻被这笑声所驱逐,回进自己的房。灯火的带子也即刻被我旋高了。

后窗的玻璃上丁丁地响,还有许多小飞虫乱撞。不多久,几个进来了,许是从窗纸的破孔进来的。他们一进来,又在玻璃的灯罩上撞得丁丁地响。一个从上面撞进去了,他于是遇到火,而且我以为这火是真的。两三个却休息在灯的纸罩上喘气。那罩是昨晚新换的罩,雪白的纸,折出波浪纹的叠痕,一角还画出一枝猩红色的栀子。

猩红的栀子开花时,枣树又要做小粉红花的梦,青葱地弯成弧形了……。我又听到夜半的笑声;我赶紧砍断我的心绪,看那老在白纸上的小青虫,头大尾小,向日葵子似的,只有半粒小麦那么大。遍身的颜色苍翠得可爱,可怜。

我打一个呵欠,点起一支纸烟,喷出烟来,对着灯默默地敬奠这些苍翠精致的英雄们。

# 修辞法三　拟人和拟物

把事物的动作或情状当作有生命的人的动作或情状来说述,这是文章和谈话所常有的一种修辞方法,叫做拟人法。例如:

这座屋子的年龄现在已有三十九岁了。

云走入夺舍顷刻混沌。

红日将坠,一峰以首承之似吞似捧。

俯视深坑,怪峰在脚底相待。

还有寂寞的瓦片风筝,没有风轮,又放得很低,伶仃地显出憔悴可怜模样。

我在学堂九年,只有《盘庚》害我挨了一次打。

"春!"这胜利的晴空仿佛在你的耳边私语。

为什么这个炭酸气要从水中逃出呢？

上面所举的都是把无生命的东西当作人的说法。

拟人法中还有一种叫事物开口说话的方法，这不但把事物的动作、情状比拟做人的动作、情状，简直把它当作人来处置了。这时候，为要使非人的事物像人，往往在事物的称呼上加附着像人的称呼。例如：

"喂，在上面的朋友，你给什么东西迷住心了？你忘记了从前！"在基台一角的一块小石慢吞吞地说，宛如唤醒醉人，每个字音都发来清楚，着实。

"怎么样？"上面那块石头觉得出乎意料，但不肯放弃傲慢的声气。

小雨点见了河伯伯，觉得自己很小，便问他道："河伯伯，我为什么这样小？"河伯伯笑着答道："好孩子，这不打紧，我小时候也和你一样。"

在上面二例里，"石头""雨点""河"有情感，会说话，都已是俨然的"人"了，这种时候拟人法不但应用于一句一节，往往应用于全篇。在寓言、童话、故事中，常可看到这情形。

把事物当作人来处置的是拟人法。反之，我们在文章或谈话中还有一种把人当作事物来处置的方法，如把"教师"说作"留声机器"，把"守财奴"说作"铁洋箱"，以及把"女子"说作"花"之类都是；对于拟人，这可叫做拟物。再从我们读过的文章中举例如下：

一个朋友说过："我若是灯，我就要让我的光明来照彻黑暗。"

我不配做一盏明灯，那么让我来做一块木柴罢。

拟物的说法，不如拟人的多见。且用在文章或谈话中，也只是部分的，不像拟人法可以应用到全部。

拟人和拟物这两种修辞方法，适用于情感饱和、物我交融的情境。若在没有饱和的情感、物我二者应该明白区别时漫然运用，就不自然了。

# 习问 十

1.文选十九与二十,那一篇里参杂作者的心情比较多? 试把参杂作者的心情的部分都指出来。

2.对于同一处地方,如庭院、市街、田园、山林等等,曾经有过不同的心情吗? 如果有过,试逐一写出来。

3.文选二十里有许多地方用着拟人法,试一一指出来。

4.就积极修辞的原则看来,拟人法是属于那些原则的修辞法?

5.试于下列各文句用拟人法的部分,一一加黑点作标记。

我的亲爱的人都不在这里,便只有她——海的女儿,能慰安我了。

还有些树上的叶,虽然还赖在那里挣他残命,却都带一种沉忧凄凉之色,向风中战抖抖的作响,诉说他魂惊望绝。到后来索性连枝带梗滚掉下来,像也知道该让出自己所占的位置,教后来的好别谋再造。

那太阳有时从层云叠雾中瑟瑟缩缩闪出光线来,要像告诉世人,说他还在那里。但我们正想要去亲炙他一番,他却已躲得无踪无影了。

# 第十一课

## 文话十一　感情的流露

　　一般的记叙文记叙事物,多少印上一点作者的心情,前面已经说过了。有一种记叙文,作者所以要写作的原由并不在记叙他所写的事物,却在发抒他胸中的一段感情;感情不能凭空发抒,必须依托着事物,所以他用记叙事物的手段来达到发抒感情的目的。像这样的记叙文特称为抒情文。抒情文和记叙文同样是记叙事物的文章;但前者以感情为中心,一切记叙都和中心相呼应,后者只以事物为中心,事物以外不再照顾到甚么:这是二者的分别。

　　所谓感情,无非喜、怒、哀、乐等等。当我们遇到了可喜可悲的事物,喜或悲的感情被引起来了,如果是一个儿独处在那里,本来也没有甚么可说,至多发出一两个欢喜的或者悲哀的感叹词罢了。但是要把这一段感情写入文章,情形就不相同。写到文章,就得豫想有读者,在读者面前单只写下几个感叹词,谁能知道你所怀的是甚么感情呢?你得把引起你的感情的事物记叙明白,教读者也具有你所有的经验,才能使读者知道并且感到你所怀的感情。能使读者知道并且感到,这才算真个把感情发抒了出来;否则只是郁而不宣,独感而没有传达给人家,虽然自以为写了抒情文,实际却等于没有写。

　　一组球员去和人家赛球,得胜回校,心里一团高兴,要把他们的快乐分给没有去参观的同学享受；他们就得把球场上的情形详细说述，怎样怎样，结果胜了三球。同学听了，好像眼见了当时的情形，也就高兴非凡，不觉拍手欢呼起来。又如妇人家在家里受了丈夫的气，满腔冤抑，要向邻居倾泄一番；她就得把受气的经过详细说述，为了甚么甚么，她才受到这难堪的冤抑。邻居听了，设身处地地着想，觉得她的确可怜，于是对她抱同情，用好言好语安慰她。从以上两个日常生活中的实例看来，更可以明白抒情必须依托着事物的道理。再退一步，假定并不详细说述，但是在前一例里，至少要说"我们胜了三球！"在后一例里，至少要说"今天受了丈夫的责骂！"而这两句话写入文章里也就是叙述文了。

抒情文的材料的取舍，以能否发抒感情为标准。大概使作者自己深深感动的事物都是适用的材料。依照着感动的情形记述或者叙述，作者的感情就从这里头流露出来了。

# 文选二十一  五月卅一日急雨中

### 叶绍钧

从车上跨下，急雨如恶魔的乱箭，立刻湿了我的长衫。满腔的愤怒，头颅似乎戴着紧紧的铁箍。我走，我奋疾地走。路人少极了，店铺里仿佛也很少见人影。那里去了！那里去了！怕听昨天那样的排枪声，怕吃昨天那样的急射弹，所以如小鼠如蜗牛般，蜷伏在家里，躲藏在柜台底下么？这有什么用！你蜷伏，你躲藏，枪声会来找你的耳朵，子弹会来找你的肉体，你看有什么用！

猛兽似的张着巨眼的汽车冲驰而过，水泥溅污我的衣服，也溅及我的项颈，我满腔的愤怒。

一口气赶到"老闸捕房"的门前，我想参拜我们的火伴的血迹，我想用舌头舔尽所有的血迹，咽入肚里。但是，没有了，一点儿没有了！已给仇人的水机冲得光光，已给腐心的人们践得光光，更给恶魔的乱箭似的急雨洗得光光！

不要紧,我想。血总是曾经淌在这地方的,总有渗入这块土的吧。那就行了。这块土是血的土,血是我们的火伴的血,还不够是一课严重的功课么?血灌溉着,血湿润着,行见血的花开在这里,血的果结在这里。

我注视这块土,全神地注视着,其余什么都不见了,仿佛已把整个儿躯体融化在里头。

抬起眼睛,那边站着两个巡捕;手枪在他们的腰间;泛红的脸肉,深深的纹刻在嘴围,黄的睫毛下闪着绿光,似乎在那里狞笑。

手枪,是你么?似乎在那里狞笑的,是你么?

是的,是的,什么都是,你便怎样!我仿佛看见无量数的手枪点头,听见无量数的狞笑的开口。

我吻着嘴唇咽下去,把看见的听见的一齐咽下去,如同咽一块糙石,一块热铁。我满腔的愤怒。

雨越来越急,风吹着把我的身体卷住,全身湿透了,伞全然不中用。我回身走才来的路,路上有人了。三四个,六七个,显然可见是青布大褂的队伍,虽然中间也有穿洋服的,也有穿各色衫子的断发的女子。他们有的张着伞,大部分却直任狂雨乱淋。

我开始惊异于他们的脸。从来没有看见过,这么严肃的脸,有如昆仑的耸峙,这么郁怒的脸,有如雷电之将作;青年的柔秀的颜色退隐了,换上了壮士的北地人的苍劲。他们的眼睛冒得出焚烧掉一切的火,吻紧的嘴唇里藏着咬得死生物的牙齿,鼻头不怕闻血腥与死人的尸臭,耳朵不怕听大炮与猛兽的咆哮,而皮肤简直是百炼的铁甲。

佩弦的诗道,"笑将不复在我们唇上!"用以歌咏这许多的脸,正是适合。他们不复笑,永远不复笑!他们有的是严肃与郁怒,永远是严肃与郁怒!

似乎店铺里人脸多起来了,从家里才跑来呢?从柜台底下才探出来呢?我没有工夫想。这些人脸而且露出在店门首了,他们惊讶地望着路上那些严肃的郁怒的脸。

青布大褂的队伍便纷纷投入各家店铺。我也跟着一队跨进一家,记得是布匹庄。我听见他们开口了，差不多掬示整个的心，涌起满腔的血，这样真挚地热烈地讲说着。他们讲及民族的命运，他们讲及群众的力量，他们讲及反抗的必要；他们不惮郑重叮咛的是"咱们一伙儿！"我感动，我心酸，酸得痛快。

店伙的脸比较地严肃了；没有说话，暗暗点头。

我跨出布匹庄，"中国人不会齐心呀！如果齐心，吓，怕什么！"这句带有尖刺的话传来，我回头去看。

是一个三十左右的男子，粗布的短衫露着胸，苍黯的肤色标记他是在露天出卖劳力的，眼睛里放射出英雄的光。

不错呀，我想。露胸的朋友，你喊出这样简要精炼的话来，你伟大！你刚强！你是具有解放的优先权者！我虔诚地向他点头。

但是，恍惚有蓝袍玄褂小髭须的影子在我眼前晃过。玩世地微笑，又仿佛鼻子里发出轻轻的一声"嘘"。接着又晃过一个袖手的，漂亮的嘴脸，漂亮的衣著，在那里低吟，依稀是"可怜无补费精神！"袖手的幻化了，抖抖地，显现一个瘠瘦的中年人，如鼠的觳觫的眼睛，如兔的颤动的嘴，含在喉际，欲吐又不敢吐的是一声"怕～～～"

我倒楣，我如受奇辱，看见这样等等的魔影！我愤怒地张大眼睛，什么魔影都没有了，只见满街恶魔的乱箭似的急雨。

微笑的魔影，漂亮的魔影，惶恐的魔影，我咒诅你们：你们灭绝！你们销亡！你们是拦路的荆棘！你们是火伴的牵累！你们灭绝，你们销亡，永远不存一丝儿痕迹于这块土！

有淌在路上的血，有严肃的郁怒的脸，有露胸朋友那样的意思，"咱们一伙儿"，有救，一定有救——岂但有救而已！

我满腔的愤怒。再有露胸朋友那样的话在路上吧？我向前走去。

依然是满街恶魔的乱箭似的急雨。

# 文选二十二　最后一课

### 法国都德〔胡适译〕

这天早晨我上学去,时候已很迟了,心中很怕先生要骂;况且昨天汉麦先生说过,今天他要考我们的动静词文法,我却一个字都记不得了。我想到这里格外害怕,心想还是逃学去玩一天罢。你看天气如此清明温暖,那边竹篱上两个小鸟儿唱得怪好听,野外田里普鲁士的兵士正在操演。我看了,几乎把动静词的文法都丢在脑后了。幸亏我胆子还小,不敢真个逃学,赶紧跑上学去。

我走到市政厅前,看见那边围了一大群的人在那里读墙上的告示。我心里暗想,这两年我们的坏消息,败仗哪,赔款哪,都在这里传来。今天又不知有什么坏新闻了。我也无心去打听,一口气跑到汉麦先生的学堂。

平日学堂刚上课的时候总有很大的声响,开抽屉,关抽屉的声音,先生铁戒尺的声音,种种响声街上也常听得见。我本意还想趁这一阵乱响的里面混了进去,不料今天我走到的时候,里面静悄悄地一点声音都没有。我朝窗口一瞧,只见同班的学生都坐好了,汉麦先生拿着他那块铁戒尺踱来踱去。我没法,只好硬着头皮推门进去,脸上怪难为情的。幸亏先生还没有说什么。他瞧见我,但说:"孩子快坐好!我们已开讲了,不等你了。"我一跳跳上了我的坐位,心还是拍拍的跳。

坐定了,定睛一看,才看出先生今天穿了一件很好看的暗绿袍子,挺硬的衬衫,小小的丝帽,这种衣服除了行礼给奖的日子他从不轻易穿起的。更可怪的,今天这全学堂都是肃静无哗的。最可怪的,后边那几排空椅子上也坐满了人,这边是前任的县官和邮政局长,那边赫叟那老头子,还有几位我却不认得了。这些人为什么来呢?赫叟那老头子带了一本初级文法书摆在膝头上,他那副阔边眼镜也放在书上,两眼睁睁的望着先生。我看这些人脸上都很愁的。心中正在惊疑,只见先生上了座位,恭恭敬敬的开口道:"我的孩子们,这是我最末了的一课书了! 昨天柏林有令下来说,阿色司和娜恋两省现在既已割归普国,从此以后,这两省的学堂只许教授德国文字,不许再教法文了。你们的德文先生明天就到,今天是你们最末了一天的法文功课了!"

我听了先生这句话,就像受了电打一般。我这时才明白,刚才市政厅墙上的告示原来是这么一回事。这就是我最末了一天的法文功课了!我的法文才该打呢,我还没学作法文呢,我难道就不能再学法文了? 唉,我这两年为什么不肯好好的读书? 为什么却去捉鸽子,打木球呢? 我从前最讨厌的文法书,历史书,今天都变了我的好朋友了。还有那汉麦先生也要走了,我真有点舍不得他。他从前那副铁板板的面孔,厚沉沉的戒尺,我都忘记了,只是可怜他。原来他因为这是末了一天的功课,才穿上那身礼服。原来后面空椅子上那些人也是舍不得他的。我想他们心中也在懊悔,从前不曾好好学些法文,不曾多读些法文的书。咳,可怜得很!

我正在痴想,忽听先生叫我的名字,问我动静词的变法。我站起来,第一个字就回错了。我那时正羞愧无地,两手撑住桌子,低了头不敢抬起来。只听先生说道:"孩子,我也不怪你,你自己总够受了! 天天你们自己骗自己说,这算什么,读书的时候多着呢,明天再用功还怕来不及吗? 如今呢? 你们自己想想看,你总算是一个法国人,连法国的语言文字都不知道!"……先生说到这里索性演说起来了。他说我们法国的文字怎么好,说是天下最美,最明白,最合论理的文字。他说我们应该保存法文,千万不要忘记了。他说现在我们总算是为人奴隶了,如果我们不忘我们祖国的语言文字,我们还有翻身的日子。……

先生说完了,翻开书讲今天的文法课。说也奇怪,我今天忽变聪明了,先生讲的我句句都懂得。先生也用心细讲,就像他恨不得把一生的学问今天都传给我们。文法讲完了,接着就是习字。今天习字的本子也换了,先生自己写的好字,写着"法兰西""阿色司""法兰西""阿色司"四个大字,放在桌上,就像一面小小的国旗。同班的人个个都用心写字,一点声息都没有,但听得笔尖在纸上飕飕的响。我一面写字,一面偷偷的抬头瞧瞧先生,只见他端坐在上面动也不动一动;两眼瞧瞧屋子这边,又瞧瞧那边。我心中怪难过,暗想先生在此住了四十年了,他的园子就在学堂门外,这些台子凳子都是四十年的旧物,他手里种的胡桃树也长大了,窗子上的朱藤也爬上屋顶了,如今他这一把年纪明天就要离此地了!我仿佛听见楼上有人走动,想是先生的老妹子在那边收拾箱笼。我心中真替他难受。先生却能硬着心肠把一天功课一一作去,写完了字,又教了一课历史;历史完了,便是那班幼稚生的拼音。坐在后面的赫叟那老头儿带上了眼镜,也跟着他们拼那 Ba Be Bi Bo Bu;我听他的声音都哽咽住了,很像哭声。我听了又好笑,又要替他哭。这一回事,这末了一天的功课,我一辈子也不会忘记的。

忽然礼拜堂的钟敲了十二响,远远地听得喇叭声,普鲁士的兵操演回来,踏踏踏踏的走过我们的学堂。汉麦先生立起身来,面色都变了,开口道,"我的朋友们!我……我……"先生的喉咙哽住了,不能再说下去。他走下座,取了一条粉笔,在黑板上用力写了三个大字——"法兰西万岁"。他回过头来摆一摆手,好像说,散学了,你们去罢!

## 文法八  格不完备的文言代名词

名词、代名词在句中的用途有(一)主格、(二)目的格、(三)补足格、(四)修饰格、(五)副格五种。就大体说,一个名词或代名词都该有这五种用法,都该具备这五个格的。可是在习惯上,文言代名词里面五格不完备的很多。

一、人称代名词  文言用的人称代名词有下面几个,这里面有些是格不完备的。

| | | | | | | |
|---|---|---|---|---|---|---|
| 吾 | 我 | 予 | 余 | | | （第一人称） |
| 尔 | 汝 | 子 | 而 | 若 | 乃 | （第二人称） |
| 彼 | 渠 | 其 | 之 | | | （第三人称） |

"而""乃""其" 这三个字只能作修饰格用,不用作主格、目的格、补

足格、副格。例如：

　　　　某所，而母立于兹。

　　　　吾翁即汝翁，必欲烹乃翁，幸分我一杯羹。《汉书·高帝纪》

　　　　权大悦，与其群下谋之。

　　"之"　只能作目的格、副格用，不用作主格、补足格修饰格。例如：

　　　　备南走。肃径迎之。

　　　　若能以吴越之众，与中国抗衡，不如早与之绝。

　　二、指示代名词　文言用的指示代名词有下面几个，这里面有些也是格不完备的。

　　　　此　是　斯　兹　彼　其　之　所　焉　者

　　"兹"　只能作目的格、副格、修饰格用，不用作主格、补足格。例如：

　　　　念兹在兹。《尚书·大禹谟》

　　　　某所，而母立于兹。

　　　　兹事体大。

　　"其"　这也和人称代名词的"其"一样，只能作修饰格用，不用作主格、目的格、补足格、副格。例如。

　　　　人立其下望之，杳乎不见其巅。

　　　　观此而知埃及古时建筑之术已臻其极。

　　"之"　人称代名词的"之"只用作目的格、副格，指示代名词的"之"可有目的格、副格、修饰格三格，（和"之"字同系的"所""焉"有目的格、副格，没有修饰格。）不作主格、补足格用。例如：

　　　　荆州与国邻接，江山险固，沃野万里，士民殷富。若据而有之，此帝王之资也。

　　　　"昨日玉鱼蒙葬地，早时金椀出人间"，诵之能弗为之索然！

　　　　之子于归，宜其家人。《诗经·周南·桃夭》

　　三、疑问代名词　文言用的疑问代名词有下面几个，这里面大多数是格不完备的。遇到用作目的格、副格的时候，位置常颠倒在动词或前介词之前。

　　　　谁　孰　何　奚　安　恶　曷　胡　焉

"孰" 只能作主格、副格用,不用作目的格、补足格、修饰格。例如:

> 孰谓子产智?《孟子·万章》
>
> 百姓足,君孰与不足? 百姓不足,君孰与足?《论语·颜渊》

"何" 可用作目的格、补足格、修饰格、副格,不作主格用。例如:

> 卿欲何言?
>
> 元年者何[也]? 君之始年也。春者何[也]? 岁之始也。《公羊传·隐公》元年
>
> 溪无底则人坠当亦无底,飘飘然知泊何所。
>
> 事亟矣,何以助君?

"奚""安""恶""曷""胡""焉"这几个字里面,"奚"字可作目的格、副格,其余只能用作副格,都不作主格、补足格、修饰格用。有些作副格的时候往往不带介词,直等于一个疑问副词。例如:

> 许子冠乎? 曰,冠。奚冠? 曰,冠素。《孟子·滕文公》
>
> 君奚为不见孟轲也?《孟子·梁惠王》
>
> 李伶之为严相国,至矣;子又安从授之而掩其上哉?
>
> 曷为先言王而后言正月? 王正月也。《公羊传·隐公元年》
>
> 胡为乎泥中?《诗经·邶风·式微》
>
> 恶在其为民父母也?《孟子·梁惠王》
>
> 且焉置土石?

# 习问 十一

1. 文选二十一、二十二各以怎样的感情为中心?

2. 读了文选二十一与二十二,最受那一些部分的激动? 试逐一指出来。

3. 下列文章中的文言代名词各属于甚么格? 试逐一辨别出来。

庸奴! 此何地也,而汝来前? 国家之事糜烂至此,老夫已矣,汝复轻身而昧大义,天下事谁可支拄者? 不速去,无俟奸人构陷,吾今即扑

杀汝。

　　吾诸儿碌碌，他日继吾志事，惟此生耳。

　　西门豹曰，"呼河伯妇来，视其好丑!"即将女出帷中，来至前。豹视之，顾谓三老、巫祝、父老曰，"是女子不好。烦大巫妪为入报河伯：得更求好女，后日送之!"即使吏卒共抱大巫妪投之河中。

　　4.试依据文法八，把格不完备的文言代名词制一个表。

　　5.文选二十一、二十二里面，有拟人或拟物的地方吗？ 如有，试指出来。

# 第十二课

## 文话十二　抒情的方式

抒情大概有两种方式：一种是明显的；又一种是含蓄的。作者在记叙了事物之后，情不自禁，附带写一些"快活极了""好不悲伤啊"一类的话，教人一望而知作者在那里发抒他的感情，这是明显的方式。作者在记叙了事物之后，不再多说别的话，但读者只要能够吟味作者的记叙，也就会领悟作者所要发抒的感情，这是含蓄的方式。

我们试取归有光的文章作为例子。归有光作《先妣事略》，琐琐屑屑叙述了一些关于他的母亲的事情，末了说"世乃有无母之人，天乎痛哉！"这明明是感情极端激动时所说的话。不然，若就母亲生子的关系说，世界上那一个人没有母亲？若就母亲死了以后的时期说，那一个人死了母亲还会有母亲？"世乃有无母之人"岂不是一句毫无意义的话？惟其在感情极端激动的时候，才会有这种痴绝的想头；就把这痴绝的想头写出来，更号呼着天诉说自己的哀痛，才见得怀念母亲的感情尤其切挚。这是明显的抒情方式的例子。再看《项脊轩志》，归有光在跋尾里叙述了他的夫人和项脊轩的关系，末了说"庭有枇杷树，吾妻死之年所手植也，今已亭亭如盖矣"。骤然看去，这一句只是记叙庭中的那棵枇杷树罢了；但是仔细吟味起来，这里头有人亡物在的感慨，有死者渺远的怅惘，意味很是深长。如果那棵枇杷树不是他夫人死的那一年所种下的，虽然"今已亭亭如盖"，也只是无用的材料，就不会被写入文章里了。这是含蓄的抒情方式的例子。

以上所说两种方式并没有优劣的分别；采用哪一种，全凭作者的自由。不过，如果采用明显的方式而只写一两句感情激动的话，如作《先妣事略》只说"世乃有无母之人，天乎痛哉！"而前面并没有琐屑的叙述，那是没有用的，因为人家不能明白你为甚么要说这种痴绝的话。如果采用含蓄的方式，而所取的材料与发抒的感情没有关系，如作《项脊轩志》的跋尾而说起庭中的几丛小草，那也是没有效果的，因为人家从这几丛小草上吟味不出甚么来。所以，选取适宜的事物，好好地着笔记叙，无论采用那一种方式都是必要的。

从情味说，两种方式却有点儿不同。明显的方式比较强烈，好像一阵急风猛雨，逼得读者没有法子不立刻感受。含蓄的方式比较柔和，好像和风中的柳丝或者月光下的池塘，读者要慢慢地凝想，才能辨出它的情味来。

还有一层，作者在一篇抒情文里头兼用着两种方式也是常见的事。

# 文选二十三　先妣事略

## 归有光

先妣周孺人，弘治元年二月十一日生。年十六来归。逾年，生女淑静；淑静者大姊也。期而生有光。又期而生女子：殇一人，期而不育者一人。又逾年，生有尚，妊十二月。逾年，生淑顺。一岁，又生有功。

有功之生也，孺人比乳他子加健。然数颦蹙顾诸婢曰，"吾为多子苦！"老妪以杯水盛二螺进，曰，"饮此后妊不数矣。"孺人举之尽，喑不能言。

正德八年五月二十三日，孺人卒。诸儿见家人泣，则随之泣，然犹以为母寝也，伤哉！于是家人延画工画，出二子命之曰，鼻以上画有光，鼻以下画大姊，以二子肖母也。

　　孺人讳桂。外曾祖讳明；外祖讳行，太学生；母何氏。世居吴家桥，去县城东南三十里；由千墩浦而南，直港并小桥以东，居人环聚，尽周氏也。外祖与其三兄皆以赀雄，敦尚简实；与人姁姁说村中语，见子弟甥侄无不爱。

　　孺人之吴家桥，则治木棉；入城，则缉纑，灯火荧荧，每至夜分。外祖不二日使人问遗。孺人不忧米盐，乃劳苦若不谋夕。冬月炉火炭屑，使婢子为团，累累暴阶下。室靡弃物；家无闲人。儿女大者攀衣，小者乳抱，手中纫缀不辍。户内洒然。遇僮奴有恩；虽至棰楚，皆不忍有后言。吴家桥岁致鱼蟹饼饵，率人人得食。家中人闻吴家桥人至，皆喜。有光七岁，与从兄有嘉入学；每阴风细雨，从兄辄留；有光意恋恋，不得留也。孺人中夜觉寝，促有光暗诵《孝经》。即熟读，无一字龃龉，乃喜。

　　孺人卒，母何孺人亦卒。周氏家有羊狗之疴，舅母卒，四姨归顾氏又卒，死三十人而定；惟外祖与二舅存。

　　孺人死十一年，大姊归王三接，孺人所许聘者也。十二年，有光补学官弟子。十六年而有妇，孺人所聘者也。期而抱女。抚爱之，益念孺人，中夜与其妇泣。追惟一二，仿佛如昨，余则茫然矣。世乃有无母之人，天乎痛哉！

# 文选二十四　背影

## 朱自清

　　我与父亲不相见已二年余了，我最不能忘记的是他的背影。

　　那年冬天，祖母死了，父亲的差使也交卸了，正是祸不单行的日子。我从北京到徐州，打算跟着父亲奔丧回家。到徐州见着父亲，看见满院狼藉的东西，又想起祖母，不禁簌簌地流下眼泪。父亲说，"事已如此，不必难过。好在天无绝人之路！"

　　回家变卖典质，父亲还了亏空；又借钱办了丧事。这些日子，家中光景很是惨澹，一半为了丧事，一半为了父亲赋闲。丧事完毕，父亲要到南京谋事，我也要回北京念书，我们便同行。

　　到南京时，有朋友约去游逛，勾留了一日；第二日上午便须渡江到浦口，下午上车北去。父亲因为事忙，本已说定不送我，叫旅馆里一个熟识的茶房陪我同去。他再三嘱咐茶房，甚是仔细。但他终于不放心，怕茶房不妥帖；颇踌躇了一会。其实我那年已二十岁，北京已来往过两三次，是没有甚么要紧的了。他踌躇了一会，终于决定还是自己送我去。我两三回劝他不必去；他只说，"不要紧，他们去不好！"

　　我们过了江，进了车站。我买票，他忙着照看行李。行李太多了，得向脚夫行些小费，才可过去。他便又忙着和他们讲价钱。我那时真是聪明过分，总觉他说话不大漂亮，非自己插嘴不可，但他终于讲定了价钱；就送我上车。他给我拣定了靠车门的一张椅子；我将他给我做的紫毛大衣铺好坐位。他嘱我路上小心，夜里要警醒些，不要受凉。又嘱托茶房好好照应我。我心里暗笑他的迂；他们只认得钱，托他们直是白托！而且我这样大年纪的人，难道还不能料理自己么？唉，我现在想想，那时真是太聪明了！

　　我说道，"爸爸，你走吧。"他望车外看了看，说，"我买几个橘子去。你就在此地，不要走动。"我看那边月台的栅栏外有几个卖东西的等着顾客。走到那边月台，须穿过铁道，须跳下去又爬上去。父亲是一个胖子，走过去自然要费事些。我本来要去的，他不肯，只好让他去。我看见他戴着黑布小帽，穿着黑布大马褂，深青布棉袍，蹒跚地走到铁道边，慢慢探身下去，尚不大难。可是他穿过铁道，要爬上那边月台，就不容易了。他用两手攀着上面，两脚再向上缩；他肥胖的身子向左微倾，显出努力的样子。这时我看见他的背影，我的泪很快地流下来了。我赶紧拭干了泪，怕他看见，也怕别人看见。我再向外看时，他已抱了朱红的橘子往回走了。过铁道时，他先将橘子散放在地上，自己慢慢爬下，再抱起橘子走。到这边时，我赶紧去搀他。他和我走到车上，将桔子一股脑儿放在我的皮大衣上。于是扑扑衣上的泥土，心里很轻松似的。过一会说，"我走了；到那边来信！"我望着他走出去。他走了几步，回过头看见我，说，"进去吧，里边没人。"等他的背影混入来来往往的人里，再找不着了，我便进来坐下,我的眼泪又来了。

近几年来,父亲和我都是东奔西走,家中光景是一日不如一日。他少年出外谋生,独力支持,做了许多大事。那知老境却如此颓唐!他触目伤怀,自然情不能自已。情郁于中,自然要发之于外;家庭琐屑便往往触他之怒。他待我渐渐不同往日。但最近两年的不见,他终于忘却我的不好,只是惦记着我,惦记着我的儿子。我北来后,他写了一信给我,信中说道,"我身体平安,惟膀子疼痛利害,举箸提笔,诸多不便,大约大去之期不远矣。"我读到此处,在晶莹的泪光中,又看见那肥胖的,青布棉袍黑布马褂的背影。唉!我不知何时再能与他相见!

# 文法九　倒置的文言代名词

名词、代名词在句子里充当各种格而使用的时候,位置通常有一定,例如主格通常在句的开端,目的格通常在他动词之后,修饰格通常在所修饰的名词或代名词之前;副格通常在前介词之后,补足格通常在同动词之后或助词"也"字之前。可是在文言文中,代名词有些的格往往是倒置的,如果不倒置,反不合文法上的习惯了。

一、疑问代名词作目的格、副格时　疑问代名词作目的格时,常倒置在他动词之前;作副格时,常倒置在前介词之前。这在前面已经说及(参照文法八),这里再举数例。

　　吾谁欺?欺天乎!《论语·子罕》
　　神人佑我,我何惧焉!
　　今肃可迎操耳,如将军不可也。何以言之?

二、代名词在否定句中作目的格时　有些人称代名词和指示代名词在否定句时候,常倒置在他动词之前。例如:

　　居则曰不吾知也,如或知尔,则何以哉?《论语·先进》
　　仲子舍其孙而立其子。檀弓曰:"何居?吾未之前闻也。"《礼记·檀弓》

文王所以造周，不是过也。《左传·宣公十五年》

上面各例里，目的格都在他动词之前。这种倒置法，在古文中是常遇到的。最多的是"之"字。如"未之有也"就是我们读书时常常见到的句子。

三、"所"字作目的格、副格时　"所"字的倒置用法，已在前面说及（参照文法五）。再举数例于下：

此所谓"强弩之末，势不能穿鲁缟"者也。

豹往到邺，会长老，问之民所疾苦。

吾辈读书人，入则孝，出则弟，守先待后，得志泽加于民，不得志修身见于世，所以又高于农夫一等。

"所"字和前介词合成的副格中，"所以"最为多见。一直流传下来，到今还保存在口语里，因而语体文里也就常见了。例如：

然而这满屋的跳板，像棋盘街一样，又很低，走起来一点不怕，真是有趣，……所以虽然祖母禁止，我总是每天要去走。

我的大哥最不长进，也是吸鸦片烟的，但鸦片烟灯是和小说书常作伴的，所以他也有一些小说书。

四、"是"字和前介词"以"合成副格时　"是"字和前介词合成的副格，并不都倒置，如说"于是""为是""从是"，"是"字都在前介词之后，和平常的情形没有两样。可是和"以"字合成"以是"的时候，古文中常要倒转来作"是以"。

君子之于禽兽也，见其生不忍见其死，闻其声不忍食其肉。是以君子远庖厨也。《孟子·梁惠王》

纣之不善不如是之甚也。是以君子恶居下流，天下之恶皆归焉。《论语·子张》

# 习问 十二

1.文选二十三里"吾为多子苦！"是一句抒情的话，和那一些叙述有分离不开的关系？文选二十四里"事已如此，不必难过，好在天无绝人之路!"也是抒情的话,和那一些叙述有分离不开的关系?

2.文选二十四里叙述父亲在车站上买橘子的情状,把一切细微的动作都记下来,这有甚么作用?

3.文言代名词倒置的条件有几?试列举出来。

4.试将下列各语体文句翻译为文言,看其中代名词的位置有甚么变化。

这话骗甚么人?

昨日为甚么不来?

你不欺我,我不负你。

王君来时,我恰好有他事,不曾见他。

他不喜运动,以此身体不强健。

5.把下列各文言句翻译成语体。

父母爱我,不我责也。

彼以文豪自任,世人未之许也。

努力而不成功者,未之有也。

事出意外,何从豫防?

独居无聊,谁与谈心!

# 第十三课

## 文话十三　情绪与情操

所谓喜、怒、哀、乐等等感情，虽然有强弱的差别，如喜有轻喜和狂喜，怒有微怒和大怒，但总之是显然可辨的，狂喜和大怒固然人己共觉，轻喜和微怒也决不会绝不自知。这种感情在我们心里激荡的时候，好比江河里涌来了潮水；等到激荡的力量消退了，心境就仍旧回复到平静。通常把这种显然可辨的、渐归消退的感情叫做情绪。

另外有一种强度很低的感情，低到连自己都不觉得，但比较持久，也许终身以之。这种感情通常叫做情操。例如虔敬是一种宗教方面的情操，清高是一种道德方面的情操，具有这种情操的人全生活都被浸渍着，但并不自己觉得（如果自己觉得，那就不是真正的虔敬和清高了）。

发抒情绪的文章无论用明显的或者含蓄的方式，总之有句语可以指出；换一句话说，一篇文章里那些句语是作者在那里发抒情绪，读者一望而知。至于情操，既是不自觉的，在文章里当然只从无意之间流露出来；要确切地指出那些句语是作者在那里表现情操，往往不可能。我们只能说某一篇文章表现某一种情操，因为情操成为一种基本调子，渗透在全篇文章里头了。譬如一个宗教信徒写一篇文章，他的每一句话自然而然说得非常虔敬，他采选一些特殊的字眼，他运用一些不是他人常说的句语，使读者看了，也感到一种虔敬的气分：我们就说他这篇文章表现了虔敬的情操。

我们看沈复的《闲情记趣》,文中讲到观玩小动物,讲到花卉的栽培和插供,讲到布置居室,讲到随时的游乐,琐琐屑屑,事物很多,可是随处有一种闲适的情操从字里行间流露出来,所以这一篇的基本调子可以说就是闲适。这个话好像有点玄虚,仔细想去,却很着实。试想,把蚊虫比作飞鹤,把喷烟比作青云,让蚊虫"冲烟飞鸣,作青云白鹤观";又就小盆景夫妻两个共同品题,"此处宜设水阁,此处宜立茅亭,此处宜凿六字曰'落花流水之间',此可以居,此可以钓,此可以眺,胸中邱壑若将移居者然":若不是生活态度极端闲适,那里来这种入微入幻的想头?故而记叙这些事物的处所就是流露情操的处所。我们也可以说,因为作者有一种闲适的情操,才会有《闲情记趣》那样的一篇文章。

对于古昔的人物和事迹,我们往往有一种怀念的心情,这种心情和怀念一个相好的朋友并不相同;对于生死无常,我们往往有一种惆怅的心情,这种心情却说不上悲伤或是哀愁;当面对着高山或是大川的时候,我们总会起一种壮伟之感;当想到了时间的悠久和空间的广大的时候,我们总会起一种杳渺之思。这些都是情操而不是情绪。把这些作为基本调子,古今来产生了不少的好文章。

# 文选二十五　闲情记趣

### 沈　复

余忆童稚时,能张目对日,明察秋毫,见藐小微物,必细察其纹理,故时有物外之趣。夏蚊成雷,私拟作群鹤舞空。心之所向,则成千或百果然鹤也。昂首观之,项为之强。又留蚊于素帐中,徐喷以烟,使其冲烟飞鸣,作青云白鹤观,果如鹤唳云端,怡然称快。于土墙凹凸处,花台小草丛杂处,常蹲其身,使与台齐;定神细视,以丛草为林,以虫蚁为兽,以土砾凸者为邱,凹者为壑,神游其中,怡然自得。

及长,爱花成癖,喜剪盆树。识张兰坡,始精剪枝养节之法,继悟接花叠石之法。花以兰为最,取其幽香韵致也,而瓣品之稍堪入谱者不可多得。兰坡临终时，赠余荷瓣素心春兰一盆，皆肩平心阔，茎细瓣净，可以入谱者。余珍如拱璧。值余幕游于外，芸能亲为灌溉，花叶颇茂。不二年，一旦忽萎死。起根视之，皆白如玉，且兰芽勃然，初不可解，以为无福消受，浩叹而已。事后始悉有人欲分不允，故用滚汤灌杀也。从此誓不植兰。次取杜鹃，虽无香而色可久玩，且易剪裁，以芸惜枝怜叶，不忍畅剪，故难成树。其他盆玩皆然。惟每年篱东菊绽，秋兴成癖。喜摘插瓶，不爱盆玩。非盆玩不足观，以家无园圃，不能自植；货于市者，俱丛杂无致，故不取耳。其插花朵，数宜单，不宜双。每瓶取一种不取二色。瓶口取阔大不取窄小，阔大者舒展。不拘自五七花至三四十花，必于瓶口中一丛怒起，以不散漫，不挤轧，不靠瓶口为妙；所谓"起把宜紧"也。或亭亭玉立，或飞舞横斜。花取参差，间以花蕊，以免飞钹耍盘之病。叶取不乱，梗取不强。用针宜藏，针长宁断之，毋令针针露梗；所谓"瓶口宜清"也。视桌之大小，一桌三瓶至七瓶而止，多则眉目不分，即同市井之菊屏矣。几之高低，自三四寸至二尺五六寸而止，必须参差高下互相照应，以气势联络为上。若中高两低，后高前低，成排对列，又犯俗所谓"锦灰堆"矣。或密或疏，或进或出，全在会心者得画意乃可。若盆碗盘洗，用漂青松香榆皮面和油，先熬以稻灰收成胶，以铜片按钉向上，将膏火化粘铜片于盘碗盆洗中。俟冷，将花用铁丝扎把，插于钉上，宜斜偏取势，不可居中，更宜枝疏叶清，不可拥挤；然后加水，用碗沙少许掩铜片，使观者疑丛花生于碗底方妙。若以木本花果插瓶，剪裁之法，（不能色色自觅，倩人攀折者每不合意），必先执在手中，横斜以观其势，反侧以取其态。相定之后，剪去杂技，以疏瘦古怪为佳。再思其梗如何入瓶，或折成曲，插入瓶口，方免背叶侧花之患。若一枝到手，先拘定其梗之直者插瓶中，势必枝乱梗强，花侧叶背，既难取态更无韵致矣。折梗打曲之法，锯其梗之半而嵌以砖石，则直者曲矣。如患梗倒，敲一二钉以管之，即枫叶竹枝，乱草荆棘，均堪入选。或绿竹一竿配以枸杞数粒，几茎细草伴以荆棘两枝，苟位置得宜，另有世外之趣。若新栽花木，不妨歪斜取势，听其叶侧，一年后枝叶自能向上。如树树直栽，即难取势矣。至剪裁盆树，先取根露鸡爪者，左右剪成三节，然后起枝。一枝一节，七枝到顶，或九枝到顶。枝忌对节如肩臂，节忌臃肿如鹤膝。须盘旋出枝，不可光留左右，以避赤胸露背之病。又不可前后直出。有名双起三起者，一根而起两三树也。如根无爪形，便成插树，故不取。然一树剪成，至少得三四十年。余生平仅见吾乡万翁名彩章者，一生剪成数树。又在扬州商家见有虞山游客携送黄杨翠柏各一盆，惜乎明珠暗投。余未见其可也。若留枝盘如宝塔，扎枝曲如蚯蚓者，便成匠气矣。点缀盆中花石，小景可以入画，大景可以入神。一瓯清茗，神能趋入其中，方可供幽斋之玩。种水仙无灵璧石，余尝以炭之有石意者代之。黄芽菜心其白如玉，取大小五七枝，用沙土植长方盆内，以炭代石，黑白分明，颇有意思。以此类推，幽趣无穷，难以枚举。如石菖蒲结子，用冷米汤同嚼喷炭上，置阴湿地，能长细菖蒲；随意移养盆碗中，茸茸可爱。以老莲子磨薄两头，入蛋壳使鸡翼之，俟雏成取出，用久年燕巢泥加天门冬十分之二，捣烂拌匀，植于小器中，灌以河水，晒以朝阳；花发大如酒杯，叶缩如碗口，亭亭可爱。

若夫园亭楼阁，套室回廊，叠石成山，栽花取势，又在大中见小，小中见大，虚中有实，实中有虚，或散或露，或浅或深，不仅在周回曲折四字，又不在地广石多徒烦工费。或掘地堆土成山，间以块石，杂以花草，篱用梅编，墙以藤引，则无山而成山矣。大中见小者，散漫处植易长之竹，编易茂之梅以屏之。小中见大者，窄院之墙宜凹凸其形，饰以绿色，引以藤蔓，嵌大石，凿字作碑记形，推窗如临石壁，便觉峻峭无穷。虚中有实者，或山穷水尽处，一折而豁然开朗，或轩阁设厨处，一开而可通别院。实中有虚者，开门于不通之院，映以竹石，如有实无也；设矮栏于墙头，如上有月台，而实虚也。贫士屋少人多，当仿吾乡太平船后梢之位置，再加转移其间。台级为床，前后借凑，可作三榻，间以板而裱以纸，则前后上下皆越绝。譬之如行长路，即不觉其窄矣。余夫妇乔寓扬州时，曾仿此法，屋仅两椽，上下卧房，厨灶客座皆越绝，而绰然有余。芸曾笑曰，"位置虽精，终非富贵家气象也。"是诚然欤？

余扫墓山中，检有峦纹可观之石。归与芸商曰，"用油灰叠宣州石于白石盆，取色匀也。本山黄石虽古朴，亦用油灰，则黄白相间，凿痕毕露，将奈何？"芸曰，"择石之顽劣者，捣末于灰痕处，乘湿糁之，干或色同也。"

乃如其言，用宜兴窑长方盆叠起一峰，偏于左而凸于右，背作横方纹，如云林石法，嵬岩凹凸，若临江石矶状。虚一角，用河泥种千瓣白萍。石上植茑萝，俗呼云松。经营数日乃成。至深秋，茑萝蔓延满山，如藤萝之悬石壁。花开正红色。白萍亦透水大放。红白相间，神游其中，如登蓬岛。置之檐下与芸品题：此处宜设水阁，此处宜立茅亭，此处宜凿六字曰"落花流水之间"，此可以居，此可以钓，此可以眺，胸中邱壑若将移居者然。一夕，猫奴争食自檐而堕，连盆与架顷刻碎之。余叹曰："即此小经营，尚干造物忌耶！"两人不禁泪落。

静室焚香，闲中雅趣。芸尝以沉速等香，于饭镢蒸透，在垆上设一铜丝架，离火半寸许，徐徐烘之；其香幽韵而无烟。佛手忌醉鼻嗅，嗅则易烂。木瓜忌出汗，汗出，用水洗之。惟香圆无忌。佛手木瓜亦有供法，不能笔宣。每有人将供妥者随手取嗅，随手置之，即不知供法者也。

余闲居，案头瓶花不绝。芸曰，"子之插花能备风晴雨露，可谓精妙入神；而画中有草虫一法，盍仿而效之。"余曰，"虫踯躅不受制，焉能仿效？"芸曰，"有一法，恐作俑罪过耳。"余曰，"试言之。"曰，"虫死色不变。觅螳螂蝉蝶之属，以针刺死，用细丝扣虫项系花草间，整其足，或抱梗，或踏叶，宛然如生，不亦善乎？"余喜，如其法行之，见者无不称绝。求之闺中，今恐未必有此会心者矣。

余与芸寄居锡山华氏，时华夫人以两女从芸识字。乡居院旷，夏日逼人。芸教其家作活花屏，法甚妙。每屏一扇，用木梢二枝约长四五寸，作矮条凳式，虚其中，横四挡，宽一尺许，四角凿圆眼，插竹编方眼。屏约高六七尺，用砂盆种扁豆置屏中，盘延屏上，两人可移动。多编数屏，随意遮拦，恍如绿阴满窗，透风蔽日，纡回曲折，随时可更；故曰活花屏。有此一法，即一切藤本香草随地可用。此真乡居之良法也。

友人鲁半舫名璋，字春山，善写松柏或梅菊，工隶书，兼工铁笔。余寄居其家之萧爽楼，一年有半。楼共五椽，东向，余居其三。晦明风雨，可以远眺。庭中木犀一株，清香撩人。有廊有厢，地极幽静。移居时，有一仆一妪，并挈其小女来。仆能成衣，妪能纺绩，于是芸绣，妪绩，仆则成衣，以供薪水。余素爱客，小酌必行令。芸善不费之烹庖，瓜疏鱼虾一经芸手，便有意外味。同人知余贫，每出杖头钱，作竟日叙。余又好洁，地无纤尘，且无拘束，不嫌放纵。时有杨补凡名昌绪，善人物写真；袁少迁名沛，工山水；王星澜名岩，工花卉翎毛；爱萧爽楼幽雅，皆携画具来，余则从之学画，写草篆，镌图章，加以润笔，交芸备茶酒供客。终日品诗论画而已。更有夏淡安揖山两昆季，并缪山音知白两昆季，及蒋韵香陆橘香周啸霞郭小愚华杏帆张闲酣诸君子，如梁上之燕，自去自来。芸则拔钗沽酒，不动声色，良辰美景，不放轻过。今则天各一方，风流云散，兼之玉碎香埋，不堪回首矣！

杨补凡为余夫妇写载花小影，神情确肖。是夜月色颇佳，兰影上粉墙，别有幽致。星澜醉后兴发曰，"补凡能为君写真，我能为花图影。"余笑曰，"花影能如人影否？"星澜取素纸铺于墙，即就兰影，用墨浓淡图之。日间取视，虽不成画，而花叶萧疏，自有月下之趣。芸甚宝之。各有题咏。

苏城有南园北园二处，菜花黄时，苦无酒家小饮；携盒而往，对花冷饮，殊无意味。或议就近觅饮者，或议看花归饮者，终不如对花热饮为快。众议未定。芸笑曰，"明日但各出杖头钱，我自担炉火来。"众笑曰，"诺。"众去，余问曰，"卿果自往乎？"芸曰，"非也。妾见市中卖馄饨者，其担锅灶无不备，盍雇之而往。妾先烹调端整，到彼处再一下锅。茶酒两便。"余曰，"酒菜固便矣。茶乏烹具。"芸曰，"携一砂罐去，以铁叉串罐柄，去其锅，悬于行灶中，加柴火煎茶，不亦便乎？"余鼓掌称善。街头有鲍姓者，卖馄饨为业，以百钱雇其担，约以明日午后。鲍欣然允议。明日看花者至，余告以故，众咸叹服。饭后同往，并带席垫，至南园，择柳阴下团坐。先烹茗，饮毕，然后暖酒烹肴。是时风和日丽，遍地黄金，青衫红袖，越阡度陌，蝶蜂乱飞，令人不饮自醉。既而酒肴俱熟，坐地大嚼。担者颇不俗，拉与同饮。游人见之莫不羡为奇想。杯盘狼籍，各已陶然，或坐或卧，或歌或啸。红日将颓，余思粥，担者即为买米煮之，果腹而归。芸问曰，"今日之游乐乎？"众曰，"微夫人之力不及此。"大笑而散。

贫士起居服食，以及器皿房舍，宜省俭而雅洁。省俭之法，曰"就事论事"。余爱小饮，不喜多菜。芸为置一梅花盒，用二寸白磁深碟六只，中置一只，外置五只，用灰漆就，其形如梅花。底盖均起凹楞，盖之上有柄如花蒂，置之案头，如一朵墨梅覆桌；启盏视之，如菜装于花瓣中。一盒六色，二三知己可以随意取食。食完再添。另做矮边圆盘一只，以便放杯箸酒壶之类，随处可摆，移掇亦便。即食物省俭之一端也。余之小帽领袜皆芸自做。衣之破者移东补西，必整必洁，色取暗淡以免垢迹，既可出客，又可家常。此又服饰省俭之一端也。初至萧爽楼中嫌其暗，以白纸糊壁，遂亮。夏月楼下去窗，无阑干，觉空洞无遮拦。芸曰，"有旧竹帘在，何不以帘代栏？"余曰，"如何？"芸曰，"用竹数根黝黑色，一竖一横留出走路。截半帘搭在横竹上，垂至地，高与桌齐。中竖短竹四根，用麻线扎定，然后于横竹搭帘处，寻旧黑布条，连横竹裹缝之。既可遮拦饰观，又不费钱。"此就事论事之一法也。以此推之，古人所谓竹头木屑皆有用，良有以也。

夏月荷花初开时，晚含而晓放。芸用小纱囊撮茶叶少许，置花心。明早取出，烹天泉水泡之，香韵尤绝。

## 文选二十六　赤壁怀古〔念奴娇〕

苏　轼

大江东去，浪淘尽千古风流人物。故垒西边，人道是三国周郎赤壁。乱石穿空，惊涛拍岸，卷起千堆雪。江山如画，一时多少豪杰。　遥想公瑾当年，小乔初嫁了，雄姿英发。羽扇纶巾，谈笑间樯橹灰飞烟灭。故国神游，多情应笑我，早生华发。人生如梦，一尊还酹江月。

## 修辞法四　引用〔一〕

作者在表达自己的意见时，把前人的成语、故事摆列在前面或后面，这是我们所常见到的一种修辞方法。例如：

韩文公云："业精于勤而荒于嬉。"凡事皆然，不仅读书；而读书更要勤苦。

哥德少时因失恋而想自杀，幸而他的文机动了，埋头两礼拜著成一部《维特之烦恼》，书成了，他的气也泄了，自杀的念头也打消了。你发愁时并不一定要著书，你就读几篇哀歌，听一幕悲剧，借酒浇愁，也可以大畅胸怀。

殿中故有珍宝甚夥，然早经发掘，靡有遗矣。杜甫诗云："昨日玉鱼蒙葬地，早时金椀出人间"，诵之能弗为之索然！

曹操之众，远来疲敝，闻追豫州，轻骑一日一夜行三百余里。此所谓"强弩之末，势不能穿鲁缟"者也。故兵法忌之，曰"必蹶上将军"。

上面诸例中用·号标出的都是另用成语或故事以帮助作者自己所说的，对于成语则加引号。这种成语或故事的引用，可使文章趣味丰富，并增加读者的信用。从来文章家利用这方式的很多。我们平常在文章中碰到的"孔子曰……""西儒有言曰……""从前某人……"等类，就是这方式的应用。

引用的修辞法，目的在借前人的成语或故事装饰自己的文章，换句话说，就是把前人已经说过的话、做过的事重演一次。"从前某圣人如此说，所以如此""从前某贤人曾如此，所以我们也要如此"，这方式如果漫然滥用，结果只是随人脚跟说话，自己不曾发表甚么意见。这就和写作的本意违背了。引用法使用的时候，有好几个条件：第一，要认清宾主，将自己的意见为主，前人的成语、故事为宾；勿使宾主颠倒，喧宾夺主。第二，引用前人的成语、故事，目的不在夸炫博学，只在帮助自己的所说，使读者更容易理会，更容易信受；所以所用的成语故事须选易解的、周知的，切勿用艰深的、晦僻的。第三，有必要时才使用，这就是说在用了可以增加效力的情境中才使用。

引用法有两种。像前面所举的样子表明成语为某人所说、故事为某人所行的叫明引；还有一种不表明出处、来历的叫隐引。这两者的关系，好比譬喻里的明喻和隐喻。隐引法是把前人的成语或故事当作自己的话来写入文章里，并不特加说明。例如：

　　四十岁以上的人一说到求学,即刻会引起他那囊萤映雪、窗下十年的读书生活,所以他以为书中自有黄金屋,书中自有颜如玉,读书以外无求学,要求学惟有读书。

　　朋友,闲愁最苦! 愁来愁去,人生还是那么样一个人生。

　　将来须买田二百亩。子兄弟二人,各得百亩足矣,亦古者一夫受田百亩之义也。

　　这里面囊萤是车胤的故事,映雪是孙康的故事,"书中自有黄金屋"两句是宋真宗《劝学篇》里的话,"闲愁最苦"是辛弃疾的《念奴娇》词句,"一夫受田百亩"取《孟子·万章》中"耕者之所获一夫百亩"而稍加改易(从来在习惯上引用成语可以略加改易),可是作者都不加说明,当作自己的话用着。可以说是比明引进一步的方式。

　　隐引法也须遵守上面所讲的诸条件。因为不加说明的缘故,选择上对于易解周知这一项标准,尤宜注意。

# 习问 十三

　　1.文选二十六表现那一种情操? 这一首词所表现的为甚么不是喜、怒、哀、乐等等情绪?

　　2.试从读过的文章或诗篇里选出几篇来,说明它们表现的是那一种情操。

　　3.引用法在谈话上亦常用到,试就明引、隐引两法各造一例。

　　4.试从读过的文章中找出几个引用前人故事的例来,不论明引、隐引都可以。

　　5.下面一段文章是用隐引法的,试改成明引法的样式。

　　我辈读书人,入则孝,出则弟,(《论语·学而》,孔子语,亦见《孟子·滕文公》,孟子语)守先待后,(《孟子·滕文公》,原文为"守先王之道以待后之学者")得志泽加于民,不得志修身见于世,(《孟子·尽心》,孟子语)所以又高于农夫一等。

# 第十四课

## 文话十四　记叙与描写

　　记叙文是作者就了现成的事物报告给读者知道，除了报告以外，不用再说甚么。这在前面屡次说过了。但同样是报告，却有详略的不同，生动和呆板的差异。告诉人家说"我遇见了张三，他穿着一身新衣服"，这不能说不是报告，然而简略、呆板极了。在这样告诉人家已经足够了的时候，当然不必多费唇舌，再加说甚么。可是有些时候，这样告诉人家还嫌不够；遇见张三的时候，彼此的神态怎样，张三穿着新衣服，他的仪表怎样，他的一身新衣服，色彩、制作等等又怎样，必须把这些都告诉了人家，才觉得惬意。把这些告诉人家，比较上自然详密得多；而且很生动，可使对手的听者或是读者想见种种的光景，好像当时就站在旁边一样。

　　详密的、生动的报告固然也是记叙，只因要与简略的、呆板的报告有一点分别起见，所以特称为描写。描写只是记叙的精深一步的工夫。描写的对象也是事物，离开了事物就无所谓描写，这是不待细说的。

　　我们不妨把图画作为比喻。通常的记叙文好像用器画。看了用器画，可以知道事物的轮廓和解剖，但并不能引起对于那事物的实感。描写文好像自在画。自在画也注意到事物的轮廓和解剖，但不仅如此，还得加上烘托或者设色等的手法；而且，用笔的疏密也经过作者的斟酌，在有些部分只用简单的几笔，而在另外一些部分又不惮繁复地渲染。看了自在画，不单知道轮廓和解剖而已，还能见到那事物的意趣和神采，这就因为引起了实感的缘故。

描写一语本来是从绘画上来的。写作的人把文字作为彩色，使用着绘画的手法，记叙他所选定的事物，使它逼真，使它传神：这就是写作上的描写。

描写的最粗浅的方式是使用形容词语和副词语。如说"小汗粒"而加上"微细到分辨不清的油一般的"的形容词短语，就把小汗粒的形和性描写出来了；说"赤露的胳膊向下垂着"而加上"软软地"的副词，就把身体困倦的情状描写出来了。此外方式很多，且待以后再说。

现在要说的是即使是最粗浅的方式也靠作者的经验。作者如果不曾观察过小汗粒，不曾体会过汗和油的相似，不曾感觉过有骨有肉的胳膊有时竟会"软软地"，又那里来这形容词短语和副词呢？没有经验写不来文章；仅有微少的经验只能作简略、呆板的记叙；必须有广博的经验才能作详密生动的描写。

# 文选二十七　口技

林嗣环

京中有善口技者。会宾客大宴，于厅事之东北隅，施八尺屏幛。口技人坐屏幛中，一桌，一椅，一扇，一抚尺而已。众宾团坐，少顷，但闻屏幛中抚尺一下，满坐寂然，无敢哗者。

遥闻深巷中犬吠，便有妇人惊觉欠伸，丈夫呓语。既而儿醒，大啼，丈夫亦醒。妇抚儿，儿含乳啼，妇拍而呜之。又一大儿醒，絮絮不止。当是时，妇手拍儿声，口中呜声，儿含乳啼声，大儿初醒声，夫叱大儿声，一时齐发，众妙毕备。满座宾客，无不伸颈，侧目，微笑，默叹，以为妙绝。

未几，夫齁声起，妇拍儿，亦渐拍渐止。微闻有鼠，作作索索，盆器倾侧。妇梦中咳嗽。宾客意少舒，稍稍正坐。忽一人大呼"火起！"夫起大呼，妇亦起大呼。两儿齐哭。俄百千人大呼，百千儿哭，百千犬吠。中间力拉崩倒之声,火爆声,呼呼风声,百千齐作;又夹百千求救声,曳屋许许声,抢夺声,泼水声:凡所应有,无所不有。虽人有百手,手有百指,不能指其一端;人有百口,口有百舌,不能明其一处也。于是无不变色离席,奋袖出臂,两股战战,几欲先走。忽然抚尺一下,众响毕绝。撤屏视之,一人,一桌,一椅,一扇,一抚尺而已。

# 文选二十八　雨前

## 罗黑芷

时节是阴历六月中旬的一日。微细到分辨不清的油一般的小汗粒从肥壮的章君的鼻头和颊上续续渗出,随后竟蔓延到颈际了。他睡在一间胡乱叫做书斋的房中一张藤躺椅上;照那样子看去,可以称为是午后二时光景的夏天的打盹。一只赤露的胳膊旁逸到藤椅的外侧,软软地向下垂着,那一只却弯曲在椅扶手上;两条腿和脚挺直伸出,又开来搁在椅前的地方;那全身颇像一个三岁孩子用秃笔涂成的畸形的"大"字。他朦胧合着眼皮;那歪在椅顶枕上的发毛氄氄的脑袋,有时因为一两匹小蝇在他眼缝或嘴角的湿津津的处所吮咂得厉害,便"唔?"的在梦中发出了向来不曾有仇但为什么定要来烦扰的不得已的抗议,于是只得摆动一下,随即那鼻孔里似乎又有小的鼾声了。

窗外的天空不像是可以教人看了会愉快的天空:说是夏天,总应该是清清朗朗有润凉的西南风吹送着一小片白云过来的,可以起人悠然遐思的天空;可是那在四边地平线上层层叠叠堆上了还要堆上去似的隐藏在树林背后的云,不绝地慢慢向天顶推合,虽不曾响着雷声,人的心里总以为"快响雷了吧?"的这样沈闷暑湿的天气,所以竟使大小的蝇时刻攒围在这个有些汗臭的肉体的身旁,而且一只很大的蚊虫钉在他的屁股旁边;反应的作用使他那条大腿上的肉不时颤动。

什么像鞋匠正用锥子在木砧上敲打鞋底似的连续而又中断的响声,正从那边的厢房里送到这半眠着的人的耳膜上,那震动特别尖锐。模模糊糊的意识使他在心里猜疑:这简直变成鞋匠店了么? 不错,他的妻子恰正在那房里做着鞋匠。十多只尚未完工的大形小形的布鞋底,像干鱼一般横七竖八散乱在桌上凳上和竹榻上。她却仿佛是一个永不会变动的世界里的人,和十年前一模一样的,手里捶打着她自己的和她儿女的鞋底,同时又和她的老得像一座陈朽的留声机似的母亲唧唧哝哝不间歇地作长谈,而且有快乐的笑声时常从她们中间漏了出来。这使藤椅上半睡着的人奇异地感到:他仿佛被人装纳在一个大的满盛着棉花的麻布袋内,同时又仿佛浮在幽远的古昔所吹来的空旷的寂寞里,又伤感,又新鲜,教人很愿意就这样睡着不动地给搬运了去。我们要为他祝祷平安,为这个半睡着的人。

全个身躯动弹了一下,大约是一只苍蝇爬上他的鼻尖了,或者是那钉在屁股旁边的大蚊虫把那长针般的嘴从肉里抽了出来,于是他醒了。

他从椅上抬起身来,坐着,抓起那柄落在椅旁地上的破葵扇,向头面脑部不成仪式地乱扑了几下:"热呵!"便站了起来,慢慢踱离开去,似乎预备了要去寻找那什么地方会挂搭着的冷湿的毛巾来拭干脸上颈上和脑前的汗水和油脂。一颗蚕豆大的红色肉疱在他右股上坟肿起来了,有点麻麻作痒,他用手爪去搔爬。

窗内的空气是湿漉漉的带有浴堂的气味,窗外的天色是那样恹恹地灰白得骇人。在窗角的上方有一个半大的蜘蛛正忙着结网。天边什么地方已经轰轰地响着低的雷声了。

他看着那搁置洗面盆架的上方墙上的挂钟,喤喤的鸣了五下;其实长针正到了十二点,而短针却又停在三点过一分的地方。内面的机械早生了锈蚀的挂钟的报时,原来只能求其如此。做着主人翁的颇能首肯这一种时间的错乱,他走出到阶前了。

一个人也不见。那厢房内敲打鞋底的响声也不知在什么时候早沈寂了。天空还是那样的天空,有厚的薄的云块推动着。在这种境地,一个人每每能瞉瞧着眼前的大小参差的种种物象而寻不出一点意见来。

院中,此刻也如昨日一样,如前日一样,两端各矗立着一株被毛虫吃得快残废了但仍旧纷披地缀着些网膜一般的枯叶的月桂;中间是一个长方形残缺的花坛,蓬蓬杂杂从里面生出些黄瓜的藤蔓,一株幼小的柘树的枝叶,和许多开着小点白花的野草之类的植物;在花坛外面,那做着基础的砖缝里剥落了灰泥而被青苔占领了的阴湿处,挺生着一株二尺来高的凤仙花,因为无风的缘故,那些叶儿一动也不动。

单从这院中的情形看来,进步是没有的,退化也似乎只退到物质那方面的穷。这样的文句或许有点受着时代的叱责的嫌疑吧?然而在这个地方,西方的气味无论如何是没有的了。

他走近一步,现在站在那阶沿的边;觉到头顶上的云块中间仿佛透下一线明亮的光在阶下不远的一洼黑色的污水里忽然倒映着那株凤仙花的鲜明的姿影。那黑色的水底,此时看出,仿佛是无尽穷的弯渺,无尽穷的空阔。一种黝黑而蔚蓝的光穿透了那凤仙花的每片明亮的绿色的叶背,射在每朵掩盖在叶下的淡红色的花瓣上,刹那间变成了莲青色。那花的全体亭亭地倒植在这个璀璨明净的世界里,倘若落下一瓣一叶,必定是会作破碎的琉璃的响声的。谁能彀移到这个世界里去呢?他想:倘若他能彀立刻像一只蜻蜓,展开翼翅,贴近那水面飞旋,他或许可以看见更辽阔更明净的另一个宇宙,而且倘若他能彀像一个浮尘子,一直向那有光的里面撞了进去,他便可以清凉无汗的在那里面的空中翱翔起来,忘记了这个烦杂昏瞀的现世了。

然而那一洼浅水,深不到二寸,无论那样肥壮的人撞不进去;即使是那细小的浮尘子,也只能飘停在水面;纵令翱翔,只在宽广不过尺余的空间罢了。他大概这样想着吧?真的,这样一看着泥浆便会想出莫名其妙的事情来的头脑,一定是有了什么神经上的障碍呵!

沈闷的热的空气沾着在皮肤上,在肥壮的人,是比什么都更不爽快的事。从这檐际仰望去,一大块灰色的云横过来了。试想这屋外,人的视线所能及的树林,山野,屋舍,稻田,必定都扁扁的贴伏在地面上,静听着云端里的低的雷声。忽然几颗很大的雨点飒飒地打在他的额上了。那突然感到凉意而仰望着的脸无端地浮出了些微笑。

# 修辞法五　引用〔二〕

引用法的效用在借了前人的成语、故事作自己的意见的装饰，使读者更相信自己所说的意见合理有据。要说"爱惜光阴"的话，把大禹惜寸阴的故事或者西方谚语"时者金也"一类的成语拉入文章中去；说明来历的叫明引，不说明来历的叫隐引，不论明引或者隐引，所引的故事、成语大概是和作者的意见同性质的东西。这时候，前人的故事、成语就成了作者意见的帮衬。

可是引用法中，有目的不在帮衬作者自己的意见，而在借以增加滑稽诙谐的趣味的。这时候，所引用的以成语为多，引用方式都属于隐引一类。

这种引用法比那以帮衬作者意见为目的的引用法，态度比较不严重，可以说是含有游戏的成分的。对于前人的成语，往往望文生义，故意把原来的意义更变，供自己利用。例如：

这些牛真有些"不知汉魏"，有一回居然挡住了火车。

我们想着现在刚是故国秋高气爽的时候，已经一寒至此，将来还有三四个月的严冬，不知如何过活。

镇日坐在一间方丈把的屋子里头，傍着一个不生不灭的火炉。

芸问曰，"今日之游乐乎？"众曰，"微夫人之力不及此。"大笑而散。

"不知汉魏"出于陶渊明《桃花源记》，原意是说桃花源中人不问世事，现在用来形容牛的悠闲了。"一寒至此"见《史记范雎传》，"寒"作贫寒解，现在直解作寒冷了。"不生不灭"见佛教经典（如《心经》中就有），原是常恒不变的意思，现在解作"不旺盛也不熄灭"了。"今日之游乐乎"是苏轼《赤壁赋》里的成语，现在依样引用。至于"微夫人之力不及此"，原是《左传》里晋文公的话（僖公三十年），"夫"读作"扶"，是一个指示代名词，"夫人"是"这个人"的意思，全句解释起来就是说"没有这个人的力量不能到现在的地步",现在却把"夫"当作"夫妇"的"夫"读,"夫人"二字是对于芸的尊称了。

这类的引用法并无帮衬作者意见的功效,只能使文章或谈话增加诙谐趣味。用的得当,原也有相当的效果,可是在不知道成语来历的读者或听者,是反而有障碍的,因为他不会感到这一种趣味。这是一个大大的难点。这类引用法在我国从前曾大被采用,运用成语算是文章家的本领,那整篇诗文都用成语凑合成功的所谓"集句",可以说是这类引用法的极致。

这类引用法免不掉游戏、滑稽的情味,在需要游戏、滑稽的情味的情境中不妨使用,需要正经、庄重的文章里应该舍弃才是。

# 习问 十四

1.试从读过的文章里摘出若干节来,说明那几节仅是寻常的记叙,那几节却是精妙的描写。

2.下面抄列的例子,为甚么算是精妙的描写?

有古松根生于东,身仆于西,头向于南,穿入石中,裂出石外。石似活,似中空,故能伏匿其中而与之相化;又似畏天不敢上长,大十围,高无二尺也。

红日将坠,一峰以首承之,似吞似捧。

每一个朋友,不管他自己的生活是怎样困苦简单,也要慷慨地分些东西给我,虽然明明知道我不能够给他一点报答。有些朋友,甚至他们的名字我以前还不知道,他们却也关心到我的健康,处处打听我的病况,直到他们看见了我的被日光晒黑了的脸和手膀,他们才放心微笑了。

他那时大概十岁内外罢,多病,瘦得不堪,然而最喜欢风筝,自己买不起,我又不许放,他只得张着小嘴,呆看着空中出神,有时至于小半日。远处的蟹风筝突然落下来了,他惊呼;两个瓦片风筝的缠绕解开了,他高兴得跳跃。

3.就大体说，引用法和那些积极修辞的原则有关系？

4.下列各语句是上海一带现在流行着的说话，是甚么修辞法？

他苦得不亦乐乎。

这事妙不可酱油。

真教人莫名其土地堂。

5.现在文章已用语体，古书并不人人都读，文章中引用前人的成语、故事，效果将怎样？

# 第十五课

## 文话十五　印象

描写事物,目的在逼真与传神,所以最要紧的是捉住印象。甚么叫做印象呢? 这本是心理学上的一个名词,解释也不止一种。最普通的解释,就是从外界事物所受到的感觉形象,深印在我们脑里的。譬如我们第一次遇见一个人,感觉到他状貌、举止上的一些特点,这些特点就是他给我们的印象。又如我们去参加群众聚集的大会,感觉群众的激昂情绪好像海潮一般汹涌,火山一般喷发,那末"仿佛海潮和火山"就是群众大会给我们的印象。我们除非不与外界事物接触;只要接触,印象是不会没有的。不过单只是有还不够;我们如果要告诉人家,非用适当的语言、文字把印象表达出来不可。表达得没有错误,而且不多也不少,才能使人家听了语言、看了文字之后也会得到同样的印象,虽然他们并不曾直接经验那些事物。像这样,就是所谓捉住印象了。

我们看《画家》这一首诗。其中一节有"车外整天的秋雨,靠窗望见许多圆笠"的话。照实际说,应该是望见许多戴着圆笠的农人。但这样说就不足以表现当时的印象了。当时印象最鲜明的是许多圆笠,就说"望见许多圆笠":这才是捉住印象的办法。又如通常纪行之作,往往说前面的树木或者山峰"迎人而来"。照实际说,应该是自己向着树木或者山峰前去。但当时的印象并不觉得自己前去,只觉对象迎来,于是就说它"迎人而来"：这也是捉住印象的办法。从这里可以看出所谓捉住印象就是保留那印象的原样。

印象有简有繁，有含混有明晰。所以，有的时候只须一个名词、一个形容词、一个副词用得适当，就能把印象的原样保留；而有的时候却非用长段巨篇的文字不可。从前人的词句如"红杏枝头春意闹"，"云破月来花弄影"，只须一个"闹"字一个"弄"字，就把作者的印象表达出来，使这两句成为描写景物的佳句。但在长篇小说里，一个人物的描写往往须占几章的甚至全部的篇幅；这因为作者对于他所创造的人物印象极繁富，非从多方面表达，就不足以保留那印象的全体的缘故。

描写事物在能捉住印象。收得印象在于平日多所经验。从经验中收得印象，把印象化为文字，这是作者方面的事。从文字中收得印象，因而增加自己的经验，这是读者方面的事。

# 文选二十九　画家

周作人

可惜我并非画家，
不能将一枝毛笔，
写出许多情景。——
两个赤脚的小儿，
立在溪边滩上，
打架完了，
还同筑烂泥的小堰。
车外整天的秋雨，
靠窗望见许多圆笠，——
男的女的都在水田里，

赶忙着分种碧绿的稻秧。
小胡同口
放着一副菜担，——
满担是青的红的萝卜，
白的菜，紫的茄子；
卖菜的人立着慢慢的叫卖。
初寒的早晨，
马路旁边，靠着沟口，
一个黄衣服蓬头的人，
坐着睡觉，——
屈了身子，几乎叠作两折。
看他背后的曲线，
历历的显出生活的困倦。
这种种平凡的真实印象，
永久鲜明的留在心上；
可惜我并非画家，
不能用这枝毛笔，
将他明白写出。


# 文选三十　绝句四首

## 李　白


### 黄鹤楼送孟浩然之广陵
故人西辞黄鹤楼，烟花三月下扬州。
孤帆远影碧山尽，唯见长江天际流。

### 山中答俗人
问余何意栖碧山，笑而不答心自闲。
桃花流水窅然去，别有天地非人间。

### 早发白帝城

朝辞白帝彩云间，千里江陵一日还。

两岸猿声啼不住，轻舟已过万重山。

### 望天门山

天门中断楚江开，碧水东流直北回。

两岸青山相对出，孤帆一片日边来。

# 文法十　补足格的几种样式〔一〕

补足语可以用名词、代名词来做，也可以用形容词来做，也可以用句来做。（参照第一册文法十一）这里专讲名词（及名词语）、代名词作补足语的情形，名词、代名词作补足语用的特称为补足格。

补足格常在同动词"是""为""曰""如""像""做""成"等字之后，他动词有时也可以带补足格。同动词所以须补足因为它的动作不完全，他动词如果带了目的格意义尚不完全，当然也须补足了。他动词带补足格的时候，仍常联用同动词，把补足格放在同动词之后。例如：

　　这本破书原来是一本小字木版的《第五才子》。

　　江山如画。

　　我在戏台上早已认得李逵是谁了。

　　此处宜设水阁，此处宜立茅亭，此处宜凿六字曰"落花流水之间"。

上面前二例是同动词"是""如"所带的补足格，后二例是他动词"认得""凿"所带的补足格。所补足的部分各不相同。前二例的补足格是补足主格"这本破书""江山"，叫做主格补足语。后二例的补足格是补足目的格"李逵""六字"的，叫做目的格补足语。

前介词"以""将""把"有时用作动作不完全的他动词，位居名词或代名词之上，下面也常带补足语。例如：

　　遂以周瑜程普为左右督，……以鲁肃为赞军校尉。

我们同住的三五个人,就把白鲁威当作一个深山道院。

上帝说,诸水之间要有空气,将水分为上下。

上面三例中"左右督"是对于"周瑜程普"的补足,"赞军校尉"是对于"鲁肃"的补足,"一个深山道院""上下"是对于"白鲁威"和"水"的补足,这些情形和前面他动词所带的补足语一样,所以也是目的格的补足语。

凡是补足语通常在同动词之下,同动词"是""为""曰""如""像""做""成"等可以再带副词。例如:

这真是一年一度的难得的乐事!

将现时募兵制度渐改为征兵制度。

从上面各项归纳起来,含有补足格的完整的句子可得两个排列的定式如下:

主格——同动词——补足格　　　　　　　　　　　(甲式)

主格——他动词——目的格——同动词——补足格(乙式)

甲式的补足格是对于主格的补足语。乙式的补足格是对于目的格的补足语。

# 习问 十五

1."唯见长江天际流"是怎样的印象?"桃花流水窅然去"是怎样的印象? 能把体会到的详细写出来吗?

2.对于《先妣事略》里的母亲、《背影》里的父亲,有一种甚么印象? 试各把见到的说出来。

3.从读过的文章里选出几段印象鲜明的范例来。

4.补足语和补足格有甚么区别?

5.含有补足格的句子,可归纳成甲乙两个定式,试从读过的文章中各找出五个例子来,并把构造成分一一说明。

6.把文选十四逐句辨别,有多少句用补足语的? 其中有多少句是用名词或代名词做补足语的?

# 第十六课

## 文话十六　景物描写

凡是我们所经验的事物,都可以供我们描写。其中尤其重要的是景物和人物:因为景物环绕着我们,常常影响到我们的情思和行动;人物是一切事情的发动者,没有人物也就不会有事情。现在我们说到描写,就把景物和人物两项特别讲述。

看到"景物"两字,往往联想到山明水秀、风景佳胜的所在;又好像这两字所指的纯属自然界方面,人为的一切环境都不在其内。但我们这里并不取这样的狭义。我们把环绕着我们的境界都称为景物,自然的山、水固然是景物,人为的房屋和市街也莫非景物。这当然不专指美丽的、赏心的而言,就是丑恶的、恼人的也包括在内。

描写景物,第一要选定自己的观点。或者是始终固定的,就好比照相家站定在一个地位,向周围的景物拍许多照片;或者是逐渐移动的,就好比照相家步步前进,随时向周围的景物拍几张照片。观点不同,对于景物的方位、物象的形态、光线的明暗等等都有关系。我们如果对着实际的景物动笔,这一些项目只要抬起头来看就可以知道,自然不成问题。但在凭着以往的经验写作的时候,如游历归来以后写作游记,这些项目就不能一看而知;倘若不在记忆中选定自己的观点,往往会弄到方位不明,形态失真,明暗无准;那就离开描写两字很远了。

第二要捉住自己的印象。说得明白一点,就是眼睛怎样看见就怎样写,耳朵怎样听得就怎样写,内心怎样感念就怎样写。"月光如流水一般,静静地泻在一片叶子和花上",把视觉的印象捉住了;"轻轻地推门进去,什么声息也没有",把听觉的印象捉住了;"这一片天地好像是我的;我也像超出了平常的自己,到了另一世界里",把意识界的印象捉住了。因为捉得住印象,能够把自己和景物接触时候的光景表达出来,所以这几句都是很好的描写。反过来想,就可以知道凡不注意自己和景物接触时候的光景,捉不住甚么印象,而只把一些概念写入文章中去,那决不是好的描写。如庸俗的新闻记者记述任何会场的情景,总说"到者数百人,某某某某登台演说,发挥颇为详尽";又如不肯多用一点心思的学生,你叫他描写春景,他提起笔来总是"山明水秀,柳绿桃红"。"到者数百人……"只是新闻记者平时对于会场的概念,"山明水秀……"只是学生平时对于春景的概念,其中并没有当时的印象,所以不能把会场的空气和春景的神态描写出来。

还有一层应该知道,就是描写虽然可以用形容词和副词,但不能专靠着形容词和副词。像"美丽""高大"等形容词,"非常""异样"等副词,如果取供描写之用,效果是很有限的;因为这些词并不具体,你就是用上一串的"美丽"或"非常",人家也无从得到实感。有时候不用一个形容词或副词来描写,只说一句极简单的话,但因为说得具体,却使人家恍如亲历。如不说"寂静"而说"什么声息也没有",就是一个例子。——描写须要具体,不独对于景物,对于其他也如此。

# 文选三十一　黄浦滩

## 子　夜

太阳刚刚下了地平线。软风一阵一阵地吹上人面,怪痒痒的。苏州河的浊水幻成了金绿色,轻轻地,悄悄地,向西流,流。黄浦的夕潮不知怎么的已经涨上了,现在沿这苏州河两岸的各色船只都浮得高高地,舱面比码头还高了约莫半尺。风吹来外滩公园里的音乐,却只有那炒爆豆似的铜鼓声最分明,也最叫人心兴奋。暮霭挟着薄雾笼罩了外白渡桥的高耸的钢架,电车驶过时,这钢架下横空架挂的电车线时时爆发出几朵碧绿的火花。从桥上向东望,可以看见浦东的洋栈像巨大的怪兽,蹲在冥色中,闪着千百只小眼睛似的灯火。向西望,叫人猛一惊的,是高高地装在一所洋房顶上而且异常庞大的"年红"电管广告,射出火一样的赤光和青磷似的绿焰:Light,Heat,Power!

# 文选三十二　荷塘月色

## 朱自清

　　这几天心里颇不宁静。今晚在院子里坐著乘凉,忽然想起日日走过的荷塘,在这满月的光里,总该另有一番样子吧。月亮渐渐地升高了,墙外马路上孩子们的欢笑,已经听不见了;妻在屋里拍著闰儿,迷迷糊糊地哼著眠歌。我悄悄地披了大衫,带上门出去。

　　沿著荷塘,是一条曲折的小煤屑路。这是一条幽僻的路;白天也少人走,夜晚更加寂寞。荷塘四面,长著许多树,蓊蓊郁郁的。路的一旁,是些杨柳,和一些不知道名字的树。没有月光的晚上,这路上阴森森的,有些怕人。今晚却很好,虽然月光也还是淡淡的。

　　路上只我一个人,背著手踱著。这一片天地好像是我的;我也像超出了平常的自己,到了另一世界里。我爱热闹,也爱冷静;爱群居,也爱独处。像今晚上,一个人在这苍茫的月下,什么都可以想,什么都可以不想,便觉是个自由的人。白天里一定要做的事,一定要说的话,现在都可不理。这是独处的妙处;我且受用这无边的荷香月色好了。

　　曲曲折折的荷塘上面,弥望的是田田的叶子。叶子出水很高,像亭亭的舞女的裙。层层的叶子中间,零星地点缀著些白花,有袅娜地开著的,有羞涩地打著朵儿的;正如一粒粒的明珠,又如碧天里的星星,又如刚出浴的美人。微风过处,送来缕缕清香,仿佛远处高楼上渺茫的歌声似的。这时候叶子与花也有一丝的颤动,像闪电般,霎时传过荷塘的那边去了。叶子本是肩并肩密密地挨着,这便宛然有了一道凝碧的波痕。叶子底下是脉脉的流水,遮住了,不能见一些颜色;而叶子却更见风致了。

月光如流水一般,静静地泻在这一片叶子和花上。薄薄的青雾浮起在荷塘里。叶子和花仿佛在牛乳中洗过一样;又像笼着轻纱的梦。虽然是满月,天上却有一层淡淡的云,所以不能朗照;但我以为这恰是到了好处——酣眠固不可少,小睡也别有风味的。月光是隔了树照过来的,高处丛生的灌木,落下参差的斑驳的黑影,峭楞楞如鬼一般;弯弯的杨柳的稀疏的倩影,却又像是画在荷叶上。塘中的月色并不均匀;但光与影有着和谐的旋律,如梵婀玲上奏着的名曲。

荷塘的四面,远远近近,高高低低都是树,而杨柳最多。这些树将一片荷塘重重围住,只在小路一旁,漏着几段空隙,像是特为月光留下的。树色一例是阴阴的,乍看像一团烟雾;但杨柳的丰姿,便在烟雾里也辨得出。树梢上隐隐约约的是一带远山,只有些大意罢了。树缝里也漏着一两点路灯光,没精打彩的,是渴睡人的眼。这时候最热闹的,要数树上的蝉声与水里的蛙声;但热闹是它们的,我什么也没有。

忽然想起采莲的事情来了。采莲是江南的旧俗,似乎很早就有,而六朝时为盛;从诗歌里可以约略知道。采莲的是少年的女子,她们是荡著小船,唱著艳歌去的。采莲人不用说很多,还有看采莲的人。那是一个热闹的季节,也是一个风流的季节。梁元帝《采莲赋》里说得好:

于是妖童媛女,荡舟心许;鹢首徐回,兼传羽杯;棹将移而藻挂,船欲动而萍开。

尔其纤腰束素,迁延顾步;夏始春余,叶嫩花初,恐沾裳而浅笑,畏倾船而敛裾。

可见当时嬉游的光景了。这真是有趣的事,可惜我们现在早已无福消受了。

于是又记起《西洲曲》里的句子:

采莲南塘秋,莲花过人头;低头弄莲子,莲子清如水。

今晚若有采莲人,这儿的莲花也算得"过人头"了;只不见一些流水的影子,是不行的。这令我到底惦著江南了。——这样想著,猛一抬头,不觉已是自己的门前;轻轻地推门进去,什么声息也没有,妻已睡熟好久了。

# 文法十一　补足格的几种样式（二）

前面已把含有补足格的完整的句子立成两个排列式,如下:

（甲）主格——同动词——补足格

（乙）主格——他动词——目的格——同动词——补足格

这是最完整的句式。习惯上还有好几种变则的样子。现在就（甲）（乙）两式来一一分说。

（甲）式的变则有下面几种:

一、省略同动词　这是主格和补足格直接连在一处的形式,只见于文言,语体里似乎是没有的。例如:

我〔为〕一贫贡生。

刘备〔为〕天下枭雄。

况刘豫州〔为〕王室之胄。

孺人讳〔曰〕桂。外曾祖讳〔曰〕明;外祖讳〔曰〕行,〔为〕太学生;母〔为〕何氏。

二、省略同动词,句末加助词也,这也只见于文言,所加的助词普通为"也"字,也有用别的助词的。这种句子,主格和补足格之间有时用"者"字隔开。例如:

我,子瑜友也。

曹公,豺虎也。

此就事论事之一法也。

淑静者,大姊也。

田横,齐之壮士耳。

（乙）式的变则有下面几种:

一、略他动词　这有两种：一是于同格式的数句之中,略去末后一二句的他动词。二是只有单句,亦把他动词略去。例如：

以丛草为林,以虫蚁为兽,以土砾凸者为邱,〔以〕凹者为壑。

街头有鲍姓者,〔以〕卖馄饨为业。

我不幸偶而看了一本外国的讲论儿童的书,才知道游戏是儿童最正当的行为,〔知道〕玩具是儿童的天使。

〔把〕天做棺材盖,〔把〕地做棺材底。

二、略目的格　这是他动词和同动词直接连在一处的句式,如"以为""叫做""认作"等是常见到的。这时目的格常在前面,他动词和同动词之间,不见有目的格,好像被略去的样子。例如：

故垒西边,人道是三国周郎赤壁。

小说书叫做"笑话书"。

我这酒叫做"透瓶香",又唤做"出门倒"。

兰坡临终时,赠余荷瓣素心春兰一盆,……余珍如拱璧。

武七者,山东堂邑人也。……行乞以度日,饮食必先其母,人称曰孝丐。

三、略同动词　这是目的格和补足格直接连在一处的句式。例如：

操虽托名〔为〕汉相,其实汉贼也。

花木种自何年,为寿几何岁,询之主人,主人不知,询之花木,花木不答;谓之〔曰〕忘年交则可,予以知时达务则不可也。

甲乙二人相骂,甲骂乙〔是〕混蛋,乙骂甲〔是〕畜生。

四、略补足格　这只限于疑问句,且只见于文言,句中的同动词往往是"为"字,他动词往往是"以"字。语体中没有这种句式。例如：

恭俭岂可以声音笑貌为〔事〕哉?《孟子·离娄》

季氏将伐颛臾。……孔子曰:"……是社稷之臣也,何以伐为〔事〕?"《论语·季氏》

# 习问 十六

1.试把常见的地方(如家庭、学校、市场、田野、山岭、河流等)的印象写出来。

2.试从文选三十一、三十二里,举出一些具体描写的例子。

3.从文选三十二里找出譬喻、拟人、引用的例子来。

4.补足语和补足格有甚么区别? 主格补足语和目的格补足语有甚么区别?

5.下列各句,都是含有补足格的,试一一辨别,那些是完整的句式,那些是省略了的句式?

采莲是江南的旧俗。

人生如梦。

是时风和日丽,遍地黄金。

其巫,老女子也。

……化学家叫它做弱酸。……它离了水之后,便是炭二养,也称做炭养气或炭酸气。

他说我们法国的文字怎么好,说是天下最美,最明白,最合论理的文字。

……游人见之莫不羡为奇想。

# 第十七课

## 文话十七　人物描写

　　人物描写可分外面、内面两部分来说。外面指表见于外的一切而言，内面指不可见的心理状态而言。

　　外面描写包含着状貌、服装、表情、动作、言语、行为、事业等等的描写。我们在写一篇描写人物的文章的时候，对于这许多项目决不能漫无选择，把所有见到的都写了进去。我们总得拣印象最深的来写。状貌方面的某几点是其人的特点；服装方面的某几点足以表示其人的风度；在某一种情境中，那一些表情和动作、那几句言语正显出其人的品格；在一段或者全部生活中，那一些行为和事业足以代表其人的生平：捉住了这些写出来，就不是和甲和乙都差不多的一个人，而是活泼生动的某一个人了。

　　这些项目不一定要全写，没有甚么可写当然不写，有可写而不很关重要，也就可写可不写。有一些文章单把其人的几句言语记下，或者单把其人的一些表情和动作捉住，也能够描写出一个活泼生动的人来。如果写到的有许多项目，那末错综地写大概比分开来写来得好。如写表情、动作兼写状貌、服装，写行为、事业兼写言语，读者就不觉得是作者在那里描写，只觉得自己正与文中的主人公对面。如果分开来写，说其人的状貌怎样，服装怎样……读者的这种浑成之感就无从引起，自然会清楚地觉得是作者在那里告诉他一些甚么了。

内面描写就是所谓心理描写。心理和表见于外的一切实在是分不开来的：表见于外的一切都根源于内面的心理。他人内面的心理无从知道，我们只能知道自己内面的心理。但我们可以从自身省察，知道内面和外面的关系。根据了这一点，我们看了他人的外面，也就可以推知他的内面。那些用第三人称的文章，描写甲的心理怎样，乙的心理怎样，甲和乙真个把自己的心理告诉过作者吗？并没有的，也不过作者从自身省察，因而推知甲和乙的内面罢了。

人物的心理描写既以作者的自身省察为根据，所以省察工夫欠缺的人难得有很好的心理描写。省察的时候能像生物学者解剖生物一般，把某一种心理过程分析清楚，知道它的因果和关键，然后具体地写出来（描写总须要具体，前面已经说过了）：那一定是水平线以上的心理描写。

心理描写有时候就借用外面描写；换一句说，就是单就文字看，固然是外面描写，但仔细吟味起来，那些外面描写即所以描写其人的心理。如《背影》里的"扑扑衣上的泥土，心里很轻松似的。过一会说，'我走了；到那边来信！'……他走了几步，回过头看见我，说，'进去吧，里边没人。'"就是一个例子。这几句都是外面描写，可是把一位父亲舍不得和儿子分别的心理完全描写出来了。

# 文选三十三　邻

茅　盾

樱花谢后绿叶成阴的时候，有一份人家搬进了我们左边的空屋。

主人是警察，有两个小孩子。大的男孩子总有八九岁了罢，已经会骑小脚踏车。小的是女孩子，也很能走了，但有时还像周岁左右的婴儿似的背在操作的母亲的背上；所以我最初以为他们有三个孩子。

但是右边的房屋却还是空着。常常有人来看，总没人来住。

忽然一天有一个中国学生带着日本老婆搬来了。却不料仅仅三天，便又搬走。

"那边的席子太坏,房东又不肯换……"

我们常常这样议论。

然而到底有人搬来了;扛进了几只原来是装酒瓶的木箱,又梆梆地敲了半夜。第二天,我们就看见一个女人在门前扫地。是个十足的东方式美人呢,多么娴雅幽静!很想看看她的丈夫。在第三天也看到了,却是瘦瘠苍老有一张狭长脸的和尚式的中年男子。

我们觉得这一对儿不配。偶然到我们这里来玩玩的丫君更是很义愤的猜测他们是父女。为的那男人实在可以估计到五十多岁。很能够做女子的父亲。

然而这父亲样的丈夫也不是常在家里住。每天早上,我们这位芳邻扫好了自己门前的一段地——有时也带便替我们扫,就坐在窗前的木板上,惘然望着池里的绿水。也曾经和我们招呼过,可是言语不通,彼此只能笑笑而已。这僻静的门前路便连过路人也几乎没有。在十时左右,卖豆腐的哨子又远远地吹来的时候,我们偶然探头到窗外去望,总见她还是悄悄地坐在那里。

从她的幽媚的眼波,她的常像是微笑的嘴唇,她的娴静的举止,她的多愁善感的表情,我们仿佛了解她的生平,无端替她起了感伤。啊,寂寞!幽闺自怜的寂寞!旧时诗词里所咏东方式的女子寂寞,这不是一个实例么?

偶而那父亲样的丈夫回来了。那也大都是在晚上,不声不响和影子一样。虽然只隔着一层比纸窗好得不多的泥墙,可是我们从没听得我们这芳邻有什么话响。却在一次听得她和警察的大孩子说话,是多么美丽的声音呀!

在我的偏见,日本话算不得好听的语言,但是在这位芳邻口中,却居然也有法国话那样美丽的音调。

以后我们常听得那样音乐似的话响了:卖豆腐的小子,收买旧货的老头儿,每一趟买卖中,我们这位芳邻总要和他们谈上十分钟以至半小时的话。当话声寂静了时,我们偶然望望窗外,照例的看见她又是惘然坐在门前的木板上，手支着下巴，似乎在凝思什么。

寂寞！我们了解她的不可排解的寂寞了！

# 文选三十四　新教师的第一堂课

日本田山花袋〔夏丏尊译〕

在将要上课的时间以前，校长把学生召集到第一教室里，立在讲桌旁介绍新教员给学生：

"这回，新请了这位×先生到学校里来教你们的课。×先生是××地方人，中学校出身。这个很好的先生，大家要好好地听从了学习啊！"

学生们见新先生立在校长旁边微低了头，红着脸，颇有些难以为情的样子。大家只是静听校长的介绍辞。

下一点钟，新先生就在第三教室的教桌前面出现了。教室中很整齐地排坐着十二三岁的高级部学生，正在喊喊喳喳地说着甚么，等先生进来，就一起把眼光移到他的身上，寂然无声了。

新先生走到教桌旁，坐下椅子去，脸孔仍是红红的。他带着一册读本，在桌上俯了头只管把书翻来翻去。

讲台下这里那里地发出微细的说话声。

教室门上的玻璃因尘埃已呈灰色，太阳黄黄地射着，喜雀在门外反覆啭叫，笨重的车声轧轧传来。

贴邻的教室里开始传出女教员的细而且尖的声音。

过了一会，新先生似乎已起了决心，把头抬起了。他那头发蓬松，阔额浓眉的脸孔上，似乎现出着一种努力。

"从第几课起？"

这声音全教室的学生都听见。

"从第几课起？"他反覆着说，"教到什么地方了？"

他这样说时，红色已从脸上褪去了。

回答声这里那里地起来。他依了学生的话把读本的某一页翻开。

这时初上讲台的苦痛好像已大部消去；"反正已非教书不可,除了在这上努力以外更无别法,人家怎样说,怎样想,那里管得许多"：他这样思忖,心里宽松起来了。

"那末,就从此开始吧。"

新先生开始把第六课来读。

学生们听到快速而流畅的声音,比起那个前任老年教师的低微得像蜂叫的毫无活气的读音来,差得很远。可是那声音毕竟太快,学生们的耳朵里有许多来不及留住。学生们不看书,只管看着先生。

"怎样？听得懂吗？"

"请读得慢些。"

许多声音从许多地方起来。第二次读的时候,他注意了慢慢地读。

"怎样？这样读可懂得吗？"他露出了笑容,毫不生疏地说。

"先生！这回懂得了。"

"再比这快些也不要紧。"

学生有的这样说,有的那样说。

"从前的先生读几次？两次？三次？"

"两次。"

"读两次。"

这样的回答声纷纷地起来。

"那末已经可以了。"他因学生天真烂缦的光景引起了兴致："可是,第一次读得太快了,再补读一次吧。请大家好好地听着。"

这次读得更明白,不快也不慢。

他叫会读的学生举手,叫坐在前列的白面可爱的孩子试读。学生有会读的,也有不会读的。他把文章中的难字摘写在黑板上,一步一步地叫学生懂。遇到较难的字,特加圈点,在旁边给加上注音符号。初上讲台的痛苦不知不觉消除得如拭去一样,"只要干,就干得来"：他心中涌起了这样的快感。

时间已到,钟声响了。

# 文法十二　副格的几种样式

　　名词、代名词放在前介词之后合成副词短语的叫做副格。副词短语的性质等于副词,副词不能称格,所谓副格,系指其中的名词、代名词而言。

　　名词、代名词和前介词合成副词短语,用来限制句中的动词、形容词。例如:

　　　　喜雀在门外反覆转叫。

　　　　每天早上,我们这位芳邻扫好了自己门前的一段地——有时也带便替我们扫,就坐在窗前的木板上。

　　　　杨补凡为余夫妇写载花小影。

　　　　苦为河伯娶妇,以故贫。

以上所举各例,是副格的最基本最完整的构成方式。此外还有几种变则的式样。

　　一、略前介词　把副词短语的前介词略去,只用名词或代名词来作副词用。例如:

　　　　海内大乱,将军起兵〔于〕江东,刘豫州收众〔于〕汉南。

　　　　大江〔向〕东去。

　　　　至其时,西门豹往会之〔于〕河上。

　　　　这是一条幽僻的路;〔在〕白天也少人走,〔到〕夜晚更加寂寞。

　　　　〔于〕九月,又败之于岸。〔于〕十月,又逐之于海中。〔于〕明年正月,又逐之于岛。

以上各例,都是省略前介词只剩名词或代名词的。同是省略前介词的副格中,尚有一种特别的句式。例如:

　　　　假所知豪士万金,假县中豪士万金。

　　　　你要给我铜版一双。

这种句子,有特别的条件:(一)动词必为他动词(如“假”“给”)。(二)他动词的目的格(如"万金""铜版一双")之上直加着一个名词或代名词(如"所知豪士""县中豪士""我")。一般文法家称这种句式叫双目的格。其实也只是略前介词的结果。如果分解起来,就可看出它和前介词的关系。

假所知豪士万金。══向所知豪士假万金。══假万金于所知豪士。

你要给我铜版一双。══你要给铜版一双于我。══你要把铜版一双给我。

二、略名词或代名词　这是前介词下面没有名词或代名词,只用一前介词来代作副词的方式。多见于文言,而且所用的前介词也有限制,并非任何前介词都可以的,"以""与""为"等几个字最常见。例如:

担者颇不俗,拉与〔之〕同饮。……余思粥,担者即为〔余〕买米煮之。

是女子不好。烦大巫妪为〔我〕入报河伯。

民可以乐成,不可与〔之〕虑始。

向察众人之议,专欲误将军,不足与〔之〕图大事。

权以〔书〕示臣下,莫不响震失色。


# 习问 十七


1.文选三十三描写那邻家的女子,注重在那一方面?

2.文选三十四描写那新教师,和文选三十三描写那邻家的女子有甚么不同?

3.副词和副格的区别怎样?

4.试就文选三十四列指出副词短语来。

5.试就下列各文句,在适当的地方补入适当的前介词或名词、代名词,使合成完整的副词短语。

第二天,我们就看见一个女人在门前扫地。

操军不利，引次江北。

操军破，必北还。

余游白岳毕，遂浴黄山之汤泉。……夕宿慈光寺。

庑下一生伏案卧，文方成草。公阅毕，即解貂覆生，为掩户。叩之寺僧，则史公可法也。

巫行视人家女好者，云"是当为河伯妇"；……为治新缯绮縠衣。……为治斋宫河上，……为具牛酒、饭食。

# 第十八课

## 文话十八　背景

　　在抒情的、描写人物或事件的文章里，往往把周围的境界，如室内情形、市街情形、郊野情形、自然现象、时令特色等等，或简或繁地描写进去。这些项目统称为背景。这名称是从戏剧方面来的。舞台的后方张着画幅，或是山水，或是门窗，总之和剧情相称；演员在画幅前面演戏，就像背着山水或门窗一样：这就是背景。文章里描写周围的境界，犹如舞台上布置一幅相称的背景；靠着这背景，文章里的主人公（好比演员）的一言一动一颦一笑更见得生动有致。舞台上不能用和剧情不相称的背景，文章里不需要和主人公无关的境界的描写，那都是当然的。

　　那末，怎样才相称才有关呢？回答很简单：凡是具有衬托的作用的就相称就有关，否则就不相称就无关。画家有"烘云托月"的说法。月亮很不容易画，用线条画一个圆圈或是一个半圆，未必能显出月亮的神采来；所以给烘上一些云，在云中间留出一个圆形或是半圆形，比较单用线条钩成的月亮有意味得多了。这一些云对于月亮就具有衬托的作用。

　　描写背景的例子可以举元人马致远的一首《秋思》(天净沙)小令：

　　　　枯藤老树昏鸦，小桥流水人家，古道西风瘦马，夕阳西下，断肠人在天涯。

这里头句句都是背景，只末了一句才说到那个主人公"断肠人"。主人公怎样呢？他并没有甚么施为，作者只用"在天涯"三个字来说述他的情况。可是这许多背景的衬托的作用丰富极了。你想，枯藤老树，昏鸦飞鸣，小桥流水，人家三两，一条荒凉的古道，几阵寒冷的西风，瘦马前行，差不多全没气力，而太阳也疲倦了似地快要落下去了：一个出门人心绪本来就不很好，又在这样的境界之中，其愁烦达到何等程度，自可不言而喻。这和不画月亮而画云，却把月亮衬托了出来，情形恰正相同；可以说是专用背景来衬托的一个极端的例子。

　　上面的例子是背景和被衬托的事物相一致的。在有些文章里，背景和被衬托的事物恰正相反，如满腔烦闷的人独处在欢声笑语里头，饥寒交迫的人倒卧在高楼华厦旁边，这叫做反衬。反衬显示出一种对比，用得适当，效果也是很大的。

# 文选三十五　林黛玉的死

## 红楼梦

　　却说宝玉成家的那一日，黛玉白日已经昏晕过去，却心头口中一丝微气不断，把个李纨和紫鹃哭的死去活来。到了晚间，黛玉却又缓过来了，微微睁开眼，似有要水要汤的光景。此时雪雁已去，只有紫鹃和李纨在旁。紫鹃便端了一盏桂元汤和的梨汁，用小银匙灌了两三匙。黛玉闭着眼，静养了一会子，觉得心里似明似暗的。此时李纨见黛玉略缓，明知是"回光返照"的光景，却料着还有一半天耐头，自己回到稻香村，料理了一回事情。

　　这里黛玉睁开眼一看，只有紫鹃和奶妈并几个小丫头在那里，便一手攥了紫鹃的手，使着劲说道："我是不中用的人了！你伏侍我几年，我原指望咱们两个总在一处！不想我……"说着，又喘了一会子，闭了眼歇着。紫鹃见他攥着不肯松手，自己也不敢挪动；看他的光景，比早半天好些，只当还可以回转；听了这话，又寒了半截。

　　半天，黛玉又说道："妹妹！我这里并没亲人！我的身子是干净的，你好歹叫他们送我回去！……"说到这里，又闭了眼不言语了；那手却渐渐紧了，喘成一处，只是出气大，入气小，已经促疾的很了。紫鹃慌了，连忙叫人请李纨，可巧探春来了。紫鹃见了，忙悄悄的说道："三姑娘！瞧瞧林姑娘罢！"说着，泪如雨下。探春过来，摸了摸黛玉的手，已经凉了；连目光也都散了。

探春紫鹃正哭着，叫人端水来给黛玉擦洗。李纨赶忙进来了。三个人才见了，不及说话。

刚擦着，猛听黛玉直声叫道："宝玉！宝玉！你好！……"说到"好"字，便浑身冷汗，不作声了。紫鹃等急忙扶住，那汗愈出，身子便渐渐的冷了。探春李纨叫人乱着拢头穿衣，只见黛玉两眼一翻。呜呼！

香魂一缕随风散，愁绪三更入梦遥。

当时黛玉气绝，正是宝玉娶宝钗的这个时辰，紫鹃等都大哭起来。李纨探春想他素日的可疼，今日更加可怜，便也伤心痛哭。因潇湘馆离新房子甚远，所以那边并没听见。

一时，大家痛哭了一阵，只听得远远一阵音乐之声；侧耳一听，却又没有了。探春李纨走出院外再听时，惟有竹梢风动，月影移墙，好不凄凉冷淡。

# 文选三十六　词四首

## 李　煜

### 虞美人

春花秋月何时了？往事知多少？小楼昨夜又东风；故国不堪回首月明中。　雕栏玉砌应犹在；只是朱颜改。问君能有几多愁？恰似一江春水向东流。

### 浪淘沙

帘外雨潺潺，春意阑珊，罗衾不耐五更寒。梦里不知身是客，一晌贪欢。　独自莫凭栏，无限江山！别时容易见时难。

流水落花春去也,天上人间!

### 清平乐

别来春半,触目愁肠断。砌下落梅如雪乱;拂了一身还满。
雁来音信无凭;路遥归梦难成。离恨恰如春草,更行更远还生。

### 相见欢

无言独上西楼,月如钩;寂寞梧桐深院锁清秋。　剪不断,
理还乱,是离愁。别是一般滋味在心头。

# 修辞法六　设问

我们说话的时候,遇有疑问,就用疑问句来表达,这是很寻常的。可
是,有时说话者自己并无疑问,故意用疑问句来表达的情形也未尝没有。
例如:

"从第几课起?"他反覆着说,"教到什么地方了?"

什么叫旧生活?是枯燥的,是退化的。什么叫新生活?是丰富
的,是进步的。

上面二例之中,第一例是真实的疑问,因为说话的人对于所问的事情真
个不知道,所以要请对手来回答。第二例是虚设的疑问,说话的人明明
有答案在自己心里,故意先发一疑问,然后自己再来解答。

这种故意虚设的疑问,修辞学上叫做设问,是说话、写作上常用到的
一种修辞方式。因了性质,可分为两种。

一、附解答的　这是自己发问,立刻自己把解答说出在后面的方式。
如上面的第二例就是,再举几个例如下:

你知道中国最有名的人是谁?提起此人,人人皆晓,处处闻名,
他姓差,名不多,是各省各县各村人氏。

问君能有几多愁?恰似一江春水向东流。

工作乏了他也?——不是,瘟疫染了他也?——不是,掘地底
机器,居然也妒嫉他来,把勇猛的五十榨成了肉酱。

这种设问法,目的在引起对手的注意。自己要对人说一件事理,恐怕对手不加注意,故意提出一疑问,使对手也发生疑问,然后把自己本来要说的事理,当作对于这疑问的解答而提出;这时候对手已因了最初所提出的疑问,心理上造成了想得到解答的准备,对于后来所提出的事理,就容易感受。这种设问法的价值就在此。

二、不附解答的 这是只提出疑问,让对手自己去寻求解答的说法。例如:

> 春花秋月何时了?往事知多少?
>
> 将军迎操,欲安所归乎?
>
> 况操自送死,而可迎之邪?
>
> 余曰,"酒菜固便矣。茶乏烹具。"芸曰,"携一砂罐去,以铁叉串罐柄,去其锅,悬于行灶中,加柴火煎茶,不亦便乎?"
>
> 一别二年多了,康桥,谁知我这思乡的隐忧?

这些例里虽不附解答,可是解答就在反面,容易看出。"春花秋月何时了?"等于说"春花秋月无时了"。"不亦便乎?"等于说"亦便"。肯定的话用否定的形式来说,否定的话用肯定的形式来说,是这种设问法的一个特点。

这种设问法的价值,在避去说话者独断的嫌疑,给对手以判断的自由。说话者意旨怎样原是已经决定了的,故意不明白直说,假装着疑问的口吻,让对手自己踏入豫先设定的意旨范围里去,结果反会较直说有力。

以上两种设问法,各有它的价值,在适当的情境中可以发生效力,但不可滥用。第一法须用在有引起对手的注意的必要的时候,漫然地多用"为什么呢?""何以故?"徒使说话或文章平凡冗长,致令对手厌倦。第二法在应当明白表出意旨时就不适用。

# 习问 十八

1. 文选三十五里,那些是写背景的部分?其中有属于反衬的吗?

2. 文选三十六词四首,都把情和境融合在一起。读过之后,试把所感到的说出来。

3.两种设问法各和那些积极修辞的原则有关系？试分别说明。

4.试把下列各文句改为普通的直说体。

如果一心向上，有何事业不能做成？

以一乞人而教化及三州县，……非所谓奇节瑰行，得于天者独厚欤？

带一卷书，走十里路，选一块清静地，看天，听鸟，……你能想像更适情更适性的消遣吗？

战争竟使一个和蔼的人变成一只野蛮的猩猩，战争是不可呕的吗？

5.下列各文中，含有第一种的设问。试把疑问句删去，改成普通直说的文章，再两相比较，看原来的设问曾有甚么效果？

什么是工作？为什么要工作？工作的定义就是："以自己的劳力作成有益于人的事业。"

今肃可迎操耳，如将军不可也。何以言之？今肃迎操，操当以肃还付乡党，品其名位，……累官故不失州郡也。将军迎操，欲安所归乎？

# 国文百八课

## 第三册

夏丏尊、叶绍钧合编,《国文百八课》(第三册),
开明书店,民国廿五年八月初版

# 目　录

# 第一课

## 文话一　记叙文与小说

　　一篇小说里至少叙述一件事情；长篇小说往往叙述到许多件事情，这许多件事情好像经和纬，交织起来，成为一匹花纹匀美的织物。小说里又必然有记述的部分：对于一个人的状貌或神态，一处地方的位置或光景，以及一花一草，一器一物，在需要的时候，都得或简或繁地记述进去。这样说起来，小说不就是记叙文吗？

　　不错，小说就是记叙文。凡是关于记叙文的各种法则，在小说方面都适用，但是小说究竟和记叙文有分别。

　　作记叙文，必然先有可记可叙的事物；换一句说，就是事物的存在或发生在先，而后作者提起笔来，给它作忠实的记录。看见了一只小小的核舟，觉得雕刻的技术精妙极了，才写一篇《核舟记》；经历了"五四"学生运动，觉得这事件大有历史价值，才写一篇《五四事件》。作小说却不然。引动小说家的写作欲望的并不是早已存在、业经发生的某事物，而是他从许多事物中看出来的、和一般人生有重大关系的一点意义。他不愿意把这一点意义写成一篇论文；他要把它含蓄在记叙文的形式里头，让读者自己去辨知它。这当儿，现成的事物往往不很适用，不是只能含蓄一些，就是无谓的部分太多了。于是小说家不免创造一些事物出来，使它充分地含蓄着他所看出来的一点意义，而且绝对没有多余的无谓的部分。这样写下来的当然也是记叙文;可是,在本质上,以作者所看出来的一点意义为主,在手法上,又并非对某事物据实记录,所以特别给它一个名称,叫做小说。

据实记录的记叙文以记叙为目的,只要把现成事物告诉人家,没有错误,没有遗漏,就完事了。出于创造的小说却以表出作者所看出来的一点意义为目的,而记叙只是它的手段。这是记叙文和小说的分别。

报纸、杂志所刊登的记载,历史、地理等书所容纳的文字,以及个人的一封写给别人报告近况的书信,一篇写述细物、琐事的偶记,这些都认定现成事物做对象,所以都是记叙文。试看那篇《最后一课》,中间有一个想要逃学的学生,有一个教授语文的教师,又有其他许多人,所叙的是上语文课的一回事,这固然不能说没有固定的事物做对象。但这些事物都是凭作者的意象创造出来的,他创造出这些来,为的是要表达他对于战败割地的感念:一切事物都集中于这一点,绝不加添一些无用的事物。就为这样,所以《最后一课》是一篇小说。

## 文选一 卖汽水的人

### 周作人

我的间壁有一个卖汽水的人。在般若堂院子里左边的一角,有两间房屋,一间作为我的厨房,里边的一间便是那卖汽水的人住着。

一到夏天,来游西山的人很多,汽水的生意很好,从汽水厂用一块钱一打去贩来,很贵的卖给客人;倘若有点认识,或是善于还价的人,一瓶两角钱也就够了,否则要卖三四角不等。礼拜日游客多的时候,可以卖到十五六元,一天里差不多有十元的利益。这个卖汽水的掌柜本来是一个开着煤铺的泥水匠,有一天到寺里来作工,忽然想到在这里来卖汽水,生意一定不错,于是开张起来。自己因为店务及工作很忙碌,所以用了一个伙计替他看守,他不过偶然过来巡阅一回罢了。

伙计本是没有工钱的,火食和必要的零用由掌拒供给。

我到此地来了以后，伙计也换了好几个了，近来在这里的是一个姓秦的二十岁上下的少年，体格很好，微黑的圆脸，略略觉得有点狡狯，但也有天真烂漫的地方。

卖汽水的地方是在塔下，普通称作塔院。寺的后边的广场当中，筑起一座几十丈高的方台，上面又竖着五枝石塔，所谓塔院便是这高台的上边。从我的住房到塔院底下，也须走过五六十级的台阶，但是分作四五段，所以还可以上去；至于塔院的台阶总有二百多级，而且很峻急，看了也要目眩，心想这一定是不行罢，没有一回想到要上去过。

塔院下面有许多大树，很是凉快，时常同了丰一到那里看石碑，随便散步。

有一天，正在碑亭外走着，秦也从底下上来了，一只长圆形的柳条篮套在左腕上，右手拿着一串连着枝叶的樱桃似的果实。见了丰一，他突然伸出那只手，大声说道，"这个送你。"丰一跳着走去，也大声问道，

"这是什么？"

"郁李。"

"那里拿来的？"

"你不用管。你拿去好了。"他说着，在狡狯似的脸上现出亲和的微笑，将果实交给丰一了。他嘴里动着，好像正吃着这果实。我们拣了一颗红的吃了，有李子的气味，却是很酸。丰一还想问他什么话，秦已经跳到台阶底下，说着"一，二，三"，便两三级当作一步，走了上去，不久就进了塔院第一个的石的穷门，随即不见了。

这已经是半月以前的事情了。丰一因为学校将要开学，也回到家里去了。

昨天的上午，掌柜的侄子飘然的来了。他突然对秦说，要收店了，叫他明天早上回去。这事情太鹘突，大家都觉得奇怪，后来仔细一打听，才知道因为掌柜知道了秦的作弊，派他的侄子来查办的。三四角钱卖掉的汽水，都登了两角的帐，余下的都没收了，存放在一个和尚那里。这件事情不知道有谁用了电话告诉了掌柜了。侄子来了之后，不知道又在那里打听了许多话，说秦买怎样的好东西吃，半月里吸了几盒的香烟。于是

证据确凿,终于决定把他赶走了。

秦自然不愿意出去,非常的颓唐,说了许多辩解,但是没有效。到了今天早上,平常起的很早的秦还是睡着,侄子把他叫醒,他说是头痛,不肯起来。然而这也是无益的了,不到三十分钟的工夫,秦悄然的出了般若堂去了。

我正在有那大的黑铜的弥勒菩萨坐着的门外散步。秦从我的前面走过,肩上搭着被囊,一边的手里提了盛着一点点的日用品的那一只柳条篮。从对面来的一个寺里的佃户见了他问道,

"那里去呢?"

"回北京去!"他用了高兴的声音回答,故意的想隐藏过他的忧郁的心情。

我觉得非常的寂寥。那时在塔院下所见的浮着亲和的微笑的狡狯似的面貌不觉又清清楚楚的再现在我的心眼的前面了。我立住了,暂时望着他彳亍的走下那长的石阶去的寂寞的后影。

# 文选二　孔乙己

### 鲁　迅

鲁镇的酒店的格局,是和别处不同的:都是当街一个曲尺形的大柜台,柜里面预备着热水,可以随时温酒。做工的人,傍午傍晚散了工,每每花四文铜钱,买一碗酒,——这是二十多年前的事,现在每碗要涨到十文,——靠柜外站着,热热的喝了休息;倘肯多花一文,便可以买一碟盐煮笋,或者茴香豆,做下酒物了。如果出了十几文,那就能买一样荤菜;但这些顾客,多是短衣帮,大抵没有这样阔绰。只有穿长衫的,才踱进店面隔壁的房子里,要酒要菜,慢慢地坐喝。

我从十二岁起,便在镇口的咸亨酒店里当伙计,掌柜说,样子太傻,怕侍候不了长衫主顾,就在外面做点事罢。外面的短衣主顾,虽然容易说话,但唠唠叨叨缠夹不清的也很不少。他们往往要亲眼看着黄酒从坛

子里舀出，看过壶子底里有水没有，又亲看将壶子放在热水里，然后放心：在这严重监督下，羼水也很为难。所以过了几天，掌柜又说我干不了这事。幸亏荐头的情面大，辞退不得，便改为专管温酒的一种无聊职务了。

我从此便整天的站在柜台里，专管我的职务。虽然没有什么失职，但总觉得有些单调，有些无聊。掌柜是一副凶脸孔，主顾也没有好声气，教人活泼不得；只有孔乙己到店，才可以笑几声，所以至今还记得。

孔乙己是站着喝酒而穿长衫的唯一的人。他身材很高大；青白脸色，皱纹间时常夹些伤痕；一部乱蓬蓬的花白的胡子。穿的虽然是长衫，可是又脏又破，似乎十多年没有补，也没有洗。他对人说话，总是满口之乎者也，叫人半懂不懂的。因为他姓孔，别人便从描红纸上的"上大人孔乙己"这半懂不懂的话里，替他取下一个绰号，叫作孔乙己。孔乙己一到店，所有喝酒的人便都看着他笑，有的叫他，"孔乙己，你脸上又添上新伤疤了！"他不回答，对柜里说，"温两碗酒，要一碟茴香豆。"便排出九文大钱。他们又故意的高声嚷道，"你一定又偷了人家的东西了！"孔乙己睁大眼睛说，"你怎么这样凭空污人清白……""什么清白，我前天亲眼见你偷了何家的书，吊着打。"孔乙己便涨红了脸，额上的青筋条条绽出，争辩道，"窃书不能算偷……窃书！读书人的事，能算偷么！"接连便是难懂的话，什么"君子固穷"，什么"者乎"之类，引得众人都哄笑起来：店内外充满了快活的空气。

听人家背地里谈论，孔乙己原来也读过书，但终于没有进学，又不会营生；于是愈过愈穷，弄到将要讨饭了。幸而写得一笔好字，便替人家钞钞书，换一碗饭吃。可惜他又有一样坏脾气，便是好喝懒做。坐不到几天，便连人和书籍、纸张、笔、砚，一齐失踪。如是几次，叫他钞书的人也没有了。孔乙己没有法，便免不了偶然做些偷窃的事。但他在我们店里，品行却比别人都好，就是从不拖欠；虽然间或没有现钱，暂时记在粉板上，但不出一月，定然还清，从粉板上拭去了孔乙己的名字。

孔乙己喝过半碗酒，涨红的脸色渐渐复了原，旁人便又问道，"孔乙己，你当真认识字么？"孔乙己看着问他的人，显出不屑置辩的神气。他们便接着说道,"你怎的连半个秀才也捞不到呢?"孔乙己立刻显出颓唐不安模样,脸上笼上了一层灰色,嘴里说些话;这回可是全是之乎者也之类,一些不懂了。在这时候,众人也都哄笑起来:店内外充满了快活的空气。

在这些时候,我可以附和着笑,掌柜是决不责备的。而且掌柜见了孔乙己,也每每这样问他,引人发笑。孔乙己自己知道不能和他们谈天,便只好向孩子说话。有一回对我说道,"你读过书么?"我略略点一点头。他说,"读过书,……我便考你一考。茴香豆的茴字,怎样写的?"我想,讨饭一样的人,也配考我么? 便回过脸去,不再理会。孔乙己等了许久,很恳切的说道,"不能写罢? ……我教给你,记着! 这些字应该记着,将来做掌柜的时候,写帐要用。"我暗想我和掌柜的等级还很远呢,而且我们掌柜也从不将茴香豆上帐;又好笑,又不耐烦,懒懒的答他道,"谁要你教,不是草头底下一个来回的回字么?"孔乙己显出极高兴的样子,将两个指头的长指甲敲着柜台,点头说,"对呀对呀! ……回字有四样写法,你知道么?"我愈不耐烦了,努着嘴走远。孔乙己刚用指甲蘸了酒,想在柜上写字,见我毫不热心,便又叹一口气,显出极惋惜的样子。

有几回,邻居孩子听得笑声,也赶热闹,围住了孔乙己。他便给他们茴香豆吃,一人一颗。孩子吃完豆,仍然不散,眼睛都望着碟子。孔乙己着了慌,伸开五指将碟子罩住,弯腰下去说道,"不多了,我已经不多了。"直起身又看一看豆,自己摇头说,"不多不多! 多乎哉? 不多也。"于是这一群孩子都在笑声里走散了。

孔乙己是这样的使人快活,可是没有他,别人也便这么过。

有一天,大约是中秋前的两三天,掌柜正在慢慢的结帐,取下粉板,忽然说,"孔乙己长久没有来了。还欠十九个钱呢!"我才也觉得他的确长久没有来了。一个喝酒的人说道,"他怎么会来? ……他打折了腿了。"掌柜说,"哦!""他总仍旧是偷。这一回,是自己发昏,竟偷到丁举人家里去了。他家的东西,偷得的么?""后来怎么样?""怎么样? 先写服辩,后来是打,打了大半夜,再打折了腿。""后来呢?""后来打折了腿。""打折了怎样呢?""怎样? ……谁晓得? 许是死了。"掌柜也不再问,仍然慢慢地算他的帐。

中秋过后,秋风是一天凉比一天,看看将近初冬;我整天的靠着火,也须穿上棉袄了。一天的下半天,没有一个顾客,我正合了眼坐着。忽然间听得一个声音,"温一碗酒。"这声音虽然极低,却很耳熟。看时又全没有人,站起来向外一望,那孔乙己便在柜台下对了门槛坐着。他脸上黑而且瘦,已经不成样子;穿一件破夹袄,盘着两腿,下面垫一个蒲包,用草绳在肩上挂住;见了我,又说道,"温一碗酒。"掌柜也伸出头去,一面说,"孔乙己么?你还欠十九个钱呢!"孔乙己很颓唐的仰面答道,"这……下回还清罢。这一回是现钱,酒要好。"掌柜仍然同平常一样,笑着对他说,"孔乙己,你又偷了东西了!"但他这回却不十分分辩,单说了一句"不要取笑!""取笑?要是不偷,怎么会打断腿?"孔乙己低声说道,"跌断,跌,跌……"他的眼色,很像恳求掌柜,不要再提。此时已经聚集了几个人,便和掌柜都笑了。我温了酒,端出去,放在门槛上。他从破衣袋里摸出四文大钱,放在我手里,见他满手是泥,原来他便用这手走来的。不一会,他喝完酒,便又在旁人的笑声中,坐着用这手慢慢走去了。

自此以后,又长久没有看见孔乙己。到了年关,掌柜取下粉板说,"孔乙己还欠十九个钱呢!"到第二年的端午,又说"孔乙己还欠十九个钱呢!"到中秋可是没有说,再到年关也没有看见他。

我到现在终于没有见——大约孔乙己的确死了。


## 文法一　动词的种类


我们在前面已知道动词有好几种:

一、自动词　这是动作的影响不及到别的事物,可以单独来做句子的述语的。例如:

掌柜的侄子飘然的来了。

秦从我的前面走过。

大约孔乙己的确死了。

二、他动词 这是动作的影响及到别的事物,要带了被动词(或目的格)才可做句子的述语的。例如:

　　你当真认识字么?

　　他从破衣袋里摸出四文大钱。

　　再到年关也没有看见他。

三、同动词 这是本身并无动作的意味,在句子里担任着动词的职务的,做述语时下面须带补足语(名词、名词语、形容词或形容词短语)。例如:

　　这是二十多年前的事。

　　在这严重监督之下,羼水也很为难。

　　窃书不能算偷。

　　鲁镇的酒店的格局,是和别处不同的。

上面这三种动词,是依它在句子里的用法来分别的。一个词是否是动词,一个动词属于那一类,要看它在句子里的情形才能决定,离开了句子,单就词的本身说,就无法决定了。例如:

　　温一碗酒。(温是动词)

　　冬天喝温酒。(温不是动词)

　　杯里的酒还有些温。(温不是动词)

　　此时已经聚集了几个人,便和掌柜都笑了。(笑是自动词)

　　笑了。(笑是自动词)

　　你别笑他傻。(笑是他动词)

　　别人……替他取下一个绰号,叫作孔乙己。(作是同动词)

　　后来仔细一打听,才知道因为掌柜知道了秦的作弊,派他的侄子来查办的。(作不是同动词)

动词的作用有完全的和不完全的两种,就普通的情形说,自动词和他动词不必带补足语是完全的,同动词要带补足语是不完全的。可是因为一个动词属于何种性质要看在句中的用法,这完全和不完全的区别也难以单独规定了。例如:

　　秦自然不愿意出去,非常的颓唐,说了许多辩解。(说是完全动词)

侄子把他叫醒,他说是头痛。(说是不完全动词)

# 习问 一

1.文选一和文选二,那一篇像记叙文,那一篇像小说? 为甚么?

2.文选二的作者所想写的是那一点?

3.动词的种类有几? 对于一个动词,要辨别它的性质,该用甚么方法?

4.何谓完全动词? 何谓不完全动词?

5.试就文选二第一段一一摘出动词来,说明属何种类,遇他动词,说出它的被动词来,遇不完全动词,说出它的补足语来。

# 第二课

## 文话二　小说的真实性

　　小说的故事和人物都由作者创造出来,当然并不实有其事、实有其人。但小说自有它的真实性。如果用一个比喻来说,就很可以明白。一个画家创作一幅"母与子"的图画,图中的母亲不定是姓张姓李的妇人,那孩子也不是某人家的阿大或是阿二;但两个人体的形态都合乎法则,而目的结构,躯干的姿势,乃至一个指头、一缕头发那么微细的地方都很准确:这就是一种真实。再从全幅说,那母亲抚爱孩子的神情,那孩子依恋母亲的神情,都觉得普遍于人间,几乎给一切母子写照:这又是一种真实。小说就同这样的一幅图画相仿。小说写人物的状貌言动,也得妙肖逼真,使读者如见其人,如闻其声,仿佛和活动的人物对面一样。小说中用来表示作者所见到的一点意义的故事又得入情入理,从世事的因果关系上看,从人生的心理基础上看,都可以有这样的故事,而且那故事确可以作这样的发展;如果真有其人其事,大致也相差不远。所以小说只不过不是对于某人某事的记录而已;从它对于人生和社会的表现和描摹看来,那是真实的,而且比较对于某人某事的记录还要真实,因为它的材料不限于某人某事,可以容纳更多的真情真理的缘故。

　　一篇小说用历史上的人物作主人公或者用历史上的故事作题材,是常常看到的。这当然不能够照抄历史。历史既已有在那里,何必多此一举,再去照抄一遍呢? 必须作者对于其人其事自有所见到,创造出一个故事来又能不违背情理,使读者觉得其人其事虽并不曾如此而未尝不可以如此,这篇小说才有提起笔来写的价值。这时候,作者已经把捉到小说的真实性了。其他种类的小说都是这样。即使是"鸟言兽语"的童话(童话是儿童的小说),在有一些人看来最是荒诞不经的了,但只要应合动物的生活和性情,也就是具有真实性的东西。

一般人遇见了一件新奇可喜的事情,往往说:"这倒是可以用来作小说的。"从这一句话,就知道他们不明白小说的产生的过程,也不明白小说和记叙文的分别。还有,读过了一篇小说,往往问:"这里所说的故事是真实的吗?"从这一句话,就知道他们不明白小说自有它的真实性,所以只想探知这个故事是否真个发生过。

我们应该记着:小说是由作者创造出来的,决非依据事实写述的记叙文;可是小说是真实的,这真实系指对于人生和社会的表现和描摹而言。

# 文选三　赤着的脚

叶绍钧

中山先生站在台上,闪着沈毅的光的眼睛直望前面;虽然是六十将近的年纪,躯干还是柱石般挺立着。他的夫人,宋庆龄女士,站在他的侧边,一身飘逸的纱衣恰称她秀美的姿态,视线也注着前面,严肃而带激动,像面对着神圣。

前面广场差不多已挤满了人。望去,窠里的蜂一般一刻不停蠕动着的是人头,大部分戴着草帽,其余的光着让太阳直晒,沾湿了的头发乌油油发亮。场的四围是些浓绿的树,枝叶一动不动,仿佛特意要严饰这会场。

这是举行第一次广东全省农民大会的一天。会众从广东的各县跑来,经历许多许多的路。他们手里提着篮子或坛子,盛放那些随身需用的简陋的器物。他们的衫裤旧而且脏;原来是白色的,几乎无从辨认,黑色的,则反射着油腻的光。聚集这样的许多人在一起开会,似乎异常新鲜,又异常奇怪。

但他们脸上表现的却是异常热烈虔诚的神情。广东型的凹落的眼凝望着台上的中山先生,相他的开阔的前额,相他的浓厚的眉毛,相他的渐近苍白的髭须;同时恍惚觉着中山先生渐渐凑近他们来,几乎鼻子帖着鼻子。他们的颧颊浮现比笑深得多的表情,厚厚的嘴唇忘形地微开着。

他们有些与同伴招呼,说话,指点。因为人多,声音自然不小。但显然不含浮扬的意味,可以见他们心的沈着。

人还是续续地来。头颅铺成的平面几乎全没罅隙,却不如先前那样蠕动得利害了。

仿佛证实了理想一样,一种欣慰的感觉浮上中山先生心头,他不自觉地合了合眼。

这会儿他的视线向下斜注。看到的是站在前头的农民的脚:赤着,染着昨天午后雨中沾上的泥,静脉管蚯蚓般蟠曲着,脚底胶黏似地帖着在地面上。

如遇见奇迹,如第一次看见那些赤着的脚,他一霎间入于沈思了。虽说一霎间的沈思,却回溯到数十年之前:——

他想到自己的多山的乡间,山路很不易走,但自己在十五岁以前,就像现在站在前面的那些人一样,总赤着脚。他想到那时候家族的运命也同现在站在前面的那些人仿佛,全靠一双手糊口,因为米价贵,吃不起饭,只得吃山芋。他想到就从这一点,自己开始抱着革命思想:中国的农民不应该再这样困顿下去,中国的孩子必得有鞋子穿,有米饭吃。他想到关于社会,关于经济,自己不倦地考察,不倦地研究;从这里知道革命的事业农民应来参加,而革命的结果农民生活当得改善。他想到为了这意思撰文,演说,搜书,访人,不觉延续了三四十年了。

而眼前,他想,满场站着的正是比三四十年前更困顿的农民,他们身上,有形无形的压迫胜过他们的前一代。但是,他们今天赴会来了,向革命的旗帜下聚集来了。这是中国的一股新的力量，革命前途的——

这些想念差不多同时涌起的。他重又看那些赤着的脚，一缕感动的酸楚意味从胸膈向上直透，闪着沈毅的光的眼睛便潮润了；心头燃烧着亲一亲那些赤着的脚的热望。

他回头看他的夫人，她正举起她的手帕。

# 文选四　项链

## 法国莫泊桑〔常惠译〕

这是些美丽可爱的姑娘们中的一个，好像是运命的舛错，生在一个员司的家里。她没有妆奁，也没有别的希望，又没有一个法子让一个体面而且有钱的人结识，了解，爱惜，聘娶；她只得嫁了一个教育部的小书记。

她是朴素不能打扮，但是可怜如同一个破落户似的；因为妇女们本没有门第和种族的分别，她们的美貌，她们的丰姿和她们的妖冶就是她们的出身和家世。她们的天生的聪颖，她们高雅的本能，她们性情的和蔼，乃是她们唯一的资格，可以使平凡的女子与华贵的夫人平等。

她觉得生来就是为过一切的雅致和奢华的生活，因此不住的痛苦。她痛恨住所的贫寒，墙壁的萧索，坐位的破烂，幔帐的简陋。这些东西，在别的同她一样等级的妇人一点看不出，使她忧愁和使她愤怒。小女仆做她粗糙的杂事的影子竟引起她悲哀的感慨和狂乱的梦想。她梦想那些寂静的前厅，悬挂着东方的壁衣，高大的古铜灯照耀着，还有两个短裤的仆人，躺在宽大的椅中，被暖炉的热气烘得他们打盹儿。她幻想那些阔大的客厅里，装璜着那古式的锦幕，精巧的木器，还陈设些珍奇的古玩，和那些雅洁，清馨的小客室，为下午同一般最亲热的朋友，或为一般女人最仰慕，最乐于结识的男子们谈话之所。

当她坐下，吃晚饭的时候，在蒙着一块三天不洗的台布的圆桌前边，对面，他的丈夫掀起汤锅来，面带惊喜的神气："呵！好香的肉汤！我觉得没有再比这好的了……"她就梦想到那些精致的晚餐,晶亮的银器,挂在墙上古代人物的和仙林奇异禽鸟的壁毯;她就梦想到上好的盘碟盛着的佳肴,又梦想到一种狡然微笑的听着那情话喁喁,更梦想到一边吃着鲈鱼的嫩肉或小鸡的翅膀。

她没有服装,没有珠宝,一无所有。然而她正是喜爱这些;她自己觉着生来是合于这些的。她极想望娇媚,得人艳羡,能够动人而脱俗。

她有一个阔朋友,在修道院时的一个同伴,她再不想去看望的了。看望回来她会苦痛。她整天的哭因为忧愁,悔恨,绝望和贫乏。

然而,一天晚上,她的丈夫回来,得意的神气手里拿着一个宽信封。"看呀",他说,"这里有点东西为你的。"

她赶紧拆开信封,抽出一张印字的请柬,上面写着这些话:"教育总长与柔惹朗伯那夫人恭请路娃栽先生及其夫人于一月十八日星期一惠临教育部礼堂夜会。"

她本该喜欢,像她的丈夫所想那样,但她忿然把请柬掷在桌上,嘟哝着:"你要我把这怎样办呢?"

"但是,我的亲爱的,我原想着你必喜欢。你从不出门,而这却是一个机会,这个,一个最好的!我多么费事才得到它。人人都惦记这个的:这是很难寻求并且不常给书记们。你在那儿可以看见一切的官员。"

她用恼怒的眼睛瞧他,不耐烦的发作了:"你打算让我身上穿什么去呢?"

他没有料到这个;结结巴巴的说:"就是你上戏园子穿的那件衣裳。我觉得很好,依我……"他住了口,惊愕,惶恐,因为见他的妻子哭了。两颗大的泪珠慢慢的顺着眼角流到嘴角来了。他吃吃的说:"你怎么了?你怎么了?"

但是,使着强烈的压力,她制住了她的悲痛,并擦干她的潮湿的两腮,用和平的声音回答:"没有什么。只是我没有服装,所以我不能赴这宴会。把你的请柬分给别的同事他那妻子比我打扮的好的吧。"

他难受了。于是说:"比如,马底尔得。那得值多少钱呢,一身合式的衣服,让你在别的机会也还能穿的,要那最简素的东西?"

她想了几秒钟,合计妥了并且还想好她能够要的钱数而不致招出这省俭的书记当时的拒绝和惊骇的声音来。

末了,她迟疑着答道:"我不知道的确,但是我想差不多四百弗朗我可以办到。"

他脸色有点白了,因为他正存着这么一笔款子为是买一杆猎枪好加入打猎的团体,到夏天,在南代尔平原,星期的日子,同着几个朋友在那儿打白鸽。

然而他说:"就是吧。我给你四百弗朗。但是该当有一件好看的长衫。"

宴会的日子近了,但路娃栽夫人好像是郁闷,不安,忧愁。然而她的衣服确实做齐了。她的丈夫一天晚上对她说:"你怎么了? 看看,这三天来你是非常的奇怪。"

她就回答道:"所让我发愁的是没有一件首饰,连一块宝石都没有,没有可以戴的。我处处带着穷气,我很想不赴这宴会。"

他于是说:"你戴上几朵鲜花。在现在的季节这是很时行的。花十个弗郎你就能买两三朵鲜艳的玫瑰。"

她还是不听从。"不……在阔太太们群里透着穷气是再没有那么寒碜的了。"

她的丈夫大声说:"你多么愚呀! 去找你的朋友佛来思节夫人向她借几样珠宝。你同她很亲近能做到这点事的。"

她发出惊喜的呼声。"真的。我倒没有想到这儿。"

第二天,她到她的朋友家里,向她述说她的困难。

佛来思节夫人走进她的嵌镜子的衣柜,取出一个宽的匣子拿过来,打开它,于是对路娃栽夫人说:"挑吧,我的亲爱的。"

她先看了几副镯子,后来是一挂珍珠的项圈,随又看见一支维尼先式的宝石和金镶的十字架;确是精巧的手工。她在镜子前边试这些首饰,犹豫了,舍不得把它们离开,把它们退还。她总是问:"你再没有别的了吗？"

"还有呢。找呵。我不知道那样合你的意。"

忽然她发见在一个青缎子的盒子里，一挂精美的钻石项链；她的心不能不因极度的愿望而跳起来了。她两手拿的时候哆嗦了。她把它系在脖子上，在她的高领的长衣上，她甚至于站在自己面前木然神往了。

随后，她问，迟疑着，又很着急："你能借给我这样么，只要这样？"

"自然，一定能的。"

她搂住她的朋友的脖子，狂热的亲她，跟着拿起她的宝物就跑了。

宴会的日子到了。路娃栽夫人得了胜利。她比一切妇女们都美丽，雅致，风流，含笑而且乐得发狂。所有的男子都看她，打听她的姓名，求人给介绍。所有阁员们都愿合她跳舞。就是总长也注意她了。

沈醉的疯狂的跳舞，快乐得眩迷了，在她的美貌的得意里，在她的成功的光荣里；在那一切的尊敬，一切的赞美，一切的妒羡和妇人的心中以为是最美满最甜蜜的胜利所合成的幸福的云雾里，她什么都不想了。

她在天亮四点钟才动身。她的丈夫，从半夜里，就和三位别的先生，他们的妻子也都是好作乐的，在一间空寂的小客室里睡了。

他把他带的为临走穿的衣服给她披在肩膀上，这是家常实用的朴素的衣服，同跳舞的衣服比着自然显得寒碜。她觉出来便想赶紧走，好让那些披着细毛的皮衣的夫人们不能看见。

路娃栽把她拉住："等等呵。你到外边要着凉的。我去叫一辆马车吧。"

但她一点也不听他的。赶忙的就下了楼梯。等他们到了街上，没有看见一辆车；于是去找，远远的看见车夫就喊。

他们顺着赛因河走去，失望，颤抖。终于在河岸上他们找着一辆拉晚的破马车，在巴黎只有天黑才能看得见，好像在白天它们羞愧自己的破烂似的。

车把他们一直拉到他们的门口，马丁街中，他们败兴的进了家。在她呢，这是完了。他呢，他就想着十点钟须要到部里去。

　　她脱下她披在肩膀上的衣服，站在镜子前边。为是乘着在这荣耀里，她再自己照一照。但是猛然她喊了一声。她没有了在她脖子上的项链了。

　　她的丈夫，已经脱了一半衣服，就问："你有什么事情？"

　　她转身向着他，昏迷了："我……我……我没有了佛来思节夫人的项链了。"

　　他直着身子，慌乱了。"什么！……怎样！……这绝不能够！"

　　于是他们在长衫折里寻找，在大衣折里，在各处的口袋里。他们竟没有找到。

　　他问："你确信离跳舞会的时候你还有它吗？"

　　"是的，在部院的门口我还摸它呢。"

　　"但是如果你要丢在街上，我们总听得见它掉的。这必落在车里了。"

　　"是的。这准是的。你记得车的号码吗？"

　　"没有。你呢，你没有看过吗？"

　　"没有。"

　　他们惊慌的对望着。末后路娃栽再穿起衣服。"我去"，他说，"把我们步行经过的路再踏勘一遍，看我或许找着它。"

　　他出去了。她穿着晚装呆怔着，没有睡觉的力气，只倾倒在一把椅子上，没有心思，也没有计划了。

　　七点钟她的丈夫回来了。他什么也没找着。

　　他到警察厅，到各报馆，为是悬赏寻求，到那各车行，总之有一线希望之处他都去了。

　　她整天的等候着，始终在惊恐的状态里望着这不幸的灾祸。

　　路娃栽晚上回家，脸上苍白、瘦弱；他一无所得。

　　"该当"，他说，"给你的朋友写信说你把她的项链弄坏了，你正给她收拾呢。"

　　"这样能容给我们找的工夫。"她照他所说的写去。

到了一个星期,他们所有的希望绝了。

路娃栽,似老去了五年,决然说:"该当想法赔偿这件首饰了。"

第二天他们拿了盛项链的盒子,便到这盒里所有的字号的宝石商人的店里。他就查他的帐簿:"太太,这不是我卖的这挂项链;我只卖了这个盒子。"

于是他们就从这家珠宝店绕到那家珠宝店,找一挂合先前的同样的,又查人家的旧帐。两个人都忧愁,苦恼坏了。

在宫殿街的一家铺子里,他们看见一挂钻石项链正和他们所要找的一样。它价值四万弗郎。人家让他们三万六千弗郎。

他们求这宝石商人三天以内不要卖出它去。他们又订了约,如果那一挂在二月底以前找着,那么他再退出三万四千弗郎把这挂收回。

路娃栽存有他的父亲遗留的一万八千弗郎。其余的他去借。

他去摘借,向这一个借一千,那一个借五百,从这儿借五个路易,那儿三个路易。他立些债券,订些使他破产的契约,和一些吃重利的人和所有各种放帐的摘借。他陷于最窘迫的地位了,冒险签他的名字而并不知道他能保持他的信用不能,并且,被未来的烦恼,将要临到他的身上的黑暗的前途,物质匮乏的忧愁和一切精神上的痛苦恐吓着,他把三万六千弗郎放在商人的柜台上,取去新的项链。

路娃栽夫人给佛来思节夫人拿去了项链,她一种冷淡的样子对她说:"你该当早点还我,因为我先要用的。"

她没有打开盒子,这正是她的朋友担心的地方。如果她要看出来更换了,她将怎样想呢?她将怎样说呢?她不把她当一个贼吗?


路娃栽夫人晓得穷人的艰难生活了。她又猛然,勇敢的打定了她的主意。该当偿还这笔可怕的债务。她去偿还。于是辞退了女仆,迁了住所;赁了一间楼顶上的小屋。

她晓得家里一切粗笨的工作和厨房里的讨厌的杂事了。她刷洗碟碗,用她粉嫩的指尖摸那油腻的盆沿和锅底。她涤洗脏衣服,衬衣和揩布,她晒在一条绳子上;见天早晨,她提下秽土到街上,再提上水去,每上到一层楼她就站住喘气。而且，穷得像一个穷苦的女人，她到果局里，杂货店里，肉铺里，胳膊上挎着篮子，争价钱，咒骂着，一个铜子，一个铜子的俭省她那艰难的钱。

月月须得归一笔债券，再借些新的，好延长时日。

她的丈夫晚上工作，给一个商人誊写帐目，常常的，在夜间，他还钞那五个铜子一篇的誊录。

这种生活延迟了十年。

到了十年，他们都偿还了，连那额外的利息，和积欠的原利全都清了。

路娃栽夫人现在见老了。她成了一个粗鲁的，强壮的，严恶的和穷家的妇人了。蓬着头，拖着裙子和通红的手，她说话高声，用很多的水刷洗地板。但是时常，当她丈夫在办公处的时候，她便独自坐在窗前，便回想到从前的那天晚上，她是多么美丽，多么受欢迎的那一次的跳舞会。

倘那时她没有丢掉那挂项链后来该当是怎样呢？谁知道呢？谁知道呢？人生是怎样的奇怪和变幻呵！极微细的事就能败坏你或成全你？

恰巧，一天星期，她到乐田路去闲游，为舒散这一星期的劳乏，她忽然看见一个妇人领着一个孩子散步。原来是佛来思节夫人，依旧年轻，好看，动人。

路娃栽夫人很觉感动。她和她去说话吗？是说的，一定要说的。而且现在她都还清了。她都要告诉她。为什么不呢？

她走近前去。"好呀，娇娜。"

那一个一点也不认识她了，非常惊讶被一个妇人这样亲昵的叫着。她磕磕绊绊的说："但是……太太……我不知……你一定是认错了。"

"没有，我是马底尔得路娃栽。"

她的朋友呼了一声："呵！……我的可怜的马底尔得，你怎么改变得这样了！……"

"是的，不见你以后，我过了很久苦恼的日子，经过多少的困难，……而且都是因为你……"

"因为我……这怎么讲呢?"

"你必记得你借给我的那挂为赴教育部宴会的项链。"

"是呀。怎么样呢?"

"怎么样,我把它丢了。"

"怎么! 然而你已经还了我了。"

"我还了你一挂别的完全相同的。你看十年我才把它还清。你知道那对于我们这什么也没有的人是不容易的……不过那究竟完了,我倒是很高兴了。"

佛来思节夫人怔了。"你是说你买了一挂项链赔我的那一挂吗?"

"是呵。你会没有看出来,呵? 它们是很一样的。"于是她带着骄傲而诚实的喜悦笑了。

佛来思节夫人,感动极了,拉住她的两只手。"哎! 我的可怜的马底尔得! 然而我的那一挂是假的。它至多值五百弗郎! ……"

# 文法二 动词的复合

动词有单字的,有双字的。普通所用的双字动词,结合的方法有好几种。

一、同义语结合 这是最多见的式样,把两个意义相同的动词合在一处,作一个动词来用。例如:

这是举行第一次广东全省农民大会的一天。

会众从广东的各县跑来,经历许多许多的路。

上例中"举"和"行"同义,"经"和"历"同义,这种动词,若论意义,其实只用一个字也可以,所以用双字者,大概为了调节语调或确定意义起见。

二、相反语结合 把意义相反的两个动词合在一处,作一个动词来用。例如:

经理有进退职员之权。

自此他两人常常往来。

三、叠语　把两个全然相同的动词叠在一处,作一个动词来用。例如:

> 幸而写得一笔好字,便替人家钞钞书。
>
> 很想看看她的丈夫。

双字相叠的动词,在语体文里用途比文言多。语体文的习惯上还有把前二类的双字动词再叠起来成功四字的。例如:

> 他为人很好,不妨彼此往来往来。
>
> 我想到外国去考察考察实业。

四、动作带结果　把动词和动作的结果合在一处,作一个动词来用。例如:

> 要是不偷,怎么会打断腿?
>
> 她正举起她的手帕。

上例中"断"是"打"的结果,"起"是"举"的结果,合起来成"打断""举起"的双字动词。这类动词除了像上面样的动词和动词结合以外,还有动词和副词结合的方式。例如:

> 孔乙己便涨红了脸。
>
> 同时恍惚觉着中山先生渐渐凑近他们来。

"红"和"近"对于动词"涨""凑"原是副词,现在合在一处,成了"涨红""凑近"的双字动词了。"红"是"涨"的结果,"近"是"凑"的结果。

# 习问 二

1. 文选三在那些地方是有真实性的? 试指出几点来。

2. 文选四的作者借了这题材所想写的是些甚么意思? 将感到的说出来。

3. 试就下列名文句摘出双字动词来,且一一说明其结合的方式。

有一天到寺里来作工,忽然想到在这里来卖汽水,生意一定不错,于是开张起来。自己因为店务及工作很忙碌,所以用了一个伙计替他看守,他不过偶然过来巡阅一回罢了。

　　从粉板上拭去了孔乙己的名字。

　　她制住了她的悲痛,并擦干她的潮湿的两腮,用和平的声音回答。

　　4. 用下列条件的双字动词造句。

　　一、相反语结合的

　　二、叠语的

　　三、叠用同义语成四字的

　　四、叠用相反语成四字的

# 第三课

## 文话三 韵文和散文

　　普通文章的写作都依据着语言的自然腔调。现在我们写语体文，纸面的文字几乎同口头的语言完全一致，固然不用说了。即使我们写文言，大体也还是依据着语言的自然腔调，不过词汇的选用和造句的小节目不同而已。这样写下来的文章统称为散文。和散文相对的称为韵文。孩子爱唱的儿歌，各地民间流行的歌谣，就是口头的韵文。

　　韵文大都每句句末叶韵或间句叶韵，每句字数又有限制，吟诵起来容易上口，听受起来也容易记熟。一篇散文，读过几遍未必背诵得出，但是一首诗歌，念了几遍就挂在口头了：这是通常的经验。所以韵文的传布力、感染力比较散文来得大。各民族的初期，往往文字还不曾制定，口头的诗歌却已经发生了：就因为诗歌有着上面所说的实际效用的缘故。

　　甚么叫做叶韵呢？这先得明白甚么叫做同韵字。现在小学校里出来的人都学过注音符号，知道每一个字音由"声母"和"韵母"拼合而成，那只要一句话就明白了：凡是韵母相同的就叫做同韵字。例如楼（ㄌㄡ）、州（ㄓㄡ）、流（ㄌㄧㄡ）的韵母是"ㄡ"和结合韵母"ㄧㄡ"，这三个就是同韵字；山（ㄕㄢ）、闲（ㄒㄧㄢ）、间（ㄐㄧㄢ）的韵母是"ㄢ"和结合韵母"ㄧㄢ"，这三个也是同韵字。把同韵字放在相当各句的末了，这就叫做叶韵。（参照第二册文选三十）

现在来看看以前读过的韵文。

像第一册文选二十六《梧桐》里的一首诗叫做古体诗,形式上除叶韵和每句字数均齐以外,不再有甚么限制。这是五个字一句的(并不一定是文法上所谓"完成一个意义"的句),叫做五言古体诗。古体诗不尽是五言,又有三言、四言、七言、九言的,也有一首里头错杂着字数不同的句子的(但仍不出上面所举字数的范围)。

像第二册文选三十李白的四首叫做七言绝句,那就多一种限制了:必须顾到每个字的平仄。现在用○标记平声字,●标记仄声字(包括上声字、去声字、入声字),把《望天门山》这一首写在下面。

天门中断楚江开,　　碧水东流直北回。
○○○●●○○(韵)　●●○○●●○(韵)

两岸青山相对出,　　孤帆一片日边来。
●●○○○●●　　○○●●●○○(韵)

此外还有个格式是

●●○○●●○(韵)　○○●●●○○(韵)
○○●●○○●　　●●○○●●○(韵)

作七言绝句就得依照这两个格式。不过每句的第一、第三、第五个字有时是可以通融的,平声字、仄声字都不妨用;又,第一句的末一个字也可以不叶韵而用仄声字。至于"故人西辞黄鹤楼"是"●○○○○●○","问余何意栖碧山"是"●○○●○●○",那就是拗句了。绝句也有五言的,四句二十个字,同样得顾到平仄。绝句和限定八句、也得顾到平仄的五律、七律统称为近体诗。这个名称起于唐朝,因为"绝""律"两体是当时的新体。前面说起的古体诗,就是对于近体诗而言的。

像第二册文选三十六李煜的四首词也是韵文。词也起于唐朝,原来是有曲谱可以歌唱的歌曲。譬如《虞美人》,就是当初有人写了歌辞、填了曲谱预备歌唱的新歌。第二个人另写歌辞,曲谱却还用着旧的,也就叫做《虞美人》。所以《虞美人》、《浪淘沙》、《清平乐》、《相见欢》都不是题目而是曲谱的名称。如第二册文选二十六的《赤壁怀古》才是题目,它的曲谱是《念奴娇》。到后来曲谱渐渐失传了,词没有人会唱了,就只能依据着旧词的字数、平仄以及叶韵处所写词。因为词本是可以歌唱的东西，讲究的人写起词来不但顾到平仄，还要顾到四声（平、上、去、入）：对于每句的每一个字，从前人用甚么声的字也就用甚么声的字，所以词的限制比较近体诗更严。

像第一册文选十九《三弦》和文选二十《一个小农家的暮》是起来得不到二十年的体裁，叫做新体诗，也叶着韵，所以也是韵文。字数极随便，语句大体合乎语言的自然腔调，这是和以前诗、词不同的地方。但新体诗也不完全如此。又如第二册文选二十九《画家》并不叶韵，虽也是诗歌，却不是韵文了。

诗歌以外，也有用韵的文章，散文里包含一部分韵文的也不少。

# 文选五　送李愿归盘谷序

韩　愈

太行之阳有盘谷。盘谷之间，泉甘而土肥，草木丛茂，居民鲜少。或曰：谓其环两山之间，故曰盘。或曰：是谷也，宅幽而势阻，隐者之所盘旋。友人李愿居之。愿之言曰："人之称大丈夫者，我知之矣。利泽施于人，名声昭于时。坐于庙朝，进退百官，而佐天子出令。其在外，则树旗旄，罗弓矢，武夫前呵，从者塞途，供给之人，各执其物，夹道而疾驰。喜有赏，怒有刑。才畯满前，道古今而誉盛德，入耳而不烦。曲眉丰颊，清声而便体，秀外而惠中，飘轻裾，翳长袖，粉白黛绿者，列屋而闲居，妒宠而负恃，争妍而取怜。大丈夫之遇知于天子，用力于当世者之所为也。吾非恶此而逃之，是有命焉，不可幸而致也。穷居而野处，升高而望远，坐茂树以终日，濯清泉以自洁；采于山，美可茹；钓于水，鲜可食；起居无时，惟适之安。与其有誉于前，孰若无毁于其后！与其有乐于身，孰若无忧于其心！车服不维，刀锯不加，理乱不知，黜陟不闻。大丈夫不遇于时者之所为也。我则行之。伺候于公卿之门，奔走于形势之途，足将进而趑趄，口将言而嗫嚅。处污秽而不羞，触刑辟而诛戮。侥幸于万一，老死而后止者,其于为人贤不肖何如也?"昌黎韩愈闻其言而壮之,与之酒而为之诗曰:"盘之中,维子之宫。盘之土,维子之稼。盘之泉,可濯可沿。盘之阻,谁争子所?窈而深,廓其有容。缭而曲,如往而复。嗟!盘之乐兮,乐且无央!虎豹远迹兮,蛟龙遁藏;鬼神守护兮,呵禁不祥;饮且食兮寿而康,无不足兮奚所望?膏吾车兮秣吾马,从子于盘兮,终吾生以徜徉!"

# 文选六　祭蔡松坡文

## 梁启超

蔡公松坡之丧归自日本,止于上海,将反葬乎湖南。友生梁启超既与于旅祭,更率厥弟启勋,厥子思顺,思成等,敬洁清酒庶羞,奠君之灵而器之以其私曰:

呜呼!自吾松坡之死,国中有井水饮处皆哭,宁更待余之费辞。吾松坡宜哭我者,而我今哭焉,将何以塞余悲!君之从我,甫总角耳,一弹指而二十年于兹。长沙讲舍隅坐之问难,东京久坚町接席之笑语,吾一闭目而暖然如见之。尔后合并之日虽不数数,然书札与魂梦,日相濡沫而相因依。客岁秋冬间灭烛对榻之密画,与夫分携临歧之诀语,一句一字,吾盖永刻骨而镂肌。三月以前,海上最后之促膝,君之暗声尪貌与其精心浩气,今尚仿佛而依稀。吾松坡乎!吾松坡乎!君竟中道弃余,而君且奚归!

呜呼!庚子汉口之难,君之先辈与所亲爱之友,聚而歼焉,君去死盖间不容发。君自发奋而治军,死国之心已决于彼日。乙巳广西不死,辛亥云南不死,去冬护国寺街不死,今春青龙嘴不死,在君固常视一命为有生之余仇,今为国家一大事而死,死固当其职。虽然,吾松坡之报国者,如斯而已耶?不获自绝域以马革裹尸归来,吾知君终不瞑于泉窟。

呜呼!君生平若有隐痛,我不敢以告人。要之今日万恶社会百方蹙君于死,吾复何语以叩苍旻!嗟乎,松坡乎!汝生而靡乐,诚不如死焉而反其真。而翁枯守泉壤者十有五载,待君而语苦辛。君之师友在彼者亦已泰半,各鬻冤抱迕君而相亲。嗟乎,松坡乎! 斯世之人既不可以与处,君毋亦逃空寂以全其神! 其更勿赍所苦以相谇告,使九渊之下永噎而长噸。

呜呼! 余天下之不祥人也,而君奚为乎昵余? 屈指平生素心之交复几许,弃我去者若陨箨相续而几无复余。远昔勿论,近其何如? 孺博,远庸,觉顿,典虞,其人皆万夫之特,皆未四十而摧折于中途。嗟乎! 嗟乎! 天不欲使余复有所建树,曷为降罚不于吾躬而于吾徒? 况乃蓼莪罔极,脊令毕逋;血随泪尽,魂共岁徂。吾松坡乎! 吾松坡乎! 汝胡忍自洁而不我俱?

呜呼! 余有一弟,君之所习以知;余有群雏,君之所乐与嬉。今率以拜君,既以侑君之灵,亦以永若辈之思。心香一瓣,泪酒一卮;微阳丽幕,灵风满旗。魂兮归来,鉴此凄其! 呜呼哀哉,尚飨!

# 文法三　主要动词和散动词

动词在句中用作述语的骨干。句子之中,原有述语不用动词而用形容词的。如:

他身材很高大。

汽水的生意很好。

就不用动词作述语。以下专就述语用动词的句子来说。

一句句子,可以含有许多的动词。如:

当她坐下吃晚饭的时候,在蒙着一块三天不洗的台布的圆桌前边,对面,她的丈夫掀起汤锅来。

这一句里有许多动词。这些动词,资格并不相等。有些动词不能独立,只不过是名词语中的一部分,是用以限制名词的东西,虽是动词,在句中看来已失了动词的意味了。例如"坐下""吃"被包含在"当她坐下吃晚饭的时候"一个副词短语里,"蒙""洗"被包含在"在蒙着一块三天不洗的台布的圆桌前边"一个副词短语里,在句中不能独立发生动作的功用,不是述语。真正有动作的功用的只有"掀起"一个动词。

文法上对于句子中的动词,有两种称呼。就前例说,像掀起"之类作着述语的叫主要动词。其余如"坐下""吃""蒙""洗"之类不作述语用的叫散动词。一句句子,如果是有动词的述语的,主要动词只许有一个,散动词没有一定的限制。例如:

> 吾知君终不瞑于泉窟。
>
> 宁更待余之费辞。

二例中虽有"知""瞑""待""费"四个动词,若论其性质,"知"为第一例之主要动词,"待"为第二例之主要动词,"瞑"和"费"只是散动词罢了。

以动词为述语的句子中,只许有一个主要动词,所以这主要动词必须用得不朦混,叫人能明白看出,否则句子就不易解释。例如这里有三句句子:

> 我国确有备战。　　（甲）
>
> 我国确有战备。　　（乙）
>
> 我国确备战。　　（丙）

这三句句子里面,(甲)句有"有""备""战"三个动词,究竟那一个是主要动词,看不出来,句子就难解释。(乙)句"战"已和"备"合成了"战备"的名词,主要动词很显明地只有一个"有"字,(丙)句"战"字可作"备"字的被动词解,"备"字成了主要动词,所以都可通了。

# 习问 三

1.文选五、文选六那些部分有韵,那些部分无韵?

2.文选五、文选六的韵转过几次? 从前读过的韵文里有转韵的例子吗? 如有,试一一举出来。

3.句子的述语是否必须用动词来做?

4.如果用动词来做句子的述语,该有甚么限制?

5.就下列各文句把动词一一辨认,指示出一个主要动词来。

我的间壁有一个卖汽水的人。

那时在塔院下所见的浮着亲和的微笑的狡狯似的面貌不觉又清清楚楚的再现在我的心眼的前面了。

我正在有那大的黑铜的弥勒菩萨坐着的门外散步。

孔乙己是站着喝酒而穿长衫的唯一的人。

# 第四课

## 文话四 诗的本质

从前的古体诗和近体诗都是韵文,与音乐有着关系,而广义说起来也就是诗的词也是韵文。除叶韵而外,又有字数、平仄等限制。这样看来,似乎凡有这些限制的统是诗了。其实并不然。试看"四角号码"的《笔画歌》:

一横二垂三点捺,点下带横变零头,

又四插五方块六,七角八八小是九。

字数均齐,第二、第四句叶韵;但一望而知它算不得诗,只是一种传习用的歌诀而已。再试看第二册文选二十九《画家》,既不叶韵,字数又极随便,可以说完全没有限制;但一般人承认它是诗。所以,诗的成立不专在叶韵、字数、平仄等形式方面,还靠着它的本质。

我们常常听见人家在看了一篇散文之后说:"这篇文章很有点诗意。"有时,一个人说了几句话,大家说:"这几句话含有诗趣。"批评绘画的人往往说:"画中有诗。"这所谓"诗意""诗趣"以及画中所表出"诗境"都指诗的本质而言。可见诗的本质不但凝结而成诗,也可以含蓄在别的东西里头,正像糖和盐不但凝结而成粒粒的结晶体,也可以融化在液体里头一样。

现在试举几个例子,来说明诗的本质。

> 诸儿见家人泣,则随之泣,然犹以为母寝也,伤哉!

这个话活画出无知的孩子死了母亲的惨痛情状,孩子只是跟随大家哭泣罢了,并不知道就在这一刻遇到了最大的不幸,睡在那里的母亲是永远不醒的了,他们自己将永远是无母之儿了。这里头含蓄着很深的悲哀情绪,耐得人一回又一回地去想。如果让这个话独立起来,把它放在诗的型式里,就是一首很好的诗,因为这个话含有诗的本质的缘故。又如:

> 我心中怪难过,暗想先生在此住了四十年了,他的园子就在学堂门
> 外,这些台子凳子都是四十年的旧物,他手里种的胡桃树也长大了,窗
> 子上的朱藤也爬上屋顶了,如今他这一把年纪明天就要离此地了!我
> 仿佛听见楼上有人走动,想是先生的老妹子在那边收拾箱笼。我心中
> 真替他难受。

这几句话也含有诗的本质。先生的园子、台子、凳子、胡桃树和朱藤都将留下,而先生自己却不得不离开了几十年来熟习的环境,于明天离开这里;楼上先生的老妹子匆忙收拾箱笼,她一壁检点衣物,一壁看顾室内,大概会籁籁地掉下眼泪来吧。这里头含蓄着很深的悒郁情绪,使人家这样想了更可以那样想。又如:

> 于土墙凹凸处,花台小草丛杂处,常蹲其身,使与台齐;定神细
> 视,以丛草为林,以虫蚁为兽,以土砾凸者为邱,凹者为壑,神游其
> 中,怡然自得。

这传出一种闲适的情操,同时使人觉得大有诗趣。又如:

> 这上面的夜的天空,奇怪而高,我生平没有见过这样的奇怪而
> 高的天空。他仿佛要离开人间而去,使人们仰面不再看见。

这表出一种夐远的想像,同时使人感到所谓诗意。

从前面所举的几个例子看来,可以知道含有情绪、情操、想像的语言、文字就含有诗的本质。那末,甚么是诗的本质也就可以推想而知了。现在再举一个反面的例子:

> 苏打水是用焙用碱做的,把一种酸液加到碱上,使它发放所需
> 的气体。后来用石灰代碱,因为石灰价贱,而结果是一样的。

这里头没有情绪、情操,也没有想像,当然谈不到甚么诗趣、诗意;所以不

能算是诗。

必须是一个含有诗的本质的意思,用精粹的语言表达出来,那才是"诗"。

## 文选七　水手

刘延陵

一

月在天上,
船在海上,
他两只手捧住面孔,
躲在摆舵的黑暗地方。

二

他怕见月儿眨眼,
　　海儿掀浪,
引他看水天接处的故乡。
但他却想到了
石榴花开得鲜明的井旁,
那人儿正架竹子,
晒她的青布衣裳。

## 文选八　海燕

郑振铎

乌黑的一身羽毛,光滑漂亮,积伶积俐,加上一双剪刀似的尾巴,一对劲俊轻快的翅膀,凑成了那样可爱的活泼的一只小燕子。当春间二三月,轻飔微微的吹拂着,如毛的细雨无因的由天上洒落着,千条万条的柔柳,齐舒了他们的黄绿的眼,红的白的黄的花,绿的草,绿的树叶,皆如赶赴市集者似的奔聚而来,形成了烂熳无比的春天时,那些小燕子,那么伶俐可爱的小燕子,便也由南方飞来,加入了这个隽妙无比的春景的图画中,为春光平添了许多的生趣。小燕子带了他的双剪似的尾,在微风细雨中,或在阳光满地时,斜飞于旷亮无比的天空之上,唧的一声,已由这里稻田上,飞到了那边的高柳之下了。再几只却隽逸的在鄰鄰如穀纹的湖面横掠着,小燕子的剪尾或翼尖偶沾了水面一下,圆晕便一圈一圈的荡漾开去。那边还有飞倦了的几对,闲散的憩息于纤细的电线上,——嫩蓝的春天,几支木杆,几痕细线连于杆与杆间,线上是停着几个粗而有致的小黑点,那便是燕子,是多么有趣的一幅图画呀!还有一家家的快乐家庭,他们还特为我们的小燕子备了一个两个小巢,放在厅梁的最高处,假如这家有了一个匾额,那匾后便是小燕子最好的安巢之所。第一年,小燕子来住了,第二年,我们的小燕子,就是去年的一对,它们还要来住。

"燕子归来寻旧垒",

还是去年的主,还是去年的宾,他们宾主间是如何的融融泄泄呀!偶然的有几家,小燕子却不来光顾,那便很使主人忧戚,他们邀召不到那么隽逸的佳宾,每以为自己的运命蹇劣呢。

这便是我们故乡的小燕子,可爱的活泼的小燕子,曾使几多的孩子们欢呼着,注意着,沈醉着,曾使几多的农人们市民们忧戚着,或舒怀的指点着,且曾平添了几多的春色,几多的生趣于我们的春天的小燕子!

如今,离家是几千里,离国是几千里,托身于浮宅之上,奔驰于万顷海涛之间,不料却见着我们的小燕子。

这小燕子,便是我们故乡的那一对,两对么? 便是我们今春在故乡所见的那一对,两对么?

见了它们,游子们能不引起了,至少是轻烟似的,一缕两缕的乡愁么?

海水是皎洁无比的蔚蓝色,海波是平稳得如春晨的西湖一样,偶有微风,只吹起了绝细绝细的千万个粼粼的小皱纹,这更使照晒于初夏之太阳光之下的,金光灿烂的水面显得温秀可喜。我没有见过那么美的海! 天上也是皎洁无比的蔚蓝色,只有几片薄纱似的轻云平贴于空中,就如一个女郎,穿了绝美的蓝色夏衣,而颈间却围绕了一段绝细绝轻的白纱巾。我没有见过那么美的天空! 我们倚在青色的船栏上,默默的望着这绝美的海天;我们一点杂念也没有,我们是被沈醉了,我们是被带入晶天中了。

就在这时,我们的小燕子,两只,三只,四只,在海上出现了。他们仍是隽逸的从容的在海面上斜掠着,如在小湖面上一样;海水被他的似剪的尾与翼尖一打,也仍是连漾了好几圈圆晕。小小的燕子,浩莽的大海,飞着飞着,不会觉得倦么? 不会遇着暴风疾雨么? 我们真替他们担心呢!

小燕子却从容的憩息了。他们展开了双翼,身子一落,落在海面上了,双翼如浮圈似的支持着体重,活似一只乌黑的小水禽,在随波上下的浮着,又安闲,又舒适。海是它们那么安好的家,我们真是想不到。

在故乡,我们还会想像得到我们的小燕子是这样的一个海上英雄么?

海水仍是平贴无波,许多绝小绝小的海鱼,为我们的船所惊动,群向远处窜去;随了它们飞窜着,水面起了一条条的长痕,正如我们当孩子时用瓦片打水镖在水面所划起的长痕。这小鱼是我们小燕子的粮食么?

小燕子在海面上斜掠着,浮憩着。他们果是我们故乡的小燕子么?

啊,乡愁呀,如轻烟似的乡愁呀!

# 修辞法一　借代

我们说述事物的时候,常有不把事物本身说出而用和那事物有密切关系的事物来代替的。这是借了甲事物来代替乙事物的说法,修辞学上叫做借代。借代的方式很多,总而言之,文章或谈话里凡是字面和真正的事物名称不同的都是借代的说法。例如：

> 粉白黛绿者，列屋而闲居。
>
> 豹往到邺，会长老。
>
> 于是芸绣，妪绩，仆则成衣，以供薪水。
>
> 孤帆远影碧山尽。
>
> 一尊还酹江月。

这些文句里面，都用着借代法，如"粉白黛绿者"是"女人"的代替，"长老"是"长者老者"的代替，"薪水"是"生活费用"的代替，"帆"是"船"的代替，"尊"是"酒"的代替。这代替和被代替的事物之间，都有密切的关系。甲乙两事物，有时甲是乙的特征或性质，有时甲是乙的一部分，有时甲是乙的所在处。此外还可以有其他的关系。

借代是向来惯用的修辞法，只要在谈话、文章上留心，随处可以发现有不能依照字面解释的言辞。如"一门"可以不作一扇门解，而用作"一家人"的意思，"笔墨"可以不作笔和墨解，而用作"文章"或"文件"的意思，"三秋"就是"三年"，"长安"就是"京城"，此外如用"须眉"来表示"男子"，用"蛾眉"或"巾帼"来表示"女子"，都是借代的例子。

借代的修辞方式是多种多样的，对于一种事物可用许多事物来替代。如"人"的替代辞有"口""手""足"等，可是其中各有各的用途，与食物有关的时候用"口"，例如"八口之家"，与工作有关的时候用"手"，例如"一手造成"，表示行动的时候用"足"，例如"专足奉上"。"舟"的代替辞有"帆"和"橹"，诉之于眼的时候用"帆"，诉之于耳的时候用"橹"。"巾帼""蛾眉""红裙""红粉"等等都可用以代替"女子"，但对于"老妇"，"巾帼"尚可适用，此外就用不着了。由此可知借代的方式虽不一，但从情境上看来，也自有一定的条件。以"干戈"来代替近代的战事，以"丝竹"来代替西洋风的音乐，都是未免有毛病的说法。这是非注意不可的。

# 习问 四

1.说出文选七的诗趣来。

2.文选八里那些部分最有诗意?

3.借代的修辞法和那几种修辞原则有关?

4.就下列各文句,指出用借代的地方来。

当横行天下,为汉家除残去秽。

孺人不忧米盐,乃劳苦若不谋夕。

是时风和日丽,遍地黄金,青衫红袖,越阡度陌。

吾上恐负朝廷,下恐愧吾师也。

5.就下面各语,分别举出若干代替辞来。

书　　父母　　钱　　官吏

# 第五课

## 文话五　暗示

我们说话、作文，常常有不把意思说尽、不把意思完全说明白的情形。在说着、写着的当儿，固然只求应合当前的情境，适可而止，并非故意要少说一些。可是仔细研究起来，不说尽和不完全说明白自有它的作用。这二者都给对方留着自己去玩味、自己去发现的余地，不致有损他的自负心。而他所玩味出来、发现出来的又和原意差不了甚么，那就不说尽等于说尽，不说明白等于说明白了。这种作用叫做暗示。从另一方面说，暗示还有一种好处：可以使语言、文章蕴蓄丰富，含有余味。寻常吃东西，咽了下去就没有什么了，那一定不是美味；可口的东西在咽了下去之后，还有余味留在舌上，足供好一会的辨尝。具有暗示的文章也是这样。写在纸面的是若干字，而意义却超出于这若干字，这就不能随便把它丢开，看过以后，还得凝神去想那文字以外的意义；想又不一定一回而止，也许多想几回每回可以领略到新鲜的意义，因而教人永远舍不得丢开它。没有暗示的文章是决不会有这种魔力的。

诗、词里头常常有利用暗示的地方。如《一个小农家的暮》里说：

他含着个十年的烟斗，
慢慢的从田里回来，
屋角里挂上了锄头，

> 便坐在稻床上，
>
> 调弄着只亲人的狗。
>
> 他还踱到栏里去，
>
> 看一看他的牛；
>
> 回头向她说，
>
> "怎样了——
>
> 我们新酿的酒？"

这里没有"快乐"、"安适"、"满足"、"幸福"那些字眼，但是我们读了之后，可以想到那个农人的生活怎样快乐和安适。以如李煜的《虞美人》里说：

> 问君能有几多愁？恰似一江春水向东流。

这句答语不说有那一种那一种的愁，也不说有多少分量的愁，却用一个譬喻来了事，好象有点答非所问。然而愁好比一江春水，分量的多还用说吗？江水东流，滔滔滚滚，遇着大风和石岸，就激起汹涌的波浪，而愁正同它相像，其起伏重叠，没有一刻的停息，不是很可以想见了吗？所以这似乎答非所问的"恰似一江春水向东流"实在是富有暗示作用的佳句。

不只诗、词，文章里头也可以找出许多利用暗示的例子。如《项脊轩志》里说：

> 先是，庭中通南北为一。迨诸父异爨，内外多置小门墙，往往而是。东犬西吠；客逾庖而宴；鸡栖于厅。庭中始为篱，已为墙，凡再变矣。

这里没有"衰落"、"杂乱"、"不成体统"那些词、语，然而读了"东犬西吠"以下几句，一个衰落的大家庭怎样过着不和洽无秩序的生活，已经可以想见。这是暗示的效果。又如《书叶机》里说：

> 朱渍舰中或争轧诅神，必曰"遇代山旄"。

有了这一句，不必详说海盗怎样惧怕叶机，而读者自然可以意会。这也是暗示的效果。文章又有全篇利用暗示的，不说本意，而用一个借喻来传出：这情形在寓言或讽刺文里最为常见。（参照第二册修辞法二）

暗示以能使读者体会得出为条件。如果读者无论如何体会不出，那就是缺漏和晦涩而不是暗示了。

# 文选九　三戒

柳宗元

## 临江之麋

临江之人，畋得麋麑畜之。入门，群犬垂涎，扬尾皆来。其人怒怛之，自是日抱就犬，习示之，使勿动，稍使与之戏。积久，犬皆如人意。麑稍大，忘己之麋也，以为犬良我友，抵触偃仆，益狎。犬畏主人，与之俯仰甚善。然时啖其舌。三年，麋出门外，见外犬在道甚众，走欲与为戏。外犬见而喜且怒，共杀食之，狼藉道上。麋至死不悟。

## 黔之驴

黔无驴；有好事者，船载以入。至则无可用，放之山下。虎见之，庞然大物也，以为神。蔽林间窥之，稍出近之，慭慭然莫相知。他日，驴一鸣。虎大骇远遁，以为且噬己也，甚恐。然往来视之，觉无异能者。益习其声，又近出前后，终不敢搏。稍近益狎，荡倚冲冒。驴不胜怒，蹄之。虎因喜，计之曰："技止此耳。"因跳踉大㘗，断其喉，尽其肉，乃去。噫！形之庞也，类有德；声之宏也，类有能，向不出其技，虎虽猛，疑畏卒不敢取。今若是焉，悲夫！

## 永某氏之鼠

永有某氏者，畏日，拘忌异甚。以为己生岁直子；鼠，子神也，因爱鼠，不畜猫犬，禁僮勿击鼠。仓廪庖厨，悉以恣鼠，不问。由是鼠相告，皆来某氏，饱食而无祸。某氏室无完器，椸无完衣，饮食大率鼠之余也。昼累累与人兼行，夜则窃啮斗暴，其声万状，不可以寝。终不厌。数岁，某氏徙居他州。后人来居，鼠为态如故。其人曰："是阴类，恶物也，盗暴尤甚。且何以至是乎哉？"假五六猫，阖门，撤瓦，灌穴，购僮，罗捕之，杀鼠如丘，弃之隐处，臭数月乃已。呜呼！彼以其饱食无祸为可恒也哉？

# 文选十　疲劳

### 日本国木田独步〔夏丏尊译〕

京桥区三十间堀有一个名叫大来馆的旅馆。总算是属上等部类的，住客都是绅商，电话也备店用与客用二种，常年住客，少时十二三人，多时至三十人。

五月中旬的有一天，坐在账台前的一个伙计，把从他前面通过的侍女叫住：

"阿清姐，请把这拿给大森先生，只说方才这人来过，已经对他说人不在，把他回复了……"

说着递给一张小名刺，阿清接了上梯子去。

正当午后二时的时分，住客大概实际不在，馆内很是寂静。中庭青桐新叶的影，映在揩净的走廊的地板上闪闪地发光。

把北首八号房间的纸格一拉开，房中有着二人。一是这室的主人大森龟之助，一是从午前一直留到现在的客人。大森伏了案正在用自来水笔拟电报稿，客则脱却上衣，只着了一件衬衫在匆忙地查阅函件。烟草盆中杂乱地盛满了埃及卷烟的残蒂。

大森接了名刺，不待阿清说完：

"喂！中西来了！"

"那末怎么了？"

"不听见吗？说回复他不在，已回去了。"

"这倒糟了！"

"因为那家伙信来说非一星期以后不能来京。所以没有关照账房里。但是，不要紧，来了，就再好没有了。停会同出去罢。"

头已微秃的肥胖的客人只应了一声"唔"，把金边眼镜里边的眼睛瞪了，右手捻着鼻下的黑须，只是沈思。大森见这神情，一壁移拢烟草盆，把烟蒂注入，一壁低声地：

"或者还是去叫他来罢。"

"呃,还是这样好。否则在他要以为我们一味迁就他,反而不妙哩!"

大森说了一声"且等一等,"把才吸了一口的卷烟注入灰盆里,伏了案迅速地把电稿写好,交给茫然等了许久了的阿清:

"立刻给我发出去!"

阿清走出房间,大森又取了烟卷:

"这确不错。他这家伙像聪明而实呆笨,如果这边一着急,就会了不得起来,原来爽爽快快可以答应的事情,也会故意刁难的。"

"话虽如此,但这边如果太像煞有介事,他就要动气。真是难对付他。"客说着打了一个大呵欠:"姑且叫了他来再看罢。"

"甚么时候去叫他来?"主人说着也打了一个由对方传染来的呵欠。

"今夜如何? 现在就是去叫他,他也不会在旅馆里的。"

大森望着案上的金时计:

"二时四十分。此刻是一定不在的。但是,"又望着时计略微想了一想:"明天清早不好吗? 中西既来了,我想停会还是先去会一会骏河台的那角色为妙。"

"不错,这样较好。"

"并且,今夜先须叫了泽田来,叫他把样本的说明顺序,好好地预备妥当。"

"对了,这更要紧。如果像中西那样的对手,结构说明等类的事,我们也能对付。但究不及泽田。那末就这样决定罢。停会送一封信去,电话是靠不住的啰,和他说明日午前八时以前候他罢。"

"好,信就发去罢。"大森取出信纸,迅速地书写。客人则把散乱着的函件丁宁整理了装入大皮包里。

"中西的旅馆很醒酲,那家伙竟能久住不换哩。"大森在写信封的时候说。

"一住得长久,也就甚么都惯了啊。"客人答着,一壁提起上衣一手通进袖管去:

"你如果遇见那角色,请和他说一声:那件事如果没甚么一个决定,我很为难。那角色也许正在想法,所以延宕着,但这样下去,你是知道的,我真要不得。向了同乡人托事情的时候,很似着急,一等到事情快弄好,就睬也不睬。真是把人作呆子看。所以请你代对那角色说:可以末可以,不可以末不可以,无论成功与否,赶快给我决定。那角色太糊涂,只要托他,甚么都会敷衍答应,反使从中的人为难。"

说着穿好上衣。大森不知在甚么当儿按了铃的,女侍走进门来。

"这真奇妙极了,要想发信给中西,阿蝶姐就来,别人真转不来念头哩!"大森把信递给一个十七八岁的少女。

"咿哟,又说那样的话。我和中西先生是毫没有相干哩。我真不甘心,大家都来欺弄我!"夺也似地接了信:"好的,要说这种话,我会把这信丢掉的!"

"呀,讨饶讨饶。这是要紧的信,丢掉了还了得?请叫源老头子立刻送去。阿蝶姐好孩子。"

"阿蝶姐好孩子,顺便叫辆人力车。"客人把身上整顿了附和着。

"田浦先生,不要倚老卖老地像煞有介事。"说着自去。

不久车到,田浦去了。大森也就坐了馆中的美丽的包车,威势俨然地出去。

午后四时半光景,大森从外回来,一进房间,就把那五尺六寸的长身横倒在席上,成了一个大字,把眼注视着天花板好一会。那四角方方的脸上,显出不可堪的疲劳的神色,似乎连脱换洋服也不耐烦了。

不久,阿清进来,说"从江上先生那里有电话。"

大森跳起身来,把那倦眯眯的眼睛张大了直立起来的时候,脸上已带土色了。

可是,在电话筒下仍用了威势堂堂的声气谈话,回答了说:"那末请就来。"

回到房里,又颓然把身横倾了闭着眼,忽而举起右手,用指唱着数目。似乎在想甚么。过了一会,手"拍"地自然放下,发出大鼾声来,那脸色宛如死人。

# 文法四　动词的被动式

动词做述语的时候，不论自动词或他动词，动作是从主语发出的。这叫做授动式。例如：

人来。

猫捕鼠。

"来""捕"的动作由主语"人""猫"发出。

可是在他动词，尚有一种用法，主语不是发出动作的事物，倒是受到动作的东西，这叫做被动式。例如：

鼠被猫捕。

被动式以他动词的被动词（即目的格）为主语，语体用"被""给""找""遭"等字来表示，文言用"为……所""被……于""见……于"等关系字来表示。分解起来，成图式如下：

| 语体 | 主语 | 被（或给找遭） | 动作主体 | | 他动词 |
|---|---|---|---|---|---|
| 文言 | 主语 | 为 | 动作主体 | 所 | 他动词 |
| | 主语 | 被（或见） | 他动词 | 于 | 动作主体 |

举例来说如下：

鼠被猫捕。（甲）

鼠为猫所捕。（乙）

鼠被捕于猫。（丙）

上例（甲）式是属于语体的，（乙）（丙）两式是属于文言的。这都是最完整的格式，实际上还有种种省略的方法。

我前天亲眼见你偷了何家的书，〔你〕〔被〕〔何家〕吊着打。

三四角钱卖掉的汽水，都登了两角的帐，余下的都〔被〕〔他〕没收了。

我们倚在青色的船栏上,默默的望着这绝美的海天;……我们是被〔海天〕沈醉了,我们是被〔海天〕带入晶天中了。

(以上甲式)

今不速往,〔吾〕恐为操所先。

三民主义,〔为〕吾党所宗。

(以上乙式)

劳心者治人,劳力者〔被〕治于人。

幼子见爱〔于〕父母。

大盗被擒〔于军警〕。

(以上丙式)

被动式的句子,主格用他动词的被动词来做。就大概的情形说,他动词才有被动式,自动词是不能有被动式的。可在我们日常的言语上,自动词有时也可构成被动式。例如说:

好好看守着犯人,别被他逃走。

被我父亲死去,我就不能升学了。

"逃走""死去"都是自动词,这动作的影响如果及到别人,在受到影响的人说来,就可有被动的意味了。此类用法,只见于语体,文言里却没有。

# 习问 五

1.文选九、文选十的作者所暗示的是甚么?

2.文选十里,作者为了要暗示自己的意思,曾用着许多材料。试一一指出,那些材料用得于暗示最有力量?

3.试变更下列各文句的式样:授动式的改为被动式,被动式的改为授动式。

犬畏主人。

她晓得家里一切粗笨的工作和厨房里的讨厌的杂事了。

然而她的衣服却是做齐了。

赢兵为人马所蹈藉。

4.下列各被动式的文句,如有省略的部分,试——补足。

我偶然检起了这本书,两头都被老鼠咬坏了,书面已扯破了。

先写服辩,后来是打,打了大半夜,再打折了腿。

事为上官知悉。

一二八之役,上海闸北被毁。

# 第六课

## 文话六　报告书

现代生活非常繁复，个人和社会的关系的密切比较古代加增到不知多少倍，每个人必需知道和他相关的许多事物，然后可以应付当前的生活。为着适应这一种需要，应用文里头的报告书就占着很重要的地位。

报告书的目的在把某一种事物的一切报告给人家。那事物必然是已经存在的、已经发生的，所以报告书也就是记述文和叙述文。所与普通的记述文和叙述文不同的，只在写作之前对于某事物特加观察或调查这一点上。报告书是由于实际的需要，特地去观察或调查了某事物而后写作的。普通的记述文和叙述文却并不然——这就是说，作普通的记述文和叙述文不一定由于实际的需要，也未必特地去观察或调查。

在观察或调查一种事物的时候，往往先定下若干项目，作为注意的标准。例如观察一种工业，先定下制造原料、制造情形、成品质量、销路大概等等项目，观察起来就有条有理，不致杂乱或遗漏。又如调查某地的灾情，先定下成灾原因、灾情大概、灾民现状、救灾设施等等项目，调查的结果自能详知本末，没有甚么缺憾。而在动手作报告书的时候，就可以把这些项目作为依据，逐一加以记叙。为使读者醒目起见，更不妨标明项目，让每一个项目成为一个小题目。

至于报告书的好不好，全在所定项目妥当与否以及观察、调查精到与否。这关系于平时各方面的修养与训练，不只是写作方面的事了。

报告书里头也可以参加作者的意见，正如普通的记述文和叙述文里头可以参加作者的意见一样。观察、调查以后的感想或主张，在报告的时候连带提出，比较单独提出容易使读者接受。普通文的法则在报告书里头也得顾到；作者应该记着，应用文不一定就是枯燥、呆板的文字，写得生动而富有趣味一点，应用的效果当然更大。

我们每天看报纸，报纸上大部分是报告书。我们如果从事一种事业，就有写作报告书的需要，如在工商业机关办事需要写营业概况报告书，担任公务机关的视察员、调查员需要写视察报告书、调查报告书。报告书的阅读和写作已和现代生活分离不开，所以应当加以详切的注意。

## 文选十一　中国大学发现唐墓调查报告

常　惠　王宪章

十月十九日，《新晨报》载中国大学发现唐代坟墓新闻一则。遂于是日下午前往该校调查详情，由该校庶务主任王麟石君接见。讯其发现唐墓事。王君云："因前日（十七日）修理西院之操场，于该院之西南角打坑取土。工人于坑中见一砖砌之圆圈，周围约五六尺。疑下面有物，遂命工人小心掘之。后果见墓志一方。因校中无人监视，即由工头命工人送至庶务处。"王君遂引往北间屋内查看。见墓志及盖各一方，约二尺见方，厚约二寸。其盖中间，刻有篆文，曰"仵君墓志"。其铭刻有楷书大小约七八分，字迹清晰，一无损毁。字中填土今尚未尽脱。文曰："唐故朝□大夫仪同三司上柱国右戍卫开福府振帅仵君墓志……"（文与《新晨报》所载同。）并有长方形整砖十块，长尺余，宽约五寸，厚寸余，一面有绳纹，余均平正。又由王君导至西院操场西南角。见有长一丈五尺，宽一丈，深一丈五尺土坑一个，内有泥水工正在填补。并闻拟于此坑之北面继续开辟，寻找有无他物。坑旁抛有碎古砖甚多，并有人骨少许。讯其头骨。据云被埋土中，已令工人寻找，亦拟保存。查视毕，又回至庶务课。由王君取出大小碎瓦罐片两块，大者上有白釉，小者无釉。并云有学生于土中发现小石马一个，大约四五寸，被该生携去，因不知该生姓名，现已无法查找。后要求去人拓石。王君允二三日由学校找人拓出赠送一份。又嘱其如再有新发现，请其通知，以便考查研究。随即辞别出校。

## 文选十二　点查柏林寺所藏经板数目报告

庄　严　金希贤　黄鹏霄

　　查柏林寺所藏经板，以前系归前内务部礼俗司保管，北平复后，改归市政府。本会前往登记时，因经库有市府封条，未便入内，遂函市府，请予会查。市府据函派王长平、郭鸿文二人。并另函内政部北平档案保管处加入。故此次系三方面会查。

　　所有经板共分四库，列架庋藏，因板随时修补，故至今完好无伤。

　　经板以《千字文》分字，共七百二十四字，每架大多数可容四字，然亦有三字者，四库共架为百数计。第一库三十九架，第二库三十三架，第三库十四架，第四库十四架。第一库除目录、经签、经前佛像板共一架，四百二十一块未编号外，计由"天"字起，至"馨"字止，共板二万七千四百十八块。第二库自"如"字起，至"实"字止，共板二万七千三百五十六块。第三库由"勒"字起，至"门"字止，共板一万一千六百零三块。第四库由"紫"字起，至"机"字止，共板一万一千四百六十八块。其中第四库缺"色"、"贻"、"厥"、"嘉"、"猷"、"勉"六字。据云乾隆时即缺。惟查按内务部所存底册，亦无此六字之板，大概非最近所失，可以断言。点查结果，经板之数，共计七万七千八百四十五块。加经序、目录、经签、佛像板四百二十一块，统共板七万八千二百六十六块。

　　库门钥匙存庙中方丈手。惟门上向有直接保管机关封条，和尚不能私启。此次查后，并由本会与市政府、内政部北平档案保管处三方会同加封。至直接保管之权仍归市政府。

又此次查点之清册,三处亦多分存之。

附经板数目册。

# 文法五　助动词

被动式的文句里有"被"或"给""挨""遭""见"等字,这些字在文法上叫做助动词。

助动词本身并无动作的意味,只是帮助动词,显出动作之趋势或态度的东西。除了前面已举过的被性助动词外,尚有许多。

一、表志愿的　有"愿"、"欲"、"拟"、"思"、"要"、"想"、"打算"、"预备"等。例如:

> 我从北京到徐州,打算跟着父亲奔丧回家。
>
> 他突然对秦说,要收店了。

二、表可能的　有"可"、"足"、"能"、"会"、"能够"、"配"、"得"等。例如:

> 采于山,美可茹;钓于水,鲜可食。
>
> 讨饭一样的人,也配考我么?

三、表应该的　有"宜"、"当"、"应"、"须"、"该"、"应该"、"得"、"须要"、"务须"等。例如:

> 若备与彼协心,上下齐同,则宜抚安,与结盟好。如有离违,宜别图之。
>
> 行李太多了,得向脚夫行些小费。

四、表或然的　有"恐"、"恐怕"、"怕"、"许"、"或许"、"也许"等。例如:

> 样子太傻,怕侍候不了长衫主顾。
>
> 把我们步行经过的路再踏勘一遍,看我或许找着它。

五、表趋势的　有"来"、"往"、"去"等。例如:

> 一到夏天,来游西山的人很多。

与苍梧太守吴巨有旧,欲往投之。

助动词是帮助动词的,通常用在动词之前,如上面所举各例,都是助动词在动词之前的。可是在语体里,助动词也有用在动词之后的方式,如"得""来""去"三字,就常被放在动词后面。例如:

我们城西,不比你城南,到处井泉,都是吃得的。

那里拿来的?

你不用管。你拿去好了。

助动词帮助动词,照理应该不能单独使用。如果单独使用,必在上文已有那被助的动词的时候。例如:

吾与汝曹毕力平险,指通豫南,达于汉阴,可乎?

"你会写字吗?""会"。

# 习问 六

1.报告书和普通的叙述文有甚么分别?

2.文选十一、十二里,有作者自己的意见吗? 如有,试指出。

3.甚么叫助动词?

4.助动词的数目是很多的,除了文法五里所举的以外,每类还有许多。试将所知道的分别加以补充,每一个造一句句子。

5.助动词在甚么条件之下才可以单独使用?

# 第七课

## 文话七　说明书

　　和报告书同样重要的应用文是说明书。

　　说明书的目的在把关于某一种事物的方法、原理等告诉给人家。其所以要告诉的缘故，也由于实际的需要，譬如，编了一部书，要使读者知道这部书是用怎样的方法编起来的，就得作一篇"凡例"；制了一种药品，要使医生或病家知道这种药品是根据甚么原理来治病的，就得写一张"仿单"：凡例和仿单都是说明书。凡例的读者限于阅读这部书的人，仿单的读者限于医生或病家，不像普通文那样以一般的读者为对手。凡是必须使对手知道的，说明书中绝不能遗漏一点儿。不然的话，或则引起误会，或则招来纠纷，和写作的目的显然违背了。

　　说明书的材料不用向外界去寻求，需要写作说明书的人，他胸中必然先有了这么些材料，如果没有这么些材料，也就没有写作的需要了。动手写凡例的人早已知道他的书怎样编法，动手写仿单的人早已知道他的药品甚么作用，不是吗？所以，写作说明书只是把胸中已有的材料化为文字的一番工夫而已。

　　写作说明书，以分列项目、逐项说明为正轨。项目明白地列着，读者自然一望而知。规定项目须依据实际的需要，事物不同，应定的项目也就各异，不能一概而论。不过有点可以说的：所定各项目须有同等的身分;换一句说,就是每一项目须有独立的资格。譬如,丁项目是可以包含在甲项目里的,就没有独立的资格,只须并入甲项目好了。至于同样的材料在两个项目之下复见,或者甲项目的材料搀杂在乙项目里,这些都是毛病,应当竭力避免。

说明书和报告书同是应用文;若就文体说,二者可不相同。前一则文话中已经说过,报告书也就是记述文和叙述文,但说明书却是说明文。

以后我们将讲到关于说明文的种种。

# 文选十三 丛书集成凡例

一、本书集古今丛书之大成,故定名为《丛书集成》。

二、我国丛书号称数千部;惟个人诗文集居其半,而内容割裂琐碎,实际不合丛书体例者,又居其余之半。其名实相符者,不过数百部。兹就此数百部中,选其最有价值者百部为初编。

三、初编丛书百部之选择标准,以实用与罕见为主;前者为适应需要,后者为流传孤本。

四、所选丛书,至清刊为止,民国新刊从阙。

五、所选丛书百部,内容约六千种,二万七千余卷。其一书分见数丛书者,则汰其重复,实存约四千一百种,约二万卷。

六、一书分见丛书中,详略不一者,取最足之本;其同属足本,无校注者取最前出之本,有校注者取最后出之本。名同而实异者两存之。

七、各书一律断句,以便读者。

八、排印方式以经济实用为主要条件,仿《万有文库》之式,以五号字为主,其有不宜排印者则改为影印。

九、各书篇幅多寡悬殊,本丛书排印时,就可能范围以一书自成一册为原则。其篇幅过巨者,分装各册从厚,以期一书所占册数不致过多。其篇幅过小者,装册从薄,以期一册所容种数不致过多。

十、各书顺序,按中外图书统一分类法,可与《万有文库》合并陈列。

十一、本书另编下列各种目录，以便检查：

1.按中外图书统一分类法排列者；2.按书名首字及以下各字顺序排列者；3.按各书编撰者姓名各字顺序排列者。

十二、原刻丛书百部计八千余册，占地甚多，取携检阅，均感不便；今整理排印为袖珍本，计四千册，占地不及原刻本八分之一，且有整齐画一之观。

## 文选十四　公文标点举例及行文款式

一、标点符号暂用下列各种，仍期将来能逐渐采用教育部划一教育机关公文格式办法上规定之各种符号。

（一）逗号，　用于意义未完之语尾。

（例）查社会教育经费，在全教育经费中，暂定应占百分之十至二十，自十八年预算年度起，一律实施一案，业经呈奉国民政府于上年十月公布，并由本部分别函令遵行各在案。

（二）句号。　用于意义已完之句末。

（例一）此令。

（例二）准予照办。

（例三）中华民国青年男女有受体育之义务，父母或监护人应负责督促之。

（三）提引号“　”　凡文中有所引用时，于引用文之首末适用之。

（例一）准贵部咨开，“准浙江省政府效代电，请将派员承办箔类特税一案，立予撤销，相应咨请核复”等由。

（例二）查“学校学年学期及休假日期规程”前经呈奉钧院修正通过。

（四）复提引号‘　’　凡引用文中另有所引用时，于另引文之首末适用之。

（例）案奉　钧府训令第一八二号内开，“案据本府文官处签呈称，‘准中央执行委员会秘书处函开“顷据中央宣传部呈称‘查全国各教员编制之文学及社会科学讲义,影响学生思想行为,至为重大,(略)理合备文呈请鉴核施行'等情。经陈奉常务委员会批准照办等因在案,相应据情录批。函请查照转陈办理为荷"等由,理合签呈鉴核'等情,据此,自应照办。除函复外,合行令仰该院查照办理,并转饬遵照。此令"等因。

(五)省略号(略)　凡文中有可省略句语时,用以表明之。

(例)全教文言的,仍旧孜孜兀兀把十分之五的工夫用在"之乎者也"上而放弃了应用科学,生活技能,(略)纯教语体的,儿童成绩虽佳,但也不能转学或升学于注重文言的学校。

(六)专名号＿＿＿　用于国名人名地名机关名称及其他各种专名之下边,但专名之习见者可省略。

(例一)前据该部会呈奉令讨论章嘉呼图克图年俸。(略)

(例二)查此次各省市选出之国民会议代表,有江苏李作新、浙江王自强、山东陈有为、天津刘之桢等,均已于本月十二日来会报到。

(七)括弧( )　凡文中有夹句词句,不与上下文气相连者,适用之。

(例)除将原规程遵照加入总理逝世纪念(三月十二日)一项公布施行外,合行抄发规程全文,令仰遵照,并转饬所属一体遵照。

二、公文应就文稿意义酌量分段,其分段写法及引用原文写法,悉依照教育部划一教育机关公文格式办法规定之式样,今摘要略述如下。

(一)文在十行以上者,应酌量分段,其有意义自成段落者,虽不满十行,亦可分段,但每段末句下有空白处,应用"＝"号截之,以防添字句。

(二)首行低二格写,次行以下顶格写(分段者逐段均如此)。

(三)对上级机关之直接称谓,均换行顶格写,如系间接称引,应视称引时对该机关之关系,或换行顶格写,或空一格写,或不空格写。对平行机关之直接称谓,亦系换行顶格写,如系间接称引,应视称引时对该机关之关系,或空一格写,或不空格写。

(四)分段写者,文尾"谨呈""此致""此令""此批"等字,均作另一行低二格写。

(五)引用原文在两行以上者,应另作一段,其首行低五格写,次行以下低三格写,以清眉目。

(六)引用原文如因过长分为数段者,每段之写法与上款同,每段之首及末段之尾,均加提引号。

(七)引用文字之分段者,如末段后仍用"等因""等由""等情""等语"等字样,应换行顶格写。

(八)引用文之内复有引用文层次繁多者,提引号与复提引号可反覆应用。最外面一层可以省略提引号,第二层用提引号,第三层用复提引号,第四层又用提引号,第五层又用复提引号(略)以下仿此。

# 文法六 文言助动词和前介词的结合

助动词以用在动词之前为多,理应和动词结合在一处,可是在文言里,助动词往往有和前介词相结合,造成熟语的。这种熟语,语体里也有沿用的。和助动词结合的前介词最普通的有"以""与""为"三个。

一、以 "以"和助动词"可""足""能"等结合了成"可以""足以""能以"。例如:

> 其声万状,不可以寝。
>
> 大概非最近所失,可以断言。
>
> 我起初不明白,还以为足以骄傲。

二、与 "与"和助动词"可""足""欲"等结合了成"可与""足与""欲与"。例如:

> 向察众人之议,专欲误将军,不足与图大事。
>
> 民可以乐成,不可与虑始。
>
> 麋出门外,见外犬在道甚众,走欲与为戏。

三、为 "为"和助动词"可""足"等结合了成"可为""足为"。例如:

> 臣窃惟事势可为痛哭者一,可为流涕者二,可为长太息者六。
>
> 人情如此,足为寒心。贾谊《陈政事疏》

助动词和前介词结合而成的熟语,有些本身功用已和助动词相等,如"可以"就和"可"字的功用没有两样。

这种前介词,本来下面还有一个被介的名词或代名词,原是一个副词短语。向来的习惯往往把前介词下面的名词或代名词略去,只剩一个前介词。这前介词再和助动词结合,就成上面举过的许多熟语了。试取上面的例句,在前介词下把名词或代名词加入进去就成完整的格式。代名词"之"字,是比较普遍可以加进去的。例如:

我起初不明白,还以为足以〔之〕骄傲。

麋出门外,见外犬在道甚众,走欲与〔之〕为戏。

人情如此,可为〔之〕寒心。

# 习问 七

1.文选十三的每一项目是甚么?试逐一说明。

2.为甚么文选十一是叙述文而文选十四是说明文?

3.文言助动词和前介词结合而成许多熟语,这些熟语之中,语体里沿用的是那几个?

4.助动词和前介词结合的熟语,除文法六里所举过的以外,还可有许多。试举出若干,加以补充。每一个造成一句句子。

5.文句中用"可以"的地方,"以"下可加入名词或代名词;有些"可以"已被用熟了,就直接作"可"字解,下面加入名词或代名词去,反不自然。试从读过的文章里各举出若干例子来。

# 第八课

## 文话八　说明和记述

以前我们说过，记叙文是作者自己不表示意见的文章（第一册文话十，这当然指纯粹的记叙文而言）。

现在讲到的说明文就不同了。说明文所表示的是作者的理解；换个说法，就是作者所懂得的一些道理、原因、方法、关系等等。理解是存在于内面的东西，属于意见的范围。作记叙文，单凭存在于外界的事物就成；作者所耳闻的，目睹的，身历的，都是写作的材料，这些材料都不是从内面拿出来的。作说明文，却全凭存在于内面的理解；没有理解，固然动不来笔，有了理解而还欠充分、真切，也就写不成完美合式的文章。有怎样的理解，才能写怎样的说明文。因此，我们可以说，说明文是作者表示他的理解的文章。

如果着眼在取材从内面还是从外界这一点，说明文和记叙文就非常容易辨别。

现在先说说明文和记述文的分别。有两篇文章在这里，讲到的是同类的事物，粗略地想来，似乎该是同样的文体。但是仔细辨别之后，就觉得这两篇文章在取材上并不一样：一篇讲到的是某一件事物，看得见，指得出，即使出于虚构，也像真有这件事物似的；另一篇却不然，讲到的既不是这一件，也不是那一件，并且不只是这类事物的形状和光景，而在形状和光景以外更讲到一些甚么(这正是这篇文章的主脑),这是看不见,指不出,仅仅能够意会的。因为取材不一样,写作的手法也就各异:一篇的写法好像作写生画,无论被写的某一件事物摆在作者面前或者存在作者的记忆里,总之是按着形象描画,形象怎样,描画下来也怎样,不过用文字代替了线条和烘托罢了;另一篇却决不能用作画的事情来比拟,只能说好像作一场讲演,讲演的内容是作者对于某一类事物的理解。根据以上所说的不同点,我们就可以把这两篇文章辨别,前一篇是记述文而后一篇是说明文。

说明文的目的和记述文不同是显然的。记述文在使读者知道作者曾经接触过的某一件事物,而说明文却在使读者理解作者对于某一类事物的理解。说明文为帮助读者的理解起见,自然须举出一些具体的事物来作为例证。但最紧要的还在说明作者所理解的部分。这部分务必明白、准确,才能使读者完全理解,没有含糊、误会的弊病。因此,在动手写作说明文的时候,作者胸中不能存一些连自己也缠不大清楚的意念;落到纸面不能有一句不合论理的、足以发生疑义的文句。这是一个消极条件。如果不顾这个消极条件,写下来的说明文就达不到它的目的。

# 文选十五　张萱四景宫女画记

### 元好问

一转角亭,桷栏楹槛,渥丹为饰,绿琉璃砖为地。女学士三,皆素锦帕:首南向者,绿衣红裳,隐几而坐,一手柱颊,凝然有所思。其一东坐,素衣红裳,按笔作字。西坐者,红衣素裳,袖手凭几,昂面谛想,如作文而未就者。亭后来禽盛开,一内人不裹头,倚栏仰看。凡裳者,皆有双带下垂,几与裳等,但色别于裳耳。亭左湖石,右木芍药。一素衣红裳人剪花;一人捧盘盛之;一人得花,缓步回首,按锦帕,插之髻鬟之后。此下一人,锦帕首,淡黄锦衣,红裙,袖手而坐。并坐者吹笙;左二人弹筝,合曲;右一人黄帽,如重戴而无沥水,不知何物,背面吹笙;乃知锦帕有二带,系之髻鬟之后。一小鬟前立按拍；一女童舞；一七八岁白锦衣女，戏指于舞童之后。吹笙者，红衣素裳；筝色笛色板色，素衣红裙：已上为一幅。

一湖石，芭蕉竹树，紫薇花繁盛。花下二女，凭槛仰看团花，蓝纱映生衣，红缬为裙。并立者，白花笼，红绡中单。三人环冰盘坐：其红衣者，顾凭槛看花者二白衣相对。女侍二：一挈秘壶；一捧茗器。四人临池观芙渠鸂鶒：一坐砌上；一女童欲掬水弄。操便面者十一人。便面皆以青绿为之，琵琶一，笙一，箫笛三，板一，聚之案上，二藤杌在旁：为一幅。

一大桐树，下有井，井有银床，树下落叶四五。一内人，冠髻，著淡黄半臂，金红衣，青花绫裙，坐方床；床加褥，而无裙；一捣练杵，倚床下。一女使，植杵立床前，二女使对立捣练；练有花，今之文绫也。画谱谓萱取"金井梧桐秋叶黄"之句为图，名《长门怨》者，殆谓此耶？芭蕉叶微变，不为无意。树下一内人，花锦冠，绿背搭，红绣为裙，坐方床。缯平锦满箱，一女使展红缬托量之。此下秋芙蓉满丛，湖石旁，一女童持扇炽炭，备熨帛之用。三内人坐大方床：一戴花冠，正面九分，红绣窄衣，蓝半臂，桃花裙。双红带下垂，尤显然；一膝跋床角，以就缝衣之便。一桃花锦窄衣，绿绣襦，裁绣段。二女使挣素绮；女使及一内人平熨之；一女童，白锦衣，低首熨帛之下，以为戏。中二人，双绶带，胸腹间系之，亦有不与裙齐者：此上为一幅。

一大堂，界画细整，脊兽狞恶，与今时特异，积雪盈瓦沟，山茶盛开，高出檐际。堂锦亦渥丹，而槛楯间有青绿错杂之。堂下湖石一，树立湖石旁，其枝柯盖紫葳也。堂上垂帘。二内人坐中楹，花帽幂首，衣袖宽博，钩帘而坐，如有所待然。女使五人，二在帘楹间：一抱孩子；孩子花帽，绿锦衣；女使抱之，搴帘入堂中，真态宛然。二，捧汤液器；一导四内人外阶，衣著青红各异。三人所戴如今人蛮笠，而有玳瑁斑，不知何物为之。一内人，拥花帽，与前所画同。一女使从后砌下，池水冻结，枯蒲匝其中，冻鸭并卧，有意外荒寒之趣：已上为一幅。

人物每幅十四，共五十六人。

# 文选十六　图画

## 蔡元培

吾人视觉之所得,皆面也;赖肤觉之助,而后见为体。建筑、雕刻,体面互见之美术也。其有舍体而取面,而于面之中仍含有体之感觉者,为图画。

体之感觉何自起? 曰起于远近之比例、明暗之掩映。西人更益以绘影、写光之法,而景状益近于自然。

图画之内容:曰人,曰动物,曰植物,曰宫室,曰山水,曰宗教,曰历史,曰风俗。既视建筑、雕刻为繁复,而又含有音乐及诗歌之意味,故感人尤深。

图画之设色者用水彩,中外所同也;而西人更有油画,始于"文艺中兴"时代之意大利,迄今盛行。其不设色者,曰水墨,以墨笔为浓淡之烘染者也;曰白描,以细笔勾勒形廓者也,不设色之画,其感人也,纯以形式及笔势;设色之画,其感人也,于形式、笔势以外,兼用激刺。

中国画家自临摹旧作入手;西洋画家自描写实物入手。故中国之画,自肖象而外,多以意构;虽名山水之图,亦多以记忆所得者为之。西人之画,则人物必有概范,山水必有实景;虽理想派之作,亦先有所本,乃增损而润色之。

中国之画,与书法为缘,而多含文学之趣味;西人之画,与建筑、雕刻为缘,而佐以科学之观察、哲学之思想。故中国之画以气韵胜,善画者多工书而能诗;西人之画以技能及义蕴胜,善画者或兼建筑、图画二术,而图画之发达常与科学及哲学相随焉。中国之图画术,托始于虞、夏,备于唐而极盛于宋;其后为之者较少,而名家亦复辈出。西洋之图画术,托始于希腊,发展于十四、十五世纪,极盛于十六世纪。近三世纪,则学校大备,画人夥颐;而标新领异之才亦时出于其间焉。

# 修辞法二　摹状

说述一种事物,为要使它情状逼真起见,常把从事物得到的感觉说述出来。所谓"绘声绘形",就是这种方法。修辞学里叫做摹状。

摹状是记述我们对于事物的感觉的,感觉之中,谈话、写作上取得最多的是视觉和听觉两种,尤其是听觉。

> 灯火荧荧每至夜分。

> 武松走了一程,……见一块光挞挞大青石,……只听得乱树背后扑地一声响,……簌簌地将那树连枝带叶劈脸打将下来;……就势把大虫顶花皮肐搭地揪住。

> 过了一会,手"拍"地自然放下。

> 帘外雨潺潺。

摹状的特色,在乎不经解释,把原来的感觉照样传出,所以所用的字往往并无意义,尤其是关于听觉的,如说"狗汪汪地叫","雷声隆隆"。"汪""隆"等字只表声音,并不用它原来的解释。这情形和普通的形容修饰法大异。例如:

> 乌黑的一身羽毛,光滑漂亮积伶积俐,加上一双剪刀似的尾巴,一对劲俊轻快的翅膀,凑成了那样可爱的活泼的一只小燕子。

这里面所用的形容修饰语,都是经过作者解释的,例如"光滑漂亮""劲俊轻快"等都是作者对于自己感觉的解释,并非感觉的原来的面目,方式和摹状不同。

严密地说,摹状的修辞方式,最适合的只有听觉,前面所引的例如"灯火荧荧""见一块光挞挞大青石"是关于视觉的,说"荧荧"说"光"也多少有经过解释的地方。所以摹状法一名摹声法。

摹状法在谈话、写作上常有人用。可是也要用得适当,一不小心,就会犯轻浮的毛病。"当,当,当,钟鸣三下","蝉在树上知了、知了、知了……地高唱",这类的说法如果漫无限制地乱用在谈话或写作上,也是很不适当的。

# 习问 八

1.文选十五和十六所讲到的同样是图画,为甚么在文体上并不相同?

2.第一册文选二十二《核舟记》是一篇说明文,这句话对不对? 如果对的,为甚么? 如果不对,为甚么?

3.摹状和那些修辞原则有关系?

4.摹状法何以最适合于听觉?

5.试从读过的文章里举出若干传达感觉的文句来,不论属于摹状的或不属于摹状的。

# 第九课

## 文话九　说明和叙述

看了前一则文话，说明文和叙述文的分别也就不难明白。

叙述文所讲到的是事物的变迁，或者说经过情形。事物的变迁和经过情形也许近在当时，也许远在古代，也许是作者所身历，也许从传闻得来，总之占着或短或长的一段时间，有着或简或繁的一番进展。如果这变迁没有发生，作者当然无从写作；这变迁既已发生了，作者要把它告诉别人，这才提起笔来。所以，叙述文和记述文同样，是取材于外界的。即使像小说和寓言，其中事实往往出于虚构，并不曾在这世界上真实发生过；但作者写来像记载真事实一样，自己又不表示甚么意见，分明是取材于外界的格式。故而小说和寓言也还是叙述文。

另外有一种文章也讲到事物的变迁和经过情形，但并不就此为止，文章的主脑也不在此而在别的部分。譬如，讲到某一回战争，更推求它的所以发生的原因、此胜彼败的理由、以及给与各方的影响，那推求的部分并且占着文章主脑的地位。这就是表示作者对于这回战争的理解；不仅记载了发生于外界的事实，而且写出了存在于内面的东西。不用说得，这样的文章是说明文。

在这里我们还得把小说、寓言等东西说一说。小说、寓言等东西往往是作者对于人生、社会有了一种意见才虚构出来的，为甚么不说它们是说明文呢？回答是这样：小说、寓言等东西固然表示作者的意见，但表示的方式和说明文绝不相同。那是借着事实的本身表示；使读者知道了事实之后，自己悟出其中所含的意见来。作者决不在叙述事实的当儿突然露脸，说着"这是怎样的"、"这事情的关系怎样"一类口气的话儿。因此，从形式上看，只见作者在那里报告，自己并没有表示甚么意见。那当然不是说明文了。

再就前面所举的例子来说。要说明某一回战争所以发生的原因、此胜彼败的理由、以及给与各方的影响，往往须叙述这回战争的大概情形以及连带发生的有关事件。这样，才能使读者按照事实，来理解作者所理解的。除非这回战争的经过情形已是"谁人不知，那个不晓"的了，那才不必再行叙述，径自说明作者的理解就得了。但这样的例子是很少有的。所以，这一类的说明文常常包含着叙述的成分。

# 文选十七　农家生活的一节

### 王统照

这时正在乡村农人的获麦季中，每个乡村中的农人都清早起来，叱驱着牛犊，带着镰刀，到田中工作。在晨露未晞的时候，农妇们裹了头上的包布，挑着饭担，到田中去，送早餐给她们的丈夫与儿子吃。他们并不用安置菜饭的桌案，并不用甚么台布，他们简单地将粗条筐中取出的几碗无滋味的青腌菜，放在田中的土块上，便急急地吃了起来。那真是简单与愉快的生活。有时妇女们坐在旁边，取出手工做着。直到他们饱餐以后，将碗箸取到河水中洗涤了，便很快乐地，唱着乡村的恋歌，回到家去。

这日，他们如每天照常的在田中工作，他们忽然听着在远处悠扬地有种不惯听的音乐声，传到他们的耳膜内，于是他们惊疑的彼此停了工作注意的听。忽然一位白了头发穿条肥袖短裤的农人道："我记得了，这是镇中的驻兵，又出来野操了。"他身旁站住的一个做日工（在乡村收获季中，农家因工作用人，常有雇人做日工的习惯，也叫做短工）的中年男子，接着老人的话道："张老爹，你错记了，驻兵的吹号与鼓声，没有这个好听，而且向来在农忙的时候，他们的头儿是不准他们出来野操的。"老人这时将手中拿的一捆草绳子扔在地上，一面用块硬石与铁片取火吸烟，一面点头道："对啊！到底是我多了几岁年纪，便分别不清了。那怕是，……哦！学堂中出来的吧。……"中年男子没有回答他，只是停了工作，向着远处看去。

不久的时候，大家都看见有一群年纪小的儿童，穿了整齐的白色青边的一式的衣服，打着旗帜，从河左边转了过来。果然是一队小学堂出外旅行的儿童。那时候那些儿童，与他们的教师，都带着阔边的草帽，帽子下都将发辫盘起。

这一队有百多个八岁至十四岁大的学生，当他们走过农田时，却停了鼓号，都向农夫们看去。农夫们也张着嘴笑着看他们。不多时他们就走过去，往平陀的山冈上走去。

这时那位好说话的老农人将旱烟吸完，扣在土块上，拍拍地响，他忽然叹了口气道："云哥，如今也长得多么高了。看他的面貌，却令我想起我的老主人来！阿二，你不记得有一年，我们因为和东村的许五争地界的事，那个可恶的无赖，将我的腿打折了。那时云哥的父亲，才比现在的云哥大七八岁吧。他由城中回来，遇到我们同许五那场打架，他看我伤的利害，把我抬了去，化了好多的医药费，才将我这条腿治好，……阴天的时候，还隐隐地发痛呢。……"

阿二的名字，虽然与小孩子的名字没有甚么分别，不过他已经是一个四十八九岁的半老农人了。他这时正蹲在地上割麦根，听老人说了这些话，便用他那天生的吃音道：

"记得，……记得，许五那笨驴，究竟送到牢狱里去。……咳！我那年还得了一个机会，给了他几个冷不防的嘴巴子。张老爹，那真是痛快与清脆的嘴巴子啊！……我也记得云哥的父亲。因为霁浦镇中的吴刚元，你是知道的，他是李家的旧仆，现在因为年纪过于老耄了，便回到家去。他不是好喝酒吗？他的赤鼻头，却很有名。我们俩却有特别的关系,喝酒啊! 每逢我到霁浦镇里卖柴草的时候,我们便在慕园东边的小酒馆里,一碟豆腐干,一盘烧蹄筋,便喝了起来。……吴刚元,那个大声说话的老头子,他什么事什么话,凡是他所见过所听过的,他都记得。他常常同我谈云哥的父亲的事,可惜我都记不清楚了。"

阿二的话太无次序了,张老爹也不注意去听他。但老爹自己却忽然记起一桩事来,便丢了镰刀,跑过西边一块麦田里去,向一个中年的妇人道:"满家嫂,你的甥女,现在还常到李宅上去吗?"满家嫂正在看守着割下的麦堆,听张老爹的问话,就立刻笑着道:"你老人家说的我姊姊家的三妞儿呀? 啊唷,了不得呵! 我姊姊家,本来是个读书的人家,不像我们生在乡里的粗笨。姊丈又是个老秀才,所以他们家女孩子,到底比着我们家里那些黄毛的丑鬼不一样。三妞儿你见了吧? 她本来是随她父亲在外边生长大的,唉! ……什么府呢? 那时我姊夫,正在给一个县官教书呢,我姊姊不是多年没在家吗? 那时正随着她的男人呢。三妞儿就是在那时生的。……张老爹你应该记得,前五年时,他们回来带着那个教人亲爱的女孩子。那时三妞才十岁呢。我姊姊却将头发变得苍白了。……"满家嫂说得兴奋,几乎没有止住的机会,张老爹便动了老脾气,对她看了一眼道:"谁不知道啊! ……哼!"满家嫂便又和气的和他说:"记得了,我告诉你吧,三妞儿自从被她妈送到李宅去学针线以后,已经两年了,我也常常到她家去,遇见她,她长得越发好看了! ……"

张老爹撚着下胡,他那半黄半白的疏的下胡,却沾满了些灰土。他想了一会,郑重而恳切的又说:"三妞儿长得那么乖,又好看,我因此记起一桩事来。"

"甚么?"满家嫂眼珠格外瞪得大些。

"我也是特别的关心,我弟弟的妇人向我说的,依我想,这倒是再要好不过的。……好吧! 过几天我还到你家细细地说去。"说完,他就不等满家嫂的回言,就走了过去。满家嫂这时方敢喃喃地诅咒他,因他严重的看她那一眼。

日光斜过了山陂,好闹的鸟雀也都藏在树阴睡午觉去。而早起工作的农人都感得疲倦,向河边柳树阴下躺着去休息了。什么都静静地,惟有听到远处高大的霁浦镇的女墙后的午鸡的啼声。

儿童们由山坡下来的鼓号声，也恰在此时重复听出来。

## 文选十八　农民的衣食住

### 孟　真

农民的食物大略如下。北方的粮食，最好的是小麦。我们地方的农夫，只有上等户才能终年吃麦粉，其余的中户只当新麦在五月节间收获后，至秋收一期间吃麦粉，余时皆吃粗粮。穷人须终年吃粗粮。粗粮中最好的是小米，贫富都用他煮粥。他也能磨成粉，制面饼。其次是豆子。绿豆多半用来煮饭，或制粉，与各类粉食。黑豆是制油料，饲畜料，人也吃它。黄豆除制油制豆腐之外，也可磨成粉供食。最普通的粗粮是玉蜀黍与高粱，这两样供给农民的食物的大部。黍子稷子之类，也供制面粉与煮粥之用。红薯也占食物的一重要部分。谷类的制法，是蒸"窝窝"，煮稀饭，摊煎饼三类。助谷类的食物为辣椒，咸水浸的蛮菁萝卜等。至于白菜、黄瓜、冬瓜、茄子等等容易多吃的青菜，都是不常吃的。鸡蛋是供奉老人与客的，肉食一年不过几次，年节与麦秋后的酬劳；只用盐煮，烹调是全无可讲的。一当牛疫的时候，他们便大吃特吃起贱牛肉来，决不怕死的。糖食仅供礼品与老人用。酒的消耗颇大，有白酒与小米黄酒（即甜黄酒）二种。茶叶也是日用品；但农民所用的茶叶，我看也就和槐树叶差不多了。芝麻油极少用，平常只用豆油。至于为异乡人所诟病的食物，如葱、蒜、韭菜、臭腐乳、虾酱之类，实在食它的极普遍。

农民的衣服大略如下。土布占衣服原料的大宗。本色的，深蓝的，蓝白线的，葛布，也很销行。嗒哔，粗爱国布，高阳布，东洋布，是上等的原料。丝绸的种类完全不懂，所以才加各类丝绸以"绸子布"的浑然妙称。（此地家庭中所业之线，皆为出线用，供给织带等业者，故不知绸之种类。）毡帽毡袜，中年以上的人常用。衣服的式样，仍是肥大不适体，保存三十年前的状态。红绿等颜色仍为女子所喜。女子衣服上的装饰，仍是许多年前的样子。女子的首饰最普通的是白铜器，银器已稀有，至于包金的银器,殊为少见。

农民的居处大略如下。天井有时颇不窄,房屋也不很隘。制房的原料,普通下层用砖,上层用土,顶用柴,上以泥盖着。窗是极小的。室内外高低相等。有时人、猪、牛、羊、骡、马同住一院,甚至一室。有钱的户,盖"敌垒式"的楼房,非常坚固;极穷的户,只以草泥堆成"窝巢"。卧具是土炕居多;但这土炕和北平所见的炕很两样。北平的炕很大,一家人在上睡;此地的炕极小,沿墙边筑着,是独人睡的。烧炕用柴草与马粪。这是北方最坏的风气,育微生物,添湿气蒸骨头,——一句话说,弱种族。有的村庄全不用炕。用炕的地方也是炕床兼用。床常以柳木制成,上面以高粱竿勒成。

# 文法七　得

　　助动词"得"字,在文言里是只表"可能"的意义的,在语体里还可以表"应该"的意义。又,文言里用"得"字,大概在动词之前,语体里用"得"字,往往有在动词之后的。例如:

　　　　他家的东西,偷得的么?　　　　（表可能）

　　　　你的病得好好静养。　　　　（表应该）

　　表可能的"得",普通用在动词之后,有时候还因声音相近的缘故,换用"的"字。如:

　　　　平常起的很早的秦还是睡着。

　　　　好些儿不见老哥来,生意忙的紧?

这种"的"字,和"得"毫无分别。还有换用"到"字的,这也是因为声音相近的缘故,"得""到"同声母,在声音上本来可以相通的。例如:

　　　　手植的几树梧桐,长到三四十围大。

　　　　你不该把事情弄到这样糟。

　　"得"字表可能的时候,原有动作成就的意义。动作的成就,普通用助词"了"来表示。所以"得"字有时候和"了"字有共通的用法。例如:

样子太傻,怕侍候不了长衫主顾。

到了今天早上,平常起的很早的秦还是睡着。

这种"了"字实和"得"字共通,换用"得"字进去也可以。

表可能的"得"字,因为常用在动词之后,往往和动词造成熟语,如"觉得""懂得""认得""听得"之类,后面都带"得"字。这些熟语,可能的意味已很轻,差不多等于一个双字动词了。例如:

她觉得生来就是为过一切的雅致和奢华的生活,因此不住的痛苦。

路娃裁夫人晓得穷人的艰难生活了。

这种"得"字,已差不多失去了帮助动词的意味,连同上面的动词直接认作双字动词也无妨了。

"得"字原是助动词,应该和动词关联了用的,有时也会放在形容词的后面。如:

偏是他,闲得两只手没处放!

心情乱得像一团丝。

把"得"字如此用法,也是语体里常有的。这种"得"字也并无可能的意味,似乎是从"到"字转变而成,换用"到"字也可以。实际上,这种"得"字,有些人是用"到"字的。例如:

这几天忙到要命。

身体衰弱到这步田地。

# 习问 九

1.文选十七和十八都表示作者的意见吗? 试分别说明。

2.文选十《疲劳》表示作者对于现代都市生活的不满,可以说它是说明文吗?

3.助动词"得"在语体里有几个意义? 在文言里有几个意义?

4."得"字有时写作"的",下列各文句里,那些"的"字可作"得"字解释? 那些不能作"得"字解释? 试一一辨别。

娘说的是。

树枝上都像水洗过一番的,尤其绿的可爱。

他看我伤的利害,把我接了去,化了好多的医药费。

5."得"字和上面的动词可以合成双字动词(如记得、认得),试就日常的语言里举出若干的例子来。

# 第十课

## 文话十　说明和议论

除开说明文,作者表示意见的文章还有议论文。说明文和议论文又有什么分别呢?

依以前所说的,说明文表示作者的理解。所谓理解,乃是说天地间本来有这么些道理,给作者悟了出来,明白地懂得了。议论文却表示作者的主张。所谓主张,乃是说某一些事情必须这样干才行,某一些道理必须这样理解才不错,如果那样干、那样理解就不对了。不经过理解的阶段,一个人很难作甚么主张。所以,议论文实在是从说明文发展而成的。

因为一是表示理解,一是表示主张,在表示的态度上,二者就不一样了。仅仅表示理解,态度常常是平静的。对甲说是这样,对乙说也是这样,说了就完事,甲或者乙听不听、相信不相信,那是不问的。即使他们不听、不相信,也无碍于作者的理解。进一步表示主张可不然了,态度常常是激动的。非把读者说服不可,非使读者相信不可;预料读者将有怎样的怀疑和反驳,逐一把它消释掉,好比军事家设伏一般,惟恐疏忽了一著,不能取得最后的胜利。为甚么要这样呢? 因为不能使读者相信等于白有了这个主张;作者要贯彻主张,就不能不用志在必胜的态度去对付读者。

说明文的题目的完整形式是"××是甚么"?"××是怎样的?"改从省略,把其他删去,只留"××"部分,才成为"图画"、"读书"那样的题目。议论文的题目的完整形式是"××应当如此"、"××是不对的。"改从省略,把其他删去,只留"××"部分,才成为"爱国"、"战争"那样的题目。如果所有题目都写完整形式,那末单看题目就可以把说明文和议论文分辨出来了。可是实际上往往有取简略形式的,此外还有种种变化,这就混淆不清了;如"图画"、"读书"、"爱国"、"战争"四个题目摆在一起,若不把四篇文章通体读过,谁也不能判定那一篇是说明文,那一篇是议论文。在读罢文章下判定的当儿,只要注意两点就不会有错儿:(一)这篇文章表示甚么?(二)这篇文章态度怎样?

前面说过,议论文是从说明文发展而成的。议论文表示一种主张,非先把议论到的事物说明一下不可。如主张战争应当反对,就得先把战争给与人类的灾祸详细说明,才见得"应当反对"的主张确可信从。因此,说明文几乎是议论文中必具的成分。

## 文选十九　为甚么要爱国

潘大道

国家在历史上的罪恶,已经不少,现在再要提起爱国两个字来说,恐怕有些人就不欢喜听了。既是如此,又何以要讨论这个问题呢?因为上海有几位朋友,讨论"为甚么要爱国"的问题,作了好几篇文章;其中有一位朋友,写信问我的意见如何,我正懒得动笔,恰逢《晨报》周年纪念,征求大家的著作,所以我就将这个题目来讨论一下。

我以为要讨论"为甚么要爱国"这个问题,不可不先讨论"我与国家有甚么关系"。凡与我们有关系的事物,我们自然会爱它;没有关系,那么要爱也无从爱起。

社会学家以为人的意义有两种:一种是自然人,一种是文化人。自然人生来便是,文化人乃直接间接由社会造成的。人若是自来就各个散处，他的性格便不能完全实现；换一句话说，只见得他具备自然人的性格，和动物没有区别。假使与同类聚处，便和动物不同，要发生一种同类意识了。因此互相影响，就产出风俗、习惯、宗教、道德、文化、美术种种的社会制度来。个人生在社会里，受这社会的种种薰陶，然后成一个文化人。我们若将一个文化人的性格加以剖解：何种是由社会造成的？何种是生来就有的？将那由社会造成的一齐除去，剩的就是一个赤裸裸的动物了。我尝和一位朋友谈天。他说他要"出世"。我说这句话，从主观的解释，你便是作官，也可以说"出世"，如古人所谓"隐于市朝"的话，倒未尝不可；若从客观的解释，世间（社会）是出不了的，你这"出世"的思想，还是由世间造出来的。言语是世间的产物，用来达人类意思的工具；你若不入世，就不会说话；你若要"出世"，就不该说话；你一说话，就用了世间的工具，还说"出世"么？话虽是说笑，却有至理。总之，人不能离社会而独立；离了社会，便是自然人，不是文化人。所以有人说："产生人的是父母，造成人的是社会。"人类既不能离社会而独立，虽在极野蛮未开化的时代，到了某种程度，就有种种特殊社会的发生：因天然的结合而有家族社会，因信仰的结合而有宗教社会，因财货的结合而有经济社会。这各种特殊的社会，平时散散漫漫地都不觉得；到了遇外侮的时候，就不能不团结起来，一致对外。这个团结带有政治作用，久而久之，就成了国家。并且那组成社会的个人相互之间，不能没有冲突的地方；社会既有特殊性质，就各有各的特殊感情，特殊利害，也不能没有冲突的地方。有了冲突，便不能不有一个超特殊的社会来尽这个调和整齐的责任。这个超特殊的社会，便是国家。

依历史哲学和社会学的证明，未有社会以前，完全是弱肉强食的动物世界；有了社会，就跟着有习惯、舆论、宗教、种种的社会力；然后人的生命财产才有保障。那保障却不大巩固；有了国家，就有法律，就有公权力来作后援；到了社会力变成公权力的时候，那保障就巩固得多了。所以有人说："必有社会而后人（文化人）的性格才能表现；必有国家而后社会的组织才能完全。"

我并不是以国家为偶像的人，不过从文化史的一方面看来，若是自来就没有国家这种组织，人类的文化还到不了这个地步。最远的将来，我不敢说；就现在和最近的将来而论，也还要利用国家这种组织，来满足人类的生活，以为世界统一的地步。简单说一句话，还是不能离掉国家的；不能离掉国家，就不能不爱国家了。

说到这里，要请注意：人类是我的最大扩充，国家是我的次大扩充，家族是我的最小扩充。爱我是本来的目的，推而至于爱家、爱国以至于爱人类，都是由爱我一念所发展。爱我非不爱他人，真正的爱我，不是利己主义；爱国非不爱人类，真正的爱国，不是帝国主义；这一点不可误会。但自来的国家，都是为少数人所独占——君主、军阀、资本家，及专业之官僚、政客等，虽不能说多数人毫无利益，实在是保护多数人的利益少，保护少数人的利益多；并且有国家便有政权，因少数的人争政权的缘故，多数人的生命财产往往竟为他们所牺牲。至于帝国主义的国家，更不用说了。这样的国家，要多数人去爱它，实在是一种不自然的现象。惟有对外的时候，利用种种刺激，唤起那一种恐怖的虚荣的神秘的作用，可以支持一时；好像上了电气一样，电气一过，就渐渐的等于零了；以后自觉的人越多，电气越不中用了。

从心理上说起来，凡遇一件事体，那关系浅薄，纯处于被动地位的人，叫他发生爱情，是不容易的；要想人人爱国，除非是人人自动的参与国政，使人人的生活都与国家发生很密切的关系。到了那个时候，不怕他不爱国；只怕他爱之过甚，竟忘却人类了。

所以我对于这个问题的答案，就是——

人不能离社会而独立。在世界未统一以前，国家是一个较统一、较完备的社会，因之人之不能离国家而独立；不能离国家，就不能不爱国家，爱国家与爱人类非相反而相成。但这爱是出于自然，不出于勉强。君主的或贵族的国家，君主或贵族爱他，倒很自然；民众爱他，就勉强了。要民众自然的爱国家，就不能不改造一个民众的国家。民众啊！赶快起来改造啊！

# 文选二十　非攻

## 墨　子

今有一人，入人园圃，窃其桃李。众闻，则非之；上为政者得，则罚之。此何也？以亏人自利也。

至攘人犬豕鸡豚者，其不义又甚入人园圃窃桃李。是何故也？以亏人愈多；苟亏人愈多，其不仁兹甚，罪益厚。

至入人栏厩取人马牛者，其不〔仁〕义又甚攘人犬豕鸡豚。此何故也？以其亏人愈多；苟亏人愈多，其不仁兹甚，罪益厚。

至杀不辜人，〔也〕拖其衣裘、取戈剑者，其不义又甚入人栏厩取人马牛。此何故也？以其亏人愈多；苟亏人愈多，其不仁兹甚矣，罪益厚。

当此，天下之君子皆知而非之，谓之不义。今至大为不义攻国，则弗知非，从而誉之，谓之义：此可谓知义与不义之别乎？

杀一人谓之不义，必有一死罪矣。若以此说往，杀十人，十重不义，必有十死罪矣。杀百人，百重不义，必有百死罪矣。

当此，天下之君子皆知而非之，谓之不义。今至大为不义攻国，则弗知非，从而誉之，谓之义。情不知其不义也，故书其言以遗后世。若知其不义也，夫奚说书其不义以遗后世哉！

今有人于此，少见黑，曰〔黑〕；多见黑，曰〔白〕：则必以此人为不知白黑之辩矣。少尝苦，曰〔苦〕；多尝苦，曰〔甘〕：则必以此人为不知甘苦之辩矣。

今小为非，则知而非之；大为非攻国，则不知非，从而誉之，谓之义：此可谓知义与不义之辩乎？

是以知天下之君子〔也〕辩义与不义之乱也。

# 文法八　来和去

"来"和"去"当作助动词用的时候,是表达动作的趋势的。文言里只用在动词的前面,语体里可以用在动词之前,也可以用在动词之后。例如:

　　至为河伯娶妇时,……幸来告语之!

　　久不见绍原,又未得来信,于昨日便道去一访。

　　(以上文言)

　　一到夏天,来游西山的人很多。

　　从汽水厂用一块钱一打去贩来。

　　"那里拿来的?""你不用管。你拿去好了。"

　　(以上语体)

"来""去"表示动作的趋势,通常以说话的人为中心,对于接近的时候用"来",离开的时候用"去"。因了说话时的标准不同,有时可以互相掉用。例如:"明天我到府上来找你",有时可以说作"明天我到府上去找你"。前者以听话的人为中心,后者以说话的人为中心,说法虽不同,都是合乎原则的。

"来""去"二字在语体里和助动词"得"字常联结在一处,造成"得来""得去"的熟语,意义都是表可能的,等于单用一个"得"字。例如:

　　只要干,就干得来。

　　这种日子,你过得去吗?

"得来"和"得去",虽都表示可能的意义,可是"来""去"的原来的方向仍旧存在,意义自有分别。"得来"是向内的,表示动作者本身可能,"得去"是向外的,表示环境许可这动作的实现。

"来""去"和"得"合成"得来""得去"表示可能,但在否定可能的时候,又可省去"得"字,只用"来"或"去"来直截地表示。例如:

　　这事情干不来。

友谊上过不去。

"来""去"二字在语体里因为可以用在动词之后,常和上面的动词造成种种的熟语,如"上来""下去""看来""听去"之类很多,其中最习见的是"起来"一语。例如:

这各种特殊的社会,平时散散漫漫地都不觉得;到了遇外侮的时候,就不能不团结起来。

从心理上说起来。

忽然想起采莲的事情来了。

他从椅上抬起身来。

"起来"二字,从上面的例句看来,有用在一处的,也有分隔了用着的。分隔的用法,限于帮助他动词的时候,在"起""来"之间的就是他动词的被动词。这不但"起来"如此,凡是"来""去"和别的动词关联时候都这样。例如:

船徐徐停住,便有许多人上岸去。

那大虫眼里、口里、鼻子里、耳朵里都迸出鲜血来。

"来""去"二字的用法在语体里是颇复杂的,尤其是"来"字。"来"字除作动词、助动词用以外,尚有好几种用法。如:

一不做来二不休。

这又何苦来。

这种"来"字,简直等于助词或感叹词。此外如"原来""自来""从来"里面的"来",也不能作助动词看,这里暂且不讲。

# 习问 十

1.理解和主张有甚么不同? 试分别解释一下。

2.文选十九和二十在表示意见的态度上相同吗? 如果同的,怎样同? 如果不同,怎样不同?

3.就文选一、文选二摘出有"来"字和"去"字的文句,依照下列项目,把"来"和"去"的性质辨认清楚,分别写列出来。

不属于助动词的

在动词前面作助动词用的

在动词后面作助动词用的

4."来""去"可用以表示可能的意义,试就文选里找例或自己造句,说出若干句子来。

5."起来"二字有用在一处的,也有分隔了用的,试从文选里各寻出几个例子来。

# 第十一课

## 文话十一　说明的方法

最简单的说明文同以前所提及的说明文题目的完整形式相当。譬如说，"人是有理性的动物"，相当于"××是甚么?""人是两手工作、两脚跑路的"，相当于"××是怎样的?""有理性的动物"只有"人"，"两手工作、两脚跑路的"只有"人"，用"人"的特点来说明"人"的概念，读者自然明白理解，不生误会。于是说明文的任务就完毕了。

但多数的说明文却要复杂得多。虽说复杂，也无非是许多简单说明文的集合和引伸而已。复杂的说明文，必须具备的条件共有六项：

一、所属的种类　要使所说明的事物和关系较远的事物分离开来，必须说明它所属的种类；譬如要使"人"和植物、矿物分离开来，就说他是"动物"。

二、所具的特点　要使所说明的事物和关系较近的同种类的事物分离开来，必须说明它所具的特点；譬如要使"人"和一切别的动物分离开来，就说他的特点——"有理性的"或是"两手工作、两脚跑路的"。

三、所含的种类　要使读者更易理解，而且理解的内容更见充实，那就必须把事物所包含的种类一一说明。分类原有一定的标准，所以在说明种类的当儿，又须把所用的标准同时点出。譬如就"书籍"说明它所含的种类"，可作下面的说法："书籍在版本上，有木刻的，铅印的。在装订上,有线装的,洋装的。在文字上,有汉文的,洋文的。在内容上,有关于文学的,关于科学的,关于哲学的,等等。"

四、显明的实例　如果加上显明的实例,那就更见得明了。譬如对于"书籍",可以说:"爸爸那部《吴诗集览》是木刻的,线装的,汉文的,关于文学的,我的这本《科学概论》是铅印的,洋装的,洋文的,关于科学的。"

五、对称和疑似　单就事物的本身说明,有时还不容易明瞭,如果把对称的或者疑似的事物作为对照,那就更可使该事物明白显出。所谓对称的,就是大门类相同而小门类不相同的事物。所谓疑似的,就是好像同门类而实则并不相同的事物。学术上的名词大概有对称的。通常的事物多半有疑似的。把对称的作为对照的例子,如说:"植物是生物中不属于动物的那一些。"把疑似的作为对照的例子,如说:"习字纸也是用笔写的,但目的并不在代替谈话,所以不是书信。"

六、语义的限定　语义因使用纷繁,往往发生分歧,对于同样一个词儿,两个人的理解未必全同。作说明文的时候,如果遇到容易引起误会的词儿,就得特别限定它的语义。譬如对于"共和",可以说:"共和是国家主权属于全体人民,行政首长也由人民选出来的一种国体,不是'周召共和'的共和。"

以上六项中的某一项或某几项确为读者所熟悉的时候,当然也不妨省略。

# 文选二十一　机械人

黄幼雄

自从美国技师文思莱制造了一个机械人,公开实验以后,机械人的名誉一时大噪。各人都热烈地加以介绍,加以研究。现在机械人也同留声机、电影、无线电话一般,渐渐的被人所利用了。

机械人的构造怎样,说来话长,不能在此详细讲述,但综括一句话,这是应用近代科学界最新的发明，巧为配置罢了。机械人能说话，能听话，这完全应用无线电话机的原理；机械人能阅看，这完全应用无线电视机中光电池的原理；机械人能动作，能听人指挥而动作，这又是种种电气机械及力学器具的功用。但是机械人究竟没有头脑，没有智慧，它的智慧只不过是人们所给予的极小量的一点。

近来谈机械人的人，因为觉得事情新奇，难免有过于炫奇夸大之处。其实机械人的能看、能听、能说、能笑以及动作行为，都有一定的限制，并不是真像人类一般，件件皆能。它会说，但只会说得一定的几句话。它会听命而动作，但只会操作一定的几件事情。它究不过是机械，因为新鲜些，动人些，才给它一个"人"的头衔罢了。

如果硬说机械人是人，那末火车头、汽车头也就是车夫，轮船中的汽机也就是水手，自动电话接线机也就是接线生。因为它们所能操作的便是车夫、水手、接线生所操作的工作呵。

那末机械人究竟能操作些什么呢？让我来大体说说。

美国的威斯汀好斯电公司有一个机械人，它是专司看门的。如有人对它说一声开门，那机械人更真的奉命开门。可是来的是好人或坏人，它是一概不管的。

一九二七年曾有一只船从旧金山经由阿克兰直至新西兰，船上使用自动操航装置。这船走了二十一昼夜，不曾有一点错误。

在伦敦有一个机械人名为哀立克，能坐能立，有人问它时刻，它也会报告出来。

文思莱所制造的机械人，有一个专司报告华盛顿蓄水池水面之高低。又一人在纽约爱迪生公司作启闭电门的工作。又有一人在芝加哥新开水沟公司运转唧筒机器。文思莱最初创作的机械人只能奉命作事，但现在则更进步，当其所作工事情形不良时，会得取电话器报告管理人。

另有一个机械人是美国工科大学的电学教授勃休所发明。它能解决数学的难题，任何人都赶它不上。据说连微积分等高等数学，它也会解答。这真是一部最良的计算器了。

如到纽约博物馆中的平和馆参观，一入门，便见有一个机械人目光闪闪,开口说:"请签名。"这因为机械人的眼是光电池做的。光电池一遇光的变化,便起电流转变的作用,而自动的发出话声。应用同样的原理,如将此种机械人放置于一定地方,即可以防止盗贼,却是非常便利的。

除此以外,机械人有能管理锻炼场熔化钢铁的温度的,有能操纵飞机的,有能操纵小艇的。甚至于军舰、坦克车,无不可以特制的机械人为之驾驶。最近且有人发明一种机械人可以防空,遇有敌人飞机到来,它就先听到音响,立刻准对来机发放高射炮。更有一种机械人专用以司交通管理。又有一种则用以代酒馆茶室的堂倌的。

总之,机械人的制造,近来日有进步,各种事务,都可用以代劳。不过一个机械人只能操作一二件事情,并非和真人一样,件件都能操作的。

# 文选二十二　雕刻

## 蔡元培

音乐、建筑皆足以表示人生观;而表示之最直接者为雕刻。雕刻者,以木石金土之属刻之,范之,为种种人物之形象者也。其所取材,率在历史之事实,现今之风俗,即有推本神话宗教者,亦犹是人生观之代表云尔。

雕刻之术大别为二类:一"浅雕""凸雕"之属,象不离璞,仅以圻堮起伏之文写示之者也。如山东嘉祥之汉武梁祠画象,及山西大同之北魏造象等属之。一具体之造象,雕刻之工面面俱到者也。如商武乙为偶人以象天神,秦始皇铸金人十二,及后世一切神祠、佛寺之象,皆属之。

雕刻之精者:一曰"匀称",各部分之长短肥瘠,互相比例,不违天然之状态也。二曰"致密",琢磨之工无懈可击也。三曰"浑成",无斧凿痕也。四曰"生动",仪态万方,合于力学之公例;神情活现,合于心理学之公例也。

我国之以雕刻名者,为晋之戴逵。尝刻一佛象,自隐帐中,听人臧否,随而改之,如是者十年,厥工方就。然其象不传。其后以塑象名者,唐有杨惠之,元有刘元。西方则古代希腊之雕刻优美绝伦,而十五世纪以来,意法德英诸国亦复名家辈出。吾人试一游巴黎之鲁佛尔及卢克逊堡博物院,则希腊及法国之雕刻术,可略见一斑矣。

相传越王句践尝以金铸范蠡之象,是为我国铸造肖象之始。然后世鲜用之。西方则自罗马时竞尚雕铸肖象,至今未沫,或以石,或以铜,无不面目逼真焉。

我国尚仪式,而西人尚自然。故我国造象,自如来祖胸,观音赤足,仍印度旧式外,鲜不具冠服者。西方则自希腊以来,喜为裸象,其为骨骼之修广,筋肉之张弛,悉以解剖术为准;作者固不能不先有所研究,观者亦得为练达身体之一助焉。

# 修辞法三　呼告

在谈话或文章中突然把对手的听者或读者抛开,话头一转,自去直接向所说述的人或物打招呼,直呼其名或用代名词来叫唤的,叫做呼告法。例如:

> 一别二年多了,康桥,谁知我这思乡的隐忧?

> 宝玉垂着钓竿儿等了半天,那钓丝儿动也不动。刚有一个鱼儿在水边吐沫,宝玉把竿子一晃,又吓走了。急得宝玉道:"我最是个性儿急的人。他偏性儿慢。这可怎么样呢? 好鱼儿快来罢,你也成全成全我呢!"《红楼梦》八十一回

这种说法,都是把话头突然转变,将上下文分成两截,上文是以读者或听者为对象的平常说述,下文忽然转向所说述的事物讲话了。

呼告法通常用在情感迫切的时候。凡是用着呼告法的文章,都是情感迫切的。例如:

> 抬起眼睛,那边站着两个巡捕;手枪在他们的腰间;泛红的脸肉,深深的纹刻在嘴围,黄的睫毛下闪着绿光,似乎在狞笑。手枪是你么? 似乎在那里狞笑的是你么?

　　我倒楣,我如受奇辱,看见这样等等的魔影!我愤怒地张大眼睛,什么魔影都没有了,只见满街恶魔的乱箭似的急雨。微笑的魔影,漂亮的魔影,惶恐的魔影,我咒诅你们。你们灭绝!你们销亡!你们是拦路的荆棘!你们是火伴的牵累!你们灭绝,你们销亡,永远不存一丝儿痕迹于这块土!

　　呼告法和拟人法有共通的地方,比拟人法更情绪紧张。呼告法的特点,在乎忽转话头,直接向所说述的人或物招呼说话。如果不合这条件,任凭怎样比拟,使事物说话,仍是拟人法,不是呼告。如下面所举的就是拟人法的一例:

　　那湿柴煨也再煨不然,吱吱的响,像背地埋怨,说道:"你要我中用,还该先下一番工夫。这样生吞活剥起来,可是不行的。"那煤渣在那里无精打彩的干炙,却一阵一阵的爆出碎屑来,像是恶狠狠的说道:"我的精髓已榨干了,你还要相煎太急吗?"

　　呼告法用在情绪紧张的时候是适当的,在寻常的情境里如果漫然使用,就不得当了。

# 习问 十一

1.试依说明文最简单的形式造五句句子。

2.试选定一个题目,应用文话十一所说的六项条件,作一篇说明文。

3.就从前读过的说明文,依照六项条件,各举出一段文句来。

4.呼告法和那些修辞原则有关系?

5.试从从前读过文章上或日常的谈话上举出用呼告法的例子来。

# 第十二课

## 文话十二　类型的事物

　　说明文所说明的对象有许多种。我们要把重要的几种分别述说。现在先说其中之一——类型的事物。

　　有人说的，一棵树上找不到两张完全相同的叶子，一只鸟身上找不到两片完全相同的羽毛。世间事物除了本身以外，决不会有另外一件事物和它完全相同。话是不错。但不同之处未必尽关紧要，有一些往往是小节目；抛开这些小节目不管，就见得许多事物相同了。试就叶子来说。一棵树上的两张叶子，大小不尽相同，边缘的轮廓不尽相同，叶脉的纹理不尽相同；可是除开这些，构造是相同的。再说甲种植物的叶子和乙种植物的叶子，形状也许不相同，构造也许不相同；可是除开这些，生理作用是相同的。我们上生物学的功课，有时遇见"植物的叶子"这样的题目。这里所说的叶子是那一种植物的叶子呢？也不是桃树的，也不是玉蜀黍的，甚么都不是，而是从所有植物的叶子中间抽出它们的共同点，然后用这些共同点组织起来的一张抽象的叶子。它不是某种植物身上的某一张，可是和每一种植物的叶子比照起来，都有共同之点。它是同类（所有叶子）中间的一个模型。这就叫做类型的事物。

　　我们认识事物，大部分只须知道它的类型就够了；逐个逐件地认识，事实上不可能，而且也不必须。除非那事物特别和我们有关系，特别引得起我们的兴趣,这才有另眼看待、个别认识的需要。

　　述说类型的事物,在口头就是讲演体,在笔下就是说明文。生理教科书中讲胃是怎样一件东西,有甚么作用;动物教科书中讲哺乳类是怎样一类动物,有甚么特征:都是讲演体,都是说明文。这里的胃并不指定张三或李四的胃;哺乳类并不指定这一条狗或那一只猫:都是类型的事物。如果你当医生,割治一个病人的胃,你要把那个病胃的状况写下来,以备他日参考;或者你养一条狗,非常可爱,你要把它的可爱情形写下来,寄给你的朋友看。这时候,你所写的不再是类型的事物了,你的文章也就是记述文了。

# 文选二十三　梅

### 贾祖璋

　　梅是属于蔷薇科的落叶乔木,干高可及二、三丈。叶卵形、倒卵形或广椭圆形,叶端尖锐,边缘有不整齐的细锯齿。先叶开花,花梗极短;萼以绛紫色为普通。里面黄绿色;下部连合如筒,上部五裂,裂片为卵形。花瓣五枚,形圆,色白或红。雄蕊多数。雌蕊上位,子房单一;有一种所谓品字梅的,据记载一花能结三个果实,生在一起,形如品字,这大概是子房分化的缘故。

　　梅花有单瓣的,也有重瓣的。单瓣的梅花,花瓣五枚,与萼片互生;间有为六瓣或七瓣的,萼片数也同时增加。重瓣花可分一次的、二次的、三次的数种:一次的重瓣花,花瓣数从六到十五,由于花的内方增生一圈花瓣造成;其中有歪形的花瓣,尚留着发育不全的药,显示雄蕊变成花瓣的遗迹。二次的重瓣花,理论上是发生三圈的花瓣,一共可有三十五瓣,因发育的不完全,其数常增减于十六至三十五之间。三次的重瓣,发生第四圈花瓣,瓣数可达七十五枚;因为梅花的花托狭小,不能负担多数的花瓣,所以达到这个最高数目的是没有的;据调查所得,最多还不过五十余瓣。

梅是虫媒花,开花时,给它做媒介的蜂蝶之类还不很多;花中散放浓烈的清香,就是要使少数的昆虫,能够特别注意它的缘故。

梅的栽培,随观赏与实用的不同,产生许多品种。常见的有下列数种:

青梅　苏州等处的栽培种,果实圆形而尖,色青,味极清爽。旧记载有所谓消梅的,云"实圆,松脆,多液,无滓,入口就会消融",大概就是这一种。

红梅　杭州等处的栽培种,果实形圆,色青红相间。

杏梅　果大形扁,色黄,向着阳光的一面有红斑。

绿萼梅　梅花的萼本为绛紫色,这种变为绿色,枝梗也转成青色;花瓣色白,有素淡清雅的风韵。单瓣重瓣的都有。

鸳鸯梅　结实多双,故名。花重瓣,色红,所以别名多叶红梅。

紫梅　花色紫红,枝叶也带紫色。

水仙梅　花瓣六枚,色白形大,似水仙花,故名。香气甚烈。

其中前三种以实用为主,后四种以观赏为主。通常栽培的梅,实用的品种较多,产梅的名地,如苏州的邓尉,杭州的西溪等,都是出产梅子的地方。梅子味酸,因为含有林檎酸等果酸的缘故,可制果子酱、梅干和供蜜渍等用。但未熟的梅子,因为含有青酸,不宜多食,否则中了毒易致腹痛。

梅树老时,干渐樛曲,树心朽腐,内生空洞,外方仍能生枝开花,且树皮上满生藓苔,有苍老而高雅的姿态;所以梅花的供观赏用,不独因为它的花有清香和艳色,又以树势的虬曲苍老为重。这种梅花称为古梅,范成大著《梅谱》,已有关于古梅的记载。他说:"古梅会稽最多,四明吴兴间有之;其枝樛曲万状,苍藓鳞皴,封满花身;又有苔须垂于枝间,或长数寸,风至绿丝飘飘可玩。"范氏以后,相类的记载,不可胜数。所谓苔须,是一种的地衣,大抵是松萝一类的植物。现在盆栽的"梅章",即以人工方法所造成的古梅姿态。《群芳谱》说:"长干之南七里许曰华严寺,寺僧莳花为业,而梅尤富。……率以丝缚虬枝,盘曲可爱;桃本者三、四年辄樛矣,不善缚则抽条蔓引,不如不缚者为佳。"据此在明代已经知道梅章栽培的方法了。现代的都市中，尺地寸金，栽培古梅以供玩赏，已为事实上所不可能。所以梅章的栽培，虽有人曾谥之为病梅，在花卉园艺上，则终属有相当的价值。

# 文选二十四　蟑螂

### 克　士

蟑螂。它和臭虫一样，是昼伏夜出的昆虫。腰圆形的身子，盖着长翅。头部向下弯曲，把尖尖的脸藏在胸下，上面看不出它的头颅。扁平的身子，出入隙缝非常之便利。它的黑褐的颜色，是很"隐藏"的。蟑螂虽然会飞，只是不很高明，至于跳，尤其拙劣。可是它善跑，你如果看见一个蟑螂，想用蝇拍或鞋底拍它时，一经被它察觉，起身便跑走，很快的，跑进狭缝里，不见了。因此，有些动物学者叫它们这类为跑虫。

蟑螂的身子扁平，是适于生存的条件之一。它的颜色隐晦，也是适于生存的条件。但是还有使它最适于生存的，是不选择食物。它的菜单之长，几乎使人奇异。它不但吃人所吃的各种东西，它又吃洋装书的面子，甚至于吃洋绿。它吃了洋绿，会把绿色的污斑斑点点的撒在书上或纸上，真叫人看了生气。它顶喜欢居住的地方，第一是厨房，许多人家的灶上，到晚上的时候，如果拿了灯去看，总有多少蟑螂在那里游行的。它们是出来找寻食物的，但是雄的背上（腹部上面）能够分泌出物质。常常竖起翅膀，任雌的舐食。看到你的灯光时，它立刻盖下翅膀，索索的走掉了，举动也有点滑稽。

蟑螂虽然不咬人（有时也许要啃啃），不过偷吃些食物，毁坏些东西，可是它的可厌不下于他种极可厌的虫类。它的油光光的翅膀，一节节的腹部，都不能叫人看了喜欢，只能使人腻心。并且它有臭气，随处撒污，不像粉蝶、蜻蜓的清洁。我记得汤姆逊还是别人曾说过，室内如果有蟑螂，使人觉得住不安稳的样子，我以为这话是很对的。纵使有些书上说它能够食臭虫，但是如果为了这种利益任它繁衍，是抵不过别种损失的。

可惜上海有些想头特别的人爱蟑螂，理由是：蟑螂多，能致富。

许多小虫生命大都很短促，蟑螂却很长寿，分明能够生活好几年。冬天的时候，藏在温暖的地方，不干净的抽斗里是它常住的处所。它的卵集合一起，外包坚硬的鞘，黑褐色，这个洋漆的卵盒，形状像粒乌豇豆，也有点像旧式的洋夹。不过不像空洋夹，却像洋钱盛满的洋夹。不干净的抽斗及门户背后等地方常常找得到。孵化出来的小蟑螂形状和大蟑螂大致相像，但没有翅膀。Periplaneta 属的有些种，据说须到第四年蜕下第七次皮才长成，它们在同类里（直翅类里），要算长寿的了。

蟑螂虽然几乎无所不吃，然而吃了有些东西会中毒，例如硼酸。我曾经试过，把硼酸粉拌在糊里，放在它们往来的地方给它们吃，似乎有点功效的，可以减少些，但要绝灭它却不容易。

# 文法九　动词的时

凡是动作，都离不了过去、现在或未来的时间关系。动词是表示动作的，所以也须带了时间来表示。

在我国的文章或言语里，动词的表时，不若别国的严密，通常只用动词的原形，不加过去、现在、未来的分别。例如：

> 我从此便整天的站在柜台里，专管我的职务。虽然没有什么失职，但总觉有些单调，有些无聊。掌柜是一副凶脸孔，主顾也没有好声气，教人活泼不得；只有孔乙己到店，才可以笑几声，所以至今还记得。

> 京中有善口技者。会宾客大宴，于厅事之东北隅，施八尺屏障。口技人坐屏幛中，一桌，一椅，一扇，一抚尺而已。众宾围坐，少顷，但闻屏幛中抚尺一下，满坐寂然，无敢哗者。

上二例中，所有动词都未曾附有时间的限制。如果在别国文字、语言里，大部分都该用过去式来表示的。

我国文字、语言没有语尾，动词的时间，通常用时间副词或助词来表示。例如：

我国之以雕刻名者，为晋之戴逵。尝刻一佛象，自隐帐中，听人臧否，随而改之。

这船走了二十一昼夜，不曾有一点错误。

今操芟夷大难，略已平矣。

大约孔乙己的确死了。

（以上过去）

庑下一生伏案卧，文方成草。

掌柜正在慢慢的结帐。

（以上现在）

蔡公松坡之丧归自日本，止于上海，将反葬乎湖南。

将来做掌柜的时候，写帐要用。

等等呵。你到外边要着凉的。我去叫一辆马车吧。

（以上未来）

这过去、现在、未来三种时间，还可有错杂的种种方式。例如：

"我可是毫不怪你呵。"我想，他要说了我即刻便受了宽恕，我的心从此也宽松了罢。

就文句的意义看来，"我想"总括下文三句，是现在的说法。"他要说了"一句，就"要"字说，是未来，就"了"字说，又是过去。"我即刻便受了宽恕，我的心从此也宽松了罢"两句里面"了"是过去，"罢"又是未来。这类错杂的方式，是很值得注意的。再举几个例子如下：

我刚赶到车站，火车已开走了。（现在的过去）

你将来到社会上去做事，就会明白我的话罢。（未来的未来）

那时我尚未和你相识，已知道你是一个好人了。（未来的过去）

今天早晨六点钟曾来看你，你还未起来。（过去的未来）

# 习问 十二

1.甚么叫做"类型"？ 和"类型"相对待的是甚么？

2.为甚么文选二十三和二十四所讲的是类型的事物？

3.试把文选二十三、二十四重行分段,在适当的部分,用文话十一里所列的各项目作标题,分别标记出来。

4.动作的时间用副词或助词来表出,这种副词或助词的常用的是那些？试就所知道的举出来:(1)表现在的,(2)表过去的,(3)表未来的。

5.过去、现在、未来三种时间在文章或谈话里时常有错杂的时候,试依照下列条件,各造出一个例子来。(1)未来的过去,(2)过去的过去,(3)过去的未来,(4)未来的未来,(5)过去的现在。

# 第十三课

## 文话十三　抽象的事理

说明文所说明的对象，现在再举出一种——抽象的事理。

譬如，我们要知道水的冰点是多少度，就去观察。看见寒暑表（摄氏）降到零度的时候水就凝结起来。于是知道水的冰点是零度。在观察的当儿，眼睛看得见的具体的事物只有寒暑表、水或是冰。至于"水的冰点是零度"，换一句说，就是"水在温度达到冰点时候才结冰"，这不是一件具体的事物，而是一个抽象的事理，只能意会而不能目睹的。

看了上面的例子，甚么是抽象的事理就可以明白了。物理、人生地理等书籍中所述说的都是抽象的事理。这些文章都是说明文。

抽象的事理不是我们所能创造的。它附着于事物，只待我们去发见。在未被发见之前，它早已存在了。既被发见，它就成为我们的经验。因为它是抽象的，发现得对不对、准确不准确往往成问题。譬如，某人精神不佳，仿佛看见眼前闪过一个黑影子，第二天病了，他就说黑影子是鬼，他的病因是遇见了鬼。这似乎也是一个发见，也是一个抽象的事理，然而多么错误、荒唐呵！医生来了，仔细诊察之后，发现他的病因是受了某种病菌的侵袭，或者是身体的某种机能发生了障碍。如果承认医生所发见的是准确的事理，就不能不说某人自己发见的只是虚幻的想头。因为同一事物在同一情形之下，事理不会有两个的。为增进经验、应付生活起见，我们需要准确的事理，不需要虚幻的想头。所以在发见的时候必须极其审慎，以免结果的错误、荒唐。又，我们所知道的事理很多，不尽由自己去发见，大部分还从传习得来；看了书籍，听了教师、家人、朋友的指授，我们就多懂了许多的事理。这些当然有可靠的，但未必完全可靠。所以，对于从传习得来的事理，也得审慎检查，淘汰一番，才能把它们应用。

述说抽象事理的说明文，像"水的冰点是零度"是最简的了。通常的没有这么简单，往往须把一串的事理联结起来，这一串的事理或由自己去发见，或根据大家所公认的。怎样由自己去发见呢？怎样知道大家所公认的一些事理呢？那是各学科方面的事情，整个生活里的事情，不只是国文科方面的事情了。

# 文选二十五　二十三年夏季长江下游干旱之原因

## 竺可桢

苏东坡所作舶棹风诗里有两句警句，说道，"三时已断黄梅雨，万里初来舶棹风。"这舶棹风名称的由来，和通行的地域，东坡在他的舶棹风诗引里已下了注脚："吴中梅雨既过，飒然清风弥旬，岁岁如此，湖人谓之舶棹风，是时海舶初回，此风自海上与舶俱至云尔。"照这样看来，东坡所谓舶棹风，就是现在气象学上所谓东南季风。但东南季风和霉雨有上述的关系，是为一般人所料想不到的。从表面上看起来，东南季风是源于南海，吹过几千里的洋面，应该一到中国，就发生滂沱大雨，和印度的季风雨一样。为什么黄梅雨反因之而停顿呢？但的确照近年上海、南京、汉口、长沙各处地方的纪录看起来，每当七月初旬东南季风风力一强，霉雨就立刻绝迹，温度就立刻升高，可见古人经验之谈也有很可靠的。原来长江流域六月初旬到七月初旬所以有霉雨，那是因为东南季风毛羽未丰，常遇到东北风和北风的侵袭，两种温度不同的空气聚在一起，酝酿成为风暴。所以每逢江南霉雨的时候，总是风暴从长江上游络绎而来，蒙蒙细雨,连旬不息。等到东南季风势力一强,可以长驱直达华北东三省,长江流域的霉雨一扫而空,而华北和东三省却大雨时行了。我们晓得了这个缘故,则今年长江下游之所以没有霉雨的问题,亦可迎刃而解了。东坡所说的三时,是在夏至后半个月。换句话,江浙一带到夏至后半个月,即阳历七月七八号左右,东南季风之力顿然强大,古人特加它一个舶棹风的名号,舶棹风一到就可以出霉。但是本年的舶棹风降临特别的早,西自湖南的长沙、衡阳,东至南京、上海,六月廿四统已出了霉,比普通出霉要早半个月。这半个月正应该是江浙两湖雨量最充足的时候,而竟涓滴未下,这是长江下游本年六七两月异常干旱最重要的原因,也是江浙各省晚稻的致命伤。徐光启《农政全书》里所引古谚中,有道"舶棹风云起,旱魃精欢喜。"像今年长江流域舶棹风降临的早,和流行时期的长久,旱魃精固应欢喜,但农民只可痛哭了。

# 文选二十六　动物的运动

## 贾祖璋

动物如其名称所指示,是能够自发活动的生物;与作定着生活的植物,适相对立。动物移行于各处,可以搜求食饵,避免敌害,以维持生命;并引诱异性,以繁殖种族。动物中虽然也有像植物那样作定着生活的,但以海产的种类为主,这是食物随水流运转,自会送至动物身旁,任它摄取,无劳四出搜求的结果所引起的第二次的生活型式;在它们的幼生时代,本来是能够自由游行的,如海绵、珊瑚、石勃卒等都是。又有为防御外敌的缘故,增厚身体上的介壳或外皮,以至行动拙滞,或竟作固着生活者,也是极普通的。

大多数动物都有特殊的器官,以司运动。也有并无运动器官,而只随流水作消极运动的,如种种身躯微细的浮游生物就是。

动物运动的方法,可以大别为三类:一种是随原形质的流动而运动的,一种是由于纤毛或鞭毛的活动而运动的,一种是由于筋肉的活动而运动的。大多数动物的运动,都用第三种方法;使用一、二两种方法的,只限于少数下等的动物。

　　第一种的运动法,见于动物中最下等的变形虫,由于内部原形质的流动,使身体的各部分发生伪足,即随时变换体形,以成运动。白血球的运动,也用这种方法。胞子虫类体形虽然固定,但身体的一端分泌带粘性的物质,以司运动。这种随原形质流动而起的运动,是最原始的运动法。

　　第二种的运动法,见于原生动物的鞭毛类及滴虫头。前者如梭微子,用身体前端的鞭毛以运动;又如双鞭虫,用身体后部的鞭毛以运动。后者如草履虫,用全身的纤毛运动。其他如后生动物中海产的海绵动物、腔肠动物、环形动物及软体动物的幼生,也多以纤毛运动。总之,微小的纤弱的水栖动物,大多用这一类的运动法。

　　第三种靠筋肉力量运动的动物,以其栖息的范围有水中、陆上及空中的不同而异其方法。在水中运动的方法,第一种是由于收缩环状筋肉所起的运动,如水母、章鱼等是。水母收缩伞部的环状筋肉,排出圆筒内的水,利用水的反动力而前进。所以水母看似浮游水中,实则是以自己的力量在缓慢进行的。章鱼在海底时,以八只脚爬行。浮于水中时,充分吸水于外套腔中,收缩筋肉,将水排出,使身体前进。贝类中,海扇也能游泳。外套膜缘有环状横纹筋,游泳时,开介壳吸水至外套腔中,又收缩筋肉,使水从壳顶斜向后方射出,于是身体就照壳口的方向,向前进行了。

　　其次为由于纵行筋骨的收缩所起的运动。如蛭游泳时,身体的筋肉,自前方至后方顺次收缩,使身体作波状运动而前进。鱼的游泳,以交互收缩身体左右侧的筋肉,屈曲体轴,把水交互拨向身体后方,藉其反动力而前进。

　　但鱼类以其附属器官的帮助,及体形的不同,游泳方法有种种的变化。最普通的鱼类,体形为纺缍形,其游泳法如上所述,使身体左右屈曲,押水于后方,以推进身体。尾鳍为增大推进力的器官;背鳍及臀鳍为垂直舵,胸鳍及腹鳍为水平舵,都是保持身体平衡的器官。普通的鱼类,如鲤、鲫、沙鱼等，都使用这种游泳法。第二种的游泳法为鱼雷型。这种鱼类的纺缍形身体硬直而殆不能左右屈曲，仅以身体后端的尾鳍为强力的推进器，能在广阔的水中，用高速度作长时继续的游泳。强大的海洋鱼，如金枪鱼、旗鱼等，都用这一型的游泳法，是游泳法中最最优秀的。第三种为漕艇型的游泳法。这种鱼类，如黄貂鱼等是。身体是扁平的，与普通鱼类的侧扁形完全不同。游泳时，体轴与尾鳍完全不参与运动，只以身体左右两侧的对鳍，尤以胸鳍为主，押水于后方，使身体前进。这是一种失败的游泳法，速度迟缓，并难于长时继续。第四种是蛇行型的游泳法，这种鱼类，体形是细长的，如鳗、鳝等是。由于身体的蜿蜒屈曲，拨水而前进。尾鳍多退化，胸鳍和腹鳍也多显示消失的倾向，与运动殆无关系。这是最拙劣的游泳法，速度最小；我们人类的游泳，差不多可以和它相比。

虾在水中，平时不绝地活动桡足，作稳静的游泳。遇敌时，屈曲腹部的纵行筋，作弹跃运动，以便逃避。水栖昆虫以足划水而前进，如龙虱，后脚就是特为游泳而变形的。

水禽利用身体的浮力，能够浮在水上，用脚划水而前进。小形的昆虫，如水马等，以身体极轻微，利用水的表面张力，能够如在固体上面一样的步行。

陆上的动物，大部分用附属肢即脚以运动。脚以骨骼和筋肉构成。动物的骨骼，有外骨骼和内骨骼两类。如虾、蟹等，外部为甲壳，内部是筋肉，这叫做外骨骼；猫、犬和人，骨骼在内而外附筋肉的，就叫内骨骼。为便于运动的缘故，脚都有关节；关节上附着筋肉，有伸筋与屈筋两种。伸筋位于关节的外侧，收缩时，使脚伸直；屈筋位于关节的内侧，收缩时，使脚屈曲。哺乳动物有四脚步行。其步法，例如马，常步时：第一右后足踏出，第二右前足踏出，第三左后足，第四左前足，如此交互运动；踏在地上的足音，成为四拍子音节。快步时：对角线方向的脚，即右后足与左前足，或左后足与右前足，殆同时运动，交互反覆，故足音成为二拍子的音节。更快时：先右侧的前后足殆同时踏出，次之左侧的前后足再同时踏出，如此交互不已，这叫做侧对步。最快的步法，称为飞步：先左后足踏出，次右后足，又次左前足，惟右前足踏在地上，支持身体；同时左后足蹴上，又右后足，又次左前足，使身体运至前方，又因右前足的蹴动，使身体飞跃于空中。如此又复继续；足音是三拍子的。

鸟类以飞翔为主要的运动法；但驼鸟等走禽类，完全以两脚步行，翼不过作行走时的辅助物而已。又普通鸟类的步行，以两足在地上交互前进；而鸣禽类则只能作跳跃的运动，不能作这样普通的步法。

蛇是没有四肢的特别的脊椎动物，以腹鳞的作用，巧妙地前进。蛇腹面的鳞与侧面的鳞不同，各鳞均横长形，平行排列，如瓦片样的互相重叠。内面有筋肉互相连络，以司活动。又蛇的肋骨极多，一直生至身体后方；各肋骨的末端，都以筋肉与鳞连接；所以鳞的活动，完全是肋骨主使的。不论在陆上、水中，或攀登树上，都是同一的动作。

动物最初住居水中，后来攀登陆上，最后，才扩张到空中。所以在动物的历史上，飞行是后起的运动法。一般飞行于空中的动物，以昆虫及鸟类为主。

昆虫的身体，分为头、胸、腹三部。胸部第二、第三节的背面，生着薄翅一对，是飞行的器官。蜻蛉的翅，基部有筋肉，通入体内，翅因它的收缩而活动。前后翅交互动作，前翅上时后翅下，后翅上时前翅下。其他的昆虫，翅基没有这种动翅的筋肉，翅的附着点，有纵行筋、横行筋和斜行筋，由于胸部的背甲和侧甲的运动，而翅作上下向或斜向的活动。故蝶与蜻蛉不同，前后翅是同时活动的。甲虫类前翅仅作保护之用，与运动没有关系。昆虫的飞翔力并不孱弱，蜜蜂那样的小虫，采蜜时，往来四五里路，极为常见，这是很可惊异的。

鸟类的飞行器官即翼，内部的骨骼和我们的手相同，不过掌部和指部已很退化了。骨骼的数目为尺骨、桡骨各一，腕骨两枚，掌骨一枚和指骨四枚。

翼由生于尺骨、掌部和指部外缘的羽毛组成一片的板状。休息时叠置背上，飞翔时扩张开来押空气于下方，利用它的反动力，使身体上升。如详察一枚的羽毛，中央为羽轴，两侧分出羽枝，斜向前方；羽枝的两侧又有小羽枝分出。小羽枝上有多数的钩状突起，互相钩结，成为一片，可以拨动空气。

鸟类飞翔的方法可大别为三种。一种是正常的飞翔,即上下扑动翼膀,使身体上升或前进的。这个方法,各种鸟类都要用到,翼短的鸟类则更以此为主要的方法。第二为滑翔,就是翼膀较长的鸟类,飞到了空中,可以张着翼膀,使身体作斜向下方的运动,如鸥、鹭、鸢等鸟是。又鸠、鸽等自高空向地面飞行时,也常用此法。第三为帆翔,这种飞翔只限用于形体较大的鸟类,如秃鹫、鹈鹕等鸟是。这是张了翼膀,趁着适度的风力,能够不减速力,不斜向下方而如滑翔那样飞行的。

除昆虫和鸟类外,在空中飞行的,还有鱼类中的飞鱼,和哺乳类中的蝙蝠和鼯鼠。飞鱼的飞行,不过受敌害袭击时,跃至水上,扩张胸鳍,在空中作短时间的滑翔而已。鼯鼠前后肢间连接以膜,可在树间作飞跃的运动。惟蝙蝠以张于前肢的指膜和前后肢间的薄膜的作用,能作极自由的飞行。

# 文法十　了和着

动词的表时法,前面已说过过去、现在、未来三种。我们动作的时间,仅只这三种还不够表示,通常在过去、现在、未来以外,还有完成和连续的说法。完成是动作的成就,连续是动作正进行中。例如:

　　做工的人,傍午傍晚散了工,每每花四文铜钱,买一碗酒,靠柜外站着,热热的喝了休息。

这里面有"了"和"着"两个助词两个助词,"了"表示动作"散""喝"的完成,"着"表示动作"站"的连续。以下把这两字来分别了说。

"了"　"了"字作助词用的时候,可用在整句末尾,也可以用在句中动词下面。用在整句的末尾,表示过去,(参照文法九)用在句中动词下面,表示完成。例如:

　　孔乙己,你又偷了东西了。

这两个"了"字,一在句末,一在句中动词下面,性质并不相同。这只要翻做方言，就会明白。"你又偷了东西了。"这句话如果翻成苏州方言就是"你又偷子东西哉。""子""哉"明明有分别。由此可以知道

开了花。

花开了。

两句话的意义是不同的。"开了花"，"了"在句中动词下面，表示"开"的动作的完成。"花开了"，"了"在句末，表示"开"的动作的过去。

表完成的"了"字，是语体文里随处可以碰到的。随举几个例子如下：

飞到了空中，可以张着翼膀，使身体作斜向下方的运动。

我们晓得了这个缘故，则今年长江下游之所以没有霉雨的问题，亦可迎刃而解了。

西自湖南的长沙、衡阳，东至南京、上海，六月廿四统已出了霉。

"着"　"着"只能用在动词下面，所表示的是动作的连续。例如：

他出去了。她穿着晚装呆怔着。

这是张了翼膀，趁着适度的风力，……如滑翔那样飞行的。

心头燃烧着亲一亲那些赤着的脚的热望。

"着"和动词结合表示这动作在连续，不是过去，也不是现在，更不是未来。"赤着""穿着"就是"赤""穿"的动作当前继续在那里的意思。

"了""着"二字，意义本有分别，但有时偶然也可以彼此互换。例如：

她穿着晚装呆怔着。＝＝她穿了晚装呆怔着。

大森也就坐了馆中的美丽的包车，威势俨然地出去。＝＝大森也就坐着馆中的美丽的包车，威势俨然地出去。

"了""着"只在语体里使用，文言里没有。这就是文言不及语体严密的地方。如果勉强对照起来，"而"字的许多用法之中，有一种颇相近。例如：

袖手而坐。＝＝袖了手坐着。

携盒而往。＝＝携了盒子去。

果腹而归。＝＝大笑而散。＝＝吃饱了肚子回来。……大笑着散去。

# 习问 十三

1. 在以前读过的文章中,有着说明抽象的事理的,试指出来。

2. 文选二十五和二十六所讲的一些道理是作者创造出来的吗? 如果不是,那末,怎样得来的?

3. 试把文选二十六的内容列成一个系统表。

4. 完成和过去有甚么分别? 连续和现在有甚么分别?

5. "了"字用在句末和用在句中动词下面,有甚么分别?

6. "了""着"二字,有时偶然可以通用,试举一例。又,文言中"而"字有时和"了""着"相像,也试举出例子来。

# 第十四课

## 文话十四　事物的异同

有许多事物，粗看起来，这个和那个似乎没有甚么分别；但实在是有分别的。为免除混淆起见，就有加以说明的必要。所以，事物的异同也是说明文所说明的一种对象。

譬如，鲸住在水里，形态和鱼类相仿，似乎也是鱼类了；但实际上鲸并不是鱼类。要使人家知道鲸为甚么不是鱼类，就得把鲸和鱼类的不同之点说个明白。又如，理信和迷信同是一个信，似乎没有甚么分别；但实际上二者根本不同。要使人家知道二者为甚么根本不同，就得把理信和迷信的来源解释清楚。如果写成文章，前一篇是《鲸和鱼类》，后一篇是《理信和迷信》。这两篇都是说明文。

凡是说明事物的异同的说明文必然是几篇说明文的综合。譬如，在《鲸和鱼类》这个题目之下就包含着两篇说明文：《鲸是怎样的》和《鱼类是怎样的》。综合的方式当然不止一个，先说明鲸是怎样的，再说明鱼类是怎样的，是一个方式；说了关于鲸和鱼类的某一个项目，再说关于鲸和鱼类的另一个项目，这样夹杂地说明，又是一个方式。无论用那个方式，所说的项目必须双方兼顾；如说了鲸的血液是怎样的，就得说鱼类的血液是怎样的，这才能够使人知道二者的不同。如果在鲸的方面说了血液是怎样的，在鱼的方面却说骨头是怎样的，这就无从对比，不能够使人知道二者的不同了。从此更可以知道这类说明文并不是把几篇不相应的说明文贸然综合在一起，而是几篇格式相同、项目一致的说明文的综合。

这类说明文须要捉住那些必须说明的项目；没有遗漏，也没有多余，是最合理想的手笔。如果对于所要说明的那些事物理解得十分透切，所谓异同既已了然于胸中，那末捉住那些必须说明的项目实在也不是难事。这又要说到平时的修养和锻炼上去了。执笔作文不过是把所理解的发表出来，而增进理解决不能够在执笔的当儿临时抱佛脚。这不但这类说明文如此，所有说明文原是同样的。

# 文选二十七　菌苗和血清

### 顾寿白

近来新医学界因微生物学发达的结果，就产出两大类的生物学的制剂，以作豫防和治疗之用，这就是所谓"菌苗"和"血清"。

现在许多人不知道"菌苗"和"血清"的区别，往往混为一谈；尤其把"菌苗"当做"血清"的很多。我现在索性将它们写个明白，请大家注意一下。

"菌苗"（Vaccine）是将经过二十四小时纯粹培养的病原细菌，取其一定数量，混和于生理的盐水中，使其平匀分布浮游，然后加热杀菌所制成的浆液。有些人称为"疫苗"。

"血清"（Serum）是血液中所析出的液状成分。治疗用的血清，制造法很复杂。大抵最初先将极微量的病毒注射于健康动物——多半是马——体内，其后每隔几天就将这病毒增量注射一次，到了最后，这动物竟能担受强力的病毒而不致害及健康；如此经过三四个月，这动物便已得到高度的免疫性了。在这种动物体内，含有免疫成分最多的就是血液中的血清。这时候将动物的血液采取出来，析出血清，经检查后，就可供实用了。这种血清特称为"免疫血清"。

"菌苗"多半是作豫防注射用的。像伤寒、类伤寒、吐泻疫、鼠疫等菌苗,都颇有豫防的价值;就是前几年上海一带所流行的脑膜炎的菌苗,也有相当的效果。这称为"自动免疫"。此外菌苗也有可供治疗用的。像伤寒、丹毒、淋疾、百日咳等病,用各该病菌所制的菌苗注射,都有显著的治疗成绩可见。

"血清"多半是供治疗用的。像白喉、破伤风、流行性脑膜炎、细菌性痢疾、蛇毒、出血性黄疸、丹毒、猩红热等病,注射各该病菌所制的血清,都很有效。此外遇到十分紧急的时候,健康的人也可用血清来行豫防注射。这称为"受动免疫"。

# 文选二十八　不为与不能

## 孟　子

齐宣王问曰:"齐桓晋文之事,可得闻乎?"

孟子对曰:"仲尼之徒无道桓文之事者,是以后世无传焉,臣未之闻也。无以,则王乎。"

曰:"德何如则可以王矣?"

曰:"保民而王,莫之能御也。"

曰:"若寡人者,可以保民乎哉?"

曰:"可。"

曰:"何由知吾可也?"

曰:"臣闻之胡龁曰,王坐于堂上,有牵牛而过堂下者,王见之曰:'牛何之?'对曰:'将以衅钟。'王曰:'舍之;吾不忍其觳觫,若无罪而就死地。'对曰:'然则废衅钟与?'曰:'何可废也?以羊易之。'不识有诸?"

曰:"有之。"

曰:"是心足以王矣。百姓皆以王为爱也,臣固知王之不忍也。"

王曰:"然。诚有百姓者;齐国虽褊小,吾何爱一牛?即不忍其觳觫,若无罪而就死地,故以羊易之也。"

曰:"王无异于百姓之以王为爱也!以小易大,彼恶知之!王若隐其无罪而就死地,则牛羊何择焉?"

王笑曰:"是诚何心哉! 我非爱其财而易之以羊也;宜乎百姓之谓我爱也!"

曰:"无伤也! 是乃仁术也,见牛未见羊也。君子之于禽兽也,见其生,不忍见其死;闻其声,不忍食其肉;是以君子远庖厨也。"

王说,曰:"《诗》云:'他人有心,予忖度之。'夫子之谓也。夫我乃行之;反而求之,不得吾心。夫子言之,于我心有戚戚焉。此心之所以合于王者何也?"

曰:"有复于王者曰:'吾力足以举百钧,而不足以举一羽;明足以察秋毫之末,而不见舆薪。'则王许之乎?"

曰:"否。"

"今恩足以及禽兽,而功不至于百姓者,独何与? 然则一羽之不举,为不用力焉;舆薪之不见,为不用明焉;百姓之不见保,为不用恩焉。故王之不王,不为也,非不能也。"

曰:"不为者与不能者之形何以异?"

曰:"挟太山以超北海,语人曰:'我不能。'是诚不能也。为长者折枝,语人曰:'我不能。'是不为也,非不能也。故王之不王,非挟太山以超北海之类也;王之不王,是折枝之类也。老吾老,以及人之老;幼吾幼,以及人之幼;天下可运于掌。《诗》云:'刑于寡妻,至于兄弟,以御于家邦。'言举斯心加诸彼而已。故推恩,足以保四海;不推恩,无以保妻子。古之人所以大过人者无他焉,善推其所为而已矣。今恩足以及禽兽,而功不至于百姓者,独何与?"

# 修辞法四　铺张

我们在谈话或写作上常碰到言过其实的说法。明明只是一日的光阴,有时可以说"三秋",明明只是人在那里走,有时可以说"如飞",这种说法修辞上叫做铺张。

我们读过的文章里很有许多铺张的例子，如：

　　呜呼！自吾松坡之死，国中有井水饮处皆哭。

　　庚子汉口之难，君之先辈与所亲爱之友，聚而歼焉，君去死盖间不容发。

　　大江东去，浪淘尽千古风流人物。

　　羽扇纶巾，谈笑间樯橹灰飞烟灭。

　　他们的眼睛冒得出焚掉一切的火，脂紧的嘴唇里藏着咬得死生物的牙齿，鼻头不怕闻血腥与死人的尸臭，耳朵不怕听大炮与猛兽的咆哮，而皮肤简直是百炼的铁甲。

　　吾师肺肝皆铁石所铸造也。

　　一枪之发抵巨炮，一橹之势抵艅艎。

　　叫人读书的人现在还是遍地皆是呵。

上面所举的许多例子，如果依照实在的情形看来，都不免有说得过分的地方。可是写在文章里不但不觉得有毛病，而且反觉得有效果，这就是这些作者把铺张法用得适当的缘故。

铺张法是情感的自然流露，本来是一寸长的东西，如果在情感上真觉得像一尺的时候，就说一尺也无妨。倘不从真实的情感出发，一味着眼于文辞的修饰，把铺张法来滥用，那就毫无意义，徒然使文字不明确而已。

铺张法一方面从作者的情感流露出来，一方面以情感诉之于读者，所以彻头彻尾是情感方面的东西，普通适用于情的文章。上面所举的例子，大都是从情的文章里取来的。铺张法在传达知识或事实的文章——如说明书、报告书、一般的说明文、科学的记载等——绝对不适用。前面例句中的"皮肤简直是百炼的铁甲""吾师肺肝皆铁石所铸造也"等，如果写入生理学或解剖学的论文里去，就不成话了。"国中有井水饮处皆哭""浪淘尽千古风流人物"等，如果列入调查书或报告书里去，就有毛病了。

# 习问 十四

1.试将文选二十七作例子,证明文话十四第三节所说的话。

2.文选二十八《孟子》的一番话真正合乎说明文的形态的是那一段?

3.文言代名词有倒置的用法(参照第二册文法九),试从文选六、文选二十八一一举出倒置用着的代名词来。

4.铺张法何以不适用于说明文?

5.下列各段文章里有用着铺张法的地方吗? 如有,试摘举出来。

假五六猫,阖门,撤瓦,灌穴,购僮,罗捕之,杀鼠如丘,弃之隐处,臭数月乃已。

老吾老,以及人之老;幼吾幼,以及人之幼;天下可运于掌。

小燕子带了他的双剪似的尾,在微风细雨中,或在阳光满地时,斜飞于旷亮无比的天空之上,唧的一声,已由这里稻田上,飞到了那边的高柳之下了。

# 第十五课

## 文话十五　事物间的关系

还有许多事物，粗看起来，这个和那个似乎没有甚么联系；但实在是有着联系的。或者它们的联系常被误会；实际上并不是这么一回事。为抉隐、正误起见，就有加以说明的必要。所以，事物间的关系也是说明文所说明的一种对象。

譬如，帝国主义侵略和农村破产似乎是两件不相干的事情；但按照我国的情形说，帝国主义侵略实在是农村破产的主要原因。要使人家知道这一层道理，就得把二者间的关系说个明白。又如，坐得正、立得正似乎只为着表示礼貌；但实际上对于身体的各种机能的正常发展（也就是对于健康）尤关重要。要使人家知道这一层道理，就得把正当姿势和健康的关系解释清楚。如果写成文章，前一篇是《帝国主义侵略和农村破产》，后一篇是《正当姿势和健康》。这两篇都是说明文。

因为目的不相同，这类说明文和说明事物异同的说明文在说明的方式上也就各异。说明事物异同的说明文常是两相对比；而这类说明文仅须说明二者中间作为因素的一项，只要准确而没有遗漏，它和另一项的关系自然就显露了出来。譬如，要说明帝国主义侵略和农村破产的关系，仅须把帝国主义侵略的方法，如市场的夺取、原料的吸收、等等加以阐发；在这阐发之中，当然要指出受到影响最大的是区域最广、人口最多的农村;于是二者间的关系再也不必多说,谁都认得清楚了。

目的既在说明"关系",和"关系"无关的项目就得抛开不说;否则徒然扰乱人家的注意,不免使全篇文章减色。譬如,在说明帝国主义侵略和农村破产的关系文章里,却说到帝国主义间怎样在那里互相嫉妒,互相欺骗,这就是画蛇添足了;因为帝国主义间的互相嫉妒和欺骗对于我国的农村破产是没有关系的。

反过来,我们就可以知道,这类说明文必须捉住那些和"关系"有关的项目来说。

# 文选二十九　美与同情

### 丰子恺

世间有各种方面,各人所见的方面不同。譬如一株树,在博物家,在园丁,在木匠,在画家,所见各人不同。博物家见其性状,园丁见其生息,木匠见其材料,画家见其姿态。

但画家所见的,与前三者又根本不同:前三者都有目的,都想起树的因果关系;画家只是欣赏目前的树的本身的姿态,而别无目的。所以画家所见的方面,是形式的方面,不是实用的方面。换言之,是美的世界,不是真、善的世界。美的世界中的价值标准,与真、善的世界中全然不同,我们仅就事物的形状、色彩、姿态而欣赏,更不过问其实用方面的价值了。所以一枝枯木,一块怪石,在实用上全无价值,而在中国画家是很好的题材。无名的野花,在诗人的眼中异常美丽。故艺术家所见的世界,可说是一视同仁的世界,平等的世界。艺术家的心,对于世间一切事物都给以委曲而热烈的同情。

故普通世间的价值与阶级,入了画中便全部撤销了。画家把自己的心移入于少女的美秀的姿态中而描写少女,又同样地把自己的心移入于乞丐的病苦的表情中而描写乞丐。画家的心,必常与所描写的对象相共鸣共感,共悲共喜,共泣共笑。倘不具备这种深广的同情心,而徒事手指的刻划，决不能成为真的画家。即使他能描画，所描的至多仅抵一幅照相。

画家须有这种深广的同情心，故同时又非有丰富而充实的精神力不可。倘其伟大不足与英雄相共鸣，便不能描写英雄，倘其柔婉不足与少女相共鸣，便不能描写少女。故大艺术家必是大人格者。

艺术家的同情心，不但及于同类的人物而已，又普遍地及于一切生物、无生物。犬马、花草在美的世界中均是有灵魂而能泣能笑的活物了。诗人常常听见子规的啼血，秋虫的促织，看见桃花的笑东风，蝴蝶的送春归。用实用的头脑看来，这些都是诗人的疯话。其实我们倘能身入美的世界中，而推广其同情心及于万物，就能切实地感到这些情景了。画家与诗家是同样的，不过画家注重其形色、姿态的方面而已。没有体得龙马的泼力，不能画龙马，没有体得松柏的劲秀，不能画松柏。中国古来的画家都有这样的明训。西洋画何独不然？我们画家描一个花瓶，必其心移入于花瓶中，自己化作花瓶，体得花瓶的力，方能表现花瓶的精神。我们的心要能与朝阳的光芒一同放射，方能描写朝阳；能与海波的曲线一同跳舞，方能描写海波。这正是"物我一体"的境涯。万物皆备于艺术家的心中了。

为了要有这一点深广的同情心，故中国画家作画时先要焚香默坐，涵养精神，然后和墨伸纸，从事表现。其实西洋画家也需要这种修养，不过不曾明言这种形式而已。不但如此，普通的人对于事物的形色、姿态，多少必有一点共鸣共感的天性。房屋的布置、装饰，器具的形状、色彩，所以要求其美观者，就是为了要适应天性的缘故。眼前所见的都是美的形色，我们的心就与之共感而觉得快适；反之，眼前所见的都是丑恶的形色，我们的心也就与之共感而觉得不快。不过共感的程度有深浅高下的不同而已。对于形色的世界全无共感的人，世间恐怕没有；有之，必是天资极陋的人，或理智的奴隶，那些真是所谓"无情"的人了。

在这里我们不得不赞美儿童了。因为儿童大都是最富于同情的，且其同情不但及于人类，又自然地及于猫犬、花草、鸟蝶、鱼虫、玩具等一切事物。他们认真地对猫犬说话，认真地和花接吻，认真地和人像（doll）

玩耍。其心比艺术家的心真切而自然得多！他们往往能注意大人们所不能注意的事，发见大人们所不能发见的点。所以儿童的本质是艺术的。换言之，即人类本来是艺术的，本来是富于同情的，只因长大起来受了世智的压迫，把这点心灵阻碍或销磨了。惟有聪明的人，能不屈不挠，外部即使饱受压迫，而内部仍旧保藏着这一点可贵的心。这种人就是艺术家。

西洋艺术论者论艺术的心理，有"感情移入"之说。所谓感情移入，就是说我们对于美的自然或艺术品，能把自己的感情移入于其中，没入于其中，与之共鸣共感，这时候就经验到美的滋味。我们又可知这种自我没入的行为，在儿童的生活中为多。他们往往把兴趣深深地没入在游戏中，而忘却自身的饥寒与疲劳。《圣书》中说："你们不像小孩子，便不得进入天国。"小孩子真是人生的黄金时代！我们的黄金时代虽然已经过去，但我们可以因了艺术的修养而重新面见这幸福、仁爱而和平的世界。

## 文选三十　科学名词跟科学观念

### 赵元任

要挂科学家的科学招牌，最要紧的是会用满口的科学名词。假如你说"我要一杯热开水"，你的说话就太"不科学的"了，你非得要说"我要二百五十西西的氢二氧，它的温度须要达到过沸点，并且要维持着比较的高温度"。明明一句简短而人人都懂是什末意思的话，必得要改成啰哩啰苏而多数人不懂的话，这方才是合乎科学的资格。这是许多人对于科学名词的感想。

我现在说明科学名词存在的理由分三层来说：第一，科学研究的东西往往不是平常人知道有的东西。氢二氧，固然可以叫它"水"，温度达到沸点固然可以叫做"开"，或是"滚"，但是像钠、铝、声浪、电浪、微菌、维他命都是平常不知道有的东西，所以不得不给它们些名词，以便称述。

第二,科学家所研究的事情往往不是平常人所问的事情。比方东西动的快慢科其名曰"速度",其实就是快慢;可是比方东西望下掉的时候它的速度越变越快,它的变法究竟变得有多快,这是科学要问而平常人不大问的事情,因而不得不给它个名词叫"变速度"。再比方一个病人跟一个好人在一处,分开之后第二天好像没有过着那个人的病,可是过了几天那个病发出来了。并且查各种传染病从染着过后到发出来有各种不同的期限,因而就给这期限一个名词,叫某种传染病的"潜伏期"。

第三,也是最要紧的,就是科学所以要用科学名词是为着要改组日常所见的东西跟事情的观念。因为咱们日常所用的名词,跟这些名词所代表的观念往往是很不清楚很不一致的,只要一仔细认真的想要把他弄清楚,想要找出它所代表的实在的东西跟事情,就会发觉出来许多分歧跟矛盾的地方。

比方"力"是一个很拢统没有清楚范围的观念,科学就分出力(狭义的),是质量乘变速度($ma$);动量,是质量乘速度;动能,是半质量乘变速度平方($\frac{1}{2}mv^2$);等等不同的事情。冷热就分出温度、热量、比热,皮肤上的冷觉点的感觉,都是各有各的意义跟范围的。照平常观念,鲤鱼也是鱼,鲸鱼也是鱼。科学就根据卵生、胎生等现象分出鱼类跟哺乳类,而把鲸鱼跟猫、狗、人类一同归在哺乳类。年的观念比较清楚一点,但是细追起来,又有以四季定年(回归年),以地球公转真周期定年(恒星年),以地球近日点周期定年(近点年),以黄白道交点周期定年(交食年)的四种长短不同的年。

为照理想的办法,为避免平常语言容易引起误会计,最好完全用符号 $\alpha,\beta,\gamma$,或希腊、拉丁等字来代表科学分析出来的各种有定义的观念。比方说鲸不是鱼好像奇怪,假如说鲸不是 P 或不是"辟斯开斯"就一点没有什么奇怪了。但为便于学习跟记忆,当然是用略有关系的普通文字方便些。不过要记得这完全是为迁就多数人方便的办法,科学是绝对不负遵守词字在语文上的"正当"用法的责任的。

还有,假如平常的名词,经查考的结果,知道它所指的东西并不存在,所说的事情并无其事,或是所指的事物经分析过后内容各部太不相干,不成有意义的观念,例如神仙、手气(赌钱的手气)、药的寒性、热性、发(如吃鸡是发的)等等,科学轧根儿就不谈这一套。如果要谈的话,就拿它们当语言学跟社会科学的材料了。

总结起来可以说,科学的所以用名词,不是因为好好儿的老牌名词不够时髦,必得改了洋装才够引人注意,也不全为科学要研究平常不知道有的东西跟不注意的事情而题新名词,乃是因为咱们平常所持的观念跟所用的名词太含糊太不一致,一经细查,就觉出来或者是没有这回事,或者它并不是一类事,因而不得不另造一些分析严密范围清楚的名词,才可以作散布跟推广正确知识的合用的工具。这是科学名词存在的主要的理由,并且也应该作用科学方法研究向来不认为在科学范围内的任何类问题的榜样。

# 文法十一　数字

数字在文法上性质不定,除作形容词外,还可以作名词、动词、副词用。这里先就数字本身加以考察。

数字因了性质可分别为三种。

一、计数　这是用来计事物的数目的。如:

> 所选丛书百部,内容约六千种,二万七千余卷。其一书分见数丛书者,则汰其重复,实存约四千一百种,约一万卷。

> 四人临池观芙渠鸂鶒:一坐砌上;一女童欲掬水弄。操便面者十一人。便面皆以青绿为之,琵琶一,笙一,箫笛三,板一,聚之案上,二藤杌在旁。

"一""二""三""十""百""千""万"等是确定的数,"余""数"是不确定的数。

二、序数　这类数字是记次第的,所记的数字并非事物的真数目,乃是事物次第上的数目。如:

> 把北首八号房间的纸格一拉开,房中有着二人。

这里面"二人"真有两个人，是记数。"八号房间"并非真有八间房，仍是一间房，不过在次第上是第八号而已。这样的数字叫序数。序数通常在数字上加"第"字，但也有省去的。例如：

> 四库共架为百数计。第一库三十九架，第二库三十三架，第三库十四架，第四库十四架。

> 西洋之图画术，托始于希腊，发展于〔第〕十四〔第〕十五世纪，极盛于〔第〕十六世纪。

> 江浙一带到夏至后半个月，即阳历〔第〕七月〔第〕七八号左右，东南季风之力顿然强大。

在文言里不论是计数或是序数，遇到两位的数目，往往中间嵌入一个"有"字。如

> 对联、题名并篆文，为字共三十有四。

> 光绪二十二年四月，病殁于临，年五十有九。

这"有"字是古文的"又"字，"三十有四""五十有九"等于说"三十又加四""五十又加九"。语体里无此习惯，近来的文言里也已不多见了。

三、分数　上面所讲的都是整数，对于整数还有分数。如：

> 原刻丛书百部计八千余册，占地甚多，……今整理排印为袖珍本，……占地不及原刻本八分之一。

> 查社会教育经费，在全教育经费中，暂定应占百分之十至二十。

"分"字以上为分母，"分"字以下之几为分子，合成分数。这是最完整的格式，有时还可省略。例如：

> 他的话十〔分〕之八九靠不住。

> 倪幸于万〔分之〕一老死而后止者，其于为人贤不肖何如也？

# 习问 十五

1. 文选二十九所说明美与同情的关系是怎样的？试扼要地说出来。
2. 文选三十的作者为甚么要作这一篇文章？

3.试就下列各文句所含的数字,分别出计数和序数来。

这种生活延迟了十年。

到了十年,他们都偿还了。

我从十二岁起,便在镇口的咸亨酒店里当伙计。

孔乙己还欠十九个钱呢!

西洋之图画术,托始于希腊,发展于十四、十五世纪,极盛于十六世纪。近三世纪,则学校大备,画人夥颐。

4.表示分数有几种样式? 试各举一例。

5.文言中遇到两位数字,中间有嵌入"有"字的方式,试举一例。

# 第十六课

## 文话十六　事物的处理法

　　以前讲应用文中的说明书，曾经把编书的事情作为例子，说编者"要使读者知道这部书是用怎样的方法编起来的，就得作一篇'凡例'"。用怎样的方法编起来，换一句说，就是这部书的处理法是怎样的。所以，事物的处理法也是说明文所说明的一种对象。

　　事物的处理法有具体和抽象的分别。譬如，做一种物理试验，须应用一种器物，这些器物又须作相当的布置；器物和布置是视而可见的，做得对不对又可以从试验的结果来判定：所以，这样的处理法是具体的。又如，讲立身处世的方法，要遵从道德的教条哩，要保持科学的精神哩；这些都不过是一种观念，没有迹象可凭：所以，这样的处理法是抽象的。

　　执笔作文，说明具体的处理法，人人写来几乎可以说一样；试取几本物理教科书来看，对于同一种试验的说明，彼此仅有字句之间的差异而已。说明抽象的处理法的文章可不然了，各人有各人的发见和理解，写来也许完全不相同；试取几本关于人生哲学的书籍来看，对于立身处世的方法，彼此往往不尽一致。

　　说明具体的处理法的文章中常常含有记叙的成分；依前面所举做物理试验的例子来说，讲到器物怎样、布置怎样的部分就是记述文，讲到怎样着手试验的部分就是叙述文。说明抽象的处理法的文章，在同一题目之下,各人写来虽然未必尽同;但写作的态度也得像说明物理试验法那样冷静,仿佛并没有"我"在里头似的。如果透露着"我以为应该这样","我主张非这样不可"的意思,那就不是说明文而是议论文了。

说明抽象处理法的文章须求切近实际,对于人家有点儿用处。如果说明"怎样爱国",却说一该省钱,二该卫生;省钱、卫生和爱国固然不能说绝对没有关系,但是关系太遥远了。这样的文章简直可以不作,因为它不切近实际,对于人家没有多大用处。

# 文选三十一　导气管的制法

## 化学奇谈

要把烧瓶中发生出来的气体通到贮气瓶里去,须用弯曲的导气管。这种导气管是用玻璃来制成的。仪器馆里虽然有现成的弯曲玻璃管出售,但是价钱很贵,我们不妨自己动手来做。在仪器馆里有各种三四尺长的直玻璃管,我们只要拣一种直径如铅笔那样粗的买了来,就可照下面的方法去做:

先在直玻璃管上切取适当长短的一段。其法,用三角锉在要切断的地方锉了一条痕,然后用两手把玻璃管拿起,放在桌上的棱上轻轻一压,就折为很整齐的两段。其次把玻璃管上要弯曲的各点先在火上加热熔软,然后一弯即成。若是易熔的玻璃,只须炭火的热度已经尽够;不过要弯得角度准确,就非用一具酒精灯不可。所谓酒精灯仅是一只用金属或玻璃制的杯子或容器,内盛酒精,仿佛中国旧式的火油灯一样,不过灯心很阔,而且都是用棉纱做的。烧时用两手执住玻璃管的两端,将管上须熔软之点,放在酒精灯的火焰上,时时用手指将玻璃管旋动,使受着均匀的热。等到那玻璃管软到可以弯曲的时候,就略微用力一弯,再让它慢慢地冷下去。

这样弯成的玻璃管须再用一个有孔的塞子和烧瓶相连结,所用的塞子须与瓶口和玻璃管密合,使气体不致从孔隙中漏出。因为气体是一种无孔不入的物质，只要有极小的孔隙，已能完全逸去。那末这样的塞子是怎样做成的呢？

拣一个木质细致形状完整的软木塞，用重物如石块锤子之类来轻轻打了几下，使它柔软而呈现弹性。然后用一端磨尖的粗铁丝，在火上烧红了，纵穿入木塞中，开成一个小孔，再用锉刀锉大。这样的锉刀因其形状而称为鼠尾锉。鼠尾锉的直径不能大于玻璃管的口径。用了这样的锉刀，我们可以把木塞中的小孔慢慢地锉大，至刚好能穿得进玻璃管为止。现在再拿起木塞来，用粗的平锉把木塞的外方对直地锉到刚好能插入烧瓶的瓶颈，然后再用细的平锉锉光，使与瓶颈相密合。不过应该注意，在处理软木塞的时候，无论怎样锋利的刀子，都不能担当锉刀所做的工作，因为软木塞若不圆整，结果就会漏气。要使实验成功，一个紧密的软木塞是必要的。所以做这工作缺少不得四种锉刀，即一把细的三角锉，用以锉断玻璃管；一把圆的鼠尾锉，用以锉大木塞中所穿的小孔；一把粗的平锉，用以将木塞锉成适当的大小；一把细的平锉，用以锉光木塞的外边。

# 文选三十二　怎样读书

胡　适

读书的方法，据我个人的经验，有两个条件：——

（一）精

（二）博

精

从前有"读书三到"的读书法，实在是很好的；不过觉得三到有点不够，应该有四到，是

眼到，

口到，

心到，

手到。

眼到　是个个字都要认得。中国字的一点一撇,外国的 a,b,c,d,一点也不可含糊,一点也不可放过。那句话初看似很容易,然后我国人犯这错误的毛病的,偏是很多。记得有人翻译英文,误 port 为 pork,于是葡萄酒一变而为猪肉了。这何尝不是眼不到的缘故。谁也知道,书是集字而成的,要是字不能认清,就无所谓读书,也不必求学。

口到　前人所谓口到,是把一篇能烂熟地背出来。现在虽没有人提倡背书,但我们如果遇到诗歌以及有精采的文章,总要背下来,它至少能使我们在作文的时候,得到一种好的影响,但不可模仿。中国书固然要如此,外国书也要那样去做。进一步说:念书能使我们懂得他文法的结构,和其他的关系。我们有时在小说和剧本上遇到好的句子,尚且要把他记下来,那关于思想学问上的,更是要紧了。

心到　是要懂得每一句每一字的意思。做到这一点,要有外的帮助,有三个条件:

(一)参考书,如字典,辞典,类书等。平常说:"工欲善其事,必先利其器。"我们读书,第一要工具完备。

(二)做文法上的分析。

(三)有时须比较,参考,融会,贯通。往往几个平常的字,有许多解法,倘是轻忽过去,就容易生出错误来。例如英文中的一个 turn 字,作

v. t. 有十五解,

v. i. 有十三解,

n. 有二十六解,

共有五十四解。

又如 strike,v. t. 有三十一解,

v. i. 有十六解,

n. 有十八解,

共有六十五解。

又如 go,v. i. 有二十二解,

v. t. 有三解,

n. 有九解，

共有三十四解。

又如中文的"言"字，"于"字，"维"字，都是意义很多的，只靠自己的能力有时固然看不懂，字典里也查不出来，到了这时候非参考比较和融会贯通不可了。

还有前人关于心到很重要的几句话，把他来说一说：

宋人张载说："读书先要会疑"，"于不疑处有疑，方是进矣"。又说："可疑，而不疑者，不曾学，学则须疑。""学贵心悟，守旧无功。"

手到　何谓手到？手到有几个意思：

（一）标点分段，

（二）查参考书，

（三）做札记：札记分为四种：

　　（甲）抄录备忘。

　　（乙）提要。

　　（丙）记录心得。　记录心得，也很重要；张横渠曾说："心中苟有所开，即便札记，否则还失之矣。"

　　（丁）参考诸书而融会贯通之，作有系统之文章。

手到的功用，可以帮助心到。我们平常所吸收进来的思想，无论是听来的，或者是看来的，不过在脑子里有一点好或坏的模糊而又零碎的东西罢了。倘若费一番功天，把他芟出的芟除，整理的整理，综合起来作成札记，然后那经过整理和综合的思想，就永久留在脑中；于是这思想就属于自己的了。

博

就是什么书都读。中国人所谓"开卷有益"，原也是这个意思。我们为什么要博呢？有两个答案：

（一）博是为参考，

（二）博是为做人。

博是为参考　有几个人为什么要戴眼镜呢？（学时髦而戴眼镜的，不在此问题内。）干脆答一句：是因看不清楚，戴了眼镜以后，就可以看清

楚了。现在戴了眼镜看是看清楚的,可是不戴眼镜的时候看去还是糊涂的。王安石先生《答曾子固书》里说:

"……读经而已,则不足以知经。故自百家诸子之书,至'难经''素问''本草'诸小说,无所不读;农夫女工,无所不问;然后于经为能知其大体而无疑。盖后世学者与先生之时异矣;不如是,不足以尽圣人故也。……致其知而后读,以有所去取,故异学不能乱也。惟其不能乱,故能有所去取者,所以明吾道而已。……"

他"读经而已,则不足以知经"。我们要推开去说:读一书而已,则不足以知其书。比如我们要读《诗经》,最好先去看一看北大的《歌谣周刊》,便觉《诗经》容易懂。倘先去研究一点社会学,文字学,音韵学,考古学等等以后,去看《诗经》,就比前更懂得多了。倘若研究一点文字学,校勘学,论理学,心理学,数学,光学以后去看《墨子》,就能全明白了。

大家知道的:达尔文研究生物演进的状态的时候,费了三十多年光阴,积了许多材料,但是总想不出一个简单的答案来,偶然读那马尔萨斯的《人口论》,便大悟起来了,了解了那生物演化的原则。

所以我们应该多读书,无论什么书都读,往往一本极平常的书中,埋伏着一个很大的暗示。书既是读得多,则参考资料多,看一本书,就有许多暗示从书外来。用一句话包括起来,就是王安石所谓"致其知而后读"。

博是为做人 像旗杆似的孤另另地只有一技之艺的人固然不好,就是说起来什么也能说的人,然后一点也不精,仿佛是一张纸,看去虽大,其实没有什么实质的也不好。我们理想中的读书人是又精又博,像金字塔那样,又大,又高,又尖。所以我说:

"为学当如埃及塔,
要能博大要能高。"

# 文法十二　数和量

我们用数字来计算事物的时候,必有一个单位做标准,这单位叫做

量,表这单位的词叫做量词。例如:

　　　　往往一本极平常的书中,埋伏着一个很大的暗示。

　　　　达尔文研究生物演进的状态的时候,费了三十多年光阴,积了
　　许多材料。

书以"本"计,暗示以"个"计,光阴以"年"计,此外如牛以"头"计,纸以
"张"计,笔以"枝"计,事物各有它的惯用的量词。(参照第二册文法一)

　　数字和事物(名词)结合时,有好几个方式,如下:

　　一、直接附加于名词　这只限于物类名词,物质名词不能适用。
例如:

　　　　常年往客,少时十二三人,多时至三十人。

　　　　琵琶一,笙一,箫笛三,板一。

　　二、带量词附加于名词　这有二式,一是只带量词的,一是带了量词
又带后介词"之""的"的。例如:

　　　　她只得嫁了一个教育部的小书记。

　　　　你虽喝了一杯水,实在喝了五杯的流质。

　　　　百亩之田,匹夫耕之。《孟子》

　　三、略去名词只留数词和量词　这方式在事物本身大家明白或已见
于上文的时候才可用。例如:

　　　　武松道,"……再筛三碗〔酒〕来我吃。"……前后共吃了十八碗
　　〔酒〕。

　　　　如今离家是几千里〔路〕,离国是几千里〔路〕。

　　四、略去数字只留量词和名词　这方式只限于数字是"一"字的时
候。例如:

　　　　他忽然叹了〔一〕口气道。

　　　　我姊姊家,本来是〔一〕个读书的人家。

　　　　大禹惜〔一〕寸阴,我辈当惜〔一〕分阴。

　　上面所举的几个省略方式,各有相当的习惯,并非可以一概普遍运
用。为求安全明确起见,大须注意。与其说"读破万卷"不如说"读破万
卷书",与其说"倒杯茶来",不如说"倒一杯茶来"。

# 习问 十六

1.文选三十一和三十二所说明事物的处理法,有具体和抽象的分别吗?

2.文选三十二为甚么不是议论文?

3.数字可加在事物(名词)之前,也可加在事物之后,试各举若干例子。在名词后的数字,有时就是句的补足语,试举几个例子来加以证明。

4.下列各文句中关于事物的数量记法如有省略的地方,试一一补入。

换句话,江浙一带到夏至后半个月,……东南季风之力顿然强大。

现代的都市中,尺地寸金。

把硼酸粉拌在糊里,……给它们吃,似乎有点功效的,可以减少些。

轻骑一日一夜行三百余里。

5.量词上的数字"一"字的时候,数字往往省略,试以"个""种""件"为量词,造出几个例子来。

# 第十七课

## 文话十七　语义的诠释

　　像字典或辞典，每一条条目诠释一个字或一个辞的意义。小学生所用的最简单的字典，诠释只有一句话，甚至只有一个词儿；繁复的大辞典，每条长到千万言，简直就是一篇文章、一本书的规模。无论简单的、繁复的，总之说明字或辞的意义，教人家有所理解，所以都是说明文。

　　诠释一个字或词的意义，要准确而没有漏义，最好用它的本身来作注解。其方式是"甲即甲"。应用起来，就是"牛即牛"，"自由即自由"。诠释"牛"字的意义，再没有比就用个"牛"字准确而包含得完全的了。对于"自由"一辞也是如此。但这样作注解，不是等于没有作注解吗？注解的目的原在使人家理解他所不理解的字、辞的意义，现在就用人家所不理解的原字、原辞作注解，人家看了还是个不理解呀。所以，这种办法是行不通的；无论那一种字典或辞典，都得用另外的语言来诠释字或辞的意义。用了另外的语言，却仍旧要顾到准确和没有漏义这两点，这是编撰字典、辞典的人所刻意经营的事情。即使并不编撰字典、辞典，而在谈话或临文的当儿要诠释字、辞的意义，也非随时顾到这两点不可。

　　如果说"牛是有理性的动物"，这就不准确了。因为"有理性"是"人"的特点，用来说明"牛"是完全不切实际的。如果说"牛是哺乳的动物"，准确是准确的了，但是还有遗漏。因为哺乳的动物不只是牛、马、羊、猪、狗等等乃至于人都是哺乳的动物；必须再举出牛的特点来加以限定才行。于是从牛的形态说,是怎样怎样的,从牛的功能说,是怎样怎样的;限定越多,漏义越少,直到所可举出的特点都已举出,这就没有漏义了。——以上是一个例子,无论诠释甚么语义,都可以依此类推。

最足以为标准的诠释要推科学方面的定义了。如给"直角三角形"下定义说:"这是内含一只直角的三角形",绝对准确,也绝对没有漏义。至于通常的事物或字、辞,因为它们关涉到的范围广大,有些又属于抽象的,要下这样确切不移的定义往往感到不很容易。但诠释语义的事情在日常生活中是很关重要的。无论当传述或是辩论的时候,必须双方对于所用字、辞作同样的理解,才可以免除彼此的误会;因此,我们随时有诠释语义的必要。如果能够牢记着前面所说的两点,一要准确,二要没有漏义,虽然不一定像科学定义那样确切不移,总之也相差不远了。

# 文选三十三　何谓自由

## 翼　公

什么叫做自由? 各人的见解不同,有人说自由等于"放纵",有人说自由系指"不受拘束"而言。实则此种解释,都是错误。须知自由云者,只是人生精神的条件之一。"放纵"与"不受拘束"固然不足以替代自由,"自检"与"服从"何尝能产生自由? 自由之所以为人生精神条件之一者,其理异常浅显。一个人生在社会之中,决不能孤独自守,与群隔离。故在社会的立场言之,任何个人,都要做一些工作,都要尽一部分的责任,才足以维持这个由于个人集合而构成的社会。但如何可使个人都能尽其本分,役于社会,第一要予个人以物质生活的条件。例如衣、食、住便是个人赖以生存的物质条件。非具有此种条件,个人不但不能致力于社会,且欲苟全一己的生命而不可得。职是之故,穷人的拯救,乞丐的收容,以及难民的赈济,都是社会的必要工作,也可说是社会对于个人应尽之义务。除了物质生活条件之外,尚有精神生活条件,也是个人生存方面所不可缺少者。例如自由,便是个人精神生活条件之一种。因为假使个人没有自由，他的行动、思想、言论就都要受着极严的限制，试问他怎样能够各就所能致力于社会以尽其一分子的责任呢？其次，个人精神生活之重要，实不下于物质生活。因为一个人单单有了足够的衣、食、住，而毫无知识与技能，足供社会之使用，在他自己是麻木不仁，而在社会则少一健全分子。故个人生活之意义，决不仅在求物质生活之如何满足，而亦在求精神生活之如何发展。发展个人精神生活之先决条件，便是个性之认识及其启发。各人的个性不同，而必须借助于自由以启发之，则无论男女贫富，一律相同。譬如某甲的个性，宜于学习音乐，则当其学习音乐之时，行动与思想之自由，决不可缺少。因为非在自由学习的环境之下，不能启发其个性，不能培养其精神生活。又如某乙的个性，宜于做一新闻记者，则当其充任新闻记者之时，他所需求的言论自由，当然格外重要。因为新闻记者所主持者，为公开的言论，为社会的消息，假使他的言论自由完全剥夺，不但他的个性无从启发，即新闻记者的立脚点亦已发生问题。这样看来，无论怎样的智愚不一，各人的个性之启发，最是重要。但如何可使之自然启发，便非予个人以自由不为功。故曰，自由的最大功用，即在启发各人的个性，藉以培养与发展其精神生活。

又次，个人自由的重要既如上述，然则所谓自由，究竟是绝对的呢，还是相对的？关于这一点，稍有法律知识者皆知自由之界，限于法律，法律界内的自由，乃是直正自由。故个人有行动的自由，而盗匪行劫，警察必须拘捕，这便是因为盗匪的行动违背法律之故。至法律何以要限制个人的自由，其理由也很明显：（一）没有法律，即没有秩序，在无秩序之社会之下，名为人人自由，实则少数人有自由，多数人得不着自由。今以极小事例为证。西方人买了票上火车的时候，无有不鱼贯而入，秩序井然，丝毫不乱。此无他，西方人注重守法，爱护秩序，故个人很自由，不致被他人所摧残。回顾我国则不然。买票时已极拥挤，上车时尤极凌乱，纪律毫无，秩序荡然。结果强者占胜，而弱者吃亏；且所谓强者，事实上只居极少数人。故曰，在无秩序的社会之下，只有少数人享着自由，至于多数人的自由，实际上已被此少数人践踏殆尽，却鲜有人加以注意而已。（二）法律所以要限制个人的自由，目的无非保障个人的正当职务。换言之，就是扶助个人才能之发展。试举例以证之，医生的职务重在治人疾病，为社会谋幸福。此即医生的最大责任，亦即其行医者个性之所在。但如国家法律不加以严密的甄别，则鱼目混珠，弊端立见。结果可使江湖医生，藉悬壶以骗财者，比比皆是；而洁身自好的医师，或将退避三舍，无以立足，亦未可知。于此可见法律限制个人自由，初非剥夺其自由，乃是保障其自由。行使正当职务的人，其自由既受法律之保障，行使不正当职务的人自可销声匿迹，无所施其奸计。这便是法律的效用所在，亦即自由不能不受法律拘束之重要原因。

自由是人生的精神条件之一，这层意思已经申述如上，现在有一疑问发生：自由是天赋个人的权力呢，还是社会给予个人的权利？十八世纪以来，西洋学者以为人类生而自由，故个人的自由，每每看做天赋的一种权力，天赋人权之说，势力很大，至今还有许多人笃信此说。实则自由是权力之说，按诸理论，殊欠圆满。自由只是各项权利的集成，却不是一种单纯权力的表现。这是因为人生本来是多方面的，所以一个人要在某一方面启发其个性，就不能不享着一种"利于个性启发"的权利。那种权利，便是我们所谓自由。例如宗教，可说是人生一方面的活动，但我们在这一方面的活动，未尝不常常顾到我们自己的个性所在。崇拜西洋文明者，往往倾向于基督教；醉心于印度哲学者，往往倾向于佛教。各人的个性不同，因此各人对于宗教的信仰，亦随着不同。但无论信仰怎样的不同，社会方面与国家方面，总应该给以完全的自由，使他们各就性之所好，决定自己的信仰。故自事实而论，所谓宗教自由，实仅限于信仰方面的自由，并且此种自由，只是人生一方面的权利，与其他种种权利并合起来，才构成个人自由。故曰，自由不是单纯权力的表现，乃是各项权利的集成。明乎此义，可知一个人单单享着宗教信仰的权利，而没有政治活动的权利，他的自由，并没完备。易言之，必须个人的宗教、政治、伦理及经济多方面的权利，完全得到保障，方有整个健全的自由可言。各国人民对于参政权之重视者在此，各国经济解放之呼声日高者亦在此。

# 文选三十四　说"合理的"意思

任鸿隽

　　"合理的"三个字是现今新发明的形容词，我们看书、阅报和有点学问的人讲话的时候，常常遇见的。因为它的字面没有甚么新奇出色的地方，所以注意的人很少。但是它的意思却很重要，要是大家果然明白了它的真意，处处去求一个"合理的"，也就是思想的进步了。

　　和"合理的"相当的英文，是 rational 一个字。这"合理的"三个字，是否英文 rational 的确译，我们暂且不管，不过使用起来，总是合英文的 rational 同意的。英文的 rational，是从 reason（理性）这个字孳乳出来的，意思是说凡是经过人生的"理性"考验一番，见为合宜的，都可称为"合理的"。所以"合理的"的"理"字，简直可以作"理性"的"理"字解。我们中国人说，"人为万物之灵"；外国人说，"人是有理性的动物"。这"理性"既是人类异于禽兽的所在，我们就把来作一个鉴别好恶的标准，想来也没有甚么不可以的。

　　但是理性又是个甚么东西。就哲学方面说，那理性派的人，简直把理性当作一切世间知识的根源。他们既不认神的存在，又不认官感可以得一切事物的真象，所以他们主张，凡经过理性推理出来的，方才合乎真理。这种理性的说法，对与不对，是哲学上的问题，我们可以不管。就是他们的意思，也似乎精微奥妙一点，平常"合理的"三个字的意思，当然不是说合的这个理。就心理学一方面说，推理就是反感（reflection）和判断（judgment）的一种连续作用。这反感和判断，都含有前识在内，所以推理结果的善恶，也就不能一定。譬如孟子说，"孩提之童，无不知爱其亲也；及其长也，无不知敬其兄也。"这爱亲敬长的观念，孟子说是良知，其实还是推理的结果。有人驳孟子的话说，"孩提之童，所以爱其亲者，爱其乳也。"我们就不说爱亲的观念是由爱乳生出，但是孩提之童知道爱亲的时候，必定先有一个和我最亲的人的反感，加上种种原因，生出一个可爱的判断。总而言之，这爱亲敬长的观念，决不是单简的。既然不是单简的,我们竟可以说是推理的结果,不过这种推理的结果,是归于善的一方面罢了。也有推理的结果,是归于恶的方面的,如庄子述盗跖的话说,"妄意室中之藏,圣也。入先,勇也。出后,义也。知可否,知也。分均,仁也。"这种圣勇义知仁的美行,那一件不是由推理得来的。不过这些美行,在盗跖手中都变了恶德。所以单就推理来决定行为思想的合不合,也是靠不住的。

推理的结果虽然不能拿来作善恶的判断,但是推理这个机能到底是人类特有的。有了这个机能,造出来的东西是好是坏,那全看他所用的原料和运用的方法罢了。所以我说"合理的"未必就是合于推理的意思。"合理的"意思,是说合于推理所得的一定方式。换一句话说,"合理的"并不是合于推理的主观观念,乃是合于推理的客观的结果。这客观的结果又是个甚么东西呢?

客观的结果为推理所寻求,最重要而且有价值的只有一件。就是天地间事物的关系。或这件事有时为那件事的原因,那件事有时为这件事的结果,我们也可以说是原因和结果的关系。明白事物的关系,何以就是"合理的"?等我举几个例来讲一讲:比如现在东北几省在闹疫症,一般的人不去从清洁、卫生和防止传染的方法讲求,却成日的拜佛、求神、打醮、驱鬼,要想防止疫症的流行;这个事情,我叫它不合理。又如信风水的,把他家祖先的骸骨当作小菜种子一样,想找一块好土栽下,以求后嗣的发达;这个事情,我们也说是不合理。又如信风水的人,有一天去找一个瞎人,摸一摸他的骨头,说道你这块骨头生得好,将来可望做总统,那块骨头差一点,后日只有督军、省长的希望;这个事情,我们也说它是不合理的。我们说这些不合理,有甚么理由?要说他是迷信吗?这个话不足以服迷信的人。因为我们说他是迷信,他们却有许多理由,——许多不正确的理由。若是我们拿事物关系的话来说,他们可就无言可答了。

世间上有一个普通的定理,无论甚么人都得承认的,就是凡事皆有一个历史的关系,断不是突如其来的。既承认了这种关系,我们就可以考验前举诸例的合理不合理所在了。疫症是由微菌发生的,和鬼神的关系在那里?祖宗的骸骨又不会生根、发芽,怎么会和后嗣的荣枯有关?

你身上的骨头,大一点、小一点,除了于你身体的重量略有关系之外,和你后日的行事还有甚么影响?总而言之,这几件事情的结果和那根据的原因是没有关系的。既是没有关系,我们就叫它"不合理"。

我们再掉转来,举几个正面的例,这"合理的"就是"明白关系"的意思,越容易领会了。比如作农夫的要想他种植的繁盛,五谷的丰收,他们第一要晓得植物所需的养料是些甚么物质。第二要考察他的田地土壤,所含的是些甚么物质,所缺的又是些甚么物质。第三方才决定种何种谷类,须加何种肥料。这种办法,我们叫它做"合理的"农业。为甚么呢?因为我们明明的晓得,这下在土中的肥料,经过空中的养化或土中的微菌作用,就变成一种可溶性的盐类。这种物质溶在水中,被植物吸收,加以它的生理作用,就渐渐变成枝叶果实了。我们明白了这种关系,才去用那个方法,所以叫做"合理的"。又如讲教育的,他们先研究了儿童的心理,晓得人类智慧的发达要经过许多阶级;又审察社会的大势,知道以后的趋势应该走个甚么方面;又还要研究教育的方法,以何种为最有效;方才起了一个教育的统系,定一个学校的课程表。这种办法,我们叫它做"合理的"教育。因为这样的教育,是把教育与社会的关系以及教者和受教者与社会的关系弄清楚了,才去着手进行,与那些莫知其然而然的教育是不同的。再说我们的饮食,平常人只是喜欢吃甚么就吃甚么。那"合理的"食谱,是把人身的生理作用考察得清清楚楚,知道一人一天须若干蛋白质去变血化肉,若干脂肪、淀粉、糖类去发热生力,几多水、几多盐都是一个人营养上所不可缺的。倘若有人说"辟谷食肉,用酒代饭,可以长生不老",我们简直可以骂他"不合理",因为他们于食物和生理的关系完全是糊涂的。

上面说了许多话,我希望这"合理的"就是明白关系的意思,可以大略瞭然了。但是这"合理的"意思,还有几个紧要的界限,等我提出来请大家注意。

(一)"合理的"和迷信反对　迷信就是不合理的信仰,这话我在前已经说过了。再进一步说,迷信的事,就是不明原因结果的关系生出来的。比如我前面说的鬼神、风水、相命种种迷信,都是于本来没有关系的事物,由心中想像成一种关系,至于这种关系在事实上成立与否,他们就不深问了。这"合理的"意思,却要事实上明明白白寻出一个关系所在,所以"合理的"态度,和迷信是不并立的。

(二)"合理的"不盲从古说　有许多人对于古人传下来的言语、思想,都奉为天经地义,从来不敢起一点疑问,这也是和"合理的"意思相背的。这个道理很容易明白,因为人心进化,时势变迁,古人所见为"合理的",未必现今还是合理。我们若是凡事仰承古人的遗传,不自己打量一番,何以见得古人所说一定不错呢?所以"合理的"态度,对于古说是不盲从的。

(三)"合理的"不任用感情　人类的感情和理性,本来是两种机能,各不相蒙的。有时感情激烈的时候,遂不免将理性抹煞,所以任用感情的人,每每看不清事情的前因后果,他的所行所为,便都成了不合理的了。这个毛病,号称为文人的最易犯着。所以我们和人家辩论的时候,最当提防不要为感情所动,犯了不合理的弊病。

照这样看来,这"合理的"字源,虽然和理性有些关系,"合理的"意思却完全属于客观的结果,明白事物的关系。哲学家的理性说,固然不算真诠,文学家的感情论,也当退避三舍。果然事事求一个"合理的",那种侥幸、糊涂、盲从、妄冀的意念,都可一扫而空,岂非思想的进步吗?至于这事物的关系要如何才能明白,则有科学方法在。

# 文法十三　实数和虚数

数字原是用来记述事物的数量的,照理应和实际的数量相符合。可是在从来的习惯上,往往有所记的数字和实际的数量不符合的。数字和实际的数量相符合的叫实数,不相符合的叫虚数。例如:

　　我要二百五十西西的氢二氧。

　　万里初来舶棹风。

上两例中,"二百五十西西"是真实的数量。"万里"就不然了,"万"字只是表示里数的大,实际的里数也许不到"万",也许不止"万",意味非常茫然,不及"二百五十西西"的明确。前者是实数,后者是虚数。

数字的虚用,在谈话和文章上都是常碰到的。通常以"一"表最小数,以"三""九""十""百""千""万"等表大数。例如:

> 客岁秋冬间灭烛对榻之密画,与夫分携临歧之诀语,一句一字,吾盖永刻骨而镂肌。

> 千条万条的柔柳,齐舒了他们的黄绿的眼。

"一句一字"极言其小部分,等于说"丝毫","千条万条"极言其多数,等于说"无量数"。这种数字的用法,都该作虚数看待,和寻常的实数解释并不一样。

在语体里,数字的虚用法还有一种很特别的方式,把数字嵌入在双字的名词、动词或形容词中间,并无数字本身的意味的。例如:

> 五十高兴极了,三脚两步慌慌张张。

> 十多只尚未完工的大形小形的布鞋底,像干鱼一般横七竖八散乱在桌上凳上和竹榻上。

这种数字的用法,在文言里是不曾见到的,在语体里却很普通。再举几个例子于下:

> 一世八界　　低三下四
> 三长两短　　三转四回
> 七零八落　　三对六面
> 瞎三话四　　推三阻四
> 四平八稳　　一干二净
> 乱七八糟　　夹七夹八

# 习问 十七

1. 试取任何辞典,检查其中的若干条目,看是不是合乎准确和没有漏义这两点。

2.文选三十三的题目可以作《何谓言论自由》吗？ 文选三十四的题目可以作《说意思》吗？ 如果不可以,为甚么？

3.试就从前读过的文章里摘出几个诠释语义的文例来。

4.下列各文句里都含有数字,试一一辨认,那些是实数,那些是虚数？

"合理的"三个字是现今新发明的形容词。

王曰:"然。诚有百姓者;齐国虽褊小,吾何爱一牛?"

孺博,远庸,觉顿,典虞,其人皆万夫之特,皆未四十而摧折于中途。

要之今日万恶社会百方蹙君于死,吾复何语以叩苍旻。

5.语体里有把数字嵌入在别的词里而没有数目的意义的。试从日常的语言举出若干例子来。

# 第十八课

## 文话十八　独语式和问答式

说明文和其他文体一样，大多数采用独语式。所谓独语式，就是作者一个人在那里说话，凡是必须使读者知道的都说在里头，直到说完，文章也就完篇的一种格式。

但有时为便利起见，不得不自己设问。设问就是提出一些问题来，自己再来解答。对于某一点，揣度读者也许会发生疑问，这当儿就来一下设问；接着给它个详明的解释，使读者不复致疑。对于某几处，揣度读者也许会弄不清头绪，这当儿也就来几个设问；然后分头说明，使读者理解得清清楚楚。这等地方，如果不用设问的方法，而用独语式述说下去，原也未尝不可；可是引起注意、点清眉目的效率比较用设问的方法差得多了。写文章给人家看，应该随时随地替人家着想，既然设问可以增加效率的话，为甚么要吝啬这些相当处所的设问呢？

从偶或设问发展开去，有些说明文竟是全篇的回答。有一种叫做《地理问答》的书，它的体裁是这样的：某某省位置怎样？ 某某省在某某省的南面，某某省的北面。某某省有甚么大山？ 某某省有某某山。某某省有甚么大川？ 某某省有某某河。……这是和独语式完全不相同的问答式。每一个问题提示一个项目，答语就是对于这个项目的说明。头绪是清楚极了，即使阅读能力很差的人也不会缠错。我国古书里头有一种叫做《春秋公羊传》的，也全用问答式。它说明《春秋》第一句"元年春王正月"的意义说："元年者何？ 君之始年也。春者何？ 岁之始也。王者孰谓？谓文王也。曷为先言王而后言正月？王正月也。何言乎王正月？大一统也。"凡是应该说明之点，都给制成一个问题，然后一层一层加以疏解，像"剥蕉"一般。读者读了这样的文章，只觉得作者的态度极端冷静，一点也不搀杂个人的感情在内，比较独语式尤其偏于理智这方面。

动手写说明文，用独语式呢还是用问答式，这当然随作者的便。二者之间并没有优劣可分，只要述说得准确、清楚，能使人家充分理解，无论用那一式都是好的。不过用独语式已经足够了的时候就可以不必用问答式，因为用问答式至少要多写一些问语，可省不省，未免浪费。至于前面说起的《地理问答》和《春秋公羊传》，那是全书的体裁如此，又另是一个说法了。

# 文选三十五　中国之蚕桑

### 美国加本特〔沈德鸿译〕

欲知蚕桑之究竟，不可不观于中国，中国者，蚕桑之祖也。扬子江两岸，为蚕桑最盛之区，方春三月，四野青青，皆桑叶也。其树不高，与美国之桑大异。春剪其枝，夏秋新条又起，叶生其上，初小如钱；长后，大如掌；望秋黄落，谓之枯叶。枯叶惟以饲羊；蚕所食者皆青叶也。

种桑之法，买秧栽之，每枝相距半步许，年必粪溉，至长成而后可稍间。一年之中，生叶二次。春初剪叶条后，能再苗叶。初苗者谓之头叶，次苗者谓之二叶。二叶不如头叶之盛，以桑之精华，半泄于前矣。

育蚕之法，每年春三月，以去年所收之蚕种，洒以盐水，谓之浴蚕。蚕子乃蛾所生，黏着纸上，密布无隙地，而又无重叠者。每纸长阔各尺许。子初生时色黄，继而转绿，终乃为黑色，大如针尖，体极轻，凡四万余粒而重一两，半兆余而重一磅。每蛾能生子至七百余粒，子尽而蛾死。蛾有雌雄，雄蛾交后即弃之，雌蛾亦有不产卵者。

蚕初生时，细如黑丝，当切细桑叶饲之。数日后渐大，十日而眠期至矣。同筐之蚕，眠期恒有早晚。眠时不食，四十八小时后，则蜕皮而起矣，是为初眠。初眠之后十日，是为二眠。递增至四眠，则吐丝作茧之时近矣。是时蚕身最长。四眠而后,身反短,而通体透明。自初生以至丝成作茧,苟非眠时,无刻不食。大蚕食叶之声,如雨打蕉叶,如笔尖落纸。

蚕将作茧,则投于稻秆束上,谓之上山。蚕即于秆间作茧,茧成则化为蛹,而自困于茧中。吐丝之时,蚕昂首上下摇动,丝即从其口出。本为二缕,出口后,合为一,围绕蚕身,渐积渐厚,终乃成椭圆形之物,微有弹力,是即茧也。初吐之丝,浮松附着于茧外者,名为茧网,不能缫为丝。茧以白色居多,间有黄者。亦有二蚕共成一茧,大逾寻常,中有二蛹。

以蚕丝置显微镜下观之,见其光明如玻璃,两股相纽,因知本为二缕,经蚕口黏液之力,乃相结合。其质至轻至细,合计一千茧之丝,乃成生丝一磅。然则吾人之遍身罗绮者,正不知合几许可怜虫惨淡经营,又不知费几许蚕妇,晨昏劬劳,乃成之也。咏"遍身罗绮者,不是养蚕人"之句,能弗慨然!

蚕成茧,即变蛹。苟置之气候适宜之地,阅二十日左右,蛹化为蛾,破茧出矣。茧破,其丝皆断,不复可缫。故欲为传种之用者,则听其化蛾;否则以茧烘之,蛹死而茧可久贮以待用也。农村饲蚕不多,得茧数十斤者,缫丝之事,宜旬日而藏,初不必防蛹之化蛾而烘之也。近日丝厂渐多,农人自缫丝者少而售茧者多,皆售之茧厂;而茧厂又售之丝厂;丝厂积茧成山,必先烘之以防其化蛾。

中国之外,日本蚕桑之事,亦颇发达;欧洲则意大利为盛,每年产茧,达百兆余磅。

# 文选三十六　谈风

## 上下古今谈

黄兴发直向继英道,"王小姐,你见多识广,才刚的挂龙,又是为什么缘故?为什么天上要下雨,又必定要龙到海里去取水呢?"

继英笑道,"龙是一条巨大的壁虎,在古时候是极平常的一条东西,不过现在很少就是了。至于我们画在龙旗上、做在龙袍上的形状,这是画画罢了。你们但看衙门里照壁上的狮子，什么绣花上的麒麟，都同现在的活狮子、活麒麟似是而非，就可见得龙是格外随意乱画，影响也画得很少的。龙不龙，横竖不关我们现在要讲的说话，我们可以慢讲。若说才刚看见的一股云气，拖到水面，俗语叫做'挂龙'，又叫做'龙取水'，简直一龙也不龙，这不过是一阵旋风。"

黄兴发道，"原来如此，那糟极了，我什么也不相信，惟有这件事情，却受愚了半辈子。"

继英道，"你道什么叫做风呢？风并不是什么另有一种质料，不过是空气动着罢了。空气如何会动呢？因为空气遇着了热，他就发胀起来，向上面散去；这边胀散了许多热空气，那边的冷空气却补了进来。正像村庄上看戏，一班人刚刚挤了出去，又一班人却跟手挤了进来，挤出、挤进，不是满戏场动个不歇么？这正同空气里刮风是一个意思。还有，戏场里挤满了，不过几个人出去，几个人进来，自然不过觉着小小动摇。这就是小风的道理。若许多人挤出、挤进，并且有几个不规矩的人夹在里面，故意推来、推去，推过来、推过去，推得脚头都站不住，飞快似的，那就全戏场混乱得一个不可开交。这就是大风的道理。所以风的大小，全看着空气变换的快慢。空气变换的快快慢慢，可以把一种验风的器具验着。从最慢到最快，分开无风、小风、大风、风暴，分成一十二等。我们现在也不必细讲，且把十二等里面提出几等，据我们眼睛看了差不多估量得出的，拿来讲一个大段。譬如你看见那边六七丈地方，有棵杨柳，看见他微微一动，你把自己手上的脉息按着，跳了八九跳，方才看见近身的杨柳也微微一动，那就见得空气在一秒钟里头止走七八尺，一点钟止走了十五六里，这就叫做'无风'。那边六七丈外头的杨柳一动，脉息三跳，这边的杨柳也就一动，是空气一点钟要走五十里光景，叫做'小风'。六七丈外头的树头刚刚动过，脉息一跳，这边的树头已经跟了动着，这就见得空气一点钟要走一百四五十里，便可以叫做'大风'。然而还有脉息一跳，那边树头动了两动，这边跟着了也动两动，那彼时的空气，一点钟竟走二百四十里，这就叫做'风暴'。甚而至于脉息一跳，各处树头几几乎同时动起三四动，空气在一点钟里面竟走过三百里。这种大风暴，必然船也吹翻,屋也吹倒,树也拔出。这种风暴,只有福建、广东的海里,在七八月里才有,书上叫做'飓风'。若好像才刚的大风,俗名叫做'龙阵风',恐怕还走不到二百四十里一点钟。"

黄兴发道,"空气的变动,还是随意变动的呢?还是各有缘故的呢?"

继英道,"不是才刚说过么?因为一处的空气,遇了热胀散了,然后别处的冷空气过来补数,方才生出变动。这种冷热变动的事情,共有三个缘故:第一个,因为地球上有一定的地段,常常分着冷热;好比地球的腰箍圈上,一年四季太阳常在那里跑来、跑去,所以他的空气,刻刻胀热了,向着上面,又向南北散去;于是北极的冷空气,从北边补将过来,成了北风,却因地球一点钟啯哩啯哩向东边转着三千里,风是一点钟止有走一两百里的本事,追不上他,被他留了下来,就成了一个东北风的形状。还有南极的冷空气,也从南边补将过来,成了南风,也因为追不上地球,成了东南风的形状。这一股东北风,一股东南风,除了另有非常的缘故,却一年到头,吹一个不歇。他们在那里吹着呢?大都东北风是从腰箍圈北面一千四百里起,直向北边,又是四千四百里,所有福建、广东的地面,直到印度洋北段佛祖爷爷生身的地方,都在那里吹着。东南风是从腰箍圈南面六百里起,一路向南,三千多里,都吹着这一样的风。这两股风恰恰都在海上行船的地面,于西洋人买卖有益,所以他们唤他为'贸易风'。为什么近着腰箍圈,这贸易风不大觉着呢?那就因为这边北风吹过去,那边南风吹过来,两边相抵。腰箍圈上的旋风,却多得利害。旋风的道理,关乎今天的龙取水,我们细细再讲。现在讲那第二个发风的缘故,非但关着地段,并且还关着节气。冬至太阳跑去了南边,热气南边散得更多,北边但有冷气送出,就成了东北风。一到夏至,太阳跑来了北边,南边的冷气送过来得利害,于是就改了西南风。这种冬天是东北风,夏天是西南风,书上叫做'信风',或者叫做'候风'。因为一到时节,划板的马上改着。信风、候风,都是说依了时候很有信实的意思。信风吹着的地面,据我们住在腰箍圈北边的人讲起来,却在贸易风的北面。什么淮北、江南的地方,正二月吹着定期的东北风,六七月吹着定期的西南风,大都就是这个信风。到了秋天,信风是西南吹着,贸易风是东北吹着,并且加了各地气候上变出来的怪风,起了大大的旋风,就成了大大的风暴。福建、广东的海面上,才刚说有一种飓风,差不多就因着这个缘故生起。这两个缘故生出了贸易风同信风,这都是有定的常风。还有第三个缘故,就生出了无定的短风。地方种种不同:有近着高山的,有靠着平原的,也有连着大沙漠的,有接紧大海大湖的,所以虽然离开地球的腰箍圈同是这个里数,两处的天气可以冷热大不相同,并且地方的容易受热,或者容易见冷,也各各不同。因此热气在北边,冷气在南边,就成了南风;热气在西边,冷气在东边,就成了东风;热气忽东、忽西,冷气忽南、忽北,风势就可以变换一个不止,每每三天、五天吹起几种短风,或者一天之内也可以换风数次。风的有雨、无雨,我们停一回儿再讲,现在且总括一句:大都从干地吹过来的就雨少;从湿地吹过来的就雨多。"

黄兴发道,"那么,旋风是怎样生出来的呢?"

继英道,"旋风就包括在才刚所讲过的三个缘故之内。因为风的来路方向各各不同,偶然关涉了地方的冷热不匀,四面都起出风来,弄了一个东西南北,你压过来,我压过去,就成了旋风。大都书上叫做"羊角风"的,差不多是这么一类的怪风。有力量很利害的旋风,大都是骤然之间几种大风凑成,这就是腰箍圈上常常发出的大风暴,同了福建、广东的飓风。也有气势不大、相持很久的旋风,这种就叫做风势不定,是天变的预兆。实在空气是已经旋成功了一个鸭蛋圈儿,占着的地面,有一两百里的,也有八九百里的。在鸭蛋圈起首边上的时节,彼时就必定显出许多天变的怪象,或者太阳同月亮先带着晕圈,慢慢的山头迷糊,慢慢的满天湿云;于是到了旋风的中心,渐渐下起小雨;直要风大、雨大,很很的下过一阵,鸭蛋圈移过,天气清凉了许多,天色也高爽起来,再复还了一种常风,就变成干洁的气候。两种旋风之外,还有一种临时旋风。这种临时旋风,大都生在风势平静之后,中间忽有一处地面,或水、或陆,热气偏胜,冷气四面压将拢来,就成了一个急旋的局面。才刚我们遇着的龙取水,就是这种旋风遇在海上,因此先成了无数湿云,旋起一个圆盖;远看了好像笔齐的一线儿挂着,圆盖下旋起一条螺尾,中间含着很多的雨水,慢慢旋将下来。大家就随意乱说,叫做龙尾。旋到水面,一面水在中心灌下,一面海上温暖的波涛,随着风势,在螺尾的外面升将上去。此时螺尾却将中心的雨水放完,挟着海水,扫往上面。他的发泄,已经来不及再旋螺尾;止好将一阵急雨散发开来。当时空气非常之乱,故还擦成了大雷、大电,这就是才刚的情景。还有内地起出的临时小旋风,也是一个道理。所以起旋风的时候,常常在上午。彼时地皮受得太阳光很足,偶有一处受得更足,彼处一缕空气忽然胀起,冷气却从四面裹来,左牵右扯,一时便扭做一团,就变了一团旋风。"

# 修辞法五　镶拼

说话的时候为要说得和谐或郑重一些,故意在一个辞上增加成分,把辞的音数加多。这叫做镶拼。因了镶拼上去的成分的性质,有好几种方式。

一、用原字镶拼　这就是所谓叠字,从来用得最普遍。例如:

夫子言之,于我心有戚戚焉。

起了大大的旋风,就成了大大的风暴。

所以起旋风的时候,常常在上午。

却因地球一点钟咽哩咽哩向东边转着三千里。

荷塘的四面,远远近近高高低低都是树。

在语体里还有一种奇特的镶拼法,把两个字的词儿无理地各使它重叠起来,凑成四字。例如:

客气——客客气气

高兴——高高兴兴

糊涂——糊糊涂涂

随便——随随便便

大方——大大方方

又有镶入"哩"字,造成别一种重叠的方式的。如:

糊涂——糊哩糊涂

啰苏——啰哩罗苏

怪气——怪哩怪气

蓦生——蓦哩蓦生

唠叨——唠哩唠叨

二、用别的字镶拼　最普通的是数字(参照文法十三),次之是"矣""也""哉"等的助词。例如:

夹七缠八地说个不休。

你说烦恼,他便从《哲学辞典》里拖出"厌世主义""悲观哲学"等等堂哉皇哉的字样来叙你的病由。

世间居然有这样的事,真是奇哉怪也。

此外还有用别的字来镶拼的,只要所镶拼进去的字并无原来的意义的都是。例如:

欢天喜地　(天地)

油头滑脑　(头脑)

不尴不尬　(不)

等都是。

镶拼的条件就在所镶拼上去的成分,除增加音数外,不另生意义。"近近"是镶拼,"附近"就不是镶拼。"欢天喜地"是镶拼,"谈天说地"就不是镶拼。

镶拼的修辞法,目的在靠了增加的音数,使语调更和谐更增情趣。除叠字外多见于语体。语体里的镶拼方式,有些非常奇特,多少含有谐谑不正经的态度,运用的时候,须顾到这一点。此外,语体里的镶拼成语,因了方言,也有差异,如"堂哉皇哉"有些地方叫"堂而皇之"或"堂哉皇也","夹七缠八"有些地方叫"缠七夹八",都该加以注意。

# 习问 十八

1.试从独语式的说明文中节取一段,把它改为问答式。

2.试把文选三十六删改为独语式的文章。

3.镶拼法的条件如何?

4.叠字是普通的镶拼法，试从读过的文章里举出若干例子来。

5.试任意取用着镶拼法的文章数句，把镶拼着的成分删去，各各比较对照了玩读，看在和谐上有多少关系。

# 国文百八课

## 第四册

夏丏尊、叶绍钧合编,《国文百八课》(第四册),
开明书店,民国二十七年九月初版

# 目　录

# 第一课

## 文话一　知的文和情的文

我们读过了许多篇文章了。自己反省一下，觉得从这许多篇文章得到的影响并不一致：在读了某一些文章之后，我们除了知道了一些甚么以外，不再感觉别的；可是在读了另外一些文章之后，却不仅知道了一些甚么，还受着它的感动，它好比一块石头，投在我们"心的湖泊"里，激起了或强或弱的波动。譬如，我们读了《丛书集成凡例》（第三册），不过知道《丛书集成》是怎样一部书罢了；可是我们读了《海燕》（第三册），却使我们心目中出现了成群的小燕子，在春光如海或是碧天万里的背景之前，上下飞翔，我们因而感到一种欣喜或是哀愁。同样是一篇文章，给与我们的影响竟会这样地不同。

原来文章除了从前说起的最基本的分类法（参看第一册文话五）以外，还可以有其他的分类法。像《丛书集成凡例》那样的文章，目的在将一些知识传达给人家；像《海燕》那样的文章，目的在将一些情感倾诉给人家。前者叫做知的文章；后者叫做情的文章。因为作者的目的不同，读者所受的影响也就各异。读了知的文章，可以扩大知识的范围，但情感方面不会有甚么激动；读了情的文章，可以引起情感上的"共鸣"，虽然也可以从其中接受知识，但接受时候的心境是激动的而不是平静的。

知的文章和情的文章不能够依据了文体来判别。同样是记叙文，有属于知的,如《五四事件》(第一册),有属于情的,如《五月卅一日急雨中》(第二册)。同样是论说文,有属于知的,如《图画》(第三册),有属于情的,如《朋友》(第二册)。

知的文章和情的文章,如果用图画来比拟,前者犹如用器画,而后者犹如自在画。用器画所要求的是精密与正确,要达到这样地步,惟有对于当前事物作客观的剖析。自在画所要求的是生动与神化,要达到这样地步,必须对于当前事物作主观的体会。十个人对同一事物画用器画,只要剖析得不错,画成的十幅画就完全一样。十个人对同一事物画自在画,彼此的体会未必一致,画成的十幅画就大有差别。用器画家以纯理智的眼光去看事物,把个人的情感搁在一旁,所以剖析相同,成绩也相同。自在画家通过了个人的情感去看事物,一切都给染上了个人情感的色彩,所以体会各别,成绩也各别。

试取几种物理教科书来看。其中讲力学的,讲声学的,……无非这么一些意思,不过字句之间略有不同罢了。原来这些是同于用器画的知的文章。又试取几篇哀悼某一个人的文章来看,就见到他们的意境各各不同。原来这些是同于自在画的情的文章。

作知的文章,第一,自然要求观察和认识的精密与正确,这是个根本条件。如果观察和认识不精密,不正确,无论你笔下的工夫怎样了不起,决不能够写出好文章。第二,对于所谓消极修辞的工夫要充分注意(参看第一册修辞法一)。

作情的文章,不但要记录事物,表示意思,并且要传达出作者的情感,为达到这个目的起见,就得放弃了寻常的写述手法,而致力于描写的工夫。所谓描写,浅近地说起来,就是种种积极修辞方法的适当的应用,如譬喻,如拟人、拟物,如借代,如摹状,如铺张,……这些修辞方法都是直接诉之于感觉的。惟其直接诉之于感觉,所以能有传达情感的效果。"时令交春了",这样一句话中,没有甚么情感可言。但是说"春天和我们同在了",我们就感觉春天宛如一位可爱的朋友,他的到来带给我们无穷的希望;这就可见这样一句话足以传达出欣喜的情感。

# 文选一　霜之成因

李良骐

　　霜乃水汽凝结所成，惟水分之取源不外三途。其大部分来自地面附近空气层中；一部则自草木枝叶中溢出，因枝叶在晚间尚能蒸发少量水分；又有一部则由于泥土下层之水分因毛细管作用上升，达地面而气化。当此等水汽在自由大气中因气温之降低乃以地面之泥土、岩石、植物等为其自由面（free surface）而凝结为露珠，若温度再降至冰点以下，即更凝而为珠状之霜。若气温之降低极速，则水汽可直接凝结为霜，此等直接凝成之霜多为羽毛状。故霜之成因与露相似，仅凝结时温度之不同而已。《诗》云"白露为霜"，即言其大同小异也。霜又与雪之形状颇相类似，惟霜系近地面下层空气中水汽之凝结而非由高空下降者。《唐诗》有"月落乌啼霜满天"之句，实系诗人不顾事实之语。宋朱熹所著《朱子语类》一书中，有"古人云，露是星月之气，不然，今高山顶上虽晴无露，露只是蒸上"之句。西洋古代亦均承认罗马人卜林列氏（Pliny）之说谓"露由天降"。直至十八世纪中叶吉斯敦氏（Gersten）见草上有露而树顶无之，故言露非由上而下乃由下而上也。以后杜非（M. Du Fay）及威耳斯（Wells）诸氏，均相继而起，以实验求真理。最后英人艾迪肯氏（Altken）乃集其大成，由艾氏之实验得到六个结论。艾氏虽以露为实验之对象，但亦可知霜之情形，因霜露之成因极相同也。艾氏之结论，第一，承认露乃由地面蒸上者。第二，大部水分由地面蒸上，小部由空中水汽凝结。第三，有风时露不易凝结，因地面蒸出之水汽被风吹至他处而不易达其饱和之状态。第四，草木常有排泄，其体内液汁（Juice）排出后，乃因温度之降低而凝结于枝叶之上。第五，各种物体在夜间放散之热量相等，则所凝结之霜亦相等。第六，地面为雪所盖时无露，因地面温度太低，水汽不易蒸上也。

　　凡有霜之晚其最低气温多达冰点以下。但夜间温度远在冰点以下，亦可不见有霜。因空气过于干燥,则温度虽低,犹未达水汽之饱和点,故无霜。沙漠地方如戈壁撒哈拉则终岁可不见霜,即此故也。

## 文选二　春天与其力量

### 俄国爱罗先珂〔仲密〕

朋友们,春天和我们同在了。他主宰我们的田野和我们的园,他统治各处地方。他还要穿到人们的冷的心里了,还要去敲在黑暗与冷淡里假寐着的灵魂的门。他用了一片绿的天鹅绒的毯盖住我们的田野;他用了美而且香的花装饰我们的园;他使鸟唱恋爱的歌,他使小河低语希望的话,他使柔和的晚风给失望的心带回他的秘密的亲爱的梦。他使我们忘却了长而冷的冬夜的一切的孤寂,冷而暗的冬天的心的背叛;到田野山林里去的每回的散步,对我们表示一个美之新的世界;每个夜间,在那时新月对了疲倦的大地送下他的温柔的银色的接吻,都是一个新的启示!

我相信,你们各人都爱春天,同我一样的热烈;你们各人都比我更明白的知道他的秘密,比我更深的感到他的可惊的美。

但是倘若春天用了美丽的花的毡毯盖住我们的田野,倘若他用了香的花装饰我们的园,倘若他在我们孤寂的心里唤醒新的精力,倘若他对于我们的绝望的灵魂给予新的气力;在同时候他又在海上和高山里,兴起怎样有害的狂风,怎样危险的暴风呵!春天又把怎样的破坏的急流,从那堆积着冰雪经过了许多长的冬月的山里,冲到开豁的山谷里去,他把怎样的灾害的洪水散布于沿河的地域呵!

在每年的春天,有多少船坏在海上,多少性命丧在山里,多少桥被流去,多少水磨和村庄被半毁了。

但是要使得几只船不毁坏,几条性命不丧失,要使得许多桥梁、水磨和村庄保全了,——那么我们情愿春天永不会来,带着冰雪的冷的冬天应当永久存留么?决不然的。我们所愿望的只是在全国里造起许多沟渠和蓄水池，让春天的水流到国里最远的角落去，使荒芜不毛的地变成丰饶，那么春天的洪水，正如尼罗河的洪水之于埃及，可以成为人民的大的祝福而不是一个诅咒了。

人类的历史正如任何国民的历史一样，可以分作多少的大的年岁，或大的时代，如我们普通所说；每一个这样的时代各有他自己的春天，以及他的秋天和冬天。

新时代的这样一个春天正在地上的时候，人们的心跳的比平常更快，头脑动作的更活泼，感觉更为锐敏，情感更为强烈，人的道德更为有效，他的坏处和过失也更为厉害了。每个新时代的春天使人类的活动增加气势，将大的精力灌注到人生一切的机能里去。他使诗人去寻求一种新的表现，新的节奏，新的和谐的韵，做他的美丽的诗；他使画家去寻求新的奇妙的色彩，光与影的新的奇妙的配合；他使雕刻家在少年女子里看出美丽的威奴思（Venus，美与恋爱之女神），在少年男子里看出神一般的亚颇罗（Apollo，太阳之神，又是生长和青春之神）；他使音乐家能够把小河的低语和白杨的私语放到快活的谐调里，把月光的温柔的银色的洪流收入不朽的琴歌里去；他使建筑家用了花冈石块唱出崇高的心灵的颂歌，用了大理石和青铜为人类的幸福而祈祷；他使哲学家能够对于人生不可解的问题得到一个新的解决，对于人类的切迫的疑问得到一个新的答案。这样的是人类历史上一个新时代的春天的可惊的力量。但是倘若在人民爱文学，重美术，努力自由的思想与行动的国里，春天能够增补他们的精神，精炼他们的智慧，更新他们的艺术，他又能兴起怎样的暴怒的狂风，在那些国里，专制已经冻住了一切的自由思想，压迫已经止住了一切高上理想的自由的流通。新的春天将兴起怎样的纵肆的忿怒与狂乱的风暴，在那地方，旧的和新的迷信的压制，族长的传统与国民的习惯的专断曾经将镣铐加在人们的心上，使他们不能感觉什么，加在脑上，使他们不能自由的思想；将束缚加在女人的脚上，使她们不能自由要行动，将眼镜加在少年的眼上，使他们不能看见比鼻子更远的东西！春天将使怎样的新思想的破坏的激流冲过这样的国土的上面，他将使怎样的灾害的洪水散布于那里，多少青年的生命丧失了，多少无辜的人民死亡了，多少巨大的屋宇毁坏了，在这样坚冻的专制独断与压制的国土的春天里！但是要使得许多青年的生命不丧失，许多无辜的人民不死亡，要使得古代的巨大的屋宇不毁坏，在这样的有古旧的迷信，国民的传统，和各种成见的国里，——那么我们情愿这更新的春天永不会来，情愿专制与愚昧永久留存在这不幸的地球上么？决不然的。我们所愿望的，只是去开筑许多新沟渠，将旧有的修得更宽更深，使那新思想新理想的春天的急流可以深广的流进到我们的社会的与个人的生活里去，增加一种新的气势和活力。

朋友们，你们觉到我们正生在一个新的大时代的春天么？倘若我们没有听到几许受这新春的感兴的诗人与美术家，我们确已听到了不少的灾害的狂风与风暴，滚过全世界的破坏的急流与洪水了。倘若你感到了新春的微风，倘若你听到了春天的风暴与急流的远远的呐喊，在这时候你正做着什么，或者预备去做些什么呢？

在每年里，春天是最忙的时节，这是用了犁和锄去工作的时节，是播种子，是种植及迁移花木的时节。我们在春天所播种的，我们在收成的时候就可以收获。全年的幸运都倚靠我们的春天的工作，饥荒缺乏以及一国的别的一切不幸的根也都长在春天里。人类历史上的春天也是如此：每个新时代的春天的工作，严密的决定全时代的发达的界限，他的一切造就与其失败。

朋友们，你们将要在自己的思想的田里播下什么种子呢？那是对于真与美的爱，对于知识的渴慕的种子呢？还是对于习惯与俗恶的奢华的爱，对于名誉与金钱的贪欲，对于安乐与舒服的生活的渴慕的种子呢？

你们将要用了什么花去装饰自己的心灵的园呢？那是诚实、温和与谦逊的花，还是诈伪、粗鲁与骄傲的花呢？

你们将要去种在自己的心的树林里的是什么树木呢？那是同情、爱与友情的树，在他的荫里你可以得到休息，在干枯的日子，在为了你的理想而力战之后，——或者那些树是憎恨、忌妒与自私的树，他有一天将长大起来使你的生活和别人的生活都不可堪，而且有一天必将倒在你的身上，给悲惨的生活做一个悲惨的结局。

其次,我想问一声,你们将要在国民的思想的田里播下什么种子呢?那是刚勇,对于正义的爱,对于自由的渴慕的种子,还是卑鄙的等着机会的便宜主义对于快乐的贪欲的种子呢? 你们将要用了什么花去装饰国民的心灵的园呢? 那是勇敢、坚定、正直与诚信的花,还是野心、谄媚、轻信与自满的花呢?

你们将要去种在国民的心的树里的是什么树木呢? 那是广阔的国际的人道主义的感情,在自己国民间的平等与友爱,对于艺术与科学的爱的树呢,还是那狭隘的民族的妒忌、凶残的竞争,对于弱者、贫者的政治与经济的压迫,对于民族的古旧的迷信、传统与习俗的执着的树呢?

朋友们,正如我们自己的幸福与好运倚靠我们在自己的心里播下的种子一样,我们国民的幸福与好运也正倚靠在新时代的春天所播的种子上。还有一件事情,我想请你们好好的留意:倘若播种的时期已经过去,譬如在夏天或冬天想去耕田以及下种,这在农夫实在只是白费工夫与精力了,所以同样这也是时间与精力的耗废,如在祝福的春季已过,惯性之干枯与反动之寒气主宰着国土的时候,还想去播种在人民的心里。

朋友们,我想,——虽然我希望我是错误,新时代的春天现今正在很快的过去,反动和惯性不久就将支配全世界了。让我们不要失却时光,让我们去工作,因为只有在宽阔的播下了种子的国里,我们才能希望——不管那些惯性与反动,得到一个丰满的收成,与幸福及好运的一年。

# 文法一　形容词在句中的用途

形容词在句中的用途有几种:

一、直接用作述语　凡是说明事物的性质状态的句子,都可以形容词为述语。如:

是时蚕身最长,四眠而后,身反短而通体透明。

一大堂,界画细整,脊兽狞恶。

这种句子,述语中不带动词,形容词就是它的述语。

二、在同动词下面做补足语 同动词有许多,下面的补足语是形容词的时候,以用"为""是"者为多。如:

> 人们……感觉更为锐敏,情感更为强烈……他的坏处和过失也更为厉害了。

> 梅花的供观赏用,……以树势的虬曲苍老为重。

> 塔院下面有许多大树,很是凉快。

三、用以限制句中一切的名词 形容词原是限制事物的,一切表示事物的名词,随处都可附加。附加的式样有二,一是直接附加,一是带后介词"之"或"的"去附加。如:

> 白露为霜。

> 春天用了美丽的花的毡毯盖住我们的田野,……用了香的花装饰我们的园;……在我们孤寂的心里唤醒新的精力。

> 古之人所以大过人者无他焉。

上面所举各例,都是就原来的形容词说的。其实名词上的附加语,只要是有限制性质的,一切都可作形容词看。如:

> 若温度再降至冰点以下,即更凝而为珠状之霜,……多为羽毛状。

> 《唐诗》有"月落乌啼霜满天"之句,实系诗人不顾事实之语。

> 你们将要在国民的思想的田里播下什么种子呢?那是刚勇对于正义的爱对于自由的渴慕的种子,还是卑鄙的等着机会的便宜主义对于快乐的贪欲的种子呢?

凡是本来不是形容词,因了在句中的用法带有形容词性质的,都可叫做形容词语。

形容词语的用途是很广的,有许多句子,因了形容词的关系可以失去句子的资格,变成带形容词语的名词语。例如:

> 夜间温度远在冰点以下。

是句,如果改作

> 温度远在冰点以下的夜间,

就成了含有形容词语的名词语了。又如：

宋朱熹所著《朱子语类》一书，

是含有形容词语的名词语，如果改作

宋朱熹著《朱子语类》一书。

《朱子语类》一书，宋朱熹所著。

就成了句子了。

# 习问 一

1.知的文章和用器画一样，所要求的是精密与正确。难道情的文章就不必精密与正确吗？试对这个问题加以思索，把想到的说出来。

2.试就文选二的第一节，指出其中只宜于情的文章而不宜于知的文章的语句来。

3.试就读过的文章中找例，或自己造例，举出合乎下列条件的句子来。

一、述语是形容词的。

二、带形容词补足语的。

三、句中的名词有形容词限制着的。

4.何谓形容词语？试举例说明。

5.试将下列含有形容词语的名词语改成句子，本来是句子的改成含有形容词语的名词语。

沙漠地方如戈壁撒哈拉（则）终岁（可）不见霜。

扬子江两岸，为蚕桑最盛之区。

像旗杆似的孤另另地只有一技之艺的人。

说起来什么也能说的人，然而一点也不精，仿佛是一张纸，看去虽大，其实没有什么实质的。

# 第二课

## 文话二　学术文

　　知的文章一点不参杂作者个人的情感，只是对当前事物作客观的剖析：前面已经说过了。现在要说的是：凡作学术文应该用知的文章的手法。因为学术文的目的在使读者精密地了知，正确地理解，这非诉之于读者的理智不可；如果笔下带着情感，难免把读者的理智混淆了，在学术的授受上是有着妨碍的。试看出色的学术文，都是纯粹的知的文章。

　　要作学术文，必须作者对于学术有了精深的造诣。这由于平时的修养，在我们的文话中没有甚么可以说的。现在假定作者对于学术已经有了精深的造诣，当他动笔写作的时候，却有特别要审慎的几点。在这里，我们不妨提出来谈谈。

　　第一点，凡用字眼，要按照它的原义；换一句说，就是要按照它在学术上的意义来使用它。有许多字眼，经过千万人的传说，它们的意义渐渐转变，成为庸俗的意义，和原义完全不相应合。如称节省钱财为"经济学"，称热心公益为"社会主义"，把自己的意见叫作"主观"，把他人的意见叫作"客观"，诸如此类，不一而足。如果写作传记或是小说，而所写的正是这样乱用字眼的人物，自然不妨把这些字眼用在他的会话里；使读者如闻其声，如见其人。这当儿，你若嫌他使用字眼全不的当，逐一给他换上适切的字眼，写成他的会话；那反而失掉了这个人物的特点，你的描写就失败了。但是在学术上，"经济学"是甚么，"社会主义"是甚么，"主观"是甚么，"客观"是甚么，都有确定的界说。作学术文，惟有合乎界说的意义，才可以用这个字眼来表达它。读者根据了字眼的界说来理解，才可以不生歧义。否则作者和读者之间没有了公认的媒介，那学术文就说不上精密与正确了。

第二点，凡有语句，要多所限制；换一句说，就是要使语句的含义毫不游移。我们平时说话、作文，往往依从习惯，取其简捷；只要在当前的情境之下，能使对方理会，就算了事；但仔细考察起来，不免有游移的弊病。如说"铁比棉重"，似乎很成一句话，然而这句话的意义是游移的。一百斤铁比一百斤棉重呢，还是一小块铁比一大包棉重？如果说："假如体积相同，铁比棉重"，这就毫不游移了。"假如体积相同"正是加上去的限制。可见多所限制可使意义精密与正确。我们读学术文，如"在某种情形之下"、"在某一些条件之下"、"从某方面看来"、"从某立场某基点说来"等副词性的语句，常常可以遇见。这并不是作者不惮噜苏，实因他要求他的语句精密与正确，所以不得不加上相当的限制。

第三点，凡积极修辞方法，在学术文中不宜随便乱用。如"白发三千丈"是诗篇的佳句，"世乃有无母之人"是抒情文的至性语，它们都用的积极修辞方法。但当写学术文的时候，这种语句就完全用不到。学术文要一是一，二是二，不戴有色眼镜去观察一切事物，不带个人情感去对付一切意思。学术文以朴素而精密、正确为美，和情的文章原是不一样的。

写学术文应当审慎的当然不止以上所说的几点。但这几点却是浅近而重要的。即使自己并不动手去作，知道了这几点，对于学术文的阅读也有相当的帮助。

# 文选三　物理学和人生

周昌寿

物理学是自然科学中最重要而又能代表全体自然科学的一个学科，

其内容通常分为力学、热学、音学、光学、磁学及电学等各小分科。这种分科的标准,完全根据于人类的感官。凡能由筋肉的动作感受得到的现象,属于力学的研究范围。凡能由皮肤的接触感受得到的现象,属于热学的研究范围。凡能由耳膜的振动感受得到的现象,属于音学的研究范围。凡能由视神经的刺激感受得到的现象,属于光学的研究范围。至于磁学、电学,因为我们的感官缺少了这样的要素,不能直接感受这一类的现象,所以发达很迟;可是他们的范围异常广泛,性质又特别重要,一经发扬以后,即大有凌驾其他各科而上之的形势。就这一层着想,也就足以察见我们的感官颇多欠缺,根据这些感官而来的分科,并没有多大的价值了。

实际上物理学的主要目的,概括起来说,是在探求一切物理现象间的因果关系。明白了这种关系,不但可以解决疑问,增长知识,并且同时还可以利用新得的知识,去弥补感官的缺陷,扩张人类的势力,征服自然的环境。例如距离在三十万光年以外的星云,可由望远镜观测;直径在万万万分之一公厘以下的电子,可由显微镜中窥见;紫色部以外的光,可用照相干板留下痕迹;红色部以外的光,可用验微温器检查征兆;微弱的音波,可用高声器扩大;数万里外的消息,可用电报、电话、无线电等传达;水面可用轮船,水底可用潜艇,陆地可用火车、汽车,空中可用飞艇、飞机;夏日有电扇、冷气却暑,冬日有电炉、热气取暖;记留音容可用有声影片,照耀黑夜可用电灯:凡此种种,无一不由物理学得来,亦无一不和人生有密切的关系。天赋的机能有限,新创的环境层出不穷,就是专为适应环境着想,已非努力于物理学的研究不可。若再进一步,欲谋增进人类的幸福,创造理想的文化,更非加倍努力不可。

# 文选四　论语解题

### 梁启超

## 论语编辑者及其年代

《汉书·艺文志》云："《论语》者,孔子应答弟子时人及弟子相与言而接闻于夫子之语也,当时弟子各有所记;夫子既卒,门人相与辑而论纂,故谓之《论语》。"据此,则谓《论语》直接成于孔子弟子之手。虽然,书中所记如鲁哀公、季康子、子服景伯诸人,皆举其谥,诸人之死皆在孔子卒后;书中又记曾子临终之言,曾子在孔门齿最幼,其卒年更当远后于孔子;然则此书最少应有一部分为孔子卒后数十年七十子之门人所记,无疑。书中于有子曾子皆称"子";全书第一章记孔子语,第二章即记有子语;第三章记孔子语,第四章即记曾子语。窃疑纂辑成书,当出有子曾子门人之手;而所记孔子言行,半承有曾二子之笔记或口述也。

## 论语之真伪

先秦书赝品极多,学者最宜慎择。《论语》为孔门相传宝典,大致可信。虽然,其中未尝无一部分经后人附益窜乱。大抵各篇之末,时有一二章非原本者。盖古用简书,传抄收藏皆不易,故篇末空白处,往往以书外之文缀记填入,在本人不过为省事备忘起见,非必有意作伪,至后来展转传钞,则以之误混正文。周秦古书中似此者不少。《论语》中亦有其例:如《雍也》篇末"子见南子"章,《乡党》篇末"色斯举矣"章,《季氏》篇末"齐景公"章,《微子》篇"周公谓鲁公"、"周有八士"章,皆或与孔门无关,或文义不类,疑皆非原文。然此犹其小者。据崔东壁（述）所考证,则全书二十篇中,末五篇——《季氏》、《阳货》、《微子》、《子张》、《尧曰》——皆有可疑之点。因汉初所传有"《鲁论》""《齐论》""《古论》"之分,篇数及末数篇之篇名各有不同,文句亦间互异。王莽时佞臣张禹者合三本而一之,遂为今本。(见《汉书·艺文志》《张禹传》及何晏《论语集解》序)此末五篇中,最少应有一部分为战国末年人所窜乱。其证据:

一、《论语》通例,称孔子皆曰"子",惟记其与君大夫问答乃称"孔子",此五篇中,屡有称"孔子"或"仲尼"者。

二、《论语》所记门弟子与孔子对面问答,亦皆呼之为"子";对面呼"夫子",乃战国时人语,春秋时无之,而此五篇中屡称"夫子"。

三、《季氏》篇"季氏将伐颛臾,冉有、季路见于孔子"云云,考冉有、季路并无同时仕于季氏之事。

四、《阳货》篇记"公山弗扰以费畔,召,子欲往",云云,又记"佛肸以中牟畔,召,子欲往",云云,考弗扰叛时,孔子正为鲁司寇,率师堕费,弗扰正因反抗孔子政策而作乱,其乱亦由孔子手平定之,安有以一造反之县令而敢召执政?其执政方督师讨贼,乃欲应以召?且云"其为东周",宁有此理?佛肸以中牟叛赵,为赵襄子时事,见《韩诗外传》。赵襄子之立,在孔子卒后五年,孔子何从与肸有交涉?

凡此诸义,皆崔氏所疏证,大致极为精审。(参观《崔东壁遗书》内《洙泗考信录》,《畿辅丛书》中亦有此书)。由此言之,《论语》虽十有八九可信,然其中仍有一二出自后人依托,学者宜分别观之也。

## 论语之内容及其价值

《论语》一书,除前所举可疑之十数章外,其余则字字精金美玉,实人类千古不磨之宝典。盖孔子人格之伟大,宜为含识之侪所公认;而《论语》则表现孔子人格唯一之良书也。其书编次体例,并无规定;篇章先后,似无甚意义;内容分类,亦难得正确标准。略举纲要,可分为以下各类:

一、关于个人人格修养之教训。

二、关于社会伦理之教训。

三、政治谈。

四、哲理谈。

五、对于门弟子及时人因人施教（注重个性的）的问答。

六、对于门第子及古人时人之批评。

七、自述语。

八、孔子日常行事及门人诵美孔子之语。（映入门弟子眼中之孔子人格。）

以上所列第一二项约占全书三分之二，其余六项约合占三分之一。第一项人格修养之教训，殆全部有历久不磨的价值。第四项之哲理谈，虽着语不多，（因孔子之教，专贵实践，罕言性与天道），而皆渊渊入微。第二项之社会伦理，第三项之政治谈，其中一部分对当时阶级组织之社会立言，或不尽适于今日之用，然其根本精神，固自有俟诸百世而不惑者。第五项因人施教之言，则在学者各自审其个性之所近所偏而借以自鉴。第六项对人的批评，读之可以见孔子理想人格之一斑。第七项孔子自述语及第八项别人对于孔子之观察批评，读之可以从各方面看出孔子之全人格。《论语》全书之价值大略如此。要而言之，孔子这个人有若干价值，则《论语》这部书，亦连带的有若干价值也。

# 文法二　带副词的形容词

形容词本来可带副词。如：

曾子在孔门齿最幼。

我们理想中的读书人是又精又博。

这里所要讲的，是副词和形容词连结起来成功一个形容词的情形。如：

腰圆形的身子。

晶亮的银器。

"腰圆"等于说"腰子样地圆"，"晶亮"等于说"晶也似地亮"，都带有副词

部分。这种形容词,文言中不多见,语言中是常会碰到的。如:

　　雪白的纸
　　漆黑的晚上

之类都是。这类形容词还可在它副词部分加叠一字,成为含有叠语的词儿,有两种式样。如:

　　雪雪白的纸　　}(甲)　　　白雪雪的纸　　}(乙)
　　漆漆黑的晚上　　　　　　黑漆漆的晚上

(甲)式和(乙)式所表示的性状(白、黑)程度不同,(甲)式表示性状的极度,(乙)式表示性状只到某程度而已。这类形容词有些可通用于(甲)(乙)二式,有些在习惯上不能二式都通用。如"晶亮"可有"晶晶亮"和"亮晶晶"两种说法,而"笔直"却只有"笔笔直",习惯上没有说作"直笔笔"的。

　　上面所说的形容词,是以名词为副词而合成的。尚有一种形容词也带副词,也含有叠语,可是所用的副词不是名词,只是表达性状的感觉。如:

　　他从前那副铁板板的面孔,厚沈沈的戒尺,我都忘记了。

"铁板板"以名词"铁"为副词,"厚沈沈"的副词是"沈沈",是对于"厚"的性状的一种感觉。这类形容词和前者显有区别。再举几个例子如下:

　　漠楞楞的曙色
　　灰苍苍的天幕
　　坦荡荡的大道
　　湿津津的处所

# 习问 二

　　1.试从平时听到的语言中,举出一些使用字眼不当的例子。

　　2.文选三、四和文选二都是学术文吗? 如果其中有一两篇不是,试说明所以不是的缘故。

3.带副词的形容词有几种结合的式样,试各举一例。

4.试就下列各形容词,加上相当的副词,造出各式各样的形容词来。

冷　热　硬　甜

# 第三课

## 文话三　对话

　　叙述文叙述事件的经过与变化。事件的经过与变化,情形各各不同。如果某事件中有若干人物在那里活动,从作者看来,不但那些人物的行动需要叙述,就是他们当时的语言也非叙述不可:在这样情形之下,叙述文中就得插入对话了。

　　像《项链》这篇里的"呵!好香的肉汤!我觉得没有再比这好的了……"这只是那个丈夫的独白,并不是对话。又像《新教师的第一堂课》里的"反正已非教书不可,除了在这上努力以外更无别法,人家怎样说,怎样想,那里管得许多":这只是那个新教师在那里想心思,而作者把他的心思写了出来,也不是对话。所谓对话,至少在两个人之间才会发生。你提起了一个问题,或者谈到了一件事物,我接下去表示我的意见,说出我的感想,你又接着谈论下去:这样才是对话。如果人数更多,或者甲、乙、丙、丁顺次发言,或者甲、乙反覆说了许多回,而丙、丁只在其间插入一两句:这样当然也是对话。

　　有许多叙述文,作者在人物的行动上很少用笔墨,有的竟绝不去叙述人物的行动,而专门叙述他们的对话。读者读着这样的文章,就仿佛坐在这些人物旁边,听他们你一言,我一语。读到完篇,就可以了解他们谈的是甚么。

　　叙述人物的语言，原来有两种方式。一是用传述的口气，由作者转告读者，其方式是"甲说怎样怎样，乙以为怎样怎样。"用这种方式的时候，对于语言中的代名词必须加以变更，如原语中的"我"，由作者方面说，必须改做"他"，原语中的"你"，由作者方面说，必须改称那人的名字；否则就混淆不明了。一是用记录的手法，把原语直接告诉读者，其方式是"甲说：'怎样怎样'，乙说：'怎样怎样'。"这里用着引号，就是表示完全保存语言原样的意思。从前文言不用标点符号，但也有个特别的标记，作者在记录语言之前常写着"某某曰"，使读者一看就明白，"曰"字以下是人物的语言的原样了。

　　前一种方式，适用于短少的语言。如前面提起的《项链》里那个丈夫的独白，如果把"我"字换做"他"字，改为作者传述的口气，也没有甚么不可以。但是，繁多的语言，几个人的反覆谈论，就不适宜用这种方式，而必须用后一种方式。因为用前一种方式既有变更代名词的麻烦，又有许多语言不便由作者传述（如自己发抒情感的话），不如用后一种，依照语言原样记录，来得方便。又，用前一种方式只能传达语言的意思，而不能传出人物发言当时的神情；要使读者在领略意思以外，更能体会发言当时的神情，就非用后一种方式不可。

　　叙述对话的文章就是充量利用后一种方式的。

　　我们同家人或是朋友在一起，随时发生对话，为甚么不把它完全记录下来呢？原来写一篇文章，必须有一个中心意义；平时的对话，或则散漫无归，或则琐屑非常，要记录当然可以；只因为它不值得记录，就不去记录了。若是一场对话中间，含有一个中心意义，那就是值得记录的材料；作者就不妨提起他的笔来。值得不值得的辨别，全靠着作者的识见。

# 文选五　子路曾皙冉有公西华侍坐

### 论　语

　　子路、曾皙、冉有、公西华侍坐。子曰："以吾一日长乎尔，毋吾以也。

居则曰,'不吾知也。'如或知尔,则何以哉?"

子路率尔而对曰:"千乘之国,摄乎大国之间,加之以师旅,因之以饥馑。由也为之,比及三年,可使有勇,且知方也。"夫子哂之。

"求,尔何如?"

对曰:"方六七十——如五六十,求也为之,比及三年,可使足民。如其礼乐,以俟君子。"

"赤,尔何如?"

对曰:"非曰能之,愿学焉,宗庙之事,如会同,端章甫,愿为小相焉。"

"点,尔何如?"

鼓瑟希,铿尔,舍瑟而作;对曰:"异乎三子者之撰。"

子曰:"何伤乎? 亦各言其志也。"

曰:"莫春者,春服既成,冠者五六人,童子六七人,浴乎沂,风乎舞雩,咏而归。"

夫子喟然叹曰:"吾与点也!"

三子者出,曾晳后。曾晳曰:"夫三子者之言何如?"

子曰:"亦各言其志也已矣。"

曰:"夫子何哂由也?"

曰:"为国以礼;其言不让,是故哂之。"

"唯求则非邦也与?"

"安见方六七十,如五六十,而非邦也者!"

"唯赤则非邦也与?"

"宗庙会同,非诸侯而何! 赤也为之小,孰能为之大!"

# 文选六　广田示儿记

林语堂

牛津大学 Beverley Nichols 著有 'For Adults Only' 一书,全为母女或母子之问答。儿子大的八九岁,凡事寻根究底,弄得其母常常进退维谷,十分难堪。但其母亦非全无办法,每逢问得无话可答之时,即用教训方法,骂他手脏,或未刷牙,或扯坏衣服,以为搪塞。乘兴效法作《广田示儿记》。

小孩:爸,今天下午请谁来喝茶?

广田:王宠惠。

小孩:王宠惠是谁?

广田:他是支那人。

小孩:爸,你也和支那人作朋友吗? 你不是说支那人很不及我们日本人吗? 学堂里先生天天对我们讲,支那人如何坏,如何不上进。

广田:小孩有耳无嘴,少说话!

小孩:爸,我可以不可以也来一同喝茶? 我很想见见王宠惠。

广田:乖乖的,怎么不肯,不过你那只嘴舌太油滑了,常要问东问西,寻根究底,不知礼法。尤其是今天,我们要讲中日的邦交。你不会懂的。

小孩:中日邦交很难懂吗?

广田:很难懂。

小孩:为什么很难懂?

广田:你又来了。

小孩:爸,我真想懂一点邦交,你告诉我吧,为什么很难懂?

广田:因为我们要和支那人要好,而支那人不肯和我们要好。

小孩:为什么呢? 他们恨我们吗?

广田:是的,比恨欧人还利害。

小孩:为什么特别恨我们呢? 是不是我们待他们比欧人还要凶?

广田:为什么! 为什么! 你老是弄那条绳子,手一刻也不停。

小孩:但是我们既然对支那人好,他们为什么恨我们呢?

广田:"满洲国"。

小孩:"满洲国"的土地到底是他们的还是我们的?

广田:你瞧! 老是弄那条绳子,满地毡都是线屑了!

小孩:爸,你要怎样和他们做朋友呢?

广田:我们要借他们钱,送他们顾问。

小孩:欧人不是也要借他们钱,送他们顾问吗? 他们不是已经有人帮忙吗?

广田:欧人是要帮他们忙的,不过这不行。我的儿,你要知道,欧人借给他们钱,就统制支那了。

小孩:而我们借给他们钱呢?

广田:我们借给他们钱时,是和他们亲善。

小孩:这样讲,支那人一定要跟我们而不跟欧人借钱了。

广田:那倒不然,除非我们强迫他们让我们帮忙。

小孩:支那人真岂有此理。但我们何必强迫他们让我们帮忙呢?

广田:手不要放在嘴里,不然你会发盲肠炎! 大前天我就叫你去瞧牙医,到现在你还没去!

小孩:好,我明天就去。但是,爸,比方说,你是支那人,你想会爱日本人吗?

广田:我的儿,你听我说。老实说,向来我们有点欺负他们。不过现在,我们要和他们亲善了。我们要借给他们钱,送他们顾问,训练他们的巡警,替他们治安。我们要叫他们觉悟我们真实的诚意。

小孩:什么叫做我们真实的诚意?

广田:你傻极了,到现在还不明白! 我今天一定要叫王宠惠相信我们的诚意。

小孩:王宠惠是傻瓜吗?

广田:胡闹! 王宠惠是一位学通中外的法律名家。

小孩:爸,我长大也会像王宠惠一样有学问吗?

广田:只要你在学堂肯勤苦用功。

小孩:爸,比方我此刻是王宠惠,你要怎样对我讲日本真实的诚意?

广田:儿啊,我要对你讲,我们要怎样借给你们钱,送给你们军事顾问,训练你们的巡警,剿你们的土匪,保你们的国防,替你们治安。

小孩:爸,你告诉我,到底我们何必这样多事呢?

广田:我告诉你,我们要垄断支那的贸易,把一切欧人赶出支那。我们可以卖他们许多许多东西,他们可以买我们许多许多出品。你说这大亚细亚主义不是很好吗？而且我们要跟苏俄打仗，非拉支那为援助不可。我们没有铁，没有棉，没有橡皮，一旦战争爆发，粮食还不足支持一年，所以非把支那笼入彀中不可。

小孩：你不要对王宠惠说这些话吧？

广田：啊，你生为一外交家的儿子，也得明白这一点道理。我们为国家办外交的人，口里总不说一句实话。西人有句名言叫作："外交家者，奉命替本国撒谎之老实人也。"但是这谎虽撒而实不撒，因为凡是外交老手都是聪明人，你也明白我的谎话，我也明白你的谎话，言外之意大家心领默悟就是了。王宠惠还要等我说穿吗？

小孩：这样本事！但是比方今天你要怎样说法？

广田：那有什么难！我说，我们为维持东亚及世界之和平起见，要使支那日本在共存共荣之原则上，确定彼此携手之方针，以开中日亲善之新纪元，而纳世界于大同之新领域。

小孩：好啊！爸，这真好听啊，怪顺口的。爸，你那儿学来这一副本领？我们学堂里也教人这样粉饰文章吗？

广田：你真傻，学校作文就是教这一套，好话说得好听，坏话说得更加好听。不过外交手段，生而知之也，非学而知之也！

小孩：爸，我真佩服你！但是如果王宠贤惠是外交老手，了悟了你的真意，如果支那人也都了悟你的真意，而一定不让我们帮他们的忙，那你要怎样办呢？

广田：有大日本天皇海陆空军在！

小孩：但是，爸，这不是真和他们亲善了。爸，你赞成陆军的方法吗？

广田：快别开口！隔墙有耳呢！你这话给人家听见了还了得。我想你也该走出去散步散步了，顺便去找牙医，看看你的牙齿——地板上的铅笔头及线屑先检起来！


## 修辞法一　排比


在谈话或文章里，有时接连数句调子构造相同，听去读去，不但不觉

得重复单调,反而觉得和谐流畅的,这叫做排比法。如:

> 凡能由筋肉的动作感受得到的现象,属于力学的研究范围。凡能由皮肤的接触感受得到的现象,属于热学的研究范围。凡能由耳膜的振动感受得到的现象,属于音学的研究范围。凡能由视神经的刺激感受得到的现象,属于光学的研究范围。

这一段文章,是用同调子的词句叠接而成的,就是用着排比法的文章。排比法通常适用于并列的说述。一串并列的事项,用同调子的句子排比起来:第一种效果是可以使听者或读者平等地把各项来注意;第二种效果是能使谈话或文章获得整片的部分,免去支离零星的缺陷。

上面所举的例,是逐句排比的,每句各部分调子都相同。排比的方式,并不止这一种,尚有间隔成排或略加变化的。如:

> 你们将要在国民的思想的田里播下什么种子呢? 那是刚勇,对于正义的爱,对于自由的渴慕的种子,还是卑鄙的等着机会的便宜主义,对于快乐的贪欲的种子呢? 你们将要用了什么花去装饰国民的心灵的园呢? 那是勇敢、坚定、正直与诚信的花,还是野心、谄媚、轻信与自满的花呢?

> 我们要怎样借给你们钱,送给你们军事顾问,训练你们的巡警,剿你们的土匪,保你们的国防,替你们治安。

第一例"你们将……呢"和"那是……还是……呢"二调子间着排比,第二例"怎样"下的一串都是调子大同小异的构造,可以说是经过变化的排比。

排比是一向习用的修辞法,只要在谈话、文章上留心,差不多随时可以碰到。排比的范围有大有小,有时出现在一句中,有时出现在数句或某一片段中,有时竟出现在整篇中。把整篇分成几个段落,用同调子的句子来结束的文章,古来也并非没有,如《公羊传》中就常有这种例子。

排比是把同性质的事项用同调子来说述的方法,结果就是列举。用得不适当,可以使谈话或文章累赘拖沓。如《谷梁传》里有一段文章:

> 季孙行父秃,晋郤克眇,卫孙良夫跛,曹公子手偻,同时而聘于齐。齐使秃者御秃者,使眇者御眇者,使跛者御跛者,使偻者御偻者。

这里"齐使秃者御秃者"以下是一串的排比,唐人刘知几在《史通》里批评为太繁,说只要写作"各以类逆"就够了。"各以类逆"是概括的说法,排比是列举的说法,二者根本不同。甚么情境之下该用排比,甚么情境之下不该用排比,这是值得随时留心的问题。

# 习问 三

1.试把文选五的第一节译作语体,并把孔子的话改为由作者传述的口气。

2.文选六全篇是对话,其中心意义是甚么?

3.排比法的效果是甚么?

4.试从读过的文章里举出若干排比的例子来,逐一审查用得有效与否。

5.排比法用得不适当,有甚么不好的结果?

# 第四课

## 文话四 戏剧

戏剧和纯用对话组成的叙述文相似而实不同。二者都只有对话,是它们的相似处。但戏剧用对话来表达一个故事,这故事或则头绪很繁多,或则进展极曲折;而寻常用对话组成的叙述文,不过是几个人的一场会谈,在某一个中心意义上见得有记录下来的价值而已:这是它们的不同处。

更有一点不同处:纯用对话组成的叙述文,其目的和他种文章一样,无非供人阅读;而剧本却不单供人阅读,尤其重要的,在供演员登台表演。因此,写剧本比较写叙述文须要更多方面的注意。许多对话该使演员在怎样的环境中间说出,用怎样的神情、姿态说出,才可以收到最大的效果:这是写剧本时必须考虑的。作者把考虑的结果也写入剧本里头,于是在对话以外,又有了记叙舞台布景以及人物的神态、动作等等的文字。这种文字是给布景员和演员看的,在剧本中只居于"注脚"的地位,而剧本的主题总之是对话;所以我们不妨说,剧本的组成完全用着对话。

我们要知道,纯用对话来编成戏剧,而对话又同实生活中间一样,发言吐语,毫无不合情理之处,这是从西洋现代剧的写实一派开始的。这种编剧方法传到了我国,我国也就有人写这样的剧本了。若从所有的剧本看起来,写法并不完全如此。如有一些剧本,往往有一个人物的独白,把所见的景物、所想的心事、所感的情绪说上一大套。在实生活中间是决没有这样的事情的，既不是神经病患者，怎么会唠唠叨叨向虚空说话呢？然而作者认为戏剧究竟是戏剧，虽然不合情理，却也无妨。这和写实一派，不能断定说谁优谁劣，因为戏剧的优劣并不在这上边判别；只能说另是一种写法罢了。

我国旧有的戏剧大都是歌剧：有道白的部分，又有歌唱的部分。这也和实生活不相一致，在实生活中间，决没有按照着乐谱说话的。还有，歌唱的部分并不完全是对话或者独白。如皮簧戏《空城计》中司马懿唱："坐在马上传将令：大小三军听分明。"昆剧《长生殿埋玉》中唐明皇唱："无语沈吟，阿呀！意如乱麻。"这两个例子中，"大小三军听分明"和"阿呀"固然是对话；而"坐在马上传将令"表明司马懿的动作，"无语沈吟，意如乱麻"表明唐明皇的神态与心绪，按照现代剧写实一派的手法，这些只能作为"注脚"罢了，但在我国的歌剧中，也不妨编成唱句由剧中人物唱出来。这种体裁上的特异处，也是看戏的或是读剧本的所应了解的。

再说我国旧有的戏剧，一出中可以有许多场面。各个场面所表演的事情，在时间上不一定连续，在空间上不一定一致。前一场面的事情发生在前几天，在甲地点，而后一场面的事情却发生后几天，在乙地点；这样的例子很多。但是现代剧写实一派就不这样。它每一幕只表现在某一段时间以内发生在某一地点的事情。时间不可割断；地点不可变改。假如一幕戏剧可演一点钟，那就是剧中人物连续地作一点钟的对话；假如舞台被认为某人家的一间屋子，那无论剧中人物上场下场多少回，总之只能在这一间屋子里活动。有了这样的限制，又得纯用对话，表达出头绪很繁多、进展极曲折的故事来，使观者觉得入情入理，发生深切的感动，这当然不是容易的事情了。

# 文选七　苏州夜话

田　汉

杨小凤　您不是知道我是没有爸爸的可怜的孩子吗？

刘叔康　好，你愿意的时候，我就做你的爸爸罢。坐下来，别站坏了，你不是脚痛吗？（扶杨坐沙发，自取椅坐其旁。）

杨小凤　谢谢。

刘叔康　咳，说起来正和你有过爸爸一样，我也是有过女儿的人啊。

杨小凤　（高兴）那么姊姊在那儿呢？

刘叔康　（打量杨）唔！她若是还在的时候，恐怕要和你一般儿高了，可是她年纪比你还小，你得叫她妹妹呢。（默算）那是十几年前的事儿，那时她才五六岁，现在若是在的时候是十八岁了。

杨小凤　她小我两岁。

刘叔康　这孩子不单止模样儿长的和你一般可爱，她的聪明也很够。记得她很小的时候我教她念一首《唐诗》："淡淡长江水，悠悠远客情。落花虽有恨，堕地亦无声。"她一学就会，时常放在口里当歌唱；可是那里知道四句诗就豫言了我今日的心境呢！啊！"落花虽有恨，堕地亦无声！"

杨小凤　难道说妹妹不在了吗？

刘叔康　谁知道！

杨小凤　怎么会不知道呢？

刘叔康　小凤，我平常因为怕触起我的旧痛，所以从来不和你们谈起我的家事。……十年前我和睡在酒坛旁边一样是完全沈醉在艺术里面的；我觉得艺术高于一切。加上我父亲传下不少的美术上的收藏，所以我自从出了学校门之后，就在北京的郊外，我家的近边，筑了一所精美的画室。我和我那贤德的妻子——她的原籍也是苏州人——和我那可爱的女儿，住在那里面作画，我学着古人画"长江万里图"的意思，想竭大半生的精力画一幅大画叫"万里长城"，象征我们民族的伟大的魄力；并且搜集了许多关于长城的故事，像孟姜女之类，想把她画进去。这画画了五年，就逢着一次可诅咒的内战：一个军阀和另一个军阀争夺北京，北京城外成了他们的战场，不用说，我的家，我那精美的画室成了他们的炮火的目标。我是个倔强不过的人，我不信家里人的劝告，在炮火中间安然地作画。可是在一个黑夜里我忽然惊醒来的时候，大兵已经抢到我的家了。我慌了,我一面叫我的妻子带着女儿先逃,一面赶忙来保护我那画室,因为画是我的生命呀……可是那些大兵看见我锁那画室,以为那中间一定像皇帝的陵墓一样,藏着什么金银珠宝,几枪托就把我那画室的门给打开了。(示以手指)这个指头就是那个时候弄破的。

杨小凤　(惊视)啊呀,可是没有开枪还算是好的呢。

刘叔康　他们进来之后,一看除了一幅大画之外,几乎没有一样值钱的东西,何况那幅大画值不值钱还不晓得呢;他们气了,一顿刺刀把我那幅费了五年心血还没有画成的大画一块一块地割烂了;我在旁边看着就好象被他们一刀一刀地割着自己的皮肉一样。我跪着哀求他们留下一段;他们——啊,那些禽兽——他们那里肯听,一把火,就把我那精美的画室,啊,——我那象牙的宫殿——全给烧了。我做梦似的心里忽然想起我的妻女来了;她们呢?——赶忙在兵火中一找,那里看见她们的踪影。我望着天,望着我那画室的火光,我呆了。我的脑筋像给雷击碎了似的,我昏了。……

杨小凤　后来怎么样呢?

刘叔康　一个月以后我从病院里出来了——我倒在地下的时候被一个熟人救了,送在病院里的。——我一面登报寻找她们,一面改了名字投入一个革命的军官学校,因为我觉悟了,要建设艺术不能单拿画笔,还得拿枪! 自从拿枪以来,我打了好几次的恶战,结果革命成了。当出发的时候,我们都抱着很大的希望,以为中国可以因着我们的血得救。可是革命成功之后,才发见我们的血白流的太多,因此我寻了一个机会到欧洲去了。到欧洲本想再学陆军,可是一种幻灭的悲哀和无家的寂寞,依然驱起我丢了枪再去拿画笔。我想由我的艺术和事业忘我从前的一切。可是从前的一切不独不能忘记,并且日子越久,越加使我思妻想女的情怀激烈起来。我那贤美的妻,我那可爱的女儿,她们现在究竟在什么地方呀!

杨小凤　难道就不可以找她们吗?

刘叔康　我也曾到处找过她们,可是地北天南,知道她们究竟飘泊在什么地方呢!

（卖报的登场）

卖报的　先生，今早的上海报要看罢？十二个铜板，看到张将军同李将军打仗。要买罢？

刘叔康　（恶其妨碍他的谈话）不要，不要。

卖报的　（见其买报无望，去而之他，口里仍继续）今早的上海报买罢？十二个铜板，看到张将军同李将军打仗。（一路叫去）

刘叔康　咳，又是打仗，又不知道要离散多少人家的夫妻父女！

杨小凤　还不知要破坏多少美的东西呢！

刘叔康　美的东西的运命总是破坏。可是人不能因为他结果是要破坏的就不去创造他，"不断的破坏，不断的创造"，这才是我们的态度。可是我们民族好像中了破坏狂似的，把创造的气力都消磨了。这只能够望你们努力呀。

杨小凤　妹妹若是在的时候，应该是个有望的女画家了。

刘叔康　（感慨系之）那孩子若是还在，到不见得走我这一条路。她从小就爱唱，现在应该是个有望的音乐学生了。

卖花女　（在内）栀子花……白兰花……栀子花……白兰花……

杨小凤　我若是有一个学音乐的妹妹可多么有趣。我自己虽然学画，可是也顶爱音乐的。

刘叔康　我将来送你到欧洲去学音乐罢。我自从失了女儿之后，我时常想……

（卖花女上，向老画家兜售。）

卖花女　先生，阿要买栀子花白兰花？

刘叔康　（不顾，斥之）不要，不要，快出去！

卖花女　老先生，买一朵罢。

刘叔康　我们不要，别在这里麻烦。

卖花女　（改向女）小姐，买朵花戴戴罢，蛮新鲜格。

杨小凤　（忙选几朵）几化铜钱？

卖花女　随便倷把几个好哉。

杨小凤　（取两毛钱与之）

卖花女　　小姐,谢谢倷。(好奇地走到画架后)

杨小凤　　(取花为刘插领角)您也戴一朵罢。

刘叔康　　我不要。

杨小凤　　不。这是我送给爸爸的。(自取一朵,挂自己襟上。)

刘叔康　　咳,你们年轻的女孩子爱花,就像我们年纪大几岁的人爱你们女孩子一样。

杨小凤　　(瞥见卖花女在改画)呵呀,她在那里改我们的画呢。

刘叔康　　(急起止之)嗳哟! 快些放下。

卖花女　　先生,倷看啥人画得好哪?

刘叔康　　你看人家画得蛮好的画,给你这一来,弄得一塌糊涂了,你还说谁画得好!

卖花女　　格个有啥稀奇。

刘叔康　　这自然也没有什么稀奇,可是你晓得什么?

卖花女　　(不平地用京话)你怎么知道我不晓得什么?

刘叔康　　(惊异)这孩子倒有些作怪,说话南一句北一句的。

卖花女　　长这么大,还不会说话吗?

刘叔康　　好,你会说话。(收回画笔)你快出去罢,弄脏了人家的画,回头他们要生气的,去去。

卖花女　　(被欺侮惯了的反抗)去就去。(提花篮徐出)

刘叔康　　(收好画笔就座,将继续谈话。)……

卖花女　　(漫吟)"淡淡长江水,悠悠远客情。落花虽有恨,堕地亦无声。"

刘叔康　　喂! (忽有所触,起身呼之。)卖花的! 卖花的!

卖花女　　(回来)又叫我转来做什么呀? 还要买花吗?

刘叔康　　花是不要了。

卖花女　　那末叫我转来啥事体呢?

刘叔康　　你坐。坐一会儿,我有话问你。

卖花女　　(勉强就座)老先生,请你快些说罢,我还得去卖完这些花,养活这条小命呢。

刘叔康　我问你,你每天这样卖花,能挣多少钱一天呢?

卖花女　卖花能挣多少钱?也不过挣一点儿钱就是哪。

刘叔康　那么又怎么能养得活你呢?

卖花女　老先生,命有好坏,可是活总是要活的!比方像小姐一样的命,自然又有不同;像我这样的命,有一点儿钱也就可以活下去了。

刘叔康　(感叹地)咳,中国啊,你连这样年轻的女孩,都叫她成为一个宿命论者吗!(再问下去)你念过书没有?进过学堂没有?

卖花女　在这儿也念过几年书,后来连吃饭都没有法想,那来钱念书呢?卖花的时候走过女学堂,听得里面弹钢琴的声音,看见那些女学生拍网球的时候,那种活泼的样子,心里恨不得变个鸟儿飞到她们里面去。有时候听呆了,看呆了,不知道耽搁了多少卖花的时间。后来我想明白了,我是一个卖花的!和她们那些有福气的小姐们隔了一层很厚的墙壁,所以我以后再也不走过那搭儿了。

刘叔康　你爸爸为什么不挣钱养活你,并且送你进学堂呢?

卖花女　我没有爸爸了。

刘叔康　哦,没有爸爸了。那么你母亲呢?

卖花女　……(触动悲怀,抑郁有顷,打量老画师一会。)老先生,我第一次到外面卖花的时候,我母亲对我说过:"明儿,我是叫你去卖花的,不是叫你去卖愁的。"因此我时常记着母亲的话,从不敢向客人们诉哀的。可是老先生,一个小虫儿受了苦也想哼一声呀。我看你们两位都是很好的,我不妨对你们说说罢。

杨小凤　我看你不像是此地人?

卖花女　我妈虽然是本地人,可是我的爸爸是北京人。我是在北京生的。我很小的时候,北京不知为着什么打了一次大仗,一天晚上大兵冲到我家里来,把我一家人都冲散了。

刘叔康　唔。

卖花女　妈妈和我不由自主地,随着许多邻舍拼命的逃,逃了一程,回头望我们的家的时候,老先生,早烧红了半边天了。后来继续逃出来的人还很多,妈和我都以为爸爸一定也在中间的,后来好容易逃到天津了。

　　杨小凤　　到了天津，你寻着了爸爸没有呢？

　　卖花女　　妈妈在许多逃难的人中间寻问了多少时候，也不曾得着我爸爸的消息。……后来好客易遇见了一个最后由我们村里逃出来的王叔叔，据他说我爸爸死守着家里，不让大兵进去，大兵生气，放了一把火，把我爸爸烧死在里面了……（泣声）

　　刘叔康　　（仰望着天）唉，你爸爸要是真在那时候死了，倒免得后来许多的烦恼。（起身欲抱之）孩子，你姓什么？

　　卖花女　　我姓唐。

　　刘叔康　　（愕然）姓唐？你为什么姓唐？

　　卖花女　　我为什么不姓唐？

　　杨小凤　　（见他们回答都奇怪，转转话头。）可是后来呢？

　　卖花女　　（继续的说）后来我妈在客栈里抱着我哭了好几天。想要自杀呢，又舍不得我。想要带起我逃呢，又一个钱也没有了。

　　杨小凤　　为什么不找亲戚呢？

　　卖花女　　我爸爸平常只管作画，从来不管家的，更不去找亲戚；所以这个时候又有谁来管我们呢？幸而，咳，又不幸遇见一位很亲切的唐先生，看得我母女哭得可怜，说他现在苏州作生意，说是愿意同他到南边去的时候，他可以供给我们的船费。我母亲本是南边人，她还有一个妹妹在苏州，想趁此去找她，所以我们就同他到南边来了。

　　杨小凤　　到苏州找着你的阿姨没有？

　　卖花女　　找着了也没有事了。偏巧我那阿姨家里有了什么变动，早不住在苏州了。我们母女弄得苏州也不能住，北京也没有法子回去了。

　　杨小凤　　那么，那位唐先生呢？

　　卖花女　　是呀，也亏得那位唐先生对我妈说，"你别着急，既然亲戚不在，就在我家里住一年半载也没有什么。"我母亲不肯，只向他借了一点点钱，租了一间屋子，每天靠她给人家做活来养活我。

　　刘叔康　　唔，（点头）……

　　卖花女　　隔了一年，我八岁了。唐先生亲自对我妈说："你既然那样爱你的姑娘,望她做她那没有儿子的父亲的一个有出息的女儿,那么,你得送她读书了。"我妈说,"没有钱也没有法子。"那位先生说:"我有钱。"我妈说:"承你带我们来的恩还没有报,怎好再用你的钱呢?"他说:"这有什么要紧,但凡你愿意做我家的人的时候,我愿意把你姑娘抚养到大学毕业。"

刘叔康 (紧张地)你妈答应了没有?

卖花女 我妈本来不答应,可是一想到我的将来,她可就答应了,(泣声)我那可怜的妈,她为着我舍了她自己了!

刘叔康 (紧张地)哦!因此你就姓了唐了。(蒙着头)

杨小凤 后来他送你读书没有?

卖花女 因此我在小学里念了三年书。最初几年,我妈和那位唐先生的感情还好,我的日子也还好过。后来那位先生因为我妈没有给他生孩子,他又娶了一个。自从这个进门以来,我妈同我就没有过过一天好日子。第二年我要上学,因为那姨母不赞成,就停止了。后来那姨母生了一个孩子,这就是更了不得了,我们母女在他家就简直没有说话的分儿。我每天不单止不能念书,还得做那娘姨们都不做的苦事,一拿书本,就要挨他们的打骂。

刘叔康 (兴奋地)晤!

卖花女 晚上母亲总是抱着我哭。说她不单止负了爸爸,还负了我。母亲的身体本来不好,那里经得起这样的忧愁?后来就病了。那时候继父的心里,那里还有我母亲?让她病,全不给她药吃。老先生,我从那时候就出来卖花了。拿卖花得来的钱买些药给她吃。可是老先生,这能济什么事呢?

刘叔康 (已兴奋到老泪横流了)晤。后来呢?

卖花女 后来,我母亲老是这样病着,可是也老是不死,她说她现在的希望就是能够多看见我一天好一天。到去年一个冬天的晚上,我母亲紧握着我的手说:"明儿,我实在不能支持了。我死了之后,虽看不见你的样子了,可是你的八字我已经替你算清了。与其让你将来长大受人家折磨,还不如……"这话没有说完,我那可怜的妈可就丢了我去了!(哭出来)呀……

刘叔康　(沈痛之声)她死了!

卖花女　死了,我也就被他们赶出来了。

杨小凤　你将来安排怎么样?

卖花女　一个像我这样的女孩子,有什么将来! 不过假令我不饿死,我想报仇!

杨小凤　向什么人报仇?

卖花女　向那害死我母亲的!

杨小凤　是你那继父吗?

卖花女　他今年已经死了。

杨小凤　那么,你的仇人是谁呢?

卖花女　我的仇人么? 我的仇人? 我的仇人一个是战争,一个是贫穷。要不是战争,我们一家人怎样会冲散,我的爸爸怎么会被人家害死? 要不是贫穷,我妈怎么会嫁人,她也怎么会死?

刘叔康　(再也不能忍了,伤惨地。)孩子,你还有一个仇人在这里!

卖花女　(哑然)老先生,您同我有什么仇?

刘叔康　我不该看重了我的艺术,丢弃了你们。

卖花女　你难道是我的爸爸吗? 我的爸爸不是已经死了吗?

刘叔康　孩子,正和你爸爸也以为你们死了一样。

卖花女　(仔细打量)真正是我的爸爸?

刘叔康　是的。

卖花女　您是不是姓刘?

刘叔康　姓刘!

卖花女　名字呢?

刘叔康　叔康。

卖花女　啊,爸爸呀,你还在吗! 妈死的时候,还叫着你的名字,说对不住你呢。

刘叔康　啊,孩子,我才对不住你们,

卖花女　爸爸!(两人紧抱而哭)

杨小凤　(也陪着眼泪)这就是妹妹吗?

刘叔康　（含泪点头）……

# 文选八　娜拉临走的一幕

### 挪威易卜生〔潘家洵〕

　　娜　（看表。）此刻时候还早。滔佛,坐下,我有许多话要同你谈。
（她坐在桌子的一边。）

　　郝　娜拉,这是什么意思? 你这冷冰冰的脸儿——

　　娜　坐下,话长呢!

　　郝　（坐在桌于那一边。）娜拉,你想吓我。我不懂得你。

　　娜　一些也不错;你不懂得我,我也不懂得你——到了今天晚上,你
不要打岔,听我说。我们不能不算一算账。

　　郝　这话怎么讲?

　　娜　（略一停顿。）我们两个坐在这里,你觉得有什么感想吗?

　　郝　有什么感想?

　　娜　我们结婚了已足足八年,今天刚是第一次我同你正正经经的
开谈。

　　郝　正正经经的! 什么叫作正正经经的?

　　娜　这八年里头——还不止八年呢——自从我们初次认识,我们两
个人还不曾谈过半句正经话,从来不曾谈到一件正经事。

　　郝　我怎肯把那些你管不了的事来麻烦你。

　　娜　我不是说那些家庭里的困难;我说的是,我们从来不曾好好的
坐下来切切实实的谈过一件事。

　　郝　我的娜拉,谈了于你有什么好处?

　　娜　正是如此;你从来不曾懂得我。我一生吃了大亏,先吃我爸爸
的亏,后吃你的亏。

　　郝　什么话? 世上谁能像我同你爸爸那样爱你? 你还说吃了我们
两个的亏!

娜　(摇摇头。)你何尝爱我？你不过觉得恋爱着我是很好玩罢了。

郝　你说的什么话？

娜　这是千真万确的话。我跟着爸爸的时候，他怎么说，我也怎么说；他怎么想，我也怎么想。有时候我的意思和他的不同，我也不让他晓得，为什么呢？因为他不愿意我有和他不同的意见。他叫我做"玩意儿孩子"；他把我当作玩意儿，正像我玩我的玩意儿一样。后来我来住在你的家里——

郝　什么话？

娜　(不睬他。)我说我那时候不过是从爸爸手里换到你手里罢了。你样样事都安排得如你自己的意。你爱什么，我也爱什么，或是我故意爱什么——我究竟不明白，还是真同你一样嗜好，还是有意如此——也许都有一点；有时候是真的，有时候是故意的。我如今回想起来，简直像一个要饭的化子，讨到手里，吃到肚里。滔佛，我靠着玩把戏给你开心过日子。但是你要我如此做。你同爸爸害得我不浅。我现在一无所能，都是你们的罪过。

郝　你真不讲道理，真忘恩负义！娜拉，你在这里难道不曾过过快活日子吗？

娜　我不曾过过快活日子。当时我以为很快活，其实不然。

郝　不曾过过快活日子！

娜　不曾；不过高兴高兴罢了。你不曾错待过我。但是我们的家庭实在不过是一座戏台。我是你的"玩意儿的妻子"，正如我在家里是我爸爸的"玩意儿孩子"一样；我的孩子们又是我的玩意儿。你逗着我玩，我觉得很有趣，就像我逗着他们玩，他们觉得很有趣一样。滔佛，这就是我们的结婚生活！

郝　你这番话虽然太过分，里面却有些道理。但是将来的情形就不同了。玩的时候完了，如今该是教育的时候了。

娜　谁的教育？我的还是孩子们的？

郝　都有，娜拉。

娜　滔佛，可惜你不配把我教育成你的良妻。

郝　你说这种话吗？

娜　我也不配教育孩子们.

郝　娜拉。

娜　刚才不是你自己说的,不敢把孩子们交托给我吗？

郝　那是气头上的话！记着他做什么？

娜　其实你那句话并不曾说错。我不配做那个。我还有一件先要做的事情——我要教育自己。你不配帮我的忙。我必须要独自去做。因此我所以就要走了。

郝　(跳起来。)你说什么？

娜　我如果想要懂得我和我自己的事,非得独居不可。因为这个原故,我一定不能同你再住下去了。

郝　娜拉,娜拉！

娜　我立刻就要走了。……

郝　你疯了！我不许你走！我禁止你走！

娜　你禁止也不中用。我只带我自己的东西。无论现在将来,你的东西我一概不要。

郝　你怎么疯到这步田地！

娜　明天我要回家去——回到我自己的家里去。我想那里总该可以找点事情做。

郝　嗄,像你这样没有经验——

娜　我去想法子得一点经验。

郝　你就这样丢了你的家,你的丈夫,你的孩子！你也不顾旁人要说话？

娜　我不管旁人。我只知道我应该这样做。

郝　真是岂有此理！你就这样抛弃你的神圣的责任吗？

娜　你以为什么是我的神圣的责任？

郝　还用我说吗？是你对于你丈夫和孩子的责任。

娜　我还有别的责任同这些一样的神圣。

郝　没有的事。你说的是什么？

娜　我对于我自己的责任。

郝　第一要紧的,你是人家的妻了,又是人家的母亲。

娜　这种话我如今都不信了。我相信第一要紧的,我是一个人,同你是一样的人——或是至少我要努力做一个人。我知道大多数人都同你一样说法,并且书上也是那样说。但是从今以后,我不相信大多数人同书上说的话了。一切的事情总得我自己去想,总得我自己明了懂得。

郝　你自己不明了你在家庭里的地位吗?难道没有颠扑不破的道理来指导你这些问题吗?你难道不信宗教吗?

娜　滔佛,我实在不知道宗教是什么东西。

郝　你这话怎么讲?

娜　我只知道我进教的时候牧师对我说的话。他说宗教是这个是那个。我离了此地,我还要细细地去想想。我要看看究竟那牧师说的话是不是真的;至少我要看看他的话对于我自己是不是真的。

郝　我从来不曾听见过一个年轻妇人会说这种话!假使宗教不能约束你,让我来激发激发你的良心——因为你总该还有良心。或者,直捷爽快的回答我:你简直没有良心。

娜　滔佛,这话不容易回答。这些事我真不明白。我只知道我的意见和你的全不相同。我听说国家的法律同我心里想的全不相同;但是我总不信他们是对的。法律说一个女人不该替她临死的父亲免了烦恼,也不该救她丈夫的性命。这种法律我不信。

郝　你说话真像小孩子。你不懂得你现在住的是一种什么世界。

娜　我不懂得。但是现在我要去学了。我要看看究竟是我错了,还是世界错了。

郝　娜拉,你病了,你说的都是害热病的胡话。我几乎当你是疯了。

娜　我一生来不曾有过今天晚上这样的明白清爽。

郝　难道你明白得要丢你的丈夫儿女吗?

娜　正是。

郝　如是看来,只有一个解说。

娜　什么解说？

郝　你如今不爱我了。

娜　一点都不错。

郝　娜拉，你当真肯说这话吗？

娜　滔佛，我说这话，我心里也不好过，因为你待我不错。但是我不能不说，现在我不爱你了。

郝　（勉强镇住自己。）这也是你的明白清楚的话吗？

娜　是的，极明白，极清楚。因为如此，所以我不能再住在你这里。

郝　你可以告诉我为什么你不爱我了？

娜　可以。就是今天晚上，我准备一件奇事发现，却不曾发现；我才知道你不是我这几年来理想中的你。

郝　这话我不懂。

娜　我耐着性子等了八年；我也知道奇事不是天天有的。后来那件祸事发生，我心里满望着那件奇事来了。柯乐克的信在信箱里的时候，我万想不到你会服从他的条件。我以为你一定要对他说，"你尽管发表这件事"；发表之后——

郝　发表之后，把我妻子的名誉体面一齐丢了又怎样呢？

娜　发表之后，我以为你一定会挺身出来把一切罪名都担在自己身上，说道，"这件事情是我做的。"

郝　娜拉！

娜　你以为我一定不肯让你替我担恶名吗？我自然不肯。但是我说的话那有你的话能使人相信——这就是我又盼望又害怕的奇事。因为想阻止这件事情，所以我去寻死。

郝　我日夜替你做事，忍穷忍苦，我都愿意。但是世上没有男子肯为了他所爱的女子牺牲自己名誉的。

娜　世上整千整万的女子都为男子牺牲了名誉。

郝　你所想的所说的都像一个蠢孩子。

娜　你所想的所说的也不像我愿意嫁的男子。后来你害怕过了——你害怕不是为我，完全是为自己——后来事情过去了，你又装没事了。我仍旧做你的小雀儿,你的玩意儿——因为她那样不中用,所以要你加倍的保护她。(站起来。)滔佛,就在这个当口,我忽然大觉大悟,我这八年原来只是同一个生人住在这里,替他生了三个小孩子。——唉,我想起来真难受!我恨不得把自己扯个粉碎!

　　郝　(带悲容。)原来如此,原来如此。我们两个中间如今隔开了一条无底的界河。娜拉,这条界河还可以填得满吗?

　　娜　现在的我已经不是你的妻子了。

　　郝　我还可以做一个完全改变的人。

　　娜　只要把你的"玩意儿"去了,你或者可以改变。

　　郝　当真和你分开吗?不行,不行,挪拉,我不懂你这个意思。

　　娜　(从右边走出。)你不懂,我们更该分开。(她又回来,拿着大衣,帽子,一个小包裹,都放在桌旁椅子上。)

　　郝　娜拉,娜拉,现在不要去!等到明天罢。

　　娜　(穿上大衣。)我不能在生人房里过夜。

　　郝　我们不可以算是哥哥妹妹那样住下去吗?

　　娜　(戴上帽子。)你知道那样办法是不会长久的。(披上围巾。)滔佛,再会了。我也不去看小孩子们了。我知道有比我好的人照管他们。我现在这个样子,他们也用不着我了。

　　郝　……你告诉我,我们应该变到怎样?

　　娜　须要变到那步田地,要使我们同居的生活可以算得真正夫妻。再会了。(她从外厅走出去。)

## 文法三　形容词带"的""之"与否

　　形容词用在名词以前限制事物的时候,有两种方式,一是直接附加在名词之上,二是带了介词"的"或"之"然后和名词去结合。语体用"的",文言用"之"。如:

　　　欧人是要帮他们忙的。　(直加)

　　　我的儿，你要知道。　（带的字）

　　　先秦书赝品极多。　　（直加）

　　　千乘之国，摄乎大国之间。　（带之字）

"的""之"的带和不带，在意义上是一样的。"我的儿"等于"我儿"，"先秦书"等于"先秦之书"，本身并无何等差别。形容词和名词结合的时候，究竟应该带"的""之"与否，一向虽没有明白的法则规定，可是却有一种自然的习惯。

　　第一，从音调上说，中国的文字是单音的，在语言的习惯上字数以偶数为便利。譬如说"我家"是谐顺的，说"我们家"就不谐顺，于是要改说"我们的家"或"我们的家庭"。"我们的家"全体恰成偶数。"我们的家庭"，"我们"和"家庭"都各自成偶数，加了"的"字虽全体成奇数，因为上下两部分都是偶数，念去听去也不觉得不便了。说"王道"是谐顺的，说"先王道"就不谐顺，于是习惯上就加一个"之"字，说作"先王之道"。读去听去谐顺不谐顺，可以作为"的""之"附带与否的一种条件。如：

　　　倘若他在我们孤寂的心里唤醒新的精力，倘若他对于我们的绝望的灵魂给予新的气力。

这两句文章里有两个"我们"作形容词用着，一个是带"的"字的，一个不带。除了谐顺以外，似乎并无别的理由可说。

　　第二，从词和词的关系说，形容词和名词连结起来，有的关系很明白，如"春夜""北平城内"，中间有没有"的""之"是不妨随便的；可是有一种时候却不然，如"我父亲"三个字，可以作"我的父亲"解，也可以作"我做父亲的"解；在恐怕发生误会的情形中，就非用"的""之"来表明不可了。

　　　南宫绦之妻之姑之丧，夫子诲之。《礼记·檀弓》

这里面叠用着三个"之"字，读去似乎有些不便，其实这三个"之"字都是省不去的。现在语体文里"的"字多见，大部分的原因就在使关系明白。

　　一个形容词和名词结合的时候，该带"的""之"或不该带"的""之"，当以谐顺和关系明白为标准。除此以外，词儿的生熟也是可注意的一点。例如"恻隐心"三字是从"恻隐之心"来的，大家用熟了以后，虽然去掉了"之"字，也不觉得不谐顺了。"江南"二字在诗歌里有时为了凑字数,加添一个"之"字,说作"江之南",可是在我们日常的语言中还没有成为熟语,所以未曾被通用。

# 习问 四

1.试就新体戏剧和旧有戏剧,指出他们体裁上的不同点来。

2.文选八向被认为那剧本中最精彩的一段,试把读后的感想说出来。

3.形容词和名词结合的时候,有几种方式?

4.带"的""之"和不带"的""之",有甚么条件?

5.试就文选二,——注意它所用的"的"或"之",看有甚么地方可省的。省了好,还是不省的好?

# 第五课

## 文话五　文章中的会话

　　剧本以及有一些叙述文纯用对话来写成,前面已经说过了。但大部分的叙述文都只是插入一些对话罢了。按照实际情形说,一件事情继续发展,由少数或者多数人在那里活动,当时他们的对话一定不止被记录在文章里的这一些。譬如,有五个人聚集在一起,举行一个会议,他们从开会到散会,彼此反覆辩论,互相商讨,假定延长到一点钟的话,那记录对话的文章至少要有七八千字了;但写起文章来,往往不把这些对话完全记录,而只记录其一部分,此外的,由作者用"某人主张怎样"、"某人的意见和某人大致相同"等语句一笔表过(会场速记当然除外)。为甚么文章中的对话少于事实上的对话呢?被记录在文章里的对话又用甚么标准来选定呢?这是应当讨究的问题。

　　从前我们说过:"事物本身的流动有快有慢,……写入文章里面,因为要使事件的特色显出,就得把不必要的材料删去。在流动上更分出人为的快慢来。"(参看第一册文话十五)所以,即使是叙述一场会议的经过的文章,本来应该纯用对话来写成的,也不妨在流动上分出人为的快慢来,把显得出该会议的特色的对话记录了,而对于其余的对话,或者只是一笔表过,或者简直略去不提。这样,文章中的对话就少于事实上的对话了。我们要知道,叙述文是决不能按照事实一丝不漏地记录的,某一件事情自始至终只占一天的时间，可以说很短很暂的了，但是，试想把这一天里各个人物的行动以及对话一丝不漏地记录下来，将成多少厚的一本书？人家阅读这样一本大书，将费多少的工夫？并且，这样记录有甚么必要呢？叙述了重要的部分，更把脉络、关节交代明白，使人家知道事情的特色和大概，这就很足够了。

选定对话的标准，只有"必要"二字。说得明白一点，就是：凡足以增加文章效力的对话，必须记录下来；其可有可无的，不妨一概从略，因为收了进去反而使文章见得累赘，减损了效力。譬如：事件的进展，由作者的口气来叙述，往往觉着平板；而这当儿事件中的几个人物恰好有一场对话，径把这一场对话记录下来，却见得活泼有致；这就是足以增加文章效力的对话，决不可随便放过。又如，人物的性格，由作者用一些形容词语来描写，只能使读者得到个抽象的概念；假如这些人物恰好有一场对话，径把这一场对话记录下来，却可以使读者对于他们的性格得到个具体的印象：这就是足以增加文章效力的对话，尽量收入也不嫌其多。试取好的文章来看，其中所收的对话断没有离开了"必要"的标准的。

以上是就叙述实事的文章而言。他如小说，整个故事都由作者虚构，其中的对话当然也出于想像。想像出来的对话，除必须合于"必要"的标准以外，还得注意到人物的性习、职业、教育程度、地方色彩等等。一个粗鲁的人物，却有精密的谈吐；一个不识之无的人物，却满口引经据典，或者累累不绝地用着学术词语：这些都不是好的对话，在小说中就是毛病。

# 文选九　鸭的喜剧

### 鲁　迅

俄国的盲诗人爱罗先珂君带了他那六弦琴到北京之后不多久，便向我诉苦说，"寂寞呀，寂寞呀，在沙漠上似的寂寞呀！"

这应该是真实的。但在我却未曾感得；我住得久了，"入芝兰之室，久而不闻其香"，只以为很是嚷嚷罢了。然而我之所谓嚷嚷，或者也就是他之所谓寂寞罢。

我可是觉得在北京仿佛没有春和秋。老于北京的人说，地气北转了，这里在先是没有这么和暖。只是我总以为没有春和秋；冬末和夏初衔接起来，夏才了，冬又开始了。

一日，就是这冬末夏初的时候，而且是夜间，我偶而得了闲暇，去访问爱罗先珂君。他一向寓在仲密君的家里；这时一家的人都睡了觉了，天下很安静。他独自靠在自己的卧榻上，很高的眉棱在金黄色的长发之间微蹙了，是在想他旧游之地的爪哇，爪哇地方的夏夜。

"这样的夜间，"他说，"在爪哇是遍地是音乐。房里，草间，树上，都有昆虫吟叫，各种声音成为合奏，很神奇。其间时时夹着蛇鸣：嘶嘶！可是也与虫声相和协……"他沈思了，似乎要追想起那时的情景来。

我开不得口。这样奇妙的音乐，我在北京确乎未曾听到过，所以即使如何爱国，也辩护不得，因为他虽然目无所见，耳朵是没有聋的。

"北京却连蛙鸣也没有……"他又叹息了说。

"蛙鸣是有的！"这叹息却使我勇猛起来了，于是抗议说，"到夏天大雨之后，你便能听到许多虾蟆叫，那是都在沟里面的，因为北京到处都有沟。"

"哦！……"

过了几天，我的话居然证实了，因为爱罗先珂君已经买到了几十个科斗子。他买来便放在他窗外院子里的小池里。那池的长有三尺，宽有二尺，是仲密所掘，以种荷花的荷池。从这荷池里，虽然从没有见过养出半朵荷花来，然而养虾蟆却实在是一个极合式的所在。

科斗成群的在水里面游泳；爱罗先珂君也常常踱来访他们。有时候，在旁的孩子告诉他说，"爱罗先珂先生，他们生了脚了。"他便高兴的微笑道，"哦！"

然而养成池沼的音乐家却只是爱罗先珂君的一件事。他是向来主张自食其力的，说女人可以畜牧，男人就应该种田。所以遇到很熟的友人，他便要劝诱他就在院子里种白菜；也屡次对仲密夫人劝告，劝伊养蜂,养鸡,养猪,养牛,养骆驼。后来仲密家果然有了许多小鸡,满院飞跑,啄完了铺地锦的嫩叶,大约也许就是这劝告的结果了。

从此卖小鸡的乡下人也时常来,来一回便买几只,因为小鸡是容易积食,发痧,很难得长寿的,而且有一匹还成了爱罗先珂君在北京所作唯一的小说《小鸡的悲剧》里的主人公。有一天的上午,那乡下人竟意外的带了小鸭来了,咻咻的叫着;但是仲密夫人说不要。爱罗先珂君也跑出来,他们就放一个在他两手里,而小鸭便在他两手里咻咻的叫。他以为这也很可爱,于是又不能不买了,一共买了四个,每个八十文。

小鸭也诚然是可爱,遍身松花黄,毛茸茸的,放在地上,便蹒跚的走,互相招呼,总是在一处。大家都说好,明天去买泥鳅来喂他们罢。爱罗先珂君说,"这钱也可以归我出的。"

他于是教书去了;大家也走了。不一会,仲密夫人拿碎米来喂他们时,在远处已听得泼水的声音,跑到一看,原来那四个小鸭都在荷池里洗澡了,而且还翻筋斗,吃东西呢。等到拦他们上了岸,全池已经是浑水;过了半天,澄清了,只见泥里露出几条细藕来,而且再也寻不出一个已经生了脚的科斗了。

"伊罗希珂先,没有了,虾蟆的儿子!"傍晚时候,孩子们一见他回来,最小的一个便赶紧说。

"唔? 虾蟆?"

仲密夫人也出来了,报告了小鸭吃完科斗的故事。

"唉,唉! ……"他说。

待到小鸭褪了黄毛,爱罗先珂却忽而渴念着他的"俄罗斯母亲"了,便匆匆的向赤塔去。

待到四处蛙鸣的时候,小鸭也已经长成,两个白的,两个花的,而且不复咻咻的叫,都是"鸭鸭"的叫了。那荷花池也早已容不下他们了;幸而仲密住家的地势是很低的,夏雨一降,院子里满积了水,他们便欣欣然游水,钻水,拍翅子,"鸭鸭"的叫。

现在又从夏末交了冬初,而爱罗先珂君还是一无消息,不知道在那里了。

只有四个鸭，却还在沙漠上"鸭鸭"的叫。

# 文选十　冯谖

## 战 国 策

齐人有冯谖者，贫乏不能自存，使人属孟尝君，愿寄食门下。孟尝君曰，"客何好?"曰，"客无好也。"曰，"客何能?"曰，"客无能也。"孟尝君笑而受之曰，"诺。"

左右以君贱之也，食以草具。居有顷，倚柱，弹其剑，歌曰，"长铗归来乎，食无鱼!"左右以告。孟尝君曰："食之，比门下之客。"

居有顷，复弹其铗，歌曰，"长铗归来乎，出无车!"左右皆笑之，以告。孟尝君曰，"为之驾，比门下之车客。"于是乘其车，揭其剑，过其友曰，"孟尝君客我!"

后有顷，复弹其剑铗，歌曰，"长铗归来乎，无以为家!"左右皆恶之，以为贪而不知足。孟尝君问，"冯公有亲乎?"对曰，"有老母。"孟尝君使人给其食用，无使乏。于是冯谖不复歌。

后孟尝君出记，问门下诸客，"谁习计会，能为文收责于薛者乎?"冯谖署曰，"能。"孟尝君怪之，曰，"此谁也?"左右曰，"乃歌夫'长铗归来'者也。"孟尝君笑曰，"客果有能也? 吾负之，未尝见也。"请而见之，谢曰，"文倦于事，愦于忧，而性懧愚，沈于国家之事，开罪于先生，先生不羞，乃有意欲为收责于薛乎?"冯谖曰，"愿之。"于是约车治装，载券契而行，辞曰，"责毕收，以何市而反?"孟尝君曰，"视吾家所寡有者。"

驱而之薛，使吏召诸民当偿者，悉来合券。券遍合，起，矫命以责赐诸民，因烧其券。民称"万岁"。长驱到齐，晨而求见。孟尝君怪其疾也，衣冠而见之曰，"责毕收乎? 来何疾也?"曰，"收毕矣。""以何市而反?"冯谖曰，"君云'视吾家所寡有者'，臣窃计君宫中积珍宝，狗马实外厩，君家所寡有者以义耳;窃以为君市'义'。"孟尝君曰，"市义奈何?"曰，"今君有区区之薛，不拊爱子其名，因而贾利之;臣窃矫君命，以责赐民，因烧其券，民称万岁，乃臣所以为君市义也！"孟尝君不说曰，"诺，先生休矣！"

后期年，齐王谓孟尝君曰，"寡人不敢以先王之臣为臣。"孟尝君就国于薛。未至百里，民扶老携幼，迎君道中。孟尝君顾谓冯谖，"先生所为文市义者，乃今日见之！"

# 文法四　形容词的比较法（一）

普通的形容词如"长""短""大""小""黑""白"之类都是表达事物的性态的。事物的性态可以彼此相同，如"白"的一种性态可以适用于"纸"，也可以适用于"玉"，至于"大""小""长""短"等等，几乎任何事物都可适用。同一性状，程度各有不同，因此，形容词就有比较法了。形容词的比较法有三种：

一、平比　两种事物以同性态相比，性态程度彼此平等的叫做平比。文言常用"如""若""犹"等字来表出，语体常用"同……一样""和……一般""……得像……似的"等方式来表出。如：

　　蚕初生时，细如黑丝。

　　她……穷得像一个穷苦的女人。

第一例以"细"相比，第二例以"穷"相比，如果补足起来说，应该是：

　　蚕细如黑丝〔细〕。

　　她穷得像一个穷苦的女人〔穷〕。

因为是用同性态相比的，所以得略去一面的性态。如果是相比的性态非常明白，不会误解的时候，还得把双方的性态都略去，只用事物和事物来比。如：

　　人生如梦。　（以空幻相比）

　　光阴像流水一般。　（以快速相比）

以上所举各例，都是用原来的形容词的。有时所比的并非形容词，而是复杂的形容词语。如：

　　爸，我长大也会象王宠惠一样有学问吗？

……说起来什么也能说的人,然而一点也不精,仿佛是一张纸,看去虽大其实没有什么实质的也不好。

第一例所比的是"有学问",第二例所比的是"看去虽大其实没有什么实质",都不是简单的形容词。

平比是表达两事物某性态相等的,所以用"如""若""像"等关系词。如果在这些关系词上面加一个否定副词"不"字,就成了相差的比较法了。例如:

天时不如地利,地利不如人和。《孟子》

……它有臭气,随处撒污,不像粉蝶、蜻蜓的清洁。

"如""若""像"等字上加了否定副词"不",已不是双方相等而是彼此相差了,可是因为用着"如""若""像"等为关系词,构造上仍是平比,不过是否定的平比罢了。

# 习问 五

1.试就文选九说明各段会话的效果。

2.把文选十中的对话一律改为由作者叙述的口气,办得到吗? 如果办得到,作者为甚么不这样办?

3.平比的句式,有完整的,有简略的,试各造一例。

4.试就下列各句,说出所比的性态来。(形容词或形容语)

她若是还在的时候,恐怕要和你一般儿高了。

你们年轻的女孩子爱花,就像我们年纪大几岁的人爱你们女孩子一样。

大蚕食叶之声,如雨打蕉叶,如笔尖落纸。

为学当如埃及塔,要能博大要能高。

5.甚么叫否定的平比? 试造一例句。

# 第六课

## 文话六　抒情诗

我们当遇见了美好的、伟大的景物，不禁要放声高呼，"啊！了不得！了不得！"或者当碰到了哀伤的、惨痛的事故，不禁要出声绝叫，"啊！受不住了！受不住了！"这当儿，我们和当前的景物或是事故已经融和在一起，不再用冷静的头脑去对付它们，却把自己的情感倾注到它们中间；因而眼中所见、心中所想都含着情感的成分。

在一些时候，因为情感太旺盛了，太深至了，仅仅叫喊几声，不足以尽量发泄；而情感不得尽量发泄，却是一种不快，甚而是一种难受的痛苦。于是我们编成几句和谐的语言，把当时的情感纳在里头，朗吟着或者低唱着。在吟唱的当儿，怀着欢快的情感的更觉得畅适无比，而怀着哀痛的情感的也觉得把哀痛吐了出来；二者都得到尽量发泄的快感。即使并不由自己来编，在情感激动的时候，也往往要吟唱一些现成的诗歌。游山玩景的人不知不觉地吟着古人的咏景佳句，送殡的行列凄凄切切地唱着《蒿里》《薤露》的歌曲，都为着发泄情感的缘故。

抒情诗就是从这样心理基础上产生出来的。无论对自然景物，或是对人情世态，有动于中，发为歌咏，都是抒情诗。这里所谓情，自然各各不同，有强烈的，有淡远的，有奔放的，有含蓄的；但总之贯彻着全诗，作为全诗的灵魂。我们原可以说，情是诗的本质，没有情也就无所谓诗；所以凡是诗都是抒情的。现在从诗的范围中划出一部分来，把那些纯粹流荡着一股情感的诗特称为抒情诗，不过表示那一类诗比较一般的诗尤其是抒情的而已。

抒情诗纯粹流荡着一股情感，这情感必须用具体的语言和适合的节奏才表现得出。假如语言是侊侗的、模糊的，节奏是和情感不相应的，那就达不到抒情的目的。譬如，逢到欢喜的时候，只是说"快活极了"，逢到悲伤的时候，只是说"痛苦极了"，这样，虽然重复说上十遍二十遍，还是没有抒出甚么情来。必得把当时眼中所见、心中所想化为具体的语言，然后可以见得感动在甚么地方，以及感动到何等程度。又必得使语言的节奏适合当时的情感，然后歌咏起来可以收到宣泄情感的效果。总括一句，就是：抒情诗应该是造形艺术和音乐艺术的综合体。

如果取一首抒情诗来作为例子，把它解说一番，对于上面所说的话就更见明白。我们读过李白的一首诗："问余何意栖碧山，笑而不答心自闲。桃花流水窅然去，别有天地非人间。"这首诗抒写山居闲逸之情。假如只是说"闲逸极了"，那就等于没有说。现在作者在第一句里说到"山"，而且是"碧山"，这就非常具体；仿佛作画一样，已经布置好了一片鲜明的背景。更用一个"栖"字，见得对于山居乐而不厌。鸟儿栖息在林中，不是很安适很快乐的吗？第二句用"笑而不答"来描摹"心"的"闲"，又是个具体的印象。从这个具体的印象，显示出丰富的意义：别有会心，不可言状，是一层；说了出来，人也不解，是一层；闲适之极，无暇作答，又是一层。第三句从整个背景中选出更鲜明的"桃花流水"来说。桃花随着流水窅然而去，即此一景，便觉意味无穷。所以第四句推广开去说，总之山中别有天地，不同人间。山景如此，心境如此，其闲逸之情可想而知了。再说这首诗用"山""闲""间"三字作韵脚，声音舒缓。而第一句的"栖"字，第二句的"自"字，第四句的"非"字，以及第三句的"窅然"二字，念起来都使人起幽静深远的感觉。把这些字配合在诗里，正和闲逸之情适合。若问李白这一首诗为甚么会这样好，回答是：因为它是造形艺术和音乐艺术的综合体。

# 文选十一　整片的寂寥

刘大白

整片的寂寥，
被点点滴滴的雨，
敲得粉碎了，
也成为点点滴滴的。
不一会儿，
雨带着寂寥到池里去，
又成为整片的了；
寂寥却又整片地回来了。

# 文选十二　归园田居

陶　潜

　　少无适俗韵，性本爱丘山。误落尘网中，一去三十年。羁鸟恋旧林，池鱼思故渊。开荒南野际，守拙归园田。方宅十余亩，草屋八九间。榆柳荫后檐，桃李罗堂前。暖暖远人村，依依墟里烟。狗吠深巷中，鸡鸣桑树巅。户庭无尘杂，虚室有余闲。久在樊笼里，复得返自然。

　　野外罕人事，穷巷寡轮鞅。白日掩荆扉，虚室绝尘想。时复墟曲中，披草共来往。相见无杂言，但道桑麻长。桑麻日已长，我土日已广。常恐霜霰至，零落同草莽。

　　种豆南山下，草盛豆苗稀。晨兴理荒秽，带月荷锄归。道狭草木长，夕露沾我衣。衣沾不足惜，但使愿无违。

　　久去山泽游，浪莽林野娱。试携子侄辈，披榛步荒墟。徘徊丘垄间，依依昔人居。井灶有遗处，桑竹残朽株。借问采薪者，"此人皆焉如?"薪者向我言,"死没无复余"。"一世异朝市",此语真不虚。人生似幻化,终当归空无。

怅怅独策还,崎岖历榛曲。山涧清且浅,遇以濯我足。漉我新熟酒,只鸡招近局。日入室中暗,荆薪代明烛。欢来苦夕短,已复至天旭。

种苗在东皋,苗生满阡陌。虽有荷锄倦,浊酒聊自适。日暮巾柴车,路暗光已夕。归人望烟火,稚子候檐隙。问君亦何为,百年会有役。但愿桑麻成,蚕月得纺绩。素心正如此,开径望三益。

# 文法五　形容词的比较法(二)

二、差比　两种事物以同性态相比,性态程度彼此有差的叫做差比。文言用"于"为关系词来表达,语体用"比……还"或"较……更"为关系词来表达。如:

> 曾子在孔门齿最幼,其卒年更当远后于孔子。
>
> 小时种梧桐,桐叶小于艾。
>
> 可是她年纪比你还小,你得叫她妹妹呢。
>
> "他们恨我们吗?""是的,比恨欧人还利害。"

差比也可以用平比的形式来表达,否定的平比,实际上等于差比。把差比转成平比的时候,两种相比的事物,要彼此更换位置。例如:

> 桐叶小于艾。　(差比)
>
> 艾不如桐叶小。　(否定的平比)
>
> 他们恨我们比恨欧人还利害。　(差比)
>
> 他们恨欧人不像恨我们的利害。　(否定的平比)

三、极比　三种以上的事物以同性态相比,就中有一事物在性态的程度上超过其他的,叫做极比。普通用"最"字来表达,文言语体都一样。语体里有时也用"顶"字。极比和平比差比不同,是用多数事物相比较的,通常须限定说述的范围,譬如说"张三的成绩最好",是不完密的,应该说"在我们一级里,张三的成绩最好",才没有语病。凡是用极比的地方,都有范围的表示。例如：

> 曾子在孔门齿最幼。
>
> 在每年里春天是最忙的时节。

极比也可转成差比或平比的形式,不过须变更事物的位置或改变说法。例如；

> 在每年里,所有时节都不像春天忙。　（平比）
>
> 在每年里,没有比春天更忙的时节。　（差比）

# 习问 六

1.我们可以说,凡是诗都是抒情的。试从读过的诗歌中,随便举出两首来,证明这句话。

2.文选十一、十二所抒写的是甚么情感?

3.极比何以须限制说述的范围?

4.试将文选十二下列各句,补凑些别的词语造成平比的说述。

羁鸟恋旧林。

久在樊笼里,复得返自然。

5.文选十二"此人皆焉如""问君亦何为"二句中疑问代词的位置和寻常的情形有何不同? 试说出来。又试从文选十中举出若干同样的例子来。

# 第七课

## 文话七　叙事诗

叙述一件事情，不用普通的散文，而用诗来写出的，叫做叙事诗。所谓叙事诗，是对于抒情诗而言的，抒情诗所写的是作者对事物的主观的情怀，叙事诗所写的是事物本身的变迁和进展。

抒情诗所用的题材，可大可小，大至国家兴亡，小至一草一石都可以。因为所写的并非事物本身，乃是作者对于事物的情怀，所以题材可以不拘。至于叙事诗，是叙述事物本身的变迁和进展的，题材常取稀有的不寻常的故事，历史上可歌可泣的事件，往往被取为叙事诗的好题材。抒情诗可以用短小的构造来写出，叙事诗非用较大的篇幅不可。

叙事诗在叙述一点上和叙述文性质相同，叙述文里的技巧，如材料的剪裁、取舍，场面的布置等等法则，照样可应用于叙事诗。但从另一方面看，叙事诗究竟是诗，不是散文，不但须在字句上、韵律上具有诗的形式，并且还要具有诗的质素。若叙述一件事情，只是字句韵律像诗，而缺乏诗的质素，那末只是诗体的叙述文而已，不能算是真正的叙事诗。

诗的质素是甚么？我们在前面曾略有说及。（参看第三册文话四）诗是用想像、含蓄、印象等等的方法，叫人去感受的。叙述一件事情，可以用散文，也可以用诗，散文的目的在告诉读者以事件的经过，使读者"知得"，诗的目的，却在叫读者"感得"。叙述文和叙事诗的特色，可用下面的例子来分别。

> 时移事去,乐尽悲来。每至春之日,冬之夜,池莲夏开,宫槐秋落,梨园弟子,玉琯发音,闻《霓裳羽衣》一声,则天颜不怡,左右歔欷。三载一意,其念不衰。求之梦魂,杳不能得。(陈鸿《长恨传》)

> 归来池苑皆依旧,太液芙蓉未央柳。芙蓉如面柳如眉,对此如何不泪垂。春风桃李花开日,秋雨梧桐叶落时。西宫南内多秋草,落叶满阶红不扫。梨园子弟白发新,椒房阿监青蛾老。夕殿萤飞思悄然,孤灯挑尽未成眠。迟迟钟鼓初长夜,耿耿星河欲曙天。鸳鸯瓦冷霜华重,翡翠衾寒谁与共。悠悠生死别经年,魂魄不曾来入梦。
> (白居易《长恨歌》)

上面两段文字,都是叙述唐玄宗回宫后的独居寡欢的,《长恨传》是叙述文,《长恨歌》是叙事诗。一经比较,就可看出特色来。叙事诗叙述事物,始终不能脱去诗的情感的要素,从这点说起来,叙事诗和抒情诗,并没截然的分界,只是所取的题材不同罢了。

# 文选十三　木兰诗

## 古　辞

唧唧复唧唧,木兰当户织;不闻机杼声,惟闻女叹息。

问女何所思,问女何所忆。女亦无所思,女亦无所忆。昨夜见军帖,可汗大点兵;军书十二卷,卷卷有爷名。阿爷无大儿,木兰无长兄;愿为市鞍马,从此替爷征。

东市买骏马,西市买鞍鞯,南市买辔头,北市买长鞭。旦辞爷娘去,暮宿黄河边,不闻爷娘唤女声,但闻黄河流水鸣溅溅。旦辞黄河去,暮宿黑水头,不闻爷娘唤女声,但闻燕山胡骑声啾啾。

万里赴戎机,关山度若飞。朔气传金柝,寒光照铁衣。将军百战死,壮士十年归。

归来见天子,天子坐明堂,策勋十二转,赏赐百千强。可汗问所欲,木兰不愿尚书郎；愿借明驼千里足，送儿还故乡。

　　爷娘闻女来，出郭相扶将。阿姊闻妹来，当户理红妆。小弟闻姊来，磨刀霍霍向猪羊。开我东阁门，坐我西阁床。脱我战时袍，著我旧时装。当窗理云鬓，对镜贴花黄。出门看火伴，火伴皆惊惶：同行十二年，不知木兰是女郎。

　　雄兔脚扑朔，雌兔眼迷离，两兔傍地走，安能辨我是雄雌。

# 文选十四　盲乐师

## 蒋山青

### 一

　　繁华嚣闹的城市里有过这样的一位盲乐师，
　　他走路艰难，两眼阖上，看到的只是茫茫的黑暗；
　　走东到西，餐风饮露，他有时三两天吃不着一口米饭。
　　他怀抱三弦，左右两手上下按弹，暂忘了苦痛之事。
　　年纪大了，苦痛的遭逢逼着他困穷，催着他衰死，
　　他恋念着手指弹出来的世界，他还是苟活偷生，
　　受多少吆喝与打骂，他只得嘻笑着挨户放弦声。
　　繁华嚣闹的城市里便常见这位盲乐师。

　　他夜里随处安身，放下那肩头的裀褥，
　　是一张狗皮，半床夹被，三两件衣裳，一团破布。
　　古调新翻，自家欣赏，他高高低低地按弹，
　　好似餐饭，可以搪得饥饿；似衣裳，可以挡得寒凉；
　　在他黑暗的眼前，幻化着诸般的情境，
　　他静默地兀坐着，咀嚼那袅袅的余音；
　　过去的离合悲欢，潮涌般在心头涨落，

他终是宁贴地徐度他孤老的生活。


## 二

繁华嚣闹的城市里也有过这样的一位大鼓娘，
她生有美秀的容颜，比玉还洁白，比花更鲜妍；
她一手连敲着皮鼓，一手叮叮当当紧打着铜片；
她进退作势，态度从容，人丛中，高坛上，曼声歌唱，
歌唱着古代英雄美人，有的是豪壮，有的是娓婉。
听众齐被感动，喊破喉咙叫好，鼓掌如雷，
有多少公子王孙都迷恋着如狂似醉。
繁华嚣闹的城市里便常见这位大鼓娘。

她幼年父母双亡，零丁孤苦，却又给匪人拐骗，
流落在他乡异县，经历了数不清的风险；
如今是学艺已成，和她那假母同闯江湖，
声誉渐隆，有了她，赛过是一颗摇钱树。
她假母便预备待价而沽，卖给那生张熟李，
但她却屡次留难，百方趋避，守身如玉。
她只愿孤独终身，聚几个钱财，留一个自由人，
却有时默默的悲怨如焚，哽咽着徐展歌唇。


## 三

"既说你流浪惯了，你不受拘束，不爱金钱，
我情愿把这悲怨的身体嫁给你，和你那三弦！
有了你，那时我歌声曼妙，便相得益彰，
让我俩同在人寰沦落，我唱，你弹！"
这大鼓娘偶然地和他会见在大街上，
听了那凄楚的三弦，她大为赞赏；
请他帮忙，她情愿认他作丈夫，

凝视着踌躇的面目,她急待他底回复。
他静默无言,流出了两行清泪,淌到嘴边,
意外的一番感动,搅扰着他底心园,
——竟有人垂青眼爱慕我这老叫化!
——试听那莺啭的声音,谅还是美貌的娇娃!
他待想忘弃人世,但还剩真情未死,
用破袖擦干眼泪,他表白着自己底心思:
"我只好随你同去,但我们要拜作父女,
我拚着弹破十指,报答你此番的知遇!"

四

繁华嚣闹的城市里从此便常见他们俩,
这位沈默的盲乐师,和那位秀美的大鼓娘。
他捻着,挑着,拨着,划着弦子,又蟹爪似地上下按抹,
随着歌声的轻重疾徐,有时激越,有时又溜滑。
歌声弦响,合成了一片,听的人都快要痴呆;
听他们愈弹愈起劲,越唱越有精彩。
她粉面不改,愈显红白,淡染眉黛,轻溜眼波;
他却正襟危坐,细弄那珠走玉盘,丝袅碧落。

他们俩声名远近流传,座客常满,徐度时光;
是喧天的炮火,遍地的虎狼,闯散了绮丽的歌场。
"自古红颜多薄命",可怜她身与珠喉,同归于尽,
只剩那裂帛似的惨叫,常绕着她那义父底心灵。
他饮食不进,一连七天,续续地弹出了满怀的幽怨,
他为她哀吊,也在为自己哀吊,弦音欲绝,泪下如泉;
看满眼断壁颓垣,尸丛中横添了这一位老盲,
繁华嚣闹的城市,曾几何时,变作了沈寂凄凉!

# 修辞法二　反复

在谈话或文章里，常有把同样的词语，一字不易地重复来用的，这叫做反复。如

不要，不要，快出去！

喂，卖花的，卖花的。

原来如此，原来如此，我们两个中间如今隔开了一条无底的界河。

寂寞呀，寂寞呀，在沙漠上似的寂寞呀。

反复有两种方式，一种是连接在一处的，如上面所举的各例就是。还有一种是间隔的反复，同样的词语并不连接在一处，取着间隔反复出现，例如：

居有顷，倚柱，弹其剑，歌曰，"长铗归来乎，食无鱼！"……居有顷，复弹其铗，歌曰，"长铗归来乎，出无车！"……后有顷，复弹其剑铗，歌曰，"长铗归来乎，无以为家！"

自此以后，又长久没有看见孔乙己。到了年关，掌柜取下粉板说，"孔乙己还欠十九个钱呢！"到第二年的端午，又说"孔乙己还欠十九个钱呢。"

反复的修辞法，是在心理上有着根据的，我们当情意迫切时，对于一句话，往往说了一回不够，会一而再，再而三地重复了说，非这样就觉得不能表达情意。修辞上的反复，就是满足这自然的心理上的要求的。

从另一方面说，反复本身，如果用得适当，也就是一种美。世间尽有许多事物因反复的缘故而引起美感的，如行人道上一排排的树木，街灯的平均排列，军队的划一的服装和步伐都是反复的美的好例。

用反复的修辞法，要合乎以上所说的条件才会有效果。如果情意上并无反复的要求，而反复了也不能增加美感，那末就不该胡乱应用。

# 习问 七

1.叙事诗有甚么特色,和抒情诗有甚么共通点?

2.试将文选十三或十四改成一篇叙述文。

3.从前读过的诗里面有叙事诗否? 如有,试举出来。

4.反复的修辞法在心理上有甚么根据?

5.试从读过的文章里找出若干用反复法的例子来,一一说明其反复的效果。

# 第八课

## 文话八　律诗

我们已读过好许多诗,除新诗以外,有七言绝句,有五言古诗,七言古诗。关于诗的平仄的格式,也曾在前面讲过一种七言绝句的。(参看第三册文话三)这里我们要讲到律诗。

律诗是用八句构成的,有七言的五言的两种。七言律诗的平仄格式,完全是七言绝句的重复,前回所讲的七言绝句的平仄排列共有两个格式,任何一种反复重叠起来,就成七言律诗的平仄。

五言律诗的平仄格式,也由五言绝句的平仄格式重复而成。五言绝句的平仄,也有两种排列方式,如下:

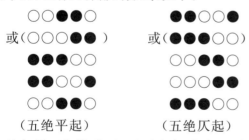

（五绝平起）　　　　（五绝仄起）

五言绝句用四句构成,上面两式中,任何一种重复起来,就成一首五言律诗的平仄格式。但第五句概不用韵。(七律亦同)

律诗和绝句同是近体诗,律诗的限制比绝句更严,除平仄字数的限制外,还有其他的限制须遵守。绝句可押仄声韵,而律诗通常只许押平声韵。不论五言律诗或七言律诗,八句之中第三第四两句和第五第六两句须讲对仗,叫他各自成为对偶。还有,在一首律诗之中,已经在某句里用过的字,他句不准再用。这些格律如果违犯就认为不合格。

律诗之中,除由八句构成的五律七律以外,还有累积至数十韵(两句叫一韵)的,叫做排律,也称长律。

旧诗之中近体诗比古诗限制严,最受束缚的要算律诗了。我们现在的新诗,就是从这种束缚解放出来的东西。

# 文选十五　七律四首

## 杜　甫

### 九日蓝田崔氏庄

老去悲秋强自宽。兴来今日尽君欢。羞将短发还吹帽;笑倩旁人为正冠。蓝水远从千涧落;玉山高并两峰寒。明年此会知谁健,醉把茱萸子细看。

### 蜀　相

丞相祠堂何处寻。锦官城外柏森森。映阶碧草自春色;隔叶黄鹂空好音。三顾频烦天下计;两朝开济老臣心。出师未捷身先死,长使英雄泪满襟。

### 登　高

风急天高猿啸哀。渚清沙白鸟飞回。无边落木萧萧下;不尽长江滚滚来。万里悲秋常作客;百年多病独登台。艰难苦恨繁霜鬓,潦倒新停浊酒杯。

### 咏怀古迹五首之一

群山万壑赴荆门。生长明妃尚有村。一去紫台连朔漠,独留青冢向黄昏。画图省识春风面;环珮空归月夜魂。千载琵琶作胡语,分明怨恨曲中论。

# 文选十六　五律四首

## 王　维

### 山中即事

　　寂寞掩柴扉。苍茫对落晖。鹤巢松树遍，人访荜门稀。嫩竹含新粉，红莲落故衣。渡头灯火起，处处采菱归。

### 过香积寺

　　不知香积寺，数里入云峰。古木无人径，深山何处钟。泉声咽危石，日色冷青松。薄暮空潭曲，安禅制毒龙。

### 山居秋暝

　　空山新雨后，天气晚来秋。明月松间照，清泉石上流。竹喧归浣女，莲动下渔舟。随意春芳歇，王孙自可留。

### 晚春严少尹与诸公见过

　　松菊荒三径，图书共五车。烹葵邀上客，看竹到贫家。鹊乳先春草，莺啼过落花。自怜黄发暮，一倍惜年华。

# 文法六　副词在句中的用途及位置

　　副词是用来限制事物的动作或性态的，事物的动态用动词表出，事物的性状用形容词表出。所以副词可副一切的动词或形容词。又，已经用了副词的地方，还可再加限制，所以副词又可副别的副词，例如：

　　　　夫子喟然叹曰。　　（副词"喟然"副动词"叹"）

　　　　先秦书赝品极多。　　（副词"极"副形容词"多"）

　　　　现在的我已经不是你的妻子了。　　（副词"已经"副副词"不"）

　　副词的种类甚多，凡是对于动词形容词或副词有限制的作用的，就都是副词。副词的位置，可以在所副的动词形容词之前，也可以在后，例如：

　　夫子何哂由也？

　　不闻爷娘唤女声，但闻黄河流水鸣溅溅。

　　小弟闻姊来，磨刀霍霍向猪羊。

　　他怀抱三弦，左右两手上下按弹，暂忘了苦痛之事。

　　但她却屡次留难，百方趋避，守身如玉。

　　醉把茱萸子细看。

　　前介词和名词(或代名词)合成的副词短语，也和副词性质相同，可以用来限制动词形容词或其他副词。那前介词有时被略去，只剩一个名词(或代名词)。例如：

　　他为她哀吊，也在为自己哀吊。

　　她生有美秀的容颜，比玉还洁白，比花更鲜妍。

　　明月(从)松间照，清泉(在)石上流。

　　(向)东市买骏马，(向)西市买鞍鞯。……(于)旦辞爷娘去，(于)暮宿(在)黄河边。

　　副词用在所副的动词、形容词之前或后，以紧接动词形容词为常，例如：

　　同行十二年，不知木兰是女郎。

　　两兔傍地走，安能辨我是雄雌。

"同""十二年"副"行"，紧接在"行"之前后，"不"副"知"，"傍地"副"走"，"安"副"能"，都紧接在前。这样用法，最不会弄错，但也和所副的词隔开了使用的，特别是副词短语。如：

　　因此我在小学里念了三年书。(＝＝我因此在小学里念了三年书。)

　　有一天的上午那乡下人竟意外的带了小鸭来了。(＝＝那乡下人(在)有一天的上午竟意外的带了小鸭来了。)

这种副词短语，还可以远远地放在句的末尾。近代的欧化式的语体文中，往往有这种式样。如：

你这计划,是行不通的,在现今的情形之下。(══你这计划在现今的情形之下是行不通的。══在现今的情形之下,你这计划是行不通的。)

# 习问 八

1.律诗的平仄格式怎样?

2.律诗对偶的法则怎样? 律诗以外的诗,也有用对偶的部分否? 如有,试指出来。

3.副词种类甚多,试参考别的文法书,制作一个分类表。

4.副词对于所副的动词或形容词,有在前的,有在后的,试各举一例。

5.试就文选十六,把其中的副词一一指摘出来。

# 第九课

## 文话九　仪式文〔一〕

　　在现世生活,常碰到种种的集会。小自朋友间送迎庆吊,大至政治上的一切会议,都用集会的方式来实施。集会必有相当的仪式,在这些仪式之中,就必有讲话的人。例如学校行毕业典礼的时候,必有官长、校长或教职员的训词,来宾的演说,以及学生代表的答词。这些讲话如果记载下来,就是文章,这里叫做仪式文。世间有许多文章,就属于这一类。

　　仪式文的对象,就是眼前的听者,他的读者是有一定的。就这一点说,仪式文和书信颇有相同之处,书信里的礼仪法则,如称呼敬语之类,都该照样应用。

　　仪式文可略分为两种,一是以仪式的主持者为立场的,一是以仪式的参与者为立场的,这两种的分别,很是显然,因之写作的态度也有不同。举例来说,在做寿的仪式上,寿翁的“七十自述”属于前者,来宾所送的“寿序”之类,属于后者。在一般集会的仪式上,会长的开会词属于前者,会员或来宾的演说属于后者。

　　现在先讲第一类的仪式文。这类仪式文的意思或内容差不多是被所行的仪式限定了的,因为作者就是仪式的主持者,对于举行这仪式的必要、理由,以及个人的见解、感想、希望等等早怀抱在胸中,不劳再去临时搜索。把这些怀抱按照自己的地位发挥出来,就成一场讲话,也就是一篇文章了。所以,这类的仪式文,材料内容是现成的,不必外求,问题只在怎样把自己所怀抱的意思得体地充分地表达出来。

仪式文是应用文,凡是应用文,都是应付当前的实际事务的,和实际事务有着密切的关系,措辞要得体,要合乎身分地位,否则就不适当。这类仪式文的好坏的区别,与其说在技巧上,倒不如说在态度上。作者能将自己对于仪式所怀抱的意思按照自己的身分地位合法得体地表达出来,就不失为一场通得过去的讲话,或一篇通得过去的文章。故意播弄技巧,反不是好事。

# 文选十七　欢宴国民党第一次全国代表词

## 孙　文

诸君此次到广东来开国民党全国大会,本总理觉得诸君振作的精神,兴旺的气魄,是向来没有的。诸君有这样好的精神和气魄,本党前途有无穷的希望,这是本党应该庆祝的,也是中国前途应该庆祝的。

我们从前革命,因为没有好方法,所以不能大功告成。这次开全国代表大会,便是要定一个好方法。诸君在没有得到好方法之前,有一件事要留心的,是本总理的学说和古人的学说不同:古人所信仰的是"知之非艰,行之维艰。"我所信仰的是"知难行易"。我们从前革命,本来没有详细方法,但是因为有诸先烈的牺牲,和诸君的努力,前仆后起,继续进行,便做成了两件很大的事:一件是把满清两百多年的政府完全推翻;一件是把中国数千年的专制国体根本改变。这两件大事,没有详细方法的时候,尚且可以做成。我们在那个时候,因为没有很详细的方法,所以我常常和人谈革命,总有人问我说:"满清有二十二行省的土地,四万万人民,内有海陆军的镇服,外有列强的帮助,请问你有甚么方法可以推翻满清呢? 就令能够推翻,又有甚么方法可以对付列强呢?"并且常用难题来对我说:"满清对外不足,对内有余。"又说:"我们不可革命呵! 如果我们起了革命,列强必把中国瓜分。"我们在那个时候,对付满清,对付列强,没有别的长处,唯一方法是在不问成败利钝,只问良心,要做便立志去奋斗。我从前在英国时候,有一次在图书馆中看书,遇到几位俄国人,交谈之后,知道彼此都是革命同志。俄国人便问起我来说:"中国的革命,何时可以成功呢?"我当时得了这句问话之后,便不能不答。但是我那一次亡命到英国,虽是初次失败之后,没有办法,然卷土重来之气正高,心中希望一二年内就要再举,再举又必期成功。不过对那些俄国人,又不敢轻于答覆,故为最稳健之回覆,说:"大约三十年可以成功。"俄国人便惊讶起来说:"你们那样大的国家,发起革命只要三十年便可成功么?"我当时又问俄国人:"你们俄国的革命,何时可以成功呢?"他们答覆说:"大概一百年后能够成功,我们便大满足。此刻正是在奋斗。成功虽然在一百年之后,但是现在不能不奋斗。如果现在不奋斗,就是百年之后也不能成功。因为要希望一百年可以成功,所以我们现在便努力奋斗。"我当时听了他们这番话之后,回想到我的答覆,便觉得无以自容。——因为我在初失败之后,本希望中国的革命急于成功,不过为对外国人说话稳健起见,故多说三十年。及听到他们的答话,知道他们的计划稳健,气魄雄大,加我好几倍,所以我在当时便非常抱愧。我自那个时候以后,便环绕地球,周游列国,一面考察各国的政治得失,和古今国势强弱的道理;一面做我的革命运动。约计每二年绕地球一周,到武昌起义以前,大概绕过了地球六七周。每次到一个地方,总是遇到许多熟人,那些人总是来问我说:"我们看到了你这位先生,不知道失败多少次了,为甚么还不丧气,总是这样热心呢?这是甚么理由呢?"我每次都没有甚么好话可以答覆,只有用我在英国图书馆内和俄国人的谈话来答覆他们,说:"我不管革命失败了多少次,但是我总要希望中国的革命成功,所以便不能不这样奋斗。"

俄国人立志革命,希望一百年成功,现在不过二十多年,便完全达到成功的目的。我从前希望数年成功,现在已经到了三十年,还没有大功告成,这是因为中国人革命的方法和气魄不及俄国人。俄国人因为有了这种气魄和方法,所以革命一经发动,得到机会,便大告成功。俄国革命的成功，为甚么那样大而且快呢？因为他们眼光远大，把国家大事算到一百年，甚么方法都计划到了，这就是经验多而成功快。无论做甚么事，要成功都是在有好方法。方法是自何而得呢？是从学问知识而得。先有了学问，便有知识。有了知识，便有方法。有了好方法来革命，一经发动，就马到成功。我们从前受良心上的命令去革命，讲到结果，没有俄国成功那样大而且快的原因，就是没有好学问好方法。至于实行革命，大家都是各自为战去干，实在是不知而行。做到后来，能够推翻满清，且免去列强瓜分，都是无意中做出来的，预先毫没有料到。十三年以来，我们革命的知识进步，有了许多好方法；此后革命，应该依本总理"知难行易"的学说，先求知，然后才去行。如果知得到，便行得到。从前的革命，不知还能行；此后的革命，能知当更能行。知了才去行，那种成功，当然像俄国一样，这就是我们今晚可以大大庆祝的。

# 文选十八　黄花岗烈士纪念会演说词

陈布雷

诸君！今天我们在这里举行黄花岗烈士死义纪念，我知诸君心中必定觉得很沈痛；因为那一次死难的，差不多全是和诸君同样年龄的青年。兄弟自身的感觉，更和诸君不同；因为辛亥广州起事，距今已经有十八年，在诸君看来，是一种悲壮的史迹，在兄弟则是一种差不多目击而且是并世发生的事实。兄弟回想到那时节，正是和诸君同样的在求学时代。我们那时候的青年界，革命的心焰，也和现代青年同样的热烈。可是所感到的痛苦，恐怕十倍于诸君。就因为那时候大多数的同学，受了清廷"奖励出身"的笼络政策的麻醉，科举的余毒还没有扫净，上焉者埋头不问世事，下一等的便只想毕业以后去作官，对于昌言革命的人，差不多非笑嘲谑，无所不至。所以我们当时所感到的痛苦，并不是学校当局的压迫，乃是四周死气沈沈的冷空气。

突然间霹雳一声，有百数青年不自量力的去进攻总督署，这是何等

惊人的新闻！而且这许多实行革命的青年,都是从外国大学或专门学校
得了高深的知识回来,有学政治、法律的,有学科学或医学的。他们竟肯
抛弃了他们功名利禄的"前程"去做这样悲壮的牺牲,这在当时的学生界
是何等深刻的反省材料。

那时候宣传这件悲剧最热心的,要算上海的《神州日报》。这个报纸
是和张静江、于右任、杨笃生诸先生都有关系的,他们就乘这机会来鼓吹
革命,他们很详尽的载登了举事和死难的经过,很精细的描写死难烈士
的家庭情形和传记,很艺术的介绍死难烈士的遗容和遗墨。这一来,真
使得"天下震动",向来寂寞寡情的青年觉悟了,向来怀疑革命的老前辈
因怜才观念而流泪了,向来轻视革命势力的清廷官僚,震惧得不可名状
了,甚而至于满洲宗室,也不敢再坚持高压政策,而有一部份人主张速行
立宪了。因此而所谓清廷内阁的意见愈加分裂,昏庸的亲贵为之心惊胆
落,各处的义士愈加慷慨奋发,结果遂有辛亥八月的武昌起义,以开中华
民国的初基。

所以黄花岗烈士的死难,在事实上没有寸土尺地的成功,而精神上
实在是推翻清廷的主力。我们景仰先烈,应该认识他们这一种慷慨轻生
的精神,和转移风气的力量。这一役最使得我们注意的便是:

(一)他们的壮烈。他们那时候出发攻打督署的,只有一百三十人,
而死难的有七十二人。其间有不少福建的青年学生,本是预备回福建去
革命的,经过香港,知道广州大举,便踊跃的加入。这样的服从干部和只
求革命成功的纯洁精神,是值得我们追念的。

(二)是他们的牺牲精神。死难烈士中有两位姓罗的和姓李的,他们
本来是受命率领死士去占领军械局和电报局的,可是在起事前两天,已
经由干部变更计划,命他们中止了,但他们仍旧只身加入,力战而死。

(三)是他们的勇敢。那时候大多数都是文弱的书生,像朱执信先
生,便是一个著名极文弱的少年,但他也加入了战线。

(四)他们情感的真挚。我们从方声洞、冯超骧、林觉民诸位烈士的
诀别老父、爱妻的遗书中,可以看出他们是如何的公而忘私。但也不是
完全否认了家人之间的情感,他们在死生呼吸中,诀别家人,或者勉励妻

子善视老亲，或者劝慰父母为大义节哀，都是缠绵悱恻可以令人下泪。近代青年中有的只知道谈恋爱，图享乐，有的以为革命和情感根本不相容，非斩绝一切的情感，便不能革命。看了黄花岗烈士的榜样，似乎可以找出一条路径了。

我上面讲的话，是要供青年诸君深思刻省的资料，并不是说要求诸君个个人像烈士般去牺牲生命。生命的牺牲，有时候是必要的，但是我们现在的革命环境已入一个新时期，青年诸君肩头要担负的责任，有比牺牲生命繁重十倍，艰难十倍的。从前革命的对象是反动的威权，只要不怕死，就有成功之希望；现在革命的对象更复杂，军阀、帝国主义以外，还有潜伏各处的种种的反动势力，不觉悟的社会，不健全的政治，急切不能整理好的国家，都要靠我们拿出精进的力量来奋斗的。所以我们努力的方向是多方面的，不怕死以外，还要不怕难，不惮烦。我们要学从前理学家的一句格言，叫做"存心时时可死，行事步步求生。"不存决死之心，决不能负求生之任；不为求生而决死，即便是无目的地导引民族入于毁灭之途了。

兄弟如今有一个比喻，黄花岗死难烈士，好比我们的长兄，为了保家复仇，慷慨的决斗而死了，剩下来未报的仇，未铲除的敌人，未完成的事业，未振起的家庭，未长成的遗孤，都要我们来负责的。所以我们的责任，十倍的重大，我们的前途，格外的困难。诸君当中没有接受三民主义的，兄弟要求诸君认清我们的民族、国家、社会的地位，和国际情势的迫切，一致集中在三民主义下来奋斗。已经入党的同志，兄弟要求诸君不可以不满意党务政治一时的现象而灰心丧气，去从享乐主义找出路，也不可以为愤激而丢了三民主义而别寻路径。须知道我们取得党籍，正和我们有中华民国的国籍一样有郑重的意义，我们难道为了国家一时没有清明的希望，而去加入别国的籍么！我们要想到黄花岗烈士死难的时代，革命成功的希望是很少的，然而他们还是不顾一切的去干。现在国民革命已经发展到这样地位，我们可以因小小的挫顿或失望，而丢却我们的责任么！

青年诸君！请追念烈士的遗型，我们要效法他们的不怕死。死且不怕,而岂怕难！同时我们得以忍痛负重的精神,不断的向各方面努力,时代所需要于我们的,确不仅是"不怕死"。我们的责任,确是比先烈十倍的繁难。但这是我们的注定的运命,我们只有积极的接受,加倍的努力。先烈的好榜样,便是我们的指路碑。

# 文法七　副词的带字〔一〕

有许多副词在使用的时候,会更带一字若语尾然。这种情形,语体文言均有。现在先讲语体里的副词所带的字。

一、"的"或"地"　"的"字可用于形容词;也可用于副词,例如:

请追念烈士的遗型,我们要效法他们的不怕死。

我们只有积极的接受,加倍的努力。

第一例"的"字为形容词所带,属后介词,第二例"的"为副词所带。为了防止两者混同起见,有人把副词带字的"的"写作"地"。例如:

古调新翻,自家欣赏,他高高低低地按弹。

他静默地兀坐着,咀嚼那袅袅的余音。

二、"般""样"　"般""样"也常为副词所带,例如:

静脉管蚯蚓般蟠曲着。

我上面讲的话,是要供青年诸君深思刻省的资料,并不是说要求诸君个个人像烈士般去牺牲生命。

俄国革命的成功,为甚么那样大而且快呢?

要不是战争,我们一家人怎样会冲散?

这"般""样"有时又可加入"一"字,成为"一般"或"一样"。例如:

这孩子不单止模样儿长的和你一般可爱,她的聪明也很够。

十年前我和睡在酒坛旁边一样是完全沈醉在艺术里面的。

三、"之"　"之"字原是文言的用语,语体里却偶然也为副词所带,所副的往往是形容词。例如:

当时空气非常之乱。

鬼眹眼的天空越加非常之蓝。

国难如此之严重。

以上几个是最常见的语体副词的带字。这些带字,有时还可以叠用,例如:

我们那时候的青年界,革命的心焰,也和现代青年同样的(地)热烈。

先生子弟般地爱护学生。

副语带字的功用,在乎能用所带的字来表示副词,除副词短语外,一般所谓副词,都不过用一二字构成的,如"不""很""常""屡次""快快"之类。副词带字能使本来不是副词的词,甚至长长的语句任意地转成副词。例如:

突然间霹雳一声,有百数青年不自量力的(地)去进攻总督署。

铁石般坚定,冰雪般聪明。

"不自量力"和"铁石""冰雪"本来都不是副词,因为带了"地""般"等字,就明白显出了副词的性质了。

# 习问 九

1.仪式文大别为几种?

2.仪式文和书信有甚么共通之点?

3.试把文选十八或十九,改成一篇普通的文章。

4.语体副词除本课所举的几个以外,还有别的,试就所知道的方言中再举些出来。(如"儿""价"之类)。

5.试将下列各语加带适当的字,作为副词,各造一例句。

菩萨　不约而同　无声无臭　兄弟　理直气壮　不管三七二十一
闷闷不乐　半信半疑

# 第十课

## 文化十　仪式文〔二〕

这里所讲的是第二种的仪式文。

第二种仪式文是以仪式的参与者为立场的,我们在参与仪式的时候,常见到有些人会临时被邀请了上台去讲话,有些人或自动地发表意见,不论是被邀请的或自动的,这种讲话或意见写记下来,就是第二种的仪式文。

这种仪式文比第一种仪式文更需要技巧,第一种仪式文的作者是仪式的主持者,内容意思早有把握,而且可在事前先作豫备,甚至于先用文字写记起来也无妨。可是第二种仪式文的作者,却没有这种便利和余裕,他们大都须临时把讲话的内容意思构成起来,在上台去稍后的人,还要避掉他人已在前面所讲过的各种材料,以免人云亦云的缺陷。所以这类仪式文,比第一类仪式文难作得多,全靠作者有本来的素养,和临时的机智。同是一番道理,有素养的人发挥出来便和别人不同,同在一室之中,有机智的会从眼前事物中发见讲话的新鲜材料。有素养有机智的作者,在这种时候,往往能将离本题很远的事物牵引出来,使和当前的情形发生密切的关系,加以说述,叫听众和读者发生新鲜的快感。

这种仪式文,须合乎身分,顾到礼仪,和第一种仪式文没有两样,最要紧的是有新鲜味,切忌内容空虚,泛而不切。这种仪式文一不小心,就会犯肤浅优侗有形式而没有实质的毛病,普通所谓"应酬文字"者,大都就指这种无聊的文章而言。自古以来,不知有过多少篇的"颂辞"、"寿序"、"赠序"、"诔辞"之类的文章,可是有意义的可传的作品,却并不多。至于那些坊间流行的"酬世锦囊"之类的书中所载的祭文、祝辞、喜联、挽对等等,更是随处可以适用的浮泛无聊的东西了。

# 文选十九　杜威博士生日演说词

## 蔡元培

今日是北京教育界四团体公祝杜威博士六十岁生日晚餐会。我以代表北京大学的资格,得与此会,深为庆幸。我所最先感想的,就是博士与孔子同一生日。这种时间的偶合,在科学上没有什么关系。但正值博士留滞我国的时候,我们发见这相同的一点,我们心理上不能不有特别的感想。

博士不是在我们大学说,现今大学的责任就在给东西文明作媒人么? 又不是说博士也很愿分负此媒人的责任么? 博士的生日,刚是第六十次;孔子的生日,已经过二千四百七十次,就是四十一个六十次又加十次。新旧的距离很远了。博士的哲学,用十九世纪的科学作根据,由孔德的实证哲学,达尔文的进化论,詹美士的实用主义递演而成的,我们敢认为西洋新文明的代表。孔子的哲学,虽不能包括中国文明的全部,却可以代表一大部分,我们现在暂认为中国旧文明的代表。孔子说尊王,博士说平民主义;孔子说女子难养,博士说男女平权;孔子说述而不作,博士说创造。这都是根本不同的。因为孔子所处的地位时期,与博士所处的地位时期,截然不同,我们不能怪他。但我们既然认旧的亦是文明,要在他里面寻出与现代科学精神不相冲突的,非不可能。即以教育而论,孔子是中国第一个平民教育家。他的三千个弟子,有狂的,有狷的,有愚的,有鲁的,有辟的,有唼的,有富的如子贡,有贫的如原宪;所以东郭子思说他太杂。这是他破除阶级的教育主义。他的教育用礼、乐、射、御、书、数的六艺作普通学；用德行、政治、言语、文学的四科作专门学。照《论语》所记的，问仁的有若干，他的答语不一样；问政的有若干，他的答语也不是一样。这叫作是"因材施教"。可见他的教育，是重在发展个性，适应社会，决不是拘泥形式，专讲画一的。孔子说："学而不思则罔，思而不学则殆。"这就是经验与思想并重的意义。他说："多闻阙疑，慎言其余，多见阙殆，慎行其余。"这就是试验的意义。我觉得孔子的理想与杜威博士的学说很有相同之点。这就是东西文明要媒合的证据了。但媒合的方法，必先要领得西洋科学的精神，然后用他来整理中国的旧学说，才能发生一种新义。如墨子的名学，不是曾经研究西洋名学的胡适君，不能看得十分透澈，就是证据。孔子的人生哲学与教育学，不是曾经研究西洋人生哲学与教育学的，也决不能十分透澈，可以适用于今日的中国。所以我们觉得返忆旧文明的兴会，不及欢迎新文明的浓至。因而对于杜威博士的生日，觉得比较那尚友古人尤为亲切。自今以后，孔子生日的纪念，再加了几次或几十次，孔子已经没有自身活动的表示；一般治孔学的人，是否于社会上有点贡献，是一个问题。博士的生日，加了几次以至几十次，博士不绝的创造，对于社会上必更有多大的贡献。这是我们用博士已往的历史可以推想而知的。并且我们作孔子生日的纪念，与孔子没有直接的关系；我们作博士生日的庆祝，还可以直接请博士赐教。所以对于博士的生日，我们觉得尤为亲切一点。我敬敢代表北京大学全体举一觞，祝杜威博士万岁！

# 文选二十　送东阳马生序

## 宋　濂

余幼时即嗜学。家贫，无从致书以观，每假借于藏书之家。手自笔录，计日以还。天大寒，砚冰坚，手指不能屈伸，弗之怠。录毕，走送之，不敢稍逾约。以是人多以书假余；余因得遍观群书。

既加冠，益慕圣贤之道。又患无硕师名人与游，尝趋百里外，从乡之先达执经叩问。先达德隆望尊，门人弟子填其室，未尝稍降辞色。余立侍左右，援疑质理，俯身倾耳以请。或遇其叱咄，色愈恭，礼愈至，不敢出一言以复。俟其忻悦，则又请焉。故余虽愚，卒获有所闻。

当余之从师也，负箧曳屣，行深山巨谷中；穷冬烈风，大雪深数尺，足肤皲裂而不知。至舍，四支僵劲不能动。媵人持汤沃灌，以衾拥覆，久而乃和。寓逆旅主人，日再食，无鲜肥滋味之享。同舍生皆被绮绣，戴朱缨宝饰之帽，腰白玉之环，左佩刀，右佩容臭，煜然若神人；余则缊袍敝衣处其间，略无慕艳意，以中有足乐者，不知口体之奉不若人也。

盖余之勤且艰若此，今虽耄老未有所成，犹幸预君子之列而承天子之宠光，缀公卿之后，日侍坐备顾问，四海亦谬称其氏名，况才之过于余者乎？

今诸生学于太学，县官日有廪稍之供，父母岁有裘葛之遗，无冻馁之患矣；坐大厦之下，而诵诗书，无奔走之劳矣；有司业、博士为之师，未有问而不告，求而不得者也；凡所宜有之书，皆集于此，不必若余之手录，假诸人而后见也。其业有不精，德有不成者，非天质之卑，则心不若余之专耳。岂他人之过哉！

东阳马生君则在太学已二年，流辈甚称其贤。余朝京师，生以乡人子谒余，撰长书以为赞，辞甚畅达；与之论辩，言和而色夷，自谓少时用心于学甚劳，是可谓善学者矣。其将归见其亲也，余故道为学之难以告之。谓余勉乡人以学者，余之志也；诋我夸际遇之盛而骄乡人者，岂知予者哉！

# 文法八　副词的带字（二）

文言副词所带的字又和语体的不同，如下：

　　煜然若神人　　⎫
　　·　　　　　　⎬"然"
　　夫子喟然叹曰　⎭
　　·
　　默尔无言　　　⎫
　　·　　　　　　⎬"尔"
　　卓尔不群　　　⎭
　　·

人立其下望之,杳乎不见其巅。
余天下之不祥人也,而君奚为乎昵余? } "乎"

潜焉山涕《诗经》
少焉月出于东山之上。苏轼《赤壁赋》 } "焉"

以一乞人而教化及三州县,何其盛也
廓其有容 } "其"

晨而求见。
至舍,四支僵劲不能动……久而乃和。 } "而"

这些副词的带字,有时可以叠用,"而"字被叠用的最多见。例如:

子路率尔而对曰
悠然而逝《孟子》

上面这许多副词带字之中,"然""尔"原作"如是"解,用在副词之后,有肯定上面副词的功用,等于语体里的"般""地"。"乎"有感叹意,"焉"有肯定意,用在副词之后,也有赞许和肯定的功用。"其""而"似乎只是一种声音上的衬托。

"而"字用作副词带字,最为多见,也最值得注意。"而"字向被认作接续词,其实,有许多"而"字,是不能认作接续词的。如:

犹幸预君子之列而承天子之宠光。
与之论辩,言和而色夷。

这种"而"字,可以说是接续词,至于如:

驱而之薛。
衣冠而见之。

在"而"字上面的明明是副词,"驱"副"之","衣冠"副"见","而"字自以作副词带字解释为当。

"而"和"以"因声音相通,常被互用。如:

每假借于藏书之家,手自笔录,计日以还。——计日而还。

余立侍左右,援疑质理,俯身倾耳以请。——俯身倾耳而请。

这样的"以"字,实和"而"字性质相同,也该认为副词带字,不该作前介词看待了。

文言副词的带字，语体里有时也沿用。尤以"而"字为最普通。如"突然""断乎""忽而""幸而""既而"都是我们在说话上常碰到的。

# 习问 十

1.第二类仪式文为甚么比第一类难作？

2.文选十九、二十，作者的机智和技巧在那些点上？

3.如果文选十九或二十，不是仪式文，是一篇普通的文章，那么内容是否适当？

4.试从读过的文章里找出若干以带"然""乎"的副词的例来。

5."而"字可作接续词，也可作副词带字，试各举一例。

# 第十一课

## 文话十一　宣言

国家或团体对于某一件事情或某一种计划,要发表意志或主张使大众知道,得用文字做宣传工具。这种文章,种类是很多的,如诏谕,如檄文,如标语,如宣言,都是标语和宣言是这种文章的近代的形式。这里就只说宣言。

宣言和标语都是表达意志、宣示主张的,标语只是揭出一个题目,不详说理由,取其简单明瞭,宣言就了题目详说理由,目的在叫人了解所发表的意志或主张是合理的,应该的,从此生出一致拥护赞成的精神来,标语好像是热烈的叫唤,宣言是谆谆的说教。例如对于取消不平等条约一件事只提出"取消不平等条约!"的几个字来,这是标语。详细把不平等条约的历史、祸害,以及取消的决心和步骤等等说出来的是宣言。

一个小小的团体,一个平常的个人,偶然也可有发宣言的事情,但一般地所谓宣言,是政治当局者用来发表政治上的意志和主张的东西。他的对象往往就是全体民众,或有关系的他国人民宣言的目的,在乎唤起民众的对于某事件、某计划的共鸣,起来和当局者站在一条线上,完成当局者所怀抱的意志或主张。写作的时侯,最要注意的是意志主张的明白现出,当局者对于自己所怀抱的意志和主张,不但不许有一些含糊,而且还要有热烈的决心,坚定的态度。因为当局者的意志和主张是宣言的内容，当局者的决心和态度，更是感动民众的要素，都非常重要的。

　　宣言是一种应用文，性质和书信及第一种仪式文有共通的地方，因为都是处置事务而且对人讲话的。不过对象是全体民众，比书信和仪式文更广罢了。作者的身分地位，在措词上一样地该好好注意。

# 文选二十一　废除不平等条约宣言

　　自帝国主义侵入中国以来，以种种不平等条约束缚中国，使失其平等独立自由。本党不忍中国之沦于次殖民地，故倡导国民革命，以与帝国主义者奋斗。而废除不平等条约，即为奋斗之第一目标。本党总理孙先生毕生努力于此；去岁北上，即以废除不平等条约为与北京临时政府执政合作条件。盖深知废除不平等条约，必须国民革命之势力已能建设统一全国之政府，然后得见之实行。故对于北京临时执政，不得不以此合作条件为严重之提出。无如北京临时执政，方热中于外交团之承认，至不恤以尊重不平等条约为交换；以至先总理不能与之合作，以谋全国统一之进行；而废除不平等条约之主张，亦为之搁置。此可为太息痛恨者！

　　自先总理逝世之后，帝国主义者益肆无忌惮，致有五月三十日上海之惨杀事件。而青岛、九江、汉口相类事件，亦络绎而至。本党鉴于时局，谋申先总理未竟之志，故于六月二十二日发表宣言，主张全体国民应一致督责北京临时政府，迅速宣布取消不平等条约，仿照前年中、俄协定之例，另与各国重订双方平等互尊主权之条约。翌日而广州沙面惨杀事件复作，其惨酷情形，较之上海等处，更有过之；愈足证明废除不平等条约为刻不容缓！乃顷见北京临时执政，于二十五日致北京外交团之通牒，以修正条约为请。自表面言之，北京临时执政似已知废除不平等条约为国民革命运动，大势所趋，不能复抗，故不得不降心相从；而按之实际，则大谬不然！盖我国之请求各国同意于修改条约屡矣；民国八年，在巴黎和会曾一度提出，遭和会之拒绝；民国十年，在华盛顿会议又为一度提出,遭会议之延宕,不特于不平等条约之根本废除,毫无效果,即枝节问题之关税增加会议,亦延宕至今。前事具在,所谓请求修改,结果如何,不难逆睹。北京临时执政之出此,宁不知与虎谋皮,为事至愚;特有见于废除不平等条约,为国民一致之主张,故迫而出此下策。一方似顺从民意,实则延宕国民革命之进行;一方似改革外交方针,实则为帝国主义者谋回旋之余地。对于废除不平等条约之主张,不复敢公然违反,而惟以支吾脱卸之伎俩,使消失于无形。其胆则怯,其谋则诈。惟废除与请求修改,截然二事;国民必不致为此似是而非之举动所惑;则北京临时执政之出此,正与从前满洲政府欲以伪立宪抵制革命,同一心劳日拙而已。

本党兹再郑重宣言,对于不平等条约,应宣布废除,不应以请求修改为搪塞之具。凡我国民,鉴于目前境遇,灼然于帝国主义之穷凶极恶,中国人民所受,痛深创巨,宜一致拥护本党所主张,务使即时实现。

或者以为条约为双方同意所缔结,非双方同意,不能变更;不知所谓不平等条约,皆从前满洲政府及民国以后之军阀政府所缔结,何尝得中国人民之同意?且南京、天津、北京诸条约,为一切不平等条约之中坚枢纽,《南京条约》成立于一八四二年,《天津条约》成立于一八五八年,《北京条约》成立于一八六零年,距今远者已八十余年,近者亦六十余年,时移势易,岂能至今日而仍适用?考之国际历史:凡成立条约,必以事实不变为默认要素;倘缔约国情状有根本之变更,则可取消前约。例如:一八七八年,俄国取消《柏林条约》第五十九款,一九零八年,奥匈国取消《柏林条约》第二十五款,布尔加利亚国取消《柏林条约》第一款是已。废除条约在国际上已有成例;况我国所受不平等条约之束缚,较之上所述,其关系重大,不啻倍蓰,我国民岂能长此忍受?我国以受不平等条约束缚之故,至于政治上、经济上均陷于次殖民地之境遇;则努力于解除此等束缚,实为我国民对于国家应尽之职务,同时亦为对于世界应得之权利。若不知以自决解除束缚,而惟仰首以待帝国主义者之加以宽释;古人有言:"俟河之清,人寿几何!"愿我国民深念此言。毋以北京临时执政有请求修改条约之通牒,而宽其督责,致废除不平等条约之进行,又受顿挫。

中华民族解放之机,悉系于此。特此宣言。

中国国民党中央执行委员会。中华民国十四年六月二十六日。

# 文选二十二　北伐宣言

国民革命之目的,在造成独立自由之国家,以拥护国家及民众之利益。辛亥之役,推倒君主专制政体暨满洲征服阶级,本已得所藉手,以从事于目的之贯彻。假使吾党当时能根据于国家及民众之利益,以肃清反革命势力,则十三年来政治根本当已确定;国民经济、教育荦荦诸端,当已积极进行;革命之目的纵未能完全达到,然不失正鹄,以日跻于光明,则有断然者!

原夫反革命之发生,实继承专制时代之思想,对内牺牲民众利益,对外牺牲国家利益,以保持其过去时代之地位。观于袁世凯之称帝,张勋之复辟,冯国璋、徐世昌之毁法,曹锟、吴佩孚之窃位盗国,十三年来连续不绝,可知其分子虽有新陈代谢,而其传统思想,则始终如一。此等反革命之恶势力,以北京为巢窟,而流毒被于各省,间有号称为革命分子,而其根本思想,初非根据于国家及民众之利益者,则往往志操不定,受其吸引,与之同腐,以酿成今日分崩离析之局,此真可为太息痛恨者矣!反革命之恶势力所以存在,实由帝国主义卵翼之使然。证之民国二年之际,袁世凯将欲摧残革命党以遂其帝制自为之欲,则有五国银行团大借款于此时成立,以二万万五千万元供其战费;自是厥后,历冯国璋、徐世昌诸人,凡一度用兵于国内以摧残异己,则必有一度之大借款资其挥霍;及乎最近,曹锟、吴佩孚加兵于东南,则久悬不决之金佛郎案即决定成立。由此种种,可知十三年来之战祸,直接受自军阀,间接受自帝国主义,明明白白,无可疑者。今者,浙江友军为反抗曹锟、吴佩孚而战,奉天亦将出于同样之决心与行动,革命政府已下明令出师北向,与天下共讨曹锟、吴佩孚诸贼。于此有当郑重为国民告且为友军告者:此战之目的,不仅在覆灭曹、吴,尤在曹、吴覆灭之后,永无同样继起之人,以继续反对革命之恶势力;换言之,此战之目的不仅在推倒军阀,尤在推倒军阀所赖以生存之帝国主义,盖必如是,然后反革命之根株乃得永绝,中国乃能脱离次殖民地之地位,以造成自由独立之国家也。中国国民党之最终目的,在于三民主义;本党之职任,即为实行主义而奋斗。故敢谨告于国民及友军曰:吾人颠覆北洋军阀之后,必将要求现时必需之各种具体条件之实现,以为实行最终目的三民主义之初步;此次爆发之国内战争,本党因反对军阀而参加之,其职任首在战胜之后,以革命政府之权力,扫荡反革命之恶势力,使人民得解放而谋自治;尤在对外代表国家利益,要求从新审订一切不平等之条约——即取消此等条约中所定之一切特权,而重订双方平等互尊主权之条约,以销灭帝国主义在中国之势力。盖必先令中国出此不平等之国际地位,然后下列之具体目的方有实现之可能也。

一、中国跻于国际平等地位以后,国民经济及一切生产力得充分发展。

二、实业之发展,使农村经济得以改良,而劳动农民之生计有改善之可能。

三、生产力之充分发展,使工人阶级之生活状况得因其团结力之增长,而有改善之机会。

四、农工业之发展,使人民之购买力增高,商业始有繁盛之新机。

五、文化及教育等问题,至此方不落于空谈,以经济之发展,使智识能力之需要日增,而国家富力之增殖,可使文化事业及教育之经费易于筹措,一切智识阶级之失业问题、失学问题,方有解决之端绪。

六、中国新法律更因不平等条约之废除,而能普及于全国领土,实行于一切租界,然后阴谋破坏之反革命势力无所凭藉。

凡此一切,当能造成巩固之经济基础,以统一全国,实现真正之民权制度,以谋平民群众之幸福。故国民处此战争之时,尤当亟起而反抗军阀,求此最少限度之政纲实现,以为实行三民主义之第一步!

中华民国十三年九月十八日。

# 修辞法三　对偶

在谈话或文章里有时故意把两句字数句法相同的词句成双作对地排列了来用,这叫对偶。例如:

竹朔气传金柝,寒光照铁衣。

将军百战死,壮士十年归。

竹喧归浣女,莲动下渔舟。

万里悲秋常作客,百年多病独登台。

淡染眉黛,轻溜眼波。

存心时时可死,行事步步求生。

对偶能表出均齐之美,自古就有人利用,我们在古典中早已有对偶的句法,如"仁者人也,义者宜也"(见《孟子》)"圣人不死,大盗不止"(见《老子》)之类就是。但后来在诗词和骈文中,对偶的法则越弄越严格起来,两句相对,须避去重出的字面,还要用平对仄,用仄对平。于是对偶就常有不自然的毛病了。

对偶最被多用的是律诗、词赋和骈文。寻常的说话和文章里偶然也有见到。独立成一对的较少,被包含在句子中的却很多。例如:

近代青年中有的只知道谈恋爱图享乐。

及听到他们的答话,知道他们的计划稳健气魄雄大加我好几倍。

可见他的教育是重在发展个性适应社会,决不是拘泥形式专讲画一的。

原来那四个小鸭都在荷池里洗澡了,而且还翻筋斗吃东西呢。

民扶老携幼迎君道中。

这些例子里,如果抽出一部分来看,明明是成对偶的,可是却都被包含在句子中了。

以上所举的对偶的例,都是一句和一句相对的,对偶之中尚有两句和两句相对的一种。例如：

采于山，美可茹，钓于水，鲜可食。

余有一弟，君之所习以知；余有群雏，君之所乐与嬉。

这种对偶方式，常见于骈文，寻常的谈话文章上并不多见。

现在的诗文已都不讲对偶了，但对偶的修辞法并不被废弃。对偶用得自然，仍不失为一种美，可以增加文章的效果。

# 习问 十一

1.宣言和标语有甚么同点？甚么异点？

2.宣言的写作态度该怎样？

3.对偶法和反复法有甚么不同？

4.对偶法有几种？试各举一例。

5.试就下列各语各作对偶。

山高　老人来　文章好　志向不凡　家庭和乐　三年毕业

# 第十二课

## 文话十二 意的文

我们在前面曾经把文章分为知的文和情的文,说明二者的区别。(参看本册文话一。)知和情是心理学上的名词,一般心理学者把心的作用分为知情意三个方面,既然有知的文和情的文,当然还可有意的文了。这次就来再说意的文。

意就是意志,是一切欲望发生的根本。我们平常说"我要××""我以为该××"或"我非××不可"的时候,就是我们的意志在发动。意志常以主张的形式而表现,所以凡是有所主张的文章,就是意的文。前面所读过的宣言,就是意的文之一种。

我们平常讲话,对于事物有所说述的时候,必含判断的语气,如说"人是动物"或"地不是平面的"这些判断,有时只是一种说明,有时就成一种主张。"人是动物","地是个会转动的球",这话在现在的学校教师口里是一种说明,可是在从前达尔文、哥白尼口里是一种主张。因为在达尔文以前,人是被认为上帝所造的,在哥白尼以前,地是被认为坦平的。他们当时有许多敌论者,他们的判断,就是反对当时敌论者的呼叫。一个判断的成说明或成主张,完全以有没有敌论者为条件。判断用主张的态度发挥出来的就成议论。所以一般所谓议论文者也都是意的文。

把心的作用分成知情意三个方面,原是为说明上的便利,实际这知情意三者都互相关联,并无一定的界限可分。我们对于事物要主张某种判断,是意。但主张不该盲目武断,必得从道理上立脚,有正确的理由,这是知。还有,要主张一件事情,必先须有主张的兴趣和动机,或是为了爱护真理,或是为了对于世间的某种现状有所不满,这是情。意的文不能和知情完全无关,在心理的根本上已很明白,至于说出来或写出来的时候,为了要使自己的主张受人共鸣,有时须利用知,有时须利用情,也不能不和知情相关联。这里所谓意的文者,只是由作者意志出发,以发挥作者的意志为主旨的文章而已。

# 文选二十三　立志

## 高一涵

青年自觉之道,首在立志。志者,根诸心,发诸己,非可见夺于他人,而亦非他人所能夺者。……世人动曰:"吾非不欲立志,特强横暴我,时势迫我,境遇苦我,故俾我颓丧至于斯极。"不知所谓志者,正在措此强横,创造时势,战胜境遇,而后志之名称乃称,志之能事乃完,志之实力乃予人以可见。否则皆谓之无志。

待时会之来,乘之以自见于世者,因缘际会而已,非志也;仰他人之势力,利之以显吾身者,侥幸成功而已,亦非志也。吾所云志,乃预定其当然之理,排除万难,拨去障碍,而循轨赴的以求之。设已然之事,而不与吾当然之理合,则立除其已然者,而求合乎吾所谓当然。若徒叹其不然,听其自然,或待其将然,幸其或然者,举非吾人志内之事,志士绝不为也。

人类所以为万物之灵,不为天演所淘汰者,正以负有此志,可以人力胜天行,能胜物而不为物胜。先定一当然之方针,因之以求其将然之归宿,而幸福、安宁、自由、权利,乃可获得,乃可常保:此则立志之用也。

# 文选二十四　牺牲

### 顾颉刚

维持自己的生存，保有自己的私产，乃是人类两种基本的欲求，是人人都有的。人的生存、进化、发达诸现象，莫不是由这两种欲望演绎和升华而来。所以人们胸臆中存在着这两种欲望，原不是桩错误的事；然而这是平凡人的行径，我们评量一个人是否伟大或者渺小的标准，顶要紧的，就是看他到了必要的时候肯不肯舍掉这种自我的欲望，肯不肯毁坏这种重小我的观念。

什么时候应该抛掉这两种自我的欲求呢？我们说：当大我发生危险的时候，人们便不应该再存那种爱个体、保私产的欲望了。

我们生活的状态，原与深海中的珊瑚枝一样，乃是由许多小个体互相结合，互相供给以为生的。我们每个人生活下来，并不是孤立的，实乃生活于一个群体中，这个群体乃是由无量数的小的"自我"凑集而成，由各个小个体互相协合，互相维持而存在，超越时空的制限，与宇宙同其终始。这是小我的延展，小我的拓扩。对着小我说，我们便叫它做大我。小我是物象的我，一时的我，片面的我；大我乃是真正的我，永存的我，无限的我。一旦大我发生危险，我们无宁牺牲了许多小我去拯救它。大我有什么需要时，我们也该牺牲了小我，去完成这个大我——永存的我，真正的我——的存在，决不可因了图自己的生存，反而把大我毁灭了！苟有如此的人，这是大我的蟊贼，也就是每个人的仇敌。

大我与小我的关系，又好比人体和体内的细胞。小我便是大我体内的一个细胞。人体毁灭，其中的细胞——小我——一定随着腐烂，不能独立生存。所以逢到大我发生危险时，小我便不应该再斤斤计较自身的利害；而只该从容慷慨，为大我而牺牲。小我为大我而牺牲，所失者小，而所获得的却是真切的、伟大的。我们每个人都该忍耐受这一点小损失，以局部的破坏去换取那全体的完整。

　　我们都该明白，一个小小的自己生存在这世界上，其历时之短促，形体之渺小，直同朝生暮死的蜉蝣一般，一瞬间便死灭腐朽，伴着荒烟野草，化为白骨青燐。试想这个易腐的肉体有什么可贵？这个短暂的生命有什么可爱？如果把这个小的我暂时的我去拯救那一个大我，永久的我，无限的我，该是多么有意义、有价值的事情？并且，孤立乃是生存最危险的条件，到了大我毁灭时，即使侥幸而偷生，可是在荒凉寂寞中度过数十寒暑便是真的完了，又有什么上算的？所以每个人应该认识清楚，生存两个字，包括有继代生命的性质，惟有种族，这个大我的生存，是生命的延续，方是真正的生存。我们这个小我，应对过去的大我——祖先——负责，对未来的大我——子孙——负责。我们必须先肯牺牲自己，始可完成种族这个大我的存在！

　　现在一般人最大的缺点，便是贪婪自私，眼光如豆，照镜子只看见自己的脸，低了头只看见自己脚下的一块砖。他们一心一意去发展自己的私欲，如贼如鼠般各处寻觅财物、权势和地位。损害大我的利益，他们不顾；大我发生危险时，他们也不管。于是酿成了目前的私欲横流，道德沦丧，民族危亡的严重状态。

　　这般留滞于小我境地之中，充满了自私自利的念头的人，偏偏又都喜欢以己度人。他们以为天下的人都是像他们一样为着个人利益才去做事的。有人仗正义去做事，他们便猜度其中必有背景，必出于某方面的指使。把许多仗正义做事的人，看做为某种线索扯动的傀儡，结果弄得很多人不敢做事，也弄得社会上无事可做。他们这种人的思想见解，真是糊涂荒谬得可气可笑！推求原因，可说是由于若干年来秉政者以金钱收买廉耻心所造成的。我们此刻如不努力转变这种风气，使每个人冲出私欲的黑雾，向着正义的光彩而前进，结果必使有廉耻的人不能做一事，反使一般丧失廉耻之辈掌握权势，以至国家倾覆，民族灭亡而后已！

　　我们既眼见到这一点，便该起来努力提倡排除私欲，为大我牺牲的精神。到了这时候，每个人不应该再在凸透镜下面看事物，把大的形体忘掉，把真正的事理缩小了。每个人应该把眼光放大，仗着正义去做事，心中只存着是非的观念，不去计较利害的分数。能够这样，才可把现在的蝇营狗苟的风气转变而为为正义而牺牲,为大我而牺牲的风气,我们的民族才得永存于天地之间!

# 文法九　副词语

一般所谓副词,大概形体短小,由一二字构成,如"亦""不""很""非常""今""现在""快快""好好"等等都是。比较构造复杂的是副词短语。在简单的句子中,副词的式样,当然不过如此。

可是在较繁的句子中,有些部分,本来不是副词,因了用法却显然有副词的性质,这里姑且叫做副词语。犹之名词之外有名词语,形容词之外有形容词语。

原来所谓副词者,是对于动词或形容词有限制作用的东西,翻过来说,凡是对于动词或形容词有限制作用的词或句,都有副词性质,是副词语了。这所谓限制,范围极广,或示程度,或示状况,或示方向,或示工具,或示方法条件,或示时地,或示数量,种类情形举不胜举,总之,凡是有限制作用的词或句,都可作副词语看待。例如:

> 对于昌言革命的人,差不多非笑嘲谑,无所不至。
> 看了黄花岗烈士的榜样,似乎可以找出一条路径了。

上面二例中,第一例的"无所不至"是限制动词"非笑嘲谑"的程度的,第二例的"看了黄花岗烈士的榜样",是提出动词"找出"的方法条件的。对于动词,也是一种限制。从全体上看来,这些部分就是副词语了。

这样的副词语,完全要从上下文的关系着眼,才能分别出来,并没有简单的法则可举的。再示数例如下:

> 唧唧复唧唧,木兰当户织。
> 愿借明驼千里足,送儿还故乡。
> 听众齐被感动,喊破喉咙叫好,鼓掌如雷。
> 凝视着踌躇的面目,她急待他底回复。
> 自表面言之,北京临时执政似已知废除不平等条约为国民革命

运动,大势所趋,不能复抗。

孟尝君就国于薛,未至百里,民扶老携幼迎君道中。

这种副词语常在复句中见到,数句连结成文,而资格不相等的时候,上面的一部分往往是下面一部分的副词语。

在文言里含有"而""以"等字的文句,"而""以"以上的部分往往为副词语,语体里的"来""去""得"等字也大可注意。例如:

于是约车治装,载券契而行。

排除万难拨去障碍而循轨赴的以求之。

他们就乘这机会来鼓吹革命。

有人仗正义去做事,他们便猜度其中必有背景。

如墨子的名学,不是曾经研究西洋名学的胡适君,不能看得十分透澈。

总而言之,副词语的式样是很多的,上面所举,只是一些粗略的辨认方法而已。

# 习问 十二

1.甚么叫意的文?

2.一个判断,可以成说明,可以成议论,为甚么?

3.甚么叫副词语? 是否就是副词短语?

4.要辨认副词语,甚么方法最可靠?

5.试用下列各形式为副词语,分别造出例句来。

——而  ——以  ——来  ——去  得——

# 第十三课

## 文话十三　议论文的主旨

我们以后要讲述关于议论文的种种,这回先讲议论文的主旨。

议论文是把作者所主张的某种判断加以论证,使敌论者信服的文章。议论之所以成立,由于判断的彼此有冲突。如果对于某一判断彼此之间都认为真理,那就并无异议可生,根本无所用其议论了。例如,"人是要死的"这判断在一般人是不会引起议论的,可是在认为灵魂可以永生的宗教家,都要作为大题目来发种种的议论。又如"饮酒有害于健康",这判断已成为常识上的真理,用不着再有人出来从新主张,可是对于明知故犯的嗜酒者,和漠视酒害的世间大众却有再提出来议论的必要。总而言之,议论的发生由于对于某一判断的意见有不一致的地方。这所谓不一致,并不必全部相反,在程度上范围上部分地不相融合也可以。例如对于"人皆有死"的判断,可以发生"伟人身体虽死精神不死"的议论。对于"饮酒有害"的判断,可以引起"饮酒不过量反而有益"的议论。此外,因了个人立场的不同,对于一个判断,主张上也自然会发生种种的不一致,这样,议论的来路是很多的。

议论文是作者对于敌论者主张某种判断的东西,所以议论文大概有敌论者,至少应有敌论者在作者的豫想之中。这所谓敌论者,有时可以说得出是张三或李四,有时不妨漠然不知道是谁。总之是有敌论者就是了。凡是文章都以读者为对象,都有读者的豫想。议论文的读者和别种文章的读者性质颇有不同。议论文的读者一种是敌论者,一种是审判者。我们写作议论文,情形正和上法庭去诉讼,向对方和法官讲话一样。

我们对于事物不妨怀抱和别人不相一致的见解,提出自己的判断来加以主张。但主张必有理由,为使大家信服起见,当然要把主张的理由透澈地反复论证。议论文的主旨就在论证作者的主张。大家都认"武王是圣人",你如果要主张说"武王非圣人",不能凭空武断,该提出充分的理由来论证这个和人不同的判断。

# 文选二十五　去私

### 吕氏春秋

天无私覆也,地无私载也,日月无私烛也,四时无私行也:行其德而万物得遂长焉。……

尧有子十人,不与其子而授舜;舜有子九人,不与其子而授禹:至公也。

晋平公问于祁黄羊曰:"南阳无令,其谁可而为之?"祁黄羊对曰:"解狐可。"平公曰:"解狐非子之雠邪?"对曰:"君问可,非问臣之雠也。"平公曰:"善。"遂用之,国人称善焉。居有闲,平公又问祁黄羊曰:"国无尉,其谁可而为之?"对曰:"午可。"平公曰:"午非子之子邪?"对曰:"君问可,非问臣之子也。"平公曰:"善。"又遂用之,国人称善焉。孔子闻之曰:"善哉,祁黄羊之论也!——外举不避雠,内举不避子,祁黄羊可谓公矣。"

墨者有钜子腹䵍,居秦,其子杀人。秦惠王曰:"先生之年长矣,非有他子也,寡人已令吏弗诛矣。先生之以此听寡人也。"腹䵍对曰:"墨者之法曰:'杀人者死,伤人者刑。'此所以禁杀伤人也。夫禁杀伤人者,天下之大义也;王虽为之赐,而令吏弗诛,腹䵍不可不行墨者之法。"不许惠王而遂杀之。子,人之所私也;忍所私以行大义,钜子可谓公矣。

庖人调和而弗敢食,故可以为庖;若使庖人调和而食之,则不可以为庖矣。王伯之君亦然：诛暴而不私，以封天下之贤者，故可以为王伯；若使王伯之君，诛暴而私之，则亦不可以为王伯矣。

# 文选二十六 缺陷论

## 李石岑

世界上的一切都是由缺陷产生的，若是没有缺陷，不仅变成功一种死的世界、单调的世界、无玩味价值的世界，并且世界早已毁灭。我们现世间所以感觉着有兴趣、有意义，完全是出于缺陷的恩赐。

一个赴跳舞会的妙龄女郎，特地在她可爱的带微笑的脸上做一点黑子，名之曰美人的靥子，更显出十二分的艳丽。悲剧当中夹了一些喜剧的分子，更显得那调子强而有力。在变幻莫测的世间，这种相反相成的例子，真是数不胜数。

近百年间的天才，大抵是带有缺陷的；至少可以分成三种：生理的、病理的、和心理的。生理上的缺陷最显著的是生而聋盲，其次是颜面或头盖的左右发育不平均，或耳形不完全，或两目斜视，或门齿臼齿不整：凡此种种，皆属身体上的不具者。但既为身体上的不具者，同时即为精神上的不具者。然在此时身体上得为偏颇之发达，如盲人则听觉发达，聋人则视觉发达。于是身体上的不具者，在身体别一方面言之，则亦为身体上的健全发育者；同时在精神之别一方面言之，则亦为精神上的健全发育者。因此言动思虑，自迥异于常人。病理上的缺陷，乃由于视神经或听神经或其他官能所受到的刺激太强烈，以致酿成一种病的现象。此种现象在文艺方面的人们中特为显著。所以有一部分学者说近代的作家都是高等变质者。因为他们的神经作用，全呈病的状态，可以说是介于常人与狂人之间的一种病的状态。他们因为所受的刺激与常人不同，所以观察亦与常人迥异。心理上的缺陷虽与生理病理有关系，但它自成一种轮廓。此种缺陷的特征为情绪变动或意志薄弱：容易笑，容易哭，容易发怒，容易发叹；偶然受了环境的压迫，即流于销沈，或陷于恐怖,或走入怀疑,或倾于幻想,或流于神秘。这些不健全的征候,固然使我们感着奇特,但这种人的感觉确实比平常人锐敏,感情也比平常人真实,且能揭去因袭之网,而闯入艺术之宫,在一般蚁附蜂趋的蚩蚩之氓,又那能领取此中妙谛?总之,无论在生理上、病理上或心理上有缺陷的人,确实比平常人另有一种独特的境界。

由上述各种事例,我们知道缺陷可以产生美人,缺陷可以产生天才,但缺陷最大的妙用是它能产生一切的艺术和科学。现在依次论之。

缺陷所在的处所,必定惹起多方面的注意,或厌恶,或同情,就引出一个冲突的、活跃的、有玩味价值的世界来,这里面就有艺术。将这同情和厌恶的两面的冲突,彻上彻下,描写出来,就成戏曲,就成小说。由这冲突所发出来的悲叹,就成诗歌,就成音乐。日人厨川白村谓艺术是苦闷的象征,其实也就是说艺术是缺陷的象征。艺术最重大的使命是表现生命,是表现有了缺陷的生命。艺术的二大作用是创作与鉴赏,前者注重解放作用,后者注重唤起作用;作用虽不同,而所以表现生命则一。就创作方面说,人类一方面要做社会的存在物,一方面又要做道德的存在物;结果,把人类压迫羁勒,致令内部生命发生缺陷,遂酿成人间苦恼。这时候只有艺术的创作可以解放内部燃烧的生命,摆脱外界一切的压迫羁勒。然则所谓创作便是解放生命,便是夺回生命,便是战。无论立在生命的阵头的喊声、或触着生命的暗礁的哭声、或唱着生命的凯歌的欢呼声,都是一种创作的艺术。就鉴赏方面说,已经有了缺陷的生命,就要设法用象征即作品中所表现的事象的刺激力、暗示力,使他发见自己的生活内容,使他觉悟原来的生命是没有缺陷的,这就是所谓生命的共鸣共感。所以鉴赏的最大作用是一种唤起作用。总之,创作与鉴赏都是由想像上救济有了缺陷的生命,这就是所谓艺术。艺术和科学的不同点,便是一个由想像上救济缺陷,一个由事实上救济缺陷,一个用直观的方法,一个用知的方法。现在再论科学。

缺陷所在的处所,就有研究的价值,这便是科学的起原。研究缺陷的来源而思所以补救,这便是科学的效用。使缺陷的世界变成一个减少缺陷的世界,这便是科学的价值。为补救身体上之缺陷,便有各种病理学、医学、解剖学、细菌学等等；为补救精神上之缺陷，便有各种精神分析学、变态心理学、实验心理学、犯罪心理学等等；为补救社会上之缺陷，便有各种法律学、监狱学、警察学等等。你看，那一种科学不是为救济缺陷而发生的？几乎可以说世间没有缺陷，一切的科学都可废灭。我们并不希罕科学是一个不可废灭的东西；我们是因为由缺陷产生科学，可以给我们一个有奋斗价值的世界、有创造性的世界。

科学可以产生文明，但文明可以产生缺陷。无论是那一国，只要文明进步，那连带发生的缺陷也跟着进步。卡朋特说得好："现代文明是多数人种所不能不通过的一种疾病，恰如小孩子不能不通过麻疹和百日咳。"我们要知道：一切身体上和精神上的缺陷，几乎大部分是由文明产生的。最显著的是神经过敏、情绪反常、犯罪和自杀。科学、文明、缺陷三者恰成一循环。科学可以产生文明，文明可以产生缺陷，缺陷可以产生科学。如果缩短些说：缺陷是科学的种子，科学是缺陷的化身。即此，我们可以知道科学的来源，即此，我们更可以知道缺陷的价值。

以上不过任举几种，说明那些事实都是由于缺陷产生的，其实可说明的事实何限；可知缺陷实在是找到圆满的一个起点。我们不要预存一个厌恶缺陷的心理。世间只有由缺陷找到的圆满，才可欣羡，才有价值。

# 文法十　副词和助词的呼应

在文句里一个词和一个词相互有联络的关系，好像一呼一应的样子，这叫做呼应。词的呼应有两种，一是接续词的呼应，一是副词的呼应。这里就讲副词的呼应。副词的呼应，常为对助词的。最普通的有下面几种。

一、时间的呼应　副词可以表时间，助词也可以表时间，时间有过去现在未来之分，一句句子之中，上面如用了某种时间的副词，下面也就须用某种时间的助词，否则语气就不顺达。例如：

大兵已经抢到我的家了。

明天去买泥鳅来喂他们罢。

时正中华民国二十六年八月十三日也。

老贼欲废汉自立久矣。

二、疑问的呼应 一句句子,上面如果用了疑问副词,下面也就该用疑问助词去上下呼应。例如:

怎么会不知道呢?

难道说妹妹不在了吗?

诋我夸际遇之盛而骄乡人者,岂知予者哉?

夫子何哂由也?

三、限制的呼应 一句句子,上面如果用限制的副词,下面也该用限制的助词去上下呼应。例如:

你何尝爱我? 你不过觉得恋爱着我是很好玩罢了。

我住得久了,"入芝兰之室,久而不闻其香",只以为很是嚷嚷罢了。

子曰:"亦各言其志也已矣。"

其实西洋画家也需要这种修养,不过不曾明言这种形式而已。

四、决定的呼应 一句句子,如果上面有决定语气的副词,下面常用指定的助词去上下呼应。例如:

孔子这个人有若干价值,则《论语》这部书亦连带的有若干价值也。

乃臣所以为君市义也。

此真乡居之良法也。

古人所谓竹头木屑皆有用,良有以也。

以上所举,只是一个大略,副词和助词的呼应尚不止此。例如:

怕——罢。　　不是——吗?

诚——矣。　　不亦——乎?

殆——焉。

等等都是副词和助词的呼应。这里不能一一列举。

副词和助词的呼应,是由副词和助词构成的,有时往往被略去一端。

可是虽被略去,呼应的痕迹仍是显然。例如:

　　你为什么姓唐(呢)?

　　先生之年(已)长矣?

　　芸曰:"有一法,(只)恐作俑罪过耳。"

　　忍所私以行大义,钜子(诚)可谓公矣。

# 习问 十三

1.议论文的主旨是甚么?

2.议论文的读者和别的文章的读者有甚么不同?

3.你对于下列各判断如有不一致的主张试说出来。

"万般皆下品,惟有读书高。"

"运动有益于健康。"

"金钱为万恶的根本。"

4.副词和助词相呼应,大略有几种式样可分?

5.试就各呼应式造句。

"岂不——哉?"　　　"难道——吗?"

"已——了。"　　　"真——也。"

"怎么——呢?"　　　"只——而已。"

"就——罢。"　　　"不过——罢了。"

# 第十四课

## 文化十四　立论和驳论

议论文是作者把自己所主张的判断来加以论证的东西,可大别为两种,一种是作者自己提出一个判断来说述的,一种是对于别人的判断施行驳斥的,前者叫做立论,后者叫做驳论。

前面曾经说过,凡是议论,都有敌论者,至少应该有敌论者在作者豫想之中的。立论和驳论,都有敌论者,立论的敌论者范围很广泛,并没有特定的对象,驳论的敌论者是有特定的对象的。作者为了对于某人的某一判断觉得不以为然,这才反驳他。所以就大体说,立论是对于一般世间判断的抗议,驳论是对于某一人(或某一团体)的判断的抗议。

驳论是以一定的敌论者为对象的,我们对于敌论者所主张的判断,尽可认定论点,据理力争,却不该感情用事,对敌论者作讥笑谩骂的态度。如前所说,我们发议论的动机,也许出于感情的驱迫,但议论本身澈头澈尾是立脚在理知上的,丝毫不能凭藉个人的感情。尤其是写作驳论的时候该顾到这一层。假定你的敌论者是张三,你在过去为了某种事件曾对他有不快,你对于他的主张写作驳论,只准就他的主张讲话,不该牵涉和本问题无关的旧怨。驳论的读者一种是敌论者,一种是旁观的审判者。就前者说,写驳论等于写书信,书信上的礼仪照样应该适用。就后者说,我们写驳论,希望得到大众的赞同,更应该平心静气地说话,轻薄的讥嘲，毒辣的谩骂，反足使大众发生反感减少同情的。

　　驳论的写作，可以不止一次，为了某人的某一个判断，我不以为然，写了文章来驳诘，这是驳论。某人见了我的驳论，觉得不服，再来驳复，这也是驳论。这样，为了某一个问题，往往有彼此辨驳至好久的。

　　写驳论的目的，在乎使敌论者折服，放弃他原来的主张转而信从我的主张，至少要获得旁观者的赞许，使敌论者不敢再固执原来的主张。这并不是容易的事，我们在写驳论之前，应就对方的立论好好研究，发见他的弱点和错误所在，加以攻击，一方面须搜集材料和证据，用种种方法来巩固自己的议论的阵线。那情形差不多等于下棋和作战，没有简单的方法可指示的。

# 文选二十七　"回农村去"

### 曹聚仁

　　中国现在有三种方式的农村：（甲）河南、陕西一带的农村，早已成为"无农之村"；县长勒令种烟，交不出烟捐便打屁股。城里公子少爷吃茄力克香烟，乡下大姑娘没有裤子穿。这种"无农之村"，当然无从回去。（乙）江、浙、湘、皖一带的农村，有大地主，有佃农；资本主义吃大地主，大地主再吃佃农；这种临于溃灭的农村，也还无法回去。但是中国还有第三种农村——（丙）自耕农为中心的农村。即如我的家乡——钱塘江上流的乡村，绝少万金以上的富户，自耕农占十分之八。并不是世外桃源，英雄大有用武之地，我们若能回去，绝对不会失望的。

　　回到乡村去做什么呢？我们去组织自耕农作自卫战。目前资本主义把甲种农村的精液已经吸干，乙种农村也没有甜头可得，惟有丙种农村被他们看作肥肉，其欲逐逐。若是农业电气化这类新名词成为他们踏进农村的手段，自耕农将立刻踏在他们的脚底。我们要帮助自耕农，组成强有力的团体，以集体农团来实现农业电气化，我们使自耕农能保持自己的土地自己的器械，则资本主义即失去抓夺的机会。机运一转，乙种农村也有转机的希望。

新社会的建立,不论用什么过程,破坏以后,必须继之以建设。替丙种农村增加实力,即是替农村经济奠了基石,从饥荒中逃过来的新社会,其社会秩序方能恢复得快,所以为自耕农作自卫战,即是为新社会作自卫战。且看消费协作社在苏俄革命进程所尽的力,我们不能看轻丙种农村的力量。

丙种农村当然也有绅士痞棍之类,那是容易对付的。绅士痞棍要假虎威而后行,对于自耕农没有直接约束的力量,我们和自耕农站在一起,即不斗争也可以取胜了。

最后,我也说两句近于口号的话:"我们回农村去! 我们帮助自耕农去!"

# 文选二十八　再谈"回农村去"

## 茅　盾

曹先生把中国农村分为三种方式,我觉得非常奇怪。杨幸之先生已经指出了曹先生这错误在于"硬将整个资本主义世界,整个殖民地,整个处于崩溃过程中的农村分割成不相联系的似乎可以独立的三种地域,⋯⋯"可是我觉得就使退一步断章取义来考查曹先生那种说法,也令人不解。

第一,曹先生说河南、陕西一带早已成为"无农之村"。这里的"农"字,不知是指"农民"呢,抑是指"农事"? 据曹先生所说"县长勒令种烟,交不出烟捐便打屁股",则他所谓"无农"实乃农民不能种田,而不是没有农民。而曹先生遂下结论曰:"这种无农之村,当然无从回去。"这就是说:不能务农,回去做甚! 但是曹先生不又主张到丙种农村去"组织自耕农作自卫战"吗? 既然可以到丙种农村作"自卫战",为什么又是"当然无从回"到甲种的所谓"无农之村"? 难道河南陕西的有田不得种稻的农民真是该死的么?

第二,曹先生以为江、浙、湘、皖一带,资本主义吃大地主,大地主吃佃农,这种"临于溃灭的农村,也还无法回去"。在这里,曹先生所谓"临于溃灭的农村"一语又很含糊。若说是"农村经济"临于溃灭么?则"资本主义吃大地主,大地主吃佃农"的结果不一定是"农村经济"溃灭,却是自耕农沦为农奴。曹先生的意思或即在此,所以他就一贯的把对付甲种农村的眼光再对付此乙种农村:"也还无法回去!"

因此他以为就只有丙种农村值得或"有法"回去了。因为那是以自耕农为中心而且"即不斗争也可以取胜"。然而,这是怎样的"乌托邦"的理论!然而同时我们也可知道曹先生之觉得甲乙两种农村"无法回去",为因那两种农村里没有自耕农而且绅士痞棍之力很强。想把自耕农作为农村中抵抗恶势力的基本力量,这也是曹先生的认识错误。

## 修辞法四　错综(一)

前面所讲的排比反复对偶,都是使词句匀整均齐的修辞方法。这些方法,如果运用得适合,原是各有效果的,可是常用这些方法,就会犯单调和平板的毛病,令人生厌。要救济这缺陷,只有反对地把本来可以匀整均齐的词句,故意弄得不匀整不均齐。这方法叫做错综。

错综有四种方式,如下:

一、更换词面　把词面略为更换,使言语前后不同。例如:

倘若他在我们孤寂的心里唤醒新的精力,倘若他对于我们的绝望的灵魂给予新的气力。

在同时候他又在海上和高山里,兴起怎样有害的狂风怎样危险的暴风呵!

居有顷,倚柱,弹其剑。……居有顷,复弹其铗。……后有顷,复弹其剑铗。

这些例子,有的故意把反复打破,(如"居有顷"和"后有顷")有的故意把

排比打破,(如"在我们孤寂的心里"和"对于我们绝望的灵魂")都是避去
单调和平板的缺陷的。

二、交错语位　把词语的位次装得前后参差不齐,使有变化。例如:

临窃计君宫中积珍宝狗马实外厩。

王何必曰利,亦有仁义而已矣,……王亦曰仁义而已矣,何必曰
利。《孟子》

数万里外的消息,可用电报、电活、无线电等传达;水面可用轮
船,水底可用潜艇,陆地可用火车、汽车,空中可用飞艇、飞机;夏日
有电扇冷气却暑,冬日有电炉热汽取暖,记留音容可用有声影片,照
耀黑夜可用电灯。

第一例不说"宫中积珍宝外厩实狗马",就避去了排比和对偶。第二例上
下互倒,避去反复。第三例不说"夏日却暑可用电扇冷气,冬日取暖可用
电炉热汽",目的也在避去排比。

三、伸缩文身　把句子字数加以增减,长句短句交错互用,使前后发
生变化。例如:

寂寞呀,寂寞呀,在沙漠上似的寂寞呀。

弹其铗,歌曰……复弹其剑铗,歌曰……

爷娘闻女来,出郭相扶将。阿姊闻妹来,当户理红妆。小弟闻
姊来,磨刀霍霍向猪羊。

这些例里,本有用着排比反复或对偶的地方,可是都因字数上有变化,读
去听去,不觉得单调平板了。

# 习问　十四

1.立论和驳论有甚么区别?

2.文选二十七主张着甚么判断? 文选二十八又主张着甚么判断?

3.文选二十八,对于文选二十七的原文,多用引号"　"表出,为
甚么?

4.错综的修辞法,有甚么好处?

5.试运用你所已知道的错综方法,造出下列各种的例子来。

(一)打破排比的。(二)打破反复的。(三)打破对偶的。

# 第十五课

## 文话十五　议论文的变装

　　议论文是对于判断的证明。判断用言语表示出来,论理学上叫做命题。命题是有决定意义的一句话,如"甲是乙""甲非乙"等,就是命题的公式。命题依了性质,共分四种,如下:

　　凡甲是乙(全称肯定)　例——凡人是动物

　　某甲是乙(特称肯定)　例——某人是学生

　　凡甲非乙(全称否定)　例——凡人非木石

　　某甲非乙(特称否定)　例——某人非学生

我们以前读过的议论文,如果把其中的主要论点摘举出来,结果只是一个命题。如《非攻》是说"攻战是恶事",《缺陷论》是说"缺陷是有益的"。所谓议论文,都不过是一个判断——命题的证明。

　　命题是一个抽象的意念,命题的成立,实有种种具体的事件做着根据。例如"攻战是恶事"的命题,是用从来许多的战祸为依据的,如果你能从各方面把战祸写给人家看,或说给人家听,就是自己不作"攻战是恶事"的主张,也能得到同样的效果。我们读过的《愚公移山》的故事,效果并不觉比甚么《努力论》或《大智若愚论》少。历史的记载以及小说戏剧的能使人深省,理由就在这点上。

　　由此说来,我们要表示主张,可有两种方法,一个是从事件上抽出一个命题来，再加以种种的证明，一个是只把事件写出，故意不下判断，让读者自己去发现作者想提出的命题。前者就是一般的所谓议论文，后者可以说是议论文的变装。

变装的议论文以叙述事件为主要手段，作者有时虽也流露着主张，可是并不像一般议论文的用力，或竟一些都不把主张宣布。至于所叙述的事件，可以是真正的事实，也可以由作者来凭空虚构，实际上反是虚构的居多。因为真正的事实，牵涉的方面极多，内容往往复杂，非十分凑巧，不能暗示作者的主张，倒不如让作者依据自己的主张虚构事实来得便当随意。因此之故，变装的议论文除历史外常采取小说寓言等形式而出现。

变装的议论文，是一种议论的改扮，不像一般议论文的明显，比较不会引起敌论者的反对。所以越是讲话不能自由的时代，变装的议论文也越多。

# 文选二十九　女儿国

## 镜花缘

行了几日，到了女儿国，船只泊岸。多九公来约唐敖上去游玩。唐敖因闻得太宗命唐三藏西天取经，路过女儿国，几乎被国王留住，不得出来，所以不敢登岸。多九公笑道："唐兄虑的固是，但这女儿国非那女儿国可比。若是唐三藏所过女儿国，不独唐兄不应上去，就是林兄明知货物得利，也不敢冒昧上去。此地女儿国却别有不同：历来本有男子，也是男女配合，与我们一样；其所异于人的，男子反穿衣裙，作为妇人，以治内事；女儿反穿靴帽，作为男人，以治外事。男女虽亦配偶，内外之分，却与别处不同。"

唐敖道："男为妇人，以治内事，面上可用脂粉？两足可须缠裹？"林之洋道："闻得他们最喜缠足，无论大家小户，都以小脚为贵，若讲脂粉，更是不能缺的。幸亏俺生中原，若生这里，也教俺裹脚，那才坑杀人哩！"

因从怀中取出一张货单道:"妹夫,你看,上面货物就是这里卖的。"

唐敖接过,只见上面所开脂粉、梳篦等类,尽是妇女所用之物。看罢,将单递还道:"当日我们岭南起身,查点货物,小弟见这物件带的过多,甚觉不解,今日才知却是为此。单内既将货物开明,为何不将价钱写上?"林之洋道:"海外卖货,怎肯预先开价。须看他缺了那样,俺就那样贵。临时见景生情,却是俺们飘洋讨巧处。"

唐敖道:"此处虽有女儿国之名,并非纯是妇人,为何要买这些物件?"多九公道:"此地向来风俗,自国王以至庶民,诸事俭朴;就只有个毛病,最喜打扮妇人。无论贫富,一经讲到妇人穿戴,莫不兴致勃勃,那怕手头拮据,也要设法购求。林兄素知此处风气,特带这些货物来卖。这个货单,拿到大户人家,不过两三日就可批完,临期兑银发货。虽不能如长人国、小人国大获其利,看来也不止两三倍利息。"

唐敖道:"小弟当日见古人书上有'女治外事,男治内事'一说,以为必无其事,那知今日竟得亲到其地。这样异乡,定要上去领略领略风景。舅兄今日满面红光,必有非常喜事,大约货物定是十分得彩,我们又要畅饮喜酒了。"

林之洋道:"今日有两只喜鹊,只管朝俺乱噪;又有一对喜蛛,巧巧落俺脚上;只怕又像燕窝那样财气,也不可知。"拿了货单,满面笑容去了。

唐敖同多九公登岸进城,细看那些人,并无老无少,并无胡须,虽是男装,却是女音;兼之身段瘦小,袅袅婷婷。唐敖道:"九公,你看他们原是好好妇人,却要装作男人,可谓矫揉造作了。"多九公笑道:"唐兄,你是这等说,只怕他们看见我们,也说我们放着好好妇人不做,却矫揉造作充作男人哩。"

唐敖点头道:"九公,此话不错,俗语说的'习惯成自然',我们看他虽觉异样,无如他们自古如此。他们看见我们,自然也以我们为非。此地男子如此,不知妇人又是怎样?"多九公暗向旁边指道:"唐兄,你看那个中年老妪,拿着针线做鞋,岂非妇人么?"

唐敖看时,那边有个小户人家,门内坐着一个中年妇人,一头青丝黑发,油搽的雪亮,真可滑倒苍蝇。头上梳一盘龙鬏儿,鬓旁许多珠翠,真是耀花人眼睛。耳坠八宝金环;身穿玫瑰紫的长衫,下穿葱绿裙儿;裙下露着小小金莲,穿一双大红绣鞋,刚刚只得三寸;伸着一双玉手,十指尖尖,在那里绣花;一双盈盈秀目,两道高高蛾眉,面上许多脂粉。再朝嘴上一看,原来一部胡须,是个络腮胡子! 看罢,忍不住扑嗤笑了一声。

那妇人停了针线,望着唐敖喊道:"你这妇人敢是笑我么?"这个声音,老声老气,倒像破锣一般! 把唐敖吓的拉着多九公朝前飞跑。那妇人还在那里大声说道:"你面上有须,明明是个妇人;你却穿衣戴帽,混充男人,你也不管男女混杂! 你明虽偷看妇女,你其实要偷看男人。你这臊货,你去照照镜子,你把本来面目都忘了! 你这蹄子,也不怕羞! 你今日幸亏遇见老娘,你若遇见别人,把你当作男人偷看妇女,只怕打个半死哩!"

唐敖听了,见离妇人已远,因向九公道:"原来此处语音却还易懂。听他所言,果然竟把我们当作妇人。他才骂我蹄子,大约自有男子以来,未有如此奇骂。这可算得千古第一骂。"

又朝前走,街上也有妇人在内。举止光景,同别处一样,裙下都露小小金莲,行动时腰肢颤颤巍巍。一时走到人烟丛杂处,也是躲躲闪闪,遮遮掩掩,那种娇羞样子,令人看着也觉生怜。也有怀抱着小的,也有领着小儿同行的。内中许多中年妇人,也有胡须多的,也有胡须少的,还有没须的。及至细看,那中年无须的,原为要充少妇,惟恐有须显老,所以拔的一毛不存。

唐敖道:"九公,你看这些拔须妇人,面上须孔犹存,倒也好看,但这人中下爬,被他拔的一干二净,可谓寸草不留,未免失了本来面目。必须另起一个新奇名字才好。"多九公道:"老夫记得论语有句'虎豹之鞟',他这人中下爬,都拔的光光,莫若就叫'人鞟'罢。"唐敖笑道:"鞟是皮去毛者也,这'人鞟'二字,倒也确切。"

多九公道:"老夫才见几个有须妇人,那部胡须,都似银针一般。他却用墨染黑,面上微微还有墨痕。这人中下爬,被他涂的失了本来面目,唐兄何不也起一个新奇名字呢?"唐敖道:"小弟记得卫夫人讲究书法,曾有'墨猪'之说。他们既是用墨涂的,莫若就叫'墨猪'罢。"多九公笑道:

"唐兄，这个名字不独别致，并且很得'墨'字、'猪'字之神。"

二人说笑，又到各处游了多时，回到船上，林之洋尚未回来。

# 文选三十　卖柑者言

## 刘　基

杭有卖果者，善藏柑，涉寒暑不溃；出之烨然，玉质而金色；剖其中干若败絮。

予怪而问之曰："若所市于人者，将以实笾豆，奉祭祀，供宾客乎？将衒外以惑愚瞽乎？甚矣哉为欺也！"

卖者笑曰："吾业是有年矣；吾赖是以食吾躯。吾售之，人取之，未闻有言；而独不足于子乎？世之为欺者不寡矣，而独我也乎？吾子未之思也。今夫佩虎符，坐皋比者，洸洸乎干城之具也；果能授孙、吴之略耶？峨大冠，拖长绅者，昂昂乎庙堂之器也，果能建伊、皋之业耶？盗起而不知御，民困而不知救，吏奸而不知禁，法斁而不知理，坐縻廪粟而不知耻，观其坐高堂，骑大马，醉醇醴而饫肥鲜者，孰不巍巍乎可畏，赫赫乎可象也；又何往而不金玉其外，败絮其中也哉？今子是之不察，而以察吾柑！"

予默默无以应，退而思其言，类东方生滑稽之流，岂其忿世嫉邪者耶？而托于柑以讽耶？

# 修辞法五　错综（二）

四、变更句式　这是把相同或相似的句子改变一个式样来说，使上下发生变化的方法。一句句子，可有肯定、否定、疑问、感叹的分别，还可有叙述、说明的不同，上下变更了用，就能避去单调平板的缺点。例如：

"我不曾过过快活日子，当时我以为很快活，其实不然。""不曾过过快活日子！"

"我们结婚了已足足八年,今天刚是第一次我同你正正经经的开谈。""正正经经的! 什么叫做正正经经的?"

曾子曰:"可以托六尺之孤,可以寄百里之命,临大节而不可夺也,君子人与? 君子人也!"《论语》

单内既将货物开明,为何不将价钱写上?

记得她很小的时候,我教她念一首唐诗:"淡淡长江水,悠悠远客情。落花虽有恨,堕地亦无声。"她一学就会,时常放在口里当歌唱;可是那里知道四句诗就豫言了我今日的心境呢! 啊! "落花虽有恨,堕地亦无声!"

这些例里面颇有反复或排比的地方,可是都因了句式不同,读去听去,不觉得是反复或是排比了。

上面所举的四种错综方式,在整篇的文章里常同时并用。如果单用一种,那末就会减少错综的效果,错综法本身也要使他多有变化才对。例如墨子《非攻》(第三册文选二十):

今有一人,入人园圃,窃其桃李。众闻,则非之;上为政者得,则罚之。此何也? 以亏人自利也。

至攘人犬豕鸡豚者,其不义又甚入人园圃窃桃李。是何故也? 以亏人愈多;苟亏人愈多,其不仁兹甚,罪益厚。

至入人栏厩取人马牛者,其不〔仁〕义又甚攘人犬豕鸡豚。此何故也? 以其亏人愈多;苟亏人愈多,其不仁兹甚,罪益厚。

至杀不辜人,〔也〕拖其衣裘,取戈剑者,其不义又甚入人栏厩取人马牛。此何故也? 以其亏人愈多;苟亏人愈多,其不仁兹甚矣,罪益厚。

当此,天下之君子皆知而非之,谓之不义。今至大为不义攻国,则弗知非,从而誉之,谓之义:此可谓知义与不义之别乎?

杀一人谓之不义,必有一死罪矣。若以此说往,杀十人,十重不义,必有十死罪矣。杀百人,百重不义,必有百死罪矣。

当此,天下之君子皆知而非之,谓之不义。今至大为不义攻国,则弗知非,从而誉之,谓之义。情不知其不义也,故书其言以遗后世。若知其不义也,夫奚说书其不义以遗后世哉!

　　今有人于此,少见黑,曰〔黑〕;多见黑,曰〔白〕:则必以此人为不知白黑之辩矣。少尝苦,曰〔苦〕;多尝苦,曰〔甘〕:则必以此人为不知甘苦之辩矣。

　　今小为非,则知而非之;大为非攻国,则不知非,从而誉之,谓之义:此可谓知义与不义之辩乎?

　　是以知天下之君子〔也〕,辩义与不义之乱也。

"此何也""是何故也"可以说是伸缩文身,"此何故也""是何故也"可以说是更换词面,"情不知其不义也故书其言以遗后世","若知其不义也夫奚说书其不义以遗后世哉"可以说是交错语位或变更句式。此外这篇文章在词句里还有许多大同小异的地方,都可作错综的例子。

# 习问 十五

1.甚么叫命题? 有几种?

2.甚么叫变装的议论文?

3.文选二十九、三十,作者各在主张着甚么命题?

4.错综共有几种方法?

5.试用变更句式的方法造出错综的例子来。

# 第十六课

## 文话十六　推理方式一 ——演绎

议论文的主旨在证明作者所主张的判断。我们要下一个判断,须以理由为根据。从理由到达判断,这作用在心理学上叫做推理。议论文,可以说就是推理的记录。

推理的方法和规则,是论理学里所详说的,这里不能一一详细说明,只好说说几个重要的原则。

议论之中,有些是以既知的普遍的判断为基础,再把这判断应用在个别的事物,而造出新判断的,这叫做演绎法。例如说:

凡人都是要死的。　　（A）　凡甲是乙

圣人是人。　　　　　（B）　丙是甲

故圣人是要死的。　　（C）　故丙是乙

这种推理,由（A）（B）（C）三种命题合成,所以又叫三段论法。（A）命题叫大前提,（B）命题叫小前提,（C）命题叫断案。（C）命题的产出,完全以（A）（B）两个命题为根据,（A）（B）两个命题如果不错,（C）命题也当然可以成立。

演绎法由三段构成,是最基本最完整的形式。实际在谈话或文章上,并没这样完整。往往有颠倒或省略的情形。例如说:

圣人是要死的,（断）因为他是人。（小）

凡人是要死的,(大)故圣人要死。(断)

也就可以。不过在要检查议论正确与否的时候,最好补足起来排成基本的完整式样。

演绎的论式,因了命题的是全称、特称、肯定和否定,可生出许多式样。有的可靠,有的不可靠,上面所举,是最典型的一个论式。大前提全称,小前提肯定,形式上绝对可靠,应用也最广。

演绎法对于事物只论概念,不究实质,所以又名形式论理。有三个基本规律,一叫同一律,就是说"甲是甲,不是乙或丙",一个名词只许表示一种事物,不许有歧义。二叫矛盾律,就是说"甲不是非甲"或"甲是乙,不是非乙"。一个名词既肯定了断判说"是甚么",同时便不能再否定了判断说"非甚么"。三叫排中律,就是只许说"甲是乙"或"甲非乙",不许说"甲是乙或非乙"。对于一个名词只许判断"是"或"非",不许再有其他中立的判断。这三种规律之中,同一律是最基本的,矛盾律和排中律可以说是同一律的补充。这规律在演绎推理是很重要的,就同一律说,例如"书"字可解作书籍,也可解作《书经》。甲乙两人就"书"作种种辨论,如果甲和乙对于"书"的解释不同,就任何言语都白费了。

# 文选三十一 留侯论

## 苏 轼

古之所谓豪杰之士,必有过人之节。人情有所不能忍者,匹夫见辱,拔剑而起,挺身而斗,此不足为勇也。天下有大勇者,卒然临之而不惊,无故加之而不怒,此其所挟持者甚大而其志甚远也。

夫子房受书于圯上之老人也,其事甚怪;然亦安知其非秦之世有隐君子者出而试之。观其所以微见其意者皆圣贤相与警戒之义;而世不察,以为鬼物,亦已过矣。

且其意不在书。当韩之亡,秦之方盛也,以刀锯鼎镬待天下之士。其平居无罪夷灭者,不可胜数,虽有贲、育,无所复施。夫持法太急者,其锋不可犯而其势未可乘。子房不忍忿忿之心，以匹夫之力而逞于一击之间，当此之时，子房之不死者其间不能容发，盖亦已危矣。千金之子，不死于盗贼。何哉？其身之可爱，而盗贼之不足以死也。子房以盖世之才，不为伊尹、太公之谋，而特出于荆轲、聂政之计，以侥幸于不死；此圯上老人所为深惜者也。是故倨傲鲜腆而深折之。彼其能有所忍也，然后可以就大事。故曰："孺子可教也。"

楚庄王伐郑，郑伯肉袒牵羊以迎。庄王曰："其君能下人，必能信用其民矣。"遂舍之。句践之困于会稽而归臣妾于吴者，三年而不倦。且夫有报人之志而不能下人者是匹夫之刚也。夫老人者以为子房才有余而忧其度量之不足，故深折其少年刚锐之气，使之忍小忿而就大谋。何则？非有平生之素，卒然相遇于草野之间，而命以仆妾之役，油然而不怪者，此固秦皇之所不能惊而项籍之所不能怒也。

观夫高祖之所以胜，项籍之所以败者，在能忍与不能忍之间而已矣。项籍唯不能忍，是以百战百胜而轻用其锋。高祖忍之，养其全锋而待其敝，此子房教之也。当淮阴破齐而欲自王，高祖发怒，见于词色；由是观之，犹有刚强不能忍之气。非子房其谁全之！

太史公疑子房以为魁梧奇伟，而其状貌乃如妇人女子，不称其志气。呜呼，此其所以为子房欤！

# 文选三十二　宫之奇谏假道

左　传

晋侯复假道于虞以伐虢。

宫之奇谏曰："虢，虞之表也。虢亡，虞必从之。晋不可启，寇不可玩，一之谓甚，其可再乎？谚所谓辅车相依，唇亡齿寒者，其虞虢之谓也。"公曰："晋，吾宗也。岂害我哉？"对曰："大伯、虞仲，大王之昭也。大伯不从，是以不嗣。虢仲、虢叔，王季之穆也，为文王卿士，勋在王室，藏于盟府。将虢是灭，何爱于虞？且虞能亲于桓庄乎？其爱之也？桓庄之族何罪,而以为戮,不唯逼乎？亲以宠逼,犹尚害之,况以国乎？"公曰：
"吾享祀丰洁,神必据我。"对曰："臣闻之,鬼神非人实亲,惟德是依。故
周书曰,皇天无亲,惟德是辅。又曰,黍稷非馨,明德惟馨。又曰,民不易
物,惟德繄物。如是则非德民不和、神不享矣。神所冯依,将在德矣。若
晋取虞而明德以荐馨香,神其吐之乎？"

弗听,许晋使。宫之奇以其族行,曰："虞不腊矣。在此行也,晋不更
举矣。"

冬,晋灭虢。师还,馆于虞,遂袭虞,灭之；执虞公。

# 文法十一　重要的文言前介词(一)

前介词是放在名词代名词之前,和名词或代名词合成副词短语的。
前介词的数目不能一定,因为只要放在名词代名词之前和名词或代名词
合成副词短语的,性质上就都是前介词了。例如：

两兔傍地走。

临时见景生情,却是俺们飘洋讨巧处。

又朝前走,街上也有妇人在内。

"傍""临""朝"等字,本来都不是前介词,但在这些例里,却当作前介词用
着。可见前介词的数目,是没有一定的。我们要讲前介词,只好举其中
最常用的主要的来讲。下面几个,就是文言中最常用最主要的前介词。

一、以　　"以"作前介词用时有两种解释,一解作取用,一解作因由。
例如：

以刀锯鼎镬待天下之士。　　（取用）

宫之奇以其族行。　　（取用）

亲以宠逼,犹尚害之。　　（因由）

以中有足乐者,不知口体之奉不若人也。　　（因由）

"以"字有用在名词之后的,如：

《诗》以道志；《书》以道事；《礼》以道行；《乐》以道和；《易》以道

阴阳；《春秋》以道名分。《庄子》

这种"以"字，在名词之后，其实，"以"字下尚可加入一代名词"之"字，"以"字所介的不是上面的名词，而是下面的"之"字。这种"之"字往往有省略的。上例应该是：

《诗》，以（之）道志；《书》，以（之）道事；《礼》，以（之）道行；《易》，以（之）道阴阳；《春秋》，以（之）道名分。

有许多"以"字并不是前介词，如果解作前介词，就很牵强，应该除外。例如：

治世之音安以乐，乱世之音怨以怒，亡国之音哀以思。《礼记》（甲）

楚庄王伐郑，郑伯肉袒牵羊以迎。　（乙）

百姓皆以王为爱也。　（丙）

这种"以"字，都没有"取用"或"因由"的意义，（甲）（乙）二例的"以"和"而"字通，（甲）是接续词，（乙）是副词的带字，（参考文法八）（丙）例的"以"字，是不完全他动词。（参考第二册文法十一）此外，如"以下""以东""以及"等熟语里的"以"，也不必提出来作前介词来看待。

二、为　"为"字作前介词用，读去声。"为"字和名词代名词合成副词短语，用来表示动作的原故或目的。例如：

先生所为文市义者，乃今日见之！

此圮上老人所为（══为之）深惜者也。

在本人不过为省事备忘起见，非必有意作伪。

上三例中，"为"字所介的名词代名词或名词短语，是表示动作"市""惜""起"的原故或目的的。

"为"字所介的名词或代名词，如果已见在上文，或当面对语，不会误解，往往被省略。例如：

羞将短发还吹帽，笑倩旁人为（我）整冠。

文倦于事，……开罪于先生。先生不羞，乃有意欲为（文）收责于薛乎？

# 习问 十六

1.甚么叫演绎法？有甚么规律？

2.演绎法由三个命题构成,这三个命题各叫甚么？

3.试将下列各文,补足成完整的演绎论式,并指出错误所在。

晋,吾宗也,岂害我哉？

吾享祀丰洁,神必据我。

4.试将下列各字,用作前介词

冯　靠　依　就　向　照

5."以""为"用作前介词,解释怎样？试各造一例。

# 第十七课

## 文话十七 推理方式二——归纳

　　演绎法是以既知的普遍的判断当作大前提,再把这判断应用到个别的事物(小前提)而造出新判断(断案)的。这大前提是从那里来的? 如果对于大前提有疑问的时候将怎样? 例如:"圣人是要死的"的判断,根据就在大前提"凡人是要死的"。对于这大前提如果有疑问,应该再加证明。证明的方法有两种。

(甲) {
凡生物是要死的。
人是生物。
故人是要死的。
}

(乙) {
孔子秦始皇都死了。
我的祖父祖母也死了。
……
他们都是人。
故人是要死的。
}

(甲)式仍是演绎法,不过所根据的大前提更普遍了。(乙)式是以个别的事物为根据,得到较普遍的判断,这方式和演绎法显然不同,叫做归纳法。

　　归纳法可以补演绎法的不足,演绎法的大前提,往往须从归纳法产出。例如"人是要死的"的断案虽可用"凡生物是要死的"做大前提来作演绎的判断,但"凡生物是要死的"这断案,如果再要用演绎法求得证明,就很为难了。结果,只好从各种生物来观察,归纳地作出"生物是要死的"的判断来。

但从另一方面看,归纳所得的判断,如要考查它是否正确,也须演绎地来应用于个别的事物。例如我们已经由归纳得到"生物是要死的"的判断了,这判断如果应用于各个生物,——鸡、鸭、桃、柳、张三、李四、……发见有不会死的情形的时候,那"生物是要死的"判断就根本不能成立了。

归纳法也有许多规律,最重要的是下面两种:

一、部分现象的搜集须普遍而且没有反例。

二、现象和判断之间有明确的因果关系。

这两种规律,如果都能满足,判断自然不易动摇,坚固可靠。其实只要能满足一种,也就可认为正确的判断了。例如:我们在短短的生涯中,所经验的生物的死去虽不多,也并不知道生物和死有甚么因果关系,但不妨说"生物是要死的"。只要没有人能举出一种不死的生物来,这判断就不致发生摇动。又如:火和烟是有因果关系的,我们虽不曾经验到一切的火和烟,但却可判断说,"有火的地方有烟"或"有烟的地方有火"。

下判断时,因果关系的存在和发见,比现象搜集更为重要。只要因果关系明确,即使偶有反例,也不失为可靠的议论。例如:我们常说"都市的住民比乡村的住民敏捷。"这判断里显然有着因果的关系,如都市的刺激多,环境复杂,乡间生活清闲平淡等等都是可举的原因。偶然有几个乡村住民比都市住民敏捷的,或都市住民比乡村住民不敏捷的,仍不能推翻原来的判断。因为反例的发生,也许别有原因,可以用别的因果关系来说明的。

# 文选三十三 释"三七"

樊 缤

去年春末，友人徐匀先生从民俗里，发现数目里的"三"和"七"，比那其余的数目出现的次数多，同时举出一些例子来，像歌谣里提及人数，常常是"大姐，二姐，三姐"，"大哥，二哥，三哥"；故事和传说里说到人数，多是"三姊妹"，"三位秀才"，"三个女婿"，"七王子"，"七公主"，"七姊妹"；谚语有"三七二十一"之类，作为证明。

由于他的这个发现，使我注意到这两个数目在口头语上和笔头语上的用法，结果也如汪中的解释"三""九"，断定它们是语言的虚数；但是我对于"三"的解释，却跟汪中不同；而且觉得他的解释"三""九"，也还有未尽其理的地方。

我以为，民间大众对于繁多的数目，大概有几种括约的观念，"三"和"七"就是一种括约数。这种括约观念是将"五"当中数，因为从"一"到"九"，"五"刚在中间的缘故。因此就将"五"以里的诸数看作小数，或作少的代表；"五"以外的诸数看作大数，或作多的代表。又因此就将"三"来表示少数，将"七"来表示多数。这仍是根据对于"五"的看法而来，因为"三"刚在一到五的中间，而"七"又刚在五到九的中间的缘故。

例如谚语里的"三言两语"，"三两天"，"举头三尺有神明"，"逢人且说三分话"；以及《论语》的"三人行，必有我师焉"：都是把"三"做少的代数。

谚语里的"乱七八糟"，"七嘴八舌"，"七零八落"，"七上八下"；以及《三国志》的"纵使更战，七纵七擒"，《荀子》的"口耳之间，则四寸耳；曷足以美七尺之躯哉"：就是将"七"做多或大的代数。

这一种情形，在"三"和"七"并举来表示两端的时候，更为明显。

谚语里有"人怕鬼三分，鬼怕人七分"，"三分人材，七分打扮"。卖药的常说"三日退病，七日还原"。医生常说"三分药力，七分保养"。拳术格言里有"手打三成脚打七"。

至于书本里面,则有《孟子》的"犹七年之病,求三年之艾也。"顾炎武《人才》文中的"故法令者,败坏人才之具。以防奸宄而得之者什三;以沮豪杰而失之者,常什七矣。"方苞《原过》文中的"君子之过,值人事之变,而无以自解免者十之七,观理而不审者十之三;众人之过,无心而蹈之者十之三,自知而不能胜其欲者十之七。"

在这些例子里的"三"和"七",一望而知不必果真是"三"和"七"的实数,只是表明多少的较量而已。从此推得"不管三七二十一"的谚语,就因为有"三"和"七"包举了大小、多少的意思,所以引伸成为"不论什么",即代表一切的意思。

汪中在他《释三九上》里是把"三"解释作多的,所以我同他不同。但他也并没有错,例子除掉他所引见于经籍的以外,现今大众语言里,也是这样运用的。例如:"三心二意","三番两次","货买三家不上当";以及通常试做一种工作,也有"三回定准"的话,就是明证。

不过汪中的"三"算多,"九"算极多的解释,说的似乎还不很详尽。因为"三"和"九"之所以作为多和极多的代数,乃兼有以"一""三""九"为一套括约观念的比率,和以三之倍数为其间段的道理而成。就是还有"三"为"一"之三倍,"九"为"三"之三倍的意思在中间。这才将"一"作少,"三"作多,"九"作极多。

例如谚语中,"三个臭皮匠,当个诸葛亮"及《田家五行志》载东州的农谚:"一夜起雷三日雨",陆泳《吴下田家志》载的农谚:"一日脱膊,三日龌龊",《明史·三佛齐国传》载的农谚:"一年种谷,三年生金",以及《诗经》的"一日不见,如三秋兮",《礼记》的"一唱而三叹",《左传》的"一国三公",《论语》的"举一隅,不以三隅反":都是把"一"作少的代数,"三"作多的代数。而最完全的例子,可举那见于《便民纂要》上的谚语:"一夜春霜三日雨,三夜春霜九日晴"和《尔雅翼》所引的谚语:"一亩之地,三蛇九鼠"。至于表示两端的,则有谚语的"一字入公门,九牛拔不出"及《论语》的"为山九仞,功亏一篑",可以作例。

这样的看法,不但可以补充汪中的解释,同时也可以证明汪中跟我对于"三"的解释不同的区别所在,就在认定各系一种对于繁多数目的括约而成的比率。而这两种以数目为数量的代数,在它用来表示两极端的时候,常常是合而成"十",就是复归于"一"。

此外还须附带说明两点:第一是在大众语言中,在以"三"表示多数时,常用"六"来对举,例如:"三头六臂","三亲六戚","三宫六苑","三姑六婆"之类是。其次是另一个跟"三"对举的数目多是"二"或"两",是往后说的;而跟"七"对举的却常是"八",是向前说的。(例子都在前面)这也是值得注意的大众语法。

# 文选三十四　书虚

## 论　衡

世信虚妄之书,以为载于竹帛上者皆贤圣所传,无不然之事,故信而是之,讽而读之。……夫世间传书,诸子之语,多欲立奇造异,作惊目之论以骇世俗之人,为谲诡之书以著殊异之名。……

传书或言"颜渊与孔子俱上鲁太山,孔子东南望吴阊门外有系白马,引颜渊指以示之,曰:'若见吴阊门乎?'颜渊曰:'见之。'孔子曰:'门外何有?'曰:'有如系练之状。'孔子抚其目而正之,因与俱下;下而颜渊发白齿落,遂以病死。盖以精神不能若孔子,强力自极,精华竭尽,故早夭死。"世俗闻之,皆以为然。如实论之,殆虚言也。

案《论语》之文,不见此言;考《六经》之传,亦无此语。夫颜渊能见千里之外,与圣人同,孔门诸子何讳不言?盖人目之所见,不过十里;过此不见,非所明察,远也。……案鲁去吴千有余里,使离朱望之,终不能见,况使颜渊,何能审之!……人目之视也,物大者易察,小者难审。使颜渊处阊门之外,望太山之形,终不能见。况从太山之上,察白马之色,色不能见明矣。非颜渊不能见,孔子亦不能见也。……

传书言:"吴王夫差杀伍子胥,煮之于镬,乃以鸱夷橐投之于江。子胥恚恨,驱水为涛,以溺杀人。今时会稽丹徒大江、钱唐浙江皆立子胥之庙,盖欲慰其恨心,止其猛涛也。"夫言吴王杀子胥投之于江,实也;言其恨恚驱水为涛者,虚也。

屈原怀恨,自投湘江,湘江不为涛。申徒狄蹈河而死,河水不为涛。世人必曰屈原、申徒狄不能勇猛,力怒不如子胥。夫卫菹子路而汉烹彭越,……然二士不能发怒于鼎镬之中,以烹汤菹汁沈溺旁人;子胥亦自先入镬,乃入江,在镬中之时其神安居? 岂怯于镬汤,勇于江水哉? 何其怒气前后不相副也?

且投于江中,何江也? 有丹徒大江,有钱唐浙江,有吴通陵江。或言投于丹徒大江;无涛。欲言投于钱唐浙江;浙江、山阴江、上虞江皆有涛。三江有涛,岂分囊中之体散置三江中乎? 人若恨恚也,仇雠未死,子孙遗在,可也;今吴国已灭,夫差无类,吴为会稽,立置太守,子胥之神复何怨苦? 为涛不止,欲何求索? 吴越在时,分会稽郡越治山阴,吴都今吴;余暨以南属越,钱唐以北属吴。钱唐之江,两国界也。山阴、上虞在越界中。子胥入吴之江为涛,当自上吴界中,何为入越之地? 怨恚吴王,发怒越江,违失道理,无神之验也。且夫水难驱而人易从也,生任筋力,死用精魂:子胥之生不能从生人营卫其身,自令身死,筋力消绝,精魂飞散,安能为涛? 使子胥之类数百千人乘船渡江,不能越水;一子胥之身,煮汤镬之中,骨肉糜烂,成为羹菹,何能有害也? ……俗语不实,成为丹青;丹青之文,贤圣惑焉。

夫地之有百川也,犹人之有血脉也。血脉流行泛扬,动静自有节度。百川亦然。其朝夕往来,犹人之呼吸气出入也。……其发海中之时,漾驰而已。入三江之中,殆小浅狭,水激沸起,故腾为涛。广陵曲江有涛,文人赋之。大江浩洋,曲江有涛,竟以隘狭也。……溪谷之深,流者安洋;浅多沙石,激扬为濑。夫涛、濑,一也。谓子胥为涛,谁居溪谷为濑者乎? ……涛之起也,随月盛衰,小大满损不齐同。如子胥为涛,子胥之怒以月为节也? ……

传书称"魏公子之德,仁惠下士,兼及鸟兽。方与客饮,有鹯击鸠,鸠走巡于公子案下,鹯追击,杀于公子之前。公子耻之,即使人多设罗,得鹯数十枚,责让以击鸠之罪。击鸠之鹯低头不敢仰视,公子乃杀之。"世称之曰："魏公子为鸠报仇。"此虚言也。

夫鹞，物也，情心不同，音语不通。圣人不能使鸟兽为义理之行，公子何人，能使鹞低头自责？鸟为鹞者以千万数，向击鸠鸷去，安可复得？……世俗之语，失物类之实也。或时公子实捕鹞，鹞得人持其头，变折其颈，疾痛低垂，不能仰视；缘公子惠义之人，则因褒称言鹞服过。盖言语之次，空生虚妄之美；功名之下，常有非实之加。……

传书之言多失其实，世俗之人不能定也。

# 文法十二　重要的文言前介词(二)

三、与　"与"字和名词代名词合成副词短语，用来表示动作的对手。例如：

> 方与客饮。
> 生以乡人子谒余，……与之论辩，言和而色夷。

接续词也有"与"字，和前介词的"与"，位置往往相似，而意义大异。接续词的"与"，前后的名词或代名词可以彼此互易，前介词的"与"却不能。例如：

> 颜渊与孔子俱上鲁太山。　（"与"接续词）
> 《论语》所记门弟子与孔子对面问答，亦皆呼之子。　（"与"前介词）

上二例中，第一例"颜渊与孔子"可改作"孔子与颜渊"，所以是接续词，第二例"弟子与孔子"如果改作"孔子与弟子"，就和下文不合。所以是前介词。

"与"字所介之名词或代名词如果已见于上文，不会误解，常有被略去的。例如：

> 孔子抚其目而正之，因与（颜渊）俱下。
> 麋出门外，见外犬在道甚众，走欲与（外犬）为戏。

"以""为""与"三个前介词，和疑问代名词结合的时候，常倒置。又

"以"和指示代名词"是"相结合,也常倒置。(参考第二册文法九)

四、於 "於"字在古籍中又写作"于"。"於"字和名词代名词合成的副词短语,用于动词形容词,有种种的意义,如下:

(甲)用于动词

吴王夫差杀伍子胥,煮之於镬,乃以鸱夷橐投之於江。(表地点)

中国之图画术,托始於虞、夏。(表时际)

夫子房受书於圯上之老人也,其事甚怪。(表由来)

千金之子,不死於盗贼。(表被受)

(乙)用于形容词

子胥亦自先入镬,乃入江,在镬中之时其神安居?岂怯於镬汤,勇於江水哉?(表地点)

中国之图画术,托始於虞、夏,备於唐而极盛於宋。(表时际)

曾子在孔门齿最幼,其卒年更当远后於孔子。(表比较)

文倦於事,愦於忧,而性忮愚,沉於国家之事。(表原因)

勇於改过,勤於治学。(表趣向)

"於"字的意义如果细分起来,尚可有别的。上面所举只是比较重要的几种。"於"字和名词代名词(或名词语)结合而成副词短语,习惯上常有省略"於"字的情形,(参考第二册文法十二)例如:

屈原怀恨,自投(於)湘江。

桂林山水甲(於)天下。

和"於"字相通的还有"乎"字和"诸"字。"乎"字可以代"於","诸"字有一个解释是"之於",和"於"就有一部分共通。例如:

浴乎沂,风乎舞雩。══浴於沂,风於舞雩。

凡所宜有之书,皆集於此,不必若余之手录,假诸人而后见也。══假之於人而后见也。

# 习问 十七

1. 归纳法和演绎法有甚么不同?
2. 文选三十三,那些地方是归纳的?
3. 文选三十四有利用反例作驳论的部分,试举出来。
4. 前介词"与""为"的用法怎样? 试各造一例。
5. "於"字有多少用法? 试一一造例。

# 第十八课

## 文话十八　推理方式三——辩证

演绎推理只用概念来处理事物，把事物当作独立静止的东西来看，事物本身的变化和相互间的关系是不顾及的。归纳推理所依据的是个别的事例，对于各个事例平等看待，也不能顾到事物本身的变化和事物相互间的变化关系。实际世间的事物是转变流动不息的，事物和事物之间，又互有密切的关系，对于一种事物下判断的时候，如果不把许多的转变流动的实际情形当作条件，那判断就不合实际，等于议论上的游戏。例如我们漫然地说"金钱是有用的"或"金钱是有害的"，都和实际的情形大不相符。实际上"金钱"的"有用"或"有害"，要看金钱的分量，所有者的态度、手腕，使用的方法，以及社会上各种复杂的情形而定，不能一概凭空断言。这样，重视实际条件，不把事物用单纯的概念来处理的推理方式，叫做辩证法。

辩证法也有几个原则，如下：

一是矛盾对立的原则。演绎法立脚于事物的同一，不承认有矛盾。辩证法却以矛盾为出发点。世间事物本来自身含有矛盾，例如：生长和死亡互相对立，生物一天天生长，同时也就一天天近于死亡，生长的意义也要因了死亡才可思维理解。此外如力学上的作用和反作用，数学上的正和负，都是矛盾和对立的好例。

二是量影响到质的原则。一种事物因了量的改变，性质就会变化。例如：把水的温度增至百度以上就成汽，减至零度以下就成冰。又如：一张一元纸币在袋中是日常零用，把同样的一元积贮起来到某阶段，就会变成谋利的资本了。

三是否定的否定的原则。世间事物的发展进步，必取否定的否定的顺序。例如：一粒谷子下土到发芽变禾以后，最初的一粒谷子已没有了，这是一个否定。禾到成熟的时候就萎去，所留剩的是一粒粒的新谷，这又是一个否定。否定的否定，是事物发展进步的步骤，社会的变迁的情形也可用这原则来说明。这原则又叫"正反合"，两种互相正反的东西被统一为较高的东西，世间一切进步的根源，就在于此。

辩证法的这些原则，只为便于说明起见，并非可作为推理的定律或公式的。因为辩证法的精神，在乎排除静止的孤立的事物观，把事物当作动的连续的进展的东西来看。事物本身的情形是辩证法的，如果抛开了实际事物上的实践，专套用了这些原则去对付事物，结果又会犯到堕入空虚的概念的毛病。

# 文选三十五 论"五十步笑百步"

### 苏 丹

"五十步笑百步"是孟子和梁惠王讲的譬喻，后来便成为一般人信奉的哲理。现在拿来考量一下，看有没有存在的价值。原文是这样：

梁惠王曰："寡人之于国也，尽心焉耳矣。河内凶，则移其民于河东，移其粟于河内；河东凶亦然。察邻国之政，无如寡人之用心者。邻国之民不加少，寡人之民不加多，何也？"孟子对曰："王好战，请以战喻：填然鼓之，兵刃既接，弃甲曳兵而走，或百步而后止，或五十步而后止。以五十步笑百步，则何如？"曰："不可。直不百步耳，是亦走也。"曰："王如知此，则无望民之多于邻国也。"

梁惠王的意思，以为五十步不能笑百步，理由是性质相同，这就是说同样是走,而孟子就嘉许他;于是把来记入经典,便成立了几千年不易的真理的磐石。究竟五十步真的不能笑百步吗?一切影响结果的因素,除了质的影响外,便没有其他吗?

在夏天盛暑的当儿到雪糕店饮冰淇淋去,喝着一杯两杯,还是觉得满头大汗淋淋,于是便指着冰淇淋骂道:冰是不冻的。一桶水是不会溺死人的,于是,你便指着池里的水发落道:这池水是不足怕的。老鼠是非常怕人的小动物,于是,便一口咬定老鼠是没能耐的东西,只要鼻子哼一股气便会把它吓走到无影无踪了。又譬如有两个人在晚上跑到公园里散步,偶然瞥见一堆黑影,便掉头逃跑;一个跑到光亮的街灯下站住,一个却跑出了公园门,一直跑到大马路上,叫了一架汽车冒冒失失地逃到家里。如果根据孟子所讲的理论来定评,则上述的各种情形,当然没有什么悖理或可笑之处。因为同是冰,同是水,同是老鼠,同是惊逃,在性质上,没有什么说不过之处。

可是古来却有许多人被冰冻死了,被水溺死了;我们的第三宿舍,近来正因为老鼠穿窟窿塌了一角;如果有谁告诉我那两个游公园被吓跑的故事,那我一定要笑那个一直便跑到家里的飞逃者,不管我的笑是否合理,因为禁不住呀!

近来因为北风吃紧,刮得手皮都裂开来。因为怕难看且也痛不过,所以在晚上没有上课的时候,我总是把甜油敷上。不知为什么,昨晚竟有几只蚂蚁闻香而来,最初我也不大介意,来一只捏死一只,来一双捏死一双,终于越来越多,因为怕麻烦,所以我索性搬到图书馆去了。

在前线打仗,叠了两层避敌的沙袋,两层沙袋不能把你从敌人的眼遮住,假如再加上一层,或许便会成为妥当不过的平安地了。一个兵士不足怕,他虽是战争中重要战斗员之一,但他已全失了战争的意味;只有漫山遍野掩袭来的士兵,才有浓厚的战争意味,才能令对方"弃甲曳兵而走"。

因为一切的东西,除质的影响外还有很重要的量的问题。中东路出卖会议所以会延长这许久,问题并不是在不买和不卖而是在价格的多少问题。军缩会议许久以前便开幕了,但是到现在还未闻闭幕,且只有一天天呈悲观的倾向。那许多世界舞台上的要角,究竟聚在那里讨论些什么呢? 他们并不是争着需要军队或不需要军队的问题,他们所争的是集中于吨数的多少或增减的问题。"质"的因素,当然也不能忽略,可是我们切莫忘记还有那更为现代所注重的,更值得探讨的"量"的因素在,这便是说:应从质谈到量。

孟子讥梁惠王的施小惠于百姓,跟别国国君比较起来,那程度也不过五十步跟百步的比例。我觉得很为梁惠王抱不平。施得小总比一滴不施好一点。这在当时,梁惠王已很够夸口于其侪辈了。

# 文选三十六　庄子四则

宋人有善为不龟手之药者,世世以洴澼絖为事。客闻之,请买其方百金。聚族而谋曰:"我世世为洴澼絖,不过数金。今一朝而鬻技百金,请与之。"客得之,以说吴王。越有难,吴王使之将。冬,与越人水战,大败越人。裂地而封之。能不龟手,一也;或以封,或不免于洴澼絖,则所用之异也。(《逍遥游》)

有始也者,有未始有始也者,有未始有夫未始有始也者,有有也者,有无也者,有未始有无也者,有未始有夫未始有无也者。俄而有无矣,而未知有无之果孰有孰无也。今我则已有谓矣,而未知吾所谓之其果有谓乎,其果无谓乎。天下莫大于秋毫之末,而大山为小,莫寿乎殇子,而彭祖为夭。天地与我并生,而万物与我为一。既已为一矣,且得有言乎? 既已谓之一矣,且得无言乎? 一与言为二,二与一为三,自此以往,巧历不能得,而况其凡乎。故自无适有,以至于三,而况自有适有乎。无适焉,因是已。(《齐物论》)

惠子谓庄子曰:"子言无用。"庄子曰:"知无用而始可与言用矣。夫地非不广且大也,人之所用容足耳。然则厕足而垫之致黄泉,人尚有用

乎?"惠子曰:"无用。"庄子曰:"然则无用之为用也亦明矣。"(《外物》)

以道观之,物无贵贱。以物观之,自贵而相贱。以俗观之,贵贱不在己。以差观之,因其所大而大之,则万物莫不大;因其所小而小之,则万物莫不小。知天地之为稊米也,知毫末之为丘山也,则差数睹矣。以功观之,因其所有而有之,则万物莫不有;因其所无而无之,则万物莫不无。知东西之相反而不可以相无,则功分定矣。以趣观之,因其所然而然之,则万物莫不然;因其所非而非之,则万物莫不非;知尧桀之自然而相非,则趣操睹矣。昔者尧舜让而帝,之哙让而绝,汤武争而王,白公争而灭。由此观之,争让之礼,尧桀之行,贵贱有时,未可以为常也。梁丽可以冲城而不可以窒穴,言殊器也。骐骥骅骝,一日而驰千里,捕鼠不如狸狌,言殊技也。鸱鸺夜撮蚤,察豪末,昼出瞋目而不见丘山,言殊性也。故曰:盖师是而无非,师治而无乱乎,是未明天地之理,万物之情者也;是犹师天而无地,师阴而无阳,其不可行明矣。(《秋水》)

# 文法十三　语体的前介词

上面已把文言用的前介词讲过了,这些前介词语体里有的也可用。语体里用这些前介词,往往改成两个字的熟语,如"因为""对于""在于"等。

语体里的有些前介词还可带"了""着"等字来表示时间,这是文言前介词所没有的情形。例如:

你们将要用了什么花去装饰自己的心灵的园呢?

妈妈和我不由自主地随着许多邻舍拼命的逃。

语体里所用的前介词,数目比文言的还要多。例如,文言里的一个"与"字,在语体里就有"和""跟""同"等几个,一个"自"字,在语体里就有"从""打""自从"等几个。如果要一一列举,实在有些不可能。

语体里最重要的前介词,要算"把""将"两字,值得特别注意。这两

字当作前介词用的时候,意义和文言的前介词"以"相近,可以解作"用"或"拿"。例如:

> 商人将(把)本求利。
>
> 外国人把(将)我国的原料制成货物再销到我国来。

上面二例中,"把""将"都是普通的前介词。"把""将"两字,还有一种特别的用法,就是把他动词的目的格提前。例如:

> 你把本来面目都忘了! ══忘了本来面目!
>
> 这个声音,老声老气,倒像破锣一般! 把唐敖吓的(得)拉着多九公朝前飞跑。══吓得唐敖拉着多九公朝前飞跑。
>
> 单内既将货物开明,为何不将价钱写上? ══既开明货物,为何不写上价钱?

上面的各例,"将""把"可互相通用。他动词的目的格都被提在他动词之前。

"把""将"二字,和"以"相同,常被用作不完全他动词,例如:

> 听他所言,果然竟把(将)我们当作妇人。
>
> 他把(将)我当做玩意儿。

这种"把"字"将"字,当然不能作前介词看待,应该分别除外。此外,"将"字还有一种别的用法,例如:

> 那大虫又剪不着,再吼了一声,一兜兜将回来。武松见那大虫复翻身回来,双手轮起哨棒,尽平生气力,只一棒,从半空劈将下来。只听得一声响,簌簌地将那树连枝带叶劈脸打将下来。
>
> 捉将官里去。

这种"将"字,不能用"把"字来代替,性质等于助词,意义和"了"相近,常和助动词"来""去"关联了使用。并且,所关系的动词,往往是单字的,双字动词下大概不用"将"字。这些都是值得注意的。

# 习问 十八

1.辩证法有甚么原则？

2.文选三十五,在那些地方是合乎辩证法的。

3.文选三十六里,"天下莫大于秋毫之末,而大山为小,莫寿乎殇子,而彭祖为夭。"这议论可以成立的理由在那里？

4."把""将"二字用作前介词,有几种式样？试一一造例。

5."把""将"二字,除用作前介词外,还有些甚么用法？